MARIA HERTTING

HERAs KINDER

Modern Line
Karina Publishing
Vienna

Bibliografische Information der Nationalbibliotheken: Die Deutsche Nationalbibliothek verzeichnet diese Publikation in der Deutschen Nationalbibliografie; detaillierte bibliografische Daten sind im Internet über http://dnb.dnb.de abrufbar.
Die Österreichische Nationalbibliothek verzeichnet diese Publikation in der Österreichischen Nationalbibliothek.

Impressum:
1. Auflage 2017
Modern Line - Karina-Verlag, Vienna
http://www.karinaverlag.at/
karina.bookoffice@gmail.com
Auslieferer: NOVA MD GmbH

Lektorat/Layout: Renate Zawrel
Herausgeberinnen: Renate Zawrel / Karin Pfolz

ISBN 978-3-961119-26-4

MARIA HERTTING

HERAs KINDER

Modern Line

Karina Publishing

Vienna

Inhalt

WASSER

»Im Anfang schuf Gott den Himmel und die Erde. Die Erde war wüst und leer, Finsternis lag über der Urflut, und der Geist Gottes schwebte über den Wassern.« Genesis: 1, 1-2

Die nachfolgende Geschichte vergleicht ein Menschenleben mit einem Fluss. Sie ist deshalb auch eine Liebeserklärung an das Wasser.

Wasser: der banalste Stoff, den wir kennen. Er ist nicht wegzudenken von unserem Planeten. Viele Dichter haben sich mit dem Wasser beschäftigt. Schon 500 v. Chr. bezeichnete Pindar es so: »Das Wasser aber ist das Beste.« und Goethe sagte: »Vom Himmel kommt es, zum Himmel steigt es, und wieder zur Erde muss es.«
Das Wasser gibt unserer Erde die strahlend blaue Farbe. Jeder kennt das von Fotos aus dem Weltall, die unseren Planeten aussehen lassen wie einen blauen Diamanten. Ohne Wasser wäre unsere Erde ein ödes Tal des Todes. Wasser hat gewaltige Kräfte, kann Leben erschaffen und es zerstören. Alle Stoffe enthalten Wasser. Es sitzt in jeglicher Materie als wäre es ein Teil von ihr und nicht wegzudenken. Als Chemiker und Physiker weiß man, wie viel Energie es kostet, das Wasser aus einem Stoff herauszuziehen, und es gelingt nie zu 100%.
Wasser ist eine chemische Verbindung aus zwei Atomen Wasserstoff und einem Atom Sauerstoff. Damit ist Wasser ein sehr kleines Molekül und müsste nach den Gesetzen der Physik eigentlich gasförmig sein. Wasser trotzt jedoch allen physikalischen Gesetzen. Das Molekül ist ein Dipol, das heißt: ein Molekül, das einen positiven und einen negativen Pol besitzt. Die beiden Wasserstoffatome sind in einem Winkel von 104,5° am Sauerstoffatom gebunden. Da Sauerstoff sehr elektronegativ ist, liegt am Sauerstoffatom ein Elektronenüberschuss vor, während zwischen den beiden »Wasserstoffarmen« ein Elektronenmangel herrscht. Am Sauerstoffatom ist also der negative Pol des Wassers, zwischen den beiden Wasserstoffatomen der positive Pol. Aus diesem Grunde ziehen sich Wassermoleküle untereinander an. Sie bilden Wasserstoffbrücken, wie der Chemiker sagt, die im Bruchteil einer Sekunde bestehen bleiben, sich dann aber wieder lösen und eine andere Verbindung eingehen. Die Physiker sprechen von schwachen Wechselwirkungen. Diese machen das Wasser eigentlich zu einem Makromolekül, das keine dauernde Struktur hat, sondern sich ständig ändert.

Eis schwimmt auf dem Wasser. Auch das ist eine physikalische Kapriole, die sich nur das Wasser leistet. Bei allen Stoffen ist der Festkörper schwerer als seine Flüssigkeit, deshalb sinkt festes Blei in flüssigem Blei ab. Nicht so das Eis. Millionen Tonnen schwere Eisberge ragen zu einem Achtel aus dem Wasser heraus. Seen frieren im Winter von oben nach unten, weil das schwere Wasser nach unten sinkt. Es hat bei 4°C seine größte Dichte. Deshalb geht das Leben im Winter unter der Eisdecke weiter und im Frühjahr kann das Eis schneller auftauen.
Der Golfstrom macht unser Klima bis in den hohen Norden erträglich. Menschen bestehen je nach Alter und Geschlecht bis zu 70% aus Wasser. Wasserlebewesen wie die Qualle enthalten sogar 99,5 %. Wasser ist als Lösungs- und Transportmittel nicht wegzudenken. Alle unsere Körperfunktionen sind auf Wasser als Medium angewiesen. Unsere DNA würde kollabieren, gäbe es das Wasser nicht. Ohne Wasser also kein Leben!
Es hat den Anschein, als stünden Wassermoleküle untereinander in Verbindung und tauschten Informationen aus. Das Geflecht von Wasserstoffbrücken könnte einer Art »Nervensystem« entsprechen. Wissenschaftler sind gerade dabei, die Struktur des Wassers neu zu definieren. Man glaubt, dass die Kinetik des Wassers sich bei enzymatischen Prozessen im Körper verändert und dass das Wasser wie eine Art Kleber funktioniert. Wasser ist nicht einfach nur Lösungsmittel, wie bisher angenommen, es hält das Substrat, das zu einem Enzym gehört, an der richtigen Stelle fest. Dabei verlangsamt sich die Dynamik des Wassers.
Enzyme sind natürliche Substanzen, die Stoffwechselvorgänge im Körper beschleunigen und steuern. Sie sind zum Beispiel von zentraler Bedeutung für das Immunsystem, da sie das Gleichgewicht zwischen aktivierenden und hemmenden Abwehrreaktionen steuern und bei Entzündungsreaktionen eine große Rolle spielen.
Es war seit Langem bekannt, dass enzymatische Prozesse in unterschiedlichen Lösungsmitteln mit sehr verschiedener Geschwindigkeit ablaufen. Bisher ist aber der Beitrag des Lösungsmittels – bei biologischen Prozessen ist das Wasser – auf molekularer Ebene noch ungeklärt.
Chemisch gesehen ist Wasser immer Wasser, aber es gibt keine zwei Wässer, die einander gleichen. Wasser ist in der Lage, »sich zu erinnern«. Es nimmt Informationen auf und speichert sie. Positive Schwingungen führen zu einer verbesserten Struktur des Wassers, negative zu einer verschlechternden.
Wasser ist überall auf der Erde zu finden, selbst im Wüstensand befinden sich noch ungefähr 15% Wasser. Es steckt in belebter, wie in unbelebter Materie. Wasser ist der Motor des Lebens in Pflanzen, Tieren und selbstverständlich dem Menschen. Alle seine drei Aggregatzustände sind auf der Welt vertreten; auch das ist einzigartig. In flüssiger Form finden wir

es in Meeren, Seen, Flüssen, Teichen, Niederschlägen und im Erdinneren. In gasförmiger Form beherrscht es die Atmosphäre. In fester Form findet es sich als ewiges Eis an den Polen und auf den Gletschern der Berge und in den gemäßigten Zonen der Erde im Winter als Niederschlag und Eisdecke auf Seen und Flüssen.
Wasser ist die einzige anorganische Flüssigkeit, die wir kennen. Vielleicht verhält es sich ja so, dass es ein Bindeglied zwischen der organischen und der anorganischen Welt ist und weder zur einen noch zur anderen Seite gehört und wir das nur noch nicht wissen, so wie die Pilze weder zu den Pflanzen, noch zu den Tieren gehören, sondern ein wenig von beidem sind. Wasser ist so einfach und doch so kompliziert zugleich – vergleichbar einem Menschenleben von der Quelle bis zur Mündung.

DER KRISTALL

Bevor Leben entsteht, ruht es in einer Art Totenstarre. Damit ähnelt es einem Kristall. Doch finden zwei geeignete und geneigte Zellen zueinander, um anschließend miteinander zu verschmelzen, explodiert das Leben.
Ein Kristall (griechisch. = Eis) zeichnet sich durch die regelmäßige Anordnung seiner Teilchen in allen drei Raumrichtungen aus. Vollkommen symmetrische Kristalle sind sehr selten. Man bezeichnet sie als ideal. Die meisten Kristalle sind mit Fremdatomen verunreinigt. Die Atome, Moleküle oder Ionen in einem Kristall sind in einem Gitter fest eingebaut. Ihre Beweglichkeit ist daher sehr gering und beschränkt sich je nach Temperatur auf mehr oder weniger starke Schwingungen. Die Anziehungskraft der Teilchen ist groß. ihr Abstand zueinander gering. Kristalline Körper befinden sich energetisch gesehen in Ruhe.
Will man einen Kristall zerstören, das heißt, seine Teilchen voneinander lösen, muss man viel Energie aufwenden. Bei den meisten Kristallen bilden sich glatte Bruchstücke, wenn Gewalt auf sie einwirkt, weil die negativen und positiven Ionen innerhalb des Kristalls Abstoßungsreaktionen zeigen, wenn sie durch Druck in den Bereich gleicher Ladungen gelangen. Sie werden dann regelrecht vom Kristall abgesprengt.
Salze bilden ästhetisch schön geformte Kristalle. Auch Gesteine sind im weiteren Sinne Salze. Die ebenmäßigsten Kristalle findet man bei den Edel- und Halbedelsteinen. Der Kohlenstoff nimmt eine Sonderstelle ein. Er hat die Eigenschaft in zwei Modifikationen (Formen) zu kristallisieren: erstens als Graphit, zweitens als Diamant. In beiden Fällen handelt es sich um ein und dasselbe Element. Der brüchige Graphit hat ein lockeres Atomgitter, während der harte Diamant ein sehr komplexes Gitter bildet.
Die vielseitigsten Kristalle aber liefert wohl das Wasser. Eiskristalle sind immer hexagonal, aber es gibt auf der ganzen Welt keine zwei Eiskristalle, die sich in Aufbau und Struktur völlig gleichen. So wie es auch keine zwei Menschen gibt, die sich vollkommen gleichen, nicht einmal bei eineiigen Zwillingen. Kristalle erwecken im Betrachter den Eindruck von Schönheit, Ästhetik und Ruhe, aber auch von Strenge, Kälte, und Tod.
Schmilzt ein Kristall, so wird seine innere Ordnung zerstört. Die Schwingungen der Teilchen nehmen zu. Sie werden schließlich so groß, dass einzelne Teilchen sich von ihren Plätzen lösen. Die Ecken des Kristalls geben am schnellsten nach. Von hier aus beginnt der unaufhaltsame Tod des Kristalls. An den Ecken wirken die Anziehungskräfte nur in zwei oder drei Richtungen, während im Inneren des Kristalls größere Anziehungskräfte herrschen.
Mit steigender Temperatur verlassen immer mehr Teilchen den Verband. Das System bricht zusammen. Die strenge Ordnung löst sich auf, der Kristall kollabiert und wird flüssig. Seine Beweglichkeit nimmt zu, der Abstand zwischen den Teilchen vergrößert

sich, und die Anziehungskräfte erlahmen. Im gleichen Maße wie der Kristall durch die Bewegung stirbt, entsteht etwas Neues. Vorbei ist es mit Statik und Schönheit. Dynamik und Kraft übernehmen mehr und mehr die Herrschaft. Irgendwann wird ein Punkt erreicht, an dem sich Eis und Wasser die Waage halten. Man spricht von einer halb gefrorenen Flüssigkeit. Diese ist zwar noch sehr kalt, schon aber zeigt sich, dass das flüssige Wasser den Ton angibt. Die letzten Eisschollen werden zum Spielball des flüssigen Aggregatzustandes. Sie tanzen auf dem Wasser hin und her, verteilen sich auf der Oberfläche und werden regelrecht von den Wassermolekülen zerrieben. Kleiner und schwächer werdend bäumen sich Reste des einst so stolzen Kristalls noch einmal auf, bevor sie in den Wassermassen für immer versinken und sich dem flüssigen Medium unterordnen.
Das Leben ist geboren!

***

»Das Genom von F9978.09.10.2230 darstellen!« Lässig lehnte der Arzt sich auf seinem Stuhl zurück und wartete.
»Ich suche«, kam eine weiche sinnliche Frauenstimme aus dem Rechner. Sie gehörte HERA, dem Masterkontrollprogramm. Die griechische Göttin Hera, Wächterin der Sexualität und Schutzgöttin von Ehe und Niederkunft hatte bei dieser Namengebung Pate gestanden. Es dauerte nur einige Sekunden, dann hatte HERA die gesuchte Datei gefunden.
»Geht doch.« Der Arzt lächelte, als das Hologramm erschien.
Schon seit dreihundert Jahren war HERA universell im Einsatz. Sie suchte die passenden Samen- und Eizellenspender, überwachte die Entwicklung der Föten, kontrollierte die Familien und wertete Statistiken über Geburten- und Todesraten sowie jegliche Veränderung, die sich im Laufe des Lebens eines Bürgers ergab, aus. HERA, entwickelt von Lancen und seinem Team, wurde in allen Kliniken der Republik eingesetzt. Zahlreiche Unterprogramme standen ihr zur Seite. HERA, die Schöpfung eines ehemaligen weltweiten Softwareunternehmens, von Eric Lancen weiterentwickelt und veredelt, hatte über die Jahre enorm an Macht gewonnen. Sie war nun unumstrittene Alleinherrscherin.
Den linken Zeigefinger an seinem Mund, sein Kinn lässig mit der Hand auf den Ellenbogen gestützt, der den Schreibtisch fast durchlöcherte, dachte der Arzt an die gestrige Nacht mit F0078.
Konnte es sein, dass sie mehr von ihm wollte als Sex? Er meinte das gestern aus ihren Worten herausgehört zu haben. Auf eine gewisse Art war sie ja ganz hübsch, wenn man auf Mollige stand, aber doch alles in allem gewöhnlich. Ihre plumpe Anmache hatte ihn belustigt. Es schmeichelte

seinem Ego. Die gönne ich mir quasi als Belohnung für den Stress der vergangenen Wochen, war ihm durch den Kopf geschossen. Das hatte er sich verdient. Er konnte ja nicht ahnen, dass Madame mehr darin sah. Zu dumm, dass der Beruf sie aneinanderschweißte, noch schlimmer, dass sie seine Untergebene war. Wahrscheinlich wartete sie schon – irgendeinen Vorwand suchend – im Vorzimmer auf ihn. Fast bereute er das gestrige Abenteuer mit ihr.
Er musste niesen. Der Anfall kam so plötzlich, dass er keine Gelegenheit mehr hatte, sich die Hand vor den Mund zu halten. Ein Nebelschleier entwich in die Luft. In seiner Kitteltasche fand er ein Taschentuch und schnäuzte sich nach diesem Ausbruch seine Nase. Während dieser Prozedur neigte er den Kopf leicht nach vorn, wobei einzelne Strähnen seines Haares ihm fast die Wangen aufspießten. Das war nicht verwunderlich, denn sie klebten, aneinander wie die Borsten eines Besens, an dem getrockneter Teer hängengeblieben ist. Mit ihren weißen und schwarzen Flecken ähnelten sie mehr einem Zebra- oder Rinderfell als menschlichem Haar.
Seine Augen versteckten sich meist in ihren Höhlen. Ihre Farbe war nicht zu bestimmen, denn sie kamen fast nie aus ihrem Versteck im Schattenbereich der Jochbeine heraus. In diesem Moment aber fuhr ein Blitz in sie hinein, und man konnte für den Bruchteil einer Sekunde die Verschlagenheit ihres Trägers erkennen. Irgendetwas musste ihn von seiner Tätigkeit abgelenkt haben. Ein Gestrüpp tiefschwarzer stachliger Augenbrauen, das sich mit den Jahren ein wenig gelichtet hatte, schützte diese Augen. Wie Kakteenstacheln ragten einzelne Härchen aus dem Fleisch heraus, bereit, alles aufzuspießen, was sich ihnen in den Weg stellte.
»Hier die gewünschten Daten«, säuselte HERA.
Der Monitor leuchtete grell auf, doch der Arzt konnte den Kopf nicht frei bekommen. Ärgerlich musste er sich eingestehen, dass es viel zu lange dauerte, bis er die Daten ausgewertet hatte. Eine letzte Kontrolle! Das Genom der Trägerin war schon zig Mal untersucht worden. Wie immer bestand kein Verdacht auf Anomalien!
Er gähnte.
Diese Tätigkeit langweilte ihn.
So lange er denken konnte, hatte er kein einziges anomales Genom gesehen. So auch dieses Mal. HERAs Bericht sagte ihm, dass die Genträgerin vollkommen gesund war.
Die Weiber mit ihrem Brutinstinkt. Und er war in ganz Metropolis der einzige, der ihnen zu Mutterglück verhelfen konnte. Sie rissen sich ja geradezu darum, ein Ei auszubrüten. Manchmal hasste er seine Arbeit. Psychiater müsste man sein, die kamen gleich hinter den Regierungsbonzen. Wenn man es genau nahm, waren sie sogar noch mächtiger als die.

Er hatte einmal erlebt, wie ein Psychiater mit der Wahrheitsdroge alles, aber auch alles aus dem Bündel Mensch herausgeholt hatte, das angeschnallt vor ihm auf der Liege gelegen hatte. Er musste zugeben, dass ihn die Macht erregt hatte. Noch besser wäre es allerdings, Neurologe zu sein. Neurologen holten sich die armen Opfer, wenn die Psychiater sie ausgepresst hatten wie Zitronen. Dann ging's erst richtig los. Als Neurologe stand man auf der obersten Stufe der Leiter. Es war fast schon gottgleich, wie die den bedauernswerten Würmern in die Schädel glotzten und anschließend die Neuronen so richtig zum Tanzen brachten. Waren sie schließlich mit den armen Kreaturen fertig, gab es nur noch ein weißes unbeschriebenes Blatt – keine Erinnerungen mehr.

Nichts, einfach nichts!

Er malte sich aus, wie es sich anfühlen müsste, noch einmal bei Null zu beginnen.

Schöpferische Leere!

Verdammt! Er musste aufpassen, dass *ihm* das nicht passierte. So dann und wann nutzte er seine Position nämlich, um sich hier und da ein paar Wertcoupons extra zu verdienen. Wenn ihm Eine gefiel, sorgte er schon dafür, dass sie ihr Kind bekam, natürlich ließ er sich seinen Dienst gut bezahlen. Zwar arbeitete er mit größter Sorgfalt, aber der Staat hatte überall seine Spitzel. Wer konnte schon wissen, ob nicht vielleicht seine Bettpartnerin von letzter Nacht auf ihn angesetzt worden war? Das allerdings hätte fatale Folgen für ihn, denn wenn die bemerkte, dass er sie abblitzen ließ, musste er ihre Rache fürchten. Er war Realist und als solcher auf alles vorbereitet. Der Staat traute niemandem.

Also halt' die Augen offen, alter Junge, dachte er. Er tröstete sich damit, dass ja auch die schlechten Erinnerungen verlorengingen. *Eigentlich ein guter Deal*, überlegte er. Die meisten Rückgeführten kamen aus ganz einfachen Verhältnissen. Eigentlich müssten die der Regierung noch dankbar sein, dass ihnen ihr ganzes beschissenes Leben mit einem Schlag genommen wurde. Rückführung! Was für ein Name! Wahrscheinlich hieß das Ganze so, weil man wieder am Anfang stand. Passender fand er: »Neutralisierung«. Manch einer konnte froh sein, dass sein Gehirn von all dem Ballast, der sich in den Jahren eines Lebens angesammelt hatte, befreit wurde.

Und er? Die Frage war doch: Wer befreite ihn von diesem Job? Wofür hatte er eigentlich so lange studiert, wenn die Regierung nichts Besseres mit ihm vorhatte, als ihn hier auf diesen Posten zu setzen? Aber er musste sich eingestehen, dass es selbst hier manchmal Momente gab, die ihm zeigten, welche Macht sogar einer wie er besaß.

Erst letzten Monat lag da eine Frau auf seinem Tisch, die schon zwei erfolglose Implantationen hinter sich hatte. Er konnte sich noch genau an

ihr Wimmern erinnern und an ihr billiges aufreizendes Parfüm. Das hilft dir auch nicht mehr, hatte er gedacht, auch wenn du deine Beine noch so zukneifst und meinetwegen vierzehn Tage auf deinem Arsch liegen bleibst, dieser Embryo verlässt dich spätestens in einer Woche. Würde ich auch tun bei dem Body! Du bist eben keine verdammte Brutmaschine. Und er sollte Recht behalten. Heulend kam sie eine Woche darauf mit Blutungen und hoffte, dass er da noch was machen konnte. Hätte er vielleicht auch, wenn er gewollt hätte, aber ein Blick in ihre Leidensmiene sagte ihm: Nein! Du hast deine Chance verspielt.
Oder die Alte letztes Jahr! Er lachte zynisch, als er daran dachte, wie selbstbewusst sie hier hereinkam und wie niedergeschlagen sie wieder gehen musste. Was es für Leute gab! Die glaubte doch tatsächlich, dass er bei ihr eine Implantation vornehmen würde. Sie schrie immer wieder, dass der Staat ihre Schwangerschaft befürwortet hätte. Sie war neunzig, sah aber wie eine Hundertvierzigjährige aus. Er wisse wohl, dass sie das Recht dazu hätte, hatte er gesagt, aber es wäre sehr unwahrscheinlich, dass es bei ihr noch mal klappen könnte. Wenn die gewusst hätte, dass *er* da seine Hand im Spiel gehabt hatte. Nicht bei mir, hatte er gedacht. Wenn ihm Eine so kam, dann sollte sie ihn kennenlernen. Er hatte schon erlebt, dass Hundertjährige ihre eigenen Embryonen austrugen, aber dieser eingebildeten Kuh pflanzte er einen Haufen Hautzellen ein. Klar, dass sie noch zweimal wiederkam. Zu dumm, dass es auch da nicht klappen wollte.
Eigentlich konnte auch er Gott spielen, wenn er wollte. So schlecht hatte er es gar nicht getroffen.
Kein Grund also, so missgelaunt zu sein. Etwas aufgewertet wandte er sich wieder seiner Arbeit zu.
»HERA, meine Süße, kompatible Samenspender für dieses Genom ausfindig machen! Gib dir Mühe.« Er spielte nervös mit seinen Fingern. Schon oft hatten ihm die Frauen gesagt, dass er sensible Hände hatte. Die brauchte ein Künstler wie er. Es gehörte viel Feingefühl dazu, das Sperma in die Eizelle zu injizieren. Diese Hände konnten aber auch ganz schön zupacken. Sein Gesicht bekam ein hintergründiges Grinsen, weil er wieder an die gestrige Nacht denken musste. So schlecht war die Kleine doch nicht gewesen.
»Ich suche«, antwortete HERA, und man hatte den Eindruck, dass sie von seinen Worten geschmeichelt war.
Ihr Prozessor suchte im Arbeitsspeicher nach Samenspendern.
»Drei Samenspender gefunden. Einer ist zu 99,99% kompatibel«, jubelte das Masterkontrollprogramm.
»Geht doch!«, lachte der Arzt. »Wollen mal sehen, ob mir die Braut gefällt. Wenn ja, dann mach‘ ich sie glücklich. Du bist ein Schatz, HERA. Und nun verrate mir den Lagerungsort des kompatibelsten Samenspenders!«

»Vielleicht«, HERA wirkte beleidigt, soweit man das von einer Software behaupten kann. Aber manchmal hatte er schon gedacht, dass in dieser Software ein lebendiges Wesen steckte.
»Du bist doch nicht etwa eifersüchtig?«, er lachte.
»Mag sein.«
»Du bist und bleibst die Beste. Aber wir Menschen haben nun mal Bedürfnisse, die du nicht nachvollziehen kannst.«
»Beneidenswert.«
»Nein, eher wie eine Sucht. Ich wäre froh, wenn ich nicht fühlen könnte. Wie du zu sein, ist vollkommen. Genug der Schmeichelei. Nun mach schon. Ich bin müde.«
Sein Arm schlief ein. Er konnte aber nicht den anderen zum Abstützen seines Schädels benutzen, da seine rechte Hand damit beschäftig war, Notizen auf seinem elektronischen Pad zu machen. Mit einem dumpfen Knall fiel der Arm schließlich vom Tisch, und sein Kopf sackte ein wenig nach unten, bevor er ihn abfangen konnte. Der gestrige Abend war wohl doch ein wenig zu lang gewesen. Er musste sich richtig anstrengen, um HERAs Stimme zu lauschen.
»Der kompatibelste Spender kommt aus Europa Medialis. Die Samen lagern im Klinikum Hohe Tauern«, konnte er da einen leicht beleidigten Unterton hören? Spielten HERAs Schaltkreise jetzt verrückt?
»Bitte veranlasse sofort, dass die Samen des Spenders eingeflogen werden«, sagte er versöhnend. »Zugangsdirektive: M0111.05. 01.2250«, fügte er noch hinzu.
»Wird veranlasst, M0111.«
Der grüne Fortschrittsbalken schlich auf dem Display nach rechts. Endlich stand die Verbindung. Ein akustisches Signal beendete den Transfer.
»Transfer ist beendet!«, sagte HERA mit weicher Stimme.
»Erbitte Meldung, wenn der Samen eingetroffen ist!«
»Die Meldung erfolgt über dein elektronisches Armband. Kann ich sonst noch etwas für dich tun?«, kam es von HERA.
»Alles bestens, meine Gute.«
»Wenn du mich wieder brauchst, ich stehe zu Diensten.«
»Gut zu wissen.«

Gelangweilt schlurfte der Arzt mit seinem Laboranten in die Kühlkammer. Kaum waren sie über die Schwelle getreten, tauchten Hunderte von LEDs den Raum in gleißendes Licht. Nicht der kleinste Schatten hatte den Hauch einer Chance. Wandregale türmten sich bis zur Decke. Sie beherbergten Stahlflaschen, gefüllt mit flüssigem Stickstoff. Die Flaschen waren nummeriert und etikettiert. Die meisten wurden von einem elektrischen Energiefeld geschützt, also vor Entnahme gesichert.

Auf Anweisung des Arztes näherte der Laborant sich der Flasche mit der Aufschrift: Ovarien des Geburtsjahrganges 2230. Diesen Jahrgang sowie die davor, hatte das Energiefeld freigegeben. Er schob eine Rollleiter an das entsprechende Regal, denn der Behälter befand sich in Deckenhöhe des drei Meter hohen Raumes. Umständlich kletterte er hinauf. In seinem grünen Kittel ähnelte er einem überdimensionalen Wetterfrosch. Als er einen Blick nach unten warf, schwankte er leicht. Umständlich zog er ein Paar Lederhandschuhe aus der Tasche seines Arbeitsmantels und streifte sie über. Danach setzte er die Schutzbrille, die an einer Kette um seinen Hals baumelte, auf seine Nase. Mit der rechten Hand öffnete er umständlich den Schraubverschluss des Behälters. Sofort entwich ein feiner zarter Hauch – einem Nebelstreif ähnlich – aus seinem Gefängnis und verteilte sich gleichmäßig in der Luft. Der Laborant zuckte ein wenig zurück und verlor ein zweites Mal das Gleichgewicht, fing sich aber wieder, legte den Deckel vorsichtig neben den Behälter und wühlte in den Abgründen seiner Kitteltasche, um eine Zange hervorzuholen. Endlich fühlte er den kalten Stahl in seiner Hand und versenkte das Werkzeug in der Flasche, wobei er sich mit der Linken ängstlich am Holm des Regals festhielt.

Im Schutz der Brille schaute er von oben in den Behälter, um das richtige Reagenz zu finden. Eine klare Flüssigkeit brodelte im Zylinder wie ein Vulkan, der kurz vor dem Ausbruch steht. Die Reagenzien steckten in kleinen Drahtkörben, fein säuberlich aufgereiht wie Soldaten bei einer Parade. Die Zange erfasste das Reagenz mit der Aufschrift: F9978.09.10.2230 und zog es heraus.

»Bringen Sie das Gewebe zur weiteren Untersuchung in die Pathologie«, verlangte der Arzt ungeduldig.

Warum man ausgerechnet ihm diesen Trottel als Laboranten vorgesetzt hatte, konnte er nicht verstehen. Der Mann war eine Beleidigung für sein Genie.

»Nun machen Sie schon!«, hetzte er. »Ich habe noch was anderes zu tun.«

Vorsichtig versenkte der Laborant das Glas in einen der vielen auf dem Bord bereitstehenden Ständer. Danach verschloss er den Behälter und kletterte mit der entnommenen Probe die Leiter hinunter, immer darauf bedacht, dem wertvollen Material keinen Schaden zuzufügen.

Er blickte über seine Schulter. Sein Chef lief hinter ihm wie ein Wachhund. Zu dumm. Er hätte gern noch einen Abstecher am Empfang gemacht und die neue Schwester begrüßt, die ihn immer so freundlich anlächelte. Aber jetzt, wo der Chef ihm im Nacken saß, musste er sich beeilen, denn der verstand keinen Spaß. Wenn der drüben in der Pathologie angelangt war, wollte er sicher das Gewebe nach Nekrosen untersuchen, die sich eventuell

durch die Lagerungszeit ergeben hatten. Also stolperte er nach vorn, das Glas immer weit von sich haltend.
M0111 schüttelte den Kopf. So ein Trottel! Aber das Gewebe kam heil in der Pathologie an. Wie immer fand der Arzt keine Beanstandung. Das Material war in einwandfreiem Zustand. Er hatte auch nichts anderes erwartet. Die Technik der Kryobiologie hatte sich in den letzten hundert Jahren so verfeinert, dass es nur ganz selten mal zu Schäden durch Lagerung kam. Gewebe konnte über Jahrhunderte aufbewahrt werden, ohne abzusterben.
Wieder unterdrückte er mit Mühe ein Gähnen. Die Routine brachte ihn noch um. Er musste sich schnell mit was anderem befassen. Eine Schwester ging an ihm vorbei. *Knackig*, dachte er. Die hätte ihm besser im Bett gefallen als F0078. Aber er wusste auch, dass einer seiner Bosse ein Auge auf sie geworfen hatte. Da war es besser, diesem nicht in die Quere zu kommen, zumal er noch vorhatte, Karriere zu machen.
Sein Laborant war eben damit beschäftigt, eine Versuchsreihe zu kontrollieren, da musste er sich wohl selbst bemühen und das Gewebe ins Zuchtlabor bringen. Bei dieser Gelegenheit konnte er gleich mal nach den Eizellen von letzter Woche sehen.
Als er auf der Bildfläche erschien, flatterten einige Arbeiter wie Hühner auseinander, wenn der Hahn den Schlag betritt. Jeder Laborant begab sich schleunigst an seinen Arbeitsplatz. Na immerhin. Sie spurten ja, wenn er erschien. Sich seiner Macht bewusst, schritt er von Arbeitsplatz zu Arbeitsplatz und schaute den Angestellten über die Schulter.
Ein Wink von ihm genügte, und ein Heer von Laboranten stand unter seiner Führung bereit, um das Gewebe nach neuestem Standard schonend aufzutauen. Anschließend wurde es in eine Nährlösung gegeben und im Brutschrank mit dem Follikel stimulierenden Hormon versetzt.
M0111 hielt heimlich Ausschau nach F0078, konnte sie aber nirgends entdecken. Glück gehabt, dachte er und atmete erleichtert auf.
Die künstliche Reifung der Eibläschen würde bald einsetzen. Ein empfindlicher Messfühler überwachte Temperatur, Sauerstoffzufuhr und Abtransport der Schlacken. Bei der geringsten Änderung wurde Alarm ausgelöst. In vierzehn Tagen würden die Follikel reif zum Platzen sein. *Dann wollen wir mal sehen, wie die Mutti aussieht*, dachte er.
Noch am selben Nachmittag trafen die Samen des Spenders ein. Der Computer verglich sie mit dem angeforderten Sperma. Alles Okay! M0111 schickte seinen Laboranten mit dem Samen in die Pathologie, untersuchte diesen noch einmal gründlich und brachte ihn zur Lagerung in einen eigens dafür vorgesehenen Raum.
»Dort musst du auf deinen Einsatz warten«, sagte er. »Die Reifung der Eier ist noch nicht abgeschlossen.« Er tätschelte den kleinen Behälter noch

einmal, bevor er ihn in das Kühlfach legte. Dem Männlichen blieb gar nichts anderes übrig. Ständig musste es auf das Weibliche warten. Das war seine Bestimmung. Die Natur hatte es dazu verdammt.

Jeden Tag überzeugte er sich mit HERAs Hilfe von den Fortschritten. Nach vierzehn Tagen waren insgesamt 23 Eizellen herangereift. Damit lag ihre Zahl weit über dem Durchschnitt. Die meisten Eier erreichten das Reifestadium trotz schonender Behandlung nicht. Wieder einmal war es ihm zu verdanken, dass es in diesem Labor besser klappte als anderswo. Denn obwohl dieses Verfahren schon einige Jahrzehnte angewandt wurde, gelang es den meisten seiner Kollegen nicht, mehr als acht reife Eizellen zu bekommen. M0111 war ein Künstler auf seinem Gebiet und mit diesem Ergebnis außerordentlich zufrieden. Eigentlich hatte er nichts anderes erwartet, denn seit Jahren ging es stetig bergauf mit seinem Erfolg. HERA und er waren das ideale Team. Wenn das so weiterging, lief das auf eine Beförderung hinaus. Die da oben konnten ihn nicht mehr ignorieren.

Von den 23 reifen Eizellen suchte HERA fünf aus, die mit dem Samen des Spenders M3258.18.03.2225 befruchtet wurden. Die anderen achtzehn wurden mit dem überzähligen Sperma ins genetische Labor gebracht. HERA verfügte über gewisse Subroutinen. Man sprach davon, dass sie Experimente mit den überzähligen Embryonen durchführte. Welcher Art diese Experimente waren, konnte M0111 nicht sagen. Soweit reichte sein Machtbereich noch nicht. HERA hielt sich da ganz bedeckt.

Aber wer weiß, wenn er weiter so arbeitete wie bisher, hatte er gute Chancen, irgendwann in diese Abteilung versetzt zu werden. Man hörte so einiges. Die, die dort arbeiteten, das waren die wirklichen Götter. Wahre Künstler mussten das sein. Wer wusste schon, welche Neuschöpfungen hinter verschlossenen Türen mit Hilfe der Genforschung schon kreiert worden waren. Leider bekam man sie nie zu Gesicht. Er wettete, dass die Bonzen dort oben alle schon ihren Avatar besaßen. Erregend der Gedanke, dass auch er, wenn er sich bewährte, irgendwann zu diesen »Göttern« gehören könnte. Aber was half es? Im Augenblick musste er sich noch mit banaleren Dingen herumschlagen.

Drei Embryonen hatten das Sechzehnzellenstadium erreicht, die anderen zwei starben früher ab. Von den drei übriggebliebenen Embryonen entfernte er den schwächsten. Das war keine leichte Aufgabe. Wieder oblag ihm die schwere Entscheidung über Leben und Tod. Sollte es dieser sein, oder jener, der in den Müll wanderte? Aber seine untrügliche Nase ließ ihn immer die richtige Entscheidung treffen. Für die Mutti blieben immer noch ein männlicher und ein weiblicher Embryo übrig. Der Computer druckte die Daten der leiblichen Eltern auf das Reagenz - Vater: M3258.18.03.2225, Mutter: F9978.09.10.2230.

Als die Leihmutter am 22. 9. des Jahres 2330 zur Implantation erschien, stieß der Arzt einen leisen Pfiff aus. Die Frau sah aus wie eine Dreißigjährige, war aber, wie er an den Daten sehen konnte schon sechzig Jahre alt, also im vorgeschriebenen Alter für eine Implantation. Die hätte er auch gern mal bestiegen. Festes Fleisch, Rundungen an den zu erwartenden Stellen, rosige Haut. Mein Lieber!
Da konnte einem schon heiß unter dem Kittel werden. Wenn nur nicht der Mann dabei gewesen wäre. Was fanden die Weiber nur an solchen Aufreißern? Der war doch nicht echt! Ein schöner Mann! Den gab's doch gar nicht. Wahrscheinlich war er innen hohl wie ein Tongefäß. Viel besser hätte *er* zu der Mutti gepasst. Er tätschelte ihre Wange, was ihm einen bösen Blick von seinem Nebenbuhler einbrachte. Aber der konnte ihm gar nichts. Er schob ihn einfach zur Seite.
»Machen Sie mal Platz«, sagte er. »Ich kann sonst nicht arbeiten.«
Endlich verschwand der Kerl im Hintergrund, auch wenn die Frau noch so verlangend ihre Hand nach ihm ausstreckte. Jetzt war er bei ihr, und nur er konnte ihr zu Mutterfreuden verhelfen. Er spürte wieder dieses Verlangen in sich, das er dämpfen musste. Also atmete er ruhig durch und griff nach der Hand der Frau.
»Entspannen Sie sich«, riet er und gab seiner Stimme einen väterlich kompetenten Tonfall. Seine Hand zitterte ein wenig. Nimm dich zusammen alter Junge, dachte er. Mit einer langen Kanüle führte er die Embryonen durch die Vagina direkt in die Gebärmutter der Frau ein.
Jedes Mal, wenn er das tat, stellte er sich vor, er wäre der Vater der Embryonen, die er der Glücklichen injizierte. Aber leider war das ja nicht möglich, sonst hätte er davon sicher schon öfter Gebrauch gemacht. Sperma oder Eizellen, die jünger als einhundert Jahre alt waren, lagerten hinter einem elektrischen Energiefeld. Diese Sperre wurde von HERA erst deaktiviert, wenn die biologischen Träger dieser Gameten mindestens ein Alter von einhundert Jahren erreicht hatten. Auch blieb ihm der natürliche Weg verwehrt. Sterilisiert ist eben sterilisiert!
Dennoch! Träumen war erlaubt, oder?
Eigentlich konnte er mit sich zufrieden sein. Er hatte einem neuen Staatsbürger die Starthilfe gegeben, die dieser unbedingt brauchte. Die Brutmaschine, die hier vor ihm auf dem Tisch lag, erfüllte alle Voraussetzungen, die ein Embryo in den ersten neun Monaten seines Lebens nötig hatte. Sie musste noch ein wenig auf dem gynäkologischen Stuhl liegenbleiben, während er ihre Hand hielt, aber schon jetzt konnte er sagen, dass sein Werk gelungen war.
Wieder einmal war es ihm mit Hilfe von HERA gelungen, das Erbgut zweier gesunder langlebiger Menschen, die zu 99,9% kompatibel waren,

miteinander zu vereinen. Zum Glück lag die Fortpflanzung in HERAs Hand.
Wo kämen wir denn hin, wenn jeder Bürger mit dem Partner seiner Wahl ein Kind zeugen würde? Die Lebenserwartung läge noch bei achtzig Jahren, und wer wollte das schon? Die Regierungsbonzen am allerwenigsten. Ihr Durchschnittsalter lag wohl bei 120 Jahren, wie er gehört hatte. Auch Krankheiten wären wieder vorprogrammiert. Einzig HERA war in der Lage, diese zu erkennen und den Träger der Krankheit unbarmherzig schon in seiner Embryonalzeit auszumerzen. Und nicht zu vergessen, die Menschen würden glauben, sie hätten ein Recht auf eine eigene Meinung. Jeder hatte seinen Meister. Er selbst musste sich auch nach der Obrigkeit richten. Personen, die unter ihm standen, sollten sich gefälligst dann auch nach ihm richten.
Aber all das war ja gar keine Frage. Warum sorgte er sich darum? HERA nahm den Menschen die Entscheidung ab. Dank strikter Auslese hatte die Lebenserwartung sich in den letzten dreihundert Jahren mehr als verdoppelt. Die Vorteile dieser Methode lagen auf der Hand. Wer sie nicht sah, musste ein Trottel sein: Langlebigkeit, keine Erbkrankheiten mehr, Geist paarte sich mit Geist, Muskeln mit Muskeln, und er war überzeugt davon, dass HERA auch dafür sorgte, dass Erbgut mit allzu individuellen Merkmalen gar nicht erst zur Vermehrung freigegeben wurde. Jeder Mensch hatte im Staat seine spezielle Aufgabe. Nur HERA konnte die Bürger, die der Staat brauchte, auf Knopfdruck erschaffen.

Vierzehn Tage später, als die werdende Mutter zur Nachuntersuchung kam, stellte er mit Befriedigung fest, dass beide eingepflanzten Embryonen sich in der Gebärmutter eingenistet hatten. Bei dem Körper war ihm das sowieso von Anfang an klar gewesen. Die Implantationsmedizin hatte eine sehr hohe Erfolgsquote. Sie war des Staates liebstes Kind. In den letzten zweihundert Jahren war sie von 33 Prozent auf gute 60 Prozent gestiegen.

DIE QUELLE

Das junge Leben wird aus seiner Mutter geboren. Es ist noch unfertig und von ihr abhängig.
Als Quelle bezeichnet man eine Stelle, an der Wasser aus der Erde tritt - der Ursprung eines Flusses - reines sauberes Wasser, noch jungfräulich, ohne Zusätze jeglicher Art - klar und erfrischend - lebendig und sehr beweglich - schnell fließend - zart und verletzlich. Das Wasser wächst im Leib der Erde so lange heran, bis es stark genug ist, die Felswand zu durchbrechen. Sowie es aber den Mutterleib verlassen hat, ist es Fremdeinflüssen ausgesetzt.
Eine Quelle ist noch unberührt. Sie ist die Reinheit selbst. Viele Meter ist das Regenwasser durch Gesteinsschichten gesickert und damit geläutert worden. Quellwasser enthält keine Bakterien, ist Trinkwasser in reinster Form. Schon einige Meter vom Ursprung nimmt das Wasser Informationen aus seiner Umwelt auf. Wasser ist ein sehr guter Datenträger. Wärme, Luft, organisches Leben, Licht-, Schallwellen, elektrische Energie, kinetische Energie, positive und negative Strömungen können die Beschaffenheit von Wasser verändern.

***

Wir schrieben den 20. Juni 2331. Es war kurz vor Mittag, als der Himmel sich verdunkelte. Unentwegt prasselte Regen auf den heißen Asphalt. Dampf entwich in den Äther. Aber er hatte keine Chance. Schon bald ertrank er in den kühlen Fluten. Schwer lag der Geruch der Lindenblüten in der Luft. Sommergewitter!
Seit einhundert Jahren stand das Lancen Memorial im Herzen der Stadt und sah noch immer aus, als wäre es gestern erst aus der Taufe gehoben worden. Wie ein Koloss reckte es sich – den Elementen trotzend – in den Himmel. Sein Kopf thronte über den Wolken. Die Füße standen fest im Boden verankert. Unzählige Fenster blickten hochnäsig aus sterilen leeren Augenhöhlen auf die Stadt herab. Ein Korsett aus Stahlfingern umklammerte den Torso des Gebäudes und verhinderte erfolgreich, dass die alte Lady ihre Form verlor. Gänge – von Licht durchflutet – aber im Dunkeln endend, wanden sich – weißen Maden gleich – in die Bauchorgane des Riesen. An den Wänden hingen Kameras. Sie erinnerten an die Stielaugen von Krabben. Geräuschlos tasteten diese Voyeure jeden Winkel ab, bereit, die kleinste Veränderung sofort an das Gehirn – einen allwissenden Computer – weiterzugeben. Er hatte sein Domizil im Keller des Gebäudes und hielt durch ein unsichtbares Datennetzwerk die

Verbindung zu seinen Organen, allen voran, dem Masterprogramm HERA.
Ein Stab von Ärzten bereitete sich auf das kommende Ereignis vor: Eine werdende Mutter lag in den Wehen. Das passierte in diesem Staat nicht oft. HERAs Unterprogramme warteten geduldig auf ihren Einsatz, um gegebenenfalls die Hände des Operateurs zu unterstützen, falls es zum Kaiserschnitt kommen sollte. Sturzbäche flossen währenddessen an der gläsernen Fassade herab. Der feuchte Vorhang hing bis auf die Straße und flatterte lückenlos wie eine Fahne im Wind. Während drinnen Ordnung herrschte, verhüllte der Regen den Blick auf das Chaos da draußen.
Fünfzehn Stockwerke tiefer riss die Kanalisation gierig ihr großes Maul auf und verschlang den nassen Teppich.
Immer neue Wassermassen fraß dieser große Schlund.
Wieder und wieder und wieder.
Genau um 12 Uhr hatte der Tag den Wettlauf mit der Nacht verloren.
Um 12.01 Uhr mischte sich ein fremdes Geräusch in das Heulen des Sturms und das Stöhnen der Wassermassen. Der Schrei eines Neugeborenen übertönte die Naturgewalten. Für einen Augenblick schwiegen die Elemente, als wunderten sie sich über das neue Leben, das so gar nicht in diese Welt der Alten passen wollte. Kind Nummer 6103, ein Mädchen, war geboren worden. Ein neuer Erdenbürger erblickte das Licht der Welt.
»Das ging jetzt aber schnell«, sagte die Hebamme und durchschnitt die Nabelschnur. Danach legte sie das Kind der Mutter auf den Bauch. Sie war ein mütterlicher Typ. Ihr Kopf ruhte wie eine Bowlingkugel direkt auf dem stämmigen Oberkörper. Ein Hals schien ihr abhandengekommen zu sein. Ihre Wangen waren gerötet, als ob sie dem Alkohol frönte. Gutmütige schwarze Knopfaugen flößten ebenso Vertrauen ein wie ihre Knollennase. Die Mundwinkel deuteten in ihrem Aufwärtsschwung darauf hin, dass sie Freude an ihrem Job hatte.
»Das hätten Sie nicht besser hinkriegen können. Vor einer Woche hatten wir nicht so viel Glück«, verfiel sie ins Plaudern. »Da dachten wir schon, wir müssten das Kind der Mutter aus dem Leib schneiden.« Sie lachte über ihre Ausdrucksweise.
Ein ängstlicher Blick streifte sie: »Ein Kaiserschnitt ist doch nicht ungewöhnlich, oder?«, erkundigte sich die verunsicherte Mutter.
Verwundert sah die Hebamme die frischgebackene Mutter von unten her an. »Kann mich nicht erinnern, dass wir so was je hatten. Bin mir auch nicht sicher, ob unsre Ärzte dazu in der Lage sind.« Wieder kicherte sie. Es sollte witzig sein, klang aber eher so, als ob sie den Ärzten einen solchen Eingriff nicht zutraute. Mechanisch griff sie nach einem sterilen Tuch und wischte dem Säugling damit über die blutverschmierte Haut. Kaum hatte

die Mutter sich mit ihrem Kind vertraut gemacht, entrissen die Hände der Hebamme ihr die Kleine wieder.
»Die Neugeborenen-Untersuchung ist fällig.« Ihr Ton hatte sich verändert. Er klang barsch und duldete keinen Widerspruch. Sie ging mit dem kleinen Mädchen in einen Nebenraum.
Ein sehnsüchtiger Blick der Mutter folgte den beiden.
Eigentlich fand die Hebamme die Untersuchung ganz überflüssig. Klar, dass die Kleine kerngesund war. Es wurden nur gesunde Kinder in der Republik geboren. Das war bei den vielen Kontrolluntersuchungen auch gar nicht anders zu erwarten. Die Schwangeren durften während der 280 Tage ihrer Schwangerschaft nicht mal allein aufs Örtchen gehen, ständig standen sie unter ärztlicher Beobachtung. Beim geringsten Anzeichen eines genetischen Defekts oder anderer krankhafter Veränderungen des Fetus wurde die Schwangerschaft sofort unterbrochen.
Jede Bürgerin wusste das und setzte alles daran, sich während ihrer Schwangerschaft keinen unnötigen Risiken auszusetzen und stattdessen jede Vorsorgeuntersuchung wahrzunehmen. Die Angst davor, dass man ihnen, wenn sie das Kind durch eigenes Verschulden verlören, eine weitere Schwangerschaft verwehren könnte, veranlasste die Mütter, alles zu tun, was der Staat von ihnen verlangte.
Erst vor einer Woche zum einhundertsten Bestehen des Klinikums lobte der Direktor in blumigen Worten Lancens Verdienste um die Schwangeren. Man hielt treu am Vermächtnis Lancens fest. Seit seinem Tode war in der Republik kein einziges behindertes Kind mehr geboren worden.
Die Untersuchung war also reine Routine. Was jetzt kam, wog viel schwerer. Der Augenblick der Registrierung war gekommen. Dabei konnte es durchaus vorkommen, dass ein Arzt den Chip nicht richtig platzierte, dass er eine Arterie traf oder dass die kleine Wunde am linken Oberarm sich entzündete. In all den Jahren, in denen sie hier Dienst tat, hatte sie schon einige Kinder dadurch verloren. Aber daran wollte sie jetzt nicht denken. Der Chip musste sein. HERA war in der Lage, jedes einzelne ihrer Kinder mit Hilfe dieses Datenträgers zu erkennen. Wie sollte sie sonst über sie wachen, wenn sie nicht ordnungsgemäß registriert worden waren?
Ohne Chip kein Leben! So einfach war das.
Es ging wie in den meisten Fällen alles gut. Die Hebamme übergab das Mädchen einem Chirurgen. Die Kleine weinte ein wenig, als der Arzt ihren Arm einritzte. Klar, die örtliche Betäubung wirkte nicht so wie eine Vollnarkose, aber bei einem Neugeborenen ging man auf Nummer sicher. Eine Vollnarkose bedeutete für diesen kleinen Eingriff ein zu großes Risiko.
Das Skalpell fand schnell und sicher seinen Weg in die unteren Schichten der Haut. Der Chirurg hatte schon viele Eingriffe dieser Art hinter sich. Er

führte den kleinen Chip, der auch einen Sender enthielt, geschickt in die Wunde ein und vernähte die Haut anschließend so kosmetisch perfekt, dass die Kleine später mit ihrer Narbe angeben konnte. Dieser Chip würde ihr ein Leben lang ein treuer Begleiter sein. Die kleine Batterie des implantierten Senders hielt fast zweihundert Jahre lang. Der Chip samt dem Sender würde fest mit der Haut verwachsen. Erst nach ihrem Tode würde man ihn wieder entfernen.

»Sie dürfen die Daten kontrollieren«, sagte der etwas betagte Arzt. Er selbst hatte kein Interesse mehr an seiner kleinen Patientin und entfernte sich.

Die Hebamme führte einen Scanner über den Oberarm der Kleinen und überprüfte noch einmal den genetischen Code und das Geburtsdatum des Säuglings.

F6103.20.06.2331 hatte keinen Namen. Ab heute besaß sie, wie alle Kinder der weltweiten Republik eine Identifikations-Nummer. »F« für female, geboren am 20. 6. 2331 als 6103tes Kind.

»Alles bestens!« Die Hebamme beugte sich zu der Kleinen hinab. »Ab heute kannst du nicht mehr verloren gehen. HERA findet dich mit Hilfe des Senders überall auf der Welt. Sie beschützt ihre Kinder. Dann wollen wir dich mal wieder zu deiner Mama bringen. Die wartet sicher schon sehnsüchtig auf dich.«

Sie schäkerte ein wenig mit der Kleinen. Zu süß! Sie hatte lange nicht mehr ein so hübsches Kind gesehen.

In banger Hoffnung wartete F5083.23.05.2270 inzwischen auf die Rückkehr ihrer Tochter. Natürlich wusste sie, dass es keinen Grund zur Sorge gab. Es handelte sich vielmehr um den egoistischen Wunsch einer Mutter, nicht eine Minute ohne den Säugling zu sein. Manche Frauen klagten darüber, dass ihre Muttergefühle erst Tage später akut wurden, manchmal auch gar nicht.

Sie konnte feststellen, dass das für sie nicht zutraf. Schon in den ersten Monaten der Schwangerschaft waren ihre Gedanken so blockiert gewesen, dass sie nichts anderes mehr denken konnte, als an dieses Kind und den Tag der Geburt. Nun, da der Augenblick gekommen war, traf der erste Schrei sie wie ein Blitz. Er bahnte sich seinen Weg über die Ohren direkt in ihr Gehirn. Wie hypnotisiert drückte sie die Neugeborene an sich und ließ den Tränen freien Lauf. So kleine Finger und Zehen, so schutzbedürftig, so zerbrechlich schien ihr das kleine Wesen, dass sie fast Angst bekam, es zu berühren. Sie streifte mit den Lippen die Stirn ihrer Tochter. Ein wundervoller Geruch stieg in ihre Nase, der sie berauschte. Der Duft nach Blut, Fruchtwasser, zarter warmer Haut und nassem Haar erinnerte sie an ein frisch gebackenes Brot. Von nun an war sie auf dieses Kind geprägt und die Kleine auf sie. Und all das geschah binnen weniger Sekunden.

Erstaunlich! Als die Hebamme mit dem Kind zurückkam, riss sie es ihr förmlich aus der Hand.
»Ich habe lange auf dich gewartet«, flüsterte sie trunken vor Glück. Hormone überschwemmten ihren Körper, bahnten sich den Weg in jede ihrer Zellen. Sie legte die Kleine an die Brust. Und in diesem Moment entstand ein unsichtbares Band zwischen Mutter und Tochter, dass niemand, kein anderer Mensch je verstehen kann, es sei denn, es handelt sich bei diesem Menschen ebenfalls um eine Mutter.
»Das Kind sieht Ihnen ähnlich. Es hat Ihre Haarfarbe«, stellte die Hebamme gerührt fest, als sie das innige Verhältnis von Mutter und Tochter sah.
F5083 wäre wahrscheinlich in ihrem Alter schon grau gewesen, wenn es die Genforschung nicht gegeben hätte. Aber kein Mensch musste sich heute mehr mit weißen Haaren abfinden, es sei denn, dieser Dummkopf wollte es so. Ein chemischer Botenstoff regte die Haarfollikel an, Melanin und in ihrem Fall auch Kupfer bis ins hohe Alter zu produzieren. Also besaß sie nach sechzig Jahren noch immer ihre natürliche Haarfarbe. Das Melanin arbeitete genauso fleißig wie der Mensch, in dem es gebildet wurde.
So wie die Haare Melanin produzierten und sich nichts Schöneres vorstellen konnten, als dies so lange zu tun, bis ihr Träger friedlich entschlief, so bildeten die Follikel ständig neue Haare, wenn die alten nach einigen Jahren ausfielen. Kein Testosteron oder eine genetische Veranlagung konnten diesen Prozess stoppen. Glatzen gab es nur für wenige Tage, nämlich dann, wenn die Männer sich den Kopf rasierten, was sie ab und zu taten, nur der Nostalgie wegen, versteht sich. F5083 lächelte. Sie dachte an früher. Nicht auszudenken, dass Frauen mit sechzig alt waren.
Die Hebamme zeigte auf ihren Kopf. »Ich für meinen Teil ziehe es vor, mein Haar einzufärben.«
F5083 war keine Freundin dieser Methode. Sie hatte noch nie den Kult, den einige Bürger mit ihren Haaren veranstalteten, verstehen können. Manch einer stand unter dem inneren Zwang, irgendetwas an sich verändern zu müssen.
Der menschliche Körper jedoch war Staatseigentum und unterstand allein HERAs Obhut. Für Veränderungen jeglicher Art musste der Bürger eine Genehmigung einholen, also was blieb ihm? Die Haare!
Sie betrachtete die Hebamme genauer und musste sich eingestehen, dass die grünen Haare mit einigen orange-roten Sprenkeln der Frau gut standen. Für sie käme so was selbstverständlich nicht in Frage.
»Leben Sie in einer glücklichen Beziehung?«, wollte die Hebamme wissen.
»Wir haben uns vor elf Jahren auf einer Party kennengelernt. Sie wissen schon, eine dieser langweiligen Betriebsfeiern. Ich war sofort in ihn

verknallt. Damals hatte ich schon reichlich Erfahrung mit Männern. Ich prostete ihm zu und stellte eine saudumme Frage, um das Eis zu brechen. Ich fragte doch tatsächlich, ob er an Wiedergeburt glaube.«
»Wie originell«, lachte die Hebamme. »Was hat er geantwortet?«
»Er kam auf mich zu. Ich dachte, mein Herz müsse stehenbleiben. Natürlich glaubte er nicht an diesen Humbug, bot mir stattdessen an, in die Zukunft zu sehen.«
»Und was sah er, wenn ich fragen darf?« Die Hebamme war neugierig geworden.
»Was glauben Sie? Natürlich sah er uns beide als Paar und wie ich den ersten Schritt auf ihn zu machte und mit ihm anstieß. Als er da so erwartungsvoll vor mir stand und mir zulächelte, konnte ich seine blitzend weißen makellosen Zähne bewundern. Er wusste sowieso, dass es um mich geschehen war. Wie konnte ich diesem athletischen, immer gut gebräunten Mann widerstehen? Er strahlte mich mit seinen wasserblauen Augen an, dass mir ganz schwindlig wurde. Das Spiel ging noch eine Weile hin und her. Keiner von uns bewegte sich. Als er dann mit seinem Dackelblick ankam, konnte ich nicht anders und flog ihm in die Arme.«
»Also hat er Recht behalten. Sie machten den ersten Schritt. Und wie ging es dann weiter?«
»Drei Monate nach diesem Ereignis zog er bei mir ein. Seitdem leben wir zusammen. Bis heute weiß ich nicht, was dieser aristokratisch wirkende Mann an mir findet.«
Die Hebamme schaute ihre Patientin wohlwollend an.
»Vielleicht reizt ihn Ihre Weiblichkeit.«
»Kann ich mir nicht vorstellen. Ich reiche ihm gerade mal bis zur Schulter. Was will er denn mit einem Zwerg?«
»Sie gehen zu hart mit sich um«, meinte die Hebamme. »Ich habe sehr wohl bemerkt, wie die Ärzte Ihnen bewundernde Blicke zugeworfen haben. Unscheinbar sind Sie auf keinen Fall.«
Sie verabschiedete sich und ließ F5083 allein mit ihren Gedanken.

Die Mutter drückte ihr Kind noch fester an sich. Es war ein Wunder, dass sie dieses Kind bekommen hatte. Kinder waren in der heutigen Zeit selten. Seit dieser Seuche im 21. Jahrhundert, die die Erdbevölkerung auf ein Siebtel dezimiert hatte, lebten nur noch knapp eine Milliarde Menschen auf der Welt. Nach dem Willen des Staates sollte das auch so bleiben. Jahrhunderte sorgte er schon dafür, dass Geburten- und Todesrate sich die Waage hielten. Die Bevölkerung hatte sich – wie die Regierung es bezeichnete – gesund geschrumpft.
Die Starken hatten sich durchgesetzt. Eigentlich war das schon lange fällig gewesen. Wo wäre die Menschheit heute, wenn es diese Seuche nicht

gegeben hätte? Sie war da ganz der Meinung des Staates. Jedes Kind lernte es in der Schule. Wir sind die Elite! Wir haben es geschafft! Wir sind stark! Wir haben das Recht zum Überleben! Freilich musste jeder Bürger sein Überleben damit erkaufen, dass er auf das Eine oder Andere verzichtete, aber was machte das schon? Sich in HERAs Obhut zu wissen, machte es ihr leicht, freudig einige Privilegien abzugeben. Individualität wurde sowieso überschätzt. Das Ganze musste funktionieren. Ein Rädchen griff in das nächste. Nur so konnte eine Maschine laufen.
F5083 küsste ihre schlafende Tochter. Sie hatte keine Probleme damit, dass ein Mensch nur das Recht hatte, sich fortzupflanzen, wenn er mindestens ein Alter von einhundert Jahren erreichte. Sie hatte sich dafür entschieden, einen Fremdembryo auszutragen, hoffte aber darauf, dass sie die Hundert erreichte und eine andere Frau dann ihr Kind austragen würde. Es war gut so, dass Menschen, die nicht dieses Alter erreichten, ihre Gene nicht weitergeben durften. Langlebigkeit vererbt sich nun mal. Das hieß aber auch strenge Geburtenkontrolle, damit eine Überbevölkerung vermieden wurde. Im 20. und 21. Jahrhundert vermehrten sich die Menschen wie eine Krebsgeschwulst. Unkontrollierte Schwangerschaften bergen immer das Risiko, dass unerwünschte Gene sich durchsetzen. Kontrolle schützte die guten Erbeigenschaften.
F5083 war eine vorbildliche Bürgerin. Der Staat konnte sich keine bessere wünschen. Dreißig Jahre hatte sie gelernt, bis ihr Hirn so vollgestopft war, dass absolut nichts mehr hineinpasste. Schon als kleines Kind zeichnete sie sich durch eine Eigenschaft besonders aus. Mit hingebungsvoller Leidenschaft ging sie den Dingen auf den Grund. In jedem Müllhaufen stocherte sie nach verborgenen Schätzen, jedem Speicher entlockte sie seine Geheimnisse. Sie grub den Boden um, verlor sich in Höhlen und drehte jeden Ast und Stein um. Niemand weiß, wie sie dabei noch die Zeit zum Lernen fand, aber sie tat es. Sie lernte, lernte und lernte. HERA blieb keine Wahl. Sie musste sie zu einem Studium der Geowissenschaften und Archäologie zulassen.
Während des Studiums jobbte sie mal hier, mal da, nicht, dass sie dafür entlohnt worden wäre. Der Staat zahlte nicht für Arbeit, die dem beruflichen Weiterkommen diente, aber das war ihr egal. Mit Vollendung ihres dreißigsten Lebensjahres nahm sie ohne Protest jede Arbeit an, die ihr das Ministerium zuwies. Sie hatte begriffen, dass es ihr nur so gut ging, weil der Staat sich in alles einmischte, was sie betraf. Nur deshalb gab es seit vielen Jahren keine Arbeitslosen mehr.
F5083 arbeitete acht Jahre auf einer Farm am Stadtrand. Hier hatte man Überreste einer Stadt aus dem 19. Jahrhundert gefunden. Die Ausgrabungen nahmen länger in Anspruch als gedacht. Auch das Katalogisieren der

Fundstücke und das Verschicken derselben in andere Gebiete der Republik musste koordiniert und überwacht werden.
Weitere fünf Jahre tat sie in einem Museum für Völkerkunde Dienst. Jeder hätte annehmen müssen, dass es nun gereicht hätte, aber nein, sie drängte sich den Behörden förmlich auf. Während andere sich tot stellten, brachte sie sich ins Gedächtnis und ging erneut auf Außenmission. Panamerikana hieß das Reiseziel. Dort hatte man Überreste einer Aztekenstadt gefunden. Diese Arbeit fesselte F5083 weitere sieben Jahre. Endlich beschränkte sich ihr Arbeitsbereich gänzlich auf Metropolis. Sie leistete sich eine eigene Wohnung, hatte nacheinander verschiedene stürmische Affären mit Männern, ab und zu auch mal mit der einen oder anderen Frau, bis sie eines Tages M1012 kennenlernte und zur Ruhe kam.

Es ging ihr gut. Sorglos lebte sie – wie alle anderen Bürger dieser Republik auch – in den Tag hinein. Niemand musste sich um banale Dinge kümmern, dafür gab es ja Computer. F5083 und M1012 konnten sich ganz auf ihre Liebe konzentrieren. Beide ergänzten sich perfekt.
Und dennoch hatte es Augenblicke in ihrem Leben gegeben, die nicht so perfekt liefen. Schuld daran waren ihre Hormone gewesen. Diese kleinen, kaum nachweisbaren Wirkstoffe machten ihr von Zeit zu Zeit das Leben schwer. Immer wenn sie ihre Ansprüche anmeldeten, galt es, sie zum Schweigen zu bringen, was mit den Jahren immer schwieriger wurde.
Als sie vierzig wurde, schrien sie geradezu nach einem Kind. Komisch, dass es dem Staat noch nicht gelungen war, diese Dinger zu zähmen. Als das Geschrei immer lauter wurde, bekam sie vom Arzt Psychopharmaka verordnet und auch diverse Sitzungen bei Psychologen und Psychiatern. Was nutzte es, dass sie sich immer wieder sagte, dass sie noch nicht dran war. Ihre Hormone waren da anderer Meinung.

Jede Frau in der Republik fieberte ihrem 60. Geburtstag entgegen. Frauen mit 60 waren keinesfalls alt. Sie hatten die Spitze der Pyramide erreicht. Endlich brachen die Dämme, die bis jetzt alles zurückgehalten hatten, was nach Familienplanung roch. Endlich durften sie an Kinder denken. Im letzten Jahr war es dann bei ihr soweit gewesen. Gleich darauf sprach sie mit M1012 über ihren Kinderwunsch.
Es war ihm klar, dass bei Frauen ihres Alters dieser Wunsch ganz oben auf der Liste stand. »Die Hormone, die Hormone«, lachte er.
Wieso drängten die Frauen sich danach, das Kind einer Fremden auszutragen? Sie machten es dem Staat zu einfach, diese sentimentalen Träumerinnen. Kaum erlaubte er ihnen, schwanger zu werden, fielen sie

sofort in Panik. Wäre er an ihrer Stelle gewesen, er würde so lange warten, bis ihm erlaubt würde, das eigene Kind auszutragen.
Sie wusste, dass – wenn sie jetzt nachgab – sie vielleicht nie Mutter werden würde. Also fuhr sie alle Geschütze auf, die eine Frau in dieser Situation auf Lager hat, wenn sie sich etwas in den Kopf gesetzt hat. Eigentlich war ihr solch ein Getue zuwider, aber die Erfahrung hatte sie gelehrt, dass Männer, speziell der ihre, auf dieses Theater hereinfielen. Sie schmiegte sich fest an ihn. Sein vertrauter Duft riet ihr, vorsichtig zu sein. Sie wusste, wie hartnäckig er sein konnte.
»Du denkst nicht etwa daran, ein eigenes Kind mit mir zu haben, oder?« Der Gedanke erschien ihr so weit in der Ferne. Er musste doch wissen, dass dies nicht vor einem Alter von 100 Jahren möglich war.
»Ich könnte mir nichts Schöneres vorstellen.« Warum kam er sich plötzlich so armselig in seiner Verteidigungsposition vor.
Sie rümpfte ihre kleine Nase. Das tat sie immer, wenn sie keine Argumente mehr hatte.
»Ich auch, Liebling«, hauchte sie scheinheilig. »Das ist nicht der Punkt, aber bis dahin sind wir alt und gebrechlich. Was haben wir dann noch von unserem Kind, beziehungsweise das Kind von uns? Und wer garantiert mir, dass wir beide dann noch leben?«
»Du scheust wohl das Risiko?«
Wie konnte er jetzt damit kommen. Keiner liebte das Risiko mehr als sie.
»Meine leibliche Mutter ist mittlerweile 160 Jahre alt«, konterte sie stolz. »Ich bin sicher, dass auch ich so alt werde. Also: Es gibt kein Risiko.«
Einen gewissen Stolz konnte sie sich nicht verkneifen.
In Wirklichkeit ging es hier um etwas ganz anderes. Wer konnte schon wissen, ob sie beide, selbst wenn sie dieses Alter erreichten, noch ein Paar sein würden, und auch dann war es fraglich, ob HERA die Kombination ihrer Gene vorschlagen würde.
Er ahnte wohl, was sie bewegte, denn er sagte plötzlich: »Wir könnten eine Petition einreichen und um Zusammenführung unserer Gene bitten. Nicht immer werden die von HERA vorgeschlagenen kompatibelsten Samen- und Eispender miteinander vermischt. Ich kenne Fälle, in denen der Staat anders entschieden hat. Auf die können wir uns berufen.«
Er war gut informiert, wie sie feststellen musste.
Sie wollte nicht, dass er weiter diskutierte. Für sie gab es da nichts zu diskutieren. Ihr Entschluss stand fest.
»Ich sag es dir lieber gerade heraus: Ich will jetzt ein Kind. Ich bin das Warten leid. Mein halbes Leben warte ich schon darauf, dass ich endlich schwanger werden darf. Ich will lieber heute das Kind einer anderen Frau austragen, als auf eine ungewisse Zukunft hoffen, die vielleicht nie kommt. Und falls ich

das Alter von einhundert Jahren erreiche, bin ich sicher, dass eine andere Frau auf der Welt mein leibliches Kind austrägt. Vielleicht, wenn ich so gute Gene habe wie meine biologische Mutter, wovon ich ausgehe, kann ich irgendwann sehen, was aus meinem leiblichen Kind geworden ist.«
»Ist das dein Ernst? Du willst, dass HERA die biologischen Eltern des Kindes aussucht, das du austrägst? Du degradierst dich zur Leihmutter.«
Was war nur mit den Frauen los? Da meldeten die Hormone Land unter, und sie hatten nichts weiter zu tun, als den erst besten Strohhalm zu ergreifen, um sich daran hochzuziehen. Und was das Schlimmste war: Sie merkten es nicht mal. Sie fuhren voll drauf ab. Sie tappten in die Falle, die der Staat ihnen gelegt hatte, nicht wissend, dass ihre Hormone die eigentlichen Übeltäter waren. Sie glaubten, sie hätten einen freien Willen, weit gefehlt. Die Hormone hatten schon für sie gewählt.
Er wagte noch einen letzten Versuch. »Warum lässt du HERA nicht in vierzig Jahren berechnen, ob unsere Gene kompatibel sind. Dann wüssten wir Bescheid.«
Die Männer! Sie taten immer so, als würde sie das Ganze kalt lassen, tat es aber nicht. Das Einzige, was sie interessierte, war die Weitergabe ihrer Gene. Es war halt ihr Naturell.
Sie war in dieser Sache unerbittlich. Er wusste sehr gut, dass sie ihren Kopf durchsetzen würde. Das schaffte sie immer. Notfalls würden sie ihre Partnerschaft aufgeben müssen, wenn er nicht nachgab. Da es dem Staat noch immer nicht gelungen war, eine künstliche Gebärmutter zu entwickeln, blieben die Frauen vorerst für die ersten neun Monate des Lebens unverzichtbar. Und damit waren sie selbstverständlich wertvoll für den Staat. Der Kinderwunsch einer Frau hatte immer Priorität. Es stand 1:0 für die Hormone.
Er warf einen Blick auf F5083, und ihr fast schon überirdisches Lächeln entwaffnete ihn. Die Vorfreude auf dieses Kind stand ihr ins Gesicht geschrieben. Dann seufzte er: »Meinetwegen! Du sollst dein Kind haben.« Er hatte sich mit dem Gedanken versöhnt. Es war nun mal so und ließ sich nicht ändern.
Das endlose Warten nahm ein Ende. F5083 wurden auf ihren Wunsch vor gut neun Monaten zwei Embryonen eingesetzt, ein männlicher und ein weiblicher. Das taten die Ärzte immer. Meist starb einer der Embryonen ab. Wenn dies nicht geschah, wurde der schwächere Embryo chirurgisch entfernt, es sei denn, eine Frau bekam die Sondergenehmigung, Zwillinge auszutragen. Für F5083 traf dies nicht zu, bei ihr wurde der männliche Embryo entfernt.
F5083 hatte bei der ersten Implantation gleich Glück gehabt. Sie war sofort schwanger geworden. Schon das war ein kleines Wunder. Andere Frauen brauchten zwei oder drei Implantationen.

M1012 freute sich, dass es so schnell bei F5083 geklappt hatte, aber Männer tun dies im Allgemeinen nur, um ihrer Partnerinnen willen. M1012 hatte nicht den Pflege- und Fürsorgetrieb wie F5083. Manchmal glaubte er, dass den Frauen dieser Trieb nach der Geburt mit dem Chip implantiert wurde und dass HERA in einem bestimmten Alter einen Schalter umlegte, um ihn zu aktivieren. Alles zum Wohle der Menschheit natürlich.

F5083 dachte an die Zeit vor ihrer Schwangerschaft zurück. Diese war schwer gewesen, lag nun aber endgültig hinter ihr. Sollten andere die Pillen schlucken. Sie hatte es überstanden. Sie wollte nie mehr in ihrem Leben so weit unten sein und sich von den Hormonen diktieren lassen, dass es doch jetzt, gerade jetzt so schön sein könnte, eine Mutter zu sein, wo sie mit ihrem Verstand doch genau wusste, dass es unmöglich war. Auch die Besuche in den Liebeszentren, die ihr der Arzt verschrieben hatte, halfen da wenig. Nun aber hatte sie es geschafft. Diese Zeit lag endgültig hinter ihr, und das Warten hatte sich gelohnt.
Und wie es sich gelohnt hatte. Ihr Blick streifte das Kind in ihren Armen. Jede Frau konnte – wenn sie gesund war – in der Mitte ihres Lebens dieses wunderbare Gefühl der Mutterschaft erleben. Und es war vollkommener, als sie es sich in den schönsten Träumen hätte ausmalen können. Nicht auszudenken, dass Frauen früher dieses Alter manchmal gar nicht erreichten. Die Lebenserwartung in der Republik betrug nahezu 180 Jahre. Auch ein Verdienst des Staates. Wohl unserm Staat!

*

Lancen begann vor dreihundert Jahren als Erster mit der Übertragung von Fremdembryonen. Heute gehörte dies zu den Standardaufgaben jedes Gynäkologen. Ein Medizinstudent lernte es im 4. Semester, aber nur wenigen war es erlaubt, Implantationen von Staats wegen vorzunehmen. Wie gut, dass nur HERA die verschlüsselten Personaldateien lesen konnte. Jeglicher Geschäftemacherei war damit Tür und Tor verschlossen. Keine Frau wusste, wessen Kind sie austrug. Nur das Kind selbst konnte im Erwachsenenalter von vierzig Jahren, vorausgesetzt, dieses Alter wurde erreicht – auch heute starben noch Menschen durch Krankheit und Unfall – seine Abstammung erfahren und durfte seine biologischen Eltern kennenlernen.
Der Staat forderte nicht viel von seinen Bürgern, nur die Einhaltung der zehn obersten Gesetze. Diese wurden vor dreihundert Jahren aufgestellt, als es mit der Menschheit langsam bergab ging, als dieses Virus über den Erdball tobte. Eines dieser Viren, das aus den Laboratorien skrupelloser

Forscher entwichen war. Es hatte fast die gesamte Menschheit ausgerottet. Sie konnte ja nicht wissen, wie es sich wirklich mit diesem Virus verhielt.
Wir haben überlebt, dachte sie voller Stolz. Nur durch eiserne Disziplin und absoluten Gehorsam und mit Hilfe des Staates gelang es uns, die schreckliche Krankheit zu überwinden. Und das nur, weil wir uns den genauen Anweisungen unserer Ärzte fügten.
F5083 betrachtete den eigenen Körper, straffe Haut, wohlgeformte Brüste, rosiges Aussehen, Rundungen an den zu erwartenden Stellen. Alles perfekt, und das nur, weil der Staat die Hand darüber hielt. Seit vielen Jahren kannte man das Geheimnis des Alterns und hatte gelernt, diesen Prozess hinauszuzögern. Die genetische Forschung war auf diesem Gebiet sehr weit. Auch Krankheiten gab es so gut wie keine mehr. Jede kleinste Veränderung entdeckte HERA beim monatlichen Gesundheitscheck.
Was machte es da aus, wenn man die paar Minuten im Monat opferte? Gesund konnte man nur bleiben, wenn man sich regelmäßig überprüfen ließ. Sie hatte mehrmals erlebt, wie Menschen, die versuchten, sich vor den Untersuchungen zu drücken, zwangsweise vorgeführt wurden. Das war ihrer Meinung nach das gute Recht des Staates.
Krankheiten mussten um jeden Preis vermieden werden. Die Behandlung durch den Arzt gewährleistete, dass der Staat gesund blieb. Das bedeutete auch, dass Kranke isoliert wurden, bis sie wieder gesund waren, damit andere Menschen nicht infiziert werden konnten. Dies galt für alle Krankheiten – für einen simplen Schnupfen genauso, wie für schwere Infektionskrankheiten oder bösartige Krankheiten, übertragbar oder nicht, denn der Kranke war immer eine Bedrohung für die Gesunden, manchmal sogar eine Last oder er beleidigte das ästhetische Empfinden.
F5083 seufzte. Sie war in ihrem Leben nur dreimal richtig krank gewesen. Die Trennung von ihrer Familie hatte ihr Schmerzen bereitet, aber das Wissen darum, dass sie wieder gesund werden würde und der unerschütterliche Glaube an die Kompetenz der Ärzte, hatten sie darüber hinwegkommen lassen.
Sie wusste auch von unheilbaren Krankheiten. Ein Wunder, dass die bei diesem lückenlosen System noch existierten, aber es gab sie noch immer. Gesehen hatte sie zwar niemanden, der unheilbar krank war, aber die Menschen redeten davon. Dauerte eine Krankheit länger als ein Jahr, wurde sie als unheilbar eingestuft. Diese Menschen kamen nie wieder zurück zu ihren Familien. Es wurde erzählt, dass sie irgendwo verwahrt wurden, wo sie mit ihrer Krankheit leben konnten, andere sprachen davon, dass die Kranken dem Staat zu Versuchszwecken dienten, wieder andere meinten, dass sie den Freitod wählten, um der Menschheit nicht mehr zur Last zu

fallen. Wie gesagt: Das waren alles nur Gerüchte, und auf Gerüchte hatte sie nie viel gegeben.
F5083 blickte stolz hinab auf ihr schlafendes Kind. Die Kleine schnitt Grimassen. Säuglingsträume! Was gäbe sie darum, zu wissen, was das Kind träumte. Komisch, dass man sich nicht an die Säuglingszeit erinnern konnte. Das Gehirn ist ein Wunderwerk der Natur. Aber Wissenschaftler waren schon dabei, dieses Wunderwerk gründlich zu analysieren. Unglaublich, welche Fortschritte auf diesem Gebiet gemacht worden waren. Ja, wovon träumte die Kleine? Träumte sie von den ersten neun Monaten vor ihrer Geburt?
F5083 dachte zurück.

Ende August letzten Jahres erhielt sie die Nachricht, dass HERA für sie die passenden Ei- und Samenzellen gefunden hatte. Sie bekam Hormone und ihr Zyklus wurde genau überwacht. Zwei Tage vor ihrem natürlichen Eisprung begannen die Ärzte mit der in vitro Befruchtung der Keimzellen. Und am 22. September fuhr F5083 gemeinsam mit ihrem Partner in die Implantationsklinik, die sich hier im Gebäude im 20. Stockwerk befand.
»Sehen Sie die beiden Embryonen auf dem Monitor?«, fragte der Arzt und zeigte den Eltern ihre ungeborenen Kinder, dabei zog er die künftige Mutter fast aus mit seinen Augen.
Ihr war das damals peinlich gewesen. M1012 aber neckte sie ständig damit, dass dieser Arzt ein besonderes Interesse an ihr gehabt hatte.
»Hier haben wir den weiblichen und dort den männlichen Embryo«, fuhr der Arzt fort. »Beide befinden sich im Moment im Sechzehn-Zellen-Stadium.«
F5083 verlor bei diesem Anblick fast die Nerven. »Schau nur, wie klein sie sind!«, wandte sie sich an M1012 und fuhr zärtlich mit der Hand über den Monitor, so als wollte sie die kleinen Zellhaufen streicheln.
M1012 teilte ihre Freude, obwohl Männer ja im Allgemeinen nicht diese Art von Brutpflege verspüren wie die Weibchen. »Ich sehe es, Schatz«, kam es leise von ihm.
Der Arzt erklärte ihnen genau, was er machte: »Mit Hilfe dieses nur wenige Millimeter dicken Katheters«, er zeigte ihnen das kleine Gerät, »werde ich die Embryonen in ihre Gebärmutterhöhle übertragen. Dieser Vorgang dauert nur wenige Minuten und ist völlig schmerzfrei. Nach einer kurzen Ruhepause können Sie die Klinik wieder verlassen.«
M1012 wollte ihre Hand festhalten, aber der Arzt stieß ihn unsanft weg. Er konnte wohl nicht arbeiten, wenn jemand neben ihm stand. Sie erinnerte sich noch genau daran, wie er stattdessen ihre Hand ergriff und sie

versuchte zu beruhigen. Es war ihr unangenehm gewesen, von ihm so berührt zu werden, aber dann hatte sie sich doch vertrauensvoll in seine Hand begeben. Er war der Arzt und wusste sicher, was zu tun war. Sie beobachtete genau, wie er die beiden Zellhaufen aufsaugte und mit einer langen Kanüle über die Vagina in die Gebärmutter injizierte.

»Geschafft«, meinte er dann. »Bitte bleiben Sie noch eine Stunde so liegen, danach dürfen Sie die Klinik verlassen. In vierzehn Tagen will ich Sie wieder sehen. Da wissen wir mehr. Ich gebe Ihnen eine Liste von Dingen, die sie in diesen vierzehn Tagen nicht essen sollten. Außerdem sollten Sie es vermeiden, heiß zu baden. Und es versteht sich von selbst, dass Sie jegliche Art von Stress meiden sollten.«

»Ich will alles so machen, wie Sie es gesagt haben. Ich will dieses Kind!«, schrie sie voller Leidenschaft. »Sie werden sehen, meine Embryonen werden nicht abgestoßen.«

Und F5083 sollte Recht behalten. Beide Embryonen nisteten sich in ihrer Gebärmutter ein.

»Ihr Frauen der Republik müsst euch als Brutmaschinen verstehen. Und als solche habt ihr die heilige Verpflichtung, alles in eurer Macht Stehende zu tun, dass unsere Menschheit fortbesteht. Solange es uns nicht gelungen ist, eine künstliche Gebärmutter zu entwickeln, ist die Menschheit auf euch angewiesen. Betrachtet es als große Ehre, dass ihr dazu beitragen dürft, für unser Fortbestehen zu sorgen.«, hatte vor 300 Jahren Dr. Lancen gesagt. Jedes Kind lernte dies in der Schule. F5083 konnte sich noch genau erinnern, wie aufgewertet sie sich damals gefühlt hatte, als dieses Thema im Unterricht angesprochen wurde.

Die Frauen sorgten für den Fortbestand der Menschheit.

Ohne Frauen keine Nachkommenschaft.

All das beflügelte sie jetzt, als sie vierzehn Tage später erfuhr, dass der Schwangerschaftstest positiv war. Sie genoss ihre Schwangerschaft in vollen Zügen. Leider wurde in der 16. Schwangerschaftswoche ein Embryo entfernt, was sie damals sehr mitnahm. Sie konnte anfangs nicht darüber hinwegkommen. Es wäre zu schön gewesen, zu den wenigen Frauen zu gehören, denen es vergönnt war, gleich zwei Kinder auszutragen.

Drei Wochen brachte sie im Krankenhaus mit einer Depression zu. Bis die Ärzte ihr klar machten, dass auch der zweite Embryo in Gefahr sei, wenn sie nicht augenblicklich mit dem Selbstmitleid aufhörte. Der Kopf verstand, aber das Herz brauchte einige Zeit. Endlich fing sie sich wieder und konnte das Krankenhaus verlassen.

Der verbliebene Fetus gedieh prächtig. Sie hatte keinerlei Beschwerden, im Gegenteil, die Schwangerschaft war das reinste Vergnügen. Als ihr Bauch an Umfang zunahm, präsentierte sie sich stolz in der Öffentlichkeit. Man sah nicht viele schwangere Frauen auf den Straßen. Triumphierend registrierte sie die Blicke jüngerer Frauen. Die hatten noch einen weiten Weg bis zu diesem Zeitpunkt zurückzulegen. Genau so war es ihr in all den Jahren ergangen. Nun aber war sie am Zuge. Sie hatte den Höhepunkt und die Bestimmung ihres Lebens erreicht.

Viele Untersuchungen folgten. Mit der ersten Bewegung, die sie im 4. Monat deutlich spüren konnte, verschmolz sie regelrecht mit dem kleinen Wesen in ihrem Leib. Mit jedem neuen Ultraschallbild wurde es ihr vertrauter. Geduldig sprach sie mit dem Ungeborenen, ging zu Workshops, in denen sie Meditationstechniken erlernte. Besuchte Veranstaltungen, die sich mit der Schulung des Fetus befassten, denn jeder wusste, dass Ungeborene auf Musik, Sprachen und andere Reize schon im Mutterleib reagieren.

All diese Seminare wurden in einem Mutterpass dokumentiert. Jede Schwangere hatte die Verpflichtung, diese zu besuchen und musste auch einen Nachweis darüber erbringen, ansonsten drohte der Staat mit der Unterbrechung der Schwangerschaft, was nicht selten vorkam, wenn eine Schwangere meinte, ihre Schwangerschaft sei allein ihre Privatsache und sich von allem distanzierte.

Der Staat wusste sehr gut, was seine Bürger nötig hatten. Schon die Ungeborenen waren Staatseigentum und als solche waren sie Mündel des Staates und standen – genau wie alle anderen Menschen auch – unter ständiger Beobachtung und Kontrolle. Sorgte eine werdende Mutter nicht sachgerecht für ihr Ungeborenes, so musste der Staat die Schwangerschaft beenden, wenn dies bei einer der Vorsorgeuntersuchungen festgestellt wurde.

F5083 liebte ihr heranwachsendes Kind. Ob das Kind diese Nähe spürte und durch diese Liebe in den Monaten der Schwangerschaft mit geprägt wurde? Sie hoffte es sehr. Ihr sehnlichster Wunsch war es, diesem Kind, das nicht genetisch mit ihr verwandt war, etwas von sich mitzugeben. Und warum sollte das nicht so sein? Das Kind hörte die Geräusche ihres Herzens und des Magen-Darmtraktes, den Klang ihrer Stimme und war akustisch mit der Umgebung verknüpft. Es lebte in ihr und von ihr, von ihrem Fleisch und Blut sozusagen. Was machte es da aus, dass es nicht im wirklichen Sinne ihr Fleisch und Blut war.

Der Regen hatte sich gelegt. Das Gewitter war – so schnell es gekommen war – auch wieder vorbei. Golden brach die Sonne durch die regenverschmierten Scheiben. Die Stahlfassade heizte sich auf. Deutlich konnte man erkennen, wie feine Dunstnebel sich in die Luft erhoben und gierig von der Sonne aufgesaugt wurden. Das Sonnenlicht umspielte den

Kopf der Neugeborenen und umgab das Kind mit einer gleißenden Aura aus Licht. F5083 wagte kaum zu atmen, so still wurde es auf einmal. Es fiel ihr nur ein Wort ein, das dieses Bild beschreiben konnte -- heilig. Kinder waren wahrhaftig heilige Geschöpfe.

Plötzliches Stimmengewirr unterbrach ihre Gedanken. Eine Frau stürmte mit weit geöffneten Augen in ihr Zimmer. Sie wirkte gehetzt, wie unter Drogen stehend. Ein verzweifelt suchender Blick streifte sie. Dieser Blick sagte: *Helfen Sie mir!* Gleich darauf stürzten zwei Pfleger in den Raum und ein wenig später ein Arzt. Die beiden Pfleger versuchten die Frau festzuhalten. Die aber wehrte sich verzweifelt.
Wieder dieser Hilfe suchende Blick auf F5083, dann schrie sie: »Passen Sie auf Ihr Kind auf. Die werden es Ihnen nehmen!«
F5083 drückte das kleine Bündel in ihrem Arm unbewusst fester an sich. Die fremde Frau machte ihr Angst. Die Pfleger aber hatten alles im Griff. Schließlich wurde die Fremde von ihnen gepackt. Der Arzt erschien mit einer Spritze, die er der verzweifelt um sich Schlagenden in die Vene des rechten Unterarms jagte.
Die Frau klappte zusammen wie ein Taschenmesser. Die Pfleger verhinderten gerade noch, dass sie auf dem Boden aufschlug. Beide trugen das leblose Bündel aus dem Zimmer.
Der Arzt drehte sich zu F5083 herum, zuckte bedauernd mit den Achseln und sagte entschuldigend: »Wochenbettdepression!«, dann verließ auch er den Raum.
F5083 war starr vor Schreck. Sie presste ihre Tochter noch fester an sich. »Was es für Leute gibt! Ich gebe dich auf keinen Fall her, mein Herz«, sagte sie leise zu sich selbst. Und noch leiser fügte sie hinzu: »Auch wenn es nicht gern gehört wird, aber du bist keine Nummer für mich. Ich gebe dir einen Namen. Du sollst Messira heißen.«

DAS RINNSAL

Macht der Mensch die ersten zaghaften Schritte in die Welt, kann man ihn mit einem Rinnsal vergleichen.

Ein Rinnsal ist ein sehr kleines, sacht fließendes Gewässer. Wenn die Quelle aus dem Berg nach außen tritt, hat sie für den Bruchteil einer Sekunde noch keinen Kontakt mit dem Erdboden. Sie atmet Luft aus der Umgebung ein. Dabei entsteht ein feines Geräusch, so eine Art Murmeln oder Gurgeln. Es hat fast den Anschein, als ob die Quelle ihrer Freude darüber Ausdruck verleihen will, dass sie ihr dunkles Zuhause verlassen durfte und sich nun bereit macht, um die Welt auf sich wirken zu lassen. Mit zartem aber stetigem Druck gräbt sich das Rinnsal sein Bett. Der Schwerkraft folgend benetzt es den feinen Teppich aus Moos und Farn unter sich. Dabei verliert es ein wenig von seiner Substanz. Doch die wird sofort von der Mutterquelle neu aufgefüllt. Viel wichtiger ist, was das kleine Rinnsal aus seiner Umgebung mitnimmt. Auf seinem Weg ins Tal schlängelt es sich durch feuchte Wiesen. Schmelz- und Regenwasser gesellen sich hinzu. Die ersten Wasserinsekten legen ihre Eier in dem sauerstoffreichen Wasser ab. Blätter fallen von den Bäumen und schwimmen ein kurzes Stück mit, bevor sie an Ästen oder Moospolstern verweilen. Vögel trinken von dem kühlen Wasser. Ein Rinnsal hat eine Wassertiefe von weniger als zehn Zentimetern und eine Breite von ungefähr fünfzig Zentimetern. Das Wasser fließt mit einer Geschwindigkeit von bis zu zehn Litern pro Sekunde hinunter ins Tal.

Das Rinnsal ist der Anfang der langen Reise eines Flusses von der Quelle bis zum Strom. Hat das Rinnsal die Mutterquelle verlassen, ist es allen Einflüssen der Welt ausgeliefert. Diese können positiv oder negativ sein. Das Gewässer hat die Möglichkeit, Belastendes auf seinem Wege zurückzulassen, nimmt Sauerstoff und Informationen auf. Feine Schweb- und Trübstoffe werden mitgerissen, von denen sich der Fluss nicht befreien kann. Viele Stationen müssen überwunden werden, bis ein Fluss sich im Meer verliert.

***

F5083 sackte auf dem weißen Kunststoffstuhl immer mehr in sich zusammen. Die Sommersonne brach golden durch die großen Scheiben hinter ihr und malte Lichtpunkte auf Fußboden und Wände. Schatten, dachte sie, nichts als Schatten, als sie ihre zweigeteilte Silhouette genauer betrachtete. Kopf und Rumpf zuckten an der Wand, die Beine lagen übereinandergelegt auf dem Fußboden. An der Grenzfläche – dort wo Licht und Schatten sich berührten – strahlte das Licht noch heller, schien der Schatten noch dunkler zu sein.

Viele kleine Staubkörnchen ritten im blendend weißen Strahl der Sonne auf und ab. Ein Arzt – das Stethoskop um den Hals, die Hände lässig in den Taschen seines Kittels vergraben – schlenderte vorbei. Ein Kehrroboter bewegte sich behäbig von einer Seite des Flures zur anderen. Sein leises Summen schmeichelte den Ohren. Das Desinfektionsmittel aber, das er auf dem Boden verteilte, rief bei F5083 einen Brechreiz hervor. Das Display ihres Tech-Wears, des elektronischen Armbandes, leuchtete mattgrün auf. Immer wieder wanderte ihr Blick dorthin. Im Moment zeigte es 10 Uhr 45.
Vor mehr als einer halben Stunde war die Schwester mit ihrem Kind hinter der gegenüberliegenden weißen Tür verschwunden. Sie lauschte. Die sterile Stille um sie herum bremste ihre Bewegungen, doch in ihr drinnen schlug ein Hammer – lebendig und warm. Und als die Kraft nach außen brach, erhob sie sich und ging – erst langsam, dann schneller werdend, auf und ab, sorgfältig darauf achtend, dass sie nie die Kontrolle verlor. Sie zählte zehn Fenster, immer die Tür im Auge behaltend, dann machte sie kehrt. Ein kleiner Käfer lief die Scheibe von Fenster Nummer sechs herauf. Wie lange hatte sie kein Insekt mehr gesehen? Es mochten wohl an die fünf Jahre sein.
Eben hatte sie ihre Abschlussuntersuchung hinter sich gebracht. Nun war die Kleine dran. Sie hatte nie verstanden, warum eine Mutter eine Woche in der Klinik bleiben musste. War es, weil der Staat meinte, hier sei ihr Leben und das ihres Kindes sicherer? Sie fühlte sich gesund, und wer als sie selbst konnte ihrem Kind das geben, was es brauchte? Manchmal übertrieb die Regierung die Fürsorge.
Endlich öffnete sich die Tür. Inzwischen war es 10 Uhr 58 geworden. Die Hebamme hatte die Kleine auf dem Arm.
»Denken Sie an die Vorsorgeuntersuchungen«, gab sie F5083 mit auf den Weg, »und gönnen Sie sich etwas Ruhe.«
Was wusste diese Frau schon von ihr? Ob sie sich auch heimlich einen Namen gegeben hatte, so wie die meisten in der Republik? F5083 hätte gar zu gern gewusst, wie sie hieß. Ihre Mutter jedenfalls hatte sie Luise genannt und M1012 hieß Edgar.
Der Staat wusste von der heimlichen Namengebung seiner Bürger und obwohl das eigentlich nicht erlaubt war, duldete die Regierung es stillschweigend, wenn es von den Betroffenen nicht öffentlich gemacht wurde. Menschen waren eben sentimental. Sie hingen an alten Traditionen, auch wenn diese in der heutigen Zeit völlig überholt waren. Da Kosenamen keine Staatsgefährdung darstellten, hielt es der Staat für besser, sich da rauszuhalten. Sollten die Bürger doch ihre kleinen Geheimnisse für sich behalten.
Wo Edgar nur blieb? Sie trat ungeduldig von einem Bein aufs andere und kaute an ihrer Unterlippe. Eine Angewohnheit, auf die sie nicht stolz war.

Wir sind eine Familie, dachte sie, *eine richtige kleine Familie, Edgar, die Kleine und ich.*
Edgar kam ein wenig verspätet. Die Arbeit hatte ihn nicht losgelassen. Er spielte nervös mit seinen Fingern und küsste sie nur flüchtig.
Sie warf ihm einen erstaunten Blick zu. »Hattest du Stress?«
Das Muttersein bekam ihr gut, fand er. Ihre rotbraunen Haare hatte sie locker hochgesteckt. Eine vorwitzige Strähne fiel in ihre Stirn. Weil sie das störte, war sie ständig damit beschäftigt, diese auf die Stirn hoch zu pusten. Die Strähne flatterte kurz nach oben, um sich keck gleich wieder dort niederzulassen, von wo sie gekommen war. F5083 wünschte, sie hätte ihre Hände freigehabt, dann hätte sie es diesem frechen Ding schon gezeigt, aber das Kind schlief gerade so friedlich in ihren Armen. Sie wollte nicht riskieren, es zu wecken.
Edgar spürte, dass sie innerlich kochte. Er hätte diesem Spiel gern noch länger zugesehen, denn wenn sie erregt war, bekamen ihre Wangen einen leichten rosigen Ton, und ihre Nase kräuselte sich in winzige kleine Rillen. Aber es war besser, sie zu erlösen, sonst warf sie ihm nachher noch vor, unsensibel zu sein. Deshalb strich er die Strähne sanft aus ihrer Stirn und schob sie unter eine Nadel, mit der Luise versucht hatte, ihr Haar zu bändigen.
Ihre Miene hellte sich auf. Ein Blick aus ihren rehbraunen Augen dankte ihm. Er legte seinen Arm um ihre Schulter und beantwortete ihre Frage von vorhin etwas pathetisch.
»Jegliche Art von Stress fällt bei deinem Anblick von mir ab.«
Alter Schmeichler, dachte sie und lachte laut.
Als sie auf der Straße standen, überkam beide ein Gefühl der Erleichterung, wie jedes Mal, wenn sie das Krankenhaus verließen. Die Sonne überzog die Stadt mit einer goldgelben Krone. Der süße Duft der Lindenblüten schmeichelte ihren Nasen.
Edgar berührte das Display seines Tech-Wears am linken Handgelenk und rief einen der vielen vorbeischwebenden Gleiter, die wie Bienen in der Luft umherschwirrten. Einer löste sich aus dem Verband und landete neben ihnen. Die Frontklappe öffnete sich automatisch. Edgar half seiner Frau, die das Baby noch im Arm hielt, beim Einsteigen. Er sagte laut und deutlich seine Adresse. Bei diesen Maschinen war es wichtig, ganz genau zu artikulieren, sonst beförderten die einen noch ins Outback. Der Luftgleiter wiederholte die Zieladresse, schloss die Luke und fädelte sich in eine Lücke ein. Die Gleiter orteten ihren Weg über Ultraschall. Sie flogen in verschiedenen Höhen und Richtungen, sodass es für den Beobachter ein völlig chaotisches Bild ergab. Nie aber stießen sie zusammen. Edgar konnte sich an keinen einzigen von einem Gleiter verursachten Unfall erinnern.

Er betrachtete das Bündel im Arm seiner Frau. Vergeblich wartete er darauf, dass so etwas wie Vaterstolz in ihm aufkeimte. Dieses kleine Etwas war ihm fremd. Er hatte zwar neun Monate Zeit gehabt, sich darauf einzustellen, aber gelungen war es ihm bis heute noch nicht ganz. Dieses Kind gehörte weder ihm noch Luise, auch wenn sie ihn das glauben machen wollte. Es war und blieb ein Fremdkörper, der sich zwischen sie beide gedrängt hatte. Edgar hoffte inständig, dass sich seine Bedenken zerstreuen würden, denn sonst könnte es ernsthafte Probleme geben, wenn die Überwacher in einer Woche auftauchten.

Diese Überwachungen!

Wie er die hasste. Überall musste der Staat seine Nase hineinstecken. Zum Glück kamen die Behörden nicht unangemeldet. Luise und er hatten also Zeit, sich darauf vorzubereiten. Was wollte der Staat eigentlich kontrollieren? Gab es Eltern, die ihre Kinder vernachlässigten? Doch wohl nicht! Aber es konnte für *ihn* gefährlich werden, wenn der Staat annehmen musste, dass er die Kleine nicht akzeptierte.

Die erste Visite der Kinder- und Jugendbehörde war für nächste Woche Mittwoch geplant. Es hatte keinen Sinn, den Ämtern etwas vorzumachen, sie schienen hellsichtig zu sein.

Viele Väter waren am Anfang mit ihrer neuen Rolle überfordert. Eine temporäre Erscheinung. Edgar konnte nichts Schlimmes darin sehen. War das etwa ein Grund, diese Väter in psychiatrische Behandlung zu geben? Er hoffte inständig, dass die Eingewöhnungsphase bei ihm bis zum Besuch der Behörde abgeschlossen war. Im Moment konnte er mit Luise nicht einmal andeutungsweise über dieses Thema reden. Die befand sich im Hormonrausch und hatte nur Augen und Ohren für das Kind. So musste er wohl mit seinen Ängsten und Befürchtungen allein fertig werden.

*

Der Mann hatte erfahren, dass F5083 heute entlassen wurde und sich hinter einem Mauervorsprung versteckt. Mit wiegenden Hüften ging sie an ihm vorbei. Eine Taille hatte die Frau! Leidenschaftlich zogen seine Blicke sie aus. Sie war schöner denn je. So hatte er sie die Monate über in Erinnerung behalten, wenn er nachts nicht schlafen konnte, weil sein Verlangen nach ihr zu groß geworden war. Er trat aus dem Schatten der Krankenhausfassade hervor. Ihr Begleiter verursachte ihm einen Brechreiz. Der musste verschwinden und zwar so schnell wie möglich. Ein Plan nahm immer konkretere Gestalt in seinem Hirn an. Wenn dieser Mensch verschwunden war, würde sie von ganz allein in seine Arme fliegen. Nur nichts überstürzen, dachte er. Es war besser, einen kühlen Kopf zu behalten. Die Belohnung würde dann nicht lange auf sich warten lassen. Er schnalzte mit der Zunge. Feine Tröpfchen glänzten in der Sonne, einem Springbrunnen gleich verließen sie seinen Mund und hinterließen einige feuchte Sprenkel auf dem sauberen Asphalt.

*

Zu Hause angekommen, genehmigte Edgar sich zur Stärkung einen Drink. Er nahm ein Glas aus der Vitrine und stellte es unter den Zapfhahn der Bar. »Whiskey!«, verlangte er laut und deutlich. »Einen Doppelten!«
Die gesamte Elektronik in der Wohnung wurde von einem zentralen Computer gesteuert. Ohne Rechner lief nichts mehr in der Republik. Gehorsam entließ die Whiskeyflasche ihren Inhalt fein dosiert in das darunter stehende Glas. Mittels eines Sensors berechnete der Computer die geforderte Menge.
Edgar trank das Glas in einem Zug leer. Währenddessen ging Luise mit der Kleinen ins Nebenzimmer, um sie zu stillen. Edgar ließ sich auf die mit weißem Leder bezogene Couch fallen. Das Regime bewilligte ihm nur diesen einen Nachmittag. Schon morgen musste er wieder an seinem Arbeitsplatz erscheinen. Frauen durften im ersten Jahr nach der Geburt eines Kindes keiner Tätigkeit nachgehen. Der Staat verpflichtete sie, sich ausschließlich um das Baby zu kümmern. Wieder etwas, was den Bürgern aufgedrückt wurde. Wieso war es den Eltern nicht erlaubt, gemeinsam zu entscheiden, wer sich um das Baby kümmern durfte und wann?
Edgar fühlte sich überflüssig.
Gelangweilt ließ er seinen Blick im Raum umherwandern. Die gesamte Einrichtung hatten Luise und er gemeinsam ausgesucht. An jedem einzelnen Stück hingen persönliche Erinnerungen. In einer kleinen Vitrine gegenüber der Couch standen liebevoll von ihm geschnitzte Holzfiguren. Eine dieser Figuren liebte er besonders. Es war ein Wolf, gerade mal so groß, dass er in die hohle Handfläche passte. Das Tier hatte er geschnitzt, als er sein Armband bekommen hatte. Er wusste noch genau den Tag. Schon immer hatte er diese Tiere bewundert, die frei und stolz sogar noch im 21. Jahrhundert gelebt hatten. Leider kannte er sie nur aus Büchern und Videoaufzeichnungen. Es gab in der Republik weder Wildtiere noch Haustiere. Sie alle waren vor Jahren dieser Seuche zum Opfer gefallen, an der auch die meisten Menschen erkrankten. Die Tierwelt beschränkte sich auf wenige Nutztiere, die in Massentierhaltung mehr oder weniger schlecht vegetierten.
Ausgerechnet in diesem Augenblick verspürte er das Bedürfnis, die kleine Schnitzerei in seiner Hand zu spüren. Wie unter einem inneren Zwang erhob er sich, ging zur Vitrine und griff nach der Figur. Das warme Holz schmiegte sich trotz seiner Härte in seine hohle Hand. Das war auch kein

Wunder, denn er hatte die Figur schon viele Male berührt und kannte jede Ecke und Kante. Als er die Rechte schloss, durchströmte ihn eine Welle von Kraft und Bilder aus seiner Vergangenheit tauchten vor ihm auf.
Wie alle Kinder verbrachte auch er seine Kindheit in einem Heim und durfte nur an den Wochenenden seine Eltern besuchen. Er sah sich heimlich in den an das Heim angrenzenden Wald verschwinden, um seinem Hobby, der Schnitzerei nachzugehen. Die meisten Heime lagen im Zentrum der Städte. Er aber hatte Glück gehabt. In Britannia, wo er geboren worden war, existierte noch heute ein Heim in fast unberührter Natur. Den Wolf fest von seiner Hand umschlossen, legte er sich wieder auf die Couch und träumte von seinen Kinder- und Jugendtagen. Aus dem Nebenzimmer hörte er Luise mit der Kleinen in hohem Diskant sprechen.
Er wurde schläfrig. Ohne sein Zutun fielen ihm die Augen zu. Er träumte von einem kleinen Monster, das sich zwischen ihn und Luise drängte. Als er versuchte, mit seiner Partnerin zu reden, blähte sich dieses kleine Monster zu einer überdimensionalen Figur auf. Er konnte nicht mal mehr das Gesicht von Luise erkennen. Schweißgebadet wachte er auf. Aber es sollte noch schlimmer kommen.

Die erste Nacht war furchtbar. Das ständige Schreien und Jammern des Kindes, der Egoismus, mit dem es an der Brust von Luise hing und die verklärten Blicke seiner Frau, wenn sie mit der Kleinen sprach, brachten Edgar völlig zur Verzweiflung. Er konnte sich nicht erinnern, jemals so viel Aufmerksamkeit von seiner Lebenspartnerin bekommen zu haben wie dieses kleine Wesen. Eifersucht legte ihre Saat in ihn. Er tröstete sich jedoch damit, dass der Reiz des Neuen schon bald verfliegen würde und Luise sich erinnern würde, dass sie nicht nur Mutter, sondern auch seine Geliebte war. Dieses ganze affige Getue um dieses Kind konnte ja nicht ewig so weitergehen.
Am nächsten Tag forderte er sie zu einer Aussprache.
»Ich kann nicht glauben, was du da veranstaltest«, tadelte er. »Bin ich bei dir abgemeldet? Existiert ab heute nur noch dieses Kind für dich?« Lauernd wartete er auf eine Antwort von ihr.
Sie lächelte milde und strich ihm über die Wange.
»Du bist ja eifersüchtig, Edgar. Aber es gibt keinen Grund. Anfangs vielleicht ein wenig«, ergänzte sie und klimperte aufreizend mit ihren Wimpern. »Aber wie schnell ist das erste Jahr vergangen, und sie nehmen uns das Kind wieder weg. Ich glaube, du musst dich an der Betreuung der Kleinen beteiligen.«
Er schaute sie von oben herab skeptisch an. »Wie soll das gehen? Ich arbeite den ganzen Tag. Wenn ich dann nach Hause komme, hätte ich gern was von dir, da will ich nicht Babysitter spielen?«

»Die Kleine gehört jetzt zu unserer Familie!«, protestierte Luise. »Sie ist nicht nur mein Kind, sondern auch deines.«
Sie nahm F6103 aus ihrer Wiege und legte sie Edgar demonstrativ in die Arme. »Ich habe ihr den Namen Messira gegeben«, sagte sie stolz.
Er protestierte, aber sein Protest wurde schwächer. Hätte Luise doch schon gestern etwas von dem abgegeben, was er jetzt erleben durfte. Die Kleine war zu süß. Wie sie so in seinen Armen lag, hätte er alles getan, sie zu beschützen. Allein die Grimassen, die sie im Schlaf schnitt, sahen so entzückend aus, dass er ganz ehrfürchtig schwieg, um sie nicht aufzuwecken.
Seit sie zu Hause waren, hatte Luise ängstlich wie eine Glucke auf dem Kind gesessen und ihn nicht an ihrem Glück teilhaben lassen. Er wusste ja nicht, welche Harmonie von einem schlafenden Baby ausging, und wie schnell sich seine Meinung über Kinder ins Gegenteil verkehren konnte.
Die Kleine hatte zwar keinerlei Ähnlichkeit mit seiner Luise, auch suchte er vergeblich die Ähnlichkeit mit sich selbst, konnte ja auch nicht sein, weil das Kind nicht seine oder Luises Gene hatte, aber sie wirkte auf eine ganz eigentümliche Art so zerbrechlich und schutzbedürftig wie seine Frau, und er fürchtete, dass er später, wenn sie älter war, genau wie bei Luise, unter ihrem Pantoffel stehen würde.
»Sie ist reizend«, flüsterte er. »Jetzt kann ich dich verstehen.« Wie kam es, dass er so schnell seine Meinung hatte ändern können? »Vielleicht sollte ich mich wirklich mehr mit ihr beschäftigen.«
»Sag ich doch.« Luise ließ ihn trotz seines Protestes, den er nun wieder lautstark äußerte, weil er sich der Situation nicht gewachsen sah, mit der Kleinen allein, zog in der Diele ihren Mantel an und sagte fröhlich: »Ich gehe mal für eine Stunde spazieren. Ihr könnt euch in der Zwischenzeit miteinander bekanntmachen.«
Es half auch nicht viel, dass er sich beschwerte. Sie ging einfach an ihm vorbei. Da stand er nun allein mit dem Kind und wusste nicht, was er mit ihm anfangen sollte. Hielt er es richtig, oder wäre anders besser? Er drehte das kleine Bündel mal so herum, mal so. Die Kleine ließ sich zum Glück nicht stören und schlief weiter. *Oh, Gott*, dachte er. *Wenn ich da nur nichts falsch mache.*
In der Republik sah man kaum Kinder. Geburten waren selten und fanden hinter den verschlossenen Türen der Krankenhäuser statt. Niemals spielte ein Kind auf den Straßen. Es gab weder Kinderspielplätze noch Einrichtungen für Familien. Den Städten fehlte das Kinderlachen. Den Menschen fehlte der Kontakt zu Kindern. Diese wurden nur als Nachkommenschaft der Menschheit akzeptiert, nicht aber um ihrer selbst willen. Und so galten sie bis zu ihrer eigenen Berufstätigkeit als unfertige,

nicht wertvolle Kreaturen, denen man mit Strenge, notfalls auch mit Gewalt das nötige Wissen beibringen musste, damit der Staat Jahre später von ihrer Arbeitskraft profitieren konnte.
Es gab eine steile Hierarchie, in der jeder nur auf sein persönliches Fortkommen und sein eigenes Wohl bedacht war. Die Gesellschaft hatte so gut wie alle Krankheiten in den Griff bekommen, drohte aber an ihrer Überalterung zu scheitern, was ihr selbst noch nicht bewusst war.
So musste auch Edgar erst wieder lernen, wie man ein Kind hält, wie man auf dessen Bedürfnisse eingeht, wie man dieses neue ungeschminkte Wesen behandelt. Erstaunt stellte er fest, wie schnell es ging, bis dieses Kind ihn im Griff hatte und sich ihm unentbehrlich machte.
Luise registrierte beim Hinausgehen mit Freude, wie schön beide sich miteinander vertraut machten. Als sie von ihrem Spaziergang zurückkam, fand sie sie schlafend vor. Edgar lag im Bett und die Kleine auf seinem Bauch. Sie konnte ihren Blick nicht von diesem harmonischen Bild lösen. Da legte sie sich einfach mit dazu. Bevor sie einschlief, dachte sie noch: Ich bin begnadet. Es gibt nichts Schöneres, als die beiden liebsten Menschen auf der Welt so nah bei mir zu haben.

Die erste Woche verging. Edgar war auf dem besten Wege, sich an die Kleine zu gewöhnen, fühlte sich aber noch nicht stark genug, den Besuch der Behörde durchzustehen, der heute Nachmittag anstand. So traf es ihn auch wie ein Faustschlag, als plötzlich fünf Menschen vor der Tür der kleinen Familie standen. Dieses Aufgebot von einer Hebamme, einem Kinderarzt, einem Psychiater, einer Frauenärztin und einem Sozialarbeiter hatte er nicht erwartet, und es schien ihm reichlich übertrieben.
Er wusste nicht warum. Wie unter einem inneren Zwang ging er zum Regal und ließ den kleinen Wolf in seine Hosentasche gleiten.
Der Kinderarzt und die Hebamme verschwanden mit seiner Tochter im Kinderzimmer. Die Frauenärztin untersuchte Luise im Wohnzimmer, und er musste mit dem Psychiater und dem Sozialarbeiter in den Nebenraum gehen.
»Legen Sie sich bequem auf die Couch«, forderte ihn der Psychiater auf. »Und schließen Sie die Augen!«
Der Sozialarbeiter hielt seinen Arm fest, und der Psychiater gab ihm ohne vorherige Ankündigung eine Spritze.
»Das ist zur Entspannung«, meinte er.
»Erzählen Sie, was Sie empfunden haben, als Sie Ihre Frau aus dem Krankenhaus abholten«, forderte der Psychiater ihn auf.
Der Sozialarbeiter machte währenddessen Notizen auf seinem Tech-Wear.
Wieso stellte der Arzt diese Frage? Hatte er einen Verdacht? Edgar räusperte sich, bevor er begann. *Du darfst nichts verschweigen*, hämmerte es in

ihm drinnen. *Die kommen doch drauf. Und man kennt das ja von anderen. Wenn du was verschweigst, trifft es dich danach umso härter. Ich will nicht von meiner Familie getrennt werden*, dachte er.
»Nun?«, forderte ihn der Psychiater ein zweites Mal mit einem lauernden Blick auf.
»Ich«, begann Edgar zögernd, »ich kann meine Gefühle nicht genau beschreiben. Ich wurde überflutet von ihnen.«
»Ich will Ihnen helfen«, meinte der Psychiater, »beschreiben Sie das Gefühl, das Sie als erstes hatten. War es Freude, Eifersucht, Stolz, Liebe oder noch etwas anderes?«
Edgar überlegte kurz, dann antwortete er wahrheitsgetreu: »Ich glaube, das erste, was mir in den Sinn kam, war eine Mischung aus Beschützerinstinkt und Eifersucht.«
»Hatten Sie das Gefühl, das Kind würde Ihnen Ihre Frau entfremden? Antworten Sie nur frei heraus. Sie wären nicht der Erste, der so etwas empfindet. Fast alle Väter haben am Anfang dieses Gefühl. Es ist unsere Aufgabe, Ihre Empfindungen zu neutralisieren.«
Hörte er da einen falschen gehässigen Unterton heraus?
»Ja, am Anfang schon«, bekannte Edgar, »aber dieses Gefühl hat einem anderen Platz gemacht«, schob er hinterher.
»Welches andere Gefühl meinen Sie?«, bohrte der Psychiater weiter.
Edgar senkte den Kopf. »Ich war wütend. Wütend auf diesen kleinen Eindringling«, platzte es aus ihm heraus.
»Interessant! Wie wütend?«, wollte der Psychiater wissen.
Edgar fühlte seine Zunge schwerer werden. Es kam ihm so vor, als wäre er in Watte gepackt. Nimm dich zusammen, dachte er. Aber es gelang ihm nicht. Die hatten ihm irgendetwas gespritzt, das ihn veranlasste, das zu sagen, was er eigentlich nicht sagen wollte. Er spürte die Wirkung in seinem ganzen Körper. Ein Gefühl, als wenn er alkoholisiert wäre. Sein Wille schmolz dahin wie Butter in der Sonne. Die Zunge gehorchte ihm nicht mehr.
Ohne es zu wollen erzählte er, was man von ihm erwartete, was nicht verwunderlich war, denn bei dem Cocktail von Chemikalien musste er die Wahrheit sagen.
»Dieser kleine Schreihals brachte mich um den Verstand. Und meine Frau! Die hatte nur noch Augen und Ohren für die Kleine. Und was war mit mir? Schon die gesamte Zeit der Schwangerschaft über kam meine Frau mir wie eine Brutmaschine vor. Sex fand nur noch selten statt und wenn, dann nur in bestimmten Stellungen. Immer hieß es: Wir dürfen dem Baby nicht schaden. Drei Monate vor der Geburt waren wir enthaltsam, aber anstatt andere Praktiken zuzulassen, kapselte meine Frau sich immer mehr ab. Mit

der Größe ihres Bauchumfangs nahm ihre Brutfürsorge dermaßen zu, dass ich mich überflüssig fühlte. Und nach der Geburt hing die Kleine ständig an ihrer Brust. In der ersten Nacht schlief Luise mit ihr in einem Bett. Mich schloss sie völlig aus.«

Seine Eifersucht kochte wieder in ihm hoch. Eigentlich hatte er dieses Kapitel doch längst abgeschlossen und vergessen. So hatte er jedenfalls geglaubt.

»Wie weit würden Sie gehen, um die Aufmerksamkeit Ihrer Frau wieder zu erlangen?«, fragte der Psychiater.

»Was meinen Sie? Wir haben uns ausgesprochen. Ich akzeptiere das Kind mittlerweile. Ja, ich habe es richtig gern und fühle mich als dessen Vater«, sagte er und glaubte, damit alles geklärt zu haben.

Aber dann erinnerte er sich wieder an seine Bedürfnisse und schickte frustriert hinterher: »Sex hat noch nicht wieder stattgefunden. Ich weiß ja, dass meine Frau sich schonen muss. Ich erwarte doch nur ein wenig Verständnis für meine Situation. Das würde mir schon reichen. Sehen Sie eine Möglichkeit, wie ich das ändern könnte?«

»Sagen Sie es mir!«

Edgar fühlte sich plötzlich sehr leicht. Er verstand sein Problem nicht mehr. Wieso glaubte er ständig, die Ärzte hätten ein Interesse, ihm zu schaden? Niemand wollte das. Sein Kopf machte sich zu viele Gedanken. Jeder konnte sehen, dass der Psychiater sich die allergrößte Mühe gab, ihm zu helfen. Warum hatte er das nicht gleich bemerkt?

Plötzlich wurde er sehr gesprächig. Er wunderte sich, was so alles seinen Mund verließ, auch Dinge, die er gern für sich behalten hätte. Er vermischte seine gegenwärtige Verfassung mit der der Vergangenheit und fühlte sich plötzlich – wie anfangs – von Messira bedroht, obwohl er sich seit einer Woche nicht mehr vorstellen konnte, ohne dieses Kind zu sein.

»Es gäbe nur einen Weg, wie ich die Aufmerksamkeit meiner Frau wieder ungeteilt genießen könnte«, sagte er und war gleich darauf entsetzt, dass ihm das entfuhr.

»Und der wäre?«, hakte der Psychiater nach.

»Das Baby müsste verschwinden«, platzte es aus ihm heraus.

Sogleich bedauerte er das Gesagte, aber in diesem Moment konnte er nicht anders, im Gegenteil, er fügte sogar fast willenlos noch hinzu: »Eigentlich möchte ich, dass meine Frau wieder die verführerische Geliebte ist, als die ich sie kenne. Ich akzeptiere aber, dass es nie mehr so sein wird wie früher, es sei denn, es gäbe dieses Kind nicht. Meine Frau tröstet mich damit, dass die Kleine bald nicht mehr so intensiv betreut werden muss und dann alles wieder ins Lot kommt, aber glauben kann ich das nicht. Ganz tief in mir drinnen hege ich den Wunsch, dass dieses

Kind verschwindet. Ich schäme mich deshalb und würde ihr das so nicht sagen, aber ich will dieses Kind nicht. Können Sie es mitnehmen. Ich fühle mich nicht als dessen Vater.«
Er erschrak über seine Worte. Was hatte er da gesagt? Eigentlich stimmte das so nicht. Er war doch auf dem besten Wege sich mit dem Kind zu arrangieren. Ja, er hatte es seit Kurzem richtig in sein Herz geschlossen. Warum also dieser Wutausbruch?
»Das ist allerdings bedenklich«, meinte der Psychiater. »Unter diesen Umständen sehe ich nur eine Chance für Sie. Sie müssen sich einer psychiatrischen Behandlung unterziehen.«
»Auf keinen Fall!«, schrie Edgar verzweifelt und wusste nicht, dass er damit nur alles verschlimmerte.
Der Psychiater zog eine zweite Spritze auf. Der Sozialarbeiter hinderte Edgar daran, die Couch zu verlassen. Mit festem Griff hielt er dessen Arme fest, während der Psychiater ihm die zweite Spritze in die gestaute Vene des linken Armes jagte.
Es ging ganz schnell. Edgar bäumte sich in verzweifeltem Kampf noch einmal auf, versuchte nach der Hand des Sozialarbeiters zu greifen, wollte etwas sagen, dann sank er leblos in die Kissen zurück.
»Rufen Sie einen Krankentransport«, forderte der Psychiater den Sozialarbeiter auf.

Im Nebenzimmer wurde Luise von der Frauenärztin untersucht.
»Ihre Gebärmutter hat sich sehr schön zurückgebildet«, meinte diese. »Wie ist es mit dem Stillen? Haben Sie Probleme?«
Inzwischen war die Hebamme dazugestoßen.
»Nein, alles bestens«, meinte Luise. »Ich stille mein Kind fünfmal am Tag.«
»Das ist schön!«, mischte die Hebamme sich in das Gespräch ein. »Ihre Kleine scheint ja auch prächtig zu gedeihen. Sie hat schon wieder zugenommen.«
»Machen Sie sich oben frei!«, forderte die Frauenärztin Luise in einem Ton auf, der keinen Widerspruch duldete. »Ich untersuche jetzt Ihre Brust.«
Luise, die leicht einzuschüchtern war, gehorchte. Ihre wohlgeformten Brüste waren prall mit Milch gefüllt. Die Frauenärztin betastete diese und meinte: »Mammae sind weich. Kein Milchstau, alles okay. Sie haben so viel Milch, dass Sie noch zwei weitere Kinder davon stillen könnten.«
»Kann ich mein Baby jetzt wiederbekommen?«, fragte Luise mit einem lauernden Blick auf das Nebenzimmer, während sie sich wieder anzog.
»Sofort! Der Kinderarzt untersucht die Kleine gerade. Wenn Sie mögen, können Sie zuschauen.«
Luise ging mit ihnen hinüber ins Kinderzimmer. Da lag ihr kleiner rosiger Schatz unter der Wärmelampe und weinte.

»Mama ist ja da!«, tröstete sie und streichelte die Kleine. Bei ihrer Berührung beruhigte sich das Kind.
Die beiden Ärzte und die Hebamme wechselten einen Blick. Der Kinderarzt war noch mitten in der Untersuchung. Er hatte der Kleinen gerade etwas ins Auge geträufelt, und nun wurde der Kopfumfang gemessen. Danach legte die Hebamme das Kind auf eine Waage.
»Ihre Tochter ist kerngesund«, lobte der Kinderarzt. Ich denke, in vierzehn Tagen können Sie sich noch einmal bei uns in der Behörde vorstellen. Da sind die ersten Impfungen fällig.«
Der Arzt sandte ihr den Termin auf ihr Tech-Wear.
»Wir werden uns jetzt verabschieden«, meinte die Frauenärztin.
Sie klopfte an die Zimmertür, hinter der Edgar mit dem Psychiater und dem Sozialarbeiter verschwunden waren.
»Einen Moment bitte«, rief eine Stimme von drinnen. »Wir sind noch nicht so weit.«
In diesem Augenblick wurde der elektronische Verschlusscode der Wohnungseingangstür außer Kraft gesetzt, und es standen zwei Pfleger mit einer Trage im Raum. Sie pflanzten sich in ihrer ganzen imposanten Größe vor Luise auf.
»Was ist passiert?«, fragte diese ängstlich.
»Ihrem Mann ist schlecht geworden. Wir müssen ihn zur Behandlung mit ins Krankenhaus nehmen«, meinte einer der Pfleger.
Noch nie hatte sie erlebt, dass der Staat, der selbstverständlich Zugang zu allen Wohnungen hatte, den Türcode außer Kraft setzen musste. Dies geschah eigentlich nur, wenn allerhöchste Gefahr drohte. Sonst interessierte der Staat sich nicht für die Privatangelegenheiten seiner Bürger.
Luise zitterte ein wenig und machte eine Abwehrbewegung: »Bitte nicht! Wir schaffen das allein. Das ist sicher nur eine vorübergehende Unpässlichkeit. Mein Mann kommt schon wieder auf die Beine.«
Die Tür zum Hinterzimmer öffnete sich, und sie sah M1012 reglos auf der Couch liegen. Der Boden unter ihr gab nach. *Nimm dich zusammen*, dachte sie. Wie ein verängstigtes Kind stürzte sie zu ihm.
»Was ist mit dir, Geliebter?«, fast hätte sie ihn mit seinem Namen angeredet. Mit festem Griff packte sie seine Schulter und rüttelte ihn kräftig. »Rede mit mir!«
»Er kann Sie nicht hören. Sie sehen doch, in welchem Zustand er ist.« Der Psychiater riss sie von Edgar weg. »Wenn alles gut geht, ist er in einem viertel Jahr wieder bei Ihnen«, tröstete er.
»So lange?« Unfähig stand Luise daneben. »Warum dauert das so lange?«
»Wir können noch gar nichts sagen. Er muss in psychiatrische Behandlung. Das hat die Untersuchung ergeben. Aber glauben Sie uns. Wir werden alles

tun, dass es Ihrem Mann bald besser geht«, warf der Sozialarbeiter ein und packte in aller Eile die medizinischen Geräte in die schwarze Ledertasche, die er mitgebracht hatte.
Luise musste mitansehen, wie Edgar auf der Trage festgeschnallt wurde. Auf einmal hatten es die Ärzte ziemlich eilig. Keiner wollte mehr mit ihr reden. Beim Vorbeigehen streiften die Pfleger sie unsanft mit der Trage. Hastig murmelten sie eine Entschuldigung.
Die Geräusche um Luise herum wurden leiser. Der Geruch nach Desinfektionsmitteln und sterilen Tüchern verflüchtigte sich. Edgars leblose Gestalt entschwand ihren Blicken. Und sie stand noch immer mitten im Raum, unfähig sich zu rühren. Als die Tür lautstark ins Schloss fiel, zuckte sie zusammen wie ein Kind, das man beim Lügen ertappt hat. Danach straffte sich ihr Körper wieder.
Eine Frage hämmerte immerzu in ihrem Schädel. Wieso war Edgar plötzlich so krank geworden? Vor einer Woche, als er sie vom Krankenhaus abgeholt hatte, ging es ihm hervorragend, auch danach hatte sie nichts bei ihm bemerkt, was auf eine Krise hindeutete. Natürlich lief es im Moment nicht mehr so zwischen ihnen. Aber das war nur eine temporäre Erscheinung. Er hatte eigentlich schon eingesehen, dass das Kind jetzt Vorrang hatte. Unmöglich, dass jemand von einer Minute zur nächsten so abbauen konnte.
Andererseits glaubte sie auch den Ärzten. Sie war überzeugt davon, dass alle Ärzte nur das Beste für ihre Patienten wollten. Gab es da nicht einen Eid, den sie leisten mussten. Jeder Bürger musste sich doch darauf verlassen können, dass er bei seinem Arzt in guten Händen war.
Zweifel quälten sie.
Sie lief im Zimmer auf und ab. Ihr Puls beschleunigte sich. Warum war sie nicht dabei gewesen, als es passierte? Vielleicht hätte sie Edgar helfen können. Andererseits: Warum zweifelte sie die Diagnose der Ärzte an? Nie hatte sie das bis jetzt getan. Es wird schon alles seine Richtigkeit haben, tröstete sie sich. Man konnte Edgar sicher nur im Krankenhaus helfen.
Sie verstand nichts von diesen Dingen. Aber das Eine quälte sie: Warum durfte sie Edgar nicht besuchen? Das war den Angehörigen streng verboten. Was sollte schon passieren bei solch einem Besuch? Sie würde nur mit Edgar reden, weiter nichts.
Ach, was war sie dumm. Sollten sich andere den Kopf zerbrechen. Es war müßig, sich derlei Gedanken zu machen. Das sollte der Staat tun. Ihr war das klar, nur ihrem Kopf wohl nicht. Sie redete sich ein, dass es besser war, abzuwarten und schenkte ihre Aufmerksamkeit dem kleinen Bündel in ihren Armen. Wieder und wieder bedeckte sie die Kleine mit Küssen.

Wollte sie all die Liebe, auch die zu ihrem Mann, jetzt auf dieses Kind übertragen? Hatte sie ihren Partner etwa schon aufgegeben? Nein! Das passte nicht zu ihr. Und dennoch spürte sie, wie ein merkwürdiges Gefühl der Angst ihr die Kehle zusammendrückte, eine Angst, die neu für sie war. Wie gut, dass sie wenigstens die Kleine hatte.

Edgar kam nicht wieder. Vierzehn Tage waren vergangen und Luise hatte nichts mehr von ihm gehört. Der Besuch beim Kinderarzt stand an. Sie nahm all ihren Mut zusammen und fragte nach ihrem Partner.
»Wissen Sie, etwas Neues von meinem Lebensgefährten?«
Der Arzt schaute sie befremdet an. »Ich kann Ihnen auch nur das sagen, was Sie schon wissen.«
Die Antwort kam etwas zu schnell, wie sie fand.
»Er hatte einen Zusammenbruch, und es hieß, dass er zur weiteren Behandlung ins Krankenhaus müsse. Das hat der Psychiater in Ihrem und meinem Beisein gesagt«, schickte er hinterher.
»Ich hatte die Hoffnung, dass Sie inzwischen mehr wissen als ich«, verteidigte Luise sich. Gleichzeitig dachte sie: Warum tue ich das? Habe ich nicht ein Recht, nach dem Verbleib von Edgar zu fragen? Die zurückgehaltene Frage aber machte ihr klar, dass sie an diesem Recht zweifelte.
Der Kinderarzt wusste wohl wirklich nichts Genaueres.
»Fragen Sie in der psychiatrischen Abteilung hier im Krankenhaus nach.«
Konnte sie Mitleid aus seinen Worten heraushören?
»Die können Ihnen sicher weiterhelfen.«
Der Arzt beschäftigte sich wieder mit dem Säugling. Luise musste Fragen zur Ernährung ihrer Tochter beantworten. Er prüfte die Reflexe, schaute in Nase, Mund und Ohren, horchte das Herz ab und meinte dann: »Alles in bester Ordnung mit Ihrer Kleinen. Ich denke, wir sehen uns im nächsten Monat wieder. Lassen Sie sich von der Schwester einen Termin geben. Denken Sie auch daran, bei den Sozialämtern die Säuglingskurse zu buchen. Und viel Glück bei der Suche nach Ihrem Mann«, fügte er noch hinzu.
Na immerhin, dachte sie. *Er nimmt Anteil an meinem Schicksal.*
»Ich schau‘ noch kurz bei der Hebamme vorbei«, meinte sie gelassen.
»Tun Sie das. Wir sind hier fertig. Und wie gesagt, was den Verbleib Ihres Lebensgefährten angeht, holen Sie sich bitte Auskunft in der Psychiatrie.«
Der Besuch bei der Hebamme verlief ebenso unproblematisch wie der beim Kinderarzt. Es ging ihr gut, aber das wusste sie auch, ohne dass ihr jemand das bestätigte.
Der nächste Gang sollte viel schwerer für sie werden. Die Psychiatrie befand sich im 8. Stock des Lancen Memorial. Schon früher einmal war sie

hier gewesen. Sie hätte sich diesen Gang gern erspart, aber es war für Edgar und deshalb musste sie da durch.
Das grelle Licht der LEDs warf keine Schatten. Kälte kroch aus den weißen Wänden Die Härchen auf ihrem Arm standen kerzengerade nach oben, und die Haut drum herum zeigte viele kleine Erhebungen. Ihr Blutdruck war auf dem Tiefststand angelangt.
Sie hatte das Gefühl, dass der Flur sich im Nichts verlor. So schnell sie auch lief, das Ende schien immer gleich weit entfernt, oder vielleicht trat sie nur auf der Stelle.
Ganz hinten stieß sie schließlich an eine Wand aus Panzerglas. Eine Schwester saß dahinter, die mit Hilfe eines Lautsprechers nach dem Grund ihres Besuchs fragte.
All ihren Mut zusammennehmend sagte sie: »Mein Lebensgefährte M1012.06.01.2268 wurde hier vor zwei Wochen eingewiesen. Wissen Sie, wie es ihm geht und ob ich ihn bald sehen kann?«
Die Schwester schaute auf ihren Monitor, tippte einige Daten ein, suchte eine Weile in den Unterdateien nach und meinte dann lakonisch: »Ich sehe hier nichts vermerkt über einen Neuzugang von M1012.06.01.2268. Sind Sie sicher, dass ihr Lebensgefährte bei uns ist? Es gibt doch noch das ‚Barkley Rose' Krankenhaus, das ebenfalls ganz in Ihrer Nähe liegt.«
»Ich bin mir sicher, dass er hier ist.« Hielt diese Schwester sie etwa für schwachsinnig?
»Moment!«, kam es plötzlich sehr hastig von drinnen. Die Schwester steckte ihre Nase tiefer in die Dateien und meinte dann: »Hier! Das habe ich übersehen! Ja, es gab eine Einlieferung vor zwei Wochen, aber der Patient wurde in einen anderen Stadtteil gebracht. Im 800 km entfernten Lusaka ist man auf solche Fälle besser spezialisiert. Der Transport erfolgte noch am selben Tag.«
»Lusaka!«, schrie Luise und fühlte einen stechenden Schmerz in ihrer Brust. »So weit entfernt? Wieso? Was fehlt meinem Mann denn, dass man ihn nicht hier behandeln konnte?«
»Darüber kann ich Ihnen keine Auskunft geben«, kam die nicht sehr mitfühlende Antwort. »Sie wissen hoffentlich, dass ich schon genug gesagt habe. Eigentlich bin ich dazu nicht verpflichtet. Also machen Sie hier keinen Ärger. Es hat alles seine Richtigkeit. Sie helfen Ihrem Mann nur, wenn Sie abwarten. Zu gegebener Zeit bekommen Sie von uns Bescheid, denn wenn eine Besserung eingetreten ist, wird er wieder zu uns überführt. Guten Tag!«
Die Schwester schaltete den Lautsprecher aus und wandte sich wieder ihrer angefangenen Arbeit zu. Luise wusste, dass sie nichts mehr tun konnte. Das Gespräch war damit beendet.
Wut keimte in ihr auf. Und das erste Mal zweifelte sie an den Methoden des Staates. Niemals in ihrem Leben hatte sie je etwas in Frage gestellt, was

dieser Staat von ihr verlangt hatte. Naiv wie sie war, hatte sie alles geglaubt, was man ihr sagte. Aber in diesem Fall? Wenn sie Edgar nicht so genau gekannt hätte … Das aber war der Punkt. Sie kannte ihren Partner so gut, dass sie sich seine plötzliche Krankheit nicht erklären konnte.
Insgeheim gab sie sich die Schuld an seinem Verschwinden. Wieso hatte sie nicht früher bemerkt, dass Edgar eifersüchtig auf Messira war? Sie allein hätte seinen Zusammenbruch verhindern können. Aber sie hatte die Zeichen nicht sehen wollen, war nur auf das Kind fixiert gewesen und hatte ihren Partner darüber vergessen.

Die Tage vergingen. Ihr geliebtes Mädchen gedieh wunderbar. Luise besuchte jedes Seminar, jede Mutter-Kind-Gruppe, hielt sich oft mit der Kleinen draußen auf, spielte mit ihr, gab ihr all die Liebe, deren eine Mutter fähig ist. Und die Kleine half ihr über den schmerzlichen Verlust von Edgar hinweg – zumindest am Tage. Abends und in der Nacht aber fand sie es unerträglich, ohne den Partner zu sein. Kein Lebenszeichen von ihm!
Es waren inzwischen drei Monate vergangen. Oft weinte sie sich in den Schlaf. Sie tröstete sich damit, dass der Schmerz irgendwann nachlassen würde. Es lag nicht mehr in ihrer Macht. Wenn jemand länger als ein Vierteljahr fort war, konnte man sicher sein, dass er nicht wiederkam. Sie musste sich jetzt um Messira kümmern.
Ich darf mich nicht gehen lassen, dachte sie. Wenn die bemerken, dass mich der Schmerz über Edgars Verlust quält, unterstellt man mir eine Depression, ein Grund, mir mein Kind zu nehmen. Sie musste wachsam sein. Die Nachbarn denunzierten gerne Mitbürger, weil sie sich davon Vergünstigungen erhofften. Niemand sollte merken, in welchem Zustand sie sich befand.
Die Untersuchungen beim Kinderarzt brachte sie mit viel Anstrengung hinter sich. Sie glaubte nicht, dass er was bemerkt hatte. Aber es standen noch ein oder zwei Untersuchungen bei der Frauenärztin an und nicht zuletzt der monatliche Gesundheitscheck bei der Behörde für öffentliche Sicherheit und Staatsgesundheit. Das würde schwieriger werden. Schon die letzten beiden Male hatten die bemerkt, dass mit ihrem seelischen Zustand etwas nicht stimmte. Sie konnte sich nur damit herausreden, dass die Sorge um ihren Partner nach so kurzer Zeit der Krankheit berechtigt war. Aber was würde in vierzehn Tagen sein, wenn der dritte Gesundheitscheck anstand? Niemand gestand ihr eine Trauer von mehr als einem Vierteljahr zu.
Ein Bürger müsse wissen, wann seine Trauer keinen Sinn mehr habe, hatte Lancen einmal gesagt. *Alles hat seine Zeit. Nach drei Monaten hätte man genug getrauert. Jetzt könne der Staat von einem verlangen, dass man wieder funktioniere.* Daran musste

Luise jetzt denken. Dieser Gesundheitscheck beinhaltete auch eine Untersuchung mit einem Wahrheitsserum. Die Unwahrheit sagen konnte sie also nicht, wenn die Frage nach Edgar kam. Und man würde sie nach ihm fragen, das war sicher.
Die nächsten Nächte schlief sie schlecht. Sie hatte einmal von Chemikalien gehört, die die Wahrheitsdroge überlisten konnten. Aber wo sollte sie die herbekommen?

*

Es war kurz nach Mitternacht. Der Mann sah gefährlich aus. Er trug einen alten schwarzen Regenmantel und hatte seinen merkwürdig veralteten Hut tief ins Gesicht gezogen. Sie trafen sich in einer dunklen Seitenstraße. Luise zitterte. Im Schein der Laterne konnte sie auf seiner rechten Wange eine Narbe so tief wie der Grand Canyon erkennen. Hinter einem Gestrüpp von Brauen versteckten sich zwei kleine Schweinsäuglein. Tat sie das Richtige? Es war schon vorgekommen, dass diese Kuriere sich doppelt bedienten. Einmal, indem sie Informationen oder Material verkauften und ein zweites Mal, nachdem sie den Käufer bei den Behörden denunziert hatten.
Erst durch diesen Notstand waren ihre Augen geöffnet worden, und sie hatte bemerkt, dass es in jeder Bar nur so von Schwarzhändlern wimmelte. Ein Umstand, der ihr völlig neu war. Bisher hatte sie geglaubt, dass alle Menschen – genau wie sie – die Regierung vergötterten.
Es wurde alles angeboten, was ein Mensch gebrauchen konnte. Diese Subjekte bereicherten sich auf Kosten anderer. Sie hatten feine Antennen, die einen Regierungsspitzel schon witterten, wenn er seinen Fuß über die Schwelle setzte.
Letzte Woche hatte sie sich einen Ruck gegeben und eine dieser zwielichtigen Gestalten angesprochen. Das hätte auch schiefgehen können. Man hatte ihr gesagt, dass Regierungsbeamte sich oft als Schwarzhändler tarnten, um ihre Beute zu fangen. Der Händler hatte den Stoff, den sie brauchte, nicht dabei, aber er vermittelte sie weiter, und nun stand sie hier mit diesem fremden Mann, der ihr Angst einflößte und hätte am liebsten wieder kehrt gemacht.
»Identifizieren!«, zischte der Fremde.
Er sprach kurz und abgehackt. Dabei konnte er seinen Blick nicht von ihr wenden. Das Licht der Straßenlaterne, vor der sie stand, malte eine goldene Krone auf ihr rotbraunes Haar. Der Wind trieb es wie eine blutrote Fahne hin und her. Ein Feuer brannte auf ihren Wangen. Die Frau schien ein Vulkan zu sein. Luise krempelte ihren linken Ärmel hoch und hielt ihm den Oberarm entgegen.

Der Kerl zog einen Scanner aus der Tasche und ließ ihn über den implantierten Chip gleiten. »In Ordnung«, murmelte er leise, als er Luises Identität erkannt hatte.
»Stoff gegen Wertcoupons!« Wieder zog er sie mit seinen Blicken aus.
Dann kramte er umständlich in den weiten Taschen seines Regenmantels und brachte eine kleine Schachtel zum Vorschein.
»Hier, das Serum! Nicht bevor du den Laden betrittst spritzen! Such' dir ein Klo. Und aufpassen! Die haben Röntgenaugen. Such' eine Stelle, die nicht so leicht entdeckt wird. Wär' schade um dich.«
Er lachte zynisch, dabei sah sie, dass ihm vorn zwei Zähne fehlten. Wieder scannten seine Augen ihren Körper.
»Wohin soll ich spritzen?« Sie glaubte, dass die Angst ihr aus dem Gesicht schrie und er das sicher bemerkt hatte.
»Die Beine, die sind gut. Fußvenen sind klein, die sieht nicht jeder. Aber aufpassen! Nicht zu viel Zeit vergehen lassen. Sonst wirkt es nicht.«
Er machte einen Schritt auf sie zu und reichte ihr die Schachtel. Luise schob das Serum in die Tasche.
»Und die Bezahlung?« Er beugte sich noch näher zu ihr, so dass sie seinen fauligen Atem riechen konnte.
»Hier!«, angewidert reichte sie ihm ihr Handgelenk und wandte ihr Gesicht zur anderen Seite, um so wenig wie möglich von dem Geruch einzuatmen.
»Und der Zugangscode?«, gierig suchten seine dünnen Finger nach dem kleinen Stift, der an seinem Tech-Wear befestigt war.
Luise aktivierte ihr Armband, fand die richtige Datei, tippte eine Ziffernfolge ein und fragte: »Wieviel?«
»330 Wertcoupons.«
»Dann aktivieren Sie ihr Konto«, sagte Luise, während der Ekel ihr ein Würgen im Hals verursachte.
In Windeseile durchsuchte der Fremde seine Dateien. Als er gefunden hatte, was er suchte, gab er nun seinerseits eine Ziffernfolge ein. Ein Infrarotsender an beiden Armbändern wurde aktiviert. Ein Piepston signalisierte, dass beide Konten miteinander verbunden waren. Luise vollzog den Transfer. Als die Wertcoupons am Zielort eintrafen, erfolgte wieder ein akustisches Signal. Der Mann grinste zufrieden. Er tippte eine weitere Zahlenfolge ein und danach noch eine. Es piepte mehrmals hintereinander.
»Muss die Spur verwischen«, meinte er grinsend. »Denk an meine Worte. Wenn du mal wieder was brauchst, ... stehe zur Verfügung.«
Schon war er in der Dunkelheit verschwunden.
Nun durfte nichts mehr schiefgehen, sonst flogen beide auf. Der Staat interessierte sich zwar nicht für die Geschäfte seiner Bürger, wenn er aber

dahinterkam, dass Luise sich auf dem Schwarzmarkt eine Spritze besorgt hatte, verfolgte er natürlich alle Transaktionen, die sie gemacht hatte und kam dem Schwarzhändler mit Sicherheit auf die Spur.
Luise fror. Sie zog ihren Umhang, den sie nur lose um die Schultern gelegt hatte, fester zusammen. Zum Glück waren keine Menschen auf den Straßen. Schnell rief sie einen Luftgleiter und ließ sich nach Hause fliegen, bevor jemand Verdacht schöpfte. Über ihr Tech Wear gab sie den Türcode ein und betrat ihre Wohnung. Als erstes lief sie ins Kinderzimmer. Messira schlief noch immer tief und fest.

*

Luise nahm ihren ganzen Mut zusammen, als sie das Lancen Memorial betrat. Mit dem Fahrstuhl fuhr sie in die zehnte Etage, wo der monatliche Gesundheitscheck stattfand, suchte – das Kind im Arm – eine Toilette auf und verschwand darin.
»Mami nimmt dich gleich wieder«, sagte sie zu Messira und legte das kleine Bündel auf den kalten Fußboden.
Umständlich holte sie die Spritze aus ihrer Tasche, machte den linken Fuß frei und suchte am Fußrücken eine Vene, die groß genug war, den Stoff aufzunehmen. Sie setzte die Spritze an und injizierte den gesamten Inhalt in das Gefäß. Vor Aufregung verzog sie die Nadel beim Herausziehen. Es blutete ein wenig. Sie fluchte und wusch das Blut mit Wasser ab. Es gelang ihr nur halbwegs. Bevor die Zeit knapp wurde, zog sie ihre Socken hoch, krempelte die Hose herunter und schob die leere Spritze in eine kleine Ritze hinter dem Handlufttrockner an der Wand, nahm das Kind auf den Arm, küsste es zärtlich und verließ die Toilette.
Zaghaft klopfte sie gleich darauf an die Tür des Untersuchungszimmers.
»Ja bitte!«, ertönte eine scharfe Frauenstimme von drinnen.
Luise öffnete die Tür und trat ein. »Ich habe einen Untersuchungstermin«, sagte sie und ärgerte sich, dass ihre Stimme wie immer etwas unterwürfig klang.
»Bürgerin F5083.23.05.2270?«, fragte die Ärztin und musterte die Patientin unverhohlen.
»Ja!« Mehr brachte sie nicht über die Lippen. *Wenn nur alles glatt geht*, dachte sie.
»Machen Sie sich frei und legen Sie sich auf die Liege dort hinten.«
Die Ärztin deutete mit der Hand auf die rechte Ecke des Raumes. Luise wusste, dass hinter dem Wandschirm eine Liege stand.
»Das Kind können Sie hier in das Bett legen.« Die Ärztin zeigte auf ein kleines Kinderbett davor.
Luise kannte diesen Raum nur zu gut. Jeden Monat hielt sie sich hier für gute fünfzehn Minuten auf. Der Staat nahm es sehr genau mit seinen

Untersuchungen. Alles wirkte steril. Das lag wohl an der weißen Farbe in diesem Zimmer. Nie hatte sie so viel Weiß auf einmal gesehen. Der Kittel der Ärztin, der Fußboden, die Wände, der Schreibtisch, die Liege, das Kinderbett, die Decke, die Lampen, alles strahlte. Sogar der Computer mit den Patientendaten war weiß. Einziger Farbfleck in diesem Raum war ein Kaffeeautomat in glänzendem Signalrot, der auf einem Sideboard stand. Es war komisch. Dort wanderte ihr Blick ständig hin. Ob es anderen Menschen genauso erging? Von all dem Weiß geblendet, bekam sie jedes Mal Kopfschmerzen, nachdem sie den Raum verlassen hatte.
Luise legte Messira in das Kinderbett. Die schlief ganz ruhig weiter. Sie selbst verschwand hinter dem weißen Wandschirm, hinter dem ein weißer Kunststoffhocker stand. Neben diesem – ganz in die Ecke geklemmt – sah sie die Liege. Sie zog ihren roten Pullover und die blaue Jeans aus, faltete die Sachen und legte sie fein säuberlich übereinander auf den Hocker. Ordnung war eine Schwäche von ihr. Sie fühlte sich nur wohl in einem Raum, in dem alles an seinem Platz lag. Ihre braunen Schuhe stellte sie darunter. Die rot-schwarz gestreiften Socken behielt sie an. Danach legte sie sich gehorsam auf die bereitstehende Liege.
Die Ärztin erhob sich von ihrem Stuhl und schlurfte zu der Patientin. Dabei flatterte ihr Kittel hinter ihr her wie eine Schleppe. Ihre Bewegungen wirkten dominant, zackig und energisch. Sie untersuchte Lunge, Herz und Reflexe, tastete den Bauch ab und sah ihr in Mund, Nase und Ohren.
»Haben Sie noch Beschwerden?«, fragte sie routinemäßig.
»Nein, mir geht es gut«, log Luise. In Wirklichkeit ging es ihr im Moment gar nicht gut. Mit Mühe konnte sie ein Zittern unterdrücken. Das Serum schien zu wirken. *Wenn ich nicht bald das Wahrheitsserum verabreicht bekomme, fällt meine Unruhe sicher auf,* dachte sie.
»Ich sehe hier, dass wir heute mal überprüfen müssen, wie es um ihren seelischen Zustand bestellt ist«, die Ärztin warf einen Blick auf den Monitor.
Nun mach schon, dachte Luise.
»Sie hatten bei der letzten Untersuchung arge psychische Probleme. Sie wissen, dass das Ihrem Kind nicht guttut?«
»Ich weiß, aber ich glaube, ich habe mich gefangen.«
Luise hielt sich krampfhaft an der Liege fest.
»Wir werden sehen.« Die Ärztin lief zum Medikamentenschrank und entnahm diesem die so gefürchtete Spritze. Sekunden danach entleerte sie den Inhalt derselben in die Vene des Unterarms ihrer Patientin.
»Entspannen Sie sich«, meinte sie. »Unser Gespräch wird jetzt aufgezeichnet.«

Die Spritze wirkte, jedenfalls glaubte Luise das. Sie fühlte sich leicht. Beide Gifte würden sich in Kürze neutralisieren. Ein Feuer brannte in ihr drinnen. *Geschafft,* dachte sie.

»Nennen Sie mir Ihre Identifikations-Nummer«, kommandierte die Ärztin.

»F5083.23.05.2270«, sagte Luise leise. Ihr Mund wurde trocken. Schweißperlen traten auf ihre Stirn. Mit den Händen umklammerte sie noch immer fest die Liege.

»Was ist mit Ihnen? Sie wirken so aufgekratzt. Eigentlich müssten Sie doch ruhiger werden«, wunderte sich die Ärztin.

Luise quälte sich ein Lächeln ab. »Ich bin ruhig«, protestierte sie und gab sich den Anschein, als würde sie das alles hier kalt lassen.

»Gut, machen wir weiter«, setzte die Ärztin ihre Befragung fort. »Können Sie mir sagen, welche Gefühle Sie im Augenblick haben, wenn Sie an Ihren Partner denken?«

Luise holte Luft. Es klang wie ein Seufzen.

»Ich bin immer noch sehr bestürzt, dass mein Partner so krank ist, aber nicht mehr so wie vor drei Monaten. Mein Kind gibt mir sehr großen Halt und lässt mich vergessen.«

»Was wollen Sie vergessen?«, der Blick der Ärztin wurde lauernd.

»Ich war glücklich mit ...« Sie wollte Edgar sagen. »Mit M1012«, korrigierte sie schnell. »Und ich dachte, wir könnten eine richtige kleine Familie sein, jetzt wo wir F6103 bekommen haben. Aber, oh!«, sie stöhnte leise, dann fuhr sie fort: »Ich habe gleich bemerkt, dass mein Partner eifersüchtig auf unser Kind ist, aber ich dachte, das geht vorüber. Wir hatten eine Aussprache. M1012 war auf dem besten Wege, unsere Tochter näher kennenzulernen.« Sie machte eine Pause.

Was rede ich da, dachte sie. *Das wollte ich gar nicht sagen. Mein Gott, das Serum, das der Händler mir gab, wirkt nicht mehr.*

»Aber wenn Sie sagen, dass Ihr Partner eifersüchtig war, ist das der beste Beweis dafür, dass mit seiner Psyche etwas nicht in Ordnung war. Oder wie würden Sie das interpretieren? Meinen Sie nicht, dass wir zum Wohle des Kindes und zum Wohle Ihres Partners so handeln mussten?«, entgegnete die Ärztin, während sie einen Schritt auf Luise zuging. »Sie schwitzen ja«, fügte sie hinzu und fuhr mit der Hand über Luises Stirn. »Und wie ich sehe, verkrampfen Sie sich. Das dürfte aber nicht passieren.«

Sie versuchte Luises Finger von der Liege zu lösen.

»Mir geht es gut«, wagte Luise einen schwachen Protest.

»Ich glaube, hier stimmt etwas nicht«, vermutete die Ärztin. »Zweifeln Sie unsere Entscheidung an?«, fragte sie weiter.

Die Zunge gehorchte Luise mittlerweile nicht mehr. Deshalb antwortete sie: »Ich wundere mich, warum mein Mann von einer Sekunde zur nächsten so krank geworden ist. Er liebt unser Kind. Ich habe ihn auch schon stundenweise mit unserer Tochter alleingelassen. Seine anfängliche Scheu vor dem Baby hatte sich gelegt. Er freute sich sogar auf die Kleine. Auch wundert es mich, dass ich keine Nachricht mehr von ihm empfangen habe. Auf mein Nachfragen im Krankenhaus erfuhr ich, dass er verlegt worden sei«, plapperte sie drauflos wie ein Kind.

Der Gesichtsausdruck der Ärztin veränderte sich schlagartig. Sie schaute auf den Bildschirm und meinte dann: »Ja, hier wurde eine Notiz über Ihr Gespräch mit der psychiatrischen Abteilung gemacht. Ich meine, dass wir Ihre Bedenken ernst nehmen sollten. Ich finde das auch merkwürdig«, stachelte sie Luise an, um mehr aus ihr herauszulocken.

»Nicht wahr! Ich glaube, mein Mann ist gar nicht krank. Wissen Sie, was man mit ihm vorhat?«

Verdammt, was rede ich, dachte sie.

Nun passierten mehrere Dinge gleichzeitig. Die Ärztin lief noch einmal zum Medikamentenschrank, um eine neue Spritze zu holen. Luise wollte in Panik von der Liege springen. Im Bettchen schrie die Kleine.

»Bleiben Sie ruhig«, beschwichtigte die Ärztin. »Das haben wir gleich. Es wird Ihnen sofort bessergehen. Um die Kleine kümmert sich eine Schwester.«

Sie berührte das Display ihres Tech-Wears: »Ich brauche hier mal Hilfe, aber schnell«, rief sie über ihr E-Armband ins Vorzimmer, während sie mit einer Hand versuchte, Luise auf der Liege zu fixieren.

Im nächsten Moment wurde die Tür aufgestoßen und zwei Pfleger kamen in den Raum.

»Schnallen Sie die Patientin fest«, befahl die Ärztin.

»Nein, ich muss zu meinem Kind«, schrie Luise noch einmal und bäumte sich erneut auf. Mit einem Satz waren die Pfleger bei ihr und fixierten sie mit Händen und Füßen an der Liege.

Luise wimmerte leise: »Bitte, lassen Sie mich zu meinem Kind«.

»Schauen Sie sich die Fußgelenke an!«, forderte die Ärztin die Pfleger auf.

Die zogen der Patientin die Socken aus. »Hier«, schrie der eine und deutete auf einen kleinen Einstich im linken Fuß.

»Das dachte ich mir.«

Die Ärztin hatte es endlich geschafft, die Spritze bei Luise zu setzen und verabreichte ihr noch eine Dosis von dem Wahrheitsserum.

»Diese Schwarzhändler!«, stieß sie zwischen den Zähnen hervor. »Man sollte sie alle zum Teufel jagen. Aber den werden wir kriegen, keine Frage. Die Patientin wird uns gleich alles sagen, was wir wissen wollen.«

Luise war inzwischen ganz ruhig geworden. Sie spürte, wie das Gift in die Vene floss und bis zum Herzen hinauf gepumpt wurde. Gleichzeitig schmolz ihr eigener Wille wie Eis in der Sonne.

Durch einen Schleier sah sie, dass eine Schwester erschien. Diese trat zum Bettchen des Säuglings, nahm die Kleine auf den Arm und verließ mit ihr den Raum. Luise reckte sich so hoch wie ihre Lage es möglich machte und warf einen letzten wehmütigen Blick auf ihre Tochter. In ihrem Herzen wusste sie, dass sie sie zum letzten Mal gesehen hatte. Mutlos sank sie herab.
»Machen Sie sich keine Sorgen«, hörte sie die Ärztin wie von weit her sagen. »Es wird alles gut. Sie sollten eigentlich wissen, dass man uns nicht betrügen kann« und zu den Pflegern gewandt fügte sie hinzu: »Das elektronische Armband! Entfernen Sie es vom Handgelenk der Patientin.«
Die Pfleger taten wie ihnen die Ärztin befohlen hatte. Luise protestierte nur schwach. Ihre Pupillen weiteten sich. Wie eine willenlose Marionette beantwortete sie alle Fragen wahrheitsgemäß und versuchte ihr Verhalten zu entschuldigen.
»Ich hatte Angst, dass Sie mir mein Kind nehmen, wenn Sie erfahren würden, dass ich den Verlust meines Partners noch nicht verwunden habe. Da habe ich mich in meiner Not an einen Schwarzmarkthändler gewandt.«
»Finden wir die Daten auf Ihrem Rechner?«, fragte die Ärztin mit gespielt sanfter Stimme.
»Ja, ist alles gespeichert unter Ordner Messira, Datei 838.« Antwortete Luise bereitwillig.
»Sie haben ihre Tochter Messira genannt? Wie süß!« Die Ärztin hatte einen sarkastischen Unterton in ihrer Stimme. »Wie viel hat Sie der Handel denn gekostet?«
»330 Wertcoupons.«
»Schade! Aber damit haben Sie alles verloren.«
Die Ärztin gab den Pflegern einen Wink. Die schoben die Liege aus dem Raum.
Luise unternahm einen weiteren schwachen Protest. Inzwischen lallte sie nur noch.
»Lassen Sie mich gehen, bitte!«
Dann wurde sie sehr ruhig. Das Blut wich aus ihrem Gesicht. Sie musste sich übergeben. Zu viel Gift für diesen zarten Körper!
»So' n Mist, verdammter«, fluchte einer der Pfleger, der die volle Ladung auf seine Brust bekam, weil er sich in diesem Augenblick mitfühlend der Patientin zugewandt hatte. »Das kommt dabei raus, wenn man ein gutes Herz hat. Und wie das stinkt!«
»Quatschen Sie hier nicht. Bringen Sie die Patientin auf die Psychiatrie«, befahl die Ärztin. »Sie wird rückgeführt.«
»In Ordnung«, sagte der Pfleger kleinlaut.
Beide schoben die Liege aus dem Raum.
Luise hatte inzwischen das Bewusstsein verloren.

DER BACH

Sowie der Mensch beginnt, sich als eigenständiges Lebewesen zu begreifen und nicht mehr als eine Einheit mit seiner Mutter, ähnelt er einem Bach.
Ein Bach ist ein kleiner natürlicher Wasserlauf von geringer Tiefe und Breite. Seine Fließgeschwindigkeit beträgt zwischen 10 und 100 Litern Wasser pro Sekunde. Die Breite liegt bei einem halben Meter bis zwei Metern, seine Tiefe bei 10 bis 50 Zentimetern. Ein Bach ist ein noch sehr junges Gewässer, besitzt aber durch sein großes Gefälle viel Kraft, Material mit sich zu führen, ist also sehr lernfähig. Das bedeutet, obwohl seine Wassermenge klein ist, fließt das Wasser sehr schnell und zwar so schnell, wie nie mehr in seinem »Leben«. Ein Bach reißt alles, was sich in seinen Weg stellt, mit sich. Er saugt nicht nur Material, sondern auch Information und Energie aus seiner Umgebung ab. Im Laufe seines Flusslebens nimmt diese Kraft ab.
Viel Zeit vergeht, bis ein Bach zu einem Fluss wird. Viel Unrat, Schmutz und Schutt nimmt er auf seinem Wege mit. Den groben Schutt lässt er einige Meter weiter gleich wieder zurück, kleineres Material schleppt er einige Zeit mit sich. Besonders schlimm ist das, was man mit dem bloßen Auge nicht sehen kann. Das löst sich sehr gut auf und belastet das Gewässer.
Auch wenn noch so viel Unrat in einen Fluss gekippt wird, versucht er sich davon zu befreien. Durch das ständige Fließen gelangt lebenswichtiger Sauerstoff in den Fluss. Grobes Material setzt sich am Boden ab. Es kommt zu einer stufenweisen Reinigung. Wird nicht ständig weiter Schmutz in den Fluss abgelassen, hat er sich nach einiger Zeit von selbst gereinigt.

***

»F6103! Her damit! Und hör‘ mit der Lügerei auf!«, schrie die Erzieherin.
Aus ihrem Mund verirrten sich einige Speicheltropfen in der Größe von Reiskörnern. Einen Moment flackerten sie im Licht der Sonne auf, bis sie langsam zu Boden schwebten und verschwanden.
Das kleine Mädchen schaute schuldbewusst zu Boden. Es hatte die Arme auf dem Rücken verschränkt, die Händchen umklammerten einen Gegenstand, der den Blicken der Erzieherin verborgen blieb.
Auch als die zum zweiten Mal schrie: »Was versteckst du vor mir?«, schaute es nicht nach oben und meinte in seiner kindlichen Naivität, dass der Gegenstand, den es auf dem Rücken hielt, für die Erzieherin nicht vorhanden war. Die konnte ihn nicht sehen, also war er nicht da. Sich keiner Lüge bewusst, sagte die Kleine: »Ich habe nichts in meinen Händen.«

Wollte das Kind nicht verstehen, oder war es wirklich so dumm? Die Stimme der Erzieherin überschlug sich nun vollends.
»Meine Geduld ist am Ende.«
Die knöchrige Hand griff nach der Bluse des Mädchens. Fünf dürre Finger krallten sich im Stoff fest und zogen das Kind zu sich heran. Die Kleine verlor den Halt und musste zwei Schritte vorwärtsgehen, um wieder festen Stand zu bekommen.
»Gib das her!«, keifte die Frau noch ein letztes Mal.
So nah war die Erzieherin dem Kind noch nie gekommen. Drohend blickten zwei erloschene Vulkane das Mädchen an. Mit der linken Hand weiterhin die Bluse festhaltend, suchte die Frau mit der rechten den Rücken des Kindes ab. Tastend fand sie die zusammengeballten Fäuste der Kleinen und öffnete diese gewaltsam. Etwas Metallenes fiel zu Boden.
»Her damit!«, forderte sie.
Auf dem blankgescheuerten Asphalt glitzerte ein kleiner blauer Schmetterling. Er war über und über mit Strass-Steinchen verziert. Die Haarklammer, an der er befestigt war, bestand aus Metall. In seiner filigranen Schönheit wirkte dieser Gegenstand in der sterilen Umgebung wie ein Fremdkörper. So etwas Schönes konnte nur ein Überbleibsel einer längst vergangenen Zeit sein.
Maulend bückte das Mädchen sich und reichte der Erzieherin die Haarspange.
»Das ist meine«, beharrte es. »M1012 hat sie mir geschenkt.«
»Geschenke müssen von der Heimleitung genehmigt werden. Das weißt du! Schlimmer finde ich, dass du mich belügst.«
Wie ein eiserner Schraubstock drückte die Erzieherin mit der rechten Hand das Kinn von F6103 zusammen und zwang das Mädchen, nach oben zu schauen.
Tränen standen in den Kinderaugen, als F6103 trotzig sagte: »Warum? Was man geschenkt bekommt, darf man behalten.«
»Ach! Das ist ja was ganz Neues. Wer erzählt denn sowas?«
»M1012!«
M1012 war der Hausmeister des Kinderheimes. Ein sonderbarer Mann. Nie sah man ihn mit anderen Menschen zusammen. Nie ging er aus. Nie sprach er mit jemandem. Aber es schien, als hätte er ein besonderes Interesse an diesem Kind gefunden. Das gab ihr zu denken. Sie wollte demnächst besser auf die Kleine achten.
»Du kennst die Regeln, und nun Schluss mit dem Gerede.«
Ohne erkennbaren Grund verlor die Stimme der Erzieherin den barschen Ton. Für einen Augenblick hatte man den Eindruck, als erinnerte sie sich an etwas, das lange zurücklag, denn ihr Blick verklärte sich plötzlich.

»Du hättest fragen müssen. Ich bin sicher, man hätte dir die kleine Spange gelassen.«
Fast liebevoll strich sie mit der Hand über die rote Mähne des Kindes. »Die Spange passt wunderbar zu deinem Haar«, fügte sie etwas milder hinzu.
»Das hat M1012 auch gesagt.«
F6103 betrachtete die Erzieherin aus den Augenwinkeln. Nie hatte sie sich die Mühe gemacht, der Frau ins Gesicht zu schauen. Die tiefen Furchen zu beiden Seiten der Nase reichten bis hinab an den schmalen Mund, der mit seinen nach unten gezogenen Mundwinkeln immer so aussah, als würde er alles verlieren, was die Frau in ihn hineinstopfte.
Die Erzieherin bemerkte, dass sie im Fokus des Mädchens stand. Wie ein Teenager errötete sie und schwenkte zurück zum Thema.
»Ich glaube, ich muss mir diesen M1012 mal vornehmen«, sagte sie und schob die Kleine sanft vor sich her zum Eingang des Heimes. »So! Und nun sei brav und geh hinein. Es gibt gleich Mittag.«
Ein eigenartiges Gefühl bemächtigte sich ihrer. Es war eine Mischung aus Beschützerinstinkt und Mitgefühl für dieses Kind. Widerstrebend ließ F6103 sich von der Erzieherin in Richtung Eingangstür schieben. Als sie ihren Blick zufällig nach links schweifen ließ, sah sie in einiger Entfernung M1012 einen Kehrroboter im Hof aufstellen. Wie gern hätte sie ihm dabei geholfen. Er aber lächelte und bedeutete ihr mit Gesten, dass sie der Frau folgen sollte. Also streckte sie ihre Hand zaghaft nach der Erzieherin aus. Die zuckte bei der Berührung zusammen. Das Kind schien es nicht zu registrieren. Die Rechte schob sich vorsichtig tastend weiter, bis sie die große Hand der Erzieherin berührte. Diese vertrauensvolle Geste löste bei der Frau den Impuls aus, die Kinderhand zu umschließen. Hand in Hand gingen die beiden ungleichen Menschen ins Haus hinein.

*

Durch das Gebüsch, welches das Heim zur Straße hin abgrenzte, folgte ein dunkles Augenpaar jeder Bewegung, die das Kind machte. Der Mann hatte genug gesehen. *Genau wie die Mutter*, dachte er. *Sie wird immer hübscher*. Obwohl Mutter und Tochter nicht genetisch miteinander verwandt waren, hatten sie die gleiche Haarfarbe und gehörten zum selben Hauttyp. Schon heute konnte er erkennen, dass die Kleine einmal genauso schön werden würde wie ihre Mutter. Freilich fehlten ihr noch die weiblichen Attribute, aber in etwa sechs bis sieben Jahre. … Seine Augen blitzten lüstern auf. Ja, da konnte man sagen, dass sie reif zum Pflücken war. Diese Zeit wollte er geduldig warten. So lange er den Regierungsauftrag besaß, durfte er nicht an sein privates Glück denken. So leise, wie er gekommen war, entfernte er sich wieder von seinem Platz.

*

Das Essen schmeckte nicht. F6103 hatte nichts anderes erwartet. Sie konnte sich an keinen Tag erinnern, an dem sie es nicht heruntergewürgt hatte. Lustlos stocherte sie in ihrem Teller herum. Es gab grüne Bohnen. Aber was für Bohnen! Sie konnte sich an deren Geschmack gut erinnern.
Was das Kind nicht wusste: Jede Art von Nahrung wurde in speziellen Plantagen angebaut. Bohnen hatten – wie alle anderen pflanzlichen Lebensmittel auch – ein polyploides Genom. Die Bohnen waren groß wie wilde Bananen, nur etwas flacher und grün. Sie rochen nicht wie Bohnen und schmeckten auch nicht wie sie. Das machte nichts, fand der Staat, denn auf den Nährwert kam es an. Er war bestrebt, mit einem Minimum an Aufwand und Anbaufläche ein Maximum an Ertrag zu erzielen. So konnte er die Arbeitskraft der Menschen für andere Dinge nutzen. Was diesem Staat am Herzen lag, waren die Computer und die damit zusammenhängende Elektronik sowie alles, was mit Energie im weitesten Sinne zu tun hatte.
Im Eintopf schwammen neben den Bohnen auch kleine Fleischstückchen. Der Löffel fischte sie nach und nach heraus. Bald lagen sie am Rand rund um den Teller verteilt. Die Fleischstückchen schmeckten noch weniger als die Bohnen. Kein Wunder, denn Tiere wurden auf engstem Raum gehalten. Sie bekamen Kraftfutter, damit sie schnell an Gewicht zulegten. In wenigen Monaten waren sie reif für den Schlachter.
F6103 wusste zwar noch nichts von der Landwirtschaft, ihr Geschmackssinn aber war völlig intakt, und der sagte ihr, dass das Zeug, das sich auf ihrem Teller befand, kein Genuss war. So ließ sie denn auch die Hälfte zurückgehen.
Ein elektronischer Gong ertönte. Die nächste Schulstunde begann. F6103 war im vergangenen Monat sechs Jahre alt geworden. Sie hatte eine schnelle Auffassungsgabe und befand sich deshalb schon in der zweiten Klasse. Ihre Klassenkameraden überragten sie aus diesem Grunde um mindestens drei Zentimeter.
Das Kind hatte eine Haut, die in ihrer Klarheit an die Reinheit von Wasser erinnerte, besonders um die Augenhöhlen herum. Wären diese Augen nicht gewesen, hätte man die Kleine für unscheinbar halten können. Sie aber waren es, die den Betrachter in seinen Bann zogen. Es brannte ein Feuer darinnen, das an sonnendurchflutete Smaragde erinnerte. Ihr Haar floss wie eine feurige Welle bis über ihre Schultern. Keiner Spange gelang es, den Feuersturm zu bändigen.

Sie trug die Anstaltskleidung. Ein Baumwolllatzrock in düsterem Blau verkapselte ihren Körper wie eine Nussschale und ließ nur die weißen Ärmel einer Bluse hervorschauen, die versuchte, sich trotz der Umhüllung in den Vordergrund zu spielen. Die Kniestrümpfe übertrafen die Bluse noch an Reinheit. Sie steckten in schwarzen Lackschuhen, die die filigrane Gestalt der Kleinen erahnen ließen.
Neben ihr saß M7180, ein grober Klotz und fast ein Jahr älter als sie. Er trug wie alle Jungen statt der Bluse ein Hemd und statt des Rockes eine Latzhose. Seine Figur fügte sich nahtlos in die Anstaltskleidung ein. Beide teilten sich eine Schulbank, doch M7180 beanspruchte den Tisch fast ganz für sich allein. Gegen seine raumfüllende Präsenz hatte sie keine Chance. Sein Haar lag auf seinem Kopf wie eine unsauber gewebte Matte aus poliertem schwarzem Kunststoff, aus der einzelne Strähnen – Pfeilen gleich – in alle Richtungen abstanden. Der Geruch nach altem Talg und abgeschuppter Haut, die sich wie Schneeflocken auf seine Schultern gelegt hatte, verursachte ihr einen Brechreiz, als sie versuchte, sich an ihm vorbeizuschieben, um ihren Platz zu erreichen.
M7180 ließ den Blick unauffällig umherschweifen. Die Lehrerin war gerade damit beschäftigt, einem anderen Kind etwas zu erklären. Die Gelegenheit war günstig, also streckte er blitzschnell das rechte Bein nach vorn und beobachtete F6103 aus den Augenwinkeln heraus. Sie sah die Gefahr zu spät und kam ins Stolpern, fing den Sturz zum Glück aber noch rechtzeitig auf. Die Köpfe der anderen Kinder flogen bei dem entstehenden Geräusch nach hinten.
Ihre Blicke durchbohrten F6103. Durch das entstehende Geräusch aufgeschreckt, suchte die Lehrerin in der Menge nach dem Verursacher.
»Kannst du nicht leiser sein?«, ermahnte sie das Mädchen, als sie bemerkte, von wem der Lärm ausging.
F6103 schickte einen strafenden Blick zu ihrem Nachbarn, doch der lächelte mit einer Unschuldsmiene, hinter der niemand so viel Boshaftigkeit vermutet hätte. Nur beim genaueren Hinsehen, konnte man ein unterschwellig freches Grinsen erkennen, das ihm nicht gelang, zu unterdrücken.
F6103 senkte den Kopf. Die Erfahrung hatte sie gelehrt, dass es besser war, den Mund zu halten. Schon oft hatte sie versucht, sich zu verteidigen aber ohne Erfolg. Die Lehrerin schenkte ihr niemals Glauben. Andere Kinder wurden immer bevorzugt. Alle Welt stellte sich gegen sie – die Erzieherin, die Lehrerin, die Rektorin.
»Tut mir leid«, murmelte sie mit einem tadelnden Seitenblick auf ihren Nachbarn. »Ich bin gestolpert.« M7180 drohte hinter der vor den Mund gehaltenen Hand zu explodieren. Was er auch von der Lehrerin glaubte, als er sah, wie die seine Nachbarin anschaute. Die war vielleicht wütend. Alle Wetter!

»Dann pass' das nächste Mal besser auf und komm pünktlicher, wenn ich bitten darf«, hörte er sie bellen. M7180 grinste nun ganz unverhohlen triumphierend, weil es ihm zum wiederholten Mal gelungen war, sein Gift zu versprühen.

F6103 lebte so lange sie denken konnte in diesem Kinderheim. Am Wochenende, wenn die meisten Kinder zu ihren Eltern nach Hause durften, musste sie mit einigen wenigen vater- und mutterlosen Kindern das Heim teilen. Das tat weh! Wie gern hätte sie einen Vater und eine Mutter gehabt. Auch M7180 hatte keine Eltern mehr, so war sie nicht einmal an den Wochenenden vor diesem Jungen sicher. Sieben Tage in der Woche, zweiundfünfzig Wochen im Jahr, machte er ihr das Leben zur Hölle. Er verpetzte sie bei den Erziehern und Lehrern. Er spionierte ihr hinterher. Er drang in ihr Zimmer ein und stahl wertvolle Erinnerungen. Er schubste, trat und schlug sie, wenn er die Gelegenheit dazu hatte, immer darauf bedacht, dass niemand es bemerkte. Sie hatte mittlerweile resigniert.
Vor einem Jahr hatte die Hausverwaltung einen neuen Hausmeister eingestellt. Dieser Mann hatte immer ein offenes Ohr für sie. Wann immer sie wollte, konnte sie zu ihm kommen und ihr Herz ausschütten. Für sie war er der liebe Gott. Und Gott war groß und schlank wie eine Tanne, seine Haut leuchtete wie dunkles Olivenöl. Sein Haar glänzte so matt wie der klare Nachthimmel. Das merkwürdigste an ihm aber waren seine Augen. Sie strahlten wie zwei Sterne. Es kam ihr so vor, als könnte dieser Mann bis auf den Grund ihrer Seele schauen.
M1012 erging es ebenso. Er wusste nicht, warum gerade dieses Kind ihm so vertraut vorkam. Wo er konnte, versuchte er die Kleine zu trösten und beschenkte sie. Im Gegenzug half sie ihm bei seiner Arbeit, wenn sie mal frei hatte. So gaben die beiden unterschiedlichen Menschen sich gegenseitig Halt, mieden aber den Kontakt zu anderen Menschen. Stattdessen klammerten sie sich aneinander wie das Eisen an einen Magneten.
Beim Gedanken an die Haarspange, die ihre Erzieherin einbehalten hatte, wurden F6103s Wangen feucht. Sie träumte davon, sich unsichtbar zu machen oder wenigstens fliegen zu können, noch besser beides zusammen. Das wäre überhaupt die Lösung: unsichtbar zu sein oder fortfliegen zu können. Wenn ihr das gelänge, wäre sie unangreifbar, unerreichbar, unauffindbar, unverletzbar. Sie wusste nicht, wie viele anderen »uns« noch. Dann wäre es ein Leichtes für sie gewesen, sich ihre Spange zu holen und aus diesem trostlosen Leben einfach fortzufliegen.
»Und du F6103! Was sagst du dazu?«, riss die Stimme der Lehrerin sie aus ihren Träumereien.
F6103 zuckte zusammen. »Ich, ich ...«, stotterte sie.

Schallendes Gelächter von den anderen Tischen. Die Lehrerin klopfte voller Wucht mit einem Lineal auf den Tisch.
»Ruhe!«, brüllte sie »Und was dich betrifft«, sie blickte dem Kind frontal in die Augen und F6103 konnte unverhohlenen Hass darin erkennen. »Du träumst mal wieder. Das hier aber ist eine Schule, kein Märchentheater. Melde dich im Direktionsraum! … Augenblicklich!«, Ihre Stimme duldete keinen Widerspruch.
F6103 erhob sich von ihrem Platz. Ihre Beine wollten ihr anfangs nicht gehorchen. Sie waren schwer wie Blei, aber unter den Blicken der anderen Schüler gab sie sich einen Ruck. Vorher wanderten ihre Augen zu ihrem Nachbarn, um sich zu vergewissern, welche Gemeinheit er wohl in diesem Augenblick aushecken mochte. Doch er saß ganz unbeteiligt an seinem Platz.
Die Blicke der anderen nagelten sie noch einmal an ihrem Platz fest. Endlich löste sie sich aus ihrer Bank heraus. Getuschel flog ihr hinterher und berührte sie mit harten Schwingen.
»Ruhe!«, brüllte die Lehrerin noch einmal zornig.
F6103 zog die Tür hinter sich zu. Ein Stein hämmerte in ihrer Brust. Sie schleppte sich durch die Gänge, die Treppe hinauf in den ersten Stock. Das Heim war gute dreihundert Jahre alt. Ab und zu rang sie nach Luft. Ein Seufzen befreite sich aus ihrer Brust, aber die Mauern ließen keinen Laut entfliehen. Sie fror. Eine Art Vernichtungsgefühl machte sich in ihr breit. Die Fenster hatten die Größe von Schießscharten und hinderten die Sonnenstrahlen erfolgreich daran, in die Räume zu dringen. Die Zimmer hätten jeder Gefängniszelle Ehre gemacht. Alles in allem kein Ort, an dem man Kinder aufwachsen sehen will. Die Lehrer und Erzieher sahen ihre Hauptaufgabe nicht darin, die Kinderseelen zu schützen, sondern darin, sie zu brechen. Kinderlachen hörte man in diesem Hause so selten wie ein Edelweiß im Tal zu finden ist.
Als sie vor der großen schweren Eichentür zum Sekretariat stand, zögerte sie einen Moment. Das war in diesem Monat schon das dritte Mal, dass sie zur Rektorin geschickt wurde. Zaghaft klopfte sie an die Tür. Über ihr Tech-Wear, das elektronische Armband, hatte die Frau von der Klassenlehrerin eine Meldung erhalten, und die Kleine wurde schon erwartet.
Alle Erwachsenen trugen dieses Tech-Wear am Handgelenk. Jedes Kind in der Republik fieberte dem Tag entgegen, an dem es stolzer Besitzer eines solchen Armbandes sein würde. Bei F6103 dauerte das noch gut 12 Jahre.
Dieser Minicomputer umschloss das Handgelenk mit seinem gebogenen Display wie eine zweite Haut und war ein wahrer Künstler. Man konnte mit ihm über Audio oder Video telefonieren, Hologramme empfangen,

Nachrichten verschicken, ins weltweite Netz gehen, Daten übertragen, Wertcoupons von einem Konto zum nächsten transferieren, Filme anschauen, Video-Spiele spielen und in Verbindung mit der Ident-Nummer auch geheime Daten empfangen und verschicken. Mittels elektronischer Sensoren passte er sich in Farbe und Oberfläche der jeweiligen Kleidung an, die man trug, war also auch ein wertvolles Schmuckstück. M1012 schien der einzige zu sein, der solch ein Armband nicht besaß.
Jedes Mal, wenn das Kind den Raum der Schulleiterin betrat, schlug sein Herz lauter und schneller.
»Setz dich!« Die Rektorin zeigte auf den schweren Stuhl vor ihrem Schreibtisch.
F6103 gehorchte.
Der Stuhl machte der Kleinen Angst. Sie fürchtete sich vor dem, was er konnte.
»Ich habe gehört, dass du unaufmerksam bist, dem Unterricht nicht folgst, ständig zu spät kommst, Erwachsenen gegenüber frech bist und dass du ohne Erlaubnis Geschenke angenommen haben sollst. Stimmt das?«, keifte sie.
»Ja. Es tut mir leid«, sagte das Kind und konnte seine Tränen nicht zurückhalten.
»Du weißt, was mit unartigen Kindern passiert?«
Noch mehr Tränen liefen die Wange hinunter. Es wollte gar nicht aufhören. Jetzt wäre der geeignete Augenblick, um unsichtbar zu werden, aber nichts geschah.
»Ja«, knirschte sie, als sie die Ungeduld in den Augen der Schulleiterin bemerkte.
»Dieser Stuhl hier«, F8120, die Rektorin, deutete auf den schweren Eichenstuhl, auf dem F6103 saß, »ist ein Zauberstuhl. Er hat die Fähigkeit, zu erkennen, wann du lügst und wann du die Wahrheit sagst. Er besitzt auch die Macht, dich zu bestrafen. Ich habe keinen Einfluss auf ihn«, fügte sie bedauernd hinzu, hob beide Handflächen demonstrativ in die Höhe und schüttelte zur Bekräftigung des Gesagten auch noch den Kopf.
F6103 zuckte zusammen. Sie hatte davon gehört. Die Kinder erzählten so einiges. Einmal war sie Zeuge eines Gesprächs gewesen. Ein kleiner Junge hatte weinend davon berichtet, wie der Stuhl ihn bestraft hatte, und ein Mädchen schrie, nachdem es auf dem Stuhl gesessen hatte, die ganze Nacht Die Kleine weinte so lange, bis die Erzieherin sie aus dem Schlafsaal holte.
»Die anderen Kinder haben es erzählt«, sagte F6103.
»Na, dann wirst du ja wissen, dass du immer die Wahrheit sagen musst«, meinte die Rektorin mit einem Seitenblick auf das kleine Mädchen. »Hast du schon einmal in diesem Stuhl gesessen?«

»Nur so, ohne die Riemen.« Ihr Blick tastete die Rektorin ab.
Nicht nur der Stuhl, auch diese Frau schien allwissend zu sein. Sie saß vor dem Fenster auf ihrem Thron, ohne dass das Kind ihr Gesicht erkennen konnte, das Haar mit zwei korkenzieherartigen Spangen gebändigt, die im Gegenlicht den Fühlern eines Insekts ähnelten. In ihrem gelb-schwarz gestreiften Pullover ähnelte sie fatal einer bösen Wespenkönigin, die jederzeit zustechen konnte.
»Dann machen wir es heute mal mit Riemen«, unterbrach die Rektorin die Angstfantasien der Kleinen. »Kein Grund, sich zu fürchten«, fügte sie hinzu, als sie bemerkte, dass das Mädchen zitterte. Das fehlte ihr noch. Ein Kind, das sich hysterisch aufführte. Als ob sie nicht schon genug Ärger mit diesen Bälgern hatte. »Wenn du die Wahrheit sagst, passiert dir nichts.«
Gleich darauf stand sie auf, lief um ihren Schreibtisch herum und sagte barsch: »Leg‘ beide Arme auf die Lehnen des Stuhles!«
F6103 bebte am ganzen Körper. *Jetzt sticht sie gleich zu*, dachte die Kleine. Es war wohl besser, zu tun, was die Wespenkönigin von ihr verlangte.
Die Rektorin befestigte zwei Lederriemen, die sich an den Armlehnen des Stuhls befanden, an den Handgelenken des Mädchens. In den Riemen verbargen sich metallene Drähte, die mit einem elektrischen Gerät verbunden waren.
»So«, meinte sie dann, ging an ihren Schreibtisch zurück und lauerte auf eine Reaktion des Mädchens, die nicht kam. Worauf sie fortfuhr: »Jetzt kann der Stuhl dich verstehen. Fangen wir mit einer ganz einfachen Frage an. Wie alt bist du?«
»Sechs!«, kam es eingeschüchtert.
»Siehst du, das war doch gar nicht schlimm. Es ist nichts passiert. Und nun weiter so. Kommst du öfter zu spät?«
»Nur manchmal!«, kam die Antwort.
»Von jetzt ab darfst du nur mit ‚Ja‘ oder ‚Nein‘ antworten«, klärte F8120 sie auf.
»Aber das geht nicht immer«, protestierte das Kind.
»Es muss gehen. Also noch mal: Kommst du öfter zu spät?«
»Nein«, protestierte die Kleine. In dem Augenblick, da sie das gesagt hatte, bekam sie einen leichten aber schmerzhaften Stromstoß.
»Au, das tut weh«, wimmerte sie und zog und zerrte an den Riemen. Aber die gaben sie nicht einen Millimeter frei.
»Ich habe dich gewarnt. Sagst du die Unwahrheit, bestraft dich der Stuhl. »Also: immer schön bei der Wahrheit bleiben, hast du verstanden?«
Die Rektorin überzeugte sich, dass die Kleine sich wieder gefangen hatte.
»Also dann machen wir weiter. Gefällt es dir hier im Heim?«
F6103 zögerte einen Augenblick. Sie dachte an den Schmerz, dann sagte sie: »Nein!«

Sie konnte ja nicht wissen, dass F8120 vorhin einen kleinen Schalter unter ihrem Schreibtisch betätigt hatte, der den Stromstoß ausgelöst hatte. Sie dachte, der Stuhl wäre wirklich in der Lage, ihre Gedanken zu lesen.
»Gefällt es dir bei uns nicht, weil du keine Freunde hast?«
»Ja.«
»Nimmst du deshalb manchmal Geschenke vom Hausmeister an?«
»Ja.«
»Magst du den Hausmeister?«
»Ja.« F6103 musste sich zusammennehmen, um nicht laut aufzuschluchzen.
»Meinst du, dass deine Lehrer und Erzieher dich mögen?«
Was sollte sie sagen? Sie hatte das Gefühl, dass keiner sie mochte. Also musste sie das wohl oder übel sagen, sonst bestrafte der Stuhl sie wieder. Der konnte doch in ihren Kopf gucken.
»Nein«, kam es kläglich.
Sogleich bekam sie wieder einen Stromstoß, diesmal einen noch schmerzhafteren.
Sie weinte laut und schrie: »Das ist die Wahrheit. Keiner mag mich, bis auf den Hausmeister. Der ist immer nett zu mir.«
»Der Stuhl ist aber anderer Meinung.« Ein strenger Blick begleitete die Worte der Rektorin. »Der Stuhl weiß über alles Bescheid. Er weiß, dass deine Lehrer und Erzieher dich sehr gern haben, dass sie dich nur dann bestrafen, wenn du etwas Unrechtes tust. Oder zweifelst du an der Allmacht des Stuhles?«
»Nein«, beeilte sie sich zu sagen, als sie an den Schmerz dachte.
»Na, das will ich meinen. Dann machen wir weiter mit der Befragung.«
»Bitte nicht. Es tut so weh«, flehte die Kleine und ihr Gesichtchen verzog sich zu einer schmerzhaften Grimasse.
Manchmal hasste die Rektorin ihren Beruf.
Nicht, weil sie Kindern Schmerzen zufügen musste, nein, daran hatte sie sich inzwischen gewöhnt. Das war das gleiche für sie, was Eltern noch im 19. und 20. Jahrhundert und in all den Jahrhunderten zuvor und danach mit ihren Kindern getan hatten. Zwar gab es damals noch nicht die Möglichkeiten wie heute, aber eine Ohrfeige konnte auch ganz schön schmerzhaft sein. Das wusste sie aus eigener Erfahrung. Ihre Ziehmutter war nicht gerade sparsam damit umgegangen. Wer hatte damals nach ihrer empfindsamen Kinderseele gefragt? Nein, das war es nicht. Sie hasste ihren Beruf vielmehr deshalb, weil sie es nicht ertragen konnte, wie es diesen Kindern immer wieder gelang, sich in den Mittelpunkt zu spielen.
Zum Beispiel diese kleine Göre hier, wieso veranstaltete die so ein Theater? Musste sie sich das gefallen lassen?
Ihre Zeit war kostbar.

Das Kind zwang sie gewissermaßen, ihr die Elektroschocks zu verpassen. Mit ein bisschen Einfühlungsvermögen hätte das Balg eigentlich dahinterkommen müssen, was der Stuhl »hören wollte«. Manchmal glaubte sie, diese Gören brauchten den Schmerz wie die Luft zum Atmen. Vielleicht half ja eine kleine Erinnerung, was zu tun war, um die Bestrafung zu vermeiden.
»Es passiert dir nichts, wenn du die Wahrheit sagst«, sagte sie deshalb mit vordergründig freundlicher Stimme, aber es war nicht ganz leicht. Sie musste sich richtig dazu zwingen.
»Also: Denkst du manchmal, dass du lieber woanders sein möchtest als hier bei uns?«
Der Schmerz von eben war noch so real und deshalb musste die Kleine vorsichtig sein mit dem, was sie sagte. Natürlich hatte sie das schon viele Male gedacht, also musste sie das wohl auch sagen. Sie hatte ja erlebt, was passierte, wenn sie die Unwahrheit sagte. Der Stuhl konnte ihre Gedanken lesen und wusste es sowieso, und wenn sie log, würde er sie wieder bestrafen. Sagte sie aber die Wahrheit, dann würden die Lehrer und Erzieher sie bestrafen. Dieses Dilemma machte sie ganz wirr im Kopf.
Nach reiflicher Überlegung kam sie zu dem Schluss, dass eine Bestrafung in der Zukunft im Moment nicht so schwer wog wie der Schmerz, den sie soeben erfahren hatte, also sagte sie lieber die Wahrheit.
»Ja«, kam es kleinlaut.
Wie erwartet passierte nichts.
»Aha!« F8120 räusperte sich. »Das dachte ich mir. Es passt gut zu dem, was deine Lehrerin und deine Erzieherin gesagt haben. Was machen wir denn nun mit dir?« Sie schien zu überlegen und tat so, als ob ihr etwas daran läge, dass es der Kleinen gutginge. »Wo möchtest du hingehen? Vielleicht in ein anderes Heim mit anderen Erziehern und Lehrern?«
»Ja, wenn der Hausmeister mitkommt«, rief F6103 spontan.
Sie glaubte in ihrer kindlichen Naivität tatsächlich, dass ihr dieser Wunsch erfüllt werden würde.
F8120 lachte ein künstliches Lachen. »Das geht nicht, meine Kleine. Auf den Hausmeister können wir nicht verzichten, und auf dich wollen wir nicht verzichten. Also muss der Arzt herausfinden, welche Krankheit du hast. Keine Angst. Wir kriegen das hin.«
Sie stand auf, ging um den Schreibtisch herum und tätschelte flüchtig den Kopf des Kindes. Dabei wippten ihre Fühler auf dem Kopf auf und nieder.
»Du wirst dich bald besser fühlen. Jetzt gehst du erstmal in deine Klasse zurück. Später erfährst du, wie wir dir helfen.«
F6103 lächelte glücklich. Sie hatte das Gefühl, dass F8120 ihr tatsächlich helfen wollte.

»Danke«, sagte sie deshalb freudestrahlend. »Werden Sie auch machen, dass ich nicht mehr so traurig bin?«
»Aber selbstverständlich, mein Kind. Das wird das allererste sein. Nun geh brav in dein Klassenzimmer zurück.«
Wie sie dieses freundliche Getue hasste. Aber sie hatte festgestellt, dass die Kinder darauf abfuhren. Sie waren ja so leicht zu durchschauen, diese kleinen Ungeheuer.
Sie befreite die Kleine aus der Umarmung des Stuhles und entließ sie.
Schrecklich, was in den Köpfen dieser Kinder vor sich ging. Na, die Neurologen würden das sicher wieder hinbekommen. Die Kleine würde nach der Behandlung schnurren wie ein braves Kätzchen. Da hatte sie schon ganz andere Fälle erlebt. Man konnte froh sein, dass solch ein Widerspruchsgeist nicht unentdeckt blieb und die Regierung schon vom Kindergartenalter an die Bevölkerung konditionierte. Wo kämen wir denn hin, wenn hier jeder auf seiner persönlichen Meinung bestünde? Nur gut, dass *sie* an der Basis saß. Bei ihr kam niemand damit durch. Die Kinder, die sie entließ, waren allesamt gute Staatsbürger. Sie hatten bei ihr von der Pieke auf gelernt, wie man sich einfügt. Und darauf kam es an: sich fügen und nicht hinterfragen, warum. Dieses Wort »Warum« war eine Pest. Wenn es nach ihr ginge, müsste es aus dem Sprachgebrauch entfernt werden. Es gab kein Warum, nur ein Weil.
F6103 stolperte umständlich zur Tür hinaus. Sie rieb sich die Handgelenke, denn noch immer spürte sie den Schmerz, der durch ihren Körper gefahren war. Die Erinnerung daran aber bereitete weitaus größere Qualen. Sie musste um jeden Preis vermeiden, dass ihr so etwas noch einmal passierte. Die Rektorin hatte ihr ja das Rezept dafür gegeben. Sie musste einfach nur die Wahrheit sagen. *Oh Gott*, dachte sie, *wenn nun meine Wahrheit nicht die gleiche ist wie die der Rektorin*? Plötzlich wusste sie: Der Stuhl sieht nicht meine Wahrheit, sondern er sieht nur die Wahrheit der Rektorin. Ich werde immer bestraft.

Am Abend, als sie im Bett lag, dachte sie noch einmal über den heutigen Tag nach und konnte nicht sofort einschlafen. Da waren sie wieder, die Tränen. Zu dumm! Gern hätte sie sie unterdrückt, doch so einfach war das nicht. Also ließ sie ihnen freien Lauf. Nur nicht zu laut schluchzen, dachte sie. Keiner sollte merken, wie ihr zumute war – am wenigsten ihre Bettnachbarin, die am allerwenigsten. Die petzte, wo sie Gelegenheit dazu hatte.
F6103 kramte in dem kleinen Nachttisch herum, den jedes Kind am Bett hatte. In der Schublade musste noch ein Taschentuch liegen. So sehr sie auch darin herumwühlte, sie fand keines, aber irgendwann stießen die

Finger an etwas Hartes. Es fühlte sich an wie die ... Ja, es war die kleine Haarspange, die ihr die Erzieherin am Vormittag abgenommen hatte. Fast zärtlich umfasste die Hand das winzige Ding, das ihr so kostbar war. Ihre Augen bekamen den alten Glanz wieder. Es gab außer M1012 anscheinend noch jemanden, der sie mochte. Sie wischte mit dem Ärmel über ihre Augen. Die Spange fest in der Hand, schlief sie glücklich ein.

Die Konferenz am nächsten Vormittag stellte einstimmig fest, dass F6103 eine Überholung der Psyche nötig hatte, wie man das hier nannte. Das war das Mittel, mit dem man Zöglinge zur Raison brachte, die unbequem wurden. Schule von heute und Erziehung von heute waren einzig und allein auf Drill ausgerichtet. Die Schüler hatten zu funktionieren. Reichte ihre geistige Kapazität nicht für ein Studium, gingen sie mit achtzehn Jahren direkt in den Beruf. Während der Jahre ihrer Ausbildung verdienten sie nichts. Studenten schlossen mit dreißig Jahren ihr Studium ab. Während des Studiums arbeiteten auch sie zeitweilig für den Staat ohne Bezahlung. Die Arbeitskraft eines Menschen zu entwickeln und zu erhalten, hatte oberste Priorität, alles andere musste dahinter zurücktreten.

Zwei Pfleger holten F6103 vor den Augen ihrer Mitschüler aus dem Unterricht ab. Das tat man immer, um den Zurückgebliebenen ein warnendes Beispiel zu geben. Sie wurde ins Lancen Memorial gebracht. Die Kinderabteilung lag im 12. Stockwerk. Kein Mensch, den sie kannte, war bei ihr. Als sie anfing, leise vor sich hin zu weinen, versuchten die Pfleger sie zu trösten: »Keine Angst! Wenn du wieder nach Hause gehst, bist du ein neuer Mensch«, sagte der Größere von beiden und tätschelte ihre Wange.

»Ich will aber kein neuer Mensch werden«, widersprach sie in kindlichem Trotz. »Ich mag mich wie ich bin, und so will ich auch bleiben.« Doch ihr Protest war umsonst. Die Maßnahmen des Staates waren unerbittlich. Niemand kam dagegen an.

Viele Kinder waren denselben Weg schon vor ihr gegangen und mussten diesen noch nach ihr gehen. Kein Mensch, bis auf das Krankenhauspersonal, wusste, was hinter den verschlossenen Türen mit diesen unschuldigen Kindern geschah. F6103 sowie alle anderen Kinder konnten sich nach der Behandlung nicht mehr daran erinnern.

Als F6103 nach drei Wochen das erste Mal wieder in der Schule erschien, fragte der Hausmeister besorgt: »Ich habe dich lange nicht gesehen. Warst du krank?«

F6103 sah ihn aus leeren Augenhöhlen an, als wäre er ein Fremder.

»Mir ging's nicht so gut. Und ich hab' oft geweint. Auch war ich böse, haben sie gesagt, und ich kam öfter zu spät. Ich ärgerte andere Kinder«,

plapperte sie drauflos und wollte gar nicht mehr aufhören mit den Selbstbeschuldigungen.
»Stopp!«, rief er. »Ein so nettes Mädchen wie du. Das kann ich mir überhaupt nicht vorstellen.«
»Es ist wahr!«, beharrte sie. »Sie haben mir Pillen gegeben, und in meinen Kopf geschaut. Nun ist ja alles wieder gut.«
»Was haben die gemacht? In deinen Kopf geschaut?«, wiederholte er ungläubig und in einem sehr barschen Ton.
»Ja, das musste sein, sagten sie, weil doch in meinem Kopf alles durcheinander war.«
»Dein Kopf ist vollkommen in Ordnung.«
Er wollte sie an sich ziehen, doch sie machte eine Abwehrbewegung. Vielleicht meinte sie, seine Wut gelte ihr. Dabei war er in Wirklichkeit nur entsetzt darüber, wie dieser Staat mit den wehrlosesten seiner Bürger verfuhr.
»Sind wir keine Freunde mehr?«, fragte er etwas milder.
»Waren wir denn Freunde?« Sie schaute ihn mit ihren Kinderaugen ungläubig an.
»Klar waren wir das! Du erinnerst dich nicht mehr?«
Er versuchte ihre Hand zu greifen, doch sie zog diese fort.
»Nein«, gestand sie und wollte weitergehen. »Ich muss mich beeilen. Wir haben gleich Sport. Da will ich pünktlich sein.«
Er musste sie wohl gehen lassen.
»Wenn du mich brauchst, bin ich für dich da. Vergiss das nie«, rief er ihr fast beschwörend hinterher. »Du kannst jederzeit zu mir kommen. Wir finden einen Weg.«
Doch er entschied sich anders. So durfte sie nicht gehen. Also lief er ihr hinterher und drückte, ihren Protest ignorierend, zum Abschied ihre Hand.
»Bitte nicht!« Sie machte sich wieder frei.
Seine Berührung war angenehm. Aber es durfte nicht sein. *Warum durfte es nicht sein?*, fragte sie sich, als sie im Haus verschwand.
Er war doch nur nett zu ihr.
Er aber wunderte sich, welch seltsame Dinge hier passierten. *Ich werde auf dich aufpassen. Das verspreche ich*, dachte er. Dann wandte er sich wieder seiner Arbeit zu.

Die Probleme in der Schule legten sich. F6103 lernte fleißig, kam mit den Mitschülern gut zurecht und befolgte die Anweisungen der Lehrer und Erzieher. Die Therapie war ein voller Erfolg gewesen, wie die Rektorin es vorausgesagt hatte. Das Kind schnurrte wie ein Kätzchen. Die Rektorin unterzog die Kleine jeder Prüfung, die man sich denken konnte. Alle

bestand das Kind mit Bravour. Zuletzt konnte sie nicht anders, als in die Akte des Mädchens einen Vermerk zu machen, der das Kind als arbeitswillig, höflich, pünktlich und Erwachsenen gegenüber zurückhaltend schilderte. Alles in allem bekam die Kleine »den Stempel« sehr gut.
Eigentlich war der Frau das von vornherein klar gewesen. Sie entließ keine Querdenker aus ihrer Anstalt. Es war alles eine Frage, wie man sich der jungen Menschen annahm. Dennoch machte ihr Sorge, dass F6103 so gar nicht mit anderen Kindern zusammen sein wollte, sondern sich meistens allein und draußen aufhielt. Als man ihr die Erinnerung an den Hausmeister gekappt hatte, war wohl versehentlich auch die Nervenbahn für Geselligkeit durchtrennt worden. Auch egal, so lange der Staat dadurch keinen Schaden nahm und das Kind selbst intakt blieb.

Der Hausmeister aber ließ keine Gelegenheit verstreichen, um mit dem Mädchen ins Gespräch zu kommen. Wochen gingen ins Land. Der siebente Geburtstag der Kleinen lag schon vier Monate zurück, als an einem schönen Herbsttag folgendes passierte.
F6103 saß draußen auf der Wiese, die an das Haus angrenzte. Sie hatte ihr elektronisches Pad auf dem Schoß und übte Matheaufgaben, als etwas ihre Aufmerksamkeit fesselte. In der hintersten Ecke des Hofes gab es einen Tumult. Zwei Jungen hatten ein lautes Wortgefecht miteinander. Die Auseinandersetzung wurde immer heftiger und endete damit, dass einer der Jungen den anderen mit der Faust schlug. Der Geschlagene verlor das Gleichgewicht, taumelte, versuchte sich an der Jacke des anderen festzuhalten, fiel und riss im Fallen den ersten mit um. Beide wälzten sich nun auf dem Boden und traktierten sich weiter mit den Fäusten. Inzwischen hatte sich eine Traube von Kindern gebildet, die das Geschehen emotionslos beobachtete. Auch F6103 war aufgestanden und bahnte sich einen Weg durch die Mauer der Gaffer.
»Hört auf!«, schrie sie laut und versuchte, die beiden Jungen voneinander zu trennen, was ihr aber nicht gelang. »So helft mir doch«, bat sie die anderen Kinder.
Nun führt eine Prügelei unter Kindern nicht gleich zu ernsthaften Verletzungen, aber die Situation eskalierte, als einer der beiden einen Stein vom Boden aufhob und dem anderen damit einen Schlag an die Schläfe versetzte. Der Geschlagene blutete am Kopf und blieb reglos liegen.
Ohne an die Konsequenzen zu denken, lief F6103 auf den Jungen zu, der rittlings auf seinem Opfer saß und den Stein noch in der Hand hielt. Sie rammte ihn mit voller Wucht, dass er herunterfiel. Verdutzt sah der Junge sie an und ließ gleich darauf den Stein fallen. F6103 sah, dass auch er sich wehgetan hatte. Knie und Nase bluteten.

Diese Schlägerei wollte so gar nicht in die heile Welt von F6103 passen, in der jeder Mensch ein Geschöpf Gottes ist und auch als solches behandelt werden sollte. Niemand hatte ihr geholfen. Das einzige, was sie geerntet hatte, waren verständnislose Blicke von den Umstehenden gewesen. Keiner hatte sich gerührt. Alle Kinder waren wie erstarrt dagestanden.
Sie bückte sich, um nach der Verletzung des Jungen zu sehen. Der Angreifer war inzwischen aufgestanden. Fortlaufen war nicht ratsam, jeder kannte jeden, und man sah, dass auch er verletzt war, also wartete er, was weiter geschehen würde.
Endlich kam eine Lehrerin und zerstreute die Menge. »Marsch in die Klassen!«, rief sie.
Sie begutachtete die Verletzungen des Jungen, der am Boden lag und rief einen Krankentransport, dann näherte sie sich dem Schläger und sagte barsch: »Du fährst mit! Ich kann nur hoffen, dass dein Kamerad keine ernsthaften Verletzungen hat. In der Klinik wird man euch das aggressive Verhalten schon austreiben.«
Als sie sah, dass F6103 keine Anstalten machte, den Kindern zu folgen, schnauzte sie sie an: »Und du? Was suchst du noch hier?« Die anderen Kinder waren mittlerweile auf dem Weg in ihre Klassen. »Los, Abmarsch!«
F6103 ließ sich nicht einschüchtern. »Mit diesem Stein hier«, sie hob den Stein, den der Junge hatte fallen lassen, vom Boden auf und zeigte ihn der Lehrerin, »hat er den Jungen geschlagen.«
Die Lehrerin entriss ihr die Waffe und betrachtete diese von allen Seiten.
»Wie kommt das hierher?«
Das war allerdings verwunderlich, so aufgeräumt wie der Schulhof immer war und der Rasen so glatt, die Wege so spiegelblank. Der Stein wirkte in dieser sterilen Umgebung wie ein Fremdkörper.
»Der Hausmeister soll kommen!«, rief sie. »Geh! Hol ihn, dann aber ab in die Klasse.«
F6103 setzte sich in Bewegung, aber in ihr drinnen tobte ein Kampf. Wieso waren die Jungen so wütend aufeinander gewesen? Und warum hatten die anderen Kinder nicht geholfen? Und wieso wollte die Lehrerin ausgerechnet jetzt den Hausmeister sprechen?
Im Gebäude fand sie ihn schließlich. Er reinigte gerade die Fenster. Eigentlich hatte sie vor fremden Menschen Respekt. Aber irgendetwas sagte ihr, dass dieser Mann eine gute Seele hatte. Sie konnte das Gefühl nicht beschreiben, das sie jedes Mal befiel, wenn sie ihn sah. Vergeblich hatte sie versucht, dagegen anzukämpfen, konnte sich auch nicht erinnern, je mit ihm etwas zu tun gehabt zu haben, aber dennoch kam es immer wieder, dieses Gefühl. Der Kopf sagte: Du darfst nicht, aber ihr Bauch erzählte

genau das Gegenteil. Dieser Mann schien ihr so vertraut, als kenne sie ihn schon ein Leben lang. Sie wusste sehr wohl, dass sie sich von ihm fernhalten sollte. Im Geiste hörte sie die Worte des Arztes: »Du darfst mit niemandem außer deinen Lehrern, Erziehern und Mitschülern sprechen.« Aber irgendetwas zog sie magisch zu ihm hin.
»Es ist etwas passiert!«, rief sie schon von weitem. »Du musst mit nach draußen kommen.«
Er lief ihr hinterher, ohne zu fragen warum. Die Lehrerin schickte F6103 in die Klasse zurück, damit sie das Gespräch, das mit dem Hausmeister geführt wurde, nicht verfolgen konnte. Das war auch besser so, denn dieser wurde für den am Boden liegenden Stein verantwortlich gemacht, obwohl er sich nicht erklären konnte, wie der dahin gekommen war, bekam er eine Abmahnung in seiner Akte.
Am Nachmittag passte er die Kleine ab, als sie sich im Garten eine ruhige Ecke zum Lesen suchen wollte.
»Ich muss mit dir reden«, bat er. »Lass uns ins Haus gehen.«
F6103 überlegte kurz, dann folgte sie ihm in sein kleines privates Zimmer im Keller des Heimes. Es war das erste Mal, dass sie jemanden besuchte.
»Danke, dass du mitgekommen bist«, sagte er freundlich. »Setz dich.« Er deutete auf einen einfachen Holzstuhl, der vor seinem Bett stand. Er selbst blieb stehen.
Der kleine Raum strahlte viel Wärme aus. Es kam ihr so vor, als säße sie an einem bullernden Ofen. Ihr fiel das Wort »gemütlich« ein. Eigentlich benutzte niemand mehr dieses Wort. Es war veraltet, aber als sie sich hier umsah, meinte sie, kein anderes Wort könnte es treffender ausdrücken. Der Raum lud sie ein. Sie hatte das Gefühl, dass man sich hier gut ausruhen konnte. Es schien ihr ein Ort, an den man flüchten konnte, um zu vergessen, was einem auf der Seele brannte.
Im Heim gab es keine Rückzugsmöglichkeit. Das hatte sie oft schmerzlich erleben müssen. Immer waren Menschen um sie herum. Sie hätte gern hier gelebt, in diesen vier Wänden. Genauso hatte sie sich ihr Zuhause immer gewünscht. Bett, Schrank, Tisch, Stuhl und Schreibtisch, mehr gab es nicht. Der Platz reichte gerade noch zum Stehen. Irgendwie hatte der Raum aber etwas Einzigartiges. Was ihn so besonders machte, waren die Kleinigkeiten, die sein Besitzer hinzugefügt hatte. Vor dem Bett lag ein selbst geknüpfter Teppich. Im Regal standen kleine handgeschnitzte Holzfiguren, an der Wand hing neben einem selbst gebastelten Kalender ein Herz aus Baumrinde. Je mehr sie ihren Blick wandern ließ, umso mehr konnte sie entdecken: kleine selbst gebastelte Spiele, einen alten Hut, der auf dem Schrank lag, eine Kinderzeichnung. Im Schlafraum des Heimes, in dem sie mit noch zwei Mädchen lebte, fand das Auge nichts, an dem es sich

festhalten konnte - weiße Wände, kahle Betten, weiße Nachttische, sonst nichts.
Unter den Holzfiguren fiel ihr ein Tier besonders auf: ein Wolf. Jedes Detail dieser Schnitzerei hatte der Künstler naturgetreu wiedergegeben. Das glaubte sie wenigstens, denn sie hatte noch nie einen Wolf gesehen, eigentlich überhaupt kein lebendes Tier, aber dieser hier wirkte so echt, als wollte er ihr etwas sagen. M1012 bemerkte ihren sehnsüchtigen Blick.
»Willst du ihn mal halten?«, fragte er, holte das Tier, das in seine Handfläche passte, vom Regal herunter und legte es ohne eine Antwort abzuwarten in die kleine geöffnete Hand des Mädchens.
Gerührt beobachtete er, wie ehrfürchtig sie damit umging.
»Das ist der einzige Gegenstand, den sie mir gelassen haben. Ich kann mich nicht erinnern, warum ich ihn so schätze. Ich vermute mal, ich habe ihn vor langer Zeit selbst geschnitzt. Er hat mir die Kraft gegeben, wieder mit dem Schnitzen zu beginnen. Ich bin sehr gut darin. Hier siehst du meine neueren Arbeiten.« Er zeigte stolz auf das Regal mit den anderen Holzfiguren.
»Du hast den gemacht?« Die Kinderaugen weiteten sich. »Das ist das Schönste, was ich bisher gesehen habe.«
F6103 ließ den kleinen Wolf nicht los. Er wurde zu ihrem Talisman. Jedes Mal, wenn sie den Hausmeister besuchte, ergriff sie die kleine Schnitzerei und behielt diese so lange in ihren Händen, bis sie wieder ging.
M1012 wollte das Licht einschalten, das sich - wie in allen anderen Räumen des Hauses auch – elektronisch regeln ließ. Es kam indirekt von der Zimmerdecke. Er hatte es so eingestellt, dass es den Augen gefällig blieb. Das Kind hielt ihn davon ab.
»Mir gefällt es so«, sagte es.
Trotz der kleinen Fenster, die im ganzen Hause den Eindruck einer Festung verbreiteten, strahlte dieser Raum Helligkeit aus.
F6103 setzte sich mit einem angenehm warmen Gefühl auf den Stuhl, den der Hausmeister ihr anbot.
»Was du eben gesehen hast, erlebe ich täglich«, sagte M1012. »Streit, Schläge, Misstrauen, und die Menge schaut zu. Was ging dir dabei durch den Kopf?«
F6103 suchte nach Worten. »Ich war wütend, aber auch traurig. Ich dachte, warum hilft niemand. Wieso sind die Jungen so böse aufeinander? Ich wollte sie auseinanderziehen, aber sie waren zu stark für mich.«
»Siehst du«, ergriff er wieder das Wort. »Mir ging es genauso. Warum helfen die Kinder sich untereinander nicht? Lernt ihr das nicht in der Schule?«
»Nein«, kam die Antwort.
»Aber du wolltest doch helfen, oder?«
»Ja, ich kann nicht zusehen, wie zwei sich prügeln.«

»Warum kannst *du* das nicht, die anderen Kinder aber doch?«
»Sie sagen, mit mir stimmt was nicht.« Sie weinte, als sie das sagte.
»Du bist ganz in Ordnung. Vielmehr stimmt mit den anderen was nicht«, empörte er sich.
Ihre kleinen Hände tasteten zu seinem Mund.
»Das darfst du nicht sagen«, meinte sie.
»Ich weiß! Das ist ab heute unser Geheimnis.« Er lächelte sie an. »Hast du noch die kleine Spange, die ich dir geschenkt habe, bevor du so krank wurdest?«
»Meinst du den blauen Schmetterling? Den hast *du* mir geschenkt? Ich kenne dich doch kaum.«
Jetzt flüsterte er nur noch. Er erklärte ihr, dass sie oft miteinander gesprochen hatten, sie ihm geholfen hatte und er ihr manchmal Kleinigkeiten geschenkt hatte.
»Warum kann ich mich nicht erinnern?«
Er stand noch immer neben ihr, bückte sich nun aber tiefer zu ihr hinunter.
»Weißt du, was ich glaube?«, sagte er nun noch leiser, so als befürchte er, sie würden belauscht. »Ich denke, die haben irgendwas mit dir im Krankenhaus gemacht. Seit du wieder zurück bist, kenne ich dich kaum wieder. Du hast dich verändert.«
»Meinst du, die haben mir meine Erinnerungen genommen?«
»Ja, das denke ich.«
Hatte sich seine Stimme eben verändert? Es kam ihr so vor.
»Ich bin hier seit zwei Jahren angestellt. Was ich vorher gemacht habe, weiß ich nicht mehr. Es ist, als lebe ich erst seit zwei Jahren. Deshalb glaube ich, die suchen sich bestimmte Leute heraus und nehmen denen die Erinnerungen.«
»Bei mir ist es anders. Ich weiß noch, wer ich bin, und an das Heim erinnere ich mich auch. Nur an dich kann ich mich nicht mehr erinnern.«
Sah er da gerade einen Schatten über ihr Gesicht fallen.
»Ich glaube, bei dir haben sie nur ein wenig weggenommen, bei mir aber die gesamten Erinnerungen.«
»Das ist gemein«, wütend ballte das Kind seine Fäuste.
»Aber noch gemeiner ist es, dass ich meine Erinnerung nicht wiederfinde. Kannst du dir vorstellen, wie es ist, ein langes Leben gelebt zu haben, sich aber nicht daran erinnern zu können?«
Natürlich konnte sie das nicht. Er tat ihr leid. Ganz spontan streckte sie ihre Hand nach ihm aus und streichelte über seine Wange. Sie fühlte seinen Schmerz.
»Sei nicht traurig. Ich werde dir helfen, deine Erinnerung wiederzufinden.«
Wieso tat sie das? Sie wusste doch, dass es verboten war.

»Wenn das nur ginge«, lachte er bitter. »Schön, dass wenigstens du zu mir hältst. Du wirst mir nicht helfen können, aber vielleicht kann ich dir helfen, deine Erinnerung zurückzuholen.«
Sie saßen noch eine Weile beisammen, und er erzählte ihr, wie sie sich das erste Mal getroffen hatten und wie ihre Freundschaft über fast zwei Jahre gewachsen war. Sie versprachen, es nicht bei diesem einen Treffen zu lassen, sondern sich heimlich regelmäßig zu sehen.
»Und denk daran, du darfst mit niemandem darüber reden, sonst nehmen sie dir beim nächsten Mal deine gesamten Erinnerungen«, schärfte er ihr zum Abschied ein. »Ich glaube, bei mir haben sie das schon zweimal getan.«
F6103 fühlte sich leicht. Sie hatte einen Freund gewonnen, und sie hatten ein Geheimnis miteinander. Aber dies bedeutete auch Gefahr für sie. Sie durften ihre Freundschaft nicht offen zeigen. Würde sie das schaffen?
Durfte M1012 es wagen, der Kleinen diese Last aufzubürden? Sie war doch noch ein Kind! Würde dieses Doppelleben sie nicht in Gefahr bringen? Er hoffte es nicht. Er merkte nur, dass sie sich guttaten.

Zwischen den beiden Menschen entstand ein tiefes Vertrauensverhältnis. Wann immer ihre Zeit es zuließ, trafen sie sich und sei es nur für eine Viertelstunde am Tag. F6103 hätte M1012 so gern bei seiner Suche nach der Vergangenheit geholfen. Aber sie wusste nicht wie.
»Warum hast du kein Tech-Wear?«, fragte sie ihn eines Tages.
»Ich glaube, das hängt mit meiner Vergangenheit zusammen. Beim Gesundheitscheck habe ich einmal in einem unbeobachteten Moment in meiner Datei gelesen, dass ich ein Nicht-Informierter bin. Ich glaube, hätte ich ein solches Armband, dann könnte ich mit dessen Hilfe herausfinden, wer ich bin, und das will unser Staat nicht.
»Wenn ich erwachsen bin und mein Armband bekomme, helfe ich dir bei der Suche«, sagte sie voller Eifer, während ihre Wangen einen zarten roten Schimmer bekamen.«
Er nahm sie in den Arm. »Das ist lieb von dir, aber da müssen wir noch ein wenig warten.«
»In zwei Monaten bin ich schon acht Jahre alt. Also nur noch 10 Jahre, bis ich das Armband. bekomme«, rechnete sie nach.
»Zehn Jahre«, seufzte er. »Da kann so viel passieren. Vielleicht bin ich dann gar nicht mehr hier, oder du bist in einer anderen Schule.«
»Du darfst nicht traurig sein. Wir schaffen das.« Sie drückte ihn mit ihren Kinderärmchen ganz fest an sich. Umständlich kramte er in seiner Jacke nach einem Taschentuch und putzte sich lautstark die Nase. Dann sah er die Kleine mit einem Blick an, der ausgereicht hätte, die ganze Welt zu

erweichen. Er wusste nicht wohin mit seinen Händen, so verlegen war er. Wenn ich nur wüsste, warum ich gerade dieses Kind so liebe, dachte er.
F6103 sagte nichts. Sie spürte wohl, dass jedes Wort in diesem Augenblick die Stimmung getötet hätte. Stattdessen hielt sie ihn weiterhin fest in ihrem Griff. So saßen sie eine Weile und schwiegen, bis die Vernunft siegte.
»Du musst gehen«, sagte er in die Stille hinein. Es klang ein wenig gepresst, weil die Kleine ihn noch immer ganz fest drückte. »Wir wollen doch nicht entdeckt werden. Es wäre schade, wenn unser schöner Plan auffliegen würde. Also: Wir haben eine Verabredung in zehn Jahren, wenn du eine erwachsene Frau sein wirst. Dann hilfst du mir, meine Vergangenheit zu finden. Ja?«
»Ja«, sagte sie fest und ließ ihn los.

Aber es sollte anders kommen.
Leider blieben ihre Treffen nicht unbemerkt. M7180 wurde durch Zufall Zeuge eines Gesprächs, das der Hausmeister mit F6103 führte. Nach solch einer Gelegenheit hatte er lange gesucht. Er ging ihnen heimlich nach und sah, dass sie sich im Zimmer von M1012 trafen. Da er wissen wollte, ob das nur Zufall war, legte er sich fortan auf die Lauer und stellte zu seiner Freude fest, dass die Treffen fast jeden Tag stattfanden.
Nun hatte er etwas gegen die verhasste Mitschülerin in der Hand. Er suchte nach einer günstigen Gelegenheit, wie er der Rektorin die Neuigkeit beibringen konnte.
Eines Tages nahm er all seinen Mut zusammen, stand unangemeldet vor deren Tür und sagte, dass er etwas Wichtiges beobachtet hätte. Dieser Entschluss war ihm nicht leicht gefallen. Keiner ging freiwillig zur Rektorin. Jedes Kind hatte in seinem Leben schon einmal mit dem Stuhl Bekanntschaft gemacht und erinnerte sich schmerzlich daran. M7180 dachte mit Schrecken an seine Erfahrung mit dem allwissenden Stuhl zurück. Aber durch seine Entdeckung erhoffte er sich von jetzt an Vorteile.
»Was du mir da erzählst, weiß ich schon lange«, sagte die Rektorin zu seiner Überraschung. »Ich habe nur auf einen günstigen Augenblick gewartet, um den Hausmeister festzunehmen.«
Das stimmte zwar nicht, aber dieser Bengel sollte nicht glauben, er könne sich durch seine Bespitzelung irgendeinen Vorteil erkaufen. Dieser kleine Verräter war bei ihr an die Falsche geraten. Nötigen ließ sie sich nicht. Unmissverständlich gab sie ihm zu verstehen, dass er sich aus dem Staube machen solle, weil sie ansonsten annehmen müsse, er habe selbst etwas mit der Sache zu tun.
»Und was das für dich bedeutet, weißt du hoffentlich«, schickte sie noch hinterher.

So schnell der Bengel gekommen war, war er auch wieder verschwunden. Verächtlich zog sie die Mundwinkel hoch. *Dieser kleine Wurm, der muss noch früher aufstehen, wenn er mich aufs Kreuz legen will*, dachte sie.
Einen Tag darauf besprach die Rektorin diesen Vorfall mit der Erzieherin F3072. Obwohl sie die Frau für sentimental und naiv hielt, wollte sie sie nicht übergehen. Die Rektorin war der Meinung, dass der Hausmeister einen schädlichen Einfluss auf die Kinder, besonders auf F6103, ausübte. F3072 war da leider anderer Meinung, aber das hatte sie schon erwartet.
Sie durfte das Verhalten dieses Mannes nicht dulden. F6103 hatte sich nach der Behandlung vor einigen Jahren zu ihrer besten Schülerin entwickelt. Das Kind hatte Potential.
Sie wusste ja immer schon, dass eine Teilrückführung wahre Wunder bewirken konnte. Bei diesem Kind hatte sie sogar dazu geführt, dass aus ihr eine Eliteschülerin geworden war. Wieder einmal zeigte es sich, dass die Bildungsinstitute den Grundstein für die zukünftige Gesellschaft legten. Sie empfand sich als eine Art Bildhauerin, die junge Menschen nach den ästhetischen Maßstäben des Staates formen durfte.
Dieser Hausmeister aber stand ihr bei ihrer Arbeit im Wege. Seine Ansichten konnten für den Staat gefährlich werden. Er war ein Freigeist. Auch nach seiner zweiten Rückführung war es den Neurologen nicht gelungen, ihm diese Eigenschaft zu nehmen. Sie hatte schon öfter bemerkt, dass das Freiheitsstreben einiger Menschen eine der widerstandsfähigsten Eigenschaften war. Solche Menschen durften ihr Gift nicht in die kleinen Kinderhirne impfen.
Er musste also verschwinden. Das schien ihr die einzige Möglichkeit, wieder mehr Einfluss auf die Kleine ausüben zu können. Es war geradezu ihre Pflicht, den Hausmeister bei der Behörde zu denunzieren.
Hätte sie gewusst, dass auch sie nur ein Werkzeug war wie alle anderen auch und dass sie über den Jungen von einem anderen gesteuert wurde, hätte sie wohl nicht sofort reagiert, sondern wäre der Sache weiter auf den Grund gegangen. So aber glaubte sie, dass es ihre Idee war und dieser Bengel ihr nur den Anstoß geliefert hatte.

Die Kinder spielten im Garten des Heimes. F6103 war gerade zehn Jahre alt. Die Rosen standen in voller Blüte, manche dufteten sogar. Sie leuchteten in allen Farben: rot, weiß rosa, gelb, orange, blau, lila, schwarz, ja sogar in grün. Rosen waren so ziemlich die einzigen Blumen, die das Kind kannte. Auf dem Rasen wuchs nicht ein einziges Gänseblümchen, geschweige denn ein anderes zweikeimblättriges Gewächs. Der Rasen leuchtete stattdessen in einem einheitlich satten Grün, dass die Augen schmerzten, wenn man hinsah. Seine Bewässerung erfolgte unterirdisch.

Einmal pro Woche wurde er gekürzt, was heute der Fall war. Es ertönte ein akustisches Warnsignal, und HERA, die immer ein wachsames Auge auf ihre Bürger hatte, forderte zum Verlassen des Rasens auf. In gespielter Panik stieben die Kinder in alle Richtungen auseinander und vom Rasen herunter. Jetzt kam etwas, was sie mit großer Freude aus sicherer Entfernung beobachten wollten. Ein Laser brannte den Rasen ab. Das ging nur, weil die Rasenfläche völlig eben war. Die Lasermaschine ließ sich auf eine Höhe von vier bis zehn Zentimetern einstellen. Diese Länge hatte das Gras, nachdem es vom Laser abgebrannt worden war. Die Rektorin liebte es, wenn der Rasen so kurz wie möglich war. M1012 musste den Strahl auf die geringste Höhe einstellen.

Nachdem das akustische Signal verklungen war, fuhr der Lichtstrahl mit einer langsamen und gleichmäßigen Bewegung automatisch über das Feld. Der Rasen färbte sich in der eingestellten Höhe schwarz, eine feine Rauchfahne wurde sichtbar, und der Geruch von verbranntem Gras erfüllte die Luft. Die Kinder standen am Rand und beobachteten aus sicherer Entfernung das Schauspiel. Es sah aus, als schwebe ein roter Faden über das Feld. Das Ganze dauerte nicht länger als fünf Minuten, danach gab HERA Entwarnung und schon stürmten die Kinder erneut von allen Seiten auf den Rasen.

Jedes Kind wurde im Unterricht auf dieses akustische Signal hin konditioniert. Die Kinder wussten, dass augenblicklich der Rasen freizumachen war. In der Vergangenheit hatte es einige böse Unfälle mit Kindern gegeben, die aus irgendeinem Grunde auf dem Rasen stehengeblieben waren. Die Brandwunden des Lasers heilten nur sehr schwer und wurden die Augen getroffen, drohte Erblindung. Zur Abschreckung hingen Bilder der verletzten Kinder an den Wänden der Klassenzimmer.

An diesem schönen Sommertag im Juli, als die Kinder eben wieder den Rasen betreten hatten, kamen drei Männer auf das Gelände und fragten nach M1012. Ein Mädchen antwortete artig: »Der ist hinten am Haus und reinigt die Fassade.«

Zu M1012s Aufgaben gehörte es auch, von Zeit zu Zeit die Hausfassade mit einem Dampfstrahler zu reinigen. Als die Männer sich auf ihn zubewegten, verspürte er ein komisches Gefühl in der Magengegend. Sein Fluchtinstinkt wurde aktiviert. Aber Fliehen war nicht möglich. Der Verstand sagte ihm, dass es besser war, kein Aufsehen zu erregen und sich erst einmal anzuhören, was die Unbekannten von ihm wollten.

»M1012?«, fragte einer der Männer laut, um das Geräusch der Maschine zu übertönen.

»Ja, was gibt's?«

Er bemühte sich, seiner Stimme einen unbeteiligten Tonfall zu geben, während er den Motor ausschaltete.
»Wir haben einen Haftbefehl gegen Sie«, sagte der andere Mann und zeigte ein Pad, auf dem die Unterschrift des Gouverneurs der Stadt vermerkt war.
»Was wirft man mir vor?«
Noch hatte M1012 seine Stimme in der Gewalt.
»Volksverhetzung und Hochverrat«, antwortete der Beamte. »Machen Sie keine Schwierigkeiten und kommen Sie mit. Wenn Sie unschuldig sind, klärt sich das auf.«
M1012 ließ sich widerstandslos festnehmen, die Männer verpassten ihm noch vor Ort eine elektronische Fessel und nahmen ihn in ihre Mitte.
Volksverhetzung und Hochverrat, dachte er. Da komme ich nie wieder raus. Entweder die richten mich hin, oder ich werde noch einmal rückgeführt.
»Darf ich mich noch von jemandem verabschieden?«, fragte er.
»Das ist nicht erlaubt. Machen Sie keine Schwierigkeiten. Wir tun nur unsern Job.«
Die Männer mussten mit M1012 durch den Garten. Es war also nicht zu vermeiden, dass die Kleine sie sah.
»M1012!«, schrie sie wie besessen und rannte auf den Freund zu. »Warum nehmen die Männer dich mit?«
M1012 schickte einen flehenden Blick an seine Begleiter. Einer von ihnen nickte.
Also hauchte er leise und nur zu dem Kind gewandt: »Ich komme bald wieder. Mach dir keine Sorgen. Ich habe nichts getan.«
Er wollte dem Mädchen über die Wange streichen, was angesichts seiner Fesseln aber nicht möglich war, also warf er ihr einen liebevollen Blick zu und fügte hinzu. »Denk daran, was wir uns geschworen haben. Uns kann niemand trennen.«
Die Kleine klammerte sich an seine Hosenbeine.
»Wir müssen!« Einer der Männer schob ihn vorwärts.
F6103 hing noch immer an seinen Hosenbeinen und schluchzte: »Bitte bleib hier!«
Es schnitt ihm das Herz entzwei, als er sah, wie die Kleine stolperte und ein Stück mitgeschleift wurde.
»Sei vernünftig«, riet er mit warmer beruhigender Stimme. Es nutzt nichts. Denk an mich, dann bin ich bei dir.«
F6103 blieb auf dem Boden liegen, das Gesicht auf dem asphaltierten staubfreien Weg. Noch lange lag sie so, auch noch, als die Männer längst mit M1012 in einen Luftgleiter gestiegen waren und sie das Geräusch des abfliegenden Gleiters hörte.

Die anderen Kinder waren, als sie den Zwischenfall miterlebt hatten, herangetreten und umschlossen sie nun wie eine Blase. Alle schrien durcheinander. F6103 hörte es nicht.

Etwas abseits von den anderen stand ein Junge mit fettig glänzendem Haar. Sein Grinsen entstellte sein Gesicht zu einer grotesken Maske, hinter der man den Hass erkennen konnte, der die Triebfeder von all dem war.

Am Tag darauf kamen zwei Beamte in Zivil und holten die privaten Sachen von M1012 ab.

Nach diesem Vorfall aß und sprach F6103 ganze drei Tage nicht mehr. Erst als F3072 sie zur Seite nahm und zu ihr sagte: »Du musst wieder reden, essen und am Leben teilnehmen, sonst schickt man dich noch einmal fort. Es tut mir leid, was mit deinem Freund geschehen ist. Ich habe seit einigen Jahren bemerkt, dass er dir Halt gab. Ich fand das schön, deshalb sah ich keinen Grund, dich zu verpetzen. Ich merkte, dass du ruhiger wurdest und nicht mehr so traurig warst. Ich hoffe, dass du deinen Freund bald wiedersiehst.«

F6103 war überrascht. In diesem freundlichen Ton hatte die Erzieherin noch nie zu ihr gesprochen. Vielleicht hat sie auch nur Angst wie ich, dachte sie.

Von diesem Tag an redete sie wieder. Sie war fest davon überzeugt, M1012 eines Tages wiederzusehen und wusste, dass sie ihm nur helfen konnte, wenn sie stark blieb. Also hielt sie durch.

Eine Woche später bezog ein neuer Hausmeister das kleine Zimmer im Kellergeschoss. Man sah ihn nie lachen, und auch sonst machte er keinen freundlichen Eindruck. F6103 wusste, dass sie sich vor dem in Acht nehmen musste.

KLEINER FLUSS

Immer selbständiger wird das Lebewesen. Es trifft seine eigenen Entscheidungen und reflektiert sie. In diesem Alter ist der Mensch positiven sowie negativen Einflüssen besonders empfänglich.
Ein kleiner Fluss hat eine Fließgeschwindigkeit zwischen 10 und 100 Litern Wasser pro Sekunde, eine Breite von 2-10 Metern und eine Wassertiefe von einem halben bis einem Meter. Der junge Fluss ist ständig in Bewegung, Das Wasser ist noch sehr rein. Es führt wenig Fremdmaterial mit sich. Das Flussbett ist nicht sehr tief. Jede kleine Unebenheit, jedes Hindernis kann den Lauf des Flusses verändern. Kleine Gewässer sind sehr empfindlich gegen Fremdeinwirkung. Ablagerung von Schutt, Unrat-Einbringung, Müll, all das kann einen jungen Fluss vergiften. Die Landschaft, durch die der Fluss fließt, ist meist schön und unberührt. Es handelt sich um Wiesen, Wälder, kleine Dörfer, auch mal eine Stadt, aber weniger um urbanes Land. Flora und Fauna wirken harmonisch aufeinander ein. Singvögel lassen sich am Flussufer nieder, Fische tummeln sich im Wasser, kleine Säugetiere benutzen es als Tränke. Teichfrosch und Grasfrosch laichen im Wasser und jede Menge Insekten wie Libellenlarven bevölkern es. Doch jede Kleinigkeit kann das Ökosystem stören.

***

Es war der 3. Oktober des Jahres 2343. Die Sonne zeigte noch einmal so richtig, was in ihr steckte. Einige wenige Blätter tanzten im Wind. F6103 verfolgte ihren Flug mit den Augen. Kaum dass sie Bodenkontakt hatten, stürzten Kehrroboter sich gierig auf sie. Diese kleinen Monster leisteten ganze Arbeit. Wie rollende Hunde schnüffelten sie den Boden ab und saugten alles in sich hinein, was sie bekamen. Wenn sie nichts mehr aufnehmen konnten, steuerten sie den nächst liegenden Abfallcontainer an. Ein Laufband führte in das Innere des Containers und auf der anderen Seite wieder hinaus. Die Roboter stellten sich ohne zu drängeln auf dieses Laufband, verschwanden im Innern des Containers und erschienen auf der anderen Seite – gänzlich von jedem Abfall befreit – wieder. Container standen an jeder großen Straßenkreuzung.
Als F6103 kleiner war, hatte sie sich gefragt, wo all die Abfälle blieben, die in der Republik anfielen. Dann aber war ihr aufgefallen, dass der Hausmüll über Schächte direkt in Container fiel, die in den Hausfronten steckten wie riesige Schubladen auf Rollen. Waren diese Container voll, wurde über Funk eine Zugmaschine angefordert. Diese dockte am Container an, tauschte den vollen mit einem leeren Container und brachte den Müll in eine Verbrennungsanlage.

Der Staat nahm es sehr genau mit der Müllbeseitigung. Nicht umsonst sahen die Straßen aus wie blank gescheuerte Parkettböden. Über die Jahre war es auch gelungen, die Staubpartikel in der Luft auf ein Minimum zu reduzieren. Die Müllverbrennung geschah weit außerhalb bewohnter Gegenden und wurde mit aller Sorgfalt durchgeführt. Emissionen fielen dabei nicht an. Schwermetalle wurden recycelt und erstklassige Filteranlagen sorgten für reine Luft.
F6103 war inzwischen zwölf Jahre alt geworden. Klein und schmal ging sie an der Hand ihrer Erzieherin auf die große Krankenhaustür zu. Je näher sie kamen, desto schwerfälliger wurde ihr Schritt. Der große Tag war gekommen. Heute fand die OP statt, der sich alle Jungen und Mädchen in der Pubertät unterziehen mussten.
Diese Vertrautheit zwischen den beiden so unterschiedlichen Menschen wäre noch vor einigen Jahren undenkbar gewesen. Aber der Mensch braucht jemanden, dem er sich öffnen kann. Auch F6103 bildete da keine Ausnahme. Dieser Jemand fand sich eines Tage in Gestalt ihrer Erzieherin F3072.
Anfangs dachte F6103 nicht, dass sie jemals mit dieser Frau ein privates Wort wechseln könnte, aber die Zeit lehrte sie, dass nicht alles so war, wie es auf den ersten Blick schien. Nicht nur sie, sondern auch die Menschen um sie herum hatten Probleme. Im Falle ihrer Erzieherin waren diese sogar sehr massiv. Ihre Einsamkeit, Wut und Trauer verbarg sie hinter einer Maske aus Gleichgültigkeit, Perfektion und Strenge. Niemand sollte wissen, was sie fühlte. Nie redete sie über ihr Privatleben.
Jahre lang hatte sie sich vor der Erzieherin gefürchtet. Die Erscheinung der Frau trug nicht gerade dazu bei, in dem Kind Vertrauen zu wecken. Die Furchen zu beiden Seiten der Nase gaben dem Gesicht etwas Hartes. Die Augenringe erinnerten an tiefe Höhlen, die ein Geheimnis verbargen. Der Mund sah entweder so aus, als wäre er zugenäht worden oder so, als würde er alles verlieren, je nachdem ob die Frau schwieg oder sprach. Die Wangenknochen wirkten wie Gebirgsketten in dem hageren Gesicht und erinnerten an einen Totenkopf, wenn ein Schatten in die Höhlen darunter fuhr. Auch das im Nacken zusammen geknotete Haar der Frau, aus dem nicht ein einziges Härchen hervorschaute, erweckte den Eindruck von Strenge und Herzlosigkeit.
All die Jahre über machte die Erzieherin auf die Kleine einen zugeknöpften Eindruck, so dass sie es nicht wagte, auch nur ein einziges privates Wort mit ihr zu wechseln.
Kurz nach der Abholung von M1012 hatte sich das plötzlich geändert. F3072 hatte ihr gestanden, dass sie es gewesen war, die ihr an jenem Tage die blaue Spange in den Nachttisch gelegt hatte. Das war der Beginn einer

wunderbaren Freundschaft gewesen. Als beide sich näher gekommen waren, erfuhr F6103, dass die Erzieherin einmal ein Kind geboren hatte - einen Jungen – der im Alter von fünf Jahren gestorben war.
»Ich habe meinen Kummer tief in mir drinnen versteckt«, sagte die Erzieherin.
Das hatte sie wirklich gut hinbekommen, aber es kostete sie viel Kraft und hatte sie hart gemacht. F6103 empfand tiefes Mitgefühl mit der Frau, konnte aber die ganze Tragweite ihres Schmerzes noch nicht verstehen.
»Das kannst du erst, wenn du selbst mal ein Kind haben wirst«, hatte F3072 zu ihr gesagt.
F6103 sah sie daraufhin mit Augen an, in denen sich der Schmerz des eigenen Verlustes spiegelte und erinnerte: »Ich habe auch viel verloren – meine Eltern und meinen besten Freund.«
Die Erzieherin hatte vergessen, dass dieses Kind nicht wie andere war. Es wirkte älter, verständiger. Durch das Leid, das die Kleine hatte ertragen müssen, war sie vorzeitig erwachsen geworden.

Froh, dass sie diesen schweren Weg heute nicht allein gehen musste hielt F6103 die Hand ihrer Erzieherin fest umschlossen und wich keinen Schritt von ihrer Seite, auch nicht, als sie von zwei Pflegern in den OP-Saal des Lancen-Memorial gefahren wurde. Wie selbstverständlich lief die Erzieherin nebenher und hielt ihre Hand.
»Es geht schnell vorbei«, sprach sie ihr Mut zu.
F6103 hasste den Krankenhausgeruch. Er war zwar ein Vertrauter, den sie von vielen Untersuchungen her kannte, auf den sie aber gern verzichtet hätte.
Während die Pfleger die Liege durch die langen Gänge schoben, zählte sie die Lampen an der Decke. Mühsam rang sie nach Luft und drückte die Hand der Erzieherin fester.
»Ich habe Angst.«
Ihre Stimme war nur noch ein Flüstern. Die Erzieherin gab ihr Bestes, um das Kind zu trösten, ohne sich anmerken zu lassen, dass sie mehr Angst hatte als die Kleine selbst. Die Doppelglastür vom OP öffnete sich automatisch.
»Du musst dich von deiner Mutter verabschieden«, sagte einer der Pfleger. »In den OP darf sie nicht mit hinein.«
F6103 zuckte bei dem Wort Mutter leicht zusammen, korrigierte den Pfleger aber nicht. Eine stumme Frage stand in ihrem Gesicht geschrieben: Warum?
Sie klammerte sich noch fester an die Hand von F3072. *Wieso tun sie mir das an? Und warum darf F3072 nicht bei mir bleiben?*

»Es geht nicht Kleine! Die Hygiene!«, erklärte der Pfleger, der die Blicke von F6103 richtig gedeutet hatte und wohl ahnte, was das Kind bewegte. »Du musst das verstehen. Deine Mutter muss draußen warten. Wenn du aufwachst, begleitet sie dich mit auf die Station.«
»Sei brav«, meinte F3072, die sichtlich gerührt war, dass F6103 den Pfleger nicht korrigiert hatte. Sie dachte an Tim, ihren toten Sohn und hauchte dem Mädchen einen Kuss auf die Stirn, dann zog sie ihre Hand sacht fort.
Plötzlich verströmte die Erzieherin einen Hauch von Liebe und Mitgefühl, der sich wie eine schützende Decke um das Mädchen legte und ihr Kraft gab. Es hatte sich was verändert. Noch vor ein paar Jahren wäre das nicht vorstellbar gewesen. Ein Lächeln huschte über das Gesicht von F6103. Erneut griff sie nach der vertrauten Hand. Die Verbindung riss jäh ab, als die Pfleger die Liege durch die Tür des OPs schoben.
F3072 blieb allein zurück.
»Ich habe Angst!«, weinte die Kleine noch einmal, bevor die Türen des OPs sich erbarmungslos hinter ihr schlossen. Das Geräusch, das dabei entstand, brannte sich in die Seele der Erzieherin ein. Sie fühlte sich Jahre zurückversetzt.
Ein Ruck ging durch den Körper von F3072. Sie war allein.
Verzweifelt kämpfte sie gegen die Tränen. Ständig lief sie hin und her. Die Erinnerungen von damals kamen eine nach der anderen an die Oberfläche.
Genau hier hatte sie gestanden, als sie Tim das letzte Mal gesehen hatte. Man hatte von ihr verlangt, nach Hause zu fahren. Täglich wartete sie auf eine Nachricht, die nie kam. Mehrmals in der Woche ging sie ins Krankenhaus, wurde aber immer fortgeschickt. Bis endlich nach Monaten die Nachricht kam, dass ihr Sohn gestorben sei.
Man hatte ihr das Recht verwehrt, bei ihm zu sein. Es war ihr nicht erlaubt gewesen, seine Hand zu halten, so wie sie es heute bei F6103 getan hatte. Sie durfte ihm in seiner schwersten Stunde keinen Trost spenden. Sie konnte nur ahnen, wie es in der kleinen Kinderseele ausgesehen hatte, verzweifelt hoffend, dass die Mutter doch noch kommen möge. Unerträglich war ihr all die Jahre der Gedanke gewesen, dass er geglaubt haben musste, seine Mutter hatte ihn aufgegeben.
Ein Seufzer löste sich ungewollt aus ihrer Brust. Wie konnten Menschen anderen Menschen so was antun? Ihre Augen verloren den Glanz. Alles war auf einmal wieder da – der Verlust des geliebten Menschen, die Zeit danach, die Ängste, die sie ausgestanden hatte, das Versteckspielen. Nur gut, dass sie als gefestigt galt und niemand auf die Idee kam, ihre Psyche anzuzweifeln, denn in ihrer momentanen Verfassung würde sie den Test niemals bestanden haben. Aber sie wollte nicht klagen. Es ging ihr allemal besser als den Müttern, denen man ihre Neugeborenen nahm. Die konnten

sich nicht so schnell wieder fangen. Die wurden fast immer rückgeführt und erinnerten sich danach nicht mal mehr daran, dass sie jemals ein Kind gehabt hatten.
Dem Staat war jedes Mittel recht, wenn er glaubte, dass ihm von den Müttern Gefahr drohte oder die Mütter ihren Kindern nicht die Fürsorge gaben, die der Staat für diese nötig befand. Wurden Mutter und Kind voneinander getrennt, wuchs sein Einfluss auf die jungen Menschen, und die Mütter konnten sofort wieder ins Berufsleben eingegliedert werden, sobald die Rückführung hinter ihnen lag. Das brachte dem Staat nur Vorteile. Zwar konnten sie nur fern von ihren »alten« Familien eingesetzt werden, denn ihre Vergangenheit sollte vergessen bleiben, aber das war im allgemeinen kein Problem. Arbeitskräfte wurden überall gebraucht. Der Computer suchte den neuen Wirkungsbereich aus. Er sorgte für alles, was damit zusammenhing, und die Mütter dienten dem Staat weiterhin wie fleißige Bienchen.
F3072 war gerade noch mal an einer Rückführung vorbeigekommen. Nur durch eiserne Disziplin hatte sie das geschafft. Ihre Erinnerungen konnte ihr niemand mehr nehmen. Ihr Fall lag nun schon viele Jahre zurück. Der Staat interessierte sich wohl nicht mehr dafür.
Sie erinnerte sich genau an den Tag, an dem sie F6103 zum ersten Mal begegnet war. Ganze drei Monate war die Kleine alt gewesen. Es hieß damals: ihre Mutter sei durch den Psychotest gefallen, weil ihr Lebensgefährte von den Ärzten weggebracht worden war. Mehr hatte man nicht verlauten lassen.
Damals war ihr Tim gerade mal drei Jahre tot gewesen. Wenn er heute noch leben würde, wäre er schon ein erwachsener Mann von zwanzig Jahren. Der Staat hatte jegliche Daten, die auf ihn hindeuteten, aus seinen Speichern gelöscht.
Zu viele Daten konnten das System überlasten, hieß es, aber in Wahrheit verhielt es sich wohl so, dass der Staat an seinen toten Bürgern keinerlei Interesse mehr hatte. In lebendem Zustand dienten sie ihm als wichtige Arbeitskräfte, waren demnach unverzichtbar. Waren sie tot, konnten sie dem Staat sogar schaden, denn wurden sie zu lange von ihren Angehörigen betrauert, hatte das negative Auswirkungen auf das Arbeitsverhalten der Hinterbliebenen.
Der Staat tat also gut daran, dafür zu sorgen, dass die Lebenden ihre Toten so schnell wie möglich vergaßen. Aber hier! Sie griff sich ans Herz. Hier drinnen lebte Tims Andenken weiter.
Sie war wohl die einzige Mutter eines toten Kindes, die sich noch an dessen Existenz erinnerte. Es hatte unmenschliche Kraft gekostet, sich all die Jahre nichts anmerken zu lassen. Aber sie hatte es geschafft.

In einer tief verschneiten Nacht am 26. Januar 2323 hatte Tim im Lancen das Licht der Welt erblickt. Wie ein Licht in der Dunkelheit hatte das neue Leben ihr den Weg gezeigt, hatte ihr klargemacht, dass es nichts Schöneres gab, als ein Kind zu begleiten. Diesen Weg hatte sie nie verlassen. Sie war bis heute auf ihm geblieben. Wohl deshalb hatte sie sich für diesen Beruf entschieden. Auch wenn es ihr am Anfang schwergefallen war, fremde Kinder zu erziehen, wurde es mit den Jahren immer einfacher. Stunde um Stunde, Tag für Tag, Jahr um Jahr hatte sie sich immer wieder ins Gedächtnis gehämmert, dass sie selbst einen Sohn gehabt hatte, um es ja nicht zu vergessen. Vor Jahren konnte jede Untersuchung bedeuten, dass man ihr Geheimnis entdeckte. Aber sie war stark geblieben. Nichts und niemand konnte ihr die Erinnerung nehmen. Tim wurde als 881stes Kind der Republik geboren. Sie konnte sich an alle Einzelheiten erinnern. So ein hübscher kleiner Junge war er gewesen.
Die Wut darüber, wie die Regierung mit ihr umgegangen war, saß noch tief. Sie setzte sich auf eine Bank, kramte in ihrer Tasche, fand ein Taschentuch und wischte sich über die brennenden Augen.
Endlich wurde sie ruhiger.

Im OP spielte leise Musik. Es war kühl hier drinnen. Das Weiß der Lampen schien alles andere zu überstrahlen. Das Licht kam von überall her. Es warf keine Schatten. Eine Menge metallenes Gerät lag auf kleinen Rolltischen bereit. Drei Schwestern waren dabei, ihre grünen Kittel anzuziehen und die grünen Hauben auf den Kopf zu setzen. Eine ebenfalls grüne Maske verdeckte ihre Münder und Nasen.
F6103 konnte nur die Augen sehen. Wandernde Augen in einem grünen Pudding, dachte sie.
Außerirdische!
Diese Augen faszinierten F6103. Der erste Alien hatte blaue, der zweite braune Augen. Beim dritten war sich das Mädchen nicht ganz sicher. Er hatte eine Mischung von grünbraunblaugrau.
Der Narkosearzt gesellte sich zu den Wackelpuddingaugen, ebenfalls vermummt aber gut von den anderen zu unterscheiden, denn er trug eine Spritze in der Hand, die das Mädchen erstarren ließ. Beide Pfleger hoben F6103 auf den OP Tisch. Der Arzt hielt die Spritze wie eine Waffe auf sie gerichtet.
Als er bemerkte, wie sie anfing zu zittern, senkte er die Spritze und erklärte: »Hab keine Angst, Mädchen, das hier ist nur zu deiner Beruhigung. Ich will mich zuerst mit dir unterhalten, bevor wir operieren. Hast du das verstanden?«
»Ja«, kam es kleinlaut.

»Niemand will dir wehtun. Deshalb bekommst du gleich eine Narkose. Du weißt, was eine Narkose ist?«
Er hatte sich ihr inzwischen genähert und redete immer weiter auf sie ein, um sie abzulenken. Im Laufe der Jahre, die er hier Dienst tat, war ihm aufgefallen, dass die Mädchen und Jungen ruhiger wurden, wenn sie zuvor eine Spritze bekamen und wenn er versuchte, ihnen so genau wie möglich alles zu erklären.
Dieser Job kostete seine ganze Kraft. Die Kinder dauerten ihn. Er war froh, dass er nicht das Skalpell führen musste. Und dennoch blieb die Tatsache, dass er dabei mithalf, sie zu verstümmeln. Er konnte nur versuchen, den Kleinen ihre Ängste zu nehmen. Und das gelang ihm sehr gut.
F6103 merkte den Einstich gar nicht. Unmittelbar danach fiel die Angst von ihr ab wie ein Kleid, das man am Abend auszieht, bevor man zu Bett geht.
»Also!«, fuhr der Arzt mit seinem Vortrag fort, nahm sich einen kleinen Hocker, den er an die OP-Liege zog und setzte sich darauf. »Du weißt, warum du heute hier bist?«
»Ja«, sagte sie, denn das hatten sie in der Schule ausführlich besprochen. »Jungen und Mädchen spenden ihre Samen- bzw. Eizellen dem Staat.«
Spenden ist gut, dachte er. Von Freiwilligkeit kann keine Rede sein. Laut aber sagte er: »Und weißt du auch warum?«
Der Arzt hatte jetzt ihre Hand ergriffen. F6103 spürte den warmen und festen Druck. Sie fasste Vertrauen.
»Der Staat verwahrt sie viele Jahre. Er passt auf, dass ihnen nichts geschieht. Und irgendwann, wenn ich lange genug lebe, werden meine Eizellen einer Frau eingesetzt, die mein Kind austrägt.«
»Richtig! Es zeichnet sich immer aus, wenn man in der Schule gut aufpasst. Warum wird denn das gemacht?«
Der Arzt beugte sich ein wenig vor und berührte fast ihre Wange.
»Weil Menschen verletzlich sind. Es könnte so viel mit den Keimzellen passieren während eines langen Lebens. Aber so sind sie tiefgekühlt in unseren Tresoren fast ewig haltbar«, sagte sie mit Stolz in der Stimme, weil sie alles behalten hatte.
»Das hast du sehr gut gesagt«, stimmte der Arzt ihr zu, löste seine Hand aus der ihren und meinte freundlich: »Du sprachst von einem langen Leben. Weißt du denn, wie alt die Menschen heute werden können?«
Auch das wusste sie genau. Sie hatten es in der dritten Klasse gelernt.
»Die Menschen haben heute eine Lebenserwartung von fast 180 Jahren«, sprudelte sie stolz heraus.
»Und weißt du auch, warum wir heute so alt werden können?«, forschte er weiter.

Sie überlegte kurz. »Das kommt daher, dass nur Keimzellen von Menschen, die mindestens einhundert Jahre lang leben und gesund sind, zur Vermehrung weitergegeben werden.«
»Richtig!«, lobte er. »Was schließt man denn damit aus?«
»Alle Menschen, die dieses Alter nicht erreichen, können keine Kinder bekommen.«
»So ist es. Das wird schon seit Jahrhunderten so gemacht. Nur die starken und gesunden, die mindestens das Alter von 100 Jahren erreichen, dürfen ihr Erbgut weitergeben. Deshalb lebt der Mensch heute so lange.«
Er strich noch einmal über ihr Gesicht und meinte: »Dann lass uns beginnen. Du wirst nichts davon merken, denn du schläfst gleich tief und fest.«
Wieder ein Opfer des Staates, dachte er. Er stach eine zweite noch leere Spritze in eine Vene auf ihrem linken Handrücken. Es tat kaum weh. F6103 hob ein wenig den Oberköper, um genau sehen zu können, was mit ihr passierte. Aus einer Flasche sprühte der Arzt anschließend eine Flüssigkeit auf ihren Handrücken. Innerhalb von Sekunden erstarrte diese und bildete eine Gummihülle, an der die Spritze festklebte. Nun befestigte er einen dünnen Schlauch am Ende der Spritze. Der Schlauch mündete in eine Flasche mit klarer Flüssigkeit. Diesen Tropf befestigte die braunäugige Schwester an einer Halterung des OP-Tisches. Ein scharfer Geruch nach Desinfektionsmitteln stieg in die Nase des Kindes.
Wie tausend Sonnen blendete das Licht. Das Klappern der chirurgischen Instrumente im Hintergrund klang wie eine verzerrte Melodie, die aus einem Synthesizer zu kommen schien. Die Schwestern unterhielten sich leise. Aus einem Lautsprecher ertönte plötzlich Musik. Ein älterer Mann betrat den Raum. Das musste der Operateur sein.
Er ließ sich von der blauäugigen Schwester die Gummihandschuhe überstreifen, schaute kurz auf die Patientin und sagte: »HERA! Lautstärke auf sechs zurückschalten!«
»Wird erledigt«, hörte man eine sinnliche Frauenstimme aus dem Computer kommen, und die Musik wurde angenehm leise.
»HERA! Etwas Klassisches! Mozart!«, befahl er. »Und das Licht um das Operationsfeld heller!«
HERA regelte das Licht und suchte in ihren Subroutinen ein klassisches Stück aus. »Ist das Licht so recht?«, fragte sie.
»Ja«, lautete die knappe Antwort. »Wir können beginnen.« Diese Aufforderung war an den Narkosearzt gerichtet.
Der warf der Kleinen noch einen letzten aufmunternden Blick zu, der wohl so viel bedeuten sollte wie: Wir sehen uns bald wieder, dann zog er eine neue Spritze auf und drückte deren Inhalt in die Kanüle, die er zuvor an ihrem Handrücken befestigt hatte.

HERA wählte indessen Mozarts Kleine Nachtmusik aus. »Ist das Stück in Ihrem Sinne?«, fragte sie.
Der Operateur antwortete nicht. Er hatte keine Lust, sich mit einem Computer zu unterhalten. Als HERA bemerkte, dass kein Protest von seiner Seite kam und er offensichtlich nicht an einem Austausch interessiert war, schaltete sie ihr Kommunikationsmodul auf stumm.
F6103 sah, wie die Flüssigkeit in ihrer Vene verschwand. Ihre Augen flackerten. Die Geräusche verschwommen langsam. Sie versuchte krampfhaft, die Augen offen zu halten, hörte die Stimme des Narkosearztes, aber verstand die Bedeutung der Worte nicht mehr. Dann spürte sie, wie er über ihre Wange strich, danach fiel sie in eine samtweiche traumlose Dunkelheit.

Was jetzt kam, gehörte zur Routine. Die braunäugige Schwester deckte die Patientin mit einem grünen Tuch ab, das nur das Operationsfeld freiließ. Der Arzt ergriff mit der Zange einen Wattebausch, tauchte ihn in ein Gefäß mit einer braunen Flüssigkeit und verteilte das Desinfektionsmittel auf der Leistengegend von F6103.
Der Narkosearzt setzte ihr die Maske mit dem Sauerstoff-Narkosegemisch auf Mund und Nase. F6103 atmete ruhig ein und aus. Er drehte an dem Rädchen des Tropfes, an dem sie hing, um die Menge der Flüssigkeit genau richtig zu dosieren. Ein Blick auf die Geräte, und er gab grünes Licht.
»Blutdruck, Puls und Atmung normal. Sie können beginnen«, teilte er in knappen Worten dem Operateur mit. Plötzlich schwebte über dem OP-Tisch ein Hologramm von F6103s Beckenorganen. Das Hologramm drehte sich, so dass der Arzt es von allen Seiten gut betrachten und studieren konnte.
»HERA!«, sagte er, »OP-Bericht aufnehmen! Beide Ovarien gut ausgebildet. Größe des Uterus normal. Vagina altersgemäß ausgebildet. Hymen intakt. Der linke Eierstock scheint etwas kräftiger. Ich werde ihn entnehmen.«
Die geschulte Hand des Operateurs führte das Skalpell an der linken Leiste von F6103 entlang. Der Schnitt saß präzise. Es floss kaum Blut. Die Schwester mit den Mischaugen wischte mit einem Tupfer darüber. Der Arzt suchte den linken Eierstock. Er kontrollierte während des Eingriffs ständig seine Position mit Hilfe des Hologramms.
Seine behandschuhten Finger wühlten in der Wunde herum, bis er ihn gefunden hatte. Er hing an der seitlichen Beckenwand, dort wo die Gebärmutter sich mit den großen Beckengefäßen kreuzte. Verschiedene Haltebänder, die das Ovarium in seiner Position festhielten, musste er durchtrennen. Nun schälte er den Eierstock aus dem umliegenden Gewebe heraus und untersuchte ihn. Das jugendliche Ovarium hatte, wie nicht

anders zu erwarten war, eine völlig glatte ebene Oberfläche mit nur vereinzelten buckeligen Stellen, die die darunter liegenden Follikel erahnen ließen. Im fortgeschrittenen Alter der Patientin würde die Oberfläche infolge zahlreicher Ei-Reifungen narbig und höckerig werden. Das kleine Gewebe war kaum in seiner Hand zu sehen. Es hatte eine mandelförmige Gestalt, war etwa vier Zentimeter lang, zwei Zentimeter breit und einen Zentimeter dick.

»Alles bestens«, sagte er.

Ein Laser verschweißte die Wunde. Die Schwester mit der gemischten Augenfarbe legte das entnommene Ovar in einen Kunststoffbeutel, versah es mit den Daten der Patientin und dem heutigen Datum und legte es für den Transport in eine Kühlbox. Über HERA rief sie einen Boten. Dieser betrat wenig später den OP.

»Bringen Sie das auf dem schnellsten Wege in die zentrale Ovarienbank«, sagte sie.

Der Bote schnappte sich die Box und verließ den OP.

»Ich werde jetzt sterilisieren«, sagte der Arzt.

Er wandte sich der rechten Leiste der Patientin zu. Mit einem Schnitt durchtrennte er den Eileiter, der vom rechten Eierstock in die Gebärmutter führte und verschweißte die Enden anschließend mit einem Laser. So konnte seine Patientin genügend Sexualhormone bilden, aber nicht auf natürlichem Wege schwanger werden.

In einer halben Stunde hatte F6103 beide OPs überstanden. Das Narkosemittel wurde gestoppt, die Maske entfernt, der Tropf ausgetauscht. F6103 bekam eine Elektrolytlösung, die mit einem Schmerzmittel versetzt worden war.

Die Pfleger hoben sie auf ihr Bett. Die blauäugige Schwester befestigte den Tropf und rüttelte sie leicht an der Schulter: »Aufwachen! Die OP ist beendet. Du hast alles gut überstanden.«

F6103 versuchte die Augen zu öffnen, doch die fielen ihr wieder zu. Sie glitt zurück in die Dunkelheit. Sie verspürte keinen Schmerz, nur ein dumpfes Gefühl im Kopf und bleierne Müdigkeit.

»Ist recht«, lachte die Schwester. »Schlaf dich erstmal richtig aus. Morgen sieht die Welt ganz anders aus.«

Der banale Spruch verfehlte nicht seine Wirkung. Das Kind dämmerte in einen unruhigen Schlaf. Einer der beiden Pfleger schob das Bett auf den Flur. Der andere half währenddessen bei der Vorbereitung der nächsten OP.

Draußen wartete noch immer F3072.

»Ist alles gut gegangen?«, wollte sie wissen.

»Alles super!«, meinte der Pfleger kurz angebunden. »Wollen Sie mit auf die Station?«

F3072 blieb bei der Kleinen, bis sie wieder erwachte, und das dauerte ganze drei Stunden.
»Wie fühlst du dich?«, fragte sie, als F6103 die Augen öffnete.
»Gut!«, kam es knapp. »Hast du hier gewartet?«
»Ja, ich habe mir die Zeit mit einem E-Book vertrieben«, lachte die Erzieherin. »Du hast geredet im Schlaf.«
»Ach wirklich? Was denn?«, wollte die Kleine wissen. Der Mund war trocken. »Darf ich was trinken?«, fragte sie gleich danach, ohne der Erzieherin Gelegenheit zu geben, die Frage zu beantworten.
»Ich habe dich kaum verstanden«, sagte diese. »Aber M1012 konnte ich deutlich hören.«
Sie rückte das Kopfkissen der Kleinen zurecht und gab ihr ein Glas Wasser zu trinken. F6103 setzte sich auf und trank gierig nicht nur ein Glas, sondern gleich noch ein zweites und ein drittes hinterher. Dann ließ sie sich wieder in die Kissen fallen.
»Er fehlt mir«, sagte sie entschuldigend. »Ich frage mich ständig, wo er jetzt wohl ist.«
»Du musst ganz schnell gesund werden, dann verspreche ich dir, dass wir ihn gemeinsam suchen«, schlug F3072 vor.
»Wirklich?« Die Augen des Kindes leuchteten wie Edelsteine. Das war der Erzieherin Lohn genug.
»Ich kenne Mittel und Wege, wie wir an die Daten kommen können. Bisher konnte ich das nicht wagen, denn du warst noch zu klein, um das alles zu verstehen. Nun, da du erwachsen bist«, sie warf einen schelmischen Blick auf F6103, »ist die Zeit gekommen, die Sache in Angriff zu nehmen. Schlaf noch ein bisschen. Ich muss jetzt gehen. Die werden sich schon wundern, wo ich so lange bleibe. Morgen komme ich dich wieder besuchen. Mach's gut.«
Sie gab ihr wie vorhin einen Kuss auf die Stirn und verließ das Krankenzimmer.
F6103 konnte nicht mehr schlafen. Der elektrische Tropfenzähler des Schmerzmittels folterte sie mit seinem »Klack«, das sie 15 Mal in der Minute ertragen musste und dazu leuchtete jedes Mal ein kleines blaues Lämpchen auf.
Sie sah sich in dem kleinen Raum um. Decke und Wände waren weiß. Das Licht ließ sich auf Befehl an- und abschalten. Auch die Vorhänge schlossen oder öffneten sich auf Kommando. Sie probierte es mehrere Male aus, bis sie genug davon hatte.

Das Kopfende des Metallbettes konnte man auf Wunsch höher oder tiefer stellen. Auch das probierte sie mehrmals aus.
Der weiße Nachttisch neben ihrem Bett hatte vier kleine Rollen. F6103 zog ihn ganz dicht an ihr Bett heran. Sie klappte das metallene Brett aus, das schlapp an der Seite des Tisches ruhte und ahnte, dass man es als Esstisch benutzen konnte.
Ihr Bett stand am Fenster. Links daneben – also an der Tür – sah sie noch ein zweites Bett. Es war leer. Beide Betten waren mit weißem Bettzeug bezogen. Das Weiß setzte sich auch an Fenstern und Fußboden fort.
Der Raum war gut temperiert. An der Wand gegenüber den Betten hing ein Smart-Board. Auf Wunsch konnte man Nachrichten aus der Region oder der gesamten Republik im Großformat genießen, Filme herunterladen, Musik hören oder seine Bankgeschäfte tätigen, konnte telefonieren oder die Schwester rufen. Auch das probierte F6103 ein paarmal aus, bevor es ihr langweilig wurde.
Endlich, als sie die Schwester dreimal gerufen, sich sämtliche Nachrichten angeschaut, mehrere Musiktitel heruntergeladen und einen Film angeschaut hatte, schlief sie wieder ein.
Das Lancen war eines der modernsten Krankenhäuser der Welt und des Staates liebstes Kind, wie man den Eindruck haben konnte. F6103 blieb drei Tage dort. Die Erzieherin besuchte die Kleine jeden Tag. Sie hatten sich so viel zu erzählen.
Am Sonnabend früh wurde F6103 entlassen.

*

Während der Zeit ihres Aufenthalts im Krankenhaus fiel ihr nicht auf, dass ein Fremder sie beobachtete. Er saß im Schwesternzimmer und konnte sie über die Monitore sehen. Er mischte sich in der Cafeteria unter die anderen Patienten. Er lief als Pfleger getarnt mit ihr gemeinsam über die Flure und war teilweise auch bei den Untersuchungen anwesend. Sie bemerkte ihn wohl nicht, weil ihr gar nicht die Idee kam, dass irgendjemand Interesse an ihr haben könnte. Doch dieser Mann nahm seine Aufgabe sehr ernst. Er hantierte öfter mit seinem Tech-Wear, sprach Texte darauf, suchte nach Dateien und schien diese zu übertragen.
Sie ist sterilisiert, dachte er, *und damit ist sie freigegeben zum Abschuss.* Er musste sich was überlegen, um an sie heranzukommen.
Einmal trafen sich ihre Blicke auf dem Flur, als er ihr entgegenkam. Es lief ihr eiskalt den Rücken herunter, als sie seine toten Augen sah. Es war nur ein Moment gewesen, aber dieser Moment grub sich tief in ihre Seele ein.

Die Sterilisation mit Entnahme eines Eierstocks und die Durchtrennung der Samenleiter, nachdem ein Junge dreimal Samen gespendet hatte, gehörten zu den ersten Zwangsmaßnahmen, die der Staat bei seinen Jugendlichen durchführte.
In der ganzen Republik gab es keinen einzigen Menschen, der auf natürlichem Wege schwanger werden, oder ein Kind zeugen konnte. Alle lebenden Menschen waren von Ärzten in Reagenzgläsern gezeugt worden und somit das Produkt der Verschmelzung von Samen- und Eizellen, die HERA ausgewählt hatte. Ein Arzt implantierte anschließend mit HERAs Unterstützung den fertigen Embryo in den Uterus einer Leihmutter.
Mit dem Vollzug dieses Eingriffs, hatten Jungen und Mädchen einige Rechte, die sie von Kindern unterschieden. Sie konnten zum Beispiel einen Sexualpartner wählen, oder in eines der vom Staat subventionierten Liebeszentren gehen. Und obwohl sie erst mit achtzehn volljährig waren, durften sie ihr Elternhaus verlassen, wenn sie mit den Erziehungsmethoden der Eltern nicht einverstanden waren, und freiwillig auch an den Wochenenden ihre Zeit in einem der Kinderheime verbringen, in denen sie ja ohnehin fünf Tage in der Woche lebten.
Für F6103 traf das nicht zu. Sie wohnte ja bereits seit ihrem dritten Lebensmonat in einem Heim. Die beiden anderen Mädchen, mit denen sie ihr Zimmer teilte, verbrachten das Wochenende bei ihren Eltern. Sie war also nach ihrer Entlassung allein.
Sie fieberte den Wochenenden regelrecht entgegen. Zwei Tage, an denen sie allein sein durfte, waren wie ein Geschenk. Ständig hielt sich jemand in ihrer Nähe auf. Niemals gab es eine Rückzugsmöglichkeit.

Am Montag war sie Gesprächsthema Nummer eins. F4033, ein Jahr jünger als sie, bestürmte sie sogleich mit Fragen. Sie hatte die OP noch vor sich. Das Mädchen betastete die Narben von F6103 und wollte wissen, wie die Operation verlaufen war. Die sanfte Berührung war kaum zu spüren. Es kitzelte nur ein wenig.
Jedes Kind der Republik wartete voller Sehnsucht auf den Tag der OP. Sie war eine Art Ritual auf dem Wege zum Erwachsenwerden.
Der Staat leistete ganze Arbeit mit diesen Operationen. Einerseits hatten die Kinder Angst vor ihnen, andererseits fieberten sie diesem Augenblick entgegen. Mit zwölf Jahren war ein Kind fast erwachsen. Das war es, was alle Kinder anstrebten – ernst genommen zu werden, als vollwertig zu gelten.
F6103 war sich bewusst, dass die Kindheit für sie zu Ende ging. Nun war sie zwar weit davon entfernt, sich einen Jungen zu angeln, denn sie hatte weder weibliche, noch männliche Freunde, aber es war schön, zu wissen,

dass sie es durfte. Es gab ihr ein Gefühl von Macht. Macht, ja, das war es. Sie selbst durfte entscheiden, wann der Zeitpunkt gekommen war. Bisher hatte immer jemand anderer für sie entschieden.
Sie musste pünktlich sein, zuhören, wenn Erwachsene ihr etwas mitteilten, essen, was auf den Tisch kam. Geschenke durfte sie nur mit Genehmigung annehmen. Sie sollte nicht auffallen, musste sich anpassen, an ihrem Körper durfte sie nichts verändern, noch nicht mal eine eigene Meinung war ihr erlaubt.
Schon immer hatte sie diese Art der Bevormundung als Korsett empfunden, das sie unbedingt abstreifen wollte. Sie war ein Widerspruchsgeist, eine Freidenkerin, und als solche hatte sie schon in frühester Kindheit die Abneigung ihrer Altersgenossen gespürt. Ihr ganzes kurzes Leben hindurch war eine einzige Hölle gewesen. Da kam ihr die sexuelle Freiheit wie eine Revolution vor.
Ihre Erzieherin suchte am nächsten Tag eine günstige Gelegenheit, um mit ihr zu sprechen.
»Ich hab inzwischen ein wenig recherchiert«, flüsterte sie, während sie sie zur Seite nahm.
»M1012 war nicht leicht zu finden. Ich bin im Moment dabei, eine Spur zu verfolgen. Ein Freund von mir sitzt im Ministerium. Er hat mir versprochen, sich mal umzuhören. Du weißt, wie gefährlich es ist, Fragen zu stellen, die dem Staat nicht passen. Es wird noch ein wenig dauern.«

Eine Woche später sollten F6103, ein weiteres Mädchen und drei Jungen feierlich in die Gemeinschaft der Heranwachsenden aufgenommen werden. Alle Insassen des Heims, auch die Erwachsenen, die bis zum dreißigsten Lebensjahr hier wohnten, versammelten sich auf dem Hof. Die Schüler standen klassenweise mit ihren Lehrern auf der linken Seite der Rektorin, die Erwachsenen auf der rechten.
Nach ein paar Trommelwirbeln wurde die Fahne der Republik gehisst. Auf weißem Grund sah man das leicht verfremdete Planetenmodell des Elements Lithium, das für Härte und Stärke stand. Drei Elektronen umkreisten einen Löwenkopf, der die Macht und die Stärke der Republik verkörpern sollte. Dort, wo die drei Ellipsen sich schnitten, also um den Löwenkopf herum, waren die Zwischenräume rot ausgefüllt - ein Symbol der körperlichen Ebene der Republik, also der arbeitenden Bevölkerung. Daran schloss sich je eine Hälfte der Ellipsen in Grün, die andere in Gelb an. Die grüne Hälfte symbolisierte das Land, die gelbe Hälfte den Himmel. Die drei blauen Elektronen, die auf den Ellipsen um den Löwenkopf herum kreisten, symbolisierten die geistigen Kräfte - also die Wissenschaft.

Die immer wiederkehrende Drei symbolisierte Loyalität, Gehorsam und Liebe dem Staat gegenüber. Auf der körperlichen Ebene - durch die Zahl Vier symbolisiert - kam noch die Tugend des Fleißes hinzu. Das war es, was der Staat ein Leben lang von seinen Bürgern forderte: bedingungslose Loyalität, Gehorsam, Liebe und Fleiß. All das befand sich auf einem blütenweißen Hintergrund.
Weiß war eine Lieblingsfarbe der Republik. Sie verkörperte Sterilität, Unpersönlichkeit und Kälte.

Nachdem die Fahne gehisst worden war, betrat die Rektorin das Rednerpult und hielt eine kurze Ansprache, in der sie die Rechte und Pflichten der Heranwachsenden noch einmal herausstellte. Sie ließ nicht unerwähnt, dass die jungen Menschen von nun an über ein gewisses monatliches Kontingent an Wertcoupons verfügen konnten, sozusagen eine Art Taschengeld, das sie zum Erwerb privater Dinge oder für den Besuch in einem Liebeszentrum ausgeben durften.

Alle lauschten andächtig ihren Worten. Das Ritual verfehlte nicht seine Wirkung auf die Jugend. Als F6103 mit den anderen nach vorn ging und die Rektorin ihr den Orden der Heranwachsenden um den Hals legte, fühlte sie sich ernstgenommen und wertgeschätzt.
Die Fünf auf diese Weise geehrten jungen Menschen blieben vorn stehen, während die Schüler und Studenten ihnen salutierten. Zum Schluss sang die versammelte Schule nur für sie die Nationalhymne.
F6103 fühlte sich in diesem Augenblick aufgewertet wie nie zuvor in ihrem Leben.

Einen Monat später war F6103 bei ihrer Erzieherin zu Gast. Das Zimmer der Frau lag im ersten Stock des Heimes. Es war nicht so gemütlich eingerichtet wie das von M1012 seinerzeit, eher schlicht, aber dennoch individuell. F3072 hatte keinerlei persönliche Dinge wie Bilder oder Bastelarbeiten an den Wänden oder irgendwo auf den Schränken stehen, stattdessen befanden sich in ihrem Raum alle möglichen Sportgeräte wie Hanteln, ein Springseil und ein Reifen. Auch eine Sprossenwand, für die das Zimmer eigentlich zu klein war, fand darin ihren Platz. Sie war an der Wand hinter dem Bett installiert. Wenn F3072 sie benutzen wollte, musste sie ihr Bett nach vorne ziehen.
»Das brauche ich, um mich abzureagieren«, erklärte die Erzieherin, als sie den erstaunten Blick des Mädchens sah. Dann fuhr sie fort: »Ich habe herausgefunden, was mit deinem Freund geschehen ist.«
»Nein!«
»Doch! Das hatte ich dir versprochen, weißt du nicht mehr?«
Klar wusste sie das noch, aber sie hatte nicht wirklich daran geglaubt.
»Erzähl!«, forderte F6103 die Erzieherin auf, während sich ihr Gesicht aufhellte.
»Du weißt ja, dass sie deinen Freund schon zweimal rückgeführt haben. Ein drittes Mal ist das nicht möglich, sagt man. Ein Gehirnschaden unter Umständen mit Tod wäre die Folge. Ich persönlich kenne niemanden, der eine dritte Rückführung überlebt hat. Wir müssen also äußerst vorsichtig sein, damit wir ihn nicht in Gefahr bringen.« Sie machte eine Pause. »Er befindet sich im Moment in einer Strafkolonie in Lusaka.«
»Das sind 800 km von hier. Solche langen Ausflüge darf ich erst machen, wenn ich achtzehn bin.« Die Verzweiflung stand dem Mädchen ins Gesicht geschrieben.
»Was hältst du davon, wenn ich ihn besuche?«
»Das würdest du tun?«
Nun strahlte die Kleine wieder und wollte wissen, ob die Erzieherin noch mehr herausgefunden hatte.

Wieder machte F3072 eine Pause, denn das, was sie jetzt mitzuteilen hatte würde die Kleine emotional noch mehr aufwühlen.
»Ja, mein Bekannter hat die erste Identität von M1012 herausgefunden. Er heißt Edgar und lebte mit einer Frau namens Luise zusammen.«
»Woher weißt du das?« fragte F6103. »Die Behörden kennen unsere Kosenamen nicht.«
»Wenn den Menschen die Wahrheitsdroge gespritzt wird, plaudern sie alles aus, auch ihre Kosenamen.« F3072 ergriff die Hand des Mädchens. »Du musst jetzt sehr stark sein. Ich habe mich immer schon gewundert, warum gerade du dich mit M1012 so gut verstanden hast. Jetzt kenne ich den Grund.« Sie machte eine Pause. »Edgar, also M1012, ist dein Vater.«
»Was?«
Das Herz hämmerte hintereinander wie der Schnabel eines Spechts von innen an ihre Brust. Sie sprang auf.
»Setz dich wieder«, ermahnte F3072 sie. »Und bitte etwas leiser. Die Wände haben hier Ohren.« Sie hielt ihren rechten Zeigefinger an den Mund.
F6103 setzte sich augenblicklich wieder und bat etwas leiser, aber genauso ungeduldig: »Weiter, erzähl bitte weiter!«
»Edgar und Luise waren damals schon elf Jahre ein Paar. Luise bekam am 20. Juni 2331 ein Kind. Merkst du was?«
Sie machte eine Pause, um die Wirkung ihrer Worte zu genießen. Ein Leuchten flog über das Gesicht des Kindes.
»Das ist mein Geburtstag!«, rief die Kleine.
»Genau! Du warst das Kind, das damals geboren wurde. Eine Woche nach deiner Geburt holte Edgar dich und deine Mutter aus dem Krankenhaus. Aber weil er nach Verabreichung einer Droge erzählte, dass er eifersüchtig auf dich war, wurden alle Erinnerungen an sein früheres Leben gelöscht. Einige Jahre nach der ersten Rückführung erfolgte eine zweite. Das ist wahrscheinlich geschehen, weil er noch Resterinnerungen an sein erstes Leben hatte und der Staat verhindern wollte, dass er in sein altes Leben zurückkehrt. Nach dieser zweiten Rückführung ließ er sich, ohne es zu wissen, ganz in deiner Nähe nieder. Das passiert eigentlich sonst nie. Die Behörden achten sehr genau darauf, dass die Rückgeführten nicht wieder in Kontakt mit ihren alten Familien kommen. Aber du warst ja noch zu klein, um ihn erkennen zu können. Er nahm nacheinander verschiedene Jobs an, bis er zu uns ins Heim kam.«
»Und Luise? Was ist mit meiner Mutter geschehen«, wollte F6103 wissen.
»Man hat sie in die Psychiatrie eingewiesen. Dort verliert sich ihre Spur. Niemand weiß, wo sie sich zurzeit aufhält. Vielleicht ist sie nicht mehr am Leben.«
»Wann haben sie meine Mutter weggeholt?«, fragte das Kind, wobei sie trotz größter Anstrengung ein leises Schluchzen nicht unterdrücken konnte.

»Als du drei Monate alt warst. Ich hab das überprüft. Am selben Tag noch, bist du zu uns gekommen. Du musst ihre Tochter sein.«
F6103 sackte in ihrem Stuhl zusammen. Was sie eben gehört hatte, schien ihr so ungeheuerlich, dass sie es kaum glauben konnte. In einer Minute hatte sie die Namen ihrer Eltern erfahren, kannte ihren Vater sogar persönlich. Ein Glücksgefühl durchströmte sie warm und wohlig. Sie hatte eine Mutter und einen Vater.
Gleich darauf verließ sie dieses Gefühl aber wieder, und sie spürte – wie immer – diese Leere in sich. Sie hatte, ja, sie hatte Eltern. Der Aufenthalt ihres Vaters war bekannt, aber wo befand sich ihre Mutter jetzt?
F3072 bemerkte ihren Gemütszustand und tröstete: »Wir finden auch deine Mutter, wenn sie noch lebt.«
Das Kind fasste wieder Mut.
»Wie kam dein Freund an diese Daten?«
»Für einen Computerspezialisten ist das ein Leichtes. Er kann sich in alle Computer hacken. Mein Freund bekommt fast alles heraus, um das ich ihn bitte. Er gibt sein Wissen aber nur an Leute weiter, auf die er sich hundertprozentig verlassen kann, weil er weiß, dass sein Leben davon abhängt. Was meinst du, was der Staat mit Hackern macht, wenn er sie findet? Auf die Ergreifung eines Hackers ist ein Kopfgeld in enormer Höhe ausgesetzt. Damit könnte ein Verräter aussorgen bis an sein Lebensende.«
F3072 ballte die Fäuste. »Ich hasse unsern Staat dafür«, fügte sie hinzu.
F6103 nahm die Erzieherin in ihre Arme. Sie hatte plötzlich das Gefühl, sie müsste etwas gut machen.
»Danke, danke für alles! Ich bin so glücklich.«
»Da ist noch etwas«, fügte F3072 hinzu, »deine Mutter hat auch dir einen Namen gegeben. Den hat sie verraten, als man ihr die Wahrheitsdroge gespritzt hat. Du heißt Messira. Und du hast auch einen Familiennamen. Der existiert schon über Generationen in der Familie. Du heißt Messira Wittstog.«
»Messira Wittstog«, wiederholte das Mädchen andächtig. Dann konnte es nur noch vor Freude weinen. »Messira Wittstog! Was für ein schöner Name!«
»Aber niemand außer uns darf ihn hören. Sonst kommen sie drauf, dass du recherchiert hast und über dich kommen sie auf mich und über mich kommen sie auf meinen Freund. Du weißt, dass ihnen das möglich ist. Was dann passiert, muss ich dir wohl nicht sagen.«
»Ich werde Niemandem davon erzählen, versprochen.« Sie legte die linke Hand auf ihre Brust.
»Ich besuche meinen Vater, wenn ich erwachsen bin, das verspreche ich dir und versuche herauszufinden, ob meine Mutter noch lebt.«

Dann fügte sie mit einem verschmitzten Seitenblick zu F3072 hinzu: »Und dich? Wie soll ich dich in Zukunft nennen? Du hast doch sicher auch einen Namen oder willst du mir erzählen, dass dir die Nummer F3072 gefällt?«
Mutig versetzte sie der Erzieherin einen freundschaftlichen Knuff in die Seite.
Seit der Offenbarung der Erzieherin war die Kleine so voll von Lebensfreude, dass F3072 wusste, sie hatte das Richtige getan. Diese junge Frau war kein Kind mehr. Sie würde mit den Informationen vorsichtig umgehen. Aber es war ein großer Vertrauensbeweis, wenn ein Mensch seinen Namen preisgab. Er machte sich damit verletzlich.
Selbstverständlich wusste der Staat von der heimlichen Namengebung seiner Bürger. Es wurde aber nicht gern gesehen, dass die Bürger sich in der Öffentlichkeit mit ihrem privaten Namen anredeten. Was ist, wenn die Kleine das vergisst, dachte F3072. Dann bekomme ich großen Ärger.
»Nun komm schon!«, forderte Messira sie auf. »Du kennst meinen Namen. Ich möchte auch den deinen wissen. Ich kann unterscheiden, ob wir uns privat unterhalten, oder ob jemand in der Nähe ist und wir uns vorsehen müssen. Wir haben weit größere Geheimnisse als unsere Namen, Also los! Mach schon.«
Sie hatte recht. Der Name war das Wenigste. Sie teilten noch ganz andere Geheimnisse miteinander, die sie das Leben kosten könnten, wenn Eine von ihnen nicht aufpasste. So sagte sie denn: »Ich heiße Ina.«
Mein Gott wie lange hatte sie diesen Namen nicht mehr ausgesprochen. Sie zuckte förmlich zusammen, als sie ihn laut sagte.
»Ina!«, wiederholte Messira mit liebevoller Stimme, so als wäre sie der Erzieherin heute zum ersten Mal begegnet. »Und wie weiter?«
»Ina Kellermann«, offenbarte die Erzieherin ihr.
»Ich hab dich lieb, Ina. Du bist wie eine Mutter für mich.«
Ina wurde tatsächlich rot und das in ihrem Alter, so gerührt war sie. Sie nahm die Kleine in den Arm, drückte sie fest an sich und sagte zum Abschied: »Mir geht es ebenso.«
Dann appellierte sie an die Vernunft von Messira. Niemand durfte von ihren Treffen erfahren, also musste das Mädchen jetzt gehen. Messira wusste, dass Ina recht hatte. Sie durften die Aufmerksamkeit der Mitmenschen nicht auf sich lenken. Sie erhob sich, küsste die Frau und ging hinaus.
Dieses Doppelleben kostete beide nicht nur Nerven, sondern ließ sie in ständiger Angst leben. Nie auffallen, sich heimlich treffen, nie ihre Zuneigung zueinander zeigen. Es bedurfte einer enormen Anstrengung und Disziplin, aber sie mussten durchhalten, um ihrer selbst willen, um ihrer Freundschaft willen und um derer willen, die das alles möglich gemacht hatten.

Es dauerte noch gut ein Jahr, bis Ina die Erlaubnis bekam, Edgar zu besuchen. Messira war inzwischen fast vierzehn Jahre alt geworden und konnte es kaum erwarten, etwas von ihrem Vater zu erfahren.

ERSTE VERWIRBELUNG

Wer bin ich? Wo will ich hin? Das sind zu dieser Zeit die dringendsten Fragen, die es zu klären gibt. Ein Suchen beginnt.
In der Natur fließt Wasser durch steinige Bäche und Flüsse. Manchmal entstehen Stromschnellen. Es bilden sich Wirbel und Strudel, sodass das Wasser immer in Bewegung ist. Durch diese Bewegung wird Energie freigesetzt. Das Wasser wird gleichzeitig aber auch mit Sauerstoff angereichert. Es lebt. Für diese Belebung ist neben der Verwirbelung auch die Temperatur des Wassers wichtig. Die ideale Temperatur für frisches und vitales Wasser liegt bei 4 Grad Celsius, in diesem Zustand ist die Energie des Wassers am größten.
Ein Wirbel an sich ist nichts Negatives. Wasser muss sich diesen Naturgewalten stellen. Der Wirbel belebt das Wasser, zwingt es aber kurzzeitig in eine andere Richtung. Bleibt das Wasser nach der Wirbelbildung in seinem ursprünglichen Bett, findet es also den Weg zurück, kann der kleine Fluss davon unbeeindruckt weiterfließen. Das Wasser hat Erfahrungen aufgenommen und ist energiereicher geworden.

***

Eine drei Meter hohe Backsteinmauer grenzte die Strafanstalt wie eine mittelalterliche Festung gegen die Außenwelt ab. Am Toreingang saß in einer Kabine ein Wachmann, Ina ließ ihre Identität von ihm überprüfen. Er nickte, drückte auf einen Knopf, und das Eisentor öffnete sich. Über ein parkähnliches Gelände führte ein Weg direkt in das Hauptgebäude. Inas Schuhe erzeugten ein klackendes Geräusch auf dem asphaltierten Weg, der links und rechts von Platanen gesäumt wurde. Ab und zu kamen ihr Menschen entgegen. Manche trugen große Aktentaschen, andere spielten mit ihrem Tech-Wear – sprachen übers Netz mit Geschäftspartnern, tippten Daten ein oder tätigten andere Aktionen. Sie liefen aneinander vorbei, ohne sich wirklich wahrzunehmen – wie Roboter, die von außen gesteuert wurden.
Es war ein frischer Oktobertag. Die Blätter färbten sich goldgelb. Die tief stehende Sonne blendete. Aber es roch nicht nach Herbst, denn das wenige Laub, das von den Bäumen abfiel, wurde, kaum dass es den Boden berührte, von einem Kehrroboter aufgesaugt. Der Rasen strahlte in sattem blendendem Grün – zu grün, um wahr zu sein. Der Weg zog sich schnurgeradeaus.
Es dauerte eine Ewigkeit, bis Ina die Treppe zum Hauptgebäude erreicht hatte. Während sie die Stufen hinaufging, überlegte sie, was sie dem Pförtner sagen sollte. Sie besuchte einen Strafgefangenen. Könnte das dazu

führen, dass ab heute jeder ihrer Schritte überwacht wurde? Einen Moment war sie in Versuchung, das Ganze zu lassen und kehrt zu machen, dann wischte sie ihre Bedenken weg und ihre Gestalt straffte sich, als sie die Pförtnerloge erreicht hatte.
Die Lautsprecherstimme hinter der Scheibe forderte sie zum Anhalten auf. Entschlossen wendete sie ihren Blick dem Mann hinter dem Glas zu. Er hatte stechende Augen, denen nichts zu entgehen schien. Da ist er hier auf dem richtigen Posten, kam ihr in den Sinn.
»Sie wünschen?«, fragte eine scharfe Männerstimme.
»Ich bin auf der Suche nach dem Gefangenen M1012.06.01.2268«, sagte sie fest. Nur knapp widerstand sie der Versuchung, dem Pförtner einen guten Tag zu wünschen. Wer weiß, wie er das auffasste. Höflichkeitsformen waren außer Mode gekommen.
Der Mann durchsuchte die Dateien. Dabei fuhr er sich von Zeit zu Zeit durch die ungepflegten Haare. »Da haben wir ihn!«, triumphierte er. »Und der Grund Ihres Besuches?«
Damit hatte sie nicht gerechnet, dass er auch noch wissen wollte, warum sie hier vorbeischaute. Sie überlegte. Es würde wohl reichen, wenn sie ihm erzählte, dass sie sich Sorgen um Edgars Befinden machte.
»Wir kennen uns vom Kinder- und Jugendheim. Ich bin dort Erzieherin, und er war der Hausmeister. Ich wollte mal sehen, wie es ihm geht und ob er bald entlassen wird und zu uns zurückkehrt. Die Kinder fragen ständig nach ihm. Er war ein so netter Mensch.«
Auf so viel war der Pförtner wohl nicht gefasst gewesen. Die Leute, die hierherkamen, ließen es sonst an Gesprächigkeit mangeln. Seine Miene hellte sich auf. Ist auch ein fieser Job, dachte Ina. Vielleicht hasst er seine Arbeit! Den ganzen Tag hier sitzen zu müssen, fremden Leuten den Weg erklären, nach den Gründen ihres Besuches zu fragen und dann in die stumpfsinnigen Visagen der Menschen zu schauen, musste frustrierend sein. Sie könnte das nicht.
In letzter Zeit war ihr aufgefallen, dass die Leute ganz anders reagierten, wenn man sie freundlich anlächelte. Diese zur Schau gestellte Gleichgültigkeit der Bürger war vielleicht nur eine vorgeschobene Fassade, auf die alle hereinfielen. Eine Fassade, die ihre wahren Motive verdeckte. Was wäre, wenn sich jeder von ihnen in Wirklichkeit nach menschlicher Zuwendung und Nähe sehnte, aber Angst hatte, dies zuzulassen, geschweige denn, es anderen zu zeigen. Ihr sollte das nicht fremd sein. Sie selbst hatte Jahre nach außen hin die Coole gemimt, aber wie es in ihr drinnen aussah, hatte sie niemandem gezeigt.
Der Pförtner räusperte sich und verpackte seine Antwort in einem freundlicheren Ton: »Das ist mir noch nie passiert, dass jemand einen von

hier drinnen besucht, nur weil er ihn nett findet. Sie haben eine Sprechzeit von 30 Minuten. Ich muss ein Protokoll darüber schreiben. Geben Sie mir Ihre Daten.«

Durch einen Knopfdruck öffnete er die Scheibe, hinter der er saß. Stickige Luft entwich nach draußen. Ina schob ihren linken Arm so weit, wie es ging, durch die Öffnung. Die Narbe am Oberarm verschwand zwar nicht ganz in der Pförtnerloge, reichte aber so weit, dass der Mann den Scanner darüber führen konnte. Mein Gott! Wie oft in ihrem Leben hatte sie das schon getan? Sie konnte es nicht mehr zählen.

Der Pförtner suchte und fand ihren implantierten Chip. Jemand hatte ihr mal erzählt, dass diese Chips im 21. Jahrhundert Wildtieren implantiert wurden, um deren Wanderungen zu verfolgen, oder Haustieren, um sie jederzeit wieder finden zu können, wenn sie verloren gegangen waren. Wie eines dieser Tiere kam sie sich jedes Mal vor, wenn der Scanner über ihren Arm fuhr, ein Haustier, dessen einzige Funktion darin bestand, Sklavenarbeit für die Regierung zu leisten.

Überall in der Republik benutzte man diese Scanner. Sie ähnelten denen, mit denen die Kassiererinnen des 21. Jahrhunderts in den Supermärkten die Ware gescannt hatten. Welchen Preis hatte ein Menschenleben für die Regierung? Zum Glück kitzelte die Berührung des Mannes nur ein wenig, als er mit dem Instrument über ihren Arm fuhr. Aber wie immer war es ihr unangenehm, dass fremde Menschen ihr so nahe kamen.

Der Mann bemerkte ihr Unbehagen und bemühte sich, ihre Individualdistanz nur kurzzeitig zu unterschreiten. Als er ihre Daten gescannt hatte, verglich er diese mit denen auf ihrem elektronischen Armband. Beides passte zusammen. Die Trägerin war definitiv die Person, als die sie sich ausgab. Das Armband wurde immer mitgescannt. Damit vermied man, dass Rückgeführte, die kein Armband mehr besaßen, sich die gleichen Rechte erschlichen wie der Normalbürger.

»In Ordnung, Sie dürfen passieren. Zurzeit ist Mittagspause. Melden Sie sich in der 1. Etage am Eingang zur Mensa«, sagte er und schloss die Glasscheibe, womit er wohl andeuten wollte, dass die Sache nun für ihn erledigt war.

Den Lift – ein älteres Modell – musste sie per Knopfdruck bedienen. Die meisten Fahrstühle in der Republik reagierten auf die menschliche Stimme oder wurden über das elektronische Armband gesteuert. Dieser hier spulte ein eingebautes Programm ab, das aus einem Lautsprecher kam.

»Welche … Etage … wählen … Sie?«, fragte die elektronische Stimme.

»Etage eins!«

Es gab einen Ruck, dann spürte sie einen Sog und fast im selben Moment stand der Fahrstuhl schon wieder.

»Erste … Etage!«, teilte die Stimme emotionslos mit. »Beim … Aussteigen … bitte … darauf … achten, … dass Sie … nichts … vergessen. … Einen … schönen … Aufenthalt … wünsche … ich.«

Ob die Gefangenen auch diesen Aufzug benutzten? Ein Aufzug, der ihnen einen schönen Aufenthalt wünschte, wäre eine Provokation gewesen. Aber es war natürlich nicht so. Sie stellte fest, dass die Häftlinge von den Besuchern getrennt in einem völlig anderen Trakt untergebracht waren. Ein elektrisches Energiefeld trennte diesen Flur hier vom übrigen Bereich. Elektrische Energiefelder gehörten neben Computern zu den liebsten Spielzeugen der Republik. Sie hatten sich in den letzten Jahren verfeinert.

Ina konnte dieses Feld ungehindert passieren, weil der Pförtner es für sie und nur für sie inaktiviert hatte. Es war auf ihre Daten eingestellt. Jeder andere hätte sofort einen Elektroschock davongetragen, wenn er versucht hätte, durch das Feld zu schlüpfen. Diese intelligente Lösung ersetzte die alten Stahltüren, Mauern und Gitter. Der moderne Strafvollzug zeichnete sich durch unsichtbare Fesseln, Gitter und Mauern aus. Hinter Ina schloss sich das Energiefeld wie eine honigartige Masse, die wieder zusammenfließt.

Sie ging Richtung Mensa. Überall Kameras, die ihre Bewegungen verfolgten. Zum ersten Mal war sie dankbar für diese Bespitzelung, denn wer wusste schon, auf wen man hier traf. Eine Lichtschranke öffnete die Tür zum Speisesaal, als sie in dessen Nähe kam. Der aufsichtführende Offizier kam in rasantem Tempo angeflattert.

»F3072?«

Seine Frage war mehr eine Feststellung, denn er hatte über sein elektronisches Armband schon alle Informationen über sie erhalten.

»Ja!«

»Einen Moment bitte!«

Er ging auf einen Tisch zu. Obwohl M1012 mit dem Rücken zu ihr saß, erkannte sie ihn sofort an seiner Gestalt.

Er drehte sich jetzt zu Ina um, nachdem der Wachhabende mit ihm gesprochen hatte. Schmal war er geworden. Ein flüchtiger Ausdruck des Erkennens glitt über sein Gesicht. Also hatten sie wohl davon abgesehen, ihn einer Teilrückführung zu unterziehen.

»Sie hier?«

Sein Blick zeigte, dass er nicht genau wusste, was er davon halten sollte.

»Das haben Sie wohl nicht erwartet?«

Ina ließ sich nicht anmerken, wie sehr sie beim Anblick seiner leeren Augenhöhlen erschrak.

»Dürfen wir uns ein wenig zurückziehen?«

Die Frage war an den Offizier gerichtet.

Der nickte.
»Gehen Sie in den Besucherraum.«
M1012 durfte – im Gegensatz zu den meisten anderen hier – Besuch empfangen. Nichts sprach also dagegen, ihn mit seinem Besuch allein zu lassen. Glaswände trennten den Raum vom übrigen Bereich. Eine elektronische Tür verschloss ihn. An den Wänden schwenkten Kameras in jeden Winkel des Raums. Gespräche konnten zwar mitgehört werden, dies wurde aber vorher durch ein akustisches und optisches Signal angezeigt. Die Bewachung war also jederzeit gegeben. M1012 war in einem Sicherheitstrakt untergebracht, aus dem er nie würde fliehen können. Jedenfalls war das in einhundert Jahren keinem einzigen Häftling gelungen, also hatte man auch kein Interesse, seine Privatgespräche zu belauschen.
Das wichtigste Gut eines Menschen war seine Arbeitskraft. Einzig die galt es zu erhalten, ansonsten waren Menschen für den Staat so unwichtig wie lästige Insekten.
M1012 setzte sich auf einen der harten Kunststoffstühle, die an einem kleinen quadratischen Tisch standen. Ina nahm ihm gegenüber Platz.
»Lassen Sie sich nichts anmerken«, sagte sie geheimnisvoll. »Die beobachten uns. Also tun Sie so, als würden wir beide nur ein wenig Smalltalk pflegen.«
Sie legte ihre rechte Hand auf seinen linken Arm, der lässig auf dem Tisch lag. Es sollte ihn beruhigen, bewirkte jedoch das Gegenteil.
»Ich verstehe nicht.«
Er wand sich aus der Berührung heraus. Es war ihm unangenehm, von einem Menschen angefasst zu werden. Warum hatte diese Erzieherin, mit der er in der Zeit seines Aufenthaltes im Heim keine drei Worte gewechselt hatte, den weiten Weg auf sich genommen, nur um mit ihm zu reden?
»Das werden Sie gleich.«
Ina war rot geworden, als er seinen Arm so vehement unter ihrer Hand hervorgezogen hatte. Die Nähe zu einem anderen Menschen war ihm sicher fremd geworden.
»Wenn ich Sie auffordere, dann sagen Sie irgendetwas, was Ihnen gerade einfällt, ganz egal, ob es zum Thema passt oder nicht, auch wenn es Unsinn ist. Die sollen denken, wir unterhalten uns über so banale Dinge wie das Wetter oder die Gesundheit.«
»Ja.«
Er wunderte sich, was sie ihm so Interessantes erzählen wollte.
»Zuerst einmal schöne Grüße von F6103. Sie vermisst sie sehr.«
Ina wartete ab, welche Wirkung ihre Worte auf ihn hatten.
Sein Gesicht hellte sich auf, es schien gerade so, als hätte es ein Sonnenstrahl gestreift. Dann sagte er schnell und mit leicht vibrierender

Stimme: »Ich vermisse die Kleine auch. Schön, dass sie sich an mich erinnert. Sie sind doch nicht allein deswegen gekommen?«
»Nicht nur«, gab sie zu. »Aber auch deswegen. Der Hauptgrund, warum ich hier bin, ist folgender ... «
Sie holte noch einmal tief Luft, bevor sie das Unglaubliche loswurde. Ihr selbst machte es so viel Freude, diese Botschaft zu überbringen, dass sie es noch ein wenig auskosten wollte.
»Ich kenne Ihre ursprüngliche Identität, die Sie vor der ersten Rückführung hatten.«
Sie sah ihn jetzt vor Aufregung zittern, auch wenn er sich noch solche Mühe gab, dies zu verbergen. Er beugte sich ein wenig vor, so als wolle er gleich zum Sprung ansetzen. Angstvoll fügte sie hinzu: »Lassen Sie sich nichts anmerken. Bleiben Sie ruhig.«
Er fing sich wieder. Nur seine Hände krallten sich an der Tischplatte fest, als er sagte: »Wer bin ich?«
Er hielt sich gut. Auch, als sie ihm sagte, dass er der Vater von Messira war. Sie erzählte ihm alles, was sie von ihrem Bekannten erfahren hatte. Auch den Grund, warum Messira ihr Leben im Heim verbringen musste.
Luise hieß also die geliebte Frau, mit der er zusammen gelebt hatte. War sie tot, oder lebte sie vielleicht – rückgeführt wie er – irgendwo in der Republik? Keine Chance, sie zu finden? Er wollte es jedenfalls versuchen, wenn er hier rauskam. Wenn es doch endlich so weit wäre. Seine Hand zitterte noch immer.
Ab und zu machte Ina eine Pause und ließ ihn reden. Er hatte viele Fragen, so fiel es nicht auf, dass sie ihm Dinge mitteilte, die sie eigentlich nicht preisgeben durfte.
Eine elektronische Stimme sagte plötzlich: »Die … Sprechzeit … ist … beendet. … Bitte … verlassen … Sie … den … Raum.«
M1012 zuckte zusammen. Eine halbe Stunde pro Monat. Was war das schon? Öfter durfte er keinen Besuch empfangen. Er tröstete sich damit, dass er vielleicht schon bald entlassen wurde. Ina versprach, so bald wie möglich wiederzukommen. Und er gab ihr viele Grüße für Messira mit. Was blieb ihm weiter übrig? Er musste sich in Geduld üben, auch wenn alles in seinem Innern danach schrie, seine Tochter in die Arme zu schließen. Er durfte nicht durch sein Verhalten riskieren, dass ihm sein Besuchsrecht gestrichen wurde.
Der Wachhabende nahm M1012 wieder in Gewahrsam. Die anderen Gefangenen hatten inzwischen den Essenraum verlassen. Die Nachmittagsarbeit begann. Der Beamte wandte sich an Ina und fragte: »Sie finden den Weg?«
Ohne ihre Antwort abzuwarten, schob er M1012 vor sich her über den Flur in Richtung Arbeitsbereich.

»Ja, danke«, sagte Ina.
Während sie zum Fahrstuhl ging, schaute sie Edgar nach.
M1012 taumelte vor dem Wachhabenden her. Ab und zu verpasste der ihm einen Stoß von hinten. Er versuchte in aller Eile das eben Gehörte zu verarbeiten. Ina hatte ihm wieder neuen Lebensmut gegeben. Dankbar blickte er, während er ging, über seine rechte Schulter und schaute ihr nach. So lange, bis sie um eine Ecke verschwunden war.

*

Ina stieg in einen Gleiter, der sie zurückbrachte. Sie bemerkte nicht, wie kurz nach ihr ein Mann ebenfalls einen Gleiter rief und ihr folgte. Dieser Mann wusste genau, wo sie wohnte. Er startete einige Transaktionen mit seinem Armband, gab die Nummer von Inas Gleiter durch und traf merkwürdigerweise noch vor ihr im Heim ein. Sie konnte ja nicht wissen, dass er von der Regierung beauftragt war, ihr zu folgen.
Sie konnte auch nicht wissen, warum ausgerechnet ihr Gleiter zwischenlanden musste, um eine Überholung seines Programms, ausgerechnet jetzt, in diesen Minuten, da sie ihn gemietet hatte, durchzuführen. Auch wusste sie nicht, dass der Mann, der ihr gefolgt war und sie überholt hatte, eine mächtige Person war und sie mit einem Wort hätte vernichten können, wenn er gewollt hätte. Sie merkte von alledem nichts.

Ina besuchte Edgar seit diesem Tag regelmäßig jeden Monat. Sie schmuggelte kleine Botschaften von Messira mit ins Arbeitslager. Sie verstand sich als Bote. Wenn die beiden Menschen sich schon nicht sehen konnten, so sollten sie wenigstens auf diesem Wege in Kontakt miteinander bleiben können.
Und immer war ihr Schatten in der Nähe.

*

Edgar hoffte, bald entlassen zu werden. Er bemühte sich, so wenig wie möglich aufzufallen, den Anweisungen des Personals Folge zu leisten, erledigte alle ihm übertragenen Aufgaben zur vollsten Zufriedenheit der Wachleute und meinte, auf diesem Wege, seiner Entlassung ein wenig näherzukommen. Aber er sollte sich täuschen. Es war längst beschlossene Sache, dass er nie wieder den freien Himmel sehen sollte.

Vier Jahre vergingen. Jahre, in denen Botschaften und Grüße zwischen Messira und Edgar ausgetauscht wurden. Ina machte einen guten Job. Aber

Messira fieberte dem Tag entgegen, an dem sie Edgar endlich in die Arme schließen konnte, und Edgar ging es ebenso. Kurz vor dem achtzehnten Geburtstag von Messira, den Edgar mit ihr gemeinsam feiern wollte, fasste er sich ein Herz und verlangte die Gefängnisleitung zu sprechen. Nach gut drei Wochen endlosen Wartens und Bangens, erhielt er endlich einen Termin.
Schon als er die Tür im Blick hatte, bemächtigte sich seiner ein ungutes Gefühl. Als er davor stand, wollte sein Herz fast den Brustkorb sprengen. Doch, um nichts in der Welt wäre er wieder umgekehrt. Er musste es jetzt wissen. Laut und deutlich klopfte er an die Tür. Von drinnen ertönte ein kräftiges: »Kommen Sie herein, M1012.«
Ein Surren ertönte, und die Tür öffnete automatisch.
Der Direktor saß an einem wuchtigen Schreibtisch aus Eichenholz. *Komisch, dass Vorgesetzte und Personen von Rang fast immer an solchen Tischen sitzen*, dachte M1012. Auf dem Tisch befand sich allerlei elektronischer Schnickschnack. Der Direktor war ein Freund alles Neuen. Lange bevor ein Produkt auf den Markt kam, musste es getestet werden. Eigens dafür hatte er sich als Tester gemeldet. Die Arbeit hier im Gefängnis befriedigte ihn nicht. Da kam ihm dieser Nebenjob gerade recht und versprach ein wenig Zerstreuung in dem monotonen Alltag. Jeden Monat trafen Neuerungen auf dem Gebiet der Elektronik bei ihm ein. Zurzeit testete er eine elektronische Fußfessel, die auch als Lügendetektor Anwendung fand. Sie maß den Hautwiderstand, den Blutdruck, die Elektrolytwerte des Schweißes und übertrug die Daten mit Hilfe eines tragbaren Computers und eines Gaschromatographen direkt an sein Tech-Wear.
Als er Edgar eintreten sah, richtete er sich in dem wuchtigen Stuhl etwas auf, so dass er größer wirkte. Es war immer gut, die Gefangenen daran zu erinnern, wer hier das Sagen hatte. Er räusperte sich, beugte sich einen Tick nach vorn, stützte beide Arme sprungbereit auf die Stuhllehnen und wandte seine Aufmerksamkeit widerstrebend dem Ankömmling zu.
»Was gibt es Gefangener M1012?«, fragte er arrogant.
»Ich wollte mich erkundigen, wie meine Führung in den letzten Jahren gewesen ist und ob Sie eine Beanstandung haben?«, sagte Edgar mit fester Stimme.
Er war entschlossen, sein Anliegen jetzt vorzubringen, obwohl sein feines Gespür ihm sagte, dass der Direktor wenig erfreut über seinen Besuch war. Besonders, weil dieser bedeutete, dass er sich von seinem Lieblingsspielzeug lösen und sich stattdessen mit Verwaltungskram herumschlagen musste.
»Ich habe nichts an Ihrer Führung auszusetzen«, lächelte der Direktor.
Konnte Edgar eine Spur Mitleid aus den schnell dahingesagten Worten heraushören?

»Dann darf ich auf eine baldige Entlassung hoffen?« Diese Schlussfolgerung war für Edgar naheliegend.
»Was meinen Sie mit baldiger Entlassung?«, fragte der Direktor, obwohl er natürlich genau wusste, was der Gefangene damit meinte.
»Ich dachte, dass meine Zeit hier verkürzt werden könnte, wenn ich mich gut führe.«
»Wer hat Ihnen denn so was erzählt?«, fragte der Direktor und gab sich nun keine Mühe mehr, seinen mitleidigen Unterton zu verheimlichen.
»Ist es nicht so?«, kam die Gegenfrage.
Edgar ahnte nichts Gutes, versuchte aber Haltung zu bewahren.
»Mein Lieber!«, säuselte der Direktor. »Das liegt nicht in meiner Macht. Sie wissen, dass Sie hierher gebracht wurden, weil eine weitere Rückführung für Sie lebensgefährlich hätte sein können. Sie wissen auch, dass Sie in Freiheit eine Gefahr für den Staat darstellen. Also, wieso sprechen Sie von frühzeitiger Entlassung? Soviel ich weiß, sind Sie lebenslang in Gewahrsam.« Er suchte die entsprechenden Daten von Edgar auf seinem Computer.
»Hier!«, rief er, als er sie gefunden hatte. »Hier steht eindeutig: ‚Der Häftling ist zu seinem Schutz und zum Schutz anderer, sowie zum Schutz des Staates lebenslang in Gewahrsam zu nehmen. Eine Rückführung ist nicht mehr möglich, da ein Gehirnschaden oder der Tod die Folge wären. Dies kann der Staat bei der jetzigen guten Konstitution des Häftlings nicht zulassen. Die Arbeitskraft von M1012 ist zum Wohle der Bürger in einer geschlossenen Anstalt einzusetzen.‘ Das dachte ich mir schon. Also, machen Sie das Beste daraus. Die Freiheit sehen Sie nie wieder«, warf er seinem Gegenüber schonungslos an den Kopf.
Danach wandte er sich wieder seinem Spielzeug zu und wunderte sich, dass Edgar keine Anstalten machte, den Raum zu verlassen. Unwirsch machte er eine Bewegung mit der Hand, dass er wegtreten solle.
Edgar lief es bei den Worten des Direktors siedend heiß den Rücken herunter. Er konnte sich nicht von der Stelle rühren, selbst wenn er es gewollt hätte.
»Ich soll nie wieder die Freiheit sehen?«, fragte er verzweifelt. »Können Sie nicht noch einen Rückführungsversuch bei mir machen?«, flehte er eindringlich.
»Mensch! Sind sie taub? Sie haben doch gehört, dass das unmöglich ist?« Jetzt konnte der Direktor seinen Unmut nicht länger verbergen.
»Lieber tot, als hier ein Leben lang eingesperrt«, wagte Edgar noch einen Versuch.
»Sie stehlen meine kostbare Zeit, Mann! Es ist besser, sich mit den Gegebenheiten abzufinden. So schlecht haben Sie es ja auch nicht hier drinnen, oder?«

Eigentlich erwartete der Direktor keine Antwort darauf. Das Gespräch begann ihn zu langweilen. In Gedanken war er schon wieder bei seinen elektronischen Fesseln.
»Ich muss Sie jetzt bitten, zu gehen. Sie finden den Weg? Ansonsten müsste ich einen Wachhabenden holen, der Sie in Ihre Zelle begleitet«, drohte er.
»Nein, ich geh allein«, war alles, was Edgar noch herausbrachte, dann verließ er den Raum.
Schwerer war es, sich wieder in die Reihen seiner Mithäftlinge einzureihen und die tägliche Arbeit zu verrichten. Aber irgendwie gelang ihm auch das, obwohl er nicht sagen konnte, wie er den Tag herumgebracht hatte.
Abends auf seiner Pritsche gingen ihm tausend Gedanken durch den Kopf. Er war am Ende – ausgebrannt, leer. Nie würde er leben können mit der Gewissheit, dass er für immer eingesperrt blieb. Zu viele Jahre war er schon hier. Immer hatte er an ein Ende geglaubt. Aber nun war ihm diese Hoffnung genommen.
Was war sein Leben jetzt noch wert? Andererseits gab es da noch dieses wunderbare Mädchen, seine Tochter Messira. Das Mädchen, das seine geliebte Luise unter dem Herzen getragen hatte. Sie wurde bald achtzehn und mit achtzehn durfte sie ihn das erste Mal besuchen. Diesem Besuch fieberte er entgegen. Wie sie wohl aussehen mochte. Er hatte sie immer schon geliebt, aber nun bekam das Ganze eine neue Dimension: Nun war sie seine Tochter.

An ihrem achtzehnten Geburtstag bekam Messira das heiß ersehnte elektronische Armband feierlich überreicht. Die Lehrerin weihte sie in dessen Benutzung ein. Sie verfügte jetzt über ein eigenes Konto mit einem Grunddepot von Wertcoupons, über das sie frei verfügen durfte. Das Depot wurde monatlich aufgefüllt.
»So ein Armband ist wie das halbe Leben!«, erklärte die Lehrerin. »Gib gut Acht, dass du es nicht verlierst. Du bekommst nur zwei weitere in deinem Leben, und du lebst vielleicht lange.«
»Ich werde gut darauf Acht geben«, erwiderte Messira und bedankte sich.
Als erstes holte sie sich eine Genehmigung für den Besuch von Edgar. Nach so langer Zeit sahen die beiden Menschen sich endlich wieder.
Schon als Messira das Gebäude betrat, spürte sie einen kalten Schauer in ihrem Nacken. Hier lebte ihr Vater nun schon so viele Jahre. Sie bedauerte ihn, sich selbst aber nicht minder, denn sie wusste, dass alle Menschen Gefangene waren, wenn auch in einem größeren Käfig als dem hier. Wie konnte Edgar das ertragen? Wie konnte sie das ertragen? Wie konnten all die anderen Menschen das ertragen?
»Wir haben nur eine halbe Stunde«, sagte Messira, als sie den Vater umarmte.

Tränen standen in ihren Augen. »Wie geht es dir?« Sie hatte bemerkt, wie schlecht er aussah.
»Es geht so!«, wich er aus. »Komm, lass dich anschauen.«
Er fasste sie an den Schultern und schob sie ein wenig von sich weg, sodass er sie besser betrachten konnte. Zuletzt hatte er sie vor acht Jahren gesehen. »Du bist eine wunderschöne junge Frau geworden.«
Liebevoll strich er über die Fülle ihres roten Haares. Sie bemerkte, dass sie ihm gerade bis zur Schulter reichte. Mein Vater ist ein großer stattlicher Mann, dachte sie voller Stolz.
»Wir müssen überlegen, wie wir dich hier rausbekommen!«, sagte sie mit ihrem jugendlichen Elan.
Oh Gott, dachte er. Wenn sie wüsste, dass ich nie wieder die Sonne außerhalb dieser Mauern sehen werde.
»Das hat Zeit«, wich er erneut aus. »Wir werden uns noch öfter sehen.« Sein Lachen klang gequält. »Was hast du denn als nächstes vor, außer mich zu befreien«, fügte er hinzu, um das Gespräch in eine andere Richtung zu lenken. Aber sein flapsiger Ton überzeugte sie nicht.
»Ich denke, ich werde studieren.« Ein eigenartiges Gefühl, so als wolle die ganze Welt über ihr zusammenbrechen, bemächtigte sich ihrer. Sie spürte eine Enge im Brustkorb, die sie lähmte.
»Hast du eine Idee? Oder lässt du dich beraten?«, bohrte er weiter, nur um keine Leere im Gespräch aufkommen zu lassen.
Schon waren beide mitten in einem unverfänglichen Gespräch, so wie er es gewollt hatte. Er konnte sich nicht von ihrem Anblick lösen und befand sich mitten auf einer Entdeckungsreise. Die Augen maßen jeden Zentimeter ihres Gesichtes. Jedes Detail wollte er sich einprägen. Nur nichts vergessen – das kleine Muttermal über der linken Augenbraue, die Grübchen, wenn sie lachte, der Schatten, der ihre Augen bei Angst verdunkelte, der Blitz, der in sie hineinfuhr, wenn sie sich freute. Ihre Hände glichen weißen Lilienblättern, so zart, geschmeidig, glänzend und doch fest. Ihre Stimme erinnerte an ein Flüstern, doch dieses Flüstern war so eindringlich, so klar, dass es selbst den stärksten Wind übertönen konnte, weil alles neben ihm verblasste. Und obwohl sie leise sprach, klang ihre Stimme nicht gedrückt, sondern war so angenehm in Tonhöhe und Tonfall, so leicht und sprudelnd wie ein Quell, dass er verzückt nichts anderes tun konnte, als ihr die ganze Zeit zu lauschen.
Er hatte noch nie in seinem Leben einen Menschen getroffen, dessen Erscheinungsbild so vollends im Einklang mit seinem Geist und seiner Seele stand. Bei Messira stimmte alles bis ins letzte Detail.
»Ich glaube, ich werde Agrarwissenschaften studieren«, riss sie ihn aus seinen Gedanken.

»Das ist gut. Das passt zu dir«, meinte er zerstreut. »Und es kommt dem Arbeitsgebiet deiner Mutter nahe. Ina sagte mir, sie war Geologin.«
»Ja, ich glaube!« Messiras Stimme verdunkelte sich. Sie fühlte plötzlich ein Unglück. Es war nur eine vage Ahnung, die sie nicht näher beschreiben konnte, ein Unheil, das ihren Vater treffen würde. Sollte es so sein, dass sie ihn, gerade eben erst gefunden, gleich wieder verlieren würde?
Edgar schaute auf die Uhr, die an der Wand hing. Nur noch zehn Minuten. Warum verging die Zeit heute so rasch? Er hatte etwas vorbereitet, was er ihr geben wollte, eine Erklärung, damit sie verstand.
In den letzten Tagen hatte er versucht, Papier zu sammeln. Die Bürger des einzigen Staates hatten das Schreiben noch nicht verlernt. Es wurde in der Schule gelehrt. Da man aber so viel mit elektronischen Medien zu tun hatte, gab es kaum jemanden, der diese Praxis noch einsetzte. Auch konnte man Bücher nur in Bibliotheken lesen. Es gab sie weder zu leihen, noch zu kaufen. Bücher waren nicht nötig. Alles, was der Mensch brauchte, hatte er in seinem Computer oder fand er in seinem elektronischen Armband.
Papier wurde kaum noch hergestellt, geschweige denn benutzt. In der Küche übernahmen vollautomatisierte Maschinen die grobe Arbeit. Die Hände wurden nach dem Waschen mit einem angenehm warmen Luftstrom getrocknet, ebenso der Körper. Moderne Toiletten sorgten für eine Reinigung mit warmem Wasser und eine anschließende Lufttrocknung des Intimbereichs.
Eigentlich gab es Papier nur noch in Form von Einrichtungsgegenständen. Manche Designerlampen waren aus Papier. Tapeten gab es hin und wieder in einigen wenigen Haushalten und nicht zu vergessen, sammelten einige Exoten Fotos, die auf Papier gedruckt waren. Manchmal sah man an den Wänden Bilder auf Leinwand oder Papier. Einige Bürger konnten sich von den alten Bräuchen nicht lossagen, sodass in der Republik Firmen gegründet wurden, die speziell auf die Vorlieben dieser Bürger zugeschnitten waren.
Hier in der Anstalt gab es also nirgendwo eine Möglichkeit, an Papier zu kommen. Und es hätte ihm auch nichts genutzt, denn es gab nichts, womit man auf dem Papier schreiben konnte. Dafür gab es Kleiderstoff in rauen Mengen. Das Gefängnis war eine Schneiderei. Hier wurden Stoffe zugeschnitten und zu Mänteln, Jacken, Hosen und Kleidern verarbeitet. Er selbst arbeitete beim Zuschnitt. Er musste also nur warten, bis ihm mal ein heller Stoff in die Finger kam, der gerade so saugfähig war, dass er darauf schreiben konnte, ohne dass die Farbe so stark aufgesaugt wurde, dass die Schrift ineinander lief. Es kam immer wieder vor, dass es Verschnitt gab. Die Stoffreste wurden in einem Behälter gesammelt und dann recycelt. Niemand kontrollierte genau nach.

Bald hatte er den passenden Stoff gefunden und über mehrere Wochen Reste beiseite geschafft. Nun suchte er nach einem Material, mit dem er den Stoff beschriften konnte. Mit einer Schere, die er zurückbehalten hatte, stach er sich in seinen kleinen Finger, sammelte das Blut in einer Schale, tauchte einen rostigen Nagel hinein, den er auf dem Boden der Schneiderei gefunden hatte und schrieb in mühevoller Arbeit eine Botschaft auf das Stück Stoff.

»Warum schaust du dauernd auf die Uhr?«, fragte Messira besorgt. »Wir haben noch zehn Minuten, und ich komme jeden Monat. Das darfst du nie vergessen. Ich überlege mir, wie ich dich hier rausholen kann. Bei meinem nächsten Besuch weiß ich schon mehr.«

Sie nahm ihn noch einmal in die Arme und drückte ihn ganz fest. Rührend, wie sie sich um sein Wohl bemühte. Ein Hammer schlug mit aller Kraft gegen seine Rippen.

»Du hast doch was!«, mutmaßte sie und schaute ihm forschend in die Augen.

»Ich liebe dich! Ich bin dankbar, dass ich dich wiedergefunden habe. Ich bin noch ganz verwirrt. Gib mir Zeit, alles zu verdauen«, redete er sich geschickt heraus.

Messira gab sich damit zufrieden. Gegen Ende der Besuchszeit meinte er: »Ich habe ein Geschenk für dich. Bitte öffne es erst heute Abend, wenn du schlafen gehst. Das musst du mir versprechen. Es ist etwas ganz Besonderes.«

»Ich verspreche es, wenn dir das so wichtig ist«, sagte sie gerührt.

Vorsichtig streckte er die Hand in seine Hosentasche und reichte ihr, nachdem er sich vergewissert hatte, dass sie im toten Winkel der sich ständig bewegenden Kamera saßen, ein zusammengeknülltes Stück Stoff.

Ihre Hände glitten darüber. Es fühlte sich weich und warm an. Sie ließ es schnell in der Innentasche ihrer Jacke verschwinden. Dann küsste er sie und umarmte sie so innig, dass sie nach Luft rang.

Aus dem Lautsprecher ertönte die übliche Stimme: »Die … Besuchszeit … ist … beendet! … Begeben … Sie … sich … nach … draußen.«

Als der Wärter ihn abführte, stand sie im Flur und sah ihm nach. In seinem Kopf schwirrten die Gedanken wie Vögel in der Luft, wenn sie eine Futterquelle anfliegen. Kurz bevor er um die Ecke bog, riss er sich aus der Umklammerung seines Begleiters, drehte sich noch einmal um und winkte ihr zum Abschied. In seinem Gesicht las sie Schmerz, der sie bis tief ins Mark traf. Wieder überkam sie eine Ahnung, aber gleich wischte sie die Bedenken weg. Was sollte schon sein! Sie würde dafür sorgen, dass er entlassen würde. Alles würde gut werden. Nie hätte sie gedacht, dass sie ihn heute zum letzten Mal gesehen hatte.

Edgar wusste nicht, wie er den Tag herumgebracht hatte.
Es war Abend geworden, das Abendessen lange vorbei, alle Gefangenen saßen wieder in ihren Zellen. Er bewohnte eine kleine Zelle, in der sich ein Bett, ein Schrank, ein Stuhl, ein Tisch, ein Waschbecken und eine Toilette befanden. Er besaß nicht viel an privaten Dingen. Doch einiges gab es, das er mitgenommen hatte. So zum Beispiel seine Schnitzereien, die man ihm vor einigen Jahren, als er verhaftet worden war, nachgeschickt hatte. Jetzt befanden sie sich in einem kleinen Regal an der Wand.
Mit den Augen suchte er sein liebstes Tier, den kleinen Wolf. Als er ihn gefunden hatte, griffen seine Hände nach ihm wie nach einer seltenen Kostbarkeit. Er umhüllte ihn schützend wie einen Edelstein in seinen hohlen Handflächen, die er aufeinanderlegte wie die Schalen einer Muschel. Ein letztes Mal wollte er seine erste Arbeit spüren, dann stellte er die Schnitzerei zurück zu den anderen.
Die Stoffreste hatte er im Schrank unter seiner Wäsche versteckt. Er kramte sie hervor. Sorgfältig knüpfte er eines nach dem anderen zusammen. Es entwickelte sich langsam ein Gebilde, das einem langen Seil ähnelte.
Den letzten Stofffetzen behielt er zurück, piekste sich mit der Schere, die er heimlich aus dem Arbeitsbereich herausgeschmuggelt hatte in den kleinen Finger der linken Hand und schrieb mit dem rostigen Nagel, der im Stoff verborgen lag , seinen letzten Willen darauf: Ich verfüge, dass die Bürgerin F6103.20.06.2331 nach meinem Tode meine gesamten privaten Dinge bekommt. Für mehr reichte der Platz nicht. Er setzte nur noch seine Unterschrift darunter, war sich aber sicher, dass es genügte.
Dann schaute er sich ein letztes Mal in seiner Zelle um, die ihm über so viele Jahre Heimat gewesen war. An die Enge hatte er sich gewöhnt. Er war in seinem Leben nie anspruchsvoll gewesen, aber an die Unfreiheit konnte und wollte er sich nicht gewöhnen.
Als ihm der Direktor an jenem Tage eröffnete, dass er hier wohl nie wieder lebend herauskam, stand für ihn fest, dass er das Ende seines Lebens selbst bestimmen wollte. Damit konnte er dem Staat wenigstens die Arbeitskraft entziehen und mit seinem Tode wurde der Weg frei für die Geburt eines anderen Menschen. Auf dessen Arbeitskraft der Staat allerdings noch viele Jahre warten musste. Schadenfreude keimte in ihm auf, als er daran dachte.
Seine einzige Sorge galt Messira. Er hoffte inständig, dass sie ihm vergeben konnte. Sorgfältig legte er den Fetzen Stoff so auf das Regal, dass er nicht übersehen werden konnte.
Was nun folgte, lief automatisch ab. Er beobachtete sich selbst, wie er das Seil ergriff und es an einem Ende zu einer Schlinge formte. Dann sah er sich den Stuhl zum Fenster tragen, das Fenster öffnen und sich auf den Stuhl stellen.

Er fröstelte, fing sich aber sogleich wieder. Ein kalter Luftzug, der nach Freiheit roch, streifte seinen Kopf. Er schloss die Augen und sog die Luft tief in seine Lungen ein. Wie weit waren diese Luftmoleküle wohl gereist, bevor sie hier angekommen waren? Es konnten tausende von Kilometern sein. Die kunstvollen Eisengitter vor den Fenstern passten so gar nicht zu diesem modernen Gefängnis. Die Regierung wollte wohl Energie sparen – keine eingebauten Alarmanlagen im Glas, keine elektronischen Gitter. Ihm kam das jetzt zugute. Ein wenig musste er sich recken, als er das Ende des selbst geknüpften Seiles oben am Fenstergitter anknüpfte. Er zog kräftig daran, um zu prüfen, ob es sein Gewicht halten konnte. Ein kurzer Blick noch, dann legte er sich die Schlinge um den Hals. Ein Moment des Zögerns …

»Vergib mir«, hauchte er.

Er kniff die Augen zusammen, aber auch jetzt ließ die Realität sich nicht wegdenken. Wie ein Gespenst lauerte sie in jeder Zimmerecke. *Gefangen, gefangen, bis an das Lebensende!* hämmerte eine innere Stimme. Nie mehr den Himmel sehen, nie mehr über eine Wiese laufen, nie mehr die Sonne sehen! War er jemals glücklich gewesen in seinem Leben? Wenn ja, wann? Vielleicht mit Luise? Er wusste nicht viel von ihr. Nur das, was Ina ihm erzählt hatte. Sicher war sie sein ganzes Glück gewesen. Warum konnte er sich nicht mehr an sie erinnern? Und später, als er nicht mehr wusste, wer er war, hatte er dieses wunderbare Geschöpf getroffen. Er dachte an die Jahre, die er mit Messira im Heim verbracht hatte. Mit ihr war es leichter gewesen, dieses Leben zu ertragen. Ihr Lachen war strahlender, heller, optimistischer gewesen als jede Schikane der Republik. Sie hatte ihm die Kraft gegeben, weiter zu existieren. Jetzt, wo er keinen Ausweg mehr sah, blieb ihm die Erinnerung an sie. Es ist gut so, dachte er. Messira wird es verstehen. Sie ist jung. Sie wird vergessen.

Noch stand er fest mit beiden Beinen auf dem Stuhl. Die Schlinge hing nur lose um seinen Hals. Entschlossen hob er sein rechtes Bein und stieß mit voller Wucht gegen die Kante des Stuhles. Dieser fing an zu wackeln. Nichts konnte ihn mehr aufhalten. Er wollte das jetzt beenden. Er hatte genug von diesem Leben. Noch einmal stieß er gegen den Stuhl. Nicht mehr überlegen! Nicht mehr hinterfragen! Einfach handeln! Da kippte der Stuhl mit lautem Getöse auf den Fußboden.

Durch seinen Körper ging ein Ruck. Eine starke Kraft zog ihn nach unten. Er hing mit seinem ganzen Gewicht am Fenstergitter. Die Schnur drückte auf seinen Kehlkopf. Er dachte an Messira. Die Luft wurde knapp. Seine Augen quollen aus ihren Höhlen hervor. Die Beine zappelten. Die Zunge trat aus dem Mund. Sein Gesicht färbte sich blau. Der Todeskampf dauerte nicht lange.

Wenig später hing sein Leib still am Fenster. Über ihn hinweg zog der Luftzug nach drinnen und küsste seine Stirn mit kühlem Atem. Sein Haar bewegte sich im Wind.
Vor morgen früh würde niemand seinen Leichnam entdecken.

Messira lag mit dem Stückchen Stoff, das sie von Edgar bekommen hatte, im Bett. Liebevoll strich sie mit der Hand darüber. Sie drückte einen Kuss darauf, dann presste sie es an ihre Brust, bevor sie es entfaltete. Es stand eine Botschaft darauf, die er mit ihrer Hilfe herausgeschmuggelt hatte.
Es dauerte eine Weile, bis sie begriff, dass der Text mit Edgars eigenem Blut geschrieben worden war.
Sie las: Meine geliebte Messira!
Das, was ich dir jetzt schreibe, wird dir nicht gefallen, aber es ist mein unabänderlicher Entschluss. Heute Nacht werde ich mein Leben freiwillig beenden. Wie gern hätte ich mit dir mehr Zeit verbracht, aber ich bin zu lebenslanger Haft verdammt. Wir hätten uns nur einmal im Monat für eine halbe Stunde und unter Aufsicht treffen können. Ich liebe dich zu sehr, als dass ich dir das antun könnte. Die Aussicht, hier noch mehrere Jahre zu verbringen, ließ mich verzweifeln. Ich hoffe, du kannst mir verzeihen. Ich danke Gott, dass ich dich noch einmal sehen durfte. Ich folge nun deiner Mutter. Leb wohl und vergiss mich nicht.
In Liebe, dein Vater.
Das kleine Stück Stoff entglitt ihren Händen und schwebte sanft wie eine Feder zu Boden. Messira starrte ihm nach, bis es auf dem Teppich zur Ruhe kam. Ihre Augen wanderten auf dem Boden entlang, dann hinauf zu den Wänden. Sie suchten das ganze Zimmer ab. Im Licht der Nachttischlampe entdeckten sie einen kirschkerngroßen dunkelbraunen Fleck auf ihrer Bluse, die auf dem Schemel neben ihrem Bett lag. Messira konnte sich nicht erinnern, wo der plötzlich herkam. Sie stand auf, ging zur Tür, wollte diese öffnen, trat einen Schritt zurück, ging wieder zum Bett, setzte sich darauf und vergrub ihr Gesicht in den Händen. Als sie die Augen wieder öffnete war der Fleck noch immer da. Angewidert griff sie nach der Bluse. Wieder stand sie auf. Dieses Mal öffnete sie die Tür und ging hinaus auf den Flur. Wie eine Schlafwandlerin fand sie das Bad und versuchte den Fleck im Waschbecken auszureiben. Vergeblich. Als das Wasser über ihre nackten Arme lief, murmelte es unaufhaltsam: Edgar tot? Edgar tot?
Sie riss die nasse Bluse aus dem Becken, schleuderte sie auf den Boden und trampelte darauf herum, wieder und immer wieder. Als das die Stimmen nicht zum Schweigen brachte, ging sie in die Knie und schlug mit ihren Fäusten auf das Kleidungsstück ein, wieder und immer wieder. Aber auch jetzt murmelte es weiterhin: Edgar tot.

Sie hielt sich die Ohren zu, aber die Stimmen wollten nicht aufhören: Edgar tot. Sie griff sich an die Brust. Die Enge schnitt ihr die Kehle zu. Sie konnte sich nicht rühren. Das gesamte Blut sammelte sich in ihrem Herzen und drohte, es zu sprengen. Plötzlich wurde der Kopf frei, die Kehle weitete sich.
»Nein!« Der Schrei löste sich ohne ihr Zutun. Dieser Schrei war auf dem gesamten Flur bis zum Zimmer von Ina zu hören.
Die schreckte hoch. Messira! In aller Eile sprang Ina aus dem Bett. Hastig lief sie über den Flur. Die Tür zum Bad stand offen. Ein matter Lichtschein erhellte den Boden.
Messira lag auf dem Fußboden und drückte ihre nasse Bluse an die Wange. »Nein, nein, nein!«, rief sie ununterbrochen.
»Kind!«, sagte Ina und eilte zu ihr. »Was ist geschehen?« Sie half Messira hoch. Die schien wie weggetreten. Es gelang ihr schließlich, sie in ihr Zimmer zu geleiten und aufs Bett zu setzen. »Was ist geschehen?«, fragte sie noch einmal.
»Edgar! … Edgar!«, brachte Messira entsetzt heraus.
»Was ist mit Edgar?«
»Tot!«
»Edgar ist tot?«, fragte Ina ungläubig.
»Ja, tot!«, schluchzte Messira, dann brach sie zusammen.
Wie eine Puppe hing sie leblos in Inas Armen. Die schlug ihr ins Gesicht, erst einmal rechts, als das nicht half, noch einmal links. Sie schüttelte sie: »Wach auf, Mädchen und erzähl‘ von vorn!«
Messira schnappte nach Luft wie eine Ertrinkende. Als sie sich wieder gefangen hatte, wies sie stumm auf das Stückchen Stoff am Boden. Ina bückte sich und las. *Oh weh!* dachte sie. Wie kommen wir da nur wieder heraus? Sie musste ihre ganze Kraft einsetzen, um Messira klarzumachen, dass sie auf keinen Fall ihre Trauer offen zeigen durfte. »Niemand darf merken, wie es in dir drinnen aussieht. Niemand darf wissen, dass du in Edgar deinen Vater erkannt hast. Du weißt, was dann geschieht.«
Wieder schüttelte sie die Kleine so, als wolle sie alles, was da nicht hingehörte, aus ihr herausschütteln.
Messira wusste, dass niemand, aber auch niemand ihre Trauer bemerken durfte. In ihr drinnen sah es aus wie nach einem Vulkanausbruch – Asche, nichts als Asche, überall nur Asche, wohin sie auch schaute. Wie sollte sie das vor der Umwelt verbergen?
»Ich bleibe die Nacht über bei dir!«, entschied Ina.

Die Nacht verging und andere Nächte nach ihr. Mit unmenschlicher Kraft, und mit der Hilfe von Ina gelang es Messira, sich nichts anmerken zu lassen. Jeden Tag weinte sie sich in den Schlaf und schüttete ihr Herz bei Ina aus. Beide Frauen waren sehr vorsichtig. Niemand sollte ihr Geheimnis entdecken. Auch als die monatliche Untersuchung anstand, behielten sie ihre Gefühle im Griff. Der Mensch kann viel verkraften, besonders, wenn er andere Menschen hat, die ihm den Rücken stärken.

Eine Woche nach Edgars Tod brachte ein Bote ein Paket für Messira. Sie wartete, bis sie allein war und öffnete es dann. Edgars private Sachen befanden sich darin und zusätzlich sein handgeschriebener letzter Wille auf einem Stückchen Stoff. Der Geruch, der sich aus dem Paket befreite, erinnerte sie an ihren Vater. Messira schloss beide Augen und versank in der Vergangenheit. Es war, als stünde er vor ihr und lächelte sie mit seinen väterlichen Augen an.
Ihre Augen wurden feucht. Liebevoll glitten ihre Hände über die kleinen Holzfiguren, die er selbst geschnitzt hatte. Sie bekamen einen Ehrenplatz in einem Regal in Messiras Zimmer, und der kleine Wolf stand ganz vorn. Wölfe gehen in Gefangenschaft ein. So ein Wolf war ihr Vater gewesen – einsam, verlassen und eingesperrt. Und plötzlich verstand sie.
Lieber tot, als ein Leben lang gefangen. Sie war ihm nicht böse, dem armen eingesperrten Wolf. Er konnte eben nicht anders. Das lag in seiner Natur. »Nun bist du frei«, sagte sie unter Tränen. »Endlich frei!«

WASSERFALL

Erleidet ein Mensch einen Schicksalsschlag, kann ihn das von seiner bisherigen Bahn abbringen. Die Suche nach Nähe lebt sich – besonders in diesem Alter – in der Sexualität aus.
Ist der Gesteinsuntergrund eines Fließgewässers an bestimmten Stellen abschüssig, so muss das Wasser dem Untergrund im freien Fall folgen. Es gibt viele Arten von Wasserfällen. Der freie senkrechte Absturz ist dabei die Ausnahme. Oft kommt es zu gleitenden Abschnitten in der Fallstrecke mit mehreren Stufen, die treppenartig nach unten verlaufen, auch Kaskaden genannt. Stürzt das Wasser aber im freien Fall nach unten, werden urplötzlich gewaltige Energien frei. Diese Energien müssen aufgefangen werden, da sie sich sonst verheerend auswirken könnten. Meist stürzt ein Wasserfall deshalb in ein tiefes Becken, in dem sich das Wasser sammelt, zur Ruhe kommt und gereinigt seinen Weg, weniger spektakulär fortsetzen kann. Ein Wasserfall setzt all die Energie frei, die das Wasser während seines Laufes aufgenommen hat. Nach dem Fall ist das Wasser bereit für einen Neuanfang. All die aufgestaute Wut, Verzweiflung und Angst ist nach dem freien Fall des Wassers besiegt.

***

Ihre Sucht nach körperlicher Nähe und der Verlust des geliebten Vaters, trieben Messira in eines dieser Liebeszentren. Es war mehr aus Neugier heraus – nicht, weil sie Sex wollte. Ein solches Zentrum war ihr angenehmer, als zu jemandem eine Beziehung aufzubauen. Mit Beziehungen tat sie sich noch immer schwer. Auf Menschen zuzugehen, war nie ihr Naturell gewesen. Mit Menschen zu kommunizieren, wurde ihr von Staats wegen als Kind untersagt. Zu Menschen Vertrauen fassen, hatte sie nie gelernt. Nur mit Ina verband sie inzwischen eine herzliche Freundschaft, aber ansonsten waren ihr die meisten Mitmenschen fremd geblieben. Ja, sie fürchtete sich sogar vor dem Kontakt mit ihnen. In diesem Zentrum war sie anonym, begab sich in keine Abhängigkeit und blieb niemandem etwas schuldig.

»Sie dürfen passieren«, sagte der Pförtner grinsend, nachdem er ihre Ident-Nummer auf dem linken Oberarm gescannt hatte.
Sie konnte ahnen, was er dachte: Wieder Eine, die ausprobiert, bis an welche Grenze sie beim Sex gehen kann. Dann wandte er sich erneut seinem E-Book zu.
»Kann ich bis zum Morgen bleiben, wenn ich will?«

Er war so vertieft in seine Lektüre, dass er die Frage überhörte. Aber die Antwort erübrigte sich, denn alles, was sie wissen musste, erfuhr sie, nachdem sie eingetreten war.
Das Gebäude machte den Eindruck einer Kathedrale der Lust. Die Anlage war fünfstöckig und dem barocken Stil nachempfunden. Wollüstige Rundungen, Säulen, Balkone, Erker und Giebel sollten den Besucher einladen in die Zeit der alten europäischen Königshäuser und in deren frivole Welt einzutauchen. Das Ganze wirkte in seiner fast naturgetreuen Wiedergabe überzogen und kitschig, verfehlte aber nicht seinen Zweck.
Hinter der Pförtnerloge wurde der Besucher von einem Hologramm empfangen. Durch Betätigen verschiedener Menüs erschien ein elektronischer Führer in Form eines männlichen Dienstboten, der dem Besucher eine virtuelle Führung durch jedes Stockwerk und jeden Raum des Gebäudes anbot. Man konnte sich allgemein orientieren oder sich einige Bereiche genauer anschauen. Das System gab Auskunft und beantwortete jede Frage. Messira ließ sich das gesamte Haus vom Keller bis zum Dachgeschoss zeigen. Sie war beeindruckt, welche Mühe der Staat sich gab, seine Bürger, die Gefangene des eigenen Ichs waren, in ihrem Denken in eine andere Richtung zu lenken.
Die Leere in ihr drinnen würde dieses Haus nicht füllen können. Vielleicht ermöglichte es ihr ein wenig Ablenkung von der unbarmherzigen Realität. Diejenigen, die nicht merkten, dass der Staat an all ihrem Unglück schuld war, mochten wohl tiefer eintauchen. Ihr aber war klar: Auf Dauer war dies hier keine Lösung für sie. Sie wusste im Moment nicht einmal, ob sie sich auf ein Abenteuer einlassen wollte, oder ob nur die Neugier sie an diesen Ort getrieben hatte. Aus diesem Grunde erkundete sie vorerst die Umgebung. Das verschaffte ihr Zeit.
Das Gebäude war um einen Innenhof herum gebaut. In diesem Atrium gab es üppige Vegetation. Bäume, Büsche und Hecken verwehrten den direkten plumpen Einblick, aber als sie aus einem der Fenster im Erdgeschoss schaute, konnte sie sehen, wie die Paare hinter den Hecken verschwanden. Ab und zu verriet die Bewegung der Büsche, dass hier Pärchen den Akt vollzogen. Messira erglühte sanft. Für sie wäre es unvorstellbar gewesen, vor allen Leuten Sex zu haben.
Im Erdgeschoss erstreckte sich ein langer dunkler Flur von dem rechts und links viele Türen abzweigten. Vor jeder Tür stand eine leicht bekleidete, übertrieben geschminkte Frau. Die Frauen waren teilweise jünger als sie, aber viele auch sehr alt. Im ersten Stockwerk fand sich ein ähnlicher Flur mit leicht bekleideten Männern, ebenfalls vor den Türen stehend. Als Messira an ihnen vorüberging, wurde sie mehrfach angesprochen. Die Männer animierten sie, mit ihnen auf ihr Zimmer zu gehen. Wieder trieb es

ihr die Röte ins Gesicht. Ein Liebhaber bedrängte sie so massiv, dass sie sich nur mit Mühe losmachen konnte. Ein Gefühl des Ekels kam in ihr hoch. Wieder zweifelte sie, ob sie das Richtige gewählt hatte.
Schon wollte sie das Liebeszentrum verlassen, als ihre Aufmerksamkeit von einer Frau angezogen wurde, die wenige Schritte vor ihr lief. Sie schätzte sie auf Mitte fünfzig. Sie war groß, üppig und extravagant gekleidet. Ihr Parfüm folgte ihr wie eine blumige Fahne. Der süße schwere betäubende Duft brachte Messiras Riechzentrum so richtig in Wallung. Ein Hauch von Exotik wurde dem Gehirn gemeldet und mit ihm eine Sehnsucht nach Ferne und Weite.
Hypnotisiert folgte sie der Geruchsfahne, ohne den eigentlichen Grund dafür zu kennen. Die Füße der Fremden steckten in sehr hohen schwarzen High Heels, die ihr einen wiegenden sehr weiblichen Gang verliehen. Niemals vorher hatte Messira solche Schuhe gesehen, geschweige denn geglaubt, dass man in ihnen laufen konnte. Die Beweglichkeit der Frau war stark eingeschränkt. Das hatte sie dem dunkelroten, kniekurzen und hüftengen Kleid zu verdanken, was sie wohl extra für diesen Zweck ausgewählt hatte. Das Hinterteil der Besucherin leuchtete wie eine feuerrote Bowlingkugel. Bei jedem Schritt schlug eine kleine Falte wie ein Pendel von links nach rechts und wieder zurück. Die langen Ärmel weiteten sich nach unten hin und gaben den Armen jene Beweglichkeit zurück, die dem Rumpf abhandengekommen war. Der sanft fallende Ausschnitt bedeckte wie ein wogender Wasserfall die Brust.
Als die Frau sich kurz umdrehte und sich bückte, um ihr Taschentuch aufzuheben, das ihr entglitten war, konnte Messira für einen kurzen Augenblick ihre Brüste wie zwei runde feste Bälle aus dem Stoff hervorquellen sehen. Sie vermutete Absicht hinter dieser Szene. Die Frau hatte wohl – nachdem sie Messiras bewundernde Blicke gesehen hatte – mit Hilfe des Taschentuchs einen Grund gefunden, ihre volle Weiblichkeit zur Schau zu stellen.
Beim Aufrichten trafen sich die Blicke beider Frauen. Messira hielt dem strahlenden, überlegene Dominanz signalisierenden Blick nicht lange stand. Die Fremde schürzte überheblich die in der Farbe des Kleides geschminkten Lippen, warf den Kopf nach hinten, und ihre Augen bohrten sich wie zwei schwarze Kohlen in Messiras Gesicht. Die zu Spiralen gedrehten Haare wippten bei jeder Bewegung auf und nieder. Die Farbe ihrer Haut in warmem Erdton kontrastierte mit dem Weiß der Wände und deutete auf afrikanische Vorfahren hin. Messira erstarrte vor ehrfürchtiger Bewunderung.
Sie stellte sich vor, wie lange die Frau vor dem Spiegel gestanden haben mochte, bis dieses Kunstwerk entstanden war. Fasziniert vergaß sie

weiterzugehen, so dass die Frau schon ein ganzes Stück an Vorsprung gewonnen hatte. Das änderte sich allerdings, als diese plötzlich an jeder Tür stehenblieb, um mit den Männern, die davor standen zu verhandeln. Messira konnte einige Wortfetzen aufschnappen.
»So viel? Das sind Sie nicht wert!«, oder: »Mir gefällt ihr Gesicht nicht.«
Das sagte sie mit einer Arroganz und Selbstsicherheit, die Messira veranlassten, an ihr dranzubleiben, um von ihr zu lernen. Die Frau ihrerseits nahm keine Notiz von Messira, jedenfalls machte es den Anschein. Vielleicht aber gefiel es ihr, dass das kleine schüchterne Ding sie verfolgte. Endlich fand sie wohl den idealen Liebhaber – einen Koloss von Mann mit feuerrotem Haar und Bart. Der konnte ihr geistig sicher nicht das Wasser reichen, war von der Natur aber mit einem Körper gesegnet, der die Fantasie beflügelte. Beide diskutierten kurz, bevor sie sich einig wurden und hinter einer Tür verschwanden.
Enttäuscht ging Messira weiter. Diese Frau hatte sie daran erinnert, wie sie gern sein wollte – stolz, selbstbewusst, gerade heraus, mit sich selbst zufrieden und vor allem präsent. Die wurde mit Sicherheit nicht übersehen, wenn sie einen Raum betrat. Wahrscheinlich verstummte die Unterhaltung, und die Köpfe der Männer flogen nur so in ihre Richtung. Schließlich verdankte sie es dieser Fremden, dass sie nicht aufgab, sondern das Zentrum weiter erkundete. Irgendwann musste sie ja schließlich anfangen mit dem Sex.
Im zweiten Stock sah es ganz anders aus. Ein kurzer Flur führte in einen barocken Saal, der zum Gang hin von einer halb durchsichtigen Glaswand abgetrennt war. Als Messira durch das Glas schaute, sah sie Gold verzierte Nischen in denen man Paare beim Sex beobachten konnte. Wieder errötete sie, als sie bemerkte, dass auch halbe Kinder darunter waren, die von alten Männern oder Frauen geliebt wurden. Die meisten schätzte sie gerade mal auf vierzehn Jahre, einige sogar noch jünger. Die sexuelle Freiheit war die einzige, die einem jungen Menschen in diesem Staat blieb. Aber es war nur eine vermeintliche Freiheit! In Wirklichkeit machte der Staat seine Bürger zu Sexsklaven und baute auf diese Weise die eigene Macht aus. Die Sexsucht blieb den Menschen ein Leben lang erhalten.
Schnell wanderten Messiras Blicke in eine andere Richtung. Aber auch da gab es viel zu sehen. Frauen und Männer räkelten sich nackt auf barocken Liegen oder auch auf dem mit Teppichen belegten Boden. Jede Nische war in anders farbiges Licht getaucht. Die Palette reichte von lila über blau, gelb, grün bis rot. Vor den Scheiben standen Männer im mittleren Alter, die das Spektakel beobachteten. Ihre Blicke trieben ihr eine Gänsehaut über den Rücken.
Noch einen Stock höher verlor Messira sich in einer gigantischen Halle, die völlig im Dunkeln lag. Nur hin und wieder und unkontrolliert, wie es

schien, blitzte es hier und da auf. Während dieses Elektronenblitzes, der nur wenige Sekunden andauerte, konnte man Paare auf den Bodenmatten liegen sehen. Ein Beobachter, der sich ein bestimmtes Paar heraussuchte, konnte in gewissen Zeitabständen deren Aktivitäten beobachten, oder aber seinen Blick im ganzen Raum umherschweifen lassen und nur flüchtige Eindrücke sammeln. Dieser Saal öffnete sich zum Flur hin. So hörte man das lustvolle Stöhnen vieler Stimmen und das Aufprallen der Körper. Die Vibration übertrug sich auf den Fußboden. Sie konnte sie als leises Beben unter ihren Schuhsohlen wahrnehmen. Ein feiner Rauch lag in der Luft, der die Sinne benebelte. Vielleicht eine Art Aphrodisiakum!

Ein Raum war ganz in rotes Licht getaucht, mehr ließ sich von draußen nicht entdecken und hineingehen wollte sie nicht, dazu fehlte ihr der Mut. Eigentlich hatte sie genug. Sie wunderte sich, mit welch billigen Mitteln es der Regierung gelang, die Bürger von ihren Problemen abzulenken. War sie auch schon Gefangene der Lust? Machte sie sich etwas vor, indem sie glaubte, sie wolle unbedingt wissen, was sich diese kranken Gehirne noch alles einfallen ließen, um die Menschen auf andere Gedanken zu bringen? Ging sie deshalb daran, auch die anderen Stockwerke zu besichtigen und hetzte von Etage zu Etage? Trieb sie die Neugier weiter oder war es der Wissensdurst? Sie wollte glauben, dass sie das alles kalt ließ und es nur reine Recherche von ihr war.

Im Keller gab es ein Schwimmbad, in dem man nicht nur schwimmen konnte. Ein Restaurant im fünften Stock lud zum Auftanken der verbrauchten Energie ein. Wenn man wollte, konnte man die Sinne mit Alkohol beleben oder betäuben, ganz wie einem zumute war. Ihre Entdeckungsreise führte sie in Räume, in denen man seinem sexuellen Spieltrieb frönen konnte, oder auch in andere, die für die Sado-Maso-Szene warben. Im vierten Stock fand sie endlich das, was sie eigentlich hier vermutet hatte. Hier lagen intime Bereiche, in die man sich mit einem oder mehreren Partnern zurückziehen konnte, wenn man ungestört sein wollte. Das war es, was sie unter einem Liebeszentrum verstand.

Das Spektakulärste kam zuletzt. Sie hatte nicht geglaubt, dass noch eine Steigerung möglich war, aber weit gefehlt! Wie ein wollüstiger Wurm kroch ein Liebestunnel durchs Erdreich und schlängelte sich in einem Abstand von etwa zehn Metern einmal um das Gebäude herum. Hinter dem Schwimmbad gab es eine Treppe, die einige Stufen hinabführte. Messira fand sich in einem betonierten bunkerartigen Raum wieder, der in diesen Tunnel überging. Hinter ihr schoben und drängelten die Menschen, sodass sie gar nicht anders konnte, als weiterzugehen.

Der Tunnel war knapp drei Meter hoch und in rotes Licht getaucht. An den Wänden sah sie Sexspielzeuge, die man entnehmen konnte, oder auch

solche, die fest verankert waren. Einige Menschen machten sich deshalb an den Wänden zu schaffen. Ein Strom von Leibern bewegte sich im Tunnel in beide Richtungen. Viele waren nackt, andere leicht oder voll bekleidet. Ab und zu verweilten die Menschen an einer Stelle und ließen sich von den Spielzeugen verwöhnen, oder aber nahmen Körperkontakt mit anderen Menschen auf, die an ihnen vorbeigingen. Sie berührten sich, streichelten sich und hatten Sex miteinander.
Alle schienen wie in Trance zu sein. Ein ständig warmer Luftstrom wehte in Höhe der Genitalien und ein kalter Luftstrom in Kopfhöhe. Eine Nebelwolke breitete sich vom Boden her aus. Der Nebel versuchte so gut es ging, die Intimität zu wahren, indem er den Blick in die Ferne verwehrte. Teilweise verdichtete er sich so sehr, dass man sein Gegenüber nur sehen konnte, wenn man es berührte oder wenn man dicht vor ihm stand. Dann aber verflog er wieder und deckte schamlos auf, was die Menschen miteinander trieben. Von der Decke hingen Federn und zarte Wollfäden, die sich sanft im Luftstrom bewegten. Ein raffinierter Mechanismus ließ sie herabfallen und wieder hinaufschweben. Jedes Mal, wenn das geschah, verwandelte sich das lustvolle Stöhnen der vielen Menschen in ein schrilles hysterisches Kreischen. Die verschiedensten Gerüche streiften ihre Nase. Solche, die ihr angenehm waren, aber auch andere, die ihr einen Brechreiz verursachten.
An einigen Stellen war der Tunnel so eng, dass nur zwei Menschen dicht nebeneinander gehen konnten, sich also zwangsläufig berühren mussten, an anderen Stellen weitete er sich zur Größe eines Zimmers. Dort, wo der Tunnel sich weitete, warteten weitere Attraktionen auf die Besucher. Es gab Liebesschaukeln, die wie Trapeze aussahen und nach oben schwebten oder hin und her schaukelten, je nachdem, welchen Schalter man bediente. Es gab Hängematten, die an der Decke baumelten und mit zwei, manchmal mit drei Liebenden besetzt waren. Diese Matten konnte man über eine Strickleiter erreichen. Auch an Ringen oder Seilen, die von der Decke hingen, turnten Menschen. Diese Räume, in die der Tunnel von Zeit zu Zeit überging, wirkten wie Zirkusarenen, in denen die Menschen Liebesakrobatik betrieben.
Messira hielt sich länger in diesem Tunnel auf als sie eigentlich wollte. Sie war auch schon zu weit vorgedrungen, als dass sie den Rückweg antreten konnte. Wenn sie diese Richtung beibehielt, kam sie in Kürze wieder am Eingang heraus. Über das Bad führte der einzige Weg aus dem Tunnel heraus – wenn man von den wenigen Notausgängen absah, die über Leitern direkt aus dem Erdreich nach oben führten, aber nur bei akuter Gefahr geöffnet wurden.
Faszieniert beobachtete sie das Treiben der Menschen um sie herum. Eine Nackte schwebte auf sie zu. Messira schätzte die Frau auf Mitte dreißig.

»Süße!«, hauchte sie. »Darf ich dich mal umarmen?«
Messira flüchtete. Sie hatte es sich nicht so schwer vorgestellt. Wahrscheinlich brauchte sie noch etwas Zeit.
»Kann ich helfen?«, fragte plötzlich eine warme weiche Stimme hinter ihr.
Messira blickte in grüne Augen und ein ebenmäßiges Gesicht. Der Mann war Mitte zwanzig.
Er fasste sie bei der Hand.
»Sind Sie das erste Mal hier?«, fragte er und schob sie etwas zur Seite, damit der Strom der Menschen an ihnen vorbeiwandern konnte.
»Ja«, gab sie zu. »Ich glaube aber, das ist nichts für mich. Ich wollte gerade gehen.« Sie blickte ihm direkt in die Augen. »Bitte lassen Sie mich los!«
»Gern!«, sagte er lächelnd. »Aber gehen Sie nicht sofort. Erst müssen Sie mir die Freude machen und mit mir im Restaurant eine Kleinigkeit trinken.«
Er wartete auf eine Antwort. War sie nicht gekommen, um sich zu amüsieren und zu vergessen? Warum also zögerte sie?
Ein Blick auf den Fremden zeigte ihr, dass er sie um einen halben Kopf überragte. Die grünen Strähnen in seinem naturblonden Haar leuchteten im Licht der blitzenden Discokugel auf. War das ein Maßanzug, in dem sein schlanker Körper steckte? Sein jugendliches Lächeln wirkte aufrichtig und ehrlich. Er musterte sie mit einer Neugier, die ihr einen Schauer nach dem anderen über den Rücken jagte und wartete weiterhin geduldig auf ihre Antwort. Wahrscheinlich kam er gerade aus dem Urlaub und war eben erst wieder in Metropolis eingetroffen, denn sein dunkler Teint verschmolz mit dem lichtarmen Hintergrund, während die goldblonden Stoppeln seines Dreitagebartes eine gewisse Lässigkeit signalisierten. Er schien völlig entspannt. Das gefiel ihr. Während seine schlanken Finger noch immer ihre Hand festhielten, so als wolle er verhindern, dass sie mit dem Strom der Menschen, die an ihnen vorbeihasteten, mitgerissen wurde, fällte sie eine Entscheidung.
»Warum nicht, wenn Sie darauf bestehen.«
Er schien ihr der Richtige für ein Abenteuer.
»Dann wollen wir uns hier mal vorsichtig herausschmuggeln«, lachte er.
Das war nicht so einfach, wie sie gleich bemerken sollten. Von allen Seiten schob und drängelte es. Er zog sie etwas fester an sich heran, so dass sie seinen Herzschlag durch die muskulöse Brust spürte, und sie wunderte sich über sich selbst, dass sie die Berührung als angenehm empfand.
Bereitwillig ließ sie sich von ihm führen. Alles andere um sie herum verschwamm in einem Nebel der Gleichgültigkeit. Sie sah nur noch ihren Begleiter. Die Stimmen und das Gekreische der Menschen verloren an Bedeutung. Sie hörte sie kaum noch.

Sie kamen nur langsam voran. Der Tunnel schien endlos. Einmal stolperte Messira, aber der Fremde hielt sie gut fest. Messira dachte daran, allen Ballast, den sie angehäuft hatte, in dieser Nacht fallen zu lassen.
Als sie in der Cafeteria saßen, bestellte sie einen Cocktail, danach gleich noch mal zwei. Alle drei Getränke kippte sie in rasendem Tempo in sich hinein. Er saß ihr gegenüber und kämpfte noch mit seinem ersten Drink.
»Einer muss ja einen klaren Kopf behalten«, lachte er.
Beide hatten es sich in einer Nische bequem gemacht. Hier waren sie vor neugierigen Blicken geschützt.
»Glaubst du, dass das gut ist?«, fragte er und zeigte auf die drei leeren Gläser neben ihr.
Unwillkürlich war er zum »Du« übergegangen. Messira ließ ihn gewähren. Er war ein angenehmer Unterhalter, und das brauchte sie jetzt – jemanden, der sie ablenkte von ihren Problemen und dem Alltag, der sie zu erdrücken drohte.
»Warum nicht?«, fragte sie.
Ihre Zunge gehorchte ihr nicht mehr, aber mit dem schwerer werden der Zunge, öffnete sich ihr Herz.
»Ich will alles vergessen, mich selbst auch!«
»Das wird nicht so einfach sein, wie du denkst, aber für heute Nacht kannst du dir das vornehmen, und ich verspreche dir, dass ich dir dabei helfen werde.« Er strich liebevoll über ihr Haar. »Warum sind diese schönen Augen so traurig?«, fragte er, als sie nichts sagte und wechselte vom Haar zu ihrer Wange.
Sie machte eine Abwehrbewegung. »Das kann ich nicht sagen. Aber wenn du mir versprichst, keine Fragen zu stellen, sondern nur für mich da zu sein, sollst du diese Nacht nicht bereuen.«
Er lehnte sich dezent zurück und hob beide Hände mit den Handflächen ihr zugewandt, um zu signalisieren, dass er bereit war, ihre Gefühle zu respektieren und sagte: »Ich werde keine weiteren Fragen mehr stellen. Ich will versuchen, dich heute glücklich zu machen. Darf ich näher rücken?«
Sie nickte. Er zog seinen Stuhl an sie heran. Er kam so nahe, dass sie spürte, wie die Hitze seinen Körper verließ und in ihren überging. Es war ein so angenehmes Gefühl, dass sie suchte, noch mehr davon zu bekommen. Er registrierte es mit heimlicher Freude. So saßen beide eine Weile ohne ein Wort zu reden. Es gab auch nichts zu sagen. Jedes Wort war überflüssig und hätte die Stimmung und das leise Verlangen, das zwischen ihnen aufflammte, nur getötet. Langsam verschmolzen ihre Energien miteinander. Messira spürte, wie ihr wärmer wurde. Sie schob das aber auf die drei Cocktails, die sie zuvor geschlürft hatte. Im Rausch des Alkohols verloren ihre Probleme zusehends an Bedeutung, so dass sie schon geneigt war, zu

gehen, denn sie meinte, dass sie bekommen hatte, was sie gesucht hatte. Aber es ging nicht. Irgendetwas nagelte sie auf ihrem Stuhl fest.
»Du bist so warm«, entfuhr es ihr. »Das ist angenehm.«
»Und du duftest verführerisch.«
Sein Mund suchte den ihren. In einem langen Kuss verschmolzen beide Lippen miteinander und hatten es schwer, sich wieder voneinander zu lösen.
War sie das? Sie erkannte sich nicht wieder. Willenlos ließ sie sich fallen. Sie, die sonst so rational handelte, wurde in den Händen dieses Mannes weich wie warmes Wachs. Berauscht vom Alkohol und von seiner Nähe schloss sie die Augen und genoss.
Seine Hände fuhren unter ihren Pullover. Behutsam glitten sie nach oben bis zu den Rundungen ihres Oberkörpers und lasen tastend jeden Millimeter ihres Körpers.
Messira spürte ihren Atem schneller gehen. Ihr Herz flatterte ein wenig. Die Pupillen weiteten sich. Warum habe ich das so lange nicht zugelassen, dachte sie.
»Lass uns gehen«, flüsterte er in ihr Ohr, ohne seine Hände von ihrer Brust zu nehmen.
»Wohin?«, hauchte sie.
»Vertrau mir.« Er zog seine Hand aus ihrem Pullover und stand auf.
Messira sah sich ebenfalls aufstehen und ihm folgen. Sie entfernten sich aus der Cafeteria und gingen zum Fahrstuhl.
Er hielt sie eng an sich gepresst, so als fürchte er noch immer, sie könnte ihm abhandenkommen. Während sie gemeinsam auf den Fahrstuhl warteten, küsste er sie zärtlich. Sie vertraute sich ganz seiner Führung an. Eine Etage tiefer stiegen beide aus und liefen suchend den langen Flur entlang bis sie ein Zimmer fanden, an dem die rote Lampe nicht leuchtete. Die meisten Zimmer waren um diese Zeit schon belegt. Ganz am Ende des Flurs fanden sie einen für sie geeigneten Raum.
Er verriegelte die Tür von innen.
Das Zimmer war nur spärlich beleuchtet. In seiner Mitte stand ein Doppelbett. Es erinnerte an ein französisches Bett, wie sie noch im 21. Jahrhundert in Mode waren. Ein Betthimmel sorgte für Kitsch und Romantik. Auf der Bettdecke flegelten sich viele kleine Kissen. Allen gemeinsam war die Grundfarbe Rot und dennoch beanspruchte jedes Kissen seine Individualität. Manche waren gestreift, andere kariert, wieder andere hatten wie die Bettdecke und der Betthimmel Blumenmuster. Links neben dem Bett stand ein kleiner runder Tisch. In einem Kühler warteten eine Flasche Champagner und daneben zwei Gläser auf ihren Einsatz.

Mit einem Ruck ließ Messira sich auf das schwere Bett fallen. Sie versank in den Kissen wie in einer Schlucht. In der Zwischenzeit öffnete der Fremde den Champagner. Der Korken bohrte mit einem Knall ein kleines Loch in die Decke. Messira, die entspannt auf dem Diwan lag, hatte nur einen müden Blick dafür. Ihr Begleiter füllte die Gläser mit dem prickelnden Saft, nahm beide vom Tisch, ging zu ihr und reichte ihr eines. Messira musste all ihre Kraft aufbieten, um sich aus den weichen Kissen zu lösen. Halb auf der Bettkante sitzend, nahm sie ihm ein Glas ab. Das zweite behielt er selbst in der Hand.

»Auf uns und die heutige Nacht!«, sagte er und prostete ihr zu.

»Auf uns!«, wiederholte Messira und trank, noch ehe er angesetzt hatte, den Inhalt ihres Glases mit einem Zug leer.

»Möchtest du noch mehr?«, fragte er.

Als sie bejahte, ging er zum Tisch und goss ihr ein zweites Glas ein. Doch als er mit ihr anstoßen wollte, griff sie überraschend nach seinem Schlips, der neugierig aus seinem offenen Jackett hervorschaute und zog den ganzen Mann gleich hinterher. Der Inhalt beider Gläser ergoss sich auf ihren Pullover. Um weiteren Schaden zu vermeiden, warf er die Gläser geistesgegenwärtig hinter sich auf den Boden, dann fiel er ungebremst auf sie herab. Sein Mund versuchte eine kleine Champagnerpfütze, die sich auf ihrem Pullover ausbreitete, aufzusaugen, doch diese versickerte in den Maschen.

»Alles weg!«, maulte er, weil er nicht schnell genug nachkam. »Aber vielleicht finde ich eine Etage tiefer noch was.«

Sein Kopf fuhr unter den nassen Pulli. Ihr warmer Körper roch nach Vanille und Champagner. Berauscht leckte seine Zunge die Reste von ihrer Brust ab.

Nie war ein Mensch ihr so nahe gekommen. Sie hätte nicht gedacht, dass sie das zulassen würde und noch weniger hätte sie geglaubt, dass es so schön sein könnte. Willenlos schloss sie die Augen und genoss dieses Gefühl in vollen Zügen. Alle anderen Gefühle, die sie bis dahin gequält hatten, traten bereitwillig in den Hintergrund und überließen das Feld der körperlichen Lust. Es schien ihr, als wären der Unbekannte und sie die einzigen Menschen auf der Welt. Vielleicht waren sie das ja auch. Sie wollte fest daran glauben. Ein gnädiger Vorhang fiel herab und schenkte ihr ein kurzzeitiges Vergessen.

»Wie schön du bist«, sagte er, während er sie entkleidete.

»Dito!«, entgegnete sie, als sie ihn auszog.

Er hatte sehr wohl bemerkt, dass sie noch keine Erfahrung in der Liebe hatte und ging aus diesem Grund sehr behutsam mit ihr um.

»Du musst mir sagen, wie weit ich gehen darf«, keuchte er.

»Bis zum Letzten!«, meinte sie zitternd vor Erregung.
Sie spürte die Schwere seines Körpers. Er ließ sie keinen Augenblick aus seiner Umarmung. Immer wieder streichelte und küsste er sie. Dieses »Kind« bedurfte einer besonderen Behandlung. Er musste sie vorsichtig in die Kunst der Liebe einweisen, ohne ihr wehzutun. Er, der Ältere, wollte seinen Erfahrungsschatz voll ausschöpfen. Sie vertraute sich in allem seiner Führung an.
Endlich gelang es ihm, sie soweit zu bringen, dass sie sich fallen ließ. Ihr Körper wurde weich und erhitzte sich vor Verlangen nach dem Unbekannten und nach ihm. In dem Maße, in dem ihre Erregung stieg, versuchte er sich zu bremsen. Er zwang sich, an etwas anderes zu denken. Durch sanftes Streicheln kam sie zum Höhepunkt. Sie flog ihm förmlich entgegen. Ihre Leiber verschmolzen im Liebesakt. Er ließ sich viel Zeit und kümmerte sich fast die ganze Nacht um sie.
Fest umschlungen schliefen sie endlich ein.

Am nächsten Morgen erwachte Messira durch einen Sonnenstrahl, der sich an den geschlossenen Vorhängen vorbei in das Zimmer geschmuggelt hatte. Sie fühlte sich gut. Neben ihr schlief der junge Mann von gestern. Er lag auf dem Bauch. Die Bettdecke war von seinem Oberkörper gerutscht. Seine nackten Muskeln schimmerten im Licht der Sonne. Ihr eigener Körper war von einer Decke umhüllt, aber sie spürte, dass auch sie darunter nackt war. Noch einmal erschienen die Bilder der letzten Nacht vor ihrem geistigen Auge.
Ich hab' mich von ihm abschleppen lassen, dachte sie. Wir haben es miteinander getrieben, war ihr zweiter Gedanke und nicht nur einmal, ihr dritter. Und der vierte Gedanke war: Es war schön, wunderschön!
Der Mann neben ihr erwachte. Er lächelte. Sie lächelte zurück.
»Wenn du willst, können wir das wiederholen«, sagte er und hatte damit ihre Gedanken ausgesprochen.
»Keine Fragen! Keine Namen! Dann bin ich dabei!«, antwortete sie.
»Keine Fragen! Keine Namen! Nur wir beide von Zeit zu Zeit!«, meinte er, wobei er sich aufrichtete und sie heftig küsste.
»Gut! Einmal im Monat?«, fragte sie.
»Nicht gut! Einmal pro Woche!«, konterte er.
Sie überlegte und sagte dann: »Wir können es ja versuchen.«

Sie trafen sich von nun an regelmäßig jede Woche einmal in diesem Liebeszentrum. Über die Jahre bauten sie eine Beziehung auf, die von gegenseitiger Achtung und Rücksichtnahme geprägt war. Niemand wusste vom anderen den Namen oder die Ident-Nummer, noch teilten sie sich ihre privaten Geheimnisse mit. Ihre Treffen dienten aber nicht allein nur der sexuellen Befriedigung, sie bauten Stress ab, ließen sie den Alltag vergessen oder zumindest besser ertragen. Sie befriedigten ihren Anspruch auf Nähe und gaben ihnen Kraft. Messira blühte in den nächsten Monaten auf wie eine Rose, die vom Morgentau geküsst wird. Sie schloss ihre Schulausbildung ab und bewarb sich um ein Studium der Agrarwissenschaften.

*

In den Augen von M0111.05.01.2250 zeigte sich ein gefährliches Flackern. Mehr als achtzehn Jahre lang spionierte er nun schon von Staats wegen als unsichtbarer Schatten das Leben der Bürgerin F6103.20.06.2331 aus. Heute konnte er mit Gewissheit dem Ministerium Mitteilung machen, dass die junge Frau sich zu einem funktionierenden Rädchen der Gesellschaft entwickelt hatte. Das hieß für ihn eine fette Prämie.

Was anfangs nicht gut ausgesehen hatte, schien doch noch in geregelte Bahnen zu kommen. Das bedeutete aber auch, dass der Fall zu den Akten gelegt werden würde. Wenn er nicht selbst etwas unternahm, um die Kleine zu treffen, würde er sie wohl nie wiedersehen. Der Staat hatte, was er brauchte und war nicht mehr an ihr interessiert.

Nicht ohne Wehmut dachte er an den 22. 9. 2330 vor neunzehn Jahren zurück, als diese wunderschöne Frau in seine Praxis kam, der er von Anfang an verfallen war. Zwei Embryonen hatte er in ihre Gebärmutter eingesetzt. Alle Wetter! Es hatte ihn eine gute Stange Selbstbeherrschung gekostet, eine ruhige Hand zu behalten. Der Begleiter an ihrer Seite konnte seiner Meinung nach nicht mit ihr mithalten. Er selbst hätte viel besser zu ihr gepasst, fand er. Von da an stand für ihn fest: Die lässt du nicht mehr aus den Augen.

Es war gar nicht so einfach gewesen, seine Vorgesetzten davon zu überzeugen, dass er der Richtige war, um die Familie auszuspionieren. Jede Familie, die ein Kind erwartete, wurde von der Regierung heimlich beobachtet und zwar so lange, bis die Regierung sicher sein konnte, dass das Baby in guten Händen war.

Damals war er sehr selbstbewusst aufgetreten und hatte nach einigem Hin und Her den Zuschlag bekommen. Agent des Staates war ein sehr gut bezahlter Nebenjob, und er musste sich nicht mehr so abrackern. Jederzeit konnte er seinen Posten im Krankenhaus verlassen, denn Informationen waren für den Staat wertvoll wie Gold. Man billigte ihm insgesamt zehn Freistunden pro Woche zu. Diese durfte er in einem Notfall unbegrenzt erweitern, und was ein Notfall war, bestimmte er selbst. Er musste nur eine ordentliche Begründung an die Behörden liefern.

Manchmal hielt er sich mehrere Tage nicht im Krankenhaus auf. Nur eine einzige Person war ihm dieses Theater wert gewesen. Diese Person war die Bürgerin F5083 gewesen. Zuerst musste er deren Lebensgefährten aus dem Verkehr ziehen. Das gelang ihm recht schnell. Ein Tipp an die Behörde, und sie verhaftete den Unseligen. Jeder weiß doch, dass Väter am Anfang Schwierigkeiten mit den Babys haben. Er musste nur ein klein wenig nachhelfen und trug etwas dicker auf. Schon gingen ihm die Ärzte auf den Leim und stellten bei der Visite die richtigen Fragen.
Er hatte sich aber gründlich geirrt, wenn er glaubte, der Weg zu seiner Angebeteten sei nun frei. Die Schwachsinnige beauftragte doch tatsächlich einen Schwarzhändler, ihr ein Gift zu besorgen, das die Behörden in die Irre führen sollte. Etwas Schlimmeres konnte sie nicht tun. Klar, dass ihm in diesem Fall die Hände gebunden waren. Mit solchen Leuten ging der Staat nicht gerade zimperlich um.
Da konnte auch er nicht mehr viel tun. Anfangs versuchte er noch, sie auszulösen, aber irgendwo in der Psychiatrie verlor er dann ihre Spur. Er wusste genau, was die Regierung mit solchen Menschen machte. Ihre Gehirne wurden gnadenlos umprogrammiert. Die meisten kamen nicht mit dem Leben davon. Wahrscheinlich erging es ihr ebenso. Schade! Alles hatte so gut begonnen.
Er hatte den Weg frei gemacht, sie aber tappte in die Falle der Behörden. Sie hätte ihm nicht widerstehen können, davon war er überzeugt. So einen stattlichen Mann wie ihn gab es nicht oft. Stattdessen begab sie sich in Todesgefahr. Ein wenig bedauerte er, dass er nicht einmal von ihr gekostet hatte. Aber man musste wissen, wann man verloren hatte.
Stattdessen forderte ihn der Staat gleich nach dem Verschwinden der Mutter auf, sich um die Tochter zu kümmern. Anfangs reizte ihn das wenig. Ein Gör, kaum älter als drei Monate! War er ein Kindermädchen?
Die nächsten Jahre gaben nichts her. Entweder hatte die Göre gute Freunde, die ihre Machenschaften deckten, oder die Teilrückführung, die er veranlasst hatte, als sie sechs Jahre alt geworden war, hatte sie mürbe gemacht.
Mit den Jahren aber wuchs sie heran, und er begann seinen Job zu lieben. Wieder türmte sich ein Hindernis vor ihm auf. Der Vater des Mädchens hatte irgendwie den Weg zu seiner Tochter gefunden, ohne jedoch zu wissen, in welchem Verhältnis er zu ihr stand. Also machte M0111 sich an den Banknachbarn des Mädchens heran. Von ihm erfuhr er dies und das. Der Junge war so eifrig, dass er ihn gar nicht mehr loswurde. Ein Hinweis an die Direktorin des Heimes mit Hilfe des kleinen dreckigen Spitzels reichte, um den Vater lebenslang festzusetzen.
Als die Kleine zwölf Jahre alt wurde, hatte sie ein Alter erreicht, das für ihn langsam interessant wurde. Aber so sehr er sich auch bemühte, es war kein

Herankommen an sie. Jahre vergingen. Wieder kam ihm der Zufall zu Hilfe. Vor kurzem hatte der Vater seinem Leben ein Ende gesetzt. Sie war so tief gefallen, dass sie in eine Krise stürzte. Wenn er es geschickt anging, konnte er jetzt aus seiner Deckung kommen und den selbstlosen Onkel spielen. Die Behörden hatten das Interesse an dem Mädchen verloren, was nicht zuletzt seinen Berichten zu verdanken war.
Anfangs war sie ja ein Widerspruchsgeist gewesen, und es hatte nicht gut für sie ausgesehen. Aber nachdem er ihr die Teilrückführung verpasst hatte, arbeitete sie wie ein geöltes Rädchen im Staatsgetriebe. Wenn er geschickt vorging und seine Beziehungen spielen ließ, hatte er sicher leichtes Spiel bei ihr.
Ihre Sexualität war gerade erwacht, was ihre Besuche im Liebeszentrum ihm bestätigten. Volljährig war sie auch, ihr fehlte nur eine Vertrauensperson, ein Vaterersatz gewissermaßen, dem sie nach und nach ihr ganzes Herz ausschütten konnte und, wie er glaubte, den sie einmal mit Hingabe lieben würde. Dass *er* das sein würde, stand für ihn außer Frage.
Keinen Augenblick dachte er daran, dass sein Alter ein Hinderungsgrund sein könnte, oder dass er für sie nicht attraktiv genug wäre. Ihn reizte das Neue. Er war es leid, immer nur Patientinnen zu bespringen, die ohnmächtig oder halb tot waren. Mein Lieber, wenn er nicht sterilisiert gewesen wäre, wie viele Frauen hätte er dann schwängern können. Die Weiber hatten es ihm immer leicht gemacht. Sie waren in jeder Beziehung schwach. Entweder hatten sie sich ihm freiwillig angeboten, oder er hatte sich einfach genommen, was ihm zustand, ohne dass sie etwas davon bemerkten. Die Mittel standen ihm als Arzt ja zur Verfügung. Nun aber war er in ein Alter gekommen, wo er mal was anderes ausprobieren wollte. Das junge Fleisch reizte ihn.

Nach einem langen Blick in den Spiegel und nachdem er sich in eine Wolke Rasierwasser gehüllt hatte, machte er sich mit einem Strauß Blumen auf den Weg ins Kinder- und Jugendheim, in dem sie lebte, um ihr von ihrer Mutter zu erzählen. Er wollte Messira weismachen, dass er von ihrer Mutter den Auftrag erhalten hatte, sich um sie zu kümmern, sich ihr aber erst nach ihrer Volljährigkeit nähern durfte, da der Staat das von ihm verlangt habe.
»Sie kennen meine Mutter?«, fragte sie mit zuckersüßer Stimme, als er ihr die Blumen überreichte.
Ihre Wangen röteten sich, und die volle Kraft ihrer Jugend wirkte wie ein Motor auf sein altersschwaches Herz.
Er bemühte sich, seiner Stimme einen väterlichen Tonfall zu geben, als er sagte: »Das will ich meinen. Ich bin der Arzt, der dafür gesorgt hat, dass Sie geboren wurden.«

Wieder färbten sich ihre Wangen blutrot. »Wirklich?«, hauchte sie.
Als sie so vor ihm stand in ihrer fast kindlichen Naivität, hätte er sie am liebsten gepackt und hier im Hausflur vernascht. Niemand außer ihm konnte sie so gut in die Kunst der Liebe einführen. Diesen halben Kindern in den Sexzentren fehlte es an Einfühlungsvermögen. Er aber wusste, wie man ein solches Juwel behandeln musste. Er verwarf den Gedanken jedoch sofort und übte sich in Geduld. Im Moment schien sie ihm wie ein scheues Reh, das er nicht verscheuchen durfte. Aber das weckte erst recht den Jagdinstinkt in ihm. Wie sie ihrer Mutter ähnelte! Wenn er nicht gewusst hätte, dass das ganz unmöglich war, hätte er geglaubt, sie wäre ihre leibliche Tochter. Aber wer weiß. Vielleicht war sie ja über viele Ecken wirklich genetisch mit der Frau verwandt. Wer wusste schon, nach welchen Kriterien HERA die Samen- und Eizellen auswählte?
Sein Regierungsjob beanspruchte ihn zwar stark, aber er verlor nie den Kontakt zu seinem eigentlichen Beruf. Was die Forschung betraf, befand er sich auf dem neuesten Stand. In ihm reifte ein Plan: Wenn sein Erbgut zum Abschuss freigegeben wurde, und das würde in knapp einem Jahr der Fall sein, wollte er die Frau selbst aussuchen, die sein Kind in sich tragen sollte. Mit ein wenig Manipulation gelang ihm das sicher problemlos.
Im Moment war er gerade dabei, die Datenbänke nach alleinstehenden knapp Sechzigjährigen zu durchforsten, die dafür in Frage kamen und in der Nähe lebten. Er hätte natürlich lieber ein so junges Blut wie die Kleine bevorzugt, aber auch er konnte da nichts machen. Die Ei- und Samenzellen wurden erst freigegeben, wenn ihre Träger einhundert Jahre alt geworden waren und die Leihmütter mussten mindestens ein Alter von sechzig Jahren aufweisen.
Der Moment, in dem sein Sperma in eine frisch aufgetaute Eizelle eindrang, musste gigantisch sein. Bei dem Gedanken daran bekam er jetzt schon eine Erektion. Leider hatte er auf die Kombination des Erbgutes keinen Einfluss, aber er tröstete sich damit, dass man nicht alles haben konnte.
Sein Ziel war es, Schritt für Schritt eine Beziehung mit der Leihmutter seines Kindes einzufädeln. Niemandem war das bisher gelungen. Erregend, der Gedanke, zu Hause eine Mutti für sein eigen Fleisch und Blut zu haben, während er außer Haus weiter naschen konnte. Wieder einmal bewunderte er sein Genie.
Und die Kleine hier, die wollte er sich quasi als Nachtisch gönnen, wenn es ging, mehrmals in der Woche. Mit der würde er es sicher einfacher haben als mit einer gestandenen Frau. Die fraß ihm ja jetzt schon aus der Hand und war sicher glücklich, wenn er mal vorbeischaute.
Wie auf Knopfdruck verpasste er ihr einen Handkuss, was ihm nur mäßig gelang, denn ihre Abwehr ließ sie die Hand zurückziehen.

Ach Gott, wie schüchtern, dachte er und sagte: »Ihre Mutter war ein ganz besonderer Mensch.«
Es schien ihm vernünftig, sich über die Mutter den Weg zur Tochter zu bahnen. »Darf ich Ihnen bei Gelegenheit mehr von ihr erzählen?«
Messira verstand nicht, was dieser Mensch von ihr wollte. Sie glaubte ihm seine Geschichte nicht so ganz. Wieso sollte der Staat von ihm verlangt haben, sich ihr erst jetzt zu nähern? Der Staat wollte überhaupt nicht, dass sie etwas von ihrer Mutter erfuhr, weder damals, noch heute. Wieso aber erzählte er so was und warum plötzlich diese Anteilnahme? Ihr Bauchgefühl riet ihr, vorsichtig zu sein, Aber andererseits wollte sie keine Gelegenheit verstreichen lassen, wenn es um ihre Mutter ging.
Also sagte sie: »Wie lange haben Sie meine Mutter gekannt?«
»Wir sind uns näher gekommen, als ihr Vater verschwand«, log er, und es klang sehr glaubwürdig. Gut hatte er das hinbekommen, fand er. Vielleicht gab das einen Anstoß. Die Mutter hatte sich von ihm trösten lassen, warum nicht auch die Tochter? Er glaubte fest daran, was ihm sein Gehirn vorgaukelte.
»Ich bin Arzt. Sie müssen wissen, dass ich Ihre Mutter sehr verehrt habe.«
Das ließ seinen Charakter edel erscheinen.
»Sie vertraute sich mir an. Selbst im Krankenhaus habe ich sie noch einige Male besucht. Fast wäre es mir gelungen, sie frei zu bekommen. Dann wäre ich ihr Vater geworden.«
Damit brachte er sich ihr so nahe wie möglich.
Der Mann war Messira unsympathisch, mehr noch: Er trieb ihr eine Gänsehaut über den Rücken. Sie ließ sich aber nichts anmerken und sagte: »Ich würde mich sehr freuen, wenn Sie mir bei Gelegenheit mehr von meiner Mutter erzählten.«
Sie hat angebissen, dachte er und nahm sich vor, etwa eine Woche später noch einmal nachzuhaken.

ERSTE FLUSSSCHLEIFE

Menschen gehen nicht immer den geraden Weg, um ihr Ziel zu erreichen. Manchmal ist es nötig, Umwege zu beschreiten und neue Erfahrungen zu machen.
Fließgewässer sind dynamische Systeme. Ihr Aussehen verändert sich ständig. Die Fließgeschwindigkeit des Wassers gestaltet das Ufer eines Flusses. Der Untergrund ist verantwortlich für Wasserstrudel oder den freien Fall. Auf diesem Wege hilft der Fluss mit bei der Gestaltung der Landschaft, durch die er fließt. Die Lebensräume für Flora und Fauna werden mit jedem Abschnitt des Flusses neu geschaffen. Die Dynamik eines Flusses ist von drei Faktoren abhängig: 1. wird sie durch die Fließgeschwindigkeit des Wassers verursacht, 2. spielt die Sedimentation von Schlamm, Kies und Steinen eine Rolle, 3. hängt sie nicht zuletzt davon ab, wie viel Erosion das Material aus dem Flussbett erzeugt. Ist die abfließende Wassermenge sehr groß, wird viel Material transportiert und die Dynamik steigt. Durch die Kraft des Wassers bilden sich Vertiefungen und Inseln. Es entstehen Strömungen mit unterschiedlichen Wassertiefen. Grobes Material kann nicht sehr gut mitgeführt werden, aber Sand, Moor und Feinkies werden von der Strömung abgetragen und mitgerissen. So bilden sich Flussschleifen, die in Jahrhunderten die Landschaft mitgeprägt haben.
Felsen, Steine und Geröll zwingen einen Fluss auszuweichen. Auf diesem Umweg sammelt das Wasser Eindrücke und Informationen, die es verarbeiten muss. Natürlich wäre es leichter für den Fluss, wenn er seinem ursprünglichen Verlauf folgen könnte. Es kostete ihn weniger Energie, aber stellt sich dem Fluss ein Hindernis in den Weg, kann das weiche Wasser dieses Hindernis nur hinter sich lassen, wenn es das Hindernis umfließt. Zwar wird im Laufe der Jahrhunderte der Stein abgeschliffen und das Wasser kann seinen Weg begradigen, aber im Moment bleibt nur der Umweg. Wasser ist flexibel. Es passt sich zum Glück an.

***

Natürlich kam etwas dazwischen. Er schaffte es nicht, Messira noch einmal zu besuchen. Kein Wunder! In seinem Beruf war er so eingespannt, dass er kaum noch Zeit für Privates hatte. Er wusste genau, dass er ein ganzes Stück Arbeit vor sich hatte, wenn er bei dem Mädchen landen wollte. Diese Zeit war er im Moment nicht bereit, zu investieren. Es reichte wohl für den Anfang, wenn er in ihrer Nähe blieb, um sie zu beobachten. Irgendetwas sagte ihm, dass sie noch nicht reif für ihn war, aber er wollte zur Stelle sein, wenn der Zeitpunkt gekommen war.
Vorerst rückte der Termin der Insemination immer näher. Das war ihm jetzt wichtiger. Endlich durfte er seine Gene an die nächste Generation weitergeben.

Am 5. 1. 2350 würde es »klack« machen und die elektronische Sperre, die bisher seinen Samen erfolgreich daran gehindert hatte, eine oder mehrere Eizellen zu befruchten, würde fallen. Die letzten Tage davor konnte er kaum noch schlafen. Er hatte auch schon eine geeignete Leihmutter gefunden. Sie war alleinstehend und einer Liebesbeziehung mit ihm nicht abgeneigt. Für sie zählte nur eines: eine möglichst rasche Mutterschaft, zu der nur er ihr verhelfen konnte. Natürlich verschwieg er ihr, dass *er* der leibliche Vater ihres zukünftigen Kindes sein würde.
Sie war nicht besonders schön, eher unscheinbar. Man sah ihr auch schon die Spuren ihres Alters an. Mit F5083 konnte sie keinesfalls konkurrieren. Wenn er an die zurückdachte, wurde ihm noch heute heiß. Die hatte ausgesehen, als wäre sie nur halb so alt. Aber er hatte gelernt, nicht wählerisch zu sein, sondern besser zu nehmen, was sich ihm bot. Sie schien ihm körperlich noch gut in Schuss und in der Lage zu sein, seine Brut auszutragen, und nur darauf kam es schließlich an. Beim Sex konnte man ja das Licht ausschalten. Was wollte er mehr.
Sowie die Sperre gefallen war, nahm er sich vor, das Computerprogramm zu starten. Es kamen ja leider nur die Eizellen von Frauen in Frage, die genauso alt waren wie seine Spermien oder älter. Eizellen desselben Jahrgangs wurden erst nach und nach vom Computer freigegeben. Er wollte aber nicht so lange warten, bis das Jahr verstrichen war. Wenn er sich schon fortpflanzen durfte, dann so schnell wie möglich.
Am 5. 1. pünktlich gegen Null Uhr fand er sich im Krankenhaus ein und suchte für seine Samen die passenden Eizellen. Nach wenigen Minuten fand der Computer Gameten, die zu 98,01 % mit seinen kompatibel waren. Leider waren sie zehn Jahre älter als seine. Was soll's, dachte er, besser die als keine. Also ließ er sie von Oceanus-Guinea-Neve einfliegen. Am selben Tag noch wies er die Leihmutter in seine Abteilung ein und unterzog diese einer Hormonbehandlung. Er wollte kein Risiko eingehen. Als die Eizellen eintrafen, veranlasste er ihre Reifung, womit er ganze vierzehn Tage lang beschäftigt war, denn auch hier durfte nichts schiefgehen.
Am 19. 1. war der göttliche Augenblick der Befruchtung gekommen. Er befruchtete entgegen der Anweisung des Computers zehn Eizellen mit seinem Sperma. Wenige Tage später setzte er der Leihmutter vier Embryonen, statt der üblichen zwei ein. So standen die Chancen auf eine Einnistung doppelt so hoch. Von den restlichen befruchteten Embryonen starben drei ab. Es blieben weitere drei übrig, die er vorsorglich einfror. Man konnte ja nie wissen, wozu das gut war. Auf keinen Fall wollte er, dass seine Embryonen der Regierung zu Versuchszwecken dienten.
Zufrieden konnte er nach vierzehn Tagen feststellen, dass drei Embryonen sich in der Gebärmutter der Leihmutter eingenistet hatten. Von denen

musste er leider wieder zwei entfernen. Auch er konnte es sich nicht leisten, das Risiko einer Zwillings- oder Drillingsschwangerschaft einzugehen. Das durfte nur mit ausdrücklicher Genehmigung der Regierung geschehen. Geburten- und Todesrate mussten sich absolut die Waage halten, und das konnte wiederum nur HERA berechnen.

*

Fast neun Monate waren vergangen. Er wohnte inzwischen mit der Mutter seines gezeugten Sohnes zusammen. Sein Plan schien aufzugehen. Er konnte nicht sagen, dass er sie liebte, aber er hatte sich an sie gewöhnt. Mit keinem Wimpernschlag dachte er daran, dass die Frau ganze vierzig Jahre jünger war als er und eigentlich seine Enkelin sein konnte. Er fühlte sich jung genug, noch eine Achtzehnjährige zu befriedigen, wenn sich die Gelegenheit dazu ergab. Die Frau trug sein Kind, und nur deshalb war sie wichtig für ihn. Auch ließ sie ihn seine sexuellen Bedürfnisse ausleben, was ihm sehr gelegen kam. Sie war eine geduldige gutmütige Person und sah es ihm nicht nach, wenn er sich nächtelang in Sexzentren herumtrieb. Er hatte also keinen Grund, sich zu beklagen.
Anfangs entschuldigte er sich noch, wenn er seine nächtlichen Streifzüge unternahm, und er das Bett nicht mit ihr teilen wollte, mit den Worten: »Wir dürfen das Kind nicht gefährden.«
Später aber unterließ er auch das. Er war nun mal ein Mann und als solcher hatte er seine Bedürfnisse. Und die dumme Kuh glaubte ihm jedes Wort. Wenn nur ihre Stimme nicht gewesen wäre. Die konnte er nicht abschalten, die hörte er auch, wenn es dunkel war. Sie klang immer etwas rau und trieb ihn an den Rand des Wahnsinns. Wenn er an die Stimme von F5083 und an die ihrer Tochter dachte, wurde ihm bewusst, was er vermisste.

So ging das fast neun Monate lang, also fast die gesamte Schwangerschaft hindurch. Kurz vor dem Geburtstermin passierte etwas, das ein schnelles Handeln von seiner Seite erforderlich machte. Irgendetwas stimmte mit dem Baby nicht. Seine Brutmaschine war heute mit Blutungen erwacht. Er musste schnell handeln. Klar, dass sie fest auf seine Erfahrung vertraute.
»Wir müssen in die Klinik.«
Seine Sorge war ihm anzusehen. Sollte sie ruhig glauben, er machte sich Gedanken um sie.
Zum Glück wunderte sie sich nicht, dass er mit ihr in die Implantationsabteilung anstatt in die Gynäkologie ging. Er würde schon wissen, was er tat. Sie war eben ein schlichtes Gemüt und vertraute voll auf seine Erfahrungen als Arzt. Und er wusste verdammt gut, warum er das tat.

Er wollte auf jeden Fall das Baby retten. In der Geburtsklinik mussten die Ärzte bei Gefahr immer das Leben der Mutter retten. Ihr Tod bedeutete eine Arbeitskraft weniger für den Staat. Ein Embryo konnte jederzeit ersetzt werden. Die Frauen waren ja geradezu heiß darauf, schwanger zu werden und trugen auch Zwillinge aus, wenn es ihnen gestattet wurde.
Als er in der Klinik ankam, wusste er, woran es lag. Ihr Becken war zu eng. Das Kind saß im Geburtskanal fest,
»Ich muss einen Kaiserschnitt machen«, sagte er.
Sie begab sich in seine Hände wie ein Schaf in die Hände des Schlächters. Immer noch glaubte sie, dass er die Kompetenz hatte, ihr zu helfen. In seinem ganzen Leben hatte er keinen einzigen Kaiserschnitt durchgeführt. Er merkte, wie er anfing zu zittern und zu schwitzen. Nicht mal eine Schwester war bei ihm, die ihm assistierte. Falls etwas schiefging, konnte er so besser den Eingriff vertuschen. Er war kein Mörder, aber wenn er keine Wahl hatte, dann musste er selbstverständlich sein Kind retten.
Das letzte, was die Frau sah, war die sterile weiße Decke in seinem Labor. Durch das brutale Vorgehen bei seinem Eingriff blieb sie ihm auf dem Tisch liegen. Das Kind aber konnte er retten. Es war gesund, wie er unschwer feststellen konnte. Es dauerte einige Minuten, bis er sich von diesem Schreck erholt hatte und den Anblick der toten Mutter seines Kindes ertragen konnte. Aber er fing sich wieder. Jetzt galt es schnell zu handeln.
Er musste einen Ausweg finden. Die Leiche durfte auf keinen Fall hier gefunden werden. Alle Spuren der Tat mussten beseitigt werden. Er wollte es wie einen Unfall aussehen lassen. *Auf dem Weg zum Krankenhaus war sie – noch in seiner Wohnung – zusammengebrochen. Er hatte verzweifelt um ihr Leben gekämpft, sie aber nicht mehr retten können. Als sie tot war, hatte er das einzig Richtige getan, nämlich ihren Bauch aufgeschnitten und geistesgegenwärtig das Leben des Kindes gerettet.*
Es kostete ihn einige Mühe, den Tisch zu reinigen. Zum Glück gab es Laser, die die verschmutzten Tücher schonend verbrannten und die Leiche in eine Art Plastikfolie schweißten. Eine Decke darüber und hinaus mit ihr. Das Baby legte er in eine Tragetasche, die er ebenfalls mitnahm. Er fing wieder an zu schwitzen. Die Frau hatte ein ganz schönes Gewicht. Der gerufene Gleiter würde sie gerade noch als Gepäckstück akzeptieren.
Bis jetzt war alles gutgegangen. Nur musste er in der Wohnung den umgekehrten Fall konstruieren. Ein paar Spritzer Blut auf dem Fußboden, die Leiche wieder ausgewickelt, etwas chirurgisches Material, das den Eingriff glaubhaft machte, auf dem Flur verteilt, die Plastikfolie entsorgt, und nun war er bereit, die Klinik über sein Tech-Wear zu kontaktieren. Bevor er die Nummer wählte, zögerte er einen Augenblick.

Sein Gewissen meldete sich. Handelte er richtig? Vielleicht wäre die Frau noch zu retten gewesen, wenn er sie in die Gynäkologie eingewiesen hätte. Aber sogleich erdrückte ein anderes mächtigeres Gefühle seine Bedenken. *Ich hatte die Pflicht, mein eigen Fleisch und Blut zu retten*, dachte er. *Jeder hätte in meiner Situation genauso gehandelt.* Schon war er wieder der Alte und gab seiner Stimme einen aufgeregten Tonfall, als er den vermeintlichen Unfall dem Krankenhaus schilderte.

Es dauerte nur wenige Minuten, dann standen zwei Pfleger und ein Arzt bei ihm in der Wohnung. Scheinheilig fragte er, ob er das Kind versorgen dürfe, denn er lebe ja schließlich mit der Mutter zusammen und habe sich sehr auf das Baby gefreut. Die Antwort kannte er schon.

»Wenn Sie in den nächsten drei Wochen eine Frau finden, die ein Kind verloren hat und mit ihnen und diesem hier«, der Arzt zeigte auf das Neugeborene, »zusammenleben will, dann dürfen Sie. Ansonsten kommt das Kind in ein Heim.«

Er wusste, Vätern war es nicht erlaubt, für ihre Kinder zu sorgen. Also musste er sich eine neue Last aufbürden. Er musste innerhalb von drei Wochen eine Amme für das Kind finden.

Fieberhaft suchte er daraufhin nach dieser Ersatzmutter. Alle Datenbanken durchforstete er. Währenddessen war sein Sohn zwischenzeitlich in dem Heim untergebracht, in dem auch Messira wohnte. Als er schon längst die Hoffnung aufgegeben hatte, stieß er auf eine Frau, die in Osmania lebte und vor vierzehn Tagen ihr Neugeborenes verloren hatte. Die kontaktierte er. Sie war bereit, für ein Jahr nach Metropolis umzusiedeln, wenn er ihr dafür 30.000 Wertcoupons zusagte. Ein Jahr nicht arbeiten zu müssen, übte einen großen Reiz auf die Frauen aus, wenn es dafür noch Wertcoupons gab, umso besser.

Nach diesem Jahr würde er sicher von den Behörden eine Sondergenehmigung erhalten, sein Kind an den Wochenenden allein zu betreuen, aber er war sich sicher, dass er bis dahin eine neue Lebensgefährtin gefunden hatte, die diese unangenehme Arbeit für ihn übernahm.

Alles lief so, wie er es geplant hatte. Niemand bemerkte den Betrug. Die Frau war zwar nicht gewillt, mit ihm in ehelicher Gemeinschaft zu leben, aber das störte ihn nicht. Im Gegenteil, er war froh, dass er seinen Neigungen ohne schlechtes Gewissen nachgehen konnte. Es gab so viele Frauen in der Republik, die unzufrieden waren und sich nach etwas Wärme und Nähe sehnten. Da musste es nicht unbedingt die Amme seines Sohnes sein, mit der ins Bett ging. Seine Vorliebe galt allen Frauen, aber gleichzeitig waren sie auch seine Schwäche und sein Verderben.

*

Die Universität gab sich den Anschein von Altehrwürdigkeit, zumindest was die Flure und die Räumlichkeiten des Lehrpersonals betraf – marmorne Böden, teilweise bleiverglaste Fenster, Wände und Decken mit Mahagoni getäfelt. Kunstvoll gedrechseltes Holz fand sich an Säulen und Erkern, Kandelaber hingen von den Decken der Flure. Nostalgie vergangener Zeiten! Die Hörsäle hingegen verströmten den schlichten Charme, der in der Republik üblich war. Das Licht kam indirekt von der Decke, die Wände waren weiß getüncht, Bänke und Klappstühle aus Kunststoff gefertigt. Nichts sollte die Studenten vom Lernen und die Professoren vom Lehren ablenken.
Messira platzte ein wenig verspätet in den überfüllten Hörsaal. Der Professor zog unwillig seine rechte Augenbraue hoch und warf ihr einen tadelnden Blick zu. Anscheinend hatte sie ihn aus dem Konzept gebracht. Bevor er mit seinem Vortrag fortfuhr räusperte er sich geräuschvoll. In diesem Staat war es nicht üblich, dass Studenten sich die Freiheit herausnahmen, zu kommen und zu gehen, wann sie wollten. Zucht und Ordnung konnten nur durch eine straffe Führung erreicht werden. Das fing schon bei den Kindern an. Der Schlendrian vergangener Jahrhunderte war vorbei. Studentenjahre waren keine Herrenjahre, und ein akademisches Viertel gehörte der Vergangenheit an.
Messira rechnete mit einer Abmahnung. Eigentlich war es nicht ihre Art, die Aufmerksamkeit derart auf sich zu lenken, aber da es nun mal geschehen war, murmelte sie ein paar Worte der Entschuldigung in dem festen Glauben, damit wäre das Problem vorerst gelöst. Der Professor aber winkte mit der Rechten unwirsch ab.
»Meine Zeit ist kostbar. Wir können nach der Vorlesung über Ihre Beweggründe sprechen. Im Übrigen waren Sie schon des Öfteren verspätet.«
Mit einer weiteren Handbewegung deutete er an, dass die Diskussion für ihn beendet war und wandte sich erneut dem Smart-Bord zu. Theatralisch erklärte er, welchen Aufschwung die Agrarwissenschaft in den letzten Jahrhunderten erlebt hatte – minimaler Aufwand, geringer Bodenbedarf bei maximalem Ertrag dank der Genforschung. So ließ sich sein Vortrag kurz zusammenfassen. Unterstützt wurde er dabei durch monströse Balkendiagramme, die die Ertragssteigerung von Nutzpflanzen im letzten Jahrhundert hervorhoben und Statistiken, bei denen er federführend mitgewirkt hatte.
Wieder einmal spürte Messira, wie das Blut in ihren Kopf schoss, weniger aus Verlegenheit, vielmehr weil sie das Verhalten des Professors unhöflich und völlig überzogen fand. Er hatte nicht das Recht, sie so abzukanzeln, nicht bevor er mit ihr gesprochen hatte. Aber anstatt einer Erwiderung,

versuchte sie so wenig wie möglich aufzufallen. Es war ihr peinlich, in die achtundfünfzig hämisch grinsenden Gesichter ihrer Mitstudenten blicken zu müssen. Ein flaues Gefühl breitete sich in ihrer Magengegend aus, und der Boden unter ihren Füßen gab leicht nach. Es war besser, sich so schnell wie möglich hinzusetzen.

Hektisch flatterte ihr Blick durch die Reihen und suchte einen leeren Platz in der Menge. Sie fand ihn in der vorletzten Reihe. Bemüht, wenig Lärm zu verursachen, quetschte sie sich an den Sitzenden vorbei, murmelte eine Entschuldigung nach der anderen und rückte so Stück für Stück fast bis zur Mitte der Reihe vor.

Ein wohliger Geruch stieg in ihre Nase. Es handelte sich um eine Mischung von Zedernholz und Leder. Irgendwie kam ihr dieser Geruch bekannt vor. Er erinnerte sie an die Tage, die sie mit Edgar im Heim verbracht hatte. Aber er kam nicht von ihrem Vater, sondern von dem jungen Mann, an dem sie sich eben vorbeigezwängt hatte. Ihre Blicke trafen sich. Für den Bruchteil einer Sekunde konnte sie seine Augen aufblitzen sehen, die sie amüsiert und ein wenig überheblich musterten. Dann flüsterte er leise, so dass nur sie es verstand: »Machen Sie sich nichts draus. Der hat nie gute Laune. Es liegt nicht an Ihnen.«

Messira war überrascht. Einen Gleichgesinnten hatte sie hier nicht erwartet. Sie war noch damit beschäftigt, ihre sieben Sachen zu ordnen, als er fortfuhr: »Und übrigens stimmt es nicht, was er gesagt hat.«

»Wie bitte?«, fragte sie zerstreut.

»Sie sind bisher nie zu spät gekommen«, erklärte er.

Aber Messira war mit ihren Gedanken schon ganz woanders. Sie dachte an ihr Testat. Das konnte sie wohl jetzt vergessen, nachdem sie so aufgefallen war.

Als er merkte, dass sie seinen Worten nicht gefolgt war, wiederholte er noch einmal: »Der Professor hat sie eben beschuldigt, des Öfteren zu spät zu kommen. Aber das stimmt nicht. Sie sind bis heute immer pünktlich gewesen.«

»Woher wollen Sie das wissen?«, fragte sie schnippisch.

Sein entwaffnendes Lächeln legte eine Reihe perfekt weißer Zähne frei.

»Ich hab' Sie beobachtet«, kam es geheimnisvoll. »Sie sind mir sofort aufgefallen, als ich Sie das erste Mal den Raum betreten sah.«

Sie legte ihre Stirn in Falten, schaute den Fremden heimlich von der Seite an und musste sich eingestehen, dass er sehr attraktiv aussah. Er hatte halblanges, dunkelbraunes Haar mit leichten Naturwellen, also nicht diesen modischen Schnickschnack, den man jetzt überall sah. Seine braunen Augen blickten optimistisch in die Welt. Wenn er lachte, waren diese Augen von einer Corona vieler kleiner Fältchen umrahmt. Das gab ihnen etwas Verwegenes.

Ironisch zog er seine Mundwinkel zu einem Lächeln nach oben. Ohne Zweifel hatte er etwas an sich, das ein Frauenherz schneller schlagen ließ. Auch Messira musste sich eingestehen, dass von seinem Charme eine geradezu animalisch starke Anziehungskraft ausging. Das gab ihm aber noch lange nicht das Recht, so frech zu sein. Abweisend antwortete sie: »Komisch, Sie sind mir gar nicht aufgefallen.«

»Das liegt wohl daran, dass Sie mich nicht sehen konnten«, konterte er.

Dabei wirkte er so souverän, dass sie ihre Antwort sogleich bereute. Was tat dieser Kerl so geheimnisvoll? Und wieso versuchte er sich an sie ranzumachen? Und dieses Lachen!

Er hatte wohl ihre Gedanken erraten, denn er deutete nach hinten. An der Rückwand des Hörsaals befand sich eine Spiegelwand, die sie nie bewusst wahrgenommen hatte. Jetzt aber wusste sie, dass dieser Spiegel von der anderen Seite des Raumes durchsichtig sein musste.

»Aha! Ein Spitzel! Dann ist mir so einiges klar. Spitzel sind so ziemlich die widerwärtigsten Geschöpfe auf Gottes Erdboden«, entfuhr es ihr missmutig.

Das Wort »Gott« war eigentlich im Staat unüblich. Der einzige Gott, den die Menschen kannten, waren sie selbst. Allenfalls noch der Staat, mit dem sie sich notgedrungen arrangieren mussten.

»So banal würde ich es nicht sehen!«, triumphierte er und nach einem Lachen, das ihr die ganze Tragik ihrer Unterlegenheit bewusst machte, meinte er: »Das Ganze hat einen wissenschaftlichen Hintergrund.«

»Was kann man von einem Haufen unaufmerksamer Studenten schon lernen? Die meisten sitzen still auf ihren Plätzen und geben sich den Anschein, dem Vortrag zu lauschen, weil sie Angst um ihre Note haben. Einige wenige reden mit ihren Nachbarn oder erledigen private Dinge und spielen in einem unbeobachteten Augenblick mit ihren E-Armbändern. Kein Grund, sie zu beobachten, das ist alles bekannt. So benehmen sich Studenten halt. Wen interessiert das?«

Sie warf ihren Kopf schnippisch nach hinten. Jetzt war sie am Zuge, das spürte sie genau. Dem konnte er nichts entgegensetzen.

»Mich!«, schmunzelte er.

Er machte sie verrückt. Dieser Kerl provozierte, wo er konnte. Wollte der immer das letzte Wort haben?

»Im Ernst«, fuhr er fort, als er den missbilligenden Ausdruck in ihrem Gesicht sah. »Ich bin Psychologe und angehender Psychiater. Zu meinen Aufgaben gehört es, hin und wieder Menschen zu beobachten, ohne dass sie es bemerken. Ich erstelle Persönlichkeitsprofile.«

»Nein, nicht wirklich!«

Sie rückte so weit wie möglich von ihm ab, was bei der Enge nicht so einfach war. Als sie den Bereich ihres linken Banknachbarn erreichte,

erntete sie einen bösen Blick. Schnell rutschte sie wieder zurück auf ihren Sitz.
Er beobachtete sie noch immer amüsiert lächelnd. Konnte er dieses Grinsen nicht mal abstellen, dachte sie beleidigt. Laut aber sagte sie: »Ich hatte bisher geglaubt hier – an der Uni – gäbe es so was wie Bespitzelung nicht.« Sie gebrauchte mit Absicht dieses Wort.
»Gibt es auch nicht!«, verteidigte er sich. »Alles ist anonym. Ich suche mir zwei oder drei Studenten heraus, von denen ich meine, sie ergeben ein gutes Profil.«
»Und darunter war ich?« Sie rümpfte angewidert die Nase.
»Wie schon gesagt, Sie sind mir zuerst aufgefallen.«
Wieder dieses unergründliche überlegene Lächeln. Sie merkte, dass sie ihm rhetorisch nicht gewachsen war, und das machte sie nur noch wütender. Immer standen ihre Gefühle ihr im Weg. Was hätte sie darum gegeben, diese einfach abzuschalten. Nicht eine sachliche Diskussion konnte sie führen, ohne dass Emotionen beteiligt waren. Sie konnte nicht verhindern, dass ihr entfuhr: »Dann sollte ich wohl noch dankbar sein? War ich ein lohnendes Beobachtungsobjekt?«
Seine Stimme, die sehr angenehm und weich klang, bekam jetzt einen väterlichen Tonfall.
»Wenn Sie so wollen! Ich könnte Ihnen viel über Sie erzählen, auch Dinge, die Sie besser nicht hören wollen. Aber eigentlich habe *ich* zu danken. Sie haben mir viel bei meiner wissenschaftlichen Hausarbeit geholfen.« Wieder grinste er unverschämt.
»Das war ironisch gemeint«, zischte sie. »Selbstverständlich bin ich nicht damit einverstanden, dass Sie mich heimlich beobachtet haben und dankbar schon gar nicht.«
Warum konnte er dieses Grinsen nicht lassen? Sie kam sich klein, dumm und armselig neben ihm vor. Da sie aber wusste, dass der Staat solche Beobachtungen vorschrieb, wenn jemand sie aus beruflichen Gründen brauchte, war wohl nichts dagegen zu unternehmen.
Sie spürte wieder einmal, wie ohnmächtig der Einzelne in diesem Staate war. Wut keimte in ihr auf, die sie versuchte zu unterdrücken, aber es gelang ihr nur ansatzweise.
Er gab ihr etwas Zeit, die Fassung wieder zu finden. Sie schwiegen eine Weile. Messira strengte sich an, dem Vortrag des Professors zu folgen, aber ihre Gedanken schweiften immer wieder ab.
»Warum haben Sie heute Ihre Tarnung aufgegeben?«, fragte sie schließlich. Die Stille fing an, ihr unheimlich zu werden.
»Das hat einen bestimmten Grund.«
Wieder dieses provozierende Lächeln!

Er konnte nicht weiterreden, denn er wurde vom Professor unterbrochen: »Wenn Sie da hinten nicht sofort mit dem Gerede aufhören, dann verlassen Sie den Hörsaal!«, schrie dieser, wobei seine Stimme sich leicht überschlug.
»Wir fallen auf!«, flüsterte der Fremde und kam so nahe, dass er fast ihr Gesicht berührte.
Sie zuckte zusammen. Ungerührt fuhr er fort: »Machen wir es ihm einfach! Verlassen wir den Hörsaal!«
»Sind Sie noch bei Trost?«, zischte sie ihn an. »Ich brauche meinen Schein! Der hat es sowieso auf mich abgesehen!«
Plötzlich wurde seine Stimme sehr eindringlich: »Vertrauen Sie mir. Ich will Sie nicht vorführen, aber wenn Sie sich weigern, mit mir zu reden, muss ich Ihnen eine Vorladung zum Institut für angewandte Psychologie und Psychiatrie schicken. Ich habe nicht nur das Recht, für meine Studien Interviews durchzuführen, sondern auch die Freiheit, mir meine Probanden auszusuchen. Der Professor wird Ihnen keine Schwierigkeiten machen.«
Er erhob sich, griff nach ihrer Rechten und bedeutete ihr mitzukommen. Mit einer Mischung aus Widerwillen und Neugier folgte sie ihm. Als sie sich an den Sitzenden nach außen zwängten, unterbrach der Professor erneut seinen Vortrag.
»Gehen Sie ruhig!«, hetzte er. »Das wird ein Nachspiel für Sie haben. Sie glauben doch nicht, dass Sie auf diese Weise ihren Schein bekommen.«
Den Fremden schienen die Worte des Professors nicht zu beeindrucken. Er ließ ihre Hand nicht los. Einige Studenten machten sich mit Absicht breit, wohl um das willkommene Schauspiel noch zu verlängern.
Endlich hatten sie das Ende der Bank erreicht. So im Mittelpunkt zu stehen, verursachte Messira Magenschmerzen. Aber sie sah ein, dass es im Augenblick wirklich das Beste war, diesem eingebildeten Menschen zu folgen. Vielleicht konnte er ja doch dafür sorgen, dass sie ihren Schein bekam. Hier bleiben konnte sie jedenfalls nicht nach diesem peinlichen Zwischenfall. Außerdem war sie neugierig zu erfahren, was ihr Nachbar ihr sagen wollte. Also ging sie schließlich ohne Widerspruch mit ihm nach draußen.

»Setzen wir uns in die Mensa?«, fragte er mit weicher Stimme.
»Meinetwegen«, knurrte sie beleidigt.
Die Mensa bot Platz für zweihundert Studenten. Es gab einen großen Essbereich in der Mitte des Raumes mit lang gestreckten Tischreihen von bis zu einhundertfünfzig Sitzplätzen, aber auch kleine Nischen, die durch Pflanzschalen und Stellwände vom übrigen Bereich abgetrennt waren.
Der Fremde steuerte auf eine der Nischen zu. Messira folgte ihm. Das, was er eben im Hörsaal gesagt hatte, konnte sie nicht ernst nehmen. Sie glaubte

nicht daran, dass er die Macht hatte, den Professor milde gegen sie zu stimmen. Er und Beziehungen! Wie konnte das sein? Da müsste sie ja mal Glück haben. Und Glück hatte sie noch nie in ihrem Leben gehabt.
»Den nehmen wir«, riss er sie aus ihren Gedanken. »Hier sind wir verhältnismäßig ungestört.«
Er rückte Tisch und Stühle zurecht und nahm an der Wand Platz, sie setzte sich ihm gegenüber. Der kleine Tisch wurde von zierlichen Palmen eingesäumt, die in Rollcontainern standen. So waren beide vor neugierigen Blicken geschützt, obwohl das im Moment völlig unnötig war, denn es befanden sich außer ihnen nur noch drei weitere Studenten im Raum, die an der Fensterseite Platz genommen hatten und sich angeregt unterhielten.
»Ich schulde dir eine Erklärung.« Er war unwillkürlich zum Du übergegangen. Ich bin M9122, aber du kannst mich gern Nico nennen. Das kommt von Nicolai. So nennen mich meine Freunde«, fügte er hinzu.
»Mir wäre lieber, wir bleiben beim Sie, und was den Namen betrifft: Ich bin F6103. Wie meine Freunde mich nennen, behalte ich lieber für mich.«
Das würde ihn hoffentlich davon abhalten, seine Nase weiter in ihre Privatangelegenheiten zu stecken.
Endlich schien er verstanden zu haben.
»Wie Sie meinen. Dann bleiben wir beim Sie. Vielleicht ändern Sie Ihre Meinung ja noch.«
»Niemals!«
Wieder dieses Lächeln, so als könne er auf den Grund ihrer Seele blicken. Vor dem musste sie sich in Acht nehmen und überhaupt sollte sie vorsichtiger sein mit dem, was sie preisgab.
»Ich merke, da habe ich einen wunden Punkt getroffen. Aber keine Angst, ich werde es nicht zu meinem Vorteil nutzen.«
Er machte es sich auf seinem Stuhl bequem. »Möchten Sie einen Kaffee?«
»Nein, kein Bedarf. Ich werde mir einen Tee holen. Soll ich Ihnen was mitbringen?«, fragte sie und hoffte insgeheim, dass er nein sagen würde.
»Gern! Also auch für mich einen Tee! Ich halte hier inzwischen die Stellung.«
Sie wusste nicht, ob sie darüber lachen sollte angesichts der fast leeren Mensa. Die meisten Studenten befanden sich in ihren Seminaren. Kein Grund also, hier die Plätze freizuhalten. Stattdessen stand sie auf und ging zum Verkaufstresen. Ein wenig später kam sie mit zwei vollen Teegläsern zurück. Sie stellte beide so fest auf den Tisch, dass der Inhalt überschwappte. Nico schien das nicht zu bemerken. Er zog sein Glas näher zu sich heran, fasste die Schnur seines Teebeutels, tunkte den Beutel ins Glas, holte ihn wieder heraus, tunkte ihn ins Glas, holte ihn wieder heraus. Das tat er ein paar Mal, bis der Inhalt aus dem Beutel extrahierte und das

Wasser goldbraun färbte. Danach zog er den Beutel ein letztes Mal aus dem Glas, ließ ihn abtropfen, legte ihn in seinen Teelöffel und fesselte den Beutel mit der Schnur, die er dreimal darum wickelte.
Sie schaute fasziniert zu. Als er ihren verwunderten Blick sah, lächelte er wieder hintergründig und zog mit einem Ruck an der Schnur, so als wollte er dem armen Teebeutel die Kehle zudrücken. Ein wenig Luft verließ zusammen mit der verbliebenen Flüssigkeit den Beutel. Dies erinnerte fatal an eine verletzte Arterie, die ihren Inhalt stoßweise abgibt. Anschließend legte er den bis auf die trockenen Teeblätter ausgequetschten Beutel mit einer lässigen Geste auf die Untertasse. Hypnotisiert und fasziniert hatte Messira zugeschaut. *Wahrscheinlich ist das ein Ritual von ihm,* dachte sie.
»Ich möchte vorausschicken«, sagte er in die Stille hinein, »dass alles, was wir besprechen, unter uns bleibt. Ich gebe Ihnen mein Wort darauf, dass ich nichts aufzeichne und auch nichts an die Regierung weitergeben werde. Ich ... «
»Das will ich auch schwer hoffen«, unterbrach sie ihn unhöflich.
Er nahm davon kaum Notiz und fuhr fort: »... weiß außer Ihrem Namen nichts von Ihnen, nur dass Sie Studentin der Agrarwissenschaften sind.«
»Das genügt schon!«, empörte sie sich. »Damit können Sie alle meine Daten herausfinden, wenn Sie wollen. Das wird ein Kinderspiel für Sie. Woher weiß ich, dass Sie es ehrlich meinen?«
»Sie müssen mir einfach vertrauen.« Er setzte seinen treuherzigsten Blick auf. »Können diese Augen lügen?«
Sie wollte eigentlich nicht lachen, denn das kam ihrer Meinung nach einer Niederlage gleich. Aber nun hatte er sie soweit. Sah auch zu komisch aus, der erwachsene Mann mit seinem Dackelblick. Seltsam, wie dieses erwachsene Kind in der letzten halben Stunde ihre Stimmung geändert hatte. Was hatte sie auch für eine Wahl? Wenn er wollte, konnte er sie zwingen, ihm Auskunft zu geben. Die Erlaubnis zu bekommen, war sicher ein Leichtes für ihn. Manchmal schien es ihr, dass Psychologen und Psychiater die wichtigsten Menschen in der Republik waren. Jedenfalls bekamen diese Berufsgruppen fast immer Sonderrechte.
»Nun gut, Sie haben gewonnen! Was wollen Sie wissen?«, gab sie schließlich nach.
»Ich schreibe eine empirische Arbeit über das Verhalten von Studenten. Hierfür besuche ich Vorlesungen unterschiedlicher Fachbereiche und vergleiche anschließend meine Studien miteinander. Ich habe nach dem theoretischen Teil mit jedem Probanden ein persönliches Gespräch in dem ich mir nachträglich die Einwilligung für meine Beobachtungen einhole. Wenn Sie erst einmal einen kleinen Fragenkatalog beantworten, den ich zusammengestellt habe, wäre ich Ihnen sehr dankbar.«

Er hantierte an seinem Tech-Wear herum.
»Ich würde Sie bitten, die Seite 33887 aufzurufen, da sehen Sie die Fragen auf Ihrem Display und können Ihre Antworten per Funk an meine Datenbank senden.«
Messira aktivierte ihr elektronisches Armband, suchte die entsprechende Seite und las die Fragen durch. Hin und wieder betätigte sie ihren Pen, um das Menü zu wechseln, auf dem Touchscreen zu schreiben, oder Auswahlantworten zu markieren. M9122 trank während dieser Zeit genüsslich seinen Tee. Schließlich aktivierte sie die Übertragungsfunktion, fragte nach seinem Zugangscode und übertrug die Daten auf sein Armband.
Die Fragen, die er gestellt hatte, waren allgemeiner Natur. Es handelte sich um die typischen Fragen, die in Studien gestellt wurden. Hauptsächlich ging es um Vorlieben und Abneigungen im täglichen Leben. So in der Art: Welche Lieblingsfarbe haben Sie? Was essen Sie am liebsten? Auch mal die eine oder andere tiefer gehende Frage wie: Welches Erlebnis hat Ihr Leben verändert? Wie würden Sie sich als Persönlichkeit beschreiben? Das erforderte schon einige zusammenhängende Sätze. Ansonsten aber hatte sie leichtes Spiel und war erstaunt, warum er solch einen Aufwand trieb.
»Das hätten Sie mich auch persönlich fragen können«, sagte sie.
»So habe ich alles gleich gespeichert und das erste Eis gebrochen.« Seine Erklärung klang logisch. »Jetzt wird es ein wenig persönlicher.«
Messira wurde es unbehaglich. Sie hatte geahnt, dass da noch was kommen würde. Also war das vorhin nur ein Vorspiel gewesen. Unwillkürlich verhärtete sich ihr Ausdruck. Ihr Körper streckte sich.
Als Psychologe und angehender Psychiater hatte er ein feines Gespür für Menschen. So bemerkte er sofort die Abwehr in ihrer Haltung.
»Sie werden es schon überstehen«, versuchte er zu beruhigen.
Sie sagte nichts. War wohl besser so.
»Versuchen Sie sich zu entspannen. Sie verkrampfen ja total«, wollte er helfen.

Messira führte ein einstündiges persönliches Gespräch mit ihm, ohne zu wissen, was er eigentlich von ihr wollte. Immer wieder ermahnte er sie, lockerer zu sein, sich zu entspannen, doch sie traute dem Fremden nicht. Dabei waren die Fragen, die er ihr stellte ganz unverfänglich, so als rede sie mit einer guten Freundin oder einem guten Freund. Verwundert war sie über ihre Mitteilsamkeit, die sich im Laufe des Gesprächs noch steigerte. Durch geschickte Fragen, durch positive Körpersprache, durch seine charmante Art und seine warm klingende Stimme, befand sie sich plötzlich in einem Dialog, der sie selbst überraschte. Sie erzählte dem Fremden Dinge, die sie noch nicht einmal ihrer Erzieherin anvertraut hatte.

»Ich verstehe mich selbst nicht mehr«, sagte sie gegen Ende. »Wieso breite ich mein Leben vor Ihnen aus? Ich kenne Sie doch nicht.«
»Vielleicht, weil ein Fremder durch seine Anonymität genau der richtige Gesprächspartner dafür ist. Menschen, die man liebt, möchte man schützen, also erzählt man ihnen nicht alles oder belügt sie auch aus diesem Grunde. Ein unbeteiligter Fremder aber, löst die Blockade.«
Er war eigentlich fertig mit seiner Befragung, aber irgendetwas an dieser jungen Frau zog ihn an. Er war gut fünf Jahre älter als sie. Hatte durch seinen Beruf schon viele Charaktere kennengelernt. Aber diese Frau schien das, was sie sagte auch zu meinen. Sie wirkte authentisch in allem, was sie sagte und tat.
»Ich würde Sie gern wiedersehen«, sagte er spontan. »Sie haben einen großen Eindruck auf mich gemacht.«
Messira suchte in seinen Augen. Dieses Mal konnte sie keinen Zynismus erkennen. Er konzentrierte sich ganz auf ihre Antwort. Das charmante oberflächliche Lächeln war verschwunden. Sollte er es tatsächlich ernst meinen? Auf einmal wirkte er sympathisch.
»Brauchen Sie noch Daten für Ihre Studie?«, fragte sie und hoffte insgeheim, dass er sie wiedersehen wollte, weil er privat an ihr interessiert war.
»Nein, ich bin komplett. Ich dachte nur, dass wir einen Neuanfang wagen könnten. Wir hatten ja einen nicht so glücklichen Start.«
Er spielte nervös mit seinen Fingern, was sie mit Freude registrierte. So abgebrüht wie er sich gab, war er also doch nicht.
»Eine zweite Chance hat jeder verdient«, lachte sie und wunderte sich, wie wohl sie sich bei dem Gedanken fühlte, diesen Mann wiederzusehen.

Beim zweiten Treffen bot sie ihm das Du an, verschwieg aber noch ihren privaten Namen. Sie saßen in einem kleinen Restaurant und tranken ein Glas Wein. Eine Kerze stand auf dem Tisch vor ihnen. Auch sonst war die Beleuchtung sehr sparsam. Messira erzählte wieder viel – zu viel, wie sie fand, aber auch er gab so einiges von sich preis. Sie erfuhr, dass er von weit her aus dem Osten der Republik kam und nur hergekommen war, weil er einen Studienplatz zugewiesen bekommen hatte.
»Und wenn dein Studium beendet ist, willst du dann wieder zurück?«, fragte sie und nippte ein wenig an ihrem Wein.
»Eigentlich gefällt es mir bei euch ganz gut. Wenn es mit einer Stelle klappt, dann bleibe ich hier. Und welche Pläne hast du?«
Er schaute sie freundlich an. Sein Blick war ihr unangenehm. Sie glaubte, er könne in ihr lesen wie in einem offenen Buch. Sie konnte die Gefühle, die sie diesem Mann gegenüber hatte, nicht in Worte fassen. So was konnte und durfte es eigentlich nicht geben, hatte sie wenigstens bis jetzt gedacht.

Sie hatte viel gelesen. Im Gegensatz zu ihren Kommilitoninnen ging sie oft in Bibliotheken und stöberte in alten Büchern. Sie mochte diesen muffigen Geruch nach Staub, Papier und Graphit. Sie berauschte sich regelrecht daran, ein Buch in den Händen zu halten, die Schwere zu spüren, das Papier zu fühlen, das mal rau, mal glatt, mal weich, mal hart, weiß oder vergilbt war. Bücher erzählten Geschichten, in die sie eintauchen konnte, wenn sie der Realität entfliehen wollte. Die Buchstaben konnten verschiedene Formen haben: mal verschnörkelt, mal schlicht, mal groß, mal klein, mal dick, mal dünn, oft schwarz, aber auch in anderen Farben und manchmal war der erste Buchstabe eines neuen Kapitels hervorgehoben, kunstvoll umrahmt von Figuren oder Pflanzen. Bücher waren eine eigene Welt für sich. Ein ganzer Kosmos hatte sich schon in den vielen Jahren, die sie las, aufgetan.
Ein Büchereibesuch gehörte für Messira zu den sinnlichsten Erlebnissen, die es gab. Sie liebte die Stille, die sie mit wenigen Gleichgesinnten teilte, das Sonnenlicht, das durch die hohen Fenster drang und Figuren auf die Buchseiten zeichnete, die tanzten, wenn man die Seite umschlug und wanderten, wenn eine Wolke am Himmel vorbeitrieb oder ein Ast im Wind hin und her schwankte. Bücher enttäuschten sie nie. Sie überraschten sie immer wieder aufs Neue.
Sie freute sich auf das Spiel mit Worten und die Umsetzung derselben in ihrer Fantasie. Es erregte sie, wenn sie an das Gefühl in ihrem Nacken dachte, das immer dann auftrat, wenn sie eine Stelle las, die sie emotional berührte. Diese sanfte elektrische Spannung der Halsnerven kam einem Miniorgasmus gleich. Sie dauerte manchmal eine Minute und länger und zog hinauf bis in ihre letzte Haarwurzel. Sie dachte daran, wie sie manche Abschnitte wieder und wieder las, so lange, bis sie den Text fast auswendig kannte. Sie dachte an die Stellen, die so ergreifend waren, dass die Buchstaben beim Lesen verschwammen oder an jene, die ihr das Zwerchfell massierten.
Wenn sie las, befand sie sich in einer anderen Realität. Sie war nicht mehr ansprechbar und schien mit dem Buch eine Einheit zu bilden. Wollte man zu ihr durchdringen, gelang das nur, indem man sie kräftig schüttelte, sie quasi aus dieser Welt gewaltsam herausriss.
An all das musste sie jetzt denken, wenn sie versuchte, das Gefühl zu beschreiben, das in ihr aufkeimte, wenn sie diesen Mann sah. In den Büchern, die sie gelesen hatte, ging es um Zuneigung, Anteilnahme, Mitgefühl, Freundschaft, Liebe, aber auch um Abneigung, Gleichgültigkeit und Hass. All das waren starke Gefühle, die auch sie in ihrem Leben bewegt hatten. Welches Gefühl empfand sie aber für M9122, der sich selbst Nico nannte?

Je mehr sie sich mit ihm beschäftigte, desto mehr erkannte sie, dass dieser Mann ihr Schicksal werden könnte. Für einen kurzen Augenblick hatte sie eine Vision. Sie sah sich in der Zukunft Seite an Seite mit diesem Menschen. Wie konnte das sein? Sie waren doch so gegensätzlich. Bisher waren ihre Erfahrungen mit Männern eher karg gewesen. Deshalb konnte sie die Männer auch schlecht einschätzen. Und obwohl sie Neuland betrat, hatte sie das Gefühl, als kenne sie ihn schon ewig. Ihr Selbstschutzprogramm wurde aktiviert, und sie flüchtete sich in vage Andeutungen.
»Ich will auf jeden Fall mein Studium beenden, dann sehen wir weiter. Meine Mutter hat jahrelang im Ausland gearbeitet. Vielleicht wäre das auch was für mich. Leider hat man als Bürger nur begrenztes Mitspracherecht. Der Staat wird mich schon einsetzen, wo ich gebraucht werde.«
»Hast du hier nichts, was dich hält?«, wollte er wissen und sein forschender Blick suchte in ihrem Gesicht nach Anhaltspunkten.
»Nein! Ich bin in einem Heim aufgewachsen. Dort bewohne ich jetzt ein kleines Studentenzimmer. Ich freue mich darauf, endlich die engen Grenzen sprengen zu können.«
»Die erste Gemeinsamkeit«, jubelte er. »Ich wuchs ebenfalls in einem Heim auf – weit weg von hier in Russia. Als ich den Bescheid erhielt, hier studieren zu dürfen, war das ebenfalls wie eine Befreiung für mich.«
Sie sprachen noch über dies und das und kamen sich während des Gesprächs so nahe, dass er es wagte, sie noch zu einem Spaziergang zu überreden.
Die Nacht war kühl und klar. Trotz der Energiebarriere, die die ganze Stadt umgab wie ein unsichtbares Netz, konnte man Tausende von Sternen erkennen. Es war schön, so neben ihm zu laufen. Sie stellte fest, dass sie fast einen Kopf kleiner war als er. Das machte ihr ein wenig Angst. Großen Männern begegnete sie seit eh und je mit Vorsicht.
Manchmal berührten sich ihre Hände, dann fuhr ein elektrischer Schlag durch ihren Körper. Ab und zu blieben sie stehen, sahen sich an oder bewunderten den Nachthimmel. Worte wurden nicht viele gemacht.
»Ich bekenne, dass ich mich von dir angezogen fühle, F6103«, unterbrach er die Stille.
»Messira!«, verbesserte sie ihn. »Ich heiße Messira.«
Der Duft seiner Haut erregte sie.
»Was für ein schöner Name. Haben deine Eltern ihn dir gegeben?«
»Meine Mutter.«
Es klang traurig.
»Deine Stimme hat sich verändert. Willst du mir erzählen, warum?«
Ihr erster Impuls war Abwehr, aber dann sprudelte es nur so aus ihr heraus. Sie setzten sich auf eine Bank im Park und redeten die ganze Nacht. Als der

Morgen dämmerte, wusste er alles von ihr, sie aber fast nichts von ihm. Er rief einen Luftgleiter, wollte sich dazu setzen, um sie zu begleiten, ließ sie aber, weil sie protestierte, allein hinein, verabschiedete sich von ihr und nahm den nächsten Gleiter.
Seit diesem Tag trafen sie sich regelmäßig.

An einem regnerischen Novemberabend lud sie ihn zu sich in ihr kleines Zimmer ein. So hatte er sich ihr privates Reich immer vorgestellt.
Messira verlor keine Zeit und zog ihn impulsiv in ihre Arme.
»Wer hätte noch vor drei Wochen gedacht, dass wir mal ein Paar werden könnten?«, scherzte sie und küsste ihn zärtlich auf den Mund.
Das ermunterte ihn. Seine Pupillen weiteten sich. Er drückte sie fester an sich. In ihrem stürmischen Kuss verloren sich die Konturen des engen Raumes. Eine Welle von Lust erfasste beide Menschen. Der Kopf verlor den Kampf gegen den Körper. Eng miteinander verkeilt verharrten sie, als stünden sie für Gustav Klimts »Der Kuss« Modell. Bei der Dunkelheit des Raumes bereitete es Schwierigkeiten, auszumachen, wo Messira endete und Nico anfing. Gemeinsam entledigten sie sich ihrer Kleider, wobei Messiras Kleid zerriss und Nicos Hemd einen Knopf einbüßte. Plötzlich verloren beide das Gleichgewicht und stürzten auf das Bettsofa. Im Fallen ergriff Messira die Tischdecke und zog sie mitsamt der auf ihr stehenden Blumenvase in die Tiefe. Die Vase zerbrach. Die Blumen verstreuten sich auf dem Boden. Der Teppich saugte gierig das Blumenwasser auf. Glucksendes befreiendes Lachen erfüllte den Raum.
Der Atem wurde schwerer. Die Atemfrequenz erhöhte sich. Herzschlag und Puls beschleunigten sich. Ihre Körper schütteten Hormone aus, die wiederum ihrerseits einen Schalter betätigten, der den Kopf zum willenlosen Sklaven des Sexualtriebes degradierte. Hände wanderten über die Haut des Partners, zärtlich streichelnd, energisch drückend, lustvoll knetend und hart kneifend.
Während des Geschlechtsaktes steigerten sich die Geräusche vom schnellen Atmen, über lang anhaltendes Ächzen zum lauten Stöhnen und endeten in einem befreienden Schrei. Gleichzeitig bewegten sich beide Körper immer schneller im Rhythmus der Lust, bis sie, als die Münder still wurden, ebenfalls zum Stillstand kamen.
Erschöpft, aber glücklich lagen sie in den Kissen. Perlen legten sich langsam auf die noch heiße Haut und verliehen ihren Körpern einen matten Glanz. Das Haar umrahmte ihre Köpfe wie eine feuchte Decke. Die Zunge klebte am Gaumen. Da fanden beide die Sprache wieder.
»Wow!«, entfuhr es Messira. Ihr Kopf sank an seine Brust. Ein wunderbares Gefühl der Erleichterung bemächtigte sich ihrer. Sie fühlte sich entspannt.

Ihre Lider wurden schwerer. Sie spürte seinen Herzschlag, der mit ihrem langsam eine Einheit bildete, ruhiger und gelassener wurde und schließlich zur Normalität zurückfand. Berauscht schloss sie die Augen.
»Ich will dich noch ein wenig genießen«, flüsterte sie und kuschelte sich enger an ihn.
Es schien ihr in diesem Augenblick, als gäbe es nur sie und Nico auf der Welt. Alles andere war unwichtig.
»Du bist wunderbar«, meinte er, beugte sich zu ihr herunter und küsste ihre Stirn. Besitzergreifend schlang er beide Arme um ihren Oberkörper. So ruhten sie noch eine Weile, bis sie vom Schlaf übermannt wurden.
Die Morgensonne weckte Messira am nächsten Tag. Sie machte sich aus seiner Umarmung frei und ging im Zimmer auf und ab. Sie musterte den schlafenden Mann in ihrem Bett. Er lag halb auf dem Bauch, den Kopf in das Kissen gewühlt, der linke Arm, der sie eben noch umschlungen hatte, hing nun halb vom Bett herab. Sein Atem ging gleichmäßig. Die Bettdecke reichte ihm bis zur Hüfte. Was sie sah, gefiel ihr sehr gut.
Sie betrachtete seinen Körper und musste an die erste Nacht mit ihrem unbekannten Liebhaber denken. Dieses Mal aber war es anders. Sie spürte, dass nicht nur die Lust sie getrieben hatte. Gestern war etwas Entscheidendes passiert. Sie hatte sich an einen Mann verloren, ihre Unabhängigkeit aufgegeben. Was immer das auch bedeutete, musste sich erst zeigen. Auf jeden Fall verstand sie, dass sie nun nicht mehr allein entscheiden konnte. Aus dem Ich war plötzlich ein Wir geworden. Sie musste nun auch ihn in ihre Entscheidungen mit einbeziehen, vorausgesetzt, ihre Beziehung war von Dauer, was man jetzt noch nicht sagen konnte. Aber eines war sicher. Es hatte sich alles verändert, zumindest bei ihr.
Nico drehte sich. Sie durfte ihm nicht zeigen, wie tief es bei ihr ging. Sie wusste, dass Männer anders gepolt sind. Die Liebe blieb bei ihnen meist an der Oberfläche. Sie hatte Angst, enttäuscht zu werden. Sie musste die Kontrolle behalten. Auf keinen Fall wollte sie, dass er Macht über sie gewinnen konnte. Fast schon bereute sie die gestrige Nacht, hatte sie ihr doch gezeigt, dass sie verwundbar war. Eigentlich war sie ein Kopfmensch und als solcher war ihr jegliche Tätigkeit zuwider, die den Kopf ausschaltete, also auch die Liebe. Sex ja, aber Liebe, das machte sie verletzlich.
Der Staat wusste genau, warum er auf diese Liebeszentren setzte. Die waren allemal besser, als sich in einer ausweglosen Liebe zu verlieren. Jemand hatte mal gesagt: Der Verstand einer verliebten Frau arbeitet auf der niedrigsten Stufe des Intellekts. Das durfte ihr auf keinen Fall passieren, dass sie über der Liebe alles vergaß, dass sie zur Marionette eines Mannes

wurde. Mit aller Macht wehrte sie sich gegen dieses Gefühl, machte sich selbst vor, dass die gestrige Nacht nur der Befriedigung ihrer Triebe gedient hatte.
Schnell zog sie sich an und sprach eine Nachricht auf das elektronische Armband von Nico. Er hatte ihr gestern seinen Code genannt, auch ein Vertrauensbeweis von ihm. Leise zog sie die Tür hinter sich zu und verließ das Zimmer.
Als sie auf dem Weg zur Uni war, erschien ihr das Gefühl, das sie gestern noch für Nico empfunden hatte, fremd. Je weiter sie sich von zu Hause entfernte, umso mehr glaubte sie daran, dass sie nur am Sex mit Nico interessiert gewesen war. Und dennoch konnte sie sich des Gedankens nicht erwehren, dass da noch etwas anderes mit im Spiel war als sie es von ihrem unbekannten Liebhaber aus dem Sex-Zentrum kannte. Bei dem ging es wirklich nur um körperliche Lust. Mit Nico aber verband sie mehr. Ein Gefühl, das sie nicht beschreiben konnte, das sie süchtig machte. Sie hatte einmal gehört, dass eine gewisse Verliebtheit die Würze des Ganzen sein konnte. Also Sex mit einer prickelnden Prise Verliebtheit, nicht mehr und nicht weniger. Es war schließlich mal Zeit gewesen, dass sie diese Erfahrung gemacht hatte. Sie hatte schon geglaubt, dass sie überhaupt nicht in der Lage war, ein – sie scheute sich immer noch, darüber nachzudenken – Gefühl der Verliebtheit zu empfinden. Aber nun war ja alles gut. Er dachte sicher genauso. Sie war nicht abgeneigt, ihn mal wieder zu treffen. Sex an sich war ja gut für den Körper. Er befreite. Er wischte angestaute Aggressionen weg, wurde sogar vom Arzt verschrieben. Warum also nicht? Genauso würde sie ihm das heute Abend sagen, wenn sie sich trafen – Sex, ohne Bedingungen von beiden Seiten, vielleicht ab und zu mal ein Gespräch. Reden konnte man gut mit ihm. Er war auch ein guter Zuhörer, aber mehr durfte nicht zwischen ihnen sein. Sie wollte sich nicht verbiegen, nicht für einen Mann.

*

Beim Verlassen des Heims bemerkte Messira den Mann nicht, der sich eng in eine Hausnische drückte und sie beobachtete. Er war hager mit eingefallenen hohlen Wangenknochen. Seine Augen ließen sich tief in den Höhlen nur ahnen, weil gefährliche Blitze von ihnen ausgingen, die er in Messiras Richtung schleuderte. Sein dünnes Haar bewegte sich träge im aufkommenden Wind. Schwer vom Fett, das es in einer Woche aufgesaugt hatte, verharrte es lieber an seinem ursprünglichen Platz, als sich in luftige Höhen entführen zu lassen. Dunkelgrau mit weißen eingefärbten Streifen wirkte es eher wie das Fell eines altersschwachen Zebras, nicht wie das Haar eines Menschen.

Sie ging an ihm vorbei, ganz in Gedanken versunken. Er trat aus dem Schatten der Nische und sah ihr nach, bis sie um die nächste Straßenecke bog. Erst dann rief er einen Gleiter. Am Vorabend hatte er sie besuchen wollen. Seit langem wollte er mal wieder die Gelegenheit nutzen. Sein Sohn war inzwischen ins Kinderheim übergesiedelt. Nun hatte er wieder mehr Zeit. Wenn er ihn an den Wochenenden sehen wollte, musste er eine Partnerin vorweisen, oder eine Sondergenehmigung beantragen. Also wollte er sich bei der Kleinen wieder in Erinnerung bringen. Da sah er sie eng umschlungen mit diesem Mann nach Hause kommen. Das brachte ihn fast um den Verstand.
Dass sie jede Woche in einem Liebeszentrum verkehrte, machte ihm nichts aus, im Gegenteil. Sollte sie nur ihre Erfahrungen sammeln. Umso besser würde sie ihn dann bedienen können. Dass sie aber eine Beziehung mit einem Mann einging, das schmeckte ihm absolut nicht. Eine solche Beziehung barg immer die Gefahr einer emotionalen Bindung in sich. Was, wenn sie sich zu stark an diesen Menschen hing? Dann konnte er mit Sicherheit seine Bedürfnisse ihr gegenüber vergessen.
Schnell hatte er sich versteckt und die ganze Nacht hier vor ihrer Tür ausgeharrt, ohne ein Auge zuzutun. Im Stillen hatte er die Hoffnung gehegt, dass ihr unbekannter Besucher wieder gehen würde. Er hatte vorgehabt, ihm heimlich zu folgen, um herauszufinden, um wen es sich handelte. Der Mann aber, den sie gestern abgeschleppt hatte, befand sich noch immer in ihrem Zimmer. Zwischen ihnen musste es ernsthaft gefunkt haben. Eigentlich hatte er nicht geglaubt, dass sie in der Lage war, eine Beziehung mit einem Mann einzugehen. Sie wirkte immer so menschenscheu und unnahbar. Die Anonymität im Sexzentrum schien besser zu ihr zu passen als eine Partnerschaft.
Tief enttäuscht nahm ein furchtbarer Plan in seinem kranken Hirn Gestalt an.

*

»Was schlägst du mir da vor!«, schrie Nico Messira am Abend an. »Du willst mich nur ab und zu sehen, wenn du Gesprächsbedarf hast, oder Sex suchst?«
»Ja«, sie bemühte sich, ihre Stimme so kalt wie möglich klingen zu lassen, aber ihr Herz sprach eine andere Sprache. »Ich will dich nicht verlieren. Versteh mich nicht falsch. Das gestern mit uns war wunderschön. Das will ich ab und zu mal genießen, aber sonst nichts. Ich möchte keine feste Beziehung. Ich will mich an niemanden binden.« Sie sprach sehr schnell, so als hätte sie Angst, er könnte sie unterbrechen oder sie könnte es sich noch einmal anders überlegen.

»Genießen willst du mich ab und zu? Es tut mir Leid«, antwortete er verächtlich und wandte sich zum Gehen. »Das kann ich nicht. Entweder ich führe eine richtige Beziehung, oder ich gehe in eines dieser Sex-Zentren. Klar, dass man noch nicht sagen kann, ob unsere Beziehung von Dauer sein wird, das muss die Zeit zeigen. Ich wollte uns wenigstens eine Chance geben, aber du warst anscheinend von Anfang an nur auf Sex aus. Es tut mir leid, dafür musst du dir leider einen anderen suchen. Ich stehe nicht zur Verfügung.«
Wütend verließ er das kleine Restaurant. Benommen blickte sie ihm nach. Die Augen wurden feucht. Sie wischte mit der Hand darüber. Trotz keimte in ihr auf. *Geh ruhig!,* dachte sie. *Vielleicht ist es gut so.* Dann wandte sie sich um und ging Richtung Bar.
»Ein Glas Champagner!«, bestellte sie.
Ein Grund, die Unabhängigkeit zu feiern! Sie brauchte ihn nicht. Sie war bis jetzt 21 Jahre ohne ihn zurechtgekommen, da würde sie den Rest ihres Lebens auch noch ohne ihn bewältigen.

UNTIEFE (BEJAHEND)

Erst durch das Einlassen auf seine besonderen Stärken und das Erkennen seiner Schwächen erlangt ein Menschenleben Tiefe. Ein Finden und Verweilen setzt ein.
Das Wort »Untiefe« ist ein Wort, das zwei sich widersprechende Bedeutungen haben kann. In der Schifffahrt steht Untiefe für ein Gewässer, das an bestimmten Stellen sehr flach ist, so dass ein Schiff auf Grund laufen kann. Die Vorsilbe »Un« kann aber auch als besondere Betonung einer großen Tiefe, einer großen Menge, einer großen Zahl gebraucht werden, so wie bei den Wörtern »Unsumme« oder Unmenge«. Im ersten Fall ist »Un« als Verneinung anzusehen, im zweiten als Bejahung. Untiefen in bejahendem Sinne sind in Flüssen an Stellen zu finden, an denen der Untergrund abschüssig ist. In diesen Löchern bleibt das Wasser stehen, während der Fluss darüber hinweg fließt. Untiefen zeichnen sich also durch träges Wasser aus. Das Wasser ist in seinem Untergrund gefangen, der Austausch zwischen den darüber liegenden Wassermassen und dem am Grund liegenden Wasser vollzieht sich nur langsam, wenn überhaupt. Wasser in solchen Untiefen ist arm an Sauerstoff, aber reich an Nährstoffen. Es kann sich Faulschlamm bilden. Informationsaustausch findet so gut wie gar nicht statt. Wasser in Untiefen ist immer kälter als das normale Flusswasser. Die Sonnenstrahlen dringen nicht so tief ein, um das Wasser zu erwärmen, außerdem sinkt kaltes Wasser nach unten, da es schwerer ist als warmes.
Tiefe Wasser sind still. Eine Untiefe ist die Stelle, an der ein Teil des Wassers ein wenig verweilen kann. Während rechts und links neben der Tiefe der Fluss vorbeihastet, bleibt das Wasser in der Tiefe ruhen. Es bedarf schon einer gewissen Anstrengung, das unten stehende Wasser wieder an die Oberfläche zu befördern, damit es seinen Lauf fortsetzen kann. Untiefen haben energetisch gesehen ein niedriges Niveau. Durch seine Ortsbindung sammelt das Wasser andere Eindrücke als wenn es schnell vorbeizieht. Ein schnell fließendes Gewässer schnappt Bruchstücke seiner Umgebung wie ein Beobachter aus einem fahrenden Zug auf, kann also viele Eindrücke in sehr kurzer Zeit verarbeiten, bleibt aber an der Oberfläche. Ein stehendes Gewässer ist wie ein Theaterbesucher, der ein Stück auf der Bühne beobachtet. Es verarbeitet weniger Eindrücke in längeren Zeiträumen, geht dabei aber in die Tiefe.

***

Seit diesem Abend, da er wusste, dass sie die Nacht mit einem Mann verbracht hatte, war ein Jahr vergangen. So lange spionierte M0111 nun schon heimlich hinter Messira her, aber sie hatte eine blütenweiße Weste. Es gab nichts, womit er sie festnageln konnte. Auch schien die Begegnung mit diesem Mann nur ein One-Night-Stand gewesen zu sein, denn er hatte ihn nie wieder mit ihr zusammen gesehen. Er hatte schon einige Besuche bei ihr hinter sich gebracht, in denen sie nur nach ihrer Mutter gefragt hatte.

Immer musste er sich neue Storys aus den Fingern saugen. Es rührte ihn, wie sie an seinen Lippen hing, aber ewig konnte das nicht so weitergehen. Wenn er doch nur einen wunden Punkt bei ihr finden könnte. Dann hätte er ein Druckmittel gegen sie in der Hand. Vorsichtig in die Waagschale gelegt, musste das genügen, sie davon zu überzeugen, dass er was gut hatte bei ihr. Was verlangte er denn schon? Nur an den Wochenenden wollte er sie um sich haben, da sollte sie seinen Sohn beaufsichtigen. Er stellte sich vor, wie sie Junior ins Bett brachte. Und vielleicht, man konnte ja nie wissen, erwachte mit der Liebe zum Kind auch die Liebe zum Vater. Er freute sich auf den Tag, da er sie pausenlos um sich haben würde. Ihr Geruch, der entfernt nach Vanille erinnerte, wirkte beruhigend und anregend zugleich auf ihn.

Das Kind war nun schon zwei Jahre alt und lebte sieben Tage in der Woche im Heim. Er hatte zwar eine Sondergenehmigung bekommen, den Kleinen an den Wochenenden zu besuchen, aber wie sollte er das bewerkstelligen mit seinen ewigen Nachtdiensten und Spätschichten. Man hätte ihn sicher vom Dienst am Wochenende befreit, wenn er einen Antrag gestellt hätte. Aber wollte er das denn? Eigentlich nicht!

Eine Frau sollte sich um den Jungen kümmern, und da im Moment keine ständige Begleiterin an seiner Seite weilte, musste sein Sohn wohl oder übel auch an den Wochenenden im Heim bleiben. Er war davon überzeugt, dass ihm das nicht schaden könne. Schließlich war es ihm selbst nicht anders ergangen, nur hätte er gern mehr Einfluss auf den Bengel gehabt. Irgendwann wollte er ihn nämlich über seine wirkliche Herkunft aufklären. Das ging jedoch nur, wenn der ihn nicht an die Behörden verpfiff und dafür musste er so viel wie möglich mit ihm zusammensein, damit der Kleine ihm vertraute.

Während seiner Besuche verhielt Messira sich ihm gegenüber höflich aber zurückhaltend. Und obwohl er süchtig nach ihr war und sich danach verzehrte, sie in seine Gewalt zu bringen, gab er sich jedes Mal die allergrößte Mühe ruhig zu bleiben. Dafür reagierte er sich anschließend im Sexzentrum ab. Er tröstete sich damit, dass jeder Mensch einen schwarzen Fleck auf seiner weißen Weste hat. Es war nur eine Frage der Zeit, wann er ihren wunden Punkt finden würde.

*

Das Studium war schwerer, als Messira gedacht hatte. Sie hatte kaum freie Zeit. Hinzu kam, dass sie immer das Beste geben wollte, also lernte sie von früh bis spät. Ihre Besuche im Liebeszentrum wurden unregelmäßiger. Manchmal vergaß sie den festen Termin mit ihrem Freund über der Arbeit. Sie ließ zwei bis drei Wochen verstreichen. In der dritten oder vierten Woche, wenn sie – inzwischen ausgehungert nach Zuwendung und sexbesessen – sich erinnerte, dass da jemand auf sie wartete, erschien sie unerwartet.
Er war genauso vernarrt in das Spiel wie sie, doch wenn sie es zu weit trieb, ließ er sie spüren, dass er die gleiche Macht über sie besaß. Dann kam es schon mal vor, dass er ihr alles zurückzahlte. Ihre beiden verlorenen Seelen schienen mit einer unsichtbaren Kette zusammengeschmiedet. Der Schlüssel dieser Kette lag in den Tiefen ihres Unterbewusstseins verborgen. Diese Kette war so stark, dass keiner von beiden imstande war, sie zu zerbrechen. Sie litt Höllenqualen, wenn er nicht kam und umgekehrt ging es ihm genauso. Nie hatte einer Sex mit einem anderen.
Obwohl sie weder Namen noch Adresse voneinander kannten, waren sie sich so vertraut geworden wie Menschen, die jahrelang in einer festen Beziehung leben. Sie kannten jeden Quadratzentimeter ihrer Haut und auch das eine oder andere Geheimnis, das sie sich in den Jahren anvertraut hatten, wohl wissend, dass keiner von beiden es zu seinem Vorteil weitergeben konnte. Diese Freiheit reizte sie anfangs. Längst aber hatten sie bemerkt, dass die vermeintliche Freiheit in Abhängigkeit übergegangen war.
Mit Nico verband sie hingegen etwas ganz anderes. Es war eine ungestillte leidenschaftliche Liebe, die sie sich nicht eingestehen wollte. Diese Sehnsucht drohte sie zu verbrennen. Auf keinen Fall wollte sie sich verlieren. Ihr Stolz ließ es nicht zu, sich einem Menschen ganz hinzugeben. Die Angst, verletzt zu werden saß tief. Das war der Grund, warum sie Nico auf Abstand hielt. Sie hatte ihn seit eineinhalb Jahren nicht mehr gesehen. Nachdem sie ihm so unmissverständlich klargemacht hatte, dass sie nur an einem Abenteuer interessiert war, hatte er sich nicht mehr gemeldet. Dabei wusste er genau, wo in der Fakultät er sie finden konnte. Wenn er gewollt hätte, dann wäre es ein Leichtes gewesen, sie zu kontaktieren. Den elektronischen Code ihres Armbandes kannte er, ihre Adresse auch. Wie selbstverständlich nahm sie an, dass er den ersten Schritt tun müsse. Nie kam ihr in den Sinn, dass auch sie in der Lage war, den Kontakt aufzunehmen. Sie wollte sich keinen Millimeter auf ihn zu bewegen. Stur beharrte sie darauf, dass nicht sie schuld an ihrer Trennung war.
Sie hatte ihm ein Angebot gemacht, das ihrer Meinung nach vernünftig war und erwartete von ihm, dass er darauf einging. Es wollte nicht in ihren Kopf, dass sie ihn verletzt haben könnte. Im Gegenteil, sie fühlte sich von

ihm verletzt. Die Erkenntnis, einen Mann so leidenschaftlich zu lieben, hatte ihre Sicht auf die Dinge verdreht. Zuerst war sie erschrocken und hilflos gewesen, dann aber hatte sich ihre Ohnmacht in blinde Wut gegen sich selbst verwandelt. Messira war ein Mensch, der es gewohnt war, alles im Leben allein zu regeln. Sie lebte mit einer einsiedlerischen Gelassenheit mitten unter den Menschen, aber nicht mit ihnen. Das sollte ihrer Meinung nach auch so bleiben. Ein Mann in ihrem Leben – undenkbar!

Und doch war Nico allgegenwärtig. Sie konnte dieses Gespenst nicht loswerden. An jedem Abend, bevor sie einschlief, war er ihr letzter Gedanke und morgens, wenn sie erwachte, war er ihr erster. Sie hasste sich dafür von Tag zu Tag mehr. Sie fühlte sich wie eine Süchtige, die verzweifelt versucht, von der Droge wegzukommen, der es aber letztendlich nicht gelingt. Manchmal lag sie nachts wach und konnte nicht einschlafen, weil ihr die wildesten Gedanken durch den Kopf gingen. Gedanken über die Liebe, das Leben und den Tod.

Niemand würde nach ihr fragen, wenn sie diesem jämmerlichen Leben ein Ende setzte. Niemand um sie weinen. Die Tatsache, dass sie niemandem wichtig war, hielt sie davon ab, sich etwas anzutun. Sie wollte gehört werden, eine Spur hinterlassen, und sie wusste, dass sie noch eine Aufgabe im Leben zu erledigen hatte.

Ihre Besuche in alten Bibliotheken wurden immer häufiger – eine gute Ausrede, nicht an der wirklichen Welt teilzunehmen, oder diese wenigstens für einige Stunden zu verlassen. Manchmal vergrub sie sich tagelang in einer Bücherei und kam nur zum Schlafen nach Hause. Sie hoffte, ihr Leben in andere Bahnen lenken zu können, indem sie ihrem Wissensdurst gerecht wurde.

So recherchierte sie, wo auf der Welt es seltene Exemplare von Büchern gab und reiste um den Globus, nur um in fernen Städten das eine oder andere zu studieren.

Sie tat das nur für sich. Für ihr Agrarstudium brauchte sie keine Bücher. Die meisten Menschen waren davon abgekommen, Bücher zu lesen. Alles, was ein Student brauchte, fand er in seinen E-Books oder recherchierte er aus dem Internet. Bücher waren eine Macke von ihr. Nur Bücher, die vor Jahrhunderten geschrieben worden waren, konnten ihr die Fragen beantworten, die ihr so brennend auf der Seele lagen.

Es war Mitte Juni. Messira befand sich im vierten Studienjahr. Ihr dreiundzwanzigster Geburtstag stand kurz bevor. Sie rief einen Luftgleiter. Als Zieladresse gab sie Heidelbergensis, einen Stadtteil in Europa-medialis an. Ihre Recherchen hatten ergeben, dass sie dort eines der alten Bücher finden würde, die sie so sehr liebte. Als der Gleiter das Abflugterminal des

nächsten Flughafens erreicht hatte, wartete schon der bestellte Luftcontainer auf sie.
Mit ihr flogen noch drei weitere Passagiere zur selben Zeit. Da Heidelbergensis auf dem alten Kontinent Europa lag, führte der Flug sie durch einen der Luftkorridore. Hierfür setzte die Regierung Flugobjekte ein, die nur in diesen Korridoren rund um den Globus unterwegs waren. Sie hatten das Aussehen von Containern und wurden mit Lichtenergie betrieben. Viele hunderte solcher Korridore waren mit den Flughäfen der ganzen Welt verbunden. Sie bildeten ein Netzwerk, das dem Gewebe von Nervenzellen gleichkam, die miteinander kommunizieren.
Messira hatte schon alle 30 Stadtstaaten der Erde besucht. Riesigen Spinnen gleich bewegten die Container sich in ihren Netzen rund um den Erdball. Metropolis, ihre Heimatstadt, war die größte. Sie befand sich auf dem nordamerikanischen Kontinent und bildete das Zentrum dieses gewaltigen Netzwerks. Um dieses Netzwerk aus Städten zog sich eine Energiebarriere, die neun Zehntel der Landmasse der Erde bedeckte. Alle Weltmeere lagen außerhalb davon. Niemand hatte seit fast dreihundert Jahren mehr Zugang zu ihnen.
Angeblich war das Meer verseucht worden, als die Erde von diesem Virus heimgesucht wurde, und zum Schutz der Bevölkerung wurde anschließend dieser Energiewall gebaut, wie es offiziell hieß. Es handelte sich um ein gigantisches Werk, das innerhalb von dreißig Jahren mit unzähligen Arbeitern und einigen Spezialisten hochgezogen worden war. Messira hatte ihre Zweifel. Sie glaubte nicht daran, dass die Regierung einzig und allein, um die Menschheit vor Unheil zu schützen, die Welt in zwei Teile gespalten hatte. Es musste da noch etwas anderes im Spiel sein. Mit Hilfe der Energiebarriere konnte die Regierung die Menschheit nämlich besser kontrollieren. Diese Barriere verhinderte erfolgreich, dass Menschen in das Outback abwanderten. Vielleicht lag es an dem Sender, der sich in ihrem Chip befand? Es konnte sein, dass der nur eine begrenzte Reichweite besaß, und diese Reichweite die Grenzen des Weltenstaates festlegte.
Niemand wusste, wie es hinter der Barriere aussah. Die Städte der Republik waren keine Städte im eigentlichen Sinne. Sie glichen Reservaten mit verdichteten Wohnsiedlungen, Wäldern, Seen, Flüssen, Freizeitparks, landwirtschaftlichen Flächen und Versuchsarealen. Alles zusammen hatte gigantische Ausmaße. Manche Städte waren so groß wie mehrere Länder des alten Europas zusammen. Und dennoch hatte man ein lokales Gefühl, denn mit Hilfe der Fluggleiter war es ein Leichtes, von einem Ende der Stadt zum nächsten in wenigen Minuten zu gelangen. Metropolis hatte fünf große Flughäfen, die mit Luftkorridoren verbunden waren. Sie ermöglichten es den Bürgern, von Kontinent zu Kontinent in wenigen Stunden zu gelangen.

Der Gleiter, der sie zur Bibliothek bringen sollte, wartete schon am Flughafen. Ein Interkontinentalflug wurde immer von Tür zu Tür gebucht. Von hier aus erreichte Messira ihren Zielort in zehn Minuten. Als sie den Gleiter verließ, hing der betörende Duft der Lindenblüten über den Straßen und Parkanlagen und legte sich wie ein Duftkissen auf die alte Bibliothek, als wollte er das Auge vergessen machen, wie heruntergekommen das Gebäude war. Man sah dem alten Gemäuer an, dass in letzter Zeit keine Mittel mehr investiert worden waren, um es zu sanieren. Messira ging durch die große Halle in den Lesesaal.

Heute wollte sie die Naturvölker des neunzehnten und zwanzigsten Jahrhunderts studieren, deren Ehrfurcht vor allem Lebendigen, ihr Hochachtung abverlangte.

Dem Staat, in dem sie lebte war weder das Leben noch der Tod heilig. Wenn überhaupt etwas Bedeutung hatte, dann die Computer. Sie waren die eigentlichen Herren. Sie regierten die Welt. Wie war es möglich, dass von Menschen geschaffene Maschinen so viel Macht bekommen konnten? Ihre Bestimmung ist es doch, dem Menschen zu dienen, nicht umgekehrt. Und der Mensch selber? Woher kam er? War er nur Zufallsprodukt oder von einem höheren Wesen erschaffen?

Aus ihren Büchern hatte sie gelernt, dass nichts auf der Welt verloren ging, nicht einmal das kleinste Staubkörnchen. Ihre Augen hellten sich auf bei dem Gedanken, dass sie selbst aus dem Material bestand, das schon Generationen vor ihr als Bauplan benutzt hatten.

Was sie in der Republik vermisste, war eine Bindung zwischen den Menschen, sowie eine Bindung zwischen Mensch und Natur. Für die Bürger des einzigen Staates hatte der Tod etwas Abschließendes. Ein Band zwischen Leben und Tod existierte nicht. Starb ein Mensch, löschten die Computer alle Daten, die auf ihn hinwiesen. Es sollte den Anschein erwecken, als hätte er nie existiert. Jedes Schulkind lernte in der Schule, dass es keinen Sinn macht, sich mit toter Materie zu befassen. Tote können nicht mit Lebenden kommunizieren. Ihre Sinne sind erloschen, also sind sie Müll.

Messira holte ein verstaubtes Buch aus dem Regal. Sie hatte einige Mühe das Buch zu tragen. Seine Seiten – von einem Goldrand verziert – lösten sich vom Einband. Schade, dachte sie. Wieso ließ die Regierung es zu, dass so wertvolles Kulturgut ungeschützt zerfiel? Sie entfaltete das Kleinod, Seite für Seite. Eine Wolke feinen Staubes verflüchtigte sich in die Luft. Der Geruch früherer Jahrhunderte entwich aus seinem muffigen Gefängnis.

Sie las: »So wie die Wolken von denen erzählen, die vor uns waren, werden sie auch irgendwann von mir und dir erzählen. So wie ich den Wind auf meinem Gesicht spüre, werden ihn noch Generationen nach mir spüren und haben ihn Generationen vor mir gespürt. So wie die Vögel für mich

singen, singen sie auch für dich und für jeden anderen Menschen. Das Schließen einer Blüte ist identisch mit dem Untergang der Sonne. Alles hat seine Ordnung und seinen tieferen Sinn. Alles ist miteinander verwoben und verflochten, befindet sich in einem immerwährenden Kreis.«
Der Mensch musste nur zuhören. Die Natur hatte ihm so viel zu erzählen. Sie jedenfalls liebte es, allein zu sitzen und einfach nur zu sein. Die Dämmerung – die Zeit zwischen Tag und Nacht – umhüllte sie wie ein Mantel. Das schwindende Licht ließ langsam die Konturen der Gegenstände miteinander verschmelzen.
Sowie die Farben verblassten, tat sich eine neue, ganz andere Welt auf. Es war eine Welt, die nicht vom Lichtsinn dominiert wurde. Mit dem schwächer werdenden Licht verloren die Augen Schritt für Schritt ihre Kraft, bis sie keine Einzelheiten mehr erkennen konnten. Gleichzeitig fühlte sie, wie die anderen Sinne aufmerksamer wurden. Ob es anderen Menschen auch so ging? Oder war die Spezies Mensch schon so abgestumpft, dass sie nicht merkte, wie die Luft in der Nacht die Wangen kräftiger streichelte, wie Blütendüfte, die eigentlich für die Geschöpfe der Nacht gedacht waren, miteinander auch um die Gunst der Menschen wetteiferten.
Sie spürte das alles. Es erregte sie, wenn Regen und Tau den Geruch von nasser Erde aufsteigen ließen. Geräusche wurden lebendiger, erzählten Geschichten.
Je dunkler es wurde, desto weniger Chancen hatte der sonst so dominante Lichtsinn. Eigentlich war das Auge zu bedauern. Durch seine Abhängigkeit vom Licht entging ihm die Hälfte des Tages, während die anderen Sinne rund um die Uhr die Möglichkeit hatten, Eindrücke zu sammeln. War das der Grund, warum der Lichtsinn sich am Tage so provokant in den Vordergrund drängte?
Messira hatte ihr Leben lang das angezweifelt, was die Regierung ihr weismachen wollte. Sie glaubte nicht, dass Menschen bedauernswerte Kreaturen sind, die nach dem Tode zu nichts mehr Nutze sind als zur Düngung des Bodens? Sie wusste, es gibt eine unsterbliche Seele. Doch sie wusste nicht, was mit dieser Seele nach dem körperlichen Tod geschieht, noch wohin sie geht, wenn sie frei wird. Würden die Menschen an eine Seele glauben, müssten sie sich fragen, wie sie Freiheit für diese erlangen können. Wohl nicht, indem sie diesem unmenschlichen Regime dienen, müsste die Antwort dann wohl lauten.
Dieser Staat mischte sich in alles ein. Er hatte die Menschheit domestiziert. Menschen wurden Stück für Stück über die Jahrhunderte wie ihre eigenen Haustiere gehalten. Vom Staat geduldet, gefüttert, gestreichelt, führten sie ansonsten ein erbärmliches Leben, denn sowie sie es wagten, gegen die Regierung zu opponieren, wurden sie empfindlich bestraft.

Der Wert eines Menschen war auf dem Tiefpunkt angelangt. Arbeit war vergleichbar mit dem Tun eines Roboters. Die Menschheit lebte nur, um zu arbeiten, nicht umgekehrt. Auch das Denken war dem Menschen weggezüchtet worden. Die vielen Manipulationen an ihren Gehirnen, führten zwar dazu, dass die Menschen meinten, zu denken. In Wahrheit aber machte sich kein einziges Neuron mehr freiwillig die Mühe, eine Nachricht von Synapse zu Synapse zu übertragen. Sie alle wurden von außen gesteuert.
Sie stellte das Buch zurück und ergriff ein neues. Zu jeder Zeit haben Menschen sich Gedanken gemacht, woher sie kommen und wohin sie gehen und was einen Menschen ausmacht.
Ein Exemplar des Anthroposophen Kurt Herberts fiel ihr in die Hände. Es stammte aus dem 20. Jahrhundert und hatte den Titel: Ich suche den Menschen. Sie blätterte ein wenig darin. Der Stil gefiel ihr, also setzte sie sich in eine ruhige Ecke und las.
»Die Frage, was unterscheidet den Menschen vom Tier, beantworten die meisten damit, dass sie darauf verweisen, dass es allein dem Menschen möglich sei, die Welt kognitiv zu erfassen. Ist es wirklich so einfach? Auch das Tier ist in der Lage, zu lernen, kann kreativ sein, sogar in einigen wenigen Fällen eine Art Sprache entwickeln. Eines jedoch können Tiere nicht. Sie können nicht dankbar sein. Deshalb machen Tiere sich auch keine Gedanken. In dem Wort Gedanke steckt ja schon das Danken mit drin. Wer sich Gedanken macht, der staunt, verehrt, fragt. Tiere fragen nicht danach, wer das Gras wachsen lässt, noch wer ihnen selbst das Dasein gab. Mit sturer Selbstverständlichkeit fressen sie die ihnen angebotene Nahrung. Sie empfinden Freude und Schmerz und dulden den Menschen bedingungslos. Sie sind zufrieden, wenn ihre Bedürfnisse befriedigt werden und leiden, wenn dies nicht der Fall ist. So können sich zwischen Mensch und Tier regelrechte Symbiosen entwickeln, aus denen beide Seiten ihren Nutzen ziehen.
Der Hund bewacht das Anwesen, weil es in seiner Natur liegt. Er freut sich, wenn die Familie komplett ist, weil er ein Rudeltier ist. Genauso freut er sich, wenn die Menschen sich mit ihm beschäftigen. All diese Dinge sind ihm angeboren. Dankbar ist er sicher nicht, denn Dankbarkeit setzt voraus, dass er Zusammenhänge erkennt. Wir werden ihn wegen seines Mangels an Nachdenklichkeit, Staunen, Ehrfurcht und Dankbarkeit nicht verurteilen: er kann nicht anders. Er ist eben ein Tier.
Vielleicht können sogar wir Menschen in einem solchen Zustand sturen Dahinlebens und Dahingenießens – zumindest vorübergehend – existieren, aber nur, solange unsere Bedürfnisse die Bedürfnisse der Tiere nicht wesentlich übersteigen.

Was jemand braucht, hängt nämlich vom Range seiner Existenz ab Wer denkt, der dankt! Die höchste Form des Dankens ist jedoch das Beten, das Dankgebet. Wer sich die Voraussetzungen vergegenwärtigt, denen er seine Existenz verdankt, der verhält sich dementsprechend – er dankt. In diesem Sinne können Tiere nicht denken und daher auch nicht danken. Menschen aber können es, und daher entscheidet die Fähigkeit zu denken und zu danken über den Grad der jeweils verwirklichten Menschlichkeit.
Viele sehen sich nur als Produkt zufälliger Molekular-Kombinationen, also als Zufallsprodukt. Wie kann das richtig sein? Denn schon unsere Maschinen und Geräte sind keine Zufallsprodukte, sondern verdanken ihre Existenz einem hohen Grade an geistiger Planung. Müssten wir selbst nicht zu dem Schluss kommen, dass wir unsere eigene Existenz einer noch größeren, für uns unermesslichen Weisheit verdanken?«[1]
Dahingenießen! Sie fand, dass dieses Wort genau das traf, was heute mit der Menschheit geschah. Fast 400 Jahre nach Kurt Herberts suchte die Menschheit noch immer, oder hatte sie das Suchen längst aufgegeben? Wenn nicht, wird es ihr jemals gelingen, sich selbst zu finden? Sind wir nur Sklaven der Zeit und unseres Konsums? Oder ist da noch was anderes. Etwas, das das Menschsein ausmacht? Etwas, was uns von den Tieren unterscheidet?
Die Zeit verging. Sie merkte gar nicht, wie vertieft sie war. Das nächste Buch handelte von der indianischen Mythologie. Diese Mythologie zeichnete sich durch einen anderen Zeitbegriff aus als den, den der heutige Mensch darunter verstand. Sie versuchte zusammenzufassen:
»Zeit ist nebensächlich. Was ist schon ein Menschenleben gemessen an der Unendlichkeit des Weltalls? Die Menschen sind Teil des gesamten großen Rades des Lebens. Jeder hat seinen Platz. Ehrfurcht vor jedem Lebewesen, auch vor Unbeseeltem und die Bewahrung der Schöpfung stehen im Vordergrund. Hier sagt mir kein Chronometer wie spät es ist. Ich erkenne die Tages- und Jahreszeit am Sonnenlicht und der Vegetation. Hektische Bewegungen kommen nur durch natürliche Vorgänge zustande. Einzig der Fluss fließt eilig dahin, und der Wind rüttelt an den Bäumen. Ich selbst stehe ganz still und warte, lasse einfach geschehen, Teil des gesamten Großen zu sein ist mir genug. Auch die Zeit zwischen Abend und Morgen hat ein ganz eigenes Gepräge, ist fast eingefroren oder nicht vorhanden.

---

[1]Kurt Herberts: »Ich suche den Menschen – Vom Geheimnis der Erkenntnis und Liebe geistiger Führung und Selbsterneuerung«, Aurum Verlag 1980

Hier kann ich Zeit in Zeitlupe erfahren. Jeder kennt diese Augenblicke, in denen die Zeit stillzustehen scheint. Aber wenn wir den Kinderschuhen entwachsen sind, werden diese immer seltener.«
»Wir schließen gleich!«, sagte eine Stimme hinter ihr.
Der Bibliothekar schlürfte in gebückter Haltung auf sie zu und musterte sie freundlich. Nie hatte sie solch lebendige Augen in einem alten Gesicht gesehen.
»Ich lese nur noch diesen Absatz zu Ende.« Sie nickte ihm zu und wandte sich wieder ihrer Lektüre zu.
»Nun gut. Fünf Minuten!«, sagte der Alte, und seine Schritte verloren sich in dem großen Raum.
Messira sah sich um. Die Reihen hatten sich gelichtet. Es saß außer ihr nur noch ein älterer Herr an einem Tisch und las. Auch ihn machte der Bibliothekar auf die Schließung aufmerksam. Messira schaute auf ihr Tech-Wear. Schon zwanzig Uhr. Heute würde sie nicht mehr nach Hause fliegen. Es gab so viel, was sie morgen noch recherchieren wollte. Sie musste sich eine Unterkunft suchen.

*

Die Innenstadt, in der sich die Bibliothek befand, war überfüllt mit Menschen. Eigentlich ungewöhnlich,. Sonst waren die Straßen fast das ganze Jahr über menschenleer. Zurzeit fand aber ein Festival statt. Das hatte die Menschen wohl kurzzeitig auf die Straßen gelockt.
Der Mann am Empfang der Pension war sehr unfreundlich: »Ihr Tech-Wear!«
Sie reichte den linken Arm über den Tresen. Er scannte die Daten. Während er diese mit dem Chip in ihrem Oberarm verglich, zitterten seine Hände. Vielleicht war er Alkoholiker oder hatte einen Nervenschaden, wäre kein Wunder, bei dem, was die Regierung so mit ihren Bürgern veranstaltete. Er wirkte hinter seinem Tresen wie ein Pfahl, den man in die Erde gerammt und vergessen hatte, zu betonieren. Wie eine Fahne im Wind stolperte er hin und her. Aus schwarzen leeren Augenhöhlen sah er sie an. Kein Muskel regte sich in seinem Gesicht. Seine Bewegungen wirkten so abgehackt, als wäre er kein Mensch, sondern eine Marionette. Und er schien mit seinen Gedanken ganz woanders zu sein.
»Sie bleiben nur für eine Nacht?« Er stellte sich ungeschickt an. Der Datentransfer schien ihm nicht so recht von der Hand zu gehen. Fast war sie versucht, einzugreifen.
»Hatte ich eigentlich vor«, beeilte sie sich zu sagen.
Sie blickte aus dem Fenster, um ihn nicht fortwährend anstarren zu müssen. Ein kleiner Käfer lief auf wackeligen Beinchen die Scheibe hinauf. Da

sprühte die Regierung Gift, setzte Genetik ein, um Insekten unfruchtbar zu machen, aber es schien nicht zu helfen. Sie waren nicht auszurotten. Irgendwie musste es den Viechern gelungen sein, die Energiebarriere zu durchbrechen, oder vielleicht waren sie durch die Erde gekommen. Messira freute sich für den kleinen Kerl. Nicht tot zu kriegen, der Bursche, dachte sie.

»Sie können verlängern, wenn Sie wollen«, riss der Mann sie aus ihren Gedanken und buchte den Betrag für eine Nacht von ihrem Konto ab.

»Danke, aber das wird nicht nötig sein.«

Messira rief den Fahrstuhl, indem sie ihr Tech-Wear auf einen dafür vorgesehenen Empfänger an der Wand richtete. Ohne dieses Ding ging gar nichts. Sie konnte nicht mehr zählen, wie oft sie es allein heute schon eingesetzt hatte.

Die Pension machte einen schmuddeligen Eindruck. Auf die Schnelle hatte sie nichts Besseres gefunden. Alle Quartiere waren wegen des Festivals ausgebucht gewesen. Fast hätte sie wieder heimfliegen müssen.

Der lange dunkle Flur erinnerte an eine unterirdische Grotte. Die Farbe des Teppichs war nicht mehr zu erkennen. Ab und zu standen rechts und links im Gang eichene Truhen. An den Wänden hingen Ölgemälde mit Jagdszenen. Es roch, als würden hier nie die Fenster geöffnet. In einer feuchten Höhle wäre man sicher besser dran gewesen. Der Fußboden knarrte. Dieser Flur sehnte sich nach weiter nichts als nach Luft und Licht.

Mit einem Ruck hielt der Fahrstuhl. Die Tür quietschte wie ein schlecht geöltes Eisentor.

»Sechster … Stock! … Zimmer 645!«, verkündete die elektronische Stimme.

Eine unsichtbare Wolke von Schweiß, Talg, abgestorbenen Hautzellen, Desodorant und Parfüm floh aus ihrem Gefängnis. Angewidert prallte Messira zurück. Es half nichts. Sie musste da rein. Sie versuchte den Atem so lange wie möglich anzuhalten und zählte die Sekunden, während der Fahrstuhl nach oben fuhr.

Als die Tür sich wieder öffnete, verteilte der Geruch sich schnell im Flur, aber die Dunkelheit blieb. Die Tür zu ihrem Zimmer öffnete sich knarrend, als sie das Display ihres Armbandes an den Mechanismus hielt. Das Haus bestätigte den ersten Eindruck, den sie von ihm gehabt hatte. Es war dunkel, alt und schlecht belüftet. Die Klimaanlage musste defekt sein. Sie wollte nur noch duschen und ins Bett.

Die Zimmereinrichtung nahm sie mehr nebenbei wahr: ein Bett, das mit einer altmodischen Wolldecke bezogen war, ein Schrank, dem die rechte Tür fehlte, ein Nachttisch mit einer überdimensionalen laternenartigen Lampe, wieder ein Teppich, der vor Schmutz starrte und dessen Farbe nicht zu ermitteln war und samtene Vorhänge mit einer Schabracke, wie man sie

Ende des 20. Jahrhunderts noch gelegentlich sah. Der Eindruck von Muffigkeit setzte sich in dem alten Bad fort. Sie öffnete die Fenster weit und begnügte sich damit, dass sie fließendes Wasser und eine Schlafstatt hatte. Es dauerte nicht lange, und sie fiel in einen traumlosen Schlaf.
Gegen Null Uhr sechs wurde sie von Stimmen und Schüssen geweckt. Die Stimmen wurden lauter, dann hörte sie hastige Schritte. Vor ihrer Tür hielten die Schritte plötzlich an. Es klopfte erst zaghaft, dann energischer. Messira stolperte aus dem Bett und öffnete unwirsch. Eine junge Frau stand zitternd im Gang. Sie sah so herzzerreißend hilflos aus, dass Messira nicht lange überlegte und sie in ihr Zimmer zog. Dann schloss sie hastig die Tür.
»Um Gottes Willen, was ist passiert?«, fragte sie.
»Ich werde verfolgt«, brachte die Frau leise heraus, dann legte sie den Zeigefinger der rechten Hand an ihren Mund, um Messira anzudeuten, dass sie still sein sollte. »Ich bin nicht hier!«, zischte sie und versteckte sich unter dem Bett.
Wieso ausgerechnet unter dem Bett. Jeder würde da zuerst nachschauen. Messira konnte die Schwierigkeiten förmlich riechen, die auf sie zukamen. Es blieb keine Zeit, um zu korrigieren. Der Tumult auf dem Flur wurde lauter.
»Machen Sie die Tür auf!«, schrie jemand, »oder ich verschaffe mir gewaltsam Eintritt.«
»Moment«, rief Messira verschlafen und ging betont langsam und bedächtig zur Tür. »Unverschämtheit, mich mitten in der Nacht zu wecken. Was gibt es?«, rief sie hinter der verschlossenen Tür.
Sie war bemüht, ihrer Stimme einen gereizten Tonfall zu geben. Sie hatte bemerkt, dass ein sicheres Auftreten bei den Behörden Eindruck machte. Um die Tür zu öffnen, benutzte sie abermals ihr Armband. Sie legte es eigentlich nur beim Duschen ab. Die Angst, es zu verlieren, ließ sie es fast ununterbrochen tragen.
Zwei Männer schoben blitzschnell ihre Füße in den Türspalt. Sie bauten sich in ihrer ganzen imposanten Größe vor Messira auf, drängten sie zur Seite und nahmen das Zimmer in Augenschein.
»Was fällt Ihnen ein? Können Sie sich ausweisen?«, polterte sie.
Keine Frage, sie konnten!
Hochnäsig streckten sie Messira ihre Handgelenke entgegen.
»Was haben Geheimpolizisten bei mir zu suchen?«, wollte sie wissen.
Dabei verlor sie zum Glück keinen Augenblick ihre Fassung.
»Wir verfolgen eine flüchtige Verbrecherin. Die Frau ist gefährlich. Haben Sie etwas bemerkt?«, fragte der Eine.
Messira kreischte hysterisch und griff nach der Hand des größeren Polizisten. »Bin ich in Gefahr? Ich hoffe nicht. Während sie mich hier aus

dem Schlaf gerissen haben, wartet die Frau vielleicht schon auf eine Gelegenheit, bei mir einzudringen. Bitte bleiben Sie hier und beschützen Sie mich.«

Sie klammerte sich ganz fest an die Hand des Polizisten und wollte diese gar nicht mehr loslassen. Dabei übertrieb sie ein wenig. Um noch überzeugender zu sein, gähnte sie demonstrativ, ohne sich die Hand vor den Mund zu halten. »Wenn sie bei mir bleiben, habe ich keine Angst. Ich bin so müde, dass ich mich sofort wieder hinlegen muss.«

Der Kleinere von beiden sah sich in dem Appartement um. Er schaute in Schränke und Sanitärbereich.

Der Größere, dessen Hand sie noch immer festhielt, meinte: »Ihnen passiert nichts. Dafür sind wir ja da. Wir kriegen das Individuum, darauf können Sie sich verlassen. Gehen Sie beruhig wieder schlafen.«

Messira schmeichelte ihm. »Da bin ich aber beruhigt. Die Bürger können sich glücklich schätzen, solche Ordnungshüter zu haben wie Sie, meine Herren. Ich halte mich hier zu Studienzwecken auf. Nicht auszudenken, wenn mir ein solches Subjekt in die Quere kommen würde.«

Sie trug ein wenig dick auf, aber mit diesen Handlangern des Staates musste man so reden, die sollten gleich wissen, wie wertvoll ihre Arbeitskraft für den Staat war, sonst erlaubten die sich alles.

»Sorgen Sie dafür, dass dieses Subjekt so schnell wie möglich gefasst wird. Ich werde Sie lobend bei Ihren Vorgesetzten erwähnen.«

Zum Beweis, dass es ihr ernst war, notierte sie sich die Dienstnummern der Polizisten auf ihrem Tech-Wear. Die Männer waren durch Messiras sicheres Auftreten sichtlich beeindruckt.

»Entschuldigen Sie die Störung«, sagte der Größere. »Wir werden uns bemühen, die Flüchtige so schnell wie möglich dingfest zu machen. Eine gute Nacht noch.«

Er tippte sich an seine Mütze. Sollte wohl eine Art militärischer Gruß sein, den sie nicht verstand, dann verließen beide den Raum.

Erleichtert kam die junge Frau aus ihrem Versteck hervor. Sie war über und über mit Staubfusseln bedeckt.

»Danke, dass Sie mich nicht verraten haben.« Die leicht vibrierende Stimme verriet die Anspannung der Sprecherin.

»Ich freue mich, wenn ich helfen konnte«, meinte Messira und klopfte die Frau ein wenig ab »Sie sehen nicht wie eine Diebin aus. Warum jagt man Sie?«

»Ich will Sie da nicht mit reinziehen.« Die Fremde lächelte verlegen. »Am besten, ich mache mich gleich wieder aus dem Staub.«

Messira musste lächeln, weil sie eben damit beschäftigt war, der Fremden die letzten Fusseln aus den Haaren zu ziehen.

»So!«, sagte sie anschließend. »Das habe ich für Sie schon übernommen. An Ihrer Stelle würde ich bis morgen früh warten. Man weiß nie, ob die nicht noch irgendwo lauern. Sie können gern hier bei mir übernachten.« Messira wies auf das Doppelbett. »Es bietet Platz für uns beide.«
»Ich will keine Umstände machen.«
»Ach was! Ihre Gesellschaft wird mir guttun.«
Neugier war schon immer eine Schwäche von Messira gewesen, und sie hoffte, dass die Frau ihr morgen das Geheimnis, das sie umgab, verraten würde.
Sie ging zum Kühlschrank und holte ein Getränk aus dem Vorrat. Gläser fand sie im Regal daneben.
»Trinken Sie«, forderte sie die Fremde auf. »Dann hoffe ich, dass wir noch etwas Nachtruhe bekommen.«
Gierig trank die Frau das Glas leer. Sie hatte wohl lange nichts mehr gehabt. Danach wurde sie etwas mitteilsamer.
»Der Staat sucht mich, weil ich gegen ihn demonstriert habe. Ich habe Plakate an öffentlichen Gebäuden angebracht.«
»Plakate?«, fragte Messira, die noch nie etwas davon gehört hatte.
»Plakate kennt heute kaum jemand mehr«, klärte die Frau auf. »Wir vom Widerstand haben eine geheime Druckerei. Wir stellen Papier her und drucken Botschaften an die Bevölkerung darauf. Diese Plakate kleben wir dann an Hauswände. Wir machen das meist nachts, wenn keine Menschen auf den Straßen sind.«
»Und was steht drauf auf euren Plakaten?«, wollte Messira wissen.
»Lasst euch nicht euer Recht auf Selbstbestimmung nehmen! Oder: Mein Körper gehört mir, nicht euch, um nur zwei Beispiele zu nennen.«
»Sehr interessant! Das habe ich auch schon immer gedacht«, bestätigte Messira.
»Wirklich? Dann komm doch zu uns! Wir brauchen Leute, die so denken wie du. Diesem verdammten Staat muss jemand das Handwerk legen.«
Die Fremde ballte vor Wut ihre rechte Faust und ihre Wangen röteten sich vor Eifer.
Messira war nicht mehr aufnahmebereit.
»Morgen sehen wir weiter. Ich brauche unbedingt etwas Schlaf. Lass uns zu Bett gehen«, forderte sie.

Am nächsten Morgen wollte Messira wissen: »Hast du einen Namen?«
Zu ihrer Überraschung sagte die Frau: »Klar! Kennst du Jemanden, der keinen hat?«
Die frische unkomplizierte Art der Frau gefiel ihr gut, also wurde sie mutiger: »Na dann lass‘ hören!«

Die Fremde hatte ein offenes Lachen.
»Ich heiße Margrit und du?«
Vorsicht war geboten! Eine unbekannte Frau, die von der Polizei gesucht wurde, bedeutete vielleicht Gefahr. Aber Margrit war gesegnet mit einer ansteckenden Fröhlichkeit. Sie konnte in einem Augenblick in sich ruhen wie ein tiefer See und im nächsten lossprudeln wie eine Quelle und das, obwohl sie ständig in Gefahr war, entdeckt zu werden. Messira ließ sich von der Frau mitreißen. Sie blieb anonym, solange die Fremde nicht ihre Identifikations-Nummer kannte. »Ich heiße Messira«, sagte sie deshalb freundlich.
»Schöner Name.« Margrit reichte ihr die Rechte. »Vielen Dank noch mal.«
Messira war es peinlich, so hervorgehoben zu werden, deshalb schwächte sie ihre Leistung sofort ab. »Jede andere hätte genauso gehandelt.«
»Das glaubst aber nur du!«
Margrit pustete eine Locke ihres halblangen dunkelbraunen Haares aus der Stirn, die sich selbständig gemacht hatte. Sie war ein wenig größer und kräftiger als Messira. Ihre braunen Augen verengten sich.
»Ich glaube, es gibt in der ganzen Republik keine tausend Menschen, die so gehandelt hätten wie du. Die meisten sind abgestumpfte Roboter. Das weißt du genauso gut wie ich. Ich frage mich manchmal, was die noch Menschliches an sich haben.« Margrits Blick drückte Verachtung aus, als sie hinterherschickte: »Ich glaube, die Republik hat mit den Genen der Menschheit experimentiert. Bei uns beiden ist da wohl was schief gelaufen. Hattest du nicht auch als Kind das Gefühl, dass mit dir was nicht stimmt, anstatt mit den anderen?«
Messira fielen auf Anhieb tausend kleine Begebenheiten ein, die das bestätigten. Wie konnte es sein, dass sie hier in dieser trostlosen Absteige einen Menschen traf, der ähnlich empfand wie sie.
»Ich fühlte mich unglücklich und einsam. Alle behandelten mich wie einen Freak. Dabei wollte ich doch nur dazugehören«, bestätigte sie Margrits Vermutung.
»Aber wir vom Widerstand haben die Hoffnung noch nicht ganz aufgegeben. Sonst könnten wir uns die Aktionen mit den Plakaten sparen«, lachte Margrit. »Wir versuchen unter all dem Schutt die Seele der Menschen zu erreichen. Irgendwo muss sie doch sein.«
»Vielleicht gibt es keine.« Messiras Stimme klang frustriert. »Ich frage mich manchmal, ob die Regierung uns die nicht schon lange weggezüchtet hat.«
»Komm mit, ich will dir was zeigen«, sagte Margrit. »Es gibt noch Menschen, die wie du und ich fühlen.«
Beide warteten einen günstigen Augenblick ab. Messira ging voran, während Margrit sich im Hintergrund hielt. An jeder Abzweigung des Flurs gab

Messira ein Zeichen, wenn Margrit ihr folgen sollte. Auf den Gängen blieb alles ruhig. Der Empfang war nicht besetzt. Alle Menschen befanden sich in diesem Augenblick draußen auf den Straßen. Es wimmelte nur so von Schaulustigen, die rechts und links an den Hauswänden klebten und den großen Umzug verfolgten, der gerade vorbeizog. Er war von der Regierung als Höhepunkt des Festes angepriesen worden. Polizei und Geheimdienst, sowie Sportvereine zogen in farbenprächtigen Gewändern vorbei. Das Ganze hatte einen militärischen Charakter. Wie gut, dachte Messira, heute sorgte die Regierung dafür, dass sie und ihre neue Freundin anonym blieben.

Schnell verloren sich ihre Spuren in der Menge. Selbst Lieferfahrzeuge konnten in diesem Moment ihre Waren nicht in die Haushalte liefern. Die Hauptstraßen waren gesperrt worden. Vor einem Haus hielt ein Bote mit Lebensmitteln. Der hatte wohl seinen Wagen in der Querstraße geparkt.

An jeder Straßenecke suchte Messira nach Gefahren, sie konnte jedoch keine entdecken. Die beiden Frauen wurden von allen Seiten geschoben und gedrängt. Trotz der Enge, die auf den Straßen herrschte, waren sie inzwischen ein gutes Stück vorangekommen. Das Hotel lag einige Straßenzüge weit entfernt.

»Ich glaube, niemand folgt uns«, sagte Margrit. Es wäre auch unwahrscheinlich gewesen, dass jemand sie im Auge hätte behalten können. Sie entfernten sich vom Zentrum des Festumzuges und bogen in eine ruhige Seitenstraße ein. Margrit rief einen Gleiter herbei und nannte eine Adresse irgendwo hier in der Gegend.

Messira kannte sich in dieser Stadt nicht gut aus. Sie war erleichtert, dass das Festival sich nur auf die unmittelbare City beschränkte, denn diesen Strom von Menschen hätte sie nicht lange ertragen können. Der Flug dauerte etwa zehn Minuten.

In einer schwach besiedelten Gegend mit Einfamilienhäusern landeten sie. Messira atmete auf. Von einem Festival war hier nichts zu spüren.

Ohne ein Wort miteinander zu wechseln, verließen die Frauen den Gleiter und gingen nebeneinander her. Messira konnte ihre gespannte Erregung kaum verbergen. Sie versuchte sich die Umgebung einzuprägen. Eine der Straßen war mit großen knorrigen Linden eingesäumt. Früher nannte man diese Art von Straßen Alleen. In ihrem ganzen Leben hatte sie noch nie so viele Bäume gesehen. Es roch intensiv nach Sommer. Ein wunderschöner Ort. Margrit hatte den Gleiter nicht direkt zum Zielort bestellt. Sie gingen noch ein gutes Stück zu Fuß.

Abgesehen vom heutigen Tag, an dem es so schien, als sei die ganze Stadt zu Fuß unterwegs, lief heutzutage kaum noch jemand. Es war auch nicht nötig. Unbemannte Gleiter schwirrten überall in der Luft umher. Man

musste sie nur über sein Tech-Wear herbeirufen. Und sah man mal keinen, so konnte man jederzeit einen vorbestellen. Das dauerte nicht länger als fünf bis zehn Minuten. Selbst für die kleinsten Entfernungen standen diese Gleiter zur Verfügung. Öffentliche Verkehrsmittel gab es nicht mehr. Der gesamte Individualverkehr spielte sich in der Luft ab. Die Straßen waren somit frei für Schwerlasttransporter, Dienst- und Lieferfahrzeuge. Dienstleistende jeder Art und Sparte lieferten tagsüber ihre Waren in die Haushalte. Auch Handwerker sah man ab und an auf den Straßen. Ansonsten waren diese meistens gespenstisch leer.
Niemand kaufte mehr Lebensmittel oder andere Dinge und trug sie eigenhändig nach Hause. Der Kühlschrank war autark. Er bestellte seinen fehlenden Inhalt selbst. Zum Joggen ließ man sich von Luftgleitern in riesige Sportzentren fliegen. Die wenigen Kinder, die es gab, waren in Heimen untergebracht. Private Fahrzeuge wie Autos oder Motorräder gab es nicht mehr und auch keine Hunde, die ausgeführt werden mussten. Das heutige Leben war auf den Innenbereich und auf gepflegte Sport- sowie andere Außenanlagen reduziert. Natürlich musste man auch mal eine Straße überqueren, wenn man aus dem Gleiter ausstieg und in ein Gebäude wollte, aber das tat man möglichst schnell und ohne Umwege.
Also war es schon etwas ungewöhnlich, dass die beiden Frauen so lange auf den Straßen unterwegs waren. Das interessierte aber niemanden. Die Menschen waren so abgestumpft, dass sie nicht einmal bemerkten, wenn neben ihnen jemand zusammenbrach.
Nach einer Viertelstunde erreichten die Frauen eine Villa, die zur Gänze von einer hohen Mauer umgeben war. Margrit betätigte einen Knopf, der wie eine alte Klingel aussah. Sie wurden von einer Kamera erfasst. Margrit stellte ihr elektronisches Armband auf eine bestimmte Frequenz ein. Ein Sensor, der an der Mauer angebracht war, wurde aktiviert. Das Gartentor öffnete sich.
Ein üppiger Garten, den man von draußen nicht erwartet hätte, breitete sich vor ihnen aus. Es handelte sich ausnahmslos um Kulturpflanzen, wie sie in der Republik allerorten vorkamen und dennoch hatte Messira nie solche Vielfalt auf so engem Raum gesehen. Rosen sowie andere Sommerblumen standen in voller Blüte. Die meisten Sträucher waren schon verblüht, ebenso die Bäume, aber der Sommerflieder leuchtete in Weiß, Rosa und Violett. Es gab keinen Rasen. In der Mitte des Gartens führte ein Kiesweg bis zu einem zweistöckigen weißen Haus mit hoch heraus gebautem Keller.
Ein wuchtiger Balkon nahm die gesamte vordere Front ein. Er hatte eine Brüstung aus bauchigen steinernen Säulen, an denen ungefähr zehn Blumenkästen mit blühenden Hängegeranien befestigt waren. Das

Walmdach hatte eine Neigung von 45 Grad und war mit grauen Schieferplatten gedeckt. In seiner vorderen Front befand sich ein kleines rundes Giebelfenster, das sich nicht öffnen ließ, sondern nur Licht spendete.
Das Haus verströmte den Charme des frühen zwanzigsten Jahrhunderts. Messira erinnerte sich, dass es vor einhundert Jahren eine Renaissance des zwanzigsten Jahrhunderts gegeben hatte. Damals kam es in Mode, in diesem Stil sein Haus bauen zu lassen.
Rechts vom Weg, dort wo die Nachmittagssonne ihre Wärme spendete, erstreckte sich ein großer Naturteich. Das einzige, das fehlte, war das Quaken von Fröschen und Vogelgezwitscher. Sechs steinerne Treppenstufen führten hinauf zum großen Eingangstor aus wuchtiger Eiche.
Sie wurden schon erwartet. Ein etwas beleibter Mann umarmte Margrit und wandte sich dann neugierig Messira zu. Seine fast schwarzen Augen maßen sie prüfend. Winzige Fältchen ließen diese beim Lachen strahlen. Messira erinnerte sich an Nico. Der Mann reichte ihr freundlich die Hand und sagte:
»Margrits Freunde sind auch unsere Freunde. Fühl dich bei uns zu Hause!«
Nie war sie so begrüßt worden. Das Doppelspiel, das sie im Heim spielen musste, hatte sie im Laufe der Jahre mürbe gemacht. Hier gab es anscheinend niemanden, vor dem sie ihre Gefühle verstecken musste.
»Ich bin Gerard«, stellte der Fremde sich vor und reichte ihr die Hand.
»Messira«, antwortete sie, während er noch immer ihre Hand festhielt. Komisch, dass ihr das so leicht von den Lippen ging, aber sie fühlte sich rundum wohl inmitten dieser Menschen. So schnell hatte sie bisher nie Vertrauen gefasst.
Margrit führte sie die Treppe hinunter in den Keller. Fröhliches Gelächter empfing sie. Sechs Männer und vier Frauen saßen um einen großen Tisch herum.
»Kommt, setzt euch zu uns!«, rief eine Frau und rückte auf ihrem Stuhl ein wenig zur Seite. Margrit quetschte sich daneben. Messira nahm auf dem Stuhl neben ihr Platz, auf dem vermutlich Gerard gesessen hatte, der gesellte sich stattdessen zu einer Frau, die auf der anderen Seite des Tisches saß. All diese Menschen betteten Messira in die Behaglichkeit ein, die um sie herum herrschte. Ihr Verhalten färbte sofort auf sie ab, und sie fühlte sich zu Hause.
Ausgiebig wurde geredet, gescherzt und gelacht. Es ging um unverfängliche Themen wie die Arbeit, oder die Freizeit. Messira merkte, dass nicht offen geredet wurde, weil sie – die Neue – dabei war. Einerseits wollte man sie schützen, andererseits aber auch sich selbst. Sie war dankbar dafür, dass die Versammelten nicht gleich ihre Pläne und Ziele vor ihr ausbreiteten. Es war schon spät am Nachmittag, als sie sich verabschiedete. Sie versprach am nächsten Tag wiederzukommen.

Aus Angst, doch noch verfolgt zu werden und vielleicht mit dazu beizutragen, die neu gewonnenen Freunde zu verraten, flog sie nach Metropolis zurück. Ihre Studien wollte sie ein anderes Mal fortsetzen. Es schien ihr vorerst wichtiger, Margrit und die anderen kennenzulernen. Am nächsten Tag hatte sie sich mit der neuen Freundin um 15 Uhr an der Stelle verabredet, an der sie heute den Gleiter verlassen hatten.

Messira spürte, dass ein Wendepunkt in ihrem Leben eingetreten war. Sie war jetzt vierundzwanzig Jahre alt. Ihre Ausbildung dauerte noch sechs Jahre. Diese Zeit wollte sie nutzen, um etwas Sinnvolles zu tun. Wer weiß, ob ihr später, wenn sie ausgelernt hatte, noch Gelegenheit dazu blieb, denn der Staat konnte sie nach ihrer Ausbildung hinschicken, wo immer er wollte.

WOLKEN

Erfolg und Niederlage liegen dicht nebeneinander. Sie sind nur zwei Seiten ein und derselben Münze. Beide Seiten muss ein Mensch durchleben, um Stärke und Kraft zu gewinnen wie das Eisen in einem Schmelzofen.

Wolken entstehen durch die Kondensation von Wasserdampf in bestimmten Schichten der Erdatmosphäre. Sie bestehen aus Wassertröpfchen oder Eiskristallen. Voraussetzung für die Entstehung von Wolken ist das Vorhandensein von so genannten Aerosolen in der Atmosphäre. Sie dienen als Kondensationskerne, um sie herum kondensiert Wasserdampf, und es kommt zur Entstehung einer Wolke. Aerosole, an denen Wasser kondensiert, können Staubkörner, Salzkristalle oder sonstige winzige Teilchen sein. Wolken entstehen also, wenn in einer Luftmasse eine Veränderung der Temperatur oder des Feuchtigkeitsanteils stattfindet und Aerosole entstehen. Wolken können verschiedene Formen haben und in unterschiedlichen Höhen der Atmosphäre auftreten. Grob kann man die Wolken in drei Formen einteilen, von denen es wieder verschiedene Unterarten gibt.

Cirruswolken sind Federwolken. Es handelt sich um Eiswolken in großer Höhe. Sie bestehen aus feinen Eiskristallen. Cumuluswolken sind Haufenwolken. Sie befinden sich in den mittleren Schichten der Atmosphäre. Stratuswolken sind meist grau. Man bezeichnet sie auch als Schichtwolken.

Schichtwolken sitzen sehr tief. Sie färben den Himmel grau. Die Sonnenstrahlen dringen nicht mehr ungehindert auf die Erde. So können diese Wolken Gewitter, Regen oder Schnee bringen. Manchmal werden sie durch den Wind fortgeweht, wenn sie aber einen gewissen Sättigungsgrad überschritten haben, müssen sie sich ihrer Last entledigen. Wolken verdunkeln die Sonne. Sie künden den nahen Regen an, oder ein Unwetter. Schönwetterwolken regnen nicht ab, aber auch sie trüben vorübergehend die Sicht.

***

Endlich hatte M0111 Messiras Schwachstelle gefunden. Seine Ausdauer hatte sich bezahlt gemacht. Es machte Sinn, nicht gleich aufzugeben. Seit einiger Zeit schon beobachtete er, dass sie sich mit Leuten traf, die er nie zuvor bei ihr gesehen hatte. Nicht, dass diese ihm verdächtig erschienen. Sie gehörten jedoch weder zu ihrem Studenten- noch zu ihrem Freundeskreis, und das machte ihn stutzig. Heute war er mit ihr in der Mensa verabredet und wollte sie zur Rede stellen.

»Sie wissen, dass ich Sie verehre wie eine Tochter«, begann er. Er sagte immer noch »Sie« zu ihr, obwohl er sie schon so lange kannte.

»Deshalb gibt es mir zu denken, dass ich Sie seit einiger Zeit mit Menschen sehe, die– wie ich glaube – nicht die besten Absichten haben.«
Was meinte er? Spionierte er ihr hinterher? Hatte er eine Ahnung vom Widerstand? Wusste er etwas von ihren gemeinsamen Treffen oder gar von ihren Operationen? Sie war immer sehr vorsichtig gewesen. Oder bluffte er nur?
»Ich weiß nicht, welche Menschen Sie meinen.«
Sie konnte nicht verhindern, dass ihre Stimme leicht vibrierte. Erst mal hören, was er wusste. In all den Jahren, die sie ihn kannte, gingen die Besuche nur von seiner Seite aus und dauerten nie länger als eine halbe Stunde. Sie trafen sich stets auf neutralem Boden, entweder in einem Restaurant, oder an ihrer Uni. Nie nahm sie ihn mit nach Hause. Nur das allererste Mal hatte sie ihn kurz hereingebeten, weil er mit seinem Blumenstrauß in der Hand so unbeholfen gewirkt hatte und sie mehr von ihrer Mutter erfahren wollte. Schon damals hatte sie ein merkwürdig flaues Gefühl im Magen gehabt. Sie schwor sich, nie wieder mit diesem Menschen allein sein zu wollen.
Was hatte ihrer Mutter nur an dem gefallen? Vielleicht war alles gelogen, was er von sich gab, und er war in Wirklichkeit niemals mit der Mutter befreundet gewesen. Aber wie konnte es sein, dass er so viele Einzelheiten aus deren Leben kannte? Und seine Augen blitzten so eigentümlich, wenn er von der Mutter sprach, übrigens auch, wenn er sie ansah, was ihr absolut nicht gefiel.
Sie hatte sich schon immer gewundert, wieso ausgerechnet er ihre Identität kannte. Ihre Mutter ja, das war möglich, aber woher wusste er, dass sie deren Tochter war? Noch nicht einmal sie durfte offiziell davon wissen. Der Staat machte ein Geheimnis daraus. Hätte Ina nicht heimlich über ihren Bekannten recherchiert, wüsste niemand davon. Wieso erlaubte die Regierung diesem Mann, mit ihr über ihre Mutter zu reden?
Ziemlich merkwürdig!
Hatte der Staat plötzlich doch ein Interesse daran, dass sie von ihrer Vergangenheit erfuhr. Und wenn ja, warum? Was steckte dahinter?
Sie konnte ja nicht wissen, dass M0111 auf sie angesetzt gewesen war und sein Wissen nun missbrauchte. Niemand durfte davon erfahren, dass er auf eigene Faust an ihr dranblieb und ihr sogar Dinge verriet, die absolut nicht für ihre Ohren bestimmt waren.
Er spürte, dass sie sich in einer Sackgasse befand und etwas vor ihm verbarg. Aus diesem Grunde legte er sich eine Strategie zurecht. Er wusste nicht viel über die Fremden, mit denen Messira sich traf, eigentlich gar nichts. Ihm kam das Ganze nur merkwürdig vor. Sie, die sonst kaum mit jemandem Kontakt hatte, besuchte nun regelmäßig Menschen hier in

Metropolis und Europa-medialis. Etwas musste faul sein an der Geschichte. Da er aber keinen Beweis für eine Intrige gegen die Regierung hatte, musste er eben pokern.
»Ich vermute, Sie sind in eine Widerstandszelle geraten.«
Messira wurde bleich wie ein Laken.
Ins Schwarze getroffen, dachte er triumphierend.
»Glauben Sie mir, ich möchte Sie nur warnen. Mir liegt viel an Ihrer Freundschaft«, säuselte er zuckersüß und beugte sich ein wenig vor.
Messira, die in der Mensa ihm gegenüber saß, bekam einen Schwall verbrauchter Luft ab, der seinem Mund entwich. Kein Wunder, bei dem Alter, das der Mann hatte.
»Ich bin auch nicht mit allem einverstanden, was die Regierung tut«, versuchte er sie erneut aus der Reserve zu locken, »aber wir Bürger sind gegen den Staat machtlos, meinen Sie nicht auch?«
Scheinheilig beobachtete er jede Regung in ihrem Gesicht, während er auf ihre Antwort wartete. Ihr gingen sicher die verschiedensten Gedanken durch den Kopf. Also ließ er sie erst einmal in Ruhe alle Alternativen abwägen.
»Ich verstehe nicht«, sagte Messira nach einer Pause.
Ach so! Sie spielte die Ahnungslose. Lauernd sah er ihr direkt in die Augen. *Du bist in meiner Hand, Mädel*, dachte er.
Vielleicht war er doch an ihrem Wohl interessiert. Oh Gott! Sie durfte die Bewegung nicht in Gefahr bringen.
»Was wollen Sie von mir?«
Ach, dachte er. Jetzt ergreift sie die Flucht nach vorn. Na, immerhin etwas. Das war zwar kein Geständnis, aber er hatte sie verunsichert.
»Ich möchte, dass Sie an den Wochenenden bei mir wohnen und meinen Sohn betreuen.«
Ihr Gesicht verzog sich, und er konnte mehrere Emotionen gleichzeitig darin lesen – Überraschung, Abscheu, Unverständnis, Ekel, ja auch Belustigung, und das störte ihn am meisten.
»Sie wollen, dass ich das Kindermädchen für Ihren Sohn spiele?«, warf sie ihm an den Kopf. »Ja sind Sie noch bei Trost? Was bilden Sie sich ein? Was gibt Ihnen das Recht, eine solche Bitte überhaupt auszusprechen?«
Sie sprang auf und wollte gehen.
Jetzt musste er härtere Geschütze auffahren. Wenn sie nicht verstehen wollte, dann musste er sie vor vollendete Tatsachen stellen.
»Ich bitte Sie nicht! Ich fordere Sie auf!«
Jetzt lachte sie ihm mitten ins Gesicht und obwohl ihre Stimme glockenhell und zart klang, traf sie ihn wie ein Messerstich.
»Ich warne Sie«, drohte er. »Unterschätzen Sie mich nicht. Ich bin mächtig.«

Messira hatte keine Lust mehr, sich mit dem offensichtlich Wahnsinnigen zu unterhalten.
»Nein! Ich warne *Sie*«, rief sie aufs Höchste erregt. »Kommen Sie mir nie wieder zu nahe, sonst rufe ich die Polizei.«
Das hatte hoffentlich gesessen.
Bevor sie ging, warf sie ihm einen mitleidigen Blick zu, der ihm die ganze Absurdität seines Wunsches mit einem Schlage deutlich machte. Sie hielt ihn für eine Witzfigur. Er machte einen letzten verzweifelten Versuch, sie umzustimmen und lief ihr nach, aber aufhalten konnte er sie nicht mehr, denn zwischen ihnen lagen fast achtzig Jahre.

*

Margrit warnte Messira: »Nimm die Drohung dieses Menschen nicht auf die leichte Schulter. Du hast dir einen Feind gemacht. Er wird sich rächen wollen. Wenn ich auch nicht glaube, dass er der Bewegung schaden kann, werden wir trotzdem vorsichtiger sein. Um dich mache ich mir ernsthaftere Sorgen. Du weißt nicht, wozu dieser Mensch fähig ist. Sei auf der Hut, die Abfuhr, die du ihm verpasst hast, wird er nicht so einfach hinnehmen.«

*

Wieder war ein Jahr vergangen. Sie hörte nichts mehr von dem Wahnsinnigen. Wahrscheinlich hatte der Schwachkopf aufgegeben. Messira fand in der Gruppe ihre Bestimmung. Nach einer sechsmonatigen Schulung beschränkte sich ihr Operationsgebiet hauptsächlich auf Metropolis. Dort gab es eine Gruppe von ungefähr 45 Mitgliedern, verstreut über die ganze Stadt. Jeden Monat traf man sich an unterschiedlichen Orten, um weniger aufzufallen. Keiner kannte vom anderen die Ident-Nummer. Sollte jemand verhaftet werden, so konnte er seine Kameraden nicht verraten. Mittlerweile hatten sich Widerstandszellen auf dem gesamten Erdball gebildet. Alle standen miteinander in Kontakt. Der Unmut des Volkes gegen die Regierung wuchs von Tag zu Tag und ließ sich durch nichts mehr aufhalten.

Messira war Marvin zugeteilt worden. Sie hatte noch Schwierigkeiten, ihn einzuordnen. Marvin, ein gutmütiger Endsiebziger, hatte schon viel vom Leben gesehen. Seit fünf Jahren arbeitete er für den Widerstand.
»Der ist der ideale Partner für dich«, sagte Margrit. »Für den Widerstand ist er besonders wichtig, weil er als Chemiker in einem großen Pharmakonzern arbeitet. Er kennt jede Droge und weiß genau, welche Antidroge man

nehmen muss, um die Wirkung umzukehren oder zumindest abzuschwächen. Alle unsere Mitglieder werden von ihm mit den nötigen Chemikalien versorgt, angefangen von der harmlosen Schlaftablette bis hin zum schnell wirkenden tödlichen Gift, das sich als letzter Ausweg im Gepäck eines jeden Rebellen befindet.«

Messira zuckte bei Margrits Worten leicht zusammen. Soweit hatte sie bis jetzt noch nicht gedacht. Dass diese Tätigkeit gefährlich war, wusste sie, dass sie aber auch in der letzten Konsequenz tödlich enden konnte, war ihr nicht bewusst gewesen.

Marvin war immer gut drauf, wohl deshalb, weil er an der Quelle saß und sich – wenn er Bedarf hatte – mit dem passenden Mittel seine Depressionen wegspritzen konnte.

Einmal nahm sie allen Mut zusammen und fragte ihn: »Sag mal, Marvin, nimmst du Drogen?«

»Wo denkst du hin, Mäuschen«, sagte er scherzhaft. »Das Zeug brauch' ich nicht. Du reichst mir da voll aus. Sind wir nicht ein Dreamteam?«

Er liebte es, von ihnen beiden als Team zu sprechen und schnodderig, wie er war, fügte er noch hinzu: »Seit du mich kennst, bist du richtig aufgeblüht meine Süße. Es macht Spaß, mit dir zu arbeiten. Sag mal selbst, haben wir das nötig? Drogen? Nein danke.«

»Ich nicht, aber vielleicht du!«, konterte sie.

»Das enttäuscht mich jetzt aber. Sowas denkst du von mir? Ich bin von Natur aus gut drauf. Was man von dir erst sagen kann, seitdem du mit mir zusammenarbeitest.«

Er schickte einen provokanten Blick in ihre Richtung. Sie ließ sich jedoch nicht verunsichern, also fuhr er mit seiner Lobeshymne fort: »Wir sind die Größten! Team Messvin kommt!«

Die Kombination ihrer Vornamen war ein Spontaneinfall von ihm. Seine Neuschöpfung schien ihm so gut zu gefallen, dass er völlig aus dem Häuschen geriet. »Messvin! Einfach genial! Was bin ich doch für ein Genie!«, gratulierte er sich selbst und klopfte Messira dabei so heftig mit der flachen Hand auf den Rücken, dass die fast vornüber kippte.

Ein Genie war er wirklich, auch wenn er im Moment wie ein eitler Gockel angab. Oft hatte er die Kameraden schon aus Situationen herausgeholt, die ausweglos schienen. Messira sollte das am eigenen Leibe noch zu spüren bekommen. Im Moment aber verkannte sie seine Intelligenz, die er nun wirklich nicht gerade auf einem Silbertablett servierte. Er erweckte den Eindruck eines ungeschickten Trottels, der – in die Jahre gekommen – eher mitleidige als bewundernde Blicke verdient. Aber es war ein Fehler, ihn zu unterschätzen. Er gehörte zu den Menschen, die sich den anderen erst abtastend näherten und nicht gleich alles von sich preisgeben. Mit einer

Sache musste sie ihm allerdings jetzt schon recht geben. Sie hatte sich wirklich positiv verändert, seit sie mit ihm zusammenarbeitete.
Margrit hatte einmal gesagt: »Bei Marvin bist du sicher wie in Abrahams Schoß. Der kennt jeden Trick.«

Sie erinnerte sich an ihren ersten Einsatz mit ihm. Dieser erforderte Tricks zur Genüge. In einer kalten Dezembernacht waren beide in den Außenbezirken der Stadt unterwegs gewesen und mussten einige Plakate an einem Fabrikgebäude anbringen. Es war kurz nach Mitternacht gewesen, als Marvin gerade dabei war, die ersten Zettel an die Wand zu kleben. Sie hatte nichts weiter zu tun, als das Unternehmen in einiger Entfernung zu sichern und einen warnenden Pfiff auszustoßen, wenn sie etwas Verdächtiges bemerkte. Sie war so aufgeregt, dass sie Sorge hatte, keinen Ton herauszubekommen, falls es brenzlig werden sollte.
Es war kalt. Messiras Atem wehte als feuchte Fahne aus ihrem Mund heraus. Die Hände wurden steif. Immer wieder rieb sie diese aneinander und ging wie eine Tigerin auf und ab, doch die Kälte kroch ihren Rücken hoch und verteilte sich erbarmungslos auf ihrem Körper. Marvin schien das nichts auszumachen.
Sie beobachtete, wie er konzentriert ein Plakat nach dem anderen anklebte. Der Kleber befand sich in einem kleinen Beutel, der auf der linken Innenseite seines Mantels angebracht war. Ab und zu, wenn er den Pinsel eintauchte, öffnete er den Mantel wie einen Fächer. In diesen Augenblicken entwich seine Körperwärme und verirrte sich wie ein feiner Schleier in die Luft.
Alles an dem Mann war heiß. Er stand ständig unter Dampf. Jedem Kochtopf hätte er damit alle Ehre gemacht. Sie hoffte inständig, dass es nicht der Angstschweiß war, der ihm so zusetzte. Ihr wurde jedenfalls schon warm, wenn sie ihn anschaute.
Marvin war kaum größer als sie, doch viel breiter. Sein rundliches, gutmütig wirkendes Gesicht schien immer zu lächeln, doch wenn man aufmerksam hinschaute, konnte man erkennen, dass seinen Augen nicht das Geringste entging. Wenn er nachdachte, zog er die linke Braue hoch. Das gab ihm etwas Verwegenes. Sein grobporiges Gesicht in der Farbe eines Kartoffelsacks ließ die Spuren der Zeit erkennen.
Scherzhaft hatte er einmal zu ihr gesagt: »Mein Mäuschen! Wir werden alle alt. Wir müssen uns um viel in unserem Leben kümmern. Das Älterwerden gehört glücklicherweise nicht dazu. Das passiert von ganz allein. Mit den ersten Falten verlieren wir auch Stück für Stück die Schärfe unseres Augenlichts. Früher habe ich damit gehadert und mich gefragt, welchen Sinn das haben soll. Heute bin ich klüger. Gott in seiner unendlichen

Weisheit gibt uns zwar die Falten, will aber nicht, dass wir uns vor unserm eigenen Spiegelbild erschrecken.« Er lachte dröhnend, nachdem er das herausgebracht hatte. Sie bewunderte seine Einstellung. Nicht jeder ging mit dem Älterwerden so selbstverständlich um wie er.
Als er gerade mit seinem fünften Plakat beginnen wollte – die Wand war sehr lang – hörte sie ein verdächtiges Geräusch hinter sich. Hastig suchten ihre Augen die Dunkelheit zu durchdringen, aber sie konnte absolut nichts erkennen. So stieß sie, um ihn zu warnen, einen leisen Pfiff aus. Mit einer Schnelligkeit, die sie ihm nie zugetraut hätte, verschwand seine Silhouette in der Dunkelheit.
Messiras Herz drohte den Brustkorb zu sprengen. Auch sie versteckte sich schnell hinter einer Hausecke. Beide waren dunkel gekleidet, so dass sie buchstäblich mit ihrer Umgebung verschmolzen.
Es stellte sich heraus, dass es wohl nur eine Ratte gewesen war. Da es keine Katzen mehr gab, hatten Mäuse und Ratten Hochkonjunktur. Die Regierung versuchte, der Plage mit allen Mitteln Herr zu werden. Es wirkte fast schon grotesk, dass dieser sterile Staat gegen Insekten und Nagetiere machtlos war.
»Blinder Alarm«, rief er ihr nach einigen Minuten zu und setzte seine Arbeit fort. »Hast gut aufgepasst. Besser einmal zu viel warnen, als einmal zu wenig.«
Messira bezog wieder ihren Posten. Das Lob aus seinem Munde beflügelte sie.

Als das letzte Plakat geklebt war, mussten sie noch ein gutes Stück zu Fuß gehen, um sich aus der Gefahrenzone zu entfernen, erst dann durften sie einen Gleiter rufen. Sie wollten ja nicht mit dem Anschlag in Verbindung gebracht werden. Sie liefen also so lange durch die Stadt, bis sie in belebte Gegenden kamen. Vor einer Nachtbar hielten drei Gleiter und nahmen Personen auf, die nach Hause flogen.
An den Theatern bildeten sich Trauben von Menschen, denn die Vorstellungen waren eben zu Ende gegangen. Das passte gut. Marvin und Messira mischten sich darunter.
Es dauerte eine Weile, bis sie einen freien Gleiter bekamen. Marvin setzte Messira hinein. Die nannte die Adresse ihres Heimes, und der Gleiter setzte sich in Bewegung. Marvin nahm daraufhin den nächsten. Sie war stolz auf sich. Ihren ersten Einsatz hatte sie trotz großer Angst hinter sich gebracht. Die Angst war ein ständiger Begleiter auf all ihren Missionen. Aber Margrit tröstete sie damit, dass Angst auch wachsam macht.

*

Messiras Zeit war gänzlich ausgefüllt. Margrit warnte sie, sich nicht zu viel zuzumuten. Tagsüber studierte sie an der Uni. Nachts streifte sie immer öfter mit Marvin durch die Straßen. In der freien Zeit am Nachmittag steckte sie ihre Nase in die Bücher. Zeit für Ina und ihren Lover hatte sie eigentlich nie und doch stahl sie sich manchmal diese kostbaren Minuten, weil der Mensch eben etwas für die Seele braucht.
So auch eines Nachts, als Marvin merkte, dass ein Polizist ihnen seit längerer Zeit folgte. Der wunderte sich wohl, warum sie keinen Gleiter riefen. Messira merkte von all dem nichts. Plötzlich riss Marvin sie in seine Arme und küsste sie leidenschaftlich auf den Mund. Er ließ nicht eher los, bis der Polizist an ihnen vorübergegangen war. So viel Leidenschaft hätte sie dem alten Mann nicht zugetraut.
»Das war knapp«, flüsterte er, als er sie freigab. »Entschuldige! Das war Notwehr.«
»Schon gut«, sagte sie. »Wir müssen vorsichtiger sein.«
Sie war noch etwas benommen. Der Kuss von einem erfahrenen Mann hatte ihr in Erinnerung gerufen, dass in ihrem Leben etwas fehlte.
»Ich muss gehen«, fiel ihr ein.
Schnell rief sie einen Gleiter. Aber sie flog nicht nach Hause, sondern in ihr Liebeszentrum. Sie hoffte, dass sie ihren Liebhaber hier treffen würde. Wild entschlossen suchte sie alle Plätze auf, die sie mit ihm besucht hatte. Endlich wurde sie in der Bar fündig. Er stand am Tresen und schien schon eine ganze Menge in sich hineingekippt zu haben. Sie brannte darauf, ihn aus dieser Situation zu befreien.
»Ach, Madame geruhen auch mal wieder vorbeizuschauen! Ist denn heute schon Sonntag?«, fragte er zynisch. »Ach, ich vergaß, sonntags kommen wir ja jetzt auch nicht mehr.«
In seiner Stimme lag die ganze Bitterkeit, die sich in den Tagen und Wochen zuvor in ihm aufgestaut hatte.
Er konnte nicht mehr richtig stehen, musste sich an der Theke festhalten, und auch seine Stimme gehorchte ihm nicht ganz. Messira plagten Schuldgefühle.
»Ich weiß, ich hab dir wehgetan, aber glaub mir, ich hatte gute Gründe.«
Sie hakte ihn unter, um ihn auf diese Weise zu stützen.
Er schüttelte sie ab, wie ein lästiges Insekt. Dabei strauchelte er, fing den Fall jedoch ab.
»Geh' weg!«, schrie er, fuchtelte mit der Hand in ihre Richtung, griff nach seinem Glas und schüttete den Inhalt mit einem Zug hinunter.
»Du widerst mich an!«, sagte er und wischte sich mit der flachen Hand den Restalkohol von den Lippen, dabei schwankte er wieder bedenklich vor und zurück. »Jeden Tag stehe ich hier am Tresen immer in der Hoffnung, dich

zu sehen. Was bist du nur für ein Mensch? Wer gibt dir das Recht, so mit den Gefühlen anderer zu spielen? Ich hasse es, dass du solche Macht über mich hast?«
Er bemühte sich, die Sätze ohne Stocken hervorzubringen, deshalb sprach er langsam und sehr konzentriert, was seine ganze Kraft erforderte. Der Alkohol entlockte ihm die Wahrheit, die er sonst wohl nie zugegeben hätte.
»Ich weiß«, sagte Messira.
Ihre Augen suchten den Fußboden ab.
»Kannst du mir noch mal verzeihen?«
Ein Dackelblick, der von ganz unten kam, begleitete ihre Worte. »Ich will versuchen, mich zu bessern, versprochen«, beteuerte sie.
Wenn sie ihn mit diesem Blick ansah, konnte er nicht widerstehen.
»Komm, lass uns woanders hingehen. Wir müssen reden, und ich habe Lust auf dich!«, fügte sie noch hinzu.
Die Tragik ihrer Beziehung ließ ihn verzweifeln. Für sie war ihr Verhältnis nur ein Spiel, das nach ihren Regeln funktionieren sollte.
»Wochenlang höre ich nichts von dir, dann plötzlich, wenn es Madame passt, schleichst du dich wieder in mein Leben und verlangst, dass ich nach deiner Pfeife tanze. Aber nicht mit mir.«
Wieso kam sie immer gerade, wenn er meinte, über sie hinweg zu sein? Er versuchte sie wieder abzuschütteln, merkte aber, dass er ernsthafte Schwierigkeiten hatte, geradezugehen. Also ließ er sich unter Protest von ihr wegführen.
Messira fand einen leeren Raum. Er konnte sich kaum aufrecht halten. Als er das Bett sah, ließ er sich darauf fallen und war kaum noch ansprechbar. Wenn er jetzt bloß nicht einschläft, dachte sie. Es kostete sie einige Anstrengung, ihn wachzuhalten.
»Bitte, du darfst nicht wegsacken.«
Vielleicht half es, wenn sie ihn kräftig schüttelte.
»Ich muss mit dir reden.« Es klang wie ein Befehl.
Er antwortete mit einem unverständlichen Lallen.
Ihre Augen suchten das Zimmer ab. Auf dem Beistelltisch stand neben Alkohol auch eine Karaffe mit Wasser. Die goss sie ihm über das Gesicht.
»Bist du verrückt!«, schrie er zornig.
Aber es half. Er richtete sich auf, schüttelte das Wasser wie ein nasser Hund aus seinen Haaren und griff nach ihrem Handgelenk.
»Was ist los? Willst du mich zu Tode erschrecken?«
»Ich dachte schon ich krieg' dich nie nüchtern«, sagte sie erleichtert.
Obwohl ihr Handgelenk schmerzte, weil er seine Rechte noch immer wie einen Schraubstock darum gelegt hatte, empfand sie die Berührung als angenehm.

»Ich habe mir Sorgen um dich gemacht.«
Sie stand neben dem Bett, auf dem er nun sitzend versuchte, seine Gedanken zu ordnen. Er lockerte seinen Griff.
»Quatsch! Du machst dir niemals Sorgen um einen anderen Menschen, am wenigsten um mich«, lachte er zynisch und seine Mundwinkel bekamen einen schmerzhaft verzerrten Ausdruck. »Du benutzt mich wie ein Spielzeug. Holst mich hervor, wenn du mich brauchst und stößt mich weg, wenn anderes dir wichtiger ist.«
»Das denkst du von mir?«, fragte sie ehrlich enttäuscht. »So siehst du mich? Oberflächlich und kalt? … Du weißt, dass ich dich sehr gern habe. Ja, auf eine gewisse Art liebe ich dich sogar«, gestand sie. »Bei dir fühle ich mich frei. Du stellst keine Fragen. Du nimmst mich so, wie ich bin. Bei dir muss ich mich nicht verstellen. Du gibst mir Geborgenheit und eine Zuflucht, die ich von Zeit zu Zeit aufsuche. Das ist mehr, als ich erwarten darf, und dafür liebe ich dich. Ich weiß, ich sollte dankbarer sein. In letzter Zeit ging es nur noch um mich. Ich hatte dich ganz darüber vergessen. Es tut mir leid. Ich gelobe Besserung. Aber du hast auch eine Mitschuld. Wie konntest du dir meine Launen gefallen lassen? Warum hast du mir nicht den Kopf zurechtgerückt? Ich wusste nicht, dass du mehr in mir siehst als ich dir geben kann. Ich dachte bisher, dass du zufrieden bist, so wie es ist. Wir hatten ein Abkommen. Keine Fragen, keine Namen! Erinnerst du dich?«
»Ich habe unser Abkommen nicht vergessen!«, polterte er beleidigt. »Du bist zu den Treffen nicht oder nur unregelmäßig erschienen. Wir wollten uns jede Woche mindestens einmal hier treffen. Wir hatten einen festen Tag und eine bestimmte Uhrzeit ausgemacht.«
»Ich weiß«, bekannte sie sich schuldig. »Ich hab es nicht vergessen, aber es ist immer etwas dazwischengekommen. Benachrichtigen konnte ich dich nicht. Wo sollte ich dich erreichen?«
»Das hätte auch nichts geändert. Meine Sehnsucht nach dir wäre geblieben.«
Warum verstand sie ihn nicht, erkannte sein Problem nicht. Es ging nicht um einzelne Verspätungen oder darum, dass mal ein Termin versäumt worden war. Es ging viel mehr darum, dass sie sich die Freiheit herausnahm und kam, wann immer sie wollte und dann von ihm verlangte, dass er sich sofort nur auf sie konzentrierte. Und Gott war sein Zeuge, wie oft hatte er das schon getan. Aber irgendwann ist Schluss. Er konnte nicht mehr. Er dachte an die Nächte, die er hier verbracht hatte in banger Hoffnung, sie könnte doch noch kommen. Auch heute war er nur ihretwegen hier.
»Ich will nicht mehr«, schrie er. »Ich habe zu lange darauf gehofft, dass aus uns mal mehr werden könnte, als das hier.«

Er machte eine Bewegung mit der Hand, die ausdrückte, wie er das, was sie hier trieben verachtete.
»Ich habe dir nie Hoffnungen gemacht«, versuchte sie sich zu verteidigen, als sie merkte, wie tief die Gefühle bei ihm gingen.
»Ich weiß«, stöhnte er. »Da trifft dich mal keine Schuld. *Ich* bin derjenige, dessen Gefühle sich geändert haben. Ich hatte viel Zeit, darüber nachzudenken. Du bist es, mit der ich mein Leben verbringen will, nur du.«
Er tat ihr leid. Er verlangte etwas von ihr, das sie nicht geben konnte. Sie wollte nichts kaputtmachen, deshalb setzte sie sich vorsichtig zu ihm.
»Sieh' mich an«, bat sie, »bitte!«
Er wich ihrem Blick aus, aber sie bat noch einmal: »Sieh' mich an! Ich kann nicht lieben. Das wusstest du«, versuchte sie ihn zu trösten, »dich nicht und sonst auch keinen anderen Menschen.«
Sie schämte sich dieses Geständnisses, aber sie war es ihm schuldig. Im Moment kam er ihr vor wie ein kleines Kind. Die Liebe zu ihr und der Alkohol hatten ihn weich gemacht. So hatte sie ihn noch nie erlebt. Eigentlich war sie gekommen, um ihr Herz auszuschütten und weil sie Sex von ihm wollte. Nun aber konnte sie nichts weiter, als ihm gestehen, dass sie ein menschliches Wrack war, unfähig, die Nähe eines Menschen für lange Zeit zu ertragen.
Sie saßen fast bis zum Ende der Nacht so beisammen und redeten über sich und ihre Beziehung. Das tat beiden gut. Als die Müdigkeit sie überfiel, kuschelten sie sich ganz eng aneinander und schliefen ein.
Der neue Morgen weckte sie gleichzeitig. Ihre Blicke trafen sich. Messira plapperte belangloses Zeug, um ihre Verlegenheit zu verbergen. Er legte ihr die Hand auf den Mund. »Sag nichts! Alles Gerede würde nur den Augenblick töten.«
Er bedeckte ihr Gesicht mit Küssen, die immer leidenschaftlicher wurden. Wie hatte sie sich nach seinen Zärtlichkeiten gesehnt.
»Ich habe dir in meinen Träumen einen Namen gegeben«, sagte sie schnell, als er ihr die Gelegenheit dazu gab.
»Du sollst dich entspannen. Lass dich fallen«, bat er.
Der Alkohol war aus seinem Blut gewichen – Nun fand er sein Selbstbewusstsein wieder.
»Du heißt David«, sagte sie, obwohl seine Finger auf ihrem Mund lagen. »In meinen Träumen bist du David.« Es klang dumpf, weil sie gegen seine Hand sprach.
»Und du bist Delia«, lachte er. »Nun versuch dich zu entspannen, meine Delia.«
Er hörte nicht auf, ihren Mund zu küssen, bis sie ihren Widerstand aufgab.
Sie liebten sich wie nie zuvor. Es war, als wäre mit ihrer Aussprache ein Damm gebrochen. Es fühlte sich genauso an, wie jeder sich den anderen in

seinen Träumen vorgestellt hatte. Es war perfekt. Für einen kurzen Augenblick hatten beide das Gefühl vollkommen zu sein.

War das der Grund, warum die Geschlechter zueinander strebten? Weil sie eigentlich nur ein Teil des Ganzen – eine Hälfte waren?
Jedes Lebewesen strebt nach Vollkommenheit.
Die niederen Tiere – wie zum Beispiel Amöben – brauchen keinen Partner, um sich zu vermehren. Bei ihnen gibt es keine Geschlechter und keinen Geschlechtsakt. Das Einzige, was sie in ihrem Leben tun, ist wachsen. Und wenn sie eine bestimmte Größe erreicht haben, wird in ihrem Körper ein Schalter umgelegt, der sie zur Teilung anregt. Aus eins werden zwei!
Beide Teile wachsen dann unabhängig voneinander wieder zu Amöben heran. Auf diese Weise sind sie potentiell unsterblich, das heißt, wenn sie nicht gefressen werden, verhungern, oder anderweitig zu Tode kommen, sterben ihre Körper nie. Sie altern nämlich nicht. Sie existieren schon so lange, wie es einzellige Lebewesen gibt. Man könnte sagen, auf ihre Art sind sie vollkommen, oder anders ausgedrückt – begrenzt auf ihre Art, sind sie vollkommen.
Als der Sex in die Welt kam, änderte sich alles. Sex ist zwar der Motor der Evolution gewesen, denn er hat die Welt so bunt gemacht, wie wir sie heute kennen. Viele neue Arten hat er in kurzer Zeit hervorgebracht, aber um welchen Preis? Sex erfordert Partnerschaft. Sex ist nichts für Einzelgänger.
Man stelle sich das einmal vor: Ein – für seine Art – vollkommenes Lebewesen spaltet sich in zwei Hälften – in eine männliche und eine weibliche. Diese beiden Hälften müssen nun ihr Gegenstück finden, um mit ihm Sex zu haben. Das kostet viel Zeit. Partnersuche ist aufwendig.
Zeit und Sex allein genügten aber nicht. Dies war der Augenblick, in dem die Lust erfunden wurde, denn, wer würde schon mit jemandem Sex haben wollen, wenn er nicht Lust darauf hätte? Lust ist quasi der Motor vom Sex. Und sie dient eigentlich nur einem einzigen Zweck, den die meisten heute vergessen. Sie dient dazu, die Nachkommenschaft zu sichern.
Zwei Hälften ein und derselben Art bringen also aus sich heraus ein drittes Individuum zur Welt. Dies hatte eine weitere Konsequenz zur Folge. Das Leben musste endlich werden. In dem Augenblick, in dem sich Tiere und Pflanzen in zwei Geschlechter spalteten, kam auch der Tod in ihr Leben. Sex befriedigt ihre Triebe zwar, dient aber eigentlich nur dazu, ihre Gene an eine neue Generation weiterzugeben.
Die Genträger selbst altern und sterben irgendwann. Der eigentlich unsterbliche Teil sind ihre Gene selbst. Die Körper sind nur Mittel zum Zweck, quasi Sexmaschinen. Und als solche fühlen sie sich manchmal getrieben und wissen nicht wovon.

Nur für die kurze Dauer der Vereinigung empfinden beide Geschlechter die höchste Lust.
Sie sind wieder vollkommen im Sinne von vollständig, nicht mehr nur zwei Hälften, sondern ein Ganzes.
Das Vollkommene am Menschen sind also seine Gene. Sie gilt es von Generation zu Generation zu bewahren und weiterzugeben. Sie sind der unsterbliche Teil des Menschen.
Dieser Staat hinderte die Gene daran, auf natürliche Weise zueinanderzufinden. *Er* übernahm die Rolle des Verteilers. *Er* kontrollierte, wer sich vermehren durfte, wer nicht. *Er* traf die Auslese. Nicht genug damit. Er verlängerte das Leben der Genträger künstlich, indem er nur denen erlaubte, sich fortzupflanzen, die mindestens ein Alter von 100 Jahren erreichten. Wertvolle Genkombinationen kamen auf diese Weise gar nicht erst zustande. Wer sagt denn, dass Kreativität und Intelligenz an Langlebigkeit gekoppelt sind?
Es war nur eine Frage der Zeit, wann die Gene sich rächen würden. Die Zeichen waren schon zu sehen. Das Sehnen der Menschen nach einem Partner, der all das verkörperte, was sie nicht hatten – quasi ihr Gegenstück war, hatte in all den Jahren nicht aufgehört. Es konnte auch nicht durch den Staat gestoppt werden. Menschen waren eben nicht vollkommen.
Sie waren sterblich. Ein vollkommenes Wesen brauchte keinen Sex. Es war sich selbst genug. Sex hatten nur Lebewesen, denen etwas fehlte, die sterblich waren. Unsterbliche Wesen kannten keinen Sex. Also: So lange der Mensch Sex hatte, war er nicht vollkommen, war er sterblich. Der Staat konnte die menschliche Lebensspanne nicht bis ins Unendliche verlängern.
Messira fühlte sich auf einmal so leicht, und viele Gedanken schwirrten in ihrem Kopf herum: Gott erschuf den Menschen nach seinem Ebenbilde. Er sorgte aber dafür, dass der Mensch sterblich wurde, indem er das menschliche Geschlecht in zwei Teile spaltete – einen männlichen und einen weiblichen Teil. Dennoch sind die Menschen sein Ebenbild mit einem Unterschied: Gott vereint in sich das Männliche und das Weibliche. Er verkörpert beide Seiten. Er ist vollkommen. Wir mit unserm primitiven Verstand können das nicht erfassen. Da die Welt früher – und auch heute noch – mehr männlich dominiert war und ist, gab man Gott ein männliches Erscheinungsbild.
Dass wir Gottes Ebenbilder sind, erkennt man auch daran, dass wir, genau wie Gott, eine Dreieinheit sind. Den dreieinigen Gott nennen wir Vater, Sohn und Heiliger Geist. Die Dreieinheit des Menschen besteht aus Körper, Seele und Geist. Nicht nur wir sind Dreieinheiten, sondern jegliche Materie auf der Welt besteht aus drei Aggregatzuständen – fest, flüssig und gasförmig. So spiegelt sich Gottes Geist in allem, was existiert.

Es scheint fast so, dass die Vertreibung aus dem Paradies mit dem Augenblick verbunden ist, in dem die Lebewesen sich in zwei Geschlechter spalteten, weil in diesem Augenblick der Tod in ihr Leben trat. Nicht nur das Lebendige spaltete sich, alles andere auf der Welt auch. Von nun an gab es Yin und Yang, die Gegensatzpaare.
Yin und Yang entstanden aus dem einen Ursprung und brachten ihrerseits die enorme Vielfalt der Erscheinungsformen, einschließlich des gesamten materiellen Universums, hervor.
Die Aufgabe des Menschen ist es, ein Gleichgewicht zwischen diesen beiden Polen herzustellen. Nur wenn beide Gegensatzpaare sich die Waage halten, geht es ihm gut, und er kann die Schöpfung in vollem Umfang genießen.
Plötzlich verstand Messira den Sinn ihres Lebens: »Auf das Gleichgewicht kommt es an. Ich finde, wir haben unsere Mitte gefunden.«
»Ich verstehe zwar nicht, was du meinst«, sagte er, »aber deine Anwesenheit macht mich so leicht.«
»Das ist es!«, rief sie. »Das ist das, was ich meine.«
Seit Messira ihre Mitte gefunden hatte, sorgte sie sich nicht nur darum, ihren Geist zu befriedigen, sondern achtete auch darauf, dass ihr Körper und ihre Seele zu ihrem Recht kamen. Nie mehr versäumte sie eine einzige Verabredung mit David. Er war der Einzige, der ihren Akku wieder aufladen konnte, wenn dieser leer war. Beide schworen sich, dass nur die Gefährdung von Leib und Leben sie davon abhalten konnte, ihren allwöchentlichen Termin zu versäumen.

*

Schon wieder war ein Jahr vergangen. Messira war inzwischen sechsundzwanzig Jahre alt geworden. Wir schrieben Ende Oktober. In manchen Nächten gab es schon Frost – Vorboten eines strengen Winters. Mit David war sie nun schon acht Jahre zusammen. Sie konnte sich ein Leben ohne ihn nicht mehr vorstellen. Er war zu einem lieben Freund und Gefährten geworden. Sie führten fast eine Ehe, die auf gegenseitigem Vertrauen und Achtung aufgebaut war. Die große Liebe war es bei ihr nicht. Bei ihm schien es tiefer zu gehen. Er hatte sich aber damit abgefunden, dass er nur der Sonntagabendmann und wenn er Glück hatte, auch mal der Mittwochabendmann war, bei dem sie sich ausheulte.
Sie hatte ihm inzwischen anvertraut, dass sie Messira hieß, manchmal aber nannte er sie trotzdem Delia, nämlich dann, wenn er von ihr geträumt hatte. Seinen Namen wollte er ihr nicht verraten.
»Ich bin David«, sagte er. »Seit ich dich kenne, fühle ich mich wie neu geboren. Wenn du meinst, ich heiße David, dann bin ich es auch.«

Der Widerstand war gewachsen. Etwas Großes warf seine Schatten voraus. Etwas, von dem Messira noch nicht viel wusste. Alle taten sehr geheimnisvoll. Die Organisation schützte ihre Mitglieder so gut es ging und dazu gehörte auch, dass der Einzelne nur ein Minimum an Information bekam, bevor ein Projekt richtig lief.
Der heutige Einsatz war schwierig und deshalb von langer Hand vorbereitet worden. Die Rebellen brauchten Steuerrelais aus einer Fabrik für Metall und Elektronik.
Die Fabrik befand sich in einem Außenbezirk an der nördlichen Stadtgrenze. Hier sah man kilometerweit keine Menschenseele. Eine hohe Mauer verwehrte ungebetenen Gästen den Zutritt. Auf der gegenüberliegenden Straßenseite breitete sich ein riesiges landwirtschaftliches Versuchsfeld von mehreren Hektar aus. Dieses Feld hätte mit Leichtigkeit Hunderte von Fußballfeldern schlucken können.
Das Grün reichte soweit das Auge sehen konnte. Ein Elektrozaun schloss die grüne Hölle ein. Auf diesem prangte ein Schild mit der Aufschrift: LANDWIRTSCHAFTLICHES ZUCHTGEBIET – BETRETEN VERBOTEN. Eigentlich war dieses Schild nicht nötig, denn niemals kam ein Bürger auf die dumme Idee, in ein landwirtschaftliches Versuchsgebiet einzudringen. Was sollte er da auch? Jede Menge Versuchspflanzen um ihn herum mit Wärmefühlern und Wasserberegnungsanlagen, die zu bestimmten Zeiten das ganze Feld unter Wasser setzten, machten ein Fortkommen fast unmöglich. Wer einmal in diesen Dschungel hineingeriet, fand so schnell nicht wieder heraus.
Der stumpfgraue Asphalt der Straße zog sich schnurgeradeaus. Straßenbeleuchtung gab es nur auf der Fabrikseite. Es war kurz nach Mitternacht, und der Wächter hatte gerade seinen Rundgang gemacht. Messira und Marvin hatten die Aufgabe, das Gebäude von außen zu beobachten. Marvin beschnupperte die Gegend.
Vor dem Versuchsgelände stand ein Busch, auf der anderen Straßenseite unweit der Fabrik ein riesiger Container, der mit Bauschutt gefüllt war. Offensichtlich renovierte man das Gebäude gerade. Möglichkeiten, sich zu verstecken, waren also vorhanden! Kay, Ann und Baldwin wollten das Material beschaffen.
»Ich halte uns den Rückweg frei.«
Baldwin, der Elektronikspezialist, verursachte mit einer Zange, die er aus der Tasche zog, einen Kurzschluss im Zaun der Versuchsanlage, dann schnitt er an einer Stelle ein Loch hinein, das groß genug war, um einen Menschen bequem durchschlüpfen zu lassen. »Wenn was schiefgeht«, erklärte er. Als Nächstes wechselte er die Straßenseite und setzte die Alarmanlage am Eingang zur Fabrik außer Kraft.

»Funkt mein E-Armband an, wenn ihr was Verdächtiges bemerkt«, flüsterte er und huschte behände wie eine Katze mit den beiden anderen ins Innere des Gebäudes.
Dieser Mensch schien Flügel zu haben. Marvin dagegen wirkte heute nervös. Seine Finger spielten mit seinem Tech-Wear.
»So kenne ich dich gar nicht«, meinte Messira. »Was ist los?«
»Meine Nase sagt mir, dass irgendetwas nicht stimmt.« Er bedeutete ihr, ihm zu folgen.«
Das Gebüsch befand sich etwa zwanzig Meter vom Eingang entfernt. Dorthin zog er Messira.
»Ich glaube nicht, dass etwas schiefgeht. Die drei sind Profis«, versuchte Messira ihn zu beruhigen.
»Auf meinen Riecher kann ich mich verlassen. Der hat mich nie im Stich gelassen«, beharrte er.
Gespannt hockten sie auf dem Boden und lauschten in die Nacht hinaus. Zehn Minuten waren vergangen. Neben ihnen huschte eine Ratte durch den Zaun.
»Verdammte Biester! Ich habe den Eindruck, dass die zugenommen haben.« Marvins Gesicht verzog sich. »Wenn unser Staat untergeht, dann durch die Ratten. Die fressen den genmanipulierten Mais ohne daran zu krepieren.«
Es sollte flapsig und unbeschwert klingen. Messira bemerkte aber den besorgten Unterton in seiner Stimme. Wieso machte er sich Sorgen?
Über ihnen wurde es hell. Ein Gleiter flog vorbei. Sie duckten sich ganz tief in den Schatten des Busches. Das matte Licht der Straßenlaternen drang zum Glück nicht bis zu ihrem Versteck.
»Es ist besser, wenn wir uns trennen. Von hinten droht keine Gefahr, höchstens von den Ratten«, lachte Marvin gequält, »Aber ich mache mir um die Flanken Sorgen. Geh du mal rüber, zur Mauer! Ich glaube, ich habe einen Lichtschein gesehen.«
Er deutete nach rechts wo ungefähr fünf Meter vor der Mauer der alte Industriecontainer stand. Aber es stellte sich heraus, dass dort ebenfalls nur ein Gleiter vorbeigeflogen war.
»Fehlalarm!«, zischte er. »Aber ich finde es dennoch besser, wenn wir nicht an einem Ort bleiben. Hinter dem Container kannst du in Deckung gehen. Von da aus hast du die gesamte rechte Straßenseite im Visier. Ich beobachte die linke Seite und gebe dir Bescheid, wenn sich hier was tut.«
Messira huschte leise zum Container und versteckte sich dahinter. Sie konnte weder was Verdächtiges hören, noch sehen. Die Dunkelheit, die ihr sonst nichts ausmachte, begann ihr unheimlich zu werden. Mittlerweile waren fünfzehn Minuten vergangen.

Wie lange brauchen die denn noch? dachte Marvin. So ein bisschen Draht und ein paar Relais zu holen, konnte doch nicht so lange dauern.
In letzter Sekunde sah er den Schatten auf seiner Seite der Straße. Der bewegte sich auf den Busch zu. Schnell gab er Alarm über sein Armband an die Crew im Innern der Fabrik. Sie sollten sich still verhalten. Messira konnte er nicht mehr warnen. Das hätten die Herannahenden gehört. Wenn sie sich auf der anderen Seite des Containers ruhig verhielt, konnte man sie weder sehen noch hören. Er musste zusehen, dass er selbst aus der Gefahrenzone kam. Zwei Männer näherten sich seinem Versteck von links.
Vorsichtig kroch er auf allen Vieren aus dem Busch hervor, sorgfältig darauf achtend, so wenig Lärm wie möglich zu machen und hielt sich immer im Schatten der Lampen. Es gelang ihm, ungesehen und ungehört, das Loch im Zaun zu erreichen. Er schlüpfte hindurch und schloss die Lücke notdürftig.
Jetzt konnte er erkennen, dass es sich um zwei Polizisten handelte. Sie hatten das Gebüsch erreicht. Von Messira waren sie noch einige Meter entfernt. Da der Container sich auf der anderen Straßenseite befand, war er sicher, dass sie nicht gesehen wurde. Er hoffte inständig, dass sie keinen Lärm machte.
»Wollen wir am Freitag gemeinsam zum Fitness Training gehen?«, fragte der Größere.
»Da kann ich nicht. Ich hab meiner Frau versprochen, mit ihr tanzen zu gehen«, antwortete der Kleinere.
Plötzlich knackte es in der Nähe des Containers. Beide Männer blieben stehen.
»Hast du das eben gehört?«, fragte der Kleinere. Er machte seinem Kollegen ein Zeichen, sich ruhig zu verhalten. Sie gingen hinter dem Busch, in dem kurz zuvor noch Marvin gesessen hatte in Deckung und zogen ihre Strahlenpistolen aus dem Gurt.
Messira hatte die beiden jetzt entdeckt, leider viel zu spät. Sie geriet in Panik und lief hastig davon.
Mädchen, was machst du denn? dachte Marvin. Hab' ich dir nicht mehrfach eingebläut, dich ruhig zu verhalten und erst mal abzuwarten, ob die Gefahr vorübergeht?
»Halt, wer da? Stehen bleiben!«, riefen die beiden Polizisten und richteten ihre Waffen auf die fliehende Gestalt. Und noch einmal riefen sie: »Stehen bleiben!«, doch Messira geriet nun erst recht in Panik und lief weiter.
Zwei Schüsse erhellten die Nacht. Messira spürte einen brennenden Schmerz im rechten Knie und einen zweiten in der linken Schulter, trotzdem lief sie weiter. Die beiden Polizisten hasteten hinterher. Gut fünfzig Meter schaffte sie noch, dann hatten die Männer sie eingeholt.

Messira stolperte und fiel der Länge nach hin. Es fing an zu regnen. Blut lief ihr über Schulter und Knie. Die Kleidung war an den Einschussstellen zerfetzt und wies Brandspuren auf.
Mit einem Satz war der kleinere Polizist auf die am Boden liegende Frau gesprungen. »Was machen Sie hier?«, fragte er und fixierte ihre Hände mit einer altertümlichen Handschelle auf dem Rücken.
Messira schrie laut auf vor Schmerz, denn das brutale Vorgehen des Mannes verursachte ihr Schmerzen an der kaputten Schulter. Noch immer war sie nicht gewillt, aufzugeben, obwohl ihre Lage aussichtslos schien.
»Ich bin nur eine harmlose Spaziergängerin«, sagte sie mit schmerzverzerrtem Gesicht. »Was wollen Sie von mir?«
»Warum sind Sie dann weggelaufen, als wir gerufen haben?«, fragte der große Polizist mit einem überlegenen Grinsen.
Messira befürchtete, dass sie sich wohl nicht mehr herausreden konnte, wagte aber dennoch einen Versuch. »Ich hatte Angst!«, log sie. »Zwei Männer in der Nacht verfolgten mich. Was hätten Sie an meiner Stelle getan?«
Doch die beiden Polizisten gaben sich mit dieser Erklärung nicht zufrieden. Der Kleinere riss sie brutal vom Boden hoch. Der Größere funkte einen Gleiter an.
»Das können Sie auf der Wache zu Protokoll geben.« Die Freude, dass er heute Nacht noch einen Fang gemacht hatte, stand ihm im Gesicht geschrieben.
Brutal schob er Messira vor sich her, stieß sie in einen Gleiter, zwängte sich auf den Nebensitz, während sein Kollege den nächsten Gleiter nahm, denn die Gleiter waren so klein, dass nur zwei Personen oder eine Person mit Gepäck hineinpassten.

Die Stille tat weh. Marvin wartete noch fünf Minuten, dann gab er Entwarnung an die Freunde in der Fabrik. Er informierte die Crew über Messiras Verhaftung. Alle Spuren des Einbruchs mussten beseitigt werden. Das tat man immer, um die Mitglieder der Gruppe zu schützen. Die Freunde mussten sich ihr Material anderweitig besorgen. Auch die Alarmanlage und das Loch im Zaun mussten repariert werden.
»Hoffentlich hält die Kleine dicht«, sagte Ann. »Schade, sie war so engagiert bei der Sache.«
»Wir werden sehen«, meinte Kay. »Vielleicht geht ja alles gut.«
Die Freunde trennten sich. Sie verließen den Schauplatz in unterschiedlichen Richtungen. Nachdem sie ungefähr eine halbe Stunde gelaufen waren, flog jeder für sich mit einem Gleiter nach Hause.

*

Die Polizeiwache war zu dieser Zeit hoffnungslos überfüllt. Die Polizisten mussten sich um einen wirklich schweren Fall von Raub kümmern. In letzter Zeit hatte die Gewalt in der Republik zugenommen. Es gab zwar keine Wiederholungstäter, aber die Anzahl der Ersttäter hatte sich verdoppelt. Da nutzte es wenig, dass man einmal straffällig Gewordenen einen Schrittmacher ins Gehirn implantierte, der dafür sorgte, dass bestimmte Hirnregionen aktiviert, andere deaktiviert wurden. Man musste radikaler vorgehen. Deshalb arbeitete die Forschung mit Hochdruck an einer Methode, den aggressiven Trieb der Menschen noch bevor er zum Ausbruch kommen konnte, aus ihren Gehirnen zu extrahieren. Aber die Gehirnchirurgen hatten hier gerade mal einen Blick über den Tellerrand getan.
Mangels Zeit und Raum sperrte man Messira vorerst in eine der Zellen ein. Niemand sah nach ihr oder ihren Verletzungen. Die Schmerzen ließen etwas nach. Auf der harten Pritsche schlief sie schließlich vor Erschöpfung ein.
Am nächsten Morgen wurde sie unsanft von einem Geheimpolizisten geweckt. Ihre Verletzungen waren glücklicherweise nicht schwer. Das Blut war inzwischen angetrocknet. Doch wenn sie nicht in nächster Zeit eine Wundversorgung bekam, konnte es sein, dass die Wunden zu eitern begannen.
»Ihre Identifikations-Nummer?«, fragte der Mann unwirsch.
»F6103.20.06.2331«, gab Messira mit matter Stimme an.
»Wir nehmen Sie mit zum Verhör in unsere Basis«, entschied der Polizist.
Ein Gefühl des Unbehagens machte sich bei Messira breit. Sie verlor ihr sicheres Auftreten, mit dem sie sonst bei den Behörden immer punkten konnte. Die ganze Situation überforderte sie. Lähmende Angst schnürte ihr die Kehle zu und machte sie unfähig, einen klaren Kopf zu behalten. Immer wieder musste sie an die grausamen Verhöre denken, von denen sie gehört hatte.
»Was wirft man mir vor?«, fragte sie, sich sehr wohl bewusst, dass die Droge ihr alles entlocken würde, was sie wusste.
»Das werden wir sehen!« Damit war das Gespräch für ihn beendet.
Ohne ihre Handschellen zu lösen, führte er sie nach draußen. Dort rief er einen Gleiter und flog mit ihr ins Lancen. Die Polizei bediente sich im Krankenhaus einer eigens für sie eingerichteten Abteilung, wo Ärzte dafür sorgten, dass die Gefangenen redeten. Das nannte sich kriminalpsychiatrische Abteilung. Messira wusste genau, was jetzt kam. Ihre Kameraden hatten von einem Horrortrip gesprochen.
Kaum hatten sie die Klinik betreten, griff die Angst, die sie im Gleiter kurzzeitig verlassen hatte, wieder nach ihr, außerdem verspürte sie einen unerträglichen Durst.

Als die Formalitäten erledigt waren, übergab der Geheimpolizist sie an die diensthabende Schwester.
Messira – immer noch gefesselt – wurde in einen Raum gebracht und auf einer Liege festgeschnallt. Sie konnte sich kaum bewegen, nur den Kopf ein wenig heben.
Bis auf einen schmalen Lichtstreifen, der sich vom Flur unter der Tür durchzwängte, war es völlig dunkel und still im Raum.
Ein Jaulen ließ sie hochfahren. Die Klimaanlage schaltete sich ein. Sie zählte langsam bis dreißig, da verstummte das Geräusch.
Die Riemen schnitten in ihr Fleisch wie ein scharfes Messer. Verzweifelt versuchte sie die Hände freizubekommen. Es gelang ihr nicht.
Schulter und Knie brannten.
Sie hatte Angst.
Sie fror.
Ab und zu ging ein Zittern durch ihren Körper.
Bilder erschienen vor ihrem inneren Auge.
Es war vorbei!
Die Pille unerreichbar! Kein Herankommen möglich!
Sie verlor das Zeitgefühl. Zwischendurch auch das Bewusstsein.
Ein unerträglicher Durst weckte sie.
Sie fuhr mit der Zunge über die spröden Lippen. Sie wollte schreien, aber kein Laut entwich ihrer Kehle.
Wieder vergingen Stunden. Das Gehirn gaukelte ihr die wildesten Dinge vor.
Das Licht unter der Tür verblasste.
Im Flur verstummten die Geräusche bis es ganz still wurde. Nur die Klimaanlage gab wie ein Metronom den Takt an. Sie vermutete, dass die sich alle fünf Minuten für eine halbe Minute einschaltete. Anfangs schreckte das Geräusch sie auf. Mittlerweile hatte sie aufgehört zu zählen.
Wieder fielen ihre Augen zu.
Als sie erwachte, spürte sie den Durst nicht mehr, ja nicht einmal sich selbst spürte sie mehr.
Sie wollte sich auf die Seite drehen, aber die Fesseln hinderten sie daran. Sie scheuerten tief in ihr Fleisch hinein.
Der Spalt unter der Tür hellte sich wieder auf. Schritte gingen vorbei. Sie hielten nicht vor ihrer Tür.
Sie hatte Mühe, klar zu denken. Immer wieder vermischten sich Bilder aus ihrem Unterbewusstsein mit der Realität.
Die Augen versuchten das Dunkel zu durchdringen.
Sie schrie, sie weinte, schließlich wimmerte sie nur noch leise.
Zuletzt wurde sie ganz still.

Zwei volle Tage lang vergaß man sie in diesem Raum. Niemand sah nach ihr. Niemand brachte ihr zu essen und zu trinken. Ihre Notdurft musste sie unter sich machen. Das Lancen war in diesen Tagen hoffnungslos unterbesetzt.
Am dritten Tag, also am vierten Tag nach ihrer Festnahme, trat eine Schwester in das Zimmer. Sie erschrak, als sie den Zustand der Patientin sah. Messira war kaum ansprechbar. Schnell eilte sie, um einen Arzt zu holen.
Als erstes sagte der: »Der Gestank ist ja nicht auszuhalten. Säubern Sie die Patientin. Wenn Sie soweit sind, rufen Sie mich.«
Messira wurde von zwei Pflegern in angeschnalltem Zustand auf der Liege liegend in eine Einzeldusche gefahren. Hier entfernte eine Schwester das Bettzeug, die Matratze und die Kleider der Patientin und schnallte ihren nackten Körper wieder auf der Liege fest.
Die Textilien übergab sie einem Boten und sagte: »Verbrennen! Sofort verbrennen das Zeug!«
Messira lag auf dem Eisengestell der Krankenhausliege wie auf einem Nagelbrett. Sie konnte sich kaum rühren. Die Lederriemen schnitten ihr in Hand- und Fußgelenke, die Metallfedern des Bettes drückten in ihr Fleisch. Sie hatte keine Kraft mehr, sich mit Worten oder gar Taten zu wehren, konnte nur noch alles passiv über sich ergehen lassen.
Die Schwester schloss die Tür der Kabine und schaltete die Dusche per Knopfdruck von außen an. Durch die Glasscheiben der Tür beobachtete sie den Reinigungsvorgang. Von oben und unten, von vorn und hinten, von rechts und links kam das Wasser mit hohem Druck aus Düsen, die sich an Wänden, Decke und Fußboden befanden. Fünf Minuten wurde Messira gewaschen, danach erfolgte eine Desinfektion von einer halben Minute, anschließend eine Trocknung mit warmer Luft. Dann bekam sie im Beisein der beiden Pfleger ein Nachthemd, eine Matratze und Bettzeug.
Der Arzt setzte der völlig Dehydrierten einen Tropf. Er stellte einige Fragen, die sie nur stockend beantworten konnte. Immer wieder wurde sie von Schwäche übermannt. Alles, was Messira sagte, überprüfte er mit Hilfe ihres elektronischen Armbandes, das er von der Schwester bekommen hatte und indem er ihren Chip im Oberarm scannte.
Ihre Angaben entsprachen der Wahrheit. Es bestand kein Zweifel an ihrer Identität. Es machte ihn nur stutzig, dass sie vor den Polizisten geflohen war.
Messira wollte etwas sagen, aber ihre Stimme gehorchte ihr nicht mehr. Sie hatte das Gefühl, auf Watte zu gehen. Die Stimme des Arztes verflog, als hätte der Wind sie vertrieben. »Ich, …« begann sie, bäumte sich auf, um gegenzusteuern, dann verlor sie erneut das Bewusstsein.

Der Arzt schlug ihr mit der flachen Hand links und rechts ins Gesicht.
»Kommen Sie zu sich!«
Keine Reaktion.
»Ich befürchte eine Sepsis«, schrie er.
Er horchte ihren Herzschlag ab. Dann untersuchte er ihre Verletzungen. Schulter und Knie waren im Bereich der Wunde stark gerötet und feuerheiß. Durch den Fall auf die Straße hatte die Wunde sich infiziert. Am Knie zeigte sich ein feiner roter Streifen unter der Haut, der Richtung Herz wanderte.
»Wurde die Patientin mit einem Antibiotikum behandelt?«, fragte er die Schwester.
Die wusste gar nichts.
»Wahrscheinlich hat niemand die Wunde versorgt«, sagte sie schuldbewusst. »Ich fürchte, in dem Trubel, den wir vor zwei Tagen hatten, ist das untergegangen.«
Der Arzt legte die Hand an Messiras Stirn.
»Die Patientin hat Fieber. Breitbandantibiotikum!«, schrie er.
Nun musste alles sehr schnell gehen. Messira wurde auf die Intensivstation im 4. Stock verlegt. Man wollte abwarten, ob das Antibiotikum Wirkung zeigte. Drei Tage lang war sie ohne Bewusstsein. Während dieser Zeit stieg das Fieber ständig. Erst am Morgen des 5. Tages, also neun Tage nach ihrer Verhaftung, besserte sich ihr Zustand.
Sie schlug kurz die Augen auf. Alles weiß. Die Erinnerung kam wieder. Ich bin im Krankenhaus. Ihr Körper war total verkabelt. Um sie herum standen viele medizinische Geräte. Auf einem Monitor konnte sie Kurven erkennen, die sich ständig veränderten. Es piepste im Rhythmus ihres Herzschlages. Ein Tropf war an die Vene ihres linken Armes angeschlossen. Die Flüssigkeit verschwand lautlos in ihrem Körper. Sie wollte etwas sagen, aber ihre Zunge fühlte sich pelzig an. Schulter und Knie waren dick umwickelt und schmerzten. Ich lebe, ging ihr durch den Kopf, dann knackte sie wieder weg.
Eine Schwester betrat den Raum. Ein Blick auf die Monitore im Schwesternzimmer hatte ihr gezeigt, dass die Patientin kurz wach gewesen war. Sie kontrollierte Atmung, Blutdruck, Puls und Herzschlag, dann erstattete sie dem Arzt Meldung.

»Sie sind über den Berg«, sagte der Arzt einen Tag später zu Messira. »Sie haben großes Glück gehabt. Eine Weile stand Ihr Leben auf der Kippe. Sie werden morgen zurück auf die Psychiatrie verlegt.«
Messira war noch sehr schwach, aber sie spürte, wie das Leben in sie zurückkehrte. Doch nun kam die Angst wieder. Während die Pfleger sie in

den Fahrstuhl schoben, malte sie sich aus, was passieren würde, wenn diese Schlächter sie in die Hand bekamen.
Margrit hatte einmal gesagt: »Wenn sie dich schnappen, dann holen sie alles aus dir heraus. Stell dir das Schlimmste vor und dann multipliziere es mit Zehn.«
Sie hatte das Gift für den Notfall in der Dusche verloren. Ihr rechter großer Zeh wies eine Besonderheit auf. Er krümmte sich zum Nachbarzeh hin ein wenig. In diese Höhlung hatte sie die kleine Kapsel gelegt und am Zeh angeklebt. Auf den ersten Blick war sie kaum zu sehen gewesen. Beim Duschen musste sie durch den Wasserdruck in den Ausguss gespült worden sein. Die Dusche hatte ihr das Leben gerettet, denn der Arzt hätte die Kapsel bei der Untersuchung sicher entdeckt. Jetzt brauchte sie das Gift jedoch nötiger denn je. Was würde mit ihr passieren? Schutzlos war sie allem ausgeliefert. Oh Gott, steh mir bei, dachte sie.

In der Psychiatrie wurde sie von einem jungen Arzt im Praktikum empfangen. Sie kannte diese braunen Augen mit den vielen kleinen Lachfältchen drum herum.
»Nico!«, rief sie überrascht. »Du hier?«

STRUDEL

Wieder führt der Weg des Menschen in eine andere Richtung. Manchmal erfolgt dies zwangsweise. Ob diese Entwicklung gut oder schlecht ist, hängt von den Umständen ab.
Ein Strudel ist ein Wirbel, der sich im Wasser bildet. An dieser Stelle bewegt das Wasser sich in einer Spirale nach unten. Wirbel haben in der Mitte eine trichterförmige Vertiefung. Strudel entstehen immer dann, wenn das Wasser schnell fließt und der Untergrund uneben oder steinig ist.
Es ist gefährlich, in Gewässern zu schwimmen, die Strudel enthalten. Ein Strudel reißt alles, was sich in seiner Reichweite befindet, mit in die Tiefe. Das Wasser entwickelt enorme Kräfte. Sind diese Kräfte einmal entfesselt, können sie nur schwer gebändigt werden.

***

»Kennen wir uns?«, fragte der junge Arzt, während sein Blick an Messira vorbeiglitt wie kaltes Wasser, das von einem Stein abperlt.
Zu den Schwestern gewandt, sagte er etwas leiser: »Sie muss mich mit diesem Nico verwechseln. Nico! Wer soll das sein? Es wird besser sein, ich gehe auf ihr Spiel ein.«
»Aber Nico? Wieso tust du mir das an? Bitte! Du musst mich hier rausholen«, flehte Messira. »Es ist alles ein Missverständnis. Ich gehöre nicht hierher.«
Ein Blick auf den Monitor sagte ihm, dass sie Unrecht hatte. Er verschaffte sich in aller Eile einen Überblick über die Umstände ihrer Inhaftierung. Dann schickte er die beiden Schwestern, die ihm assistieren sollten, fort.
»Lassen Sie mich mit der Patientin allein«, verlangte er. »Bei dieser Art von neurologischer Störung ist es besser, die Kranke nicht unnötig aufzuregen. Ich will versuchen an sie ranzukommen. Vielleicht öffnet sie sich. Sie muss Vertrauen fassen. Das geht besser unter vier Augen. Ich habe schon Fälle erlebt, wo es zu einem Nervenfieber kam. Das wollen wir doch nicht oder?«
Er zwinkerte den Schwestern zu.
»Wenn ich mit der Befragung fertig bin, bekommen Sie sofort Bescheid. Mir scheint, es handelt sich hier um einen besonders schweren Fall. Aber wie gesagt, ich bin mir noch nicht sicher.«
Er tat sehr geschäftig, was großen Eindruck auf die beiden jungen Gänse machte.

Messira tobte und rüttelte an den Riemen, die ihre Hand- und Fußgelenke fest im Griff hatten. Konnte es sein, dass sie sich in Nico getäuscht hatte? War er ein gottverdammter Scheißkerl, der sie fallen ließ, wenn er merkte, dass es für ihn gefährlich werden konnte?

»Was tust du? Mit mir ist alles in Ordnung!«, rief sie. »Ich fürchte, dich hat es schwer erwischt.«

Nico zog eine Nadel auf und spritzte ihr eine Flüssigkeit in die Vene. Messira wehrte sich mit allen Kräften und tobte noch heftiger als zuvor.

»Sie sehen ja!«, sagte er, zu den Schwestern gewandt. »Es könnte eventuell gefährlich werden, also verlassen Sie für einen Augenblick den Raum.«

»Aber Doktor!«, säuselte die eine Schwester. »Sie rufen uns sofort, wenn Sie uns brauchen, versprochen?«

»Versprochen!«, antwortete er mit fester Stimme.

Den Schwestern war der ernste Tonfall in seiner Stimme nicht entgangen. Sie rauschten aus dem Raum. Die kleine Blonde drehte sich noch einmal keck zu ihm um und schenkte ihm ihr schönstes Lächeln, dann war auch sie verschwunden.

»Du Hund! Du Verräter! Du armseliger Mensch! Was hast du mir gespritzt?«, schrie Messira.

Er hielt ihren Mund zu.

»Ich möchte, dass du mir jetzt zuhörst«, sagte er. »Wenn du bereit dazu bist, dann nick mit dem Kopf. Erst dann nehme ich meine Hand von deinem Mund, wenn du mir versprichst, dass du unsere Bekanntschaft nicht wieder laut hinausschreist.«

Was blieb ihr anderes übrig, als ihm das zu versprechen. Sie befand sich nicht gerade in einer Lage, die Verhandlungen zuließ. Also nickte sie zustimmend. Gleich danach nahm er seine Hand von ihrem Mund – zuerst ein wenig – um zu prüfen, ob ihr nicht doch noch ein Laut entfuhr, dann, als er merkte, sie hatte ihn verstanden – vollständig.

Messira blieb weiterhin ruhig, aber ihre Blicke sprühten Funken. Er wusste, dass er etwas klarstellen musste, also sagte er: »Keine Panik! Ich habe dir nur physiologische Kochsalzlösung gespritzt. Das ist ein Salz, das du auch im Blut hast. Das Ganze sollte ein Ablenkungsmanöver für die Schwestern sein.«

Messiras Blick entspannte sich.

»Warum sollte ich dir glauben?«

»Ich fürchte, du hast keine Wahl.«

Er hantierte an ihrem Tropf, um das unbestechliche Auge der Kamera zu überlisten.

»Du sitzt ganz tief drinnen im Dreck! Also, was bleibt dir weiter übrig?«

Es war alles wieder da – wie auf Knopfdruck.

Nichts hatte sich verändert.
Seine souveräne Art brachte ihr mühsam in den Jahren aufgebautes Selbstvertrauen wieder zum Wanken. Innerlich kochend vor Wut, musste sie ihm Recht geben. Sie hatte wirklich keine Wahl, das wurde ihr schmerzlich bewusst. Im Gegenteil, wenn er wollte, konnte er sie mit einem Schlag vernichten und nichts konnte sie dagegen tun, das wurde ihr schlagartig klar.
Er lief wie im Arbeitswahn hin und her. An der Wand stand ein Medizinschrank. Er öffnete eine Schublade und holte eine Spritze heraus. Anschließend näherte er sich der Liege, bückte sich zu ihr herab und tat so, als würde er den gesamten Inhalt der Spritze auf einen Schlag in ihre Vene injizieren. Im toten Winkel der Kamera spritzte er ihn aber heimlich in seinen linken Ärmel. Gierig saugte der Stoff das Wahrheitsserum auf, wurde feucht und dunkel. Die leere Spritze legte er auf den Rollwagen in eine Nierenschale. Anfangs tobte Messira ein wenig, beruhigte sich aber sofort, als sie merkte, dass es wieder nur ein Betrug für die Kamera war.
»So!«, meinte er. »Du darfst schon noch ein wenig weiter toben. Nach ein paar Minuten musst du aber ruhiger werden, wenn ich bitten darf.«
Der Ton, den er anschlug passte ihr absolut nicht.
Da war es wieder! Sein Lächeln, das sie so herbeigesehnt hatte, das sie tausendmal im Traum gesehen hatte, das sie verfluchte, weil er ihr damit seine Überlegenheit zeigte, aber gleichzeitig abgöttisch liebte, und das sie – mit geschlossenen Augen sich vorzustellen – in der Lage war.
»Na, was ist?«, forderte er sie auf.
Messira randalierte und zerrte an den Riemen.
Er wandte sich zum Tisch, der neben der Liege stand und goss Wasser aus einer Karaffe in ein Trinkglas. Seine Bewegungen waren fließend, harmonisch und zeugten von großer Selbstkontrolle. Alles was er tat, folgte einem Plan. Er nahm das Trinkglas mit Wasser und reichte es ihr. Gierig trank sie daraus.
»So ein Mist«, fluchte er leise. »Jetzt hast du mich angespuckt.«
Messira schaltete sofort, trank noch einmal, reichte ihm das leere Glas und als er mit dem linken Arm in ihre Nähe kam, um ihr das Glas abzunehmen, spuckte sie den gesamten Inhalt ihres Mundes auf seinen Ärmel.
Er holte aus und schlug ihr mit der flachen Hand rechts und links ins Gesicht.
»Alles für die Kamera«, sagte er daraufhin grinsend zu ihr, und ein wenig sah man ihm an, was er dachte: Das hat sie jetzt verdient.
Messira schrie: »Au! Du tust mir weh!«
Anschließend tobte sie noch ein wenig auf der Liege umher, warf den Kopf von rechts nach links, zerrte und randalierte an ihren Riemen und rüttelte am Bettgestell.

»Gut so!«, lobte er.
»Aber jetzt etwas ruhiger, wenn ich bitten darf.«
Messira gab sich den Anschein, als würde das Serum bei ihr wirken. Nico beugte sich über sie, um sie zu befragen.
»Wir haben nicht viel Zeit«, hetzte er, denn er wusste, dass die Schwestern draußen von einem Bein auf das andere traten.
»Ich kann die beiden nicht länger hinhalten. Du machst jetzt genau das, was ich dir sage. Für Erklärungen bleibt leider keine Zeit mehr.«
Sein Ton duldete keinen Widerspruch.
»Okay!«, raunte Messira. »Ich vertraue dir.«
Wieder lachte er sein ironisches Lachen.
»Ich wiederhole mich nicht gern, aber für dich noch einmal. Was bleibt dir anderes übrig. Du beantwortest meine Fragen jetzt wahrheitsgemäß. Mit dem Serum wäre das genauso gewesen. Alles bleibt hier in den vier Wänden. Wir müssen uns etwas ausdenken, was unverdächtig für den Chefarzt ist.«
Messira ging es gehörig gegen den Strich, Nico zu sagen, warum sie hier gelandet war. Widerwillig musste sie sich aber eingestehen, dass er – wie fast immer – Recht hatte. Sie hatte verdammtes Glück gehabt, auf ihn zu treffen. Aber, sie durfte in diesem Augenblick nicht nur an sich denken. Er steckte mit drin. Sein Job und sein Leben standen ebenfalls auf dem Spiel. Wenn die herausbekämen, dass er einer Aufrührerin Hilfe leistete, hatte er sein Leben mit Sicherheit verwirkt.
»Ich tue, was du von mir verlangst«, gab sie schließlich nach.
Er rückte noch näher.
»Schon besser«, lobte er. »Ich will es dir einfacher machen.«
Er wurde auf einmal sehr vertraulich.
»Du bist Mitglied der Widerstandsbewegung.«
Was hatte Leugnen noch für einen Sinn? Da er sowieso schon alles wusste.
»Ja, so ist es«, bekannte sie.
»Ihr hattet einen Einsatz, und du wurdest verletzt.«
»Ja.«
»Wann und wo war das?«
Sie zögerte.
»Ich kann das nachlesen, aber es ist besser, du sagst es mir.«
Also erzählte sie ihm alles, was er wissen wollte.
»Anfängerin!«, schimpfte er. »Erst lässt du dich erwischen, dann nennst du mich bei meinem Namen. Weißt du, in welche Lage du mich gebracht hast mit deinem *Nico*?«
»Es tut mir leid. Ehrlich!« Ihr Jammern schien ihn nicht zu beeindrucken.
»Es hätte mein und dein Leben kosten können!«, schrie er aufs höchste erregt.

Beide überlegten gemeinsam, was sie tun konnten, um die Situation zu retten.
»Du hast dich am Tatort aufgehalten, wurdest dort von der Polizei aufgegriffen. Wenn die dahinterkommen, dass in der Fabrik etwas fehlt, dann bringen die dich mit dem Raub in Verbindung. Also: Was können wir sagen, um dich zu entlasten?«
Er war noch ein zu unbedeutender Arzt. Die Entscheidungen trafen die beiden Oberärzte und der Chef. Also würde es auf jeden Fall noch eine Befragung durch den Chef geben, es sei denn, man konnte ihr nichts nachweisen.
»Jetzt hör mir genau zu«, sagte er. »Ich finde heraus, ob die Fabrik einen Einbruch gemeldet hat. Wenn nicht, musst du deine Leute kontaktieren, damit sie die gestohlenen Sachen sofort zurückbringen. Das ist die einzige Möglichkeit, wie wir dich retten können.«
Messira erinnerte sich, dass alle Spuren eines Einbruchs beseitigt werden mussten, wenn ein Mitglied der Gruppe unerwartet inhaftiert wurde. Damit wollte man den Einzelnen schützen.
»Bist du sicher?«
»Du kannst gern dein Tech-Wear abfragen, ob ein Einbruch in der Metallfabrik gemeldet wurde.«
Das tat er zur Sicherheit auch, denn er traute ihr nicht ganz. Niemand hatte einen Einbruch gemeldet. Es schien, als hätten Messiras Kameraden alle Spuren verwischt.
»Dann lassen wir's dabei«, sagte er und schaltete sein Armband auf Bereitschaft.
»Ich bitte jetzt die Schwestern herein. Du lässt nur mich reden, hast du verstanden? Wenn sie die leere Spritze sehen, werden sie vermuten, dass ich dir die Droge gespritzt habe. Ich brauche jetzt von dir einige Details, die glaubhaft sind. Wo wolltest du hin? Wo kamst du her?«
Messira überlegte kurz, dann sagte sie: »Ich bin spazieren gegangen, weil ich den ganzen Tag in der Bibliothek verbracht habe.«
»Wo war das?«, wollte er wissen. »Du weißt, das können die nachprüfen.«
»Ich sage die Wahrheit. Ich habe mich vor dem Einsatz den ganzen Tag in Heidelbergensis in der alten Bibliothek aufgehalten, in der ich so gern herumstöbere. Danach bin ich sofort zum Einsatzort geflogen. Der Einbruch war lange geplant und vorbereitet gewesen.«
»Okay!«, meinte er. »Das klingt glaubhaft. Vielleicht können wir noch sagen, dass du Kopfschmerzen hattest. Aber warum bist du gerade an diesem Ort spazieren gegangen? Er liegt nicht in der Nähe des Heims, wo du wohnst.«
Darauf wusste sie im Moment auch keine Antwort. Während sie noch überlegte, kam ihm die Idee mit dem Vergnügungspark.

»Kennst du den Kensington Freizeitpark?«, fragte er gespannt. »Er liegt ganz in der Nähe der alten Fabrik. Vielleicht könntest du sagen, dass du dorthin wolltest und nicht direkt mit dem Gleiter hingeflogen bist, weil du dich noch ein wenig an der frischen Luft bewegen wolltest, damit dein Kopfschmerz nachlässt.«
»Wäre das denn glaubhaft?«, zweifelte sie.
»Der Kensington Vergnügungspark ist der Größte in unserer Stadt. Ich wollte damals mit dir auch dorthin. Weißt du das nicht mehr?«
Messira fühlte das Blut in ihren Kopf steigen. Jetzt, wo er sie an ihre gemeinsame kurze Zeit erinnerte. Ein Kribbeln, das sie nicht kontrollieren konnte, überschwemmte ihren ganzen Körper. Sie ließ sich von ihm beschreiben, wo genau der Park lag.
Dann meinte sie flapsig: »Das können wir ja nachholen, wenn du magst.«
Sein Gesicht verfinsterte sich. »Das ist nur was für Verliebte.«
So ernst hatte sie ihn noch nie reden hören.
»Man kann dort all die Dinge tun, die vollkommen nutzlos und unwichtig sind, aber Verliebten Spaß machen. Also nichts für uns beide.«
»Dann ist es wohl auch nichts für Alleinstehende?«, fragte sie betroffen.
»Doch! Man findet jede Menge Gleichgesinnter, die sich einem für einen Abend und eine Nacht anschließen wollen«, sagte er.
»Dann ist es also doch was für uns«, beharrte sie.
»Für uns beide sicher nicht!« Hörte sie da hinter dem Trotz ein Bedauern aus seinen Worten heraus? Sie wollte es nicht auf die Spitze treiben. Es war wohl besser, nicht weiter zu bohren.
Die Idee mit dem Park gefiel ihm sehr gut. Viele Bürger gingen nach der Arbeit dorthin, um den Alltag zu vergessen. Blieb nur noch die Frage, warum sie weggelaufen war, die konnte er sich nicht verkneifen.
»Das sagte ich den Polizisten schon«, wiederholte Messira. »Ich hatte nicht verstanden, was sie von mir wollten. Zwei Männer in der Dunkelheit, nur Silhouetten, die mich verfolgten. Welche Schlussfolgerungen hättest du da gezogen? Ich hatte Angst, wollte einfach nur weg.«
»Gut, das werden sie uns abnehmen. Die Droge holt die Wahrheit aus den Menschen heraus, und das ist jetzt deine Wahrheit, merk' sie dir gut. Es gibt keine andere. Du darfst dir auf keinen Fall widersprechen, sonst kommen sie uns auf die Schliche. Hast du mich verstanden?«
Sie nickte. Glaubte er, dass sie auf einmal schwachsinnig geworden war? Aber die Angst vor Entdeckung hatte ihn sicher blind gemacht.
Er rief beide Schwestern herein. Die sahen sofort die leere Spritze und dachten sich hoffentlich ihr Teil. Er gab in den Computer genau das ein, was Messira und er vorhin besprochen hatten. Dann sagte er zu den Schwestern gewandt: »Bringen Sie die Patientin auf die Station. Sie ist noch

sehr schwach. Einige Tage muss sie in Gewahrsam bleiben, bevor sie entlassen wird. Der Chef will sie sicher auch noch sehen.«
Messira gab sich den Anschein, völlig entspannt zu sein. Das fiel ihr nicht leicht. Sie hatte Nico getroffen. Er hatte sie vor einer Rückführung bewahrt. Sie konnte in ihrem Leben da weitermachen, wo sie sich befand und musste nicht noch einmal von vorn anfangen. Sie schloss die Augen, damit die Schwestern nicht das verräterische Leuchten in ihnen erblicken konnten. Ihr Kopf fiel völlig schwerelos auf die Seite.
Als sie sich in ihrem Zimmer befand, genügte ein kurzer Blick, um ihr zu sagen, dass auch dieses Zimmer wie alle anderen aussah – steril, weiß, langweilig.

So viel Glück ist fast schon unheimlich, dachte sie. Was wäre mit ihr wohl passiert, wenn sie nicht auf Nico getroffen wäre? Sie mochte sich das gar nicht vorstellen.
Nico! Ein Seufzer entfuhr ihr. Fünf Jahre hatte sie ihn nicht mehr gesehen, und es kam ihr vor wie gestern. Mein Gott, war sie damals naiv gewesen. Sie gestand sich ein, dass es bei ihr Liebe auf den ersten Blick gewesen war. Nie hätte sie gedacht, dass er an ihr, die gerade die Schulbank mit einem Studium vertauscht hatte, interessiert sein könnte. Heute war sie sechsundzwanzig, also eine gestandene Frau, und er musste ungefähr Anfang dreißig sein.
Sie fieberte diesem Datum entgegen. Dreißig war in der Republik so was wie volljährig. Man durfte allein entscheiden, wo man wohnen wollte. Man hatte seine Ausbildung beendet und wurde entlohnt. Der Staat wählte zwar die Einsatzorte, an denen man arbeiten musste, und die konnten überall auf der Welt sein, aber das fand sie gar nicht so schlecht. Mal andere Menschen und Orte kennenlernen, lag so ganz auf ihrer Linie. Später, wenn man die Sechzig erreicht hatte, gab es noch genügend Zeit, sich irgendwo niederzulassen, eine feste Beziehung einzugehen und an ein Kind zu denken.
Was war mit ihr los? Wieso machte sie sich Gedanken, was in vierunddreißig Jahren sein würde, wo sie sich nicht einmal vorstellen konnte, wo sie in zwei Jahren sein würde. Eigentlich war es doch ihr Bestreben, diesen Staat zu stürzen. Wieso kam sie plötzlich auf die Idee, ihr Leben so zu planen, wie der Staat es für sie vorgesehen hatte.
Ich bin genauso manipuliert worden wie alle anderen, nur habe ich es bis jetzt nicht bemerkt, schoss ihr durch den Kopf. Ich kann mir nichts anderes vorstellen, als in dieser Republik alt zu werden.
Panik ergriff Besitz von ihr. Hatte ihr Leben nicht durch den Widerstand eine andere, eine extreme Richtung bekommen? Lief nicht alles darauf hinaus, dass es entweder sie oder diesen Staat in einigen Jahren nicht mehr geben würde?

Konnte sie so weitermachen wie zuvor?
Musste sie nicht fürchten, früher oder später entdeckt zu werden? Ihre Festnahme hatte ihr gezeigt, wie gefährlich ihre Passion war. Ihr Leben konnte morgen schon zu Ende sein.
Wollte sie das? War es das wert?
Allemal!
Es war der einzige Weg, den sie gehen konnte, den sie gehen musste.

Messira verbrachte noch volle vier Tage in der Klinik. In dieser Zeit wurde sie täglich von Nico besucht. Immer hatte er ein oder zwei Schwestern im Schlepptau, wenn er die Verbände wechselte. Er fragte jedes Mal, wie es ihr ginge und überprüfte ihre Vitalfunktionen. Die Schwestern standen währenddessen in unmittelbarer Nähe. Nie kam er allein. Nie konnten sie auch nur ein privates Wort miteinander wechseln. Wieso kam er immer in Begleitung? Konnte er diese dämlichen Schwestern nicht mal abhängen? Aber sie verwarf diesen Gedanken sofort. Sicher ging es um seine Position und seinen Job hier im Krankenhaus. Niemand sollte bemerken, dass sie sich von früher kannten, und die kleinste Unachtsamkeit konnte ihr Verhältnis entlarven. Es war schon besser so. Er würde sicher einen Weg finden, wenn sie zu Hause war, sie zu treffen.

Einen Tag vor ihrer Entlassung rauschte eine ganze Gruppe von Ärzten, Studenten und Schwestern in ihr Zimmer. Unter ihnen waren auch Nico und der Professor.
Der Professor fragte nach ihrem Befinden. Sie überzeugte ihn, dass es ihr gutging. Dann entschuldigte er sich noch einmal in aller Form für das, was man ihr angetan hatte und sagte zu Nico: »Ihre Patientin!«
Damit wollte er wohl andeuten, dass er jetzt mit Messira fertig war und Nico alles weitere in seine Hand nehmen sollte.
Nico sah in seine Unterlagen, tat sehr geschäftig und meinte dann sachlich: »Ich denke, die Patientin ist so weit wieder hergestellt, dass wir sie morgen früh entlassen können.« Und zu den Schwestern gewandt sagte er: »Veranlassen sie alles Nötige dafür.«
Danach wandte er sich an die Studenten und stellte ihnen Fragen zu den Behandlungsmethoden, die im Fall von Messira angesagt waren. Die Studenten zählten nacheinander die Möglichkeiten auf, die es bei einer Sepsis gab.
»Und was machen Sie, wenn das Antibiotikum, das Sie verabreicht haben, nicht greift?«, fragte Nico.
Eine Studentin meldete sich zu Wort: »Dann muss ich mit Hilfe von Laboruntersuchungen herausfinden, um welchen Erreger es sich speziell handelt.«

»Sehr gut«, lobte Nico.
Messira war beeindruckt von seiner Souveränität. Erregend, ihn so im Dienst zu erleben. Seine sachliche, freundliche Art und die Kompetenz, die er ausstrahlte, erzeugten ein Gefühl der absoluten Bewunderung bei den Studenten. Selbst sie, die nichts von Medizin verstand, merkte das.
Es wurde noch ein wenig gefachsimpelt. Es fielen lateinische Ausdrücke, die Messira nicht verstand. Ab und zu lachten die Studenten, weil Nico es verstand, die Wissenschaft mit Humor zu würzen. Ihr entgingen auch die leidenschaftlichen Blicke nicht, die die Studentinnen ihm zuwarfen, und ein nie gekanntes Gefühl keimte in ihr auf – ein Gefühl der Eifersucht. Sie konnte es nicht ertragen, ihn so fröhlich plaudernd mit diesen jungen Mädchen zu sehen.
Schon bald war die Befragung beendet und Nico verabschiedete sich höflich aber kalt von Messira. Geräuschvoll verließ er mit dem Professor, zwei weiteren Ärzten, zwei Schwestern und vier Studenten den Raum.
Messira sah ihn erst am nächsten Morgen zur Entlassungsuntersuchung wieder. Ihre Augen suchten verzweifelt die seinen, er aber bemühte sich, sie nicht direkt anzuschauen. Zum Abschluss gab er ihr die Hand, schaute mehr an ihr vorbei, als ihr direkt in die Augen und sagte: »Ich wünsche Ihnen alles Gute für Ihre weitere Genesung.«
Dann verschwand er aus dem Zimmer und wahrscheinlich auch aus ihrem Leben, wie sie fest glaubte.

Die Krankenhaustüren schlossen sich hinter ihr. Messiras Haar wehte in der leichten lauen Brise Wer hätte Anfang Oktober, als die Kältewelle plötzlich über die Stadt hereingebrochen war, gedacht, dass der Herbst dem Winter noch einmal die Stirn bieten würde. Es schien ihr wie Frühling, so mild war es draußen. Die Luft der Freiheit schmeckte wie ein kühler belebender Schaumwein – herbsüß, prickelnd und frisch. Sie hatte nicht geglaubt, den Himmel wiederzusehen.
Die ganze nächste Woche war sie krankgeschrieben, musste also sieben Tage nicht zur Uni. Während des Fluges im Gleiter fühlte sie sich leicht wie ein Vogel. Zu Hause entledigte sie sich der Krankenhauskleidung. Danach flog sie ins Hauptquartier der Rebellen. Vorsichtig wählte sie eine Stelle, die dreißig Minuten davon entfernt war. Den Rest ging sie zu Fuß.
Sie nutzte diese dreißig Minuten, um sich in der Gegend umzuschauen und sich jedes Detail einzuprägen. Besser, sie war vorbereitet, falls sie noch einmal gefasst wurde.
Sie kam an einer geschlossenen kleinen Bar vorbei, die einen traurig verlassenen und vernachlässigten Eindruck machte. Ein paar Straßenecken weiter sah sie ein Lokal. Jetzt, am Vormittag saßen nur wenige Menschen

für ein Tässchen Kaffee darin. Wieder eine Straße weiter tauchte die Fassade eines Theaters auf. Der Name des Stücks hieß: »Die Feder«. LEDs blinkten über dem Eingang, und ein Laser schuf künstlerische Effekte. Etwas weiter kamen nur noch Wohnsiedlungen. Dieses Stadtviertel erwachte wohl erst in der Nacht.
Als sie das Gebäude der Rebellen betrat, wurde sie von Margrit und Kay schon ungeduldig empfangen, denn sie hatte ihre Ankunft über das E-Armband mitgeteilt. Die Freunde hielten sich mit Fragen zurück. Marvin hatte ihnen ohnehin schon fast alles erzählt.
»Schön, dass dir nichts passiert ist«, sagte Margrit. »Wir haben so gehofft, dass du wiederkommst.«
Das Material, das sie brauchten, um »wer weiß was«, zu bauen, hatten sie sich in der Zwischenzeit von woanders besorgt.
Da heute Sonntag war, verabschiedete Messira sich gegen Abend von ihren Freunden, versprach aber, am Dienstag wieder vorbeizuschauen, um sich neue Instruktionen zu holen.
»Ich muss noch was erledigen«, sagte sie zur Begründung.

Gegen 19.30 Uhr kam sie im Liebeszentrum an. David wartete schon auf sie. Er sah etwas besorgt aus, denn er wusste, dass etwas passiert war. Seit ihrer Aussprache hatten sie sich immer regelmäßig getroffen.
Messira erzählte ihm von ihrem Krankenhausaufenthalt, den Grund aber verschwieg sie. David stellte keine Fragen. Es genügte ihm, dass seine Delia wiedergekommen war. Er wusste, dass er sie nie für sich allein haben würde. Aber es genügte ihm, ihre Anwesenheit von Zeit zu Zeit genießen zu dürfen.
Sie verbrachten eine wunderschöne Nacht miteinander. Frühmorgens gingen beide in getrennte Richtungen wieder zurück in ihren Alltag.

*

Über einen Bekannten hatte M0111 von Messiras Krankenhausaufenthalt erfahren. Ihre Daten waren zwar verschlüsselt, also auch für ihn nicht zugänglich, über Beziehungen aber bekam er den Grund ihres Aufenthaltes heraus. Die beiden naiven Schwestern der Psychiatrie erzählten ihm alles, was er wissen musste.
Jetzt hatte er endlich etwas gegen Messira in der Hand. Er glaubte niemals daran, dass sie aus einem Irrtum heraus verhaftet worden war. Sicher steckte dieser Arzt, der sie behandelt hatte, da mit drin. Schade, dass die Regierung so gar kein Interesse mehr an F6103 hatte. Von dort konnte er keine Unterstützung erwarten. Denen genügte es, zu wissen, dass sie eine

gute Studentin war, das war für sie gleichbedeutend mit einer guten Bürgerin.
Schon mehrmals hatte er seinem Kontaktmann gesteckt, dass er eine Intrige fürchtete. Der hatte nur gelacht und ihm unterstellt, er wollte sein Konto aufwerten. Also musste er ihnen die Beweise wohl auf einem silbernen Tablett servieren.
Seine anfängliche Bewunderung für die junge Frau hatte sich inzwischen in blanken Hass umgewandelt. Denn selbst er hatte endlich bemerkt, dass es ihm nie gelingen würde, eine Beziehung mit ihr aufzubauen, geschweige denn, sie von sich abhängig zu machen. Da hatte er sich wohl ein wenig überschätzt.
Aber, wenn es ihm gelänge, sie an den Staat auszuliefern, spränge eine fette Prämie heraus, und er durfte vielleicht auch die Untersuchungen leiten. Und falls das geschah, konnte er Mittel und Wege finden, doch noch seinem Ziel näherzukommen.
Einmal wollte er von ihrer Jugendlichkeit kosten und zwar noch bevor sie die Henker der Regierung in die Finger bekamen, also möglichst unversehrt. Dafür lebte er. Das sollte seine Rache werden. Die kleine Hexe konnte sich auf was gefasst machen.

*

Die Woche nutzte Messira intensiv, um ihre Freunde aus Heidelbergensis zu treffen. Inzwischen hatten die meisten Bäume ihre Blätter abgeworfen. Es war Mitte November. Margrit war kurzfristig von der Regierung nach Heidelbergensis zurückbeordert worden, nachdem sie zwei Jahre in Metropolis gearbeitet hatte, was für Messira günstig gewesen war.
Heute flog sie wieder zurück und Messira begleitete sie. Während des Langstreckenfluges konnten sie nicht offen reden, da noch fremde Menschen mit an Bord waren. Aber als sie in der Wohnung von Margrit ankamen, musste Messira etwas loswerden, was sie lange schon mit sich herumgetragen hatte.
»Ihr habt kein Vertrauen zu mir«, begann sie das Gespräch.
»Inwiefern?« Margrit lächelte schuldbewusst, denn sie wusste nur zu gut, wovon Messira sprach.
»Ihr habt mir nie erzählt, an welchem großen Projekt ihr gerade arbeitet«, meinte Messira beleidigt.
Sie spürte, dass Margrit das Thema unangenehm war.
»Das geht nicht gegen dich. Davon wissen insgesamt nur zehn Prozent von uns. Ein Projekt solcher Größenordnung darf nicht gefährdet werden. Wir müssen uns und euch schützen.«

»Ich weiß, dass ich als Neuling in der Bewegung noch nicht das Vertrauen genieße wie die langjährigen Mitglieder, aber ihr könnt euch in jeder Hinsicht auf mich verlassen. Ich bin völlig rehabilitiert. Niemand hat Verdacht geschöpft. Der Chefarzt selbst hat sich bei mir entschuldigt. Das habe ich euch alles schon erzählt. Ich hatte unverschämtes Glück, dass mich ein Arzt aus meiner Vergangenheit behandelt hat. So blieb mir die Wahrheitsdroge erspart.«

Es schwang etwas Enttäuschung in ihrer Stimme mit.

Margrit antwortete nicht.

Eine Freundin betreute Margrits Wohnung für die Dauer ihrer Abwesenheit. Ab und an, wenn Margrit hier zu tun hatte, blieb sie selbst für eine Nacht.

Die Frauen machten sich frisch von der Reise, dann schob Margrit Messira zur Tür hinaus.

»Okay! Ich will dir was zeigen.«

Es hatte den Anschein, als hätte sie sich eben dazu entschlossen und wollte nun um jeden Preis die Sache hinter sich bringen, bevor sie sich das noch einmal anders überlegte.

»Wenn wir uns beeilen, können wir morgen früh wieder hier sein. Ich muss mich im Dienst melden.«

Mit Dienst meinte sie ihre Behörde. Margrit arbeitete im Institut für Touristik. Sie verkaufte Traumreisen. Durch ihren Job war sie viel in der Welt herumgekommen. Zu ihren Aufgaben gehörte es auch, den Touristen die Sehenswürdigkeiten vor Ort zu zeigen. Die Hälfte ihrer Arbeitszeit saß sie im Büro, die andere Hälfte war sie auf Reisen. Aus diesem Grunde war sie für die Bewegung besonders wichtig, denn sie konnte ungehindert Nachrichten und Material von A nach B schmuggeln. Einen unauffälligeren Kurier konnten die Rebellen sich nicht wünschen.

Margrit rief einen Gleiter. »Nach Africa-australis, Region Korixas«, verlangte sie. Beide Frauen stiegen ein. Der Gleiter brachte sie zum Anschlussflug nach Africa-australis.

Im Luftcontainer saßen noch zwei weitere Personen, ein Mann und eine Frau, die sich angeregt miteinander unterhielten. Margrit schwieg während des gesamten Fluges, der nur ungefähr eineinhalb Stunden dauerte.

Messira wagte nicht, die Freundin anzusprechen. Sie hatte das Gefühl, als müsse Margrit noch einmal ihre Entscheidung, sie einzuweihen, überdenken. Deshalb wollte sie nicht in sie dringen, sondern ihr die Zeit geben, die sie brauchte.

Um die Mittagszeit erreichten sie den Flughafen. Windhuk lag in einer bergigen Region von herber Schönheit. Die vorherrschende Farbe der Berge und des Bodens war beige bis orange.

Europa-medialis befand sich in derselben Zeitzone wie Africa-australis. Überflog man eine Zeitzone, so stellten sich die E-Armbänder von selbst über Funk auf die neue Zeitzone ein. Während mancher Flüge veränderte sich die Zeit permanent.

Auf dem Flughafen standen zwei Gleiter bereit. Einer war für den Anschlussflug der beiden Mitpassagiere bestellt worden, der andere für sie.

Africa-australis umfasste fast die gesamte Südspitze des Kontinents. Das Stadtgebiet ging im Norden und an der Atlantikküste in eine Wüste über. Auch im Zentrum der Stadt fanden sich einige Wüstengebiete. Die Regierung war eben dabei, diese zu urbanisieren. Das Wüstengebiet im Norden grenzte an Africa-medialis an. Das Gebiet im Westen lag außerhalb der Energiebarriere und gehörte zum Niemandsland. Im Süden reichte die Stadt fast bis hinunter ans Kap der Guten Hoffnung.

Das Land war dünn besiedelt. Ein Gebiet, in dem Mineralien –hauptsächlich Diamanten – gefördert wurden und das von Landwirtschaft, sowie Tourismus lebte. Die Region Korixas lag am westlichen Rande der Stadt.

Von Korixas gingen sie nun ein gutes Stück zu Fuß, was bei der Hitze sehr anstrengend war. Während auf der Nordhalbkugel der Herbst in den Winter überging, war es auf der Südhalbkugel genau umgekehrt. Hier ging der Frühling in den Sommer über.

Margrit erklärte, dass sie ihren Zielort nur über Umwege erreichen konnten. Die Farm, die sie besuchen wollten, läge am Rande der Stadt. Die Regierung durfte nicht auf sie aufmerksam werden.

Es gab in dieser Gegend nicht viele Straßen. Auch die Gleiter waren reduziert. Es konnte maximal eine Stunde dauern bis einer vorbeiflog. Das spielte aber keine Rolle, denn über das Tech-Wear konnte man einen Gleiter in jede Gegend der Republik bestellen, das würde maximal fünfzehn Minuten dauern, nicht länger.

Die Straße war asphaltiert, rechts und links gab es nur Steine und Geröll. Die sengende Hitze waberte wie eine Wasserwelle über dem Asphalt auf und nieder. Plötzlich wechselte die Umgebung die Farbe. Rechts und links der Straße tauchten riesige Weideflächen auf. Messira wunderte sich über das satte Grün, das sich – soweit das Auge schaute – erstreckte.

»Die Bewässerung erfolgt unterirdisch«, erklärte Margrit.

»Woher nimmt die Regierung das Wasser? Es gibt doch kaum Flüsse hier«, fragte Messira überrascht.

»Es wird vom Meer über Pipelines unterirdisch ins Landesinnere geleitet und in speziellen Anlagen entsalzt. Die Pipelines wurden gelegt, bevor man die Energiebarriere baute.«

Messira konnte diese Art der Wassergewinnung nur gutheißen. Margrit aber war der Ansicht, dass der Aufwand in keinem Verhältnis zum Nutzen stand,

weil das so gewonnene Wasser zum Bewässern von Weideland verschwendet wurde. Auch passte es nicht zusammen, dass die Regierung ständig behauptete, die Meere seien verseucht, andererseits aber das angeblich verseuchte Wasser dazu benutzte, um die Felder zu bewässern. Die meisten Menschen wussten nichts davon, aber die Leute, die hier arbeiteten, mussten sich doch ihren Teil denken. Da konnte etwas nicht stimmen. Wenn dem so wäre, ginge das Gift über die Nahrungskette auch in den Menschen über.
Ein Gleiter flog vorbei. Margrit funkte ihn an.
Sie nannte einen eigenartigen Namen. Messira hörte mit Absicht nicht so genau hin. Es war vielleicht besser, wenn sie sich zurückhielt.
Nach einem kurzen Flug landete der Gleiter in einer Senke. Dort standen drei Bauernhäuser. Sollten diese armseligen Hütten das Geheimnis der Rebellen bergen? Unwahrscheinlich!
»Was wollen wir hier?«, fragte Messira.
»Das hier ist nur Tarnung. Eine Ferienanlage mit Golfplätzen. Ich habe hier öfter zu tun«, sagte Margrit. »Unser Bestimmungsort liegt eine gute halbe Stunde weiter im Westen. Wir dürfen ihn nicht direkt anfliegen. Der Flugverkehr dorthin ist beschränkt. Es landen dort nur Gleiter, wenn die Arbeiter in Urlaub gehen oder neue eingestellt werden oder wenn die monatlichen Untersuchungen stattfinden. Der eigentliche Verkehr von und zur Farm führt über eine Landstraße, die von Lastenfahrzeugen befahren wird. Wenn hier außerplanmäßig Gleiter landen, macht uns das verdächtig.«
Sie mussten also noch eine Weile durch die Wüste laufen, bis sie schließlich die Farm erreichten. Am Ende ihrer Kräfte sahen sie diese von weitem in der Sonne wie ein Juwel glänzen. Ein riesiges Gelände! Von hier aus wurden fast eine Viertelmillion Menschen mit Fleisch versorgt. Es gab einen kleinen Flughafen für Luftfracht unmittelbar im Bereich der Farm. Die einzige Straße führte von der Farm dorthin. Die Container lieferten das Fleisch direkt vom Schlachthof an den Flughafen.
Täglich flogen zehn Container mit Rindfleisch nach Europa. Hätte vor dreihundert Jahren nicht dieses Virus fast die gesamte Menschheit ausgerottet, so wären die Menschen sicher am Hunger gestorben. Damals starben jedoch mehr als sechs Milliarden Menschen, sodass sich das Nahrungsproblem von selbst löste. Mit der heutigen Bevölkerung von konstant einer Milliarde Menschen gab es keine Hungersnöte mehr.
Durch die Zentralisierung der Weideflächen und der Fleisch verarbeitenden Industrie bekam man jedoch ein neues Problem – ein Transportproblem.
Messira hatte sich bisher nie groß Gedanken gemacht, wer hinter dem System stand und dafür sorgte, dass die Menschen das bekamen, was sie brauchten. Niemand blickte so richtig durch, einzig und allein die Computer

– allen voran der Zentralcomputer in Metropolis – behielten den Überblick. Was wäre, wenn dieses System zusammenbrach?
Neun Zehntel aller Menschen lebten heute in den Städten Asiens, Nordamerikas und Europas. Die restlichen einhundert Millionen verteilten sich auf andere Gegenden.
Weite Gebiete Afrikas, Asiens und Südamerikas dienten als Weideflächen und Agrarland. Von hier aus wurde die gesamte Erdbevölkerung versorgt. Dieses System erforderte eine strikte Arbeitsteilung. HERA, das Masterprogramm, gewährte jedem Bürger der Republik nur begrenztes Mitspracherecht bei der Berufswahl. Der Bürger konnte einzig und allein aus drei Berufen, die sie ihm vorschlug, einen Favoriten auswählen.
Sie waren angelangt. Beide standen vor einer Art Festung.
»Das ist das Haupthaus«, erklärte Margrit. »In dieser Farm arbeiten zeitweise vierzig Menschen. Sie alle leben in den angrenzenden Bauernhäusern, die du hier im Umkreis siehst.«
Messira ließ ihren Blick schweifen. Das Haupthaus hatte den Charakter einer Burg. Um dieses Anwesen herum erstreckten sich mehrere kleinere Häuser. Holz war hier das bevorzugte Baumaterial.
»Das ist ja ein ganzes Dorf«, entfuhr es ihr. Es erinnerte sie ein wenig an die Zeit der Kolonialisierung Nordamerikas. So mussten die Dörfer der ersten Siedler ausgesehen haben.
Margrit ging auf das Hauptgebäude zu. Sie wurde am Eingangstor von einer elektronischen Stimme begrüßt: »Weisen … Sie … sich … aus!«
Margrit hielt ihr Tech-Wear an den Sensor und lächelte in die Kamera.
»Ich bringe eine Besucherin mit.«
Die Tür öffnete sich. Die Frauen traten ein.
Messira wusste zu diesem Zeitpunkt noch nicht, dass dieser Gang ihr ganzes Leben verändern sollte.

MITTELGROßER FLUSS

Der Mensch hat viel erreicht, sich etabliert. Nun ist die Zeit reif für ein Umdenken. Wird er dem Weg, den er beschritten hat, weiter folgen? Oder wird er etwas völlig Neues wagen?
Der mittelgroße Fluss ist naturnah. Er fließt überwiegend schnell. Es gibt aber auch ruhigere Abschnitte. An seinen Ufern finden sich Äcker und Wälder. Die Breite solcher Flüsse liegt zwischen vier und zehn Metern, die Tiefe bei etwa zwei Metern.
Es riecht förmlich nach Fisch. Eine sanfte Brise weht über dem Wasser. Typisch sind größere Kies- und Sandbänke, in ruhigen Buchten können sich auf weichem Boden dichte Röhricht- und Unterwasserpflanzenbestände entwickeln. Das Wasser ist leicht getrübt. Die Wassertemperaturen liegen im Sommer bei 20 Grad und im Winter bei zwei Grad Celsius.
Ein mittelgroßer Fluss hat in der Regel die Hälfte seines Weges bis zum Meer zurückgelegt. Vieles hat er gesehen. Manches ist an ihm vorbeigezogen, ohne bleibende Veränderungen zu verursachen, anderes hat ihm großen Schaden zugefügt, von dem er sich erst erholen muss.
Idealerweise regeneriert sich ein Fluss alle paar Meter, es kommt immer darauf an, wie die Landschaft beschaffen ist, durch die der Fluss fließt. Naturlandschaften begünstigen die Regeneration. Begradigungen und Befestigungen des Ufers stören den natürlichen Lebensraum und behindern die Regeneration.
Die Flussauen dürfen nicht bebaut werden, nur so kann der Fluss bei Hochwasser seinen natürlichen Überschwemmungsbereich voll ausnutzen, ohne dass es zu größeren Schäden kommt. Eingeleitetes Kühlwasser von Industrielandschaften kann, auch, wenn dieses vorgereinigt ist, die Flora und Fauna eines Flusses verändern, da es in der Regel um einige Grade wärmer ist als das natürliche Flusswasser.
Die Güte des Wassers steht und fällt mit dem Sauerstoffgehalt eines Flusses. Man unterscheidet hierbei sieben Stufen von naturnah bis übermäßig geschädigt.

***

Nach außen schien alles völlig normal. Jeder Angestellte verrichtete seine Arbeit mit dem in der Republik eigenen langweiligen Gesichtsausdruck. Konnte sie beim genaueren Hinsehen eine Spur von überlegener Hochnäsigkeit in den stumpfsinnigen ins Leere blickenden Gesichtern erkennen? Schwer auszumachen, was die Gemüter bewegte. Gesichter kamen und verschwanden. Jeder Außenstehende musste glauben, der Betrieb sei einzig und allein für die Massenproduktion von Rindern zuständig. Emotionslos liefen die Menschen an den beiden Frauen vorbei. Aber der Schein trog.

Zum Glück waren Gefühle auch heute noch nicht messbar. Die Urheberrechte gehörten einzig dem, der solche Gefühle hatte. Folglich stand es auch nur diesem allein anheim, sie der Außenwelt zu zeigen oder auch nicht, wie es ihm beliebte. Gäbe es einen Detektor, der in der Lage gewesen wäre, unterdrückte Gefühle von Menschen zu messen, hätte man sicher sein können, dass seine Nadel in diesem Augenblick wild um sich geschlagen hätte. So aber musste jeder Außenstehende meinen, in dieser Farm gäbe es so etwas wie Emotionen nicht.
Vom letzten Gebäude aus sah man unweit einen zwei Meter hohen Drahtzaun, der die gesamte Region abgrenzte. An ihm waren in Abständen von einhundert Metern Warnschilder angebracht, auf denen stand: GRENZGEBIET! WENIGE METER HINTER DIESEM ZAUN IST ZUM SCHUTZ DER BÜRGER EINE ENERGIEBARRIERE ERRICHTET WORDEN! WEITERGEHEN VERBOTEN! LEBENSGEFAHR! Und in etwas kleinerer Schrift stand darunter: JEDE BESCHÄDIGUNG DIESES ZAUNES MUSS UMGEHEND DEN BEHÖRDEN GEMELDET WERDEN!
»Unfassbar«, staunte Messira. Wie hypnotisiert trieb sie die Neugier nach vorn. Wenige Schritte vom Zaun entfernt blieb sie stehen. Etwa fünfzig Meter dahinter sah sie den elektrischen Energiewall leuchten. Der hatte gigantische Ausmaße. Er übertraf den Metallzaun um etliche Meter und Messiras Vorstellungen bei Weitem. Wie ein riesiger Wasserfall aus flüssigem heißem Glas verdeckte der honiggelbe Wall das, was hinter ihm lag. Ab und zu schlugen Funken wie Blitzlichtgewitter aus der Wand. In ihrer Intensität ähnelten sie Minisonneneruptionen. Die Hitze und die elektrischen Entladungen, die von dem Wall ausgingen, reichten fast bis zum Drahtzaun und hinterließen verbrannte tote Erde. Nicht ein Grashalm wuchs zwischen dem Zaun an dem sie stand und dem Wall auf der anderen Seite.
»Das ist also die Barriere, von der jedermann spricht, als überträfe sie die sieben Weltwunder der Antike und die der Neuzeit um ein Vielfaches.«
Messira konnte eine gewisse Ehrfurcht in ihrer Stimme nicht unterdrücken. Dieses gewaltige Werk, das sich hier wie eine Milchglasscheibe um alle dreißig Erdstädte spannte, verdiente Hochachtung.
Das erste Mal stand sie so nahe am Wall. Die Luftkorridore waren zwar auch von der Barriere umgeben, die Container hatten aber keine Fenster und wegen der hohen Fluggeschwindigkeit hätte sowieso kein Mensch etwas erkennen können. Es war schwer vorstellbar, dass der gesamte von Menschen bevölkerte Teil der Erde von diesem gewaltigen Gebilde eingezäunt sein sollte.
Unwillkürlich dachte sie an einen Artikel, den sie vor Jahren in der Schule durchgearbeitet hatte. Ameisen wurden im zwanzigsten Jahrhundert in

Insektarien den Besuchern zur Schau gestellt. Mehrere Kunststoffbehälter, die durch Röhren miteinander verbunden waren, dienten den Tieren als Behausungen. So konnten die Ameisen bequem von der Vorratshöhle zur Wohnhöhle oder zur Kinderstube wechseln. Behälter und Röhren waren durchsichtig, damit den Besuchern nicht die kleinste Bewegung der Tiere entging.
Die bedauernswerten Ameisen waren in ihrer Welt gefangen.
Auch sie fühlte sich bei diesem Anblick wie eine verdammte Ameise. Sie merkte, wie das Schicksal der Ameisen ihrem glich – wohl bemerkt mit einem Unterschied: Den Ameisen war ihre Gefangenschaft nicht bewusst. Und obwohl diese Vorstellung gruselig war, konnte sie ihren Blick nicht von diesem Wall lassen.
Sie musste sich eingestehen, dass er sie beeindruckte. Welche Größe! Einzigartig!
Margrit sah ihren bewundernden Blick.
»Mir ging es anfangs genau wie dir.« Sie fasste Messiras Hand. »Es ist schon ein gewaltiges Werk. Die Energie für dieses Projekt wird aus der Sonne gewonnen. Da der Wall mit den Luftkorridoren verbunden ist, verläuft er lückenlos um die Erde. So kann die Energie der Sonne von der Tagseite der Erde bis hin zur Nachtseite ohne Unterbrechung wie ein Uhrwerk laufen. Nie kommt es zu einer Unterbrechung. Auch nachts behält der Wall seine Gefährlichkeit.«
Messira bewegte sich auf den Metallzaun zu und streckte ihre rechte Hand nach vorn. Wenn diese Energie anderweitig, beispielsweise für den Kampf der Rebellen, genutzt werden könnte, wären alle Probleme mit einem Schlag gelöst.
Margrit riss sie zurück: »Sei vorsichtig. Ich habe einmal gesehen, wie ein Mensch vor meinen Augen verbrannte. Er verglühte wie eine Motte, die in eine Kerzenflamme taumelt. Nur ein wenig Asche blieb von ihm übrig. Die Eruptionen sind gewaltig und unberechenbar. Sie reichen manchmal bis hin zum Zaun. Besser ist es, einen Meter Abstand zu halten.«
Messira trat erschreckt zurück. Dieser Staat hatte an alles gedacht. Es ging ihm einzig und allein darum, seine Machtposition zu festigen und auszubauen. Dieses perfide System verhinderte erfolgreich, dass jemand bis zur Barriere vordrang, noch nicht einmal in die Nähe des vorgelagerten Zaunes durfte man sich wagen.
Sie gingen zurück zum Gebäude und traten ein. Messira fand sich in einer Art Blockhütte wieder. Das Haus war unterkellert. In den Holzfußboden war eine Falltür eingesetzt. Die Luke stand offen.
»Komm«, Margrit winkte der erstaunten Messira. »Bleib dicht hinter mir. Man kann nie wissen, ob sich nicht ein Balken löst.«

Messira folgte der Freundin. Sie glaubte zu wissen, was jetzt kam.
Etwa fünf Meter tief führten die Stufen in einen langen Tunnel hinunter. Der Tunnel, nur wenig über zwei Meter hoch, hatte in dieser Tiefe einen harten festen Boden. Es herrschte eine angenehme Kühle. Tunnelwände und Decke wurden von Holzbowlen getragen. Alle drei Meter erhellte eine LED-Leuchte das unterirdische Verlies. Mehrere Ventilatoren belüfteten den Gang.
Und obwohl sie es geahnt hatte, glaubte Messira nicht an das, was sie hier sah. Die Worte blieben ihr im Halse stecken: »Was, … was, … ist das?«
»Das ist unser Weg in die Freiheit!«
Sie wollte nicht verstehen.
»Welcher Weg? Wieso in die Freiheit?«
»Hier siehst du unser Projekt. Dieser Tunnel wurde in mühevoller Arbeit von uns gebaut und ist der erste. Ich bin überzeugt, dass über kurz oder lang in allen dreißig Städten solche Tunnel gebaut werden. Wir werden die Barriere von innen nach außen wie einen Schweizer Käse durchlöchern. Wir haben es geschafft«, sagte Margrit stolz.
»Willst du damit sagen, dass ihr bis hinter die Barriere gegraben habt?«
»Ja, das will ich. Wir sind seit mehr als fünf Jahren dabei. Vor gut einem halben Jahr ist es uns gelungen.«
In diesem Moment wurde es laut im Tunnel. Zwei Männer kamen ihnen entgegen. Margrit grüßte freundlich. Der Gang war nicht sehr breit. Messira schätzte ihn auf ungefähr zwei Meter, also blieben sie stehen, um die Männer vorbeizulassen.
»Wie lang ist dieser Tunnel?«, wollte sie wissen.
»Dieses Haus ist etwa sechzig Meter vom Drahtzaun entfernt. Auf der anderen Seite endet der Tunnel etwa fünfzig Meter hinter dem Wall«, gab Margrit Auskunft.
»Vom Zaun sind es 50 Meter bis zur Barriere und von dort noch einmal 50 Meter. Also hat der Tunnel insgesamt eine Länge von 160 Metern«, dehnte Messira die Worte. »Wie habt ihr das geschafft?«
»Hier arbeiten neben registrierten Menschen auch solche, die ihren Tod inszeniert haben.«
»Wie kann man seinen eigenen Tod inszenieren?«, fragte Messira. »Der Chip verrät dich, wo du dich auch aufhältst.«
»All die Menschen hier hatten das Glück, an Ärzte zu kommen, die für die Organisation tätig sind. Diese Ärzte bestätigten den Tod von Patienten, die durch eine Giftspritze hingerichtet werden sollten oder die ihre dritte Rückführung vor sich hatten. Der Staat zweifelt zum Glück die Kompetenz seiner Ärzte nicht an, … noch nicht«, fügte Margrit plötzlich ängstlich hinzu.

»Nachdem die Menschen in einen künstlichen Tiefschlaf versetzt worden waren, mussten sie hierher transportiert werden, was nicht einfach war. Unsere Ärzte bereiteten sie behutsam auf ihr neues Leben vor. Manche hatten mehrere Gehirnwäschen hinter sich. Es dauerte eine Weile, bis die Ärzte das wieder hinbekamen. Du glaubst gar nicht, wie der Staat an den Gehirnen seiner Bürger manipuliert. Unsere Neurologen hatten ein gutes Stück Arbeit mit diesen seelischen Krüppeln. Aber sie haben das hinbekommen. Alle wurden wieder gesund und halfen beim Bau des Tunnels.«

»Und der Staat schluckt das?«

Wie konnte es sein, dass der Staat sich auf so simple Weise überlisten ließ.

Margrit lachte. »Wenn jemand tot ist, entfernt der Chirurg den Chip im Oberarm. Nichts anderes taten unsere Ärzte mit diesen Männern und Frauen. Außerdem übergaben sie die E-Armbänder der angeblich Toten an die Regierung. Das alles zusammen ist wie ein Totenschein. Alle Daten der Menschen wurden danach aus den Computern gelöscht.«

»Genial!«, lobte Messira voller Hochachtung. »Und die vielen Menschen hier? Die müssen doch ernährt werden. Wie geht das?«

»Ich gebe zu, das war ein wenig schwieriger«, bekannte Margrit. »Aber auch dieses Problem haben wir gelöst. Anfangs teilten wir unsere Rationen mit den Freunden. Dann fanden wir überraschend eine andere Lösung. Die zusätzliche Nahrung kommt mit den leeren Fleischcontainern über die einzige Straße, die hierherführt. Die Menschen, die legal hier arbeiten, müssen ja auch ernährt werden und brauchen Kleidung sowie andere Güter. Wir haben dann unseren Kram nur mit dazugetan. Kein Mensch kontrolliert das. Die Luftfracht in dieses Gebiet und aus diesem Gebiet heraus ist allein in unserer Hand. Im Gegenteil, das Ministerium war begeistert von unserem Vorschlag, die leeren Fleischcontainer auf ihrem Rückweg mit Nahrung und Material zu bestücken. Das sparte ihnen Energie und Arbeitskräfte.

»Willst du damit sagen, dass an jedem Flughafen, den der Fleischcontainer anfliegt, ein Mensch sitzt, der für euch arbeitet?«

»Natürlich nicht, aber es genügt, wenn unsere Leute an den wichtigsten Umschlagpunkten sitzen. Die Container werden nach der Beladung verplombt. Niemand schaut sich anschließend deren Inhalt an.«

Margrit machte eine kurze Pause. Messira sollte die Gelegenheit haben, das erst einmal zu verdauen. Sie schien völlig überfordert. Als sie merkte, wie ihre Freundin anfing, sich mit dem Gesagten vertraut zu machen, fuhr sie fort: »Das erste, was wir tun mussten, war, unsere Leute so gut wie möglich und so effektiv wie möglich in der Welt zu verteilen. Das gelang zwar nicht immer, aber wir werden besser.«

»Aber die Massen von Sand, Erde und Geröll?«, fiel Messira ein. »Wo habt ihr die hingebracht, ohne dass es auffiel?«
»Das war wirklich schwer«, bestätigte Margrit. »Aber wir hatten viel Zeit. Ein Container mit einer Zugmaschine stand – nur für diesen Zweck – unmittelbar vor dem Eingang dieser Hütte. Das Material transportierten wir vorsichtig in großen Säcken aus dem Tunnel heraus und luden es auf diesen Container. Anschließend fuhren wir in unbewohnte Gegenden hier im Hochland und verteilten alles sehr gewissenhaft.«
»Und die Regierung merkte nicht, dass ein Fleischcontainer fehlte?«
»Wie denn? Wir rechneten regelmäßig den Treibstoff ab und verteilten das Fleisch auf die anderen Container.«
Messira war beeindruckt. Konnte es sein, dass dieser Staat bald seinem Ende entgegensah? Ein Hoffnungsfunke flammte in ihr auf.
Inzwischen waren sie am Ausgang des Tunnels angekommen. Eine Treppe führte hinauf in die Freiheit.
Heiße Glut empfing sie. Die kam nicht allein vom Wall. Die Sonne stand jetzt sehr hoch am Himmel. Messira ließ den Blick schweifen. Das, was sie im ersten Augenblick sah, begeisterte sie wenig.
Wüste, nichts als Wüste.
»Das soll euer Weg in die Freiheit sein?«, fragte sie. »Unfruchtbares Land?«
»Warte! Du hast noch nicht alles gesehen.« Margrits Gesicht nahm einen geheimnisvollen Ausdruck an.
In der Tat, als sie ein wenig gegangen waren, ließen sie die ersten Hügel aus Geröll hinter sich und kamen auf eine offene Ebene. Einige Hütten wurden sichtbar.
Menschen kamen ihnen entgegen. Rechts und links wurde die Vegetation üppiger.
»Wir versuchen das Land jenseits der Barriere zu besiedeln«, erklärte Margrit. »Es ist nicht mehr weit bis zum Meer. Wir haben eine Möglichkeit gefunden, die Pipelines der Regierung anzuzapfen und sie mit Ionenaustauschern zu versehen, die das Salzwasser in Süßwasser umwandeln. An dieser Stelle hier zweigen wir ein wenig Wasser ab und nutzen es für die Anfänge einer Landwirtschaft.«
Einige magere Felder breiteten sich vor ihr aus. Sie waren mit Getreide – hauptsächlich Mais und Hirse – bepflanzt. An einer Stelle sah sie eine Pumpe, die wahrscheinlich unterirdisch an eine Pipeline angeschlossen war. An dieser Pumpe befand sich, wie auf der Farm, die sie vor der Barriere gesehen hatte, ein unterirdisches Bewässerungssystem, das auf die Plantage führte.
»Und das fällt nicht auf?« Messira kamen Zweifel.
»Nein! Die Pflanzen auf der Farm hinter der Barriere schlucken so viel Wasser, dass die kleine Menge, die wir uns abzweigen, nicht auffällt.«

Sie gingen in eine der Hütten. Die Menschen lebten hier wie in der Steinzeit. Ihre primitiven Werkzeuge stellten sie teilweise selbst her. Messira sah zum ersten Mal einen Webstuhl. Eine Frau saß dahinter und arbeitete an einer Decke. Eine andere saß an einer Spindel und spann aus Flachs eine Teppichfaser. Haushaltsgegenstände und Material für das tägliche Leben hatten die Rebellen nach und nach durch den Tunnel geschmuggelt. Alle Hütten besaßen eine Feuerstelle, die zum Kochen und als Wärmequelle für die Nacht diente, denn nachts konnte es hier empfindlich kalt werden.
»Woher nehmt ihr das Feuerholz?«, fragte sie interessiert.
»Einige von uns sind Forstarbeiter. Die sorgen dafür, dass wir ab und zu Holz für den Tunnel und zum Feuern bekommen. Der Tunnel ist ja nun fertig, also bleibt der Rest für uns.«
»Aber auf Dauer wird das nicht gehen.« Messira hatte ernsthafte Bedenken. »In dieser Wüstengegend wachsen keine neuen Bäume nach. Ihr werdet immer darauf angewiesen sein, dass euch jemand hilft.«
»Das stimmt. Diese Gegend ist zum Besiedeln sehr ungünstig, aber sie war die Beste, um ungestört unseren Tunnel zu bauen. Hier, am Ende der Welt hat niemand sich darum geschert, wenn es mal lauter wurde. Wir konnten Material heranschaffen, ohne dass es auffiel. Dieser Tunnel ist sozusagen unser Prototyp. Wir haben nun gesehen, dass es möglich ist, hinter die Barriere zu stoßen und dass man sogar dort leben kann. Bald wird es andere Tunnel geben, wenn wir hier erst mal autonomer sind. Es gibt aber noch eine andere Möglichkeit, das Land hinter der Barriere zu besiedeln. Wenn es uns gelingt so viel Material durch den Tunnel zu schaffen, um ein Schiff zu bauen, könnten wir die Gegenden außerhalb der Barriere per Schiff besiedeln. Unsere Computer haben errechnet, dass hinter allen Barrieren ungefähr ein Zehntel wildes unbebautes Land liegt, nicht zu vergessen die riesigen Weltmeere. Sie waren ja noch vor dreihundert Jahren verseucht, wie die Regierung uns weismachen will.«
»Du glaubst nicht daran?«, unterbrach sie Messira.
»Wenn es so gewesen wäre, hätten sich die Meere längst wieder erholt. Ich glaube, die Regierung hat Angst, die Kontrolle über die Menschen zu verlieren. Ihr ist es nur recht, dass die heutigen Menschen nicht mehr wissen, was Seefahrt bedeutet. Riesige Flächen unseres Planeten liegen völlig brach. Allein die Meere könnten unseren Hunger stillen.«
Messira wusste aus der Schule, dass die Stadtstaaten sich unter der Barriere wie Käse unter einer Glocke ausbreiteten. Das Energiefeld hinderte auch Gleiter daran, über den Wall zu fliegen. Die Luftkorridore überbrückten die Meere und führten von Kontinent zu Kontinent. Es handelte sich also um ein völlig geschlossenes System, das die Weltmeere und wildes Land ausklammerte.

»Schön, wenn euch das gelänge«, seufzte sie, »aber es klingt wie ein Märchen. Ich stelle mir gerade vor, wie dieser korrupte Staat von uns umzingelt wird und danach von außen nach innen buchstäblich aufgefressen wird.« Sie lachte bitter.

Als Messira wieder zu Hause in ihrem kleinen Zimmer war, kam ihr die Welt auf einmal viel größer vor. Dieser Ausflug hinter die Barriere hatte ihr unbeschreibliche Welten eröffnet.
Sie spürte, dass bald große Dinge geschehen würden und wollte ein Teil des Ganzen sein, wollte mitmischen, wenn die Rebellen die neue Welt einrichteten. Aber sie musste auch vorsichtig sein. Ihre Arbeitskraft als Agrarwissenschaftlerin wurde zwar von den Rebellen hoch geschätzt, andererseits hatte sie ihr Studium noch nicht beendet. Sie hatte Verpflichtungen beruflicher und privater Natur im Staat.
Es war nicht möglich, sofort ins Outback überzusiedeln. Vorerst musste sie zwischen beiden Welten hin- und herpendeln. Dieser Spagat war nicht immer leicht zu bewerkstelligen. Bald hatte sie nicht eine freie Minute mehr – ihr Studium, die Treffen mit Ina und David, ihre Besuche in den Bibliotheken der Welt und ihre Arbeit für die Rebellen schadeten ihrer Gesundheit.
Mehr noch, das Versteckspiel und die Doppelidentität, die sie wahren musste, drohten das mühsam aufgebaute Gebilde aus Selbstbewusstsein und Stärke, das sie sich in all den Jahren angeeignet hatte, zu sprengen.
Sie hatte sich vorgenommen, bis zum Ende des Studiums durchzuhalten. Danach wollte sie gemeinsam mit den Rebellen jenseits der Barriere für eine bessere Welt kämpfen. Jetzt aber brauchte sie das Wissen noch, das der Staat ihr vermitteln konnte. Es war für ihre Arbeit in der Bewegung wichtig.
Zum Glück war sie diesen jämmerlichen Typen, der sie seit ihrer Kindheit verfolgte, losgeworden, dachte sie zumindest. Den hätte sie nicht auch noch verkraften können. Darin sollte sie sich aber gründlich getäuscht haben.

*

Geschäftige Unruhe war im Saal der Nationen zu hören. Der Gouverneur von Metropolis, ein betagter Mann von 120 Jahren, trat hinter das Rednerpult im Parlament der Vereinigten Städte der Erde. Er leitete die außerordentliche Sitzung der 30 Stadtstaaten mit ihren Vertretern. Die Damen und Herren Delegierten nahmen ihm gegenüber in einem Halbkreis um das Rednerpult Platz. Es dauerte eine Weile, bis sich alle gesetzt hatten. Das lag unter anderem auch daran, dass diese Runde ein Durchschnittsalter von ungefähr 130 Jahren aufwies. Es handelte sich im wahrsten Sinne des Wortes um eine Senatssitzung.

Zur Rechten des Gouverneurs nahmen die Vertreter der fünf Städte Nordamerikas Platz: ALASKA, KANADIENSIS, METROPOLIS, MEDINA, LITORIS-OCCIDENS. Daran schloss sich PANAMERICANA – die Vertretung Mittelamerikas – an. Es folgte Südamerika mit den vier Städten: BRASILIA, ARGENTINA, BOLIVIA-PERU, COLUMBIA-VENEZUELA, gefolgt von den zwei Vertretern Ozeaniens: AUSTRALIA UND OZEANUS-GUINEA-NEVE. In der Mitte des Halbkreises saßen die drei Vertreter von Afrika: AFRICA-BOREALIS, AFRICA-MEDIALIS, AFRICA-AUSTRALIS. Es folgten auf der linken Seite die sieben Städte Europas: SKANDINAVIA, BRITANNIA, FRANCO-ESPANIA, EUROPA-MEDIALIS, MEDITERRANIA, SLAVIA, BALTICA. Ganz links saßen die Vertreter von Asien: RUSSIA, CHINA, KASAK-MONGOLIA, ARABIA, OSMANIA, INDIA, INDONESIA und JAPANICA.

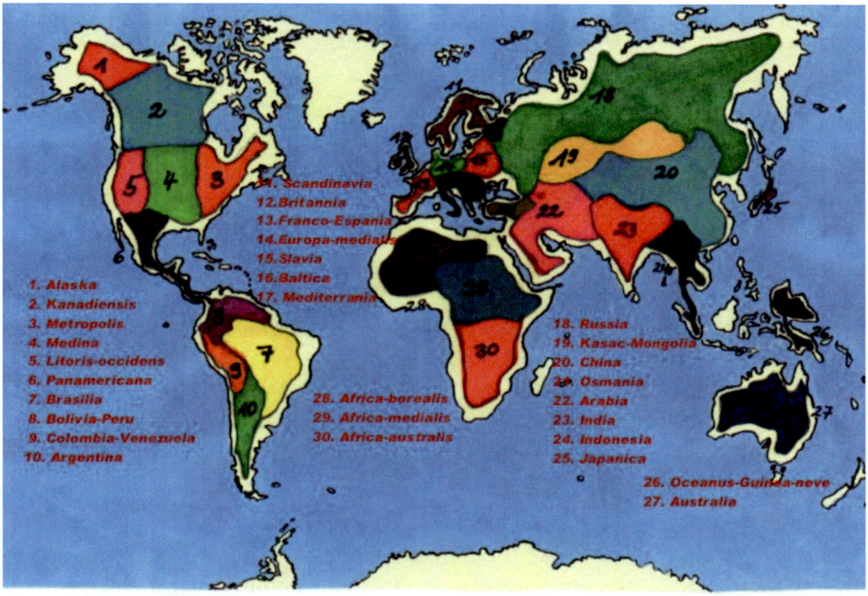

Die Weltkarte-Umriss Nr. G06-003 wurde von mir - mit freundlicher Genehmigung von: www.ratinho-arts.com – verändert.

Als alle Delegierten Platz genommen hatten, begann der Gouverneur: »Ich habe Sie hierher gebeten, meine Damen und Herren, weil in unserem Staat seit einiger Zeit etwas im Gange ist, das wir uns nicht erklären können.«

Er räusperte sich lautstark und gab seinem Sekretär einen Wink. Dieser erhob sich umständlich von seinem Platz, trat an das Rednerpult, suchte die entsprechende Datei auf dem Rechner, drückte auf einen Button, und auf der großen Wand gegenüber erschienen einige Zahlen, die er versuchte zu erklären.
»Die Weltregierung macht sich Gedanken über Vorkommnisse, die in den letzten Jahren zugenommen haben«, begann er.
»Auf unerklärliche Weise verschwinden elektronische Bauteile, Holz, Medikamente, Nahrungsmittel und Kleidung. Wir beobachten dies nun schon seit einigen Jahren, können aber weder sagen, wo die Materialien abhandengekommen sind, noch wer sie entwendet hat. Unsere Computer haben nach der letzten Inventur festgestellt, dass es sich um sehr geringe Mengen handelt. In den ersten Jahren schien uns das nicht erwähnenswert, da es öfter mal Differenzen zwischen Herstellung, Vertrieb und Verbrauch gab.«
Er zeigte mit einem Laser Pin auf ein Hologramm, klickte einen Link an, und während das Fenster sich öffnete, fuhr er fort: »Normalerweise gleichen sich solche Differenzen in den Jahren darauf wieder aus. Unsere Berechnungen bewegen sich in einem Zeitraum von fünf Jahren rückwirkend vom heutigen Tag.«
Wieder lenkte er die Aufmerksamkeit der Delegierten auf das Hologramm, um seinen Worten mehr Nachdruck zu verschaffen.
»Innerhalb dieses Zeitraums hat sich nun aber der Bestand der Waren ständig verringert. Nach neuesten Berechnungen handelt es sich speziell bei den Nahrungsmitteln um eine Menge, die umgerechnet pro Tag dem Verbrauch von etwa einhundert Menschen entspricht. Die Regierung ist nun in großer Sorge. Es wird vermutet, dass sich unter uns Menschen befinden, die nicht registriert sind - Illegale also!«
Ein Raunen ging durch die Menge. Der Redner setzte sich wieder. Das Stimmengewirr im Saal schwoll an. Der Gouverneur erhob sich und gab ein Handzeichen. Sofort wurde es still. Er ging erneut zum Pult und sprach: »Es gibt keinen Grund zur Besorgnis – noch nicht. Aber wir müssen wachsam sein. Sie können versichert sein, dass unsere Berechnungen stimmen. Wie eingangs erwähnt: Es ist etwas im Gange. Was es ist, können wir nur vermuten, haben aber noch keine Anhaltspunkte. Ich für meinen Teil tippe auf eine Verschwörung, die sich gegen die Regierung, also gegen Sie und mich, meine Damen und Herren, richtet. Ich bitte nun um Vorschläge Ihrerseits.« Er schaute in die Runde.
Als sich die allgemeine Überraschung gelegt hatte, meldete sich der Delegierte von Africa-borealis: »Ich schlage vor, die Flughäfen überwachen zu lassen.«

»Ist bereits geschehen! Wir kontrollieren jegliche Luftfracht und vergleichen diese mit den Papieren.«
»Und wie steht es mit dem lokalen Verkehr?«, wollte die Delegierte aus Bolivia-Peru wissen.
»Auch das ist geregelt. Die Schwerlasttransporter, die durch unsere Städte fahren, müssen genau Buch darüber führen, an wen sie ihre Waren liefern und wieviel angefordert wurde.«
»Auf irgend einem Weg müssen die Waren doch an ihren Bestimmungsort kommen«, mutmaßte der Delegierte aus Africa-borealis. »Wissen Sie schon etwas Näheres über diesen Bestimmungsort?«
»Wir haben keinerlei Anhaltspunkte, wo er sich befindet. Wir können noch nicht einmal den Kontinent angeben.«
»Das ist bitter«, meinte Britannia. »Wie können wir da helfen?«
»Sie sind angehalten, in ihren Städten die Kontrollen zu verschärfen, ohne dass die Öffentlichkeit etwas davon bemerkt«, sagte der Gouverneur. »Die Verschwörer müssen sich in Sicherheit wiegen.«
»Wie soll das geschehen?«, gab Britannia zu bedenken. »Es gibt keine Kontrolle, die nicht auffällt.«
Die Delegierten steckten ratlos ihre Köpfe zusammen. Nach einiger Zeit schlug Indonesia vor: »Wir müssen ganz woanders ansetzen. Sie sagen, es gibt wahrscheinlich Illegale in unseren Städten. Wenn das stimmt, kann nur eine bestimmte Berufsgruppe dafür verantwortlich sein.«
Er machte eine Pause und schaute in die Runde, dann fuhr er fort und sagte nur zwei Worte: »Die Ärzte.«
Der Gouverneur schaute den Delegierten befremdet an.
»Das müssen Sie erklären!«
»Ganz einfach: Illegale kann es nur geben, wenn ein Arzt eine Person für tot erklärt, die in Wirklichkeit nicht tot ist. Würde ein Bürger auf die Idee kommen, sich seinen Chip zu entfernen, so bliebe das nicht unbemerkt. Nur einem Toten oder jemandem, den man für tot erklärt hat, könnte man den Chip, ohne Verdacht zu erregen, entfernen. Den Tod eines Bürgers kann aber nur ein Arzt bescheinigen.«
Indonesia blickte triumphierend in die Runde und setzte sich dann wieder.
Nach diesen Worten wurde es still im Raum. Indonesia hatte die heilige Ärzteschaft beschuldigt. Die war bis jetzt über jeden Zweifel erhaben gewesen, aber bei genauerer Überlegung war dieses Argument nicht von der Hand zu weisen. Nachdem sich der erste Schock gelegt hatte, schnatterte alles wild durcheinander.
»Ruhe!«, brüllte der Gouverneur. »Nacheinander, wenn ich bitten darf.«
Ozeanus-Guinea-neve meldete sich: »Heißt das, wir können unseren Ärzten nicht mehr trauen?«

»Ja, ich denke, das heißt es«, bejahte der Gouverneur. Und zu Indonesia gewandt, sagte er: »Sie haben recht. Am einfachsten ist es für uns, die schwarzen Schafe von den weißen zu trennen. Das heißt, die Ärzteschaft muss beobachtet werden, ohne viel Staub aufzuwirbeln. Wozu haben wir eine Geheimpolizei? Ich finde sowieso, dass die Berufsgruppe der Ärzte in der letzten Zeit zu viel Freiheiten hatte.«
Europa-medialis meldete sich zu Wort: »Werden Ärzte eigentlich auch von Zeit zu Zeit auf ihren psychischen Zustand hin mit dem Wahrheitsserum untersucht?«, fragte der Delegierte scheinheilig.
»Ich glaube nicht«, entgegnete der Gouverneur. »Unsere Ärzte sind der Staat. Das dachten wir bis jetzt jedenfalls.«
»Dann beantrage ich, dass von heute an auch Ärzte an den Untersuchungen teilnehmen müssen«, beharrte Europa-medialis.
Der Gouverneur schüttelte verzweifelt den Kopf: »Wer soll Ihrer Meinung nach die Untersuchungen durchführen? Niemand außer unseren Ärzten verfügt über hinreichende medizinische Kenntnisse. Sie zweifeln im Moment die Integrität der gesamten Ärzteschaft nur wegen einiger Aufrührer an.«
Columbia-Venezuela hatte eine Idee. »Das könnte das Masterprogramm übernehmen.«
»Dazu müsste HERA umprogrammiert werden. Die Ärzte standen bisher nicht im Fokus von ihr. Ich bezweifle, dass wir das in der nächsten Zeit hinbekommen«, meinte der Gouverneur.

Die Delegierten diskutierten noch eineinhalb Stunden, konnten aber zu keiner Einigung kommen. Zuletzt wurde die Sitzung auf den nächsten Tag verschoben. Folgendes Zwischenergebnis wurde im Protokoll festgehalten: Man wollte Sicherheitsbeamte in jedem Krankenhaus postieren, die die Ärzteschaft anfangs nur unauffällig beobachten sollten. Da das Personal keinen Verdacht schöpfen durfte, musste man die Sicherheitsbeamten damit rechtfertigen, dass es in einigen Krankenhäusern Materialschwund gab. Niemand würde so auf die Idee kommen, dass man in Wirklichkeit die Ärzte beobachtete. Später sollte HERA so umprogrammiert werden, dass sie in der Lage war, Untersuchungen auch ohne Direktive der Ärzte durchzuführen.

*

Seit einigen Tagen lag etwas in der Luft. Niemand wusste genau, was es war, aber etwas Bedrohliches warf seine Schatten voraus.
Im Lancen Memorial herrschte rege Betriebsamkeit wie immer und doch war es anders als sonst. Viele neue Gesichter tauchten auf. Hinter

vorgehaltener Hand erfuhr man, dass die Regierung sich gezwungen sah, sogenannte Inspektoren in die Kliniken zu schicken, um gewisse Fälle von Materialschwund zu überprüfen. Die Angestellten befanden sich in einem Zustand von Wachsamkeit und Anspannung. Jeder fühlte sich von jedem beobachtet. Der Klinikalltag lief scheinbar normal weiter und dennoch sah man hier und da, wie die Geheimpolizei Menschen abführte. Unter ihnen waren sehr oft Ärzte.

Weil die Unruhe zunahm, sah die Regierung sich genötigt, eine öffentliche Erklärung abzugeben. Es war von Diebstählen die Rede und von Sabotage. Die Angestellten wurden aufgefordert, genau zu protokollieren, wieviel Material sie verbrauchten und wofür das Material verwendet wurde. Man legte ihnen nahe – in ihrem eigenen Interesse – Vorgänge, die sie beunruhigten, sofort der Klinikleitung zu melden.

*

Auch an M0111 ging die allgemeine Unruhe nicht vorbei. Einige Kollegen waren schon verhaftet worden. Wer weiß, wann er an die Reihe kam. Und obwohl er sich keiner Schuld bewusst war – diesmal nicht – wusste er, dass es ihn genauso treffen konnte, solange er im Schussfeld stand.

Was war geschehen? Wieso interessierten die sich auf einmal für das Krankenhaus? Sollte etwa das Lancen selbst das Zentrum der Rebellen sein? Wie sonst wäre es möglich gewesen, dass man im Moment an allen Ecken auf Geheimpolizisten traf.

Mit dieser Vermutung war er selbstverständlich auf einem völlig falschen Weg. Er verspürte aber den Drang, etwas unternehmen zu müssen, denn er wollte nicht wie ein Schaf zur Schlachtbank geführt werden.

Wenn es ihm gelang, der Regierung einen Beweis für seine Theorie zu liefern, so würde die sich sicher erkenntlich zeigen.

Er konzentrierte sich hauptsächlich auf die psychiatrische Abteilung. Hier dachte er, könnte er den Schlüssel für all das finden. Schon immer hatte er sich gewundert, dass so manches in diesem Krankenhaus ohne sein Wissen geschah. Es gab zu viele verschlossene Türen. Mit Hilfe einer Mitarbeiterin, die ihm hörig war, sollte es ihm eigentlich gelingen, einige Geheimnisse des Lancen zu entschlüsseln.

Die heutige Nacht verbrachte er gemeinsam mit ihr bei sich zu Hause. Es war seit Langem mal wieder eine Nacht nach seinem Geschmack. Diese Art Frauen brauchte er. Sie fragten nicht, woher man kam und wohin man ging. Für sie zählte allein der Augenblick. Und er wusste, wovon er sprach. Er musste zugeben, dass er nun auch schon in einem Alter war, wo er ein

wenig nachhelfen musste, damit es bei den Frauen klappte. Er wollte ja einen bleibenden Eindruck hinterlassen. Aber wenn er sich eine dieser Pillen genehmigte, ging er ab wie eine Rakete. Sie konnte nur noch schnurren wie ein Kätzchen und mehrmals lustvoll stöhnen. Er brachte sie sogar zum Schreien, was ihm lange nicht mehr gelungen war. Wenn doch nur alle Frauen so leicht zufriedenzustellen wären.
Kurz nach zwei Uhr nachts genehmigten beide sich einen Drink. Er aber hatte in den ihren ein Pülverchen gemischt. Danach würde sie erst mal für zwölf Stunden außer Gefecht gesetzt sein. Wenn er wiederkam, konnte er sich neben sie legen, als wäre er nie von ihrer Seite gewichen
Es dauerte nicht lange, dann setzte die Wirkung ein. Ohnmächtig lag sie in den Kissen. Die rechte Brust schaute schamlos unter der Decke hervor. Ihre Arme, mit denen sie ihn eben noch gefangen gehalten hatte, befanden sich noch immer in dieser Position, aus der er sich gerade herausgewunden hatte. Ein Lächeln umspielte ihren Mund und ließ sie fast hübsch aussehen. Unter der dünnen Decke konnte er die Konturen ihres barocken Körpers erahnen.
Er fasste auf seinen Brustkorb und verzog schmerzhaft sein Gesicht, als er daran dachte, wie dieser Körper ihm vor wenigen Stunden in einigen Positionen die Luft abgedrückt hatte. Aber schön war es doch gewesen.
Genug der Sentimentalitäten! Er brauchte ihr Tech-Wear, denn nur mit diesem konnte er die verschlossenen Bereiche der Psychiatrie betreten. Sie bewegte nur leicht die Lippen und zuckte einmal mit der Hand, als er sich daran machte, das Armband von ihrem Handgelenk zu schälen. Während er es umlegte, dachte er, dass ihm so was nie passieren könnte. Er würde sein Armband bis zum Letzten verteidigen, wenn es sein musste, auch mit seinem Leben.

Es war genau drei Uhr nachts, als er das Lancen betrat. Um diese Zeit schlief fast alles. Mit dem Fahrstuhl fuhr er in den achten Stock. Er hatte sich schon immer Gedanken gemacht, warum dieser verdammte Fahrstuhl nie im neunten Stockwerk hielt. Nun, heute hatte er die Gelegenheit, dies zu erkunden. Er schaute sich nach allen Seiten suchend um. Die Gänge waren nur schwach beleuchtet. Ganz hinten, dort, wo der Gang sich scheinbar im Nichts verlor, saß eine Schwester in ihrem verglasten Dienstraum. Er erinnerte sich, irgendwann hinter dem Glas eine Treppe gesehen zu haben, die nach oben führte. Die konnte man aber nur von innerhalb des Glaskastens betreten. Er musste also warten, bis die Schwester ihre Runde drehte. Erst dann konnte er sich heranschleichen und mit dem geliehenen E-Armband die Tür öffnen, und er musste darauf achten, dass die schwenkbare Kamera in diesem Augenblick nicht auf ihn gerichtet war.

Gegen drei Uhr dreißig begab die Schwester sich auf ihren Rundgang. Er hatte Glück, die Kamera am Ende des Ganges folgte ihr. Mit einer Geschwindigkeit, die niemand ihm zugetraut hätte, verließ er in gebückter Haltung seine Deckung, die er in dem Augenblick hinter einem Reinigungsroboter bezogen hatte, als die Schwester einmal in ihre Dateien geschaut hatte und huschte mit katzenhaften Bewegungen zur Glastür.
Er aktivierte das Armband, platzierte es vorsichtig am Schließmechanismus der Tür und wartete, dass die Elektronik es erkannte.
Es knackte.
Die Tür öffnete sich.
Eben verschwand die Schwester in einem Patientenzimmer. Die Kamera schwenkte zurück in seine Richtung. Mit zwei, drei Schritten hatte er die Treppe hinter der Glaswand erreicht und duckte sich ganz tief hinter eine auf dem Boden stehende Vase mit künstlichen Blütenzweigen.
Er befand sich in einem Bereich des Krankenhauses, den er noch nie zuvor betreten hatte. Als die Kamera zurückschwenkte, lief er keuchend zwei Stufen auf einmal nehmend die Treppe hinauf, immer darauf bedacht, so wenig Lärm wie möglich zu machen. Oben ging er hinter einem Mauervorsprung in Deckung. Der Gang schien leer, also suchte er weiter nach Beweisen.
Rechts und links gingen Türen ab. Alles sah genauso aus wie auf allen anderen Etagen des Lancen. Es war leicht, sich zurechtzufinden. Die erste Tür auf der linken Seite war verschlossen, aber es befand sich ein Guckloch darin. Vorsichtig schob er die Klappe zurück und erstarrte.
Durch den Spion konnte er die gesamte Zelle einsehen. Was er da erblickte, ließ sein Blut in den Adern zum Stillstand kommen: Ein menschenähnliches Wesen lag auf einer Pritsche. Sein Kopf war aufgedunsen, die Augen unnatürlich vergrößert, die Haut über und über mit Beulen bedeckt und teigig weiß. Die Kreatur hatte keine Wimpern, keine Augenbrauen und nicht ein einziges Haar auf dem Kopf. Auch konnte er nirgends Ohren entdecken. Stattdessen waren rechts und links, wo eigentlich die Ohren hingehörten, zwei Löcher, die ins Innere des Schädels führten.
Durch das Geräusch, das er gemacht hatte, aufgeschreckt, lief die Kreatur mit schlürfenden Schritten zur Tür. Er bemerkte, dass sie kaum größer war als ein zwölfjähriges Kind. Der Kopf schien zu schwer für den kleinen Körper, deshalb konnte sie nicht aufrecht gehen. Als sie näher kam, sah er die roten Augen wie zwei glühende Kohlen direkt auf sich gerichtet.
Ein Laut des Entsetzens löste sich aus seiner Kehle.
Die Missgeburt stutzte.
Schnell trat er von der Tür zurück, fast wäre er dabei gestolpert und hielt sich krampfhaft am Türknauf fest, während die Klappe sich über dem Guckloch automatisch schloss.

Er hatte schon viel gesehen in seinem Leben, aber das hier übertraf alles Bisherige. In jedem der zehn Räume, in die er anschließend hineinsah, gab es ein menschenähnliches Geschöpf. Einige bewegten sich wie Affen auf allen Vieren, andere hatten einen übergroßen Kopf oder waren mit Fell bedeckt. Eines dieser Geschöpfe hatte nur ein Auge in der Mitte der Stirn. Bei einem anderen konnte er das Gehirn unter einer dünnen Haut erkennen. Es hatte offensichtlich keine Schädelknochen. Alle gaben sie grunzende oder zischende Laute von sich.
Verdammt, dachte er. Sollten das die Ergebnisse der Versuche sein, die die Regierung mit den nicht verwendeten Keimzellen durchführte?
Ganz hinten, kurz bevor der Gang um die rechte Ecke bog, fand er noch einen Raum. Dieser war nicht verschlossen. Er ließ sich einfach durch Drehen des Türknaufes öffnen. Wie altmodisch, dachte er noch, als er sich in einer Art Büro wiederfand.
Auf einem Tisch der an einem vergitterten Fenster stand, sah er einen Rechner. Er fuhr ihn hoch und versuchte mehrere Male verschiedene Passwörter einzutippen. Erfolglos! Er lauschte nach draußen, alles blieb ruhig. Frustriert öffnete er die Schublade des alten Schreibtischs. Er wusste selbst nicht genau, wonach er suchte. Der Zufall kam ihm zu Hilfe. Neben nostalgischem Krimskrams sah er auch ein altmodisches Kalenderblatt. Es war etwas ungewöhnlich, denn dieses vergilbte Kalenderblatt zeigte den Monat Dezember des Jahres 2056. Der Besitzer musste genauso altmodisch sein, wie sein Büro und sein Computer. Merkwürdigerweise war der 10. Dezember dick mit roter Farbe eingekreist. Darunter stand nur ein Wort in Anführungszeichen: »Virus«.
Das könnte interessant sein, dachte er und ging zur Tür, um sie mit dem gestohlenen Armband zu verriegeln. Trotz des altmodischen Knaufs an der Außen- und -innenseite der Tür, funktionierte das sehr gut. Also war der Messingknauf wirklich nur zu Dekorationszwecken an der Tür angebracht worden. Das Verschließen der Tür gab ihm Sicherheit. Sollte jemand kommen, würde er durch das Geräusch, das der Schließmechanismus machte, gewarnt werden und konnte sich verstecken. Er hatte auch schon einen Platz im Auge. Hier im Raum befand sich eine große Couch, hinter der er in Deckung gehen konnte.
Er versuchte es mit »Virus2056« und siehe da, ein Treffer. Das Passwort wurde akzeptiert. Eilig durchforstete er die Dateien. Plötzlich hatte er etwas gefunden, das ihm das Blut erneut gefrieren ließ. Schnell überflog er den Text, um den Inhalt anschließend sofort auf sein Tech-Wear zu übertragen. Der Datentransfer dauerte nicht länger als eine Minute.
Während er dies tat, veränderte sich sein Gesichtsausdruck. Seine Augen weiteten sich angstvoll und schwollen fast zur doppelten Größe an. Man

sah zum ersten Mal, dass sie grau waren. Einen Schrei konnte er gerade noch im letzten Moment unterdrücken, aber seine Hände zitterten so stark, dass er meinte, allein das Geräusch, das sie machten, reichte, um den Nachtwächter aufmerksam zu machen. Irgendwie schaffte er es aber, den Computer wieder herunterzufahren.
Plötzlich hörte er ein Geräusch an der Stelle, wo der Gang um die Ecke bog. Mein Gott, dachte er. Vielleicht machte der Nachtwächter eben seine Runde, denn diese Kreaturen wurden sicher rund um die Uhr bewacht.
Er spürte, wie die Hitze sein Gesicht erröten ließ. Was, wenn man ihn fand? Jetzt, wo er wusste, was hier passierte und vor dreihundert Jahren passiert war? Er würde das Krankenhaus nicht mehr lebend verlassen können. Er malte sich in allen Einzelheiten aus, was dann mit ihm geschehen würde. In seiner Panik lief er ohne nachzudenken zurück zur Treppe und hinunter in die achte Etage. Wie sollte er unentdeckt hier wieder herauskommen? Sein Herz pochte so sehr, dass er glaubte, eine Bombe stünde kurz vor ihrer Explosion.

GEWÄSSERVERSCHMUTZUNG

Kann ein Mensch sich von dem Unrat, der sich in seinem Leben angehäuft hat, nicht mehr befreien, vergiftet er sich und seine Mitmenschen.
Wird ein Fluss wiederholt Pestiziden und Medikamentenrückständen ausgesetzt, leitet man das Abwasser von Industrien ungeklärt in ihn hinein, errichtet man Staudämme, die die Wanderung von Wassertieren verhindern, wird der Boden um den Fluss herum zu stark gedüngt, kommt es zur Bildung von Faulschlamm. Es entsteht eine biologisch tote Zone, in der nur noch anaerobe Bakterien gedeihen können. Die Selbstreinigungskraft des Flusses wird geschwächt. Manchmal hilft es, wenn man den Faulschlamm ausbaggert und dem Fluss Sauerstoff zuführt. Lang anhaltenden Erfolg erzielt man jedoch nur, wenn Abwässer in Kläranlagen vorgereinigt werden, bevor sie in den Fluss geleitet werden.
Die Verschmutzung eines Gewässers hat immer eine Ursache. Diese Ursache muss beseitigt werden, damit der Fluss seine Selbstreinigungskraft wieder aufnehmen kann. Gelingt das nicht, kippt das Gewässer um. Kein Leben kann dann mehr in ihm gedeihen. Es genügt nicht, die Symptome zu bekämpfen. Dies bringt nur kurzzeitige Besserung. Will man nachhaltige Erfolge erzielen, muss man radikaler vorgehen.

***

Es war inzwischen fast vier Uhr geworden. Wenn ihm nicht schnell etwas einfiel, war er geliefert. Er kauerte in der Nähe der Treppe und wartete bis die Kamera in die andere Richtung schwenkte. Die Schwester schien noch nicht von ihrem Rundgang zurück zu sein. Wenn er es schaffte, vor ihr wieder draußen zu sein, könnte er sich erneut hinter dem Reinigungsgerät verstecken und einen günstigen Augenblick abwarten, um mit dem Lift nach unten zu fahren.
Er schwitzte so sehr, dass einige Tropfen auf den Fußboden fielen. Definitiv hatte er hier nicht das Hauptquartier der Rebellen gefunden. Er war sich in diesem Moment noch nicht einmal mehr sicher, ob er überhaupt hinter den Rebellen herjagen wollte, oder ob ihn das, was er eben gesehen hatte in eine ganz andere Richtung zog.
Ihm war im Moment so übel, dass er glaubte, sich hier übergeben zu müssen. Immer wieder redete er sich ein, dass er sich zusammenreißen müsse, aber sein ganzes vegetatives Nervensystem war aus dem Gleichgewicht geraten, und die Kontrolle darüber oblag nicht seinem Kortex, so sehr er auch versuchte, mentalen Einfluss darauf zu nehmen.

Jahrelang hatte er geschaut, wo er einen Vorteil für sich herausholen konnte. Sogar die fahrlässige Tötung seiner Partnerin hatte er in Kauf genommen. Er hatte Menschen verraten, ausspioniert, betrogen und für ein paar Wertcoupons hätte er sogar seine Mutter verraten, wenn er sie gekannt hätte. Aber das hier! Nein! Das war noch mal eine ganz andere Dimension. Gewiss, als er einige Jahre jünger war, konnte er sich nichts Schöneres vorstellen, als Psychiater zu sein, oder Psychologe, um den Menschen mal so richtig einzuheizen. Aber doch nur in Gedanken.
Nie hätte er geglaubt, dass tatsächlich stattfand, was die Menschen hinter vorgehaltener Hand so munkelten. Ihm ging es eigentlich nur immer um Wertcoupons und Sex. Sex war nun mal sein Schwachpunkt. Frauen bedeuteten Freiwild für ihn. Die Jagd inspirierte ihn, und wenn Eine sich so richtig zierte, rief das bei ihm die höchste Erregung hervor. Und dieser Staat hielt die Libido der Menschen bis weit über ein Alter von einhundertvierzig Jahren am Kochen. Allein das war ein Grund für ihn gewesen, den Staat anzubeten. Was er aber eben gesehen hatte, ließ seine kleinen Spielchen und Machenschaften wie Kinderkram aussehen und verwandelte seine Anbetung in nackte Angst. Auf keinen Fall durfte er den Häschern in die Hände fallen. Was dann mit ihm passierte, konnte er sich in allen Einzelheiten ausmalen. Wieder spürte er einen Brechreiz.
Träge schlichen die Minuten dahin. Er hatte schon geglaubt, es würde nie mehr passieren, aber endlich drehte die Kamera sich in die andere Richtung. Er atmete auf. Ein Seufzer der Erleichterung entfloh seiner Brust. In gebückter Haltung schlüpfte er aus der Tür heraus und versteckte sich ein zweites Mal hinter der Reinigungsmaschine. Es war inzwischen vier Uhr zehn geworden.
Auf dem Flur blieb alles ruhig. Er schätzte den Abstand bis zum Lift. Es waren gut fünfzehn Meter. Er berechnete, wie lange es dauerte, bis der Lift oben angekommen war, nachdem er ihn gerufen hatte. Er schätzte bis zu dreißig Sekunden, wenn er Pech hatte und jemand den Lift in einer anderen Etage anhielt, während er loslief, konnte es passieren, dass die Schwester im selben Moment auftauchte. Es konnte aber auch sein, dass er Glück hatte und sie ihren Rundgang erst in einigen Minuten beendete.
Er war nie ein Freund von Entscheidungen gewesen, aber diese Situation verlangte eine und zwar möglichst schnell. Er entschied sich, hinter dem Gerät zu warten und wenn es bis morgen früh dauern sollte.
Sein Verstand, der immer noch glasklar arbeitete, sagte ihm, dass das die sicherste Variante war. Gegen sechs Uhr fiel er im Gang nicht mehr auf. Jeder kannte ihn. Er gehörte zum Krankenhauspersonal und durfte sich hier aufhalten, wenn das auch nicht die Etage war, in der er seinen Arbeitsplatz hatte, so kam es schon mal vor, dass sein Weg ihn aus

irgendeinem Grunde auch in andere Bereiche des Krankenhauses führte. Das war nur natürlich.
Er überlegte, was seinen Aufenthalt hier rechtfertigen konnte, falls jemand danach fragte. Ihm fiel ein, dass er sich bei der Schwester nach einer seiner Patientinnen erkundigen könnte, die letzte Woche hier eingewiesen worden war. Es war zwar nicht üblich und vielleicht bekam er keine befriedigende Auskunft, aber er hätte einen plausiblen Grund, sich hier aufzuhalten. Dies ging jedoch nicht mitten in der Nacht. Gegen sechs Uhr könnte er so tun, als wäre ihm das vor seiner Frühschicht eingefallen. Also noch knapp zwei Stunden!
Wieder schwitzte er.
Er befürchtete, dass er nicht durchhalten würde.
Gegen sechs Uhr rückte eine Putzkolonne an. Er fand eine Gelegenheit und mischte sich unauffällig unter die Frauen, bevor sie ihn völlig steif hinter dem Putzgerät fanden. Betont lässig schlenderte er zum Glaskasten, wobei ihm jeder Knochen wehtat. Dort brachte er sein Anliegen vor die verblüffte Schwester. Sie wollte ihm, wie er vermutet hatte, nichts mitteilen, aber das war ihm egal.
Ganz offiziell stellte er sich danach am Fahrstuhl an, konnte aber nicht vermeiden, dass sein ganzer Körper vor Angst zitterte. Mit aller Aufbietung seiner Kräfte versuchte er ein Stottern zu vermeiden, damit die Elektronik des Fahrstuhls ihn verstand. Als er sich im Innern des Gefährts befand, brach er völlig zusammen, beruhigte sich aber, kurz bevor der Fahrstuhl hielt wieder und schaffte es mit Mühe bis vor den Eingang des Krankenhauses. Dort rief er einen Gleiter, von dem er sich nach Hause fliegen ließ.
Als er die vertraute Umgebung seiner Wohnung spürte, wurde er ruhiger und gewann allmählich seine Selbstsicherheit zurück. Nichts war passiert. Niemand hatte ihn gesehen, konnte also vermuten, dass er sich in der verbotenen neunten Etage aufgehalten hatte. Es war alles gutgegangen.
Er ging zum Schlafzimmer und öffnete leise die Tür. Natürlich lag seine Madame noch völlig benebelt im Bett. Er legte ihr umständlich das Armband an und weckte sie dann unsanft. Es kostete ihn einige Mühe, bis er sie soweit hatte, dass sie seine Wohnung verließ. Danach dachte er, dass das alles nur ein schlechter Traum gewesen war. Aber es sollte noch schlimmer kommen.

*

Der junge Arzt war gerade dabei, der Patientin einen Verband anzulegen, als die Tür sich öffnete und vier bewaffnete Geheimpolizisten

hereinstürmten. Sie richteten ihre Strahlenpistolen auf ihn und riefen laut: »M9387.10.10.2327?«
»Ja«, bekannte der Arzt, »der bin ich. Was gibt es, meine Herren?«
»Legen Sie die Hände auf den Rücken!«, sagte der Anführer der Polizisten. Sein Ton war so schneidend, dass dem Arzt der Verband aus der Hand fiel. Um seinen Worten mehr Nachdruck zu verleihen, rammte der Polizist dem Mediziner den Lauf seiner Strahlenpistole in den Bauch. Der Arzt zuckte zusammen und legte beide Hände auf den Rücken. Sofort wurden ihm elektronische Handfesseln von einem zweiten Polizisten angelegt.
Eine der beiden Schwestern bückte sich und hob den Verband vom Boden auf.
»Darf man fragen, was der Doktor getan hat?«, wollte sie wissen und erwartete – naiv, wie sie war – eine Antwort auf ihre Frage.
»Mund halten«, fuhr der dritte Polizist sie an. Sein Blick war drohend auf sie geheftet, was sie veranlasste, ihren Kopf zu senken und sich so klein wie möglich zu machen.
Die Patientin, die auf der Liege lag, wurde ärgerlich.
»Wie können Sie es wagen, hier einzudringen und in diesem Ton mit der Schwester zu reden. Wenn Sie jemanden verhaften wollen, dann nicht auf diese Weise. Haben Sie denn keinen Anstand? Ich werde mich über Sie beschweren. Nehmen Sie gefälligst dem Arzt die Fesseln wieder ab, damit er seine Arbeit beenden kann. Was Sie nachher mit ihm tun ist mir egal. Wissen Sie überhaupt, wen Sie vor sich haben? Ich bin die Frau des Bezirksvorsitzenden.«
Der Ton der Frau war so dominant, dass die Hüter des Staates keinen Nachweis ihrer Identität verlangten, sondern augenblicklich die Fesseln des Arztes wieder lösten.
»Nun gut«, fauchte der Anführer. »Führen Sie Ihre Arbeit zu Ende. Aber wir behalten Sie im Auge.«
Mit gespielter Gleichmut holte der Arzt einen neuen Verband von der Ablage. Die Gedanken hämmerten in seinem Kopf wie Klöppel auf einem Schlagzeug.
Mein Gott, jetzt ist es soweit.
Habe ich die Pille noch?
Besteht eine Möglichkeit zur Flucht?
Im Zeitlupentempo legte er den Verband an. Währenddessen traten die Polizisten von einem Bein aufs andere. Zwei hatten sich an der Tür postiert, der dritte fuchtelte noch immer mit seiner Strahlenpistole vor den Augen des Arztes herum, nur der vierte hatte es sich unweit der Szene auf einem Stuhl bequem gemacht.
Er schimpfte: »Wie lange soll das noch dauern?«

Der Arzt zuckte zusammen. Er glaubte nicht, dass ihm die Flucht gelingen könnte, wagte aber in seiner Verzweiflung dennoch einen Versuch.
»Ich müsste mal auf die Toilette.«
»Wie bitte?«, fragte der Geheimpolizist, der auf dem Stuhl saß und offensichtlich der Wortführer war. »Sie glauben doch nicht im Ernst, dass wir das gestatten?«
»Wieso nicht?«, fragte der Arzt und tat erstaunt. »Glauben Sie, ich will die Situation zur Flucht nutzen? Wie sollte ich, bei Ihrer Bewachung?«
Der Polizist bekam ein freundlicheres Gesicht.
»Das wird Ihnen nicht gelingen, ich weiß. Aber dennoch kann ich das nicht gestatten.«
Der Arzt fixierte den Verband mit einer Art Kleber am Arm der Patientin.
»Dann lassen Sie mich wenigstens das Material noch zurückbringen«, meinte er in bemüht ruhigem Ton.
»Ich warne Sie, eine falsche Bewegung und Sie werden es bereuen.« Der Polizist machte eine Handbewegung als wolle er seine Kehle durchschneiden.
Die Gedanken des Arztes drehten sich wie ein Karussell immer nur um das eine: Die Pille! Ich muss mir schnell die Pille holen, bevor es zu spät ist.
Betont langsam ging er zum Medikamentenschrank, öffnete die oberste Schublade und legte die Schere sowie den Verband hinein. Seine Augen überflogen den Inhalt. Da lag sie, die Todespille! Er streckte verlangend seine Hand danach aus. Die zitterte, aber er schaffte es, die Pille zu ergreifen und möglichst unauffällig in die linke Hand zu schieben.
Gut, dass er beizeiten vorgesorgt hatte. Schon damals, als er in die Bewegung ging, hatte er sich für den Ernstfall gewappnet. Er hatte keine Angst vor dem Tod. Viel mehr fürchtete er sich vor der Folterung und der Gehirnwäsche. Als Arzt wusste er nur zu gut, über welche Methoden der Staat verfügte, um seine Opfer gefügig zu machen. Wenn die Geheimpolizei wollte, bekam sie alles aus einem heraus. Er hatte schon solche Folteropfer behandeln müssen.
Einmal brachten sie einen älteren Mann, der kaum mehr gehen konnte. Er war nur noch ein Schatten seiner selbst gewesen. Wie ein Tier kroch er auf dem Boden herum und wimmerte.
Er dachte damals, dass er einen Schwachsinnigen vor sich hatte, aber bei der Untersuchung bemerkte er, dass der Körper des Mannes mit kleinen Bisswunden übersät war. Er konnte sich keinen Reim darauf machen, aber eine Kollegin erzählte ihm später, dass man den Mann mit Ratten gefoltert hatte.
Mittelalterliche Methoden, dachte er damals. Und heute konnte er nur denken: Gott behüte mich davor. Schnell schickte er ein Lächeln in Richtung des Polizisten, der ihn angesprochen hatte, dann fuhr seine Linke zum Mund.

Der Polizist schoss von seinem Stuhl.
»Halt! Mund auf!«
Aber es war zu spät. Der Arzt hatte die Pille schon geschluckt.
Was nun folgte kann man mit einem Wort umschreiben: Resignation!
Der Arzt ließ sich willenlos die elektronischen Fesseln anlegen.
Die Schwester schrie immerzu: »Herr Doktor! Herr Doktor! Was ist los?«
Die Patientin sprang von ihrer Liege und verließ fluchtartig den Raum.
Die Polizisten nahmen den Arzt in ihre Mitte und gingen zum Fahrstuhl. Der spürte noch keine Reaktion. Erst als die vier ihn in den Fahrstuhl schoben, empfand er ein leichtes Kribbeln auf der Zunge.
Er lächelte: »Macht euch nichts draus, Jungs! Mit der Prämie wird es nichts, zu dumm.«
Der große Polizist mit den bulligen Händen holte aus und versetzte ihm einen Schlag ins Gesicht. Sein Kopf flog wie ein Pingpongball an die Fahrstuhlwand. Blut schoss aus der Nase.
»Halt endlich dein loses Maul«, schrie der Ordnungshüter. »Das wollen wir noch sehen. Es gibt inzwischen Mittel und Wege, wie man die Wirkung des Giftes verzögern kann.«
Der Arzt kicherte. Der Schmerz schien ihm nichts auszumachen.
»Ich sagte doch, Jungs! Es ist zu spät. In nicht ganz zehn Minuten ist der ganze Spaß zu Ende. Aus, vorbei, puff!«
Die Zeit lief.
Auf der Straße angekommen riefen sie einen Gleiter.
»Ministerium!«, sagte der Anführer und zwängte sich mit dem Gefangenen in den Gleiter.
Die drei anderen nahmen die nächsten zwei Gleiter.
Im Lancen gab es zwar eine Abteilung, in der psychisch kranke Menschen mit Hilfe der Wahrheitsdroge befragt wurden, die politischen Gefangenen aber verhörte man im Ministerium in eigens dafür eingerichteten schalldichten Räumen.
Über sein Armband informierte der Polizist den Gouverneur über die Lage, sodass dieser Vorbereitungen treffen konnte.
Fünf Minuten später kamen die Polizisten mit dem Gefangenen am Ministerium an. Sie wurden schon erwartet. Einer der Herren hielt eine Spritze griffbereit in der Hand.
»Schnell!«, rief er den Ankömmlingen entgegen. Ich glaube, ich weiß, um welches Gift es sich handelt. Hier ist das Gegenmittel.«
Ein Kichern wurde hörbar. Der Arzt merkte nun nach sieben Minuten, wie das Gift langsam sein Nervensystem lähmte. Er konnte nicht mehr gerade gehen, sondern taumelte wie ein Betrunkener auf den Mann mit der Spritze zu und lallte: »Ein angenehmes Gefühl, … meine Herren, … sollten Sie auch mal probieren.«

Schon hatte er die Spritze im Unterarm.
Seine Abwehr war schwach.
Er spürte, wie etwas Warmes seinen Arm hinaufkroch.
Verdammt! dachte er. Vielleicht haben die es doch noch geschafft.

Er erwachte in einer kleinen Zelle. Sein Oberkörper war nackt. Die Haut juckte. Er wollte sich kratzen. Seine Arme gehorchten ihm nicht mehr, und seine Beine waren an die Liege gefesselt. Den Kopf konnte er ein wenig nach links und rechts bewegen, auch den Oberkörper heben.
Er blickte an sich herunter und bemerkte, dass er nicht angeschnallt war. Panik ergriff ihn. Er war gelähmt. Die Beine konnte er keinen Millimeter bewegen, die Hände fühlten sich taub an. Verzweifelt versuchte er dagegen anzugehen, vergebens.
Die Tür öffnete sich. Ein Mann von ungefähr fünfzig Jahren trat ein. Er hatte den typischen Gesichtsausdruck des Henkers. Unverhohlene Freude blitzte aus seinen Augen. Eine große nach unten gekrümmte Nase steckte wie ein Schnabel in seinem Raubvogelschädel. Er witterte Beute. Seine dünnen langen Finger mit Gichtknoten an den Gelenken gruben sich in das Fleisch des Gefangenen wie die Krallen eines Habichts.
»Ich merke, wir sind aufgewacht«, kreischte er heiser. »Na, was für ein Gefühl ist das?« Er deutete auf Beine und Arme des Gefangenen.
Der Arzt stöhnte leise.
»Es kommt noch schlimmer«, lachte der Henker zynisch. »Die Lähmung schreitet voran. Erst sind nur Arme und Beine davon betroffen, dann aber bald auch die inneren Organe. Was das bedeutet, muss ich Ihnen als Arzt ja nicht sagen, oder?«
Er näherte sich dem linken Ohr des Gefangenen und flüsterte hinein: »Wir werden eine lange Zeit miteinander verbringen. Ich habe gehört, dass es Tage dauern kann, bis der Tod eintritt. Sie werden mich noch lieben lernen, denn ich werde der letzte Mensch sein, den Sie zu Gesicht bekommen. Da wir beide ein so vertrautes Verhältnis miteinander haben, wie darf ich sie nennen? Ich verspreche Ihnen, dass ich ihren Namen noch im Augenblick Ihres Todes aussprechen werde.«
Der Gefangene fand seine Beherrschung wieder. Er analysierte die Lage in aller Eile. Irgendetwas musste schief gelaufen sein. Das Gift konnten die wahrscheinlich nicht mehr vollständig neutralisieren, deshalb die Lähmungen. Sie hatten sicher nur eine Verzögerung erreicht. In diesem Stadium aber konnten sie ihm nicht das Wahrheitsserum spritzen. Die Belastung wäre zu groß für sein Herz gewesen. Also versuchten sie wohl auf diesem Wege noch was aus ihm herauszuholen, bevor er ihnen unter den Händen wegstarb. Das hieß: Er *musste* nichts verraten. Er konnte ihnen

erzählen, was er wollte. Sie würden es nie nachprüfen können. Ein überlegenes Grinsen machte sich auf seinem Gesicht breit.
»Was grinst du so?« Der Henker vergaß jede Etikette. Der Gefangene war nur noch ein Stück Fleisch für ihn, dem er die letzten Geheimnisse entlocken sollte. Das musste so schonend wie möglich erfolgen, verlangten jedenfalls seine Vorgesetzten. Er durfte nicht versagen, sonst lag er morgen ebenfalls hier. Fieberhaft überlegte er, wie er ein Geständnis erzwingen konnte, ohne den frühzeitigen Tod des Gefangenen zu riskieren.
»Wenn ich mit dir anfange, bleibt dir dein Grinsen im Halse stecken.«
Es klang nicht so glaubwürdig, wie er es gern gehabt hätte.
»Ich heiße Roman«, sagte der Arzt betont freundlich. »Wie darf ich dich nennen?«
Er hatte vor, den Henker durch Schmeicheleien von seinem eigentlichen Tun abzulenken. »Du hast doch sicher einen Namen, der deiner würdig ist.«
Eitelkeit war der Schwachpunkt der meisten Menschen. So wollte er Zeit gewinnen, denn er war sich nicht sicher, ob er die Folter durchstehen würde.
Der Henker ging auf die Schmeicheleien ein.
»Roman!«, wiederholte er. »Wie hübsch. Ich heiße Artemalus, weil ich die Kunst verstehe, dir Schmerzen zu bereiten.«
Natürlich war das nicht sein Name, aber er traf genau den Kern.
»Du musst wissen, ich habe mein Leben lang nichts anderes gelernt, als dieses Handwerk. Ich wäre auch gerne Arzt geworden, wie du, aber die Regierung hatte anderes mit mir vor.«
»So ein Kerl wie du, der versteht doch sicher viel von Anatomie. Du hättest einen guten Chirurgen abgegeben.«
»Das will ich meinen. Ich verstehe mehr davon als manch einer von euch.«
Er machte eine wegwerfende Handbewegung.
»Ich weiß, wie man einen Menschen bei Bewusstsein hält, auch wenn der Schmerz noch so stark ist.«
»Solche Leute wie dich könnten wir gebrauchen. Stattdessen lässt die Regierung dich hier verdümpeln«, hetzte Roman.
Artemalus badete sich in seiner Selbstverliebtheit und schien dabei die Zeit vergessen zu haben. Schon spürte Roman, wie die Lähmung seine Beckenorgane erreichte.
Ein Blick in Romans zufriedene Augen ließ den Henker jedoch den Plan durchschauen. »Das könnte dir so passen, zu krepieren, bevor ich mit dir fertig bin.«
Mit voller Wucht schlug er seinem wehrlosen Opfer die Faust auf die Brust. Roman stöhnte leise.
»Sieh an, da ist ja noch Leben drin«, meinte Artemalus.

»Na dann wollen wir mal loslegen. Das hier war nur ein Vorgeschmack.«
Er entfernte sich und schob einen Wagen mit Werkzeugen an die Pritsche.
»Ich weiß gar nicht, womit ich beginnen soll«, sagte er zynisch.
Liebkosend streichelte er alle Werkzeuge. Dann nahm er eine Zange in die Hand, hielt sie Roman dicht vor die Augen, wobei er sie demonstrativ öffnete und schloss.
»Ich könnte dir hiermit deine Eingeweide herausreißen. Aber nein, das ginge zu schnell. Vielleicht sollte ich deine Finger abknipsen und zwar einen nach dem anderen.«
Er näherte die Zange dem rechten kleinen Finger.
»Ach, ich vergaß! Du hättest ja gar nichts mehr davon. Deine Gliedmaßen sind ja schon taub. Das wäre doch nur der halbe Spaß, meinst du nicht auch? Wir müssen also etwas suchen, was dir noch Vergnügen bereitet.«
Die Zange fuhr den Bauch entlang nach oben zur Brust. Roman spürte zu seinem Leidwesen den kalten Stahl über seine nackte Haut gleiten. Er hatte gehofft, dass seine Nerven schon ein wenig unempfindlicher wären.
»Ah, was haben wir denn hier?«
Roman spürte, wie die Zange über seine Brustwarzen glitt.
»Das ist was, worüber sich mein Instrument freut.«
Roman zuckte zusammen.
»Vielleicht kommst du drum herum, wenn du mir einige Ident-Nummern nennst«, lockte Artemalus.
»Wir kennen uns nur mit unseren Vornamen«, antwortete Roman wahrheitsgemäß.
»Zu dumm!«
Artemalus machte ein schnalzendes Geräusch mit seiner Zunge.
»Wenn du dich weiter so zierst, wird bald nichts mehr von dir übrigbleiben. Wenn die Dinger da ab sind«, er deutete auf die Brustwarzen, »dann werde ich eine Schönheitsoperation an deinem Gesicht vornehmen.«
Er fuhr mit der Zange über das linke Ohr von Roman.
»Findest du nicht, dass deine Ohren abstehen? Und die Zähne sind schief. Igitt, igitt und diese Nase!«
»Aufhören!«, schrie Roman. »Ich weiß, dass ich sterben muss. Also was soll die Drohung? Ich werde nichts sagen.«
»Wirst du doch, wetten! Wenn wir erst bei den Augen sind, wirst du mich bitten, dich zu töten.«
Artemalus kam ihm auf einmal sehr nahe. Sein Gesicht berührte fast das seine. Da wagte Roman einen letzten Versuch, ihn aus der Reserve zu locken. Er spuckte diesem widerlichen Subjekt mitten ins Gesicht.
»Das hättest du lieber nicht tun sollen«, drohte Artemalus.

Er wischte den Speichel mit dem Ärmel aus seinem Gesicht, dann sagte er: »Du willst es nicht anders. Hier hast du einen kleinen Vorgeschmack von dem, was kommt.«
Die Zange suchte das linke Ohrläppchen von Roman und im nächsten Moment hing es zwischen beiden Greifern.
Roman spürte den brennenden Schmerz. Blut lief seinen Hals hinunter.
»Also: Was ist? Wenn du die Ident-Nummern deiner Freunde nicht kennst, so weißt du doch sicher, was hier gespielt wird, oder?«
Roman dachte sich den Schmerz weg. Das hatte er in seiner Ausbildung gelernt. Er tat so, als würde er seinen Peiniger nicht verstehen. Beruhigt stellte er fest, wie sich ein warmes Gefühl in seiner Brust breitmachte. Er registrierte mit Freude, dass das Gift schon fast bis zum Herzen vorgedrungen war. Es würde nicht mehr lange dauern. Wenn er es schaffte, diesen Henker noch einmal aus der Reserve zu locken, so würde der dazu beitragen, dass es noch schneller ging. Also stellte er sich taub.
»Kannst du mich nicht verstehen, oder willst du mich nicht verstehen?«
Artemalus setzte die Zange an das rechte Ohrläppchen und wollte eben zudrücken, als die Tür aufgestoßen wurde und ein leitender Offizier den Raum betrat.
»Mensch, sind Sie verrückt geworden? So kriegen Sie nichts aus dem raus. Setzen Sie sich hin und lernen Sie.« Er deutete auf den Hocker, der neben der Pritsche stand. Dann näherte er sich dem Gefangenen.
»Lange kann ich meinen Untergebenen nicht mehr zurückhalten«, sagte er scheinheilig. »Wenn der mal Blut gerochen hat, ist er nicht mehr zu bremsen. Aber wir können das ja vermeiden. Ich bin nicht für rohe Gewalt. Wenn Sie mir jetzt sagen, was Sie wissen, werde ich dafür sorgen, dass sie einen schnellen Tod haben. Das verspreche ich Ihnen.«
Er sah Roman nicht an, sondern spielte stattdessen mit seinen weiß behandschuhten Fingern. »Ansonsten werden wir Sie hier wohl in Einzelteilen herausbringen müssen.«
Roman betete insgeheim, dass es schnell gehen möge. Er wollte diesen Individuen, die sich Menschen nannten, nicht die Genugtuung eines Triumphes geben. Jetzt, gerade jetzt in diesem Augenblick, als die Lähmung fast sein gesamtes Nervensystem befallen hatte, sah er klarer als jemals zuvor. Ihre heilige Mission musste um jeden Preis vor diesen Menschen geschützt werden. Er musste durchhalten. Also mobilisierte er noch einmal all seine Kräfte.
»Es lebe die Revolution!«, schrie er so laut er konnte. »Nieder mit diesem korrupten Staat.«
Artemalus nahm die Zange, die er noch in der Hand hielt und schlug ihm diese mit voller Wucht über seinen Schädel. »Was fällt dir ein? Du billiges

Stück Fleisch«, gab er seiner Wut über die Schmähung des Staates Ausdruck.
Roman gab einen glucksenden Laut von sich, der fast wie ein Seufzer der Erleichterung klang, dann bäumte er sich noch einmal auf und sackte zusammen. Das Kopfteil der Liege färbte sich in Sekundenschnelle rot.
»Sind Sie verrückt geworden, Mann?«, brüllte der Offizier erneut die Frage und schlug seinem Henker mitten ins Gesicht. »Das werden Sie teuer bezahlen. Sorgen Sie dafür, dass der Leichnam entsorgt wird. Ich erwarte von Ihnen, dass Sie Ihren Fehler korrigieren und zwar sobald wie möglich. Wegtreten!«
Artemalus entfernte sich, ohne ein weiteres Wort fallen zu lassen.
Der Offizier zog sich betont langsam die weißen Handschuhe aus. Nichts als Schwierigkeiten gab es mit den Untergebenen. Er sah hinüber zur Liege. So eine Sauerei! Und wofür? Das Geheimnis hatte dieser Arzt mit in sein Grab genommen. Wenn er nur wüsste, was hier gespielt wurde. Vielleicht waren sie alle schon in Gefahr. Er hatte nicht den Schimmer einer Ahnung. Nichts hatte er in der Hand. Und sein Vorgesetzter saß ihm im Nacken. Wenn es nach dem ginge, hätte er die Ergebnisse schon gestern bringen sollen. Er musste etwas liefern. Falls nicht anders möglich, musste er sich eben etwas aus der Nase ziehen. Er brauchte ein Bauernopfer.
Da fiel ihm Artemalus wieder ein. Hatte der nicht in letzter Zeit nur geschlampt? Er konnte sich nicht erinnern, wann er zuletzt einen brauchbaren Hinweis von ihm bekommen hatte. Auf einmal wusste er, was er zu tun hatte.

»Und Sie sind sicher, dass dieser Artemalus hinter dem Ganzen steckt?«, argwöhnte der Gouverneur.
»Ich bitte Sie. Das ist doch offensichtlich. Seit Monaten verhört er Verdächtige und nicht einmal haben wir von ihm irgendetwas erfahren, was uns weitergebracht hätte. Erst heute hat er einem Gefangenen vor meinen Augen den Schädel gespalten, ehe ich ihn verhören konnte. Es machte auf mich den Eindruck, als wollte er nicht, dass ich die Wahrheit erfahre, weil er sich damit selbst belastet hätte.«
»Wenn Sie recht haben, dann sind wir ein gutes Stück weiter«, klang der Gouverneur zufrieden. »Lassen Sie den Mann verhaften. Mit ein wenig Geduld werden wir die Wahrheit schon aus ihm herausholen. Gut gemacht, mein Lieber.« Er klopfte seinem Untergebenen anerkennend auf die Schulter.
Artemalus wurde verhaftet, doch bevor man ihm die Wahrheitsdroge verabreichen konnte, löste sich im Gerangel ein Schuss aus der Strahlenpistole des Offiziers und traf ihn tödlich.

Was für ein Missgeschick! Nun stand die Regierung wieder am Anfang.

*

M0111 hatte heute Spätdienst. Es blieb ihm also noch etwas Zeit, über die Dinge, die er gesehen hatte, nachzudenken und sich die Datei mit dem Namen »Virus2056« ein zweites Mal anzuschauen. Er musste das erst einmal verdauen.
Dieses Regime hatte sechs Milliarden Menschen auf dem Gewissen. Und obwohl er ein erbärmlicher Feigling war, fand er, dass etwas geschehen musste. Er konnte dieses ungeheuerliche Wissen nicht für sich behalten. Er musste es mit jemandem teilen. Wem konnte er vertrauen? Eigentlich niemandem! Das erste Mal kam ihm zu Bewusstsein, dass er allein war. Er entschloss sich, dem einzigen Menschen davon Mitteilung zu machen, den er für selbstlos und ehrlich hielt – F6103.

Als er sie anrief, machte er ihr unmissverständlich klar, dass es um Leben und Tod ging. Sie spürte an seinem Tonfall, dass etwas geschehen war. Er sprach abgehackt und hastig, so, wie sie ihn noch nie erlebt hatte, also erklärte sie sich zu einem Gespräch bereit, wollte aber nicht allein kommen, sondern mit einem Freund, wie sie sagte. Ihm war es recht, wenn er nur das loswerden konnte, was ihm so auf der Seele brannte.
Sie kam mit Marvin. Beide trafen sich in der Cafeteria der Uni mit M0111 und suchten sofort eine Bank im Außenbereich, um ungestört reden zu können, das heißt: Die meiste Zeit redete M0111. Marvin und sie hörten nur zu. Dabei hatte der Mann einen irren Blick. Den hatte er zwar immer, aber heute war er besonders stark. Seine Augen quollen hervor, als stünde er unter Drogen.
Messira und Marvin hörten sich an, was M0111 zu sagen hatte. Sie unterbrachen ihn kein einziges Mal. Auch Marvin hatte schon davon gehört, dass die Regierung mit Menschen Experimente durchführte, er hatte aber immer an Folterungen, Rückführungen oder andere Manipulationen am Gehirn, nicht an Versuche mit Keimzellen gedacht. Aber das war noch nicht alles, was der Mann ihnen mitteilte.
Mit zittrigen Händen betätigte er sein Tech-Wear und zeigte ihnen einen Text.
»Den habe ich durch Zufall in einer verschlüsselten Datei gefunden«, sagte er.
Marvin las: »Im Jahre 2056 war die Welt an ihrem Ende angelangt und drohte unterzugehen. Die Stammzellenforschung ermöglichte es, für jeden Menschen so viele Organe zu züchten, wie er benötigte. Jeder lebende

Mensch verfügte über sein eigenes Organ-Ersatzteillager, das er bei Bedarf in Anspruch nahm. Menschen waren körperliche und geistige Krüppel. Die Menschheit wurde von Jahr zu Jahr schwächer und kränkelte. Sie siechte ihrem Tode entgegen und wurde von sieben Geißeln beherrscht:

1. Überbevölkerung,
2. Klimaerwärmung,
3. Hungersnot,
4. Kreislauferkrankungen und Krebs,
5. Kriege um Trinkwasser,
6. Verdummung der Massen durch ein übergroßes Medienangebot,
7. Massenarbeitslosigkeit und Bildungsnotstand.

Zu diesem Zeitpunkt schlossen sich alle Weltregierungen zusammen und bildeten unsere heutigen dreißig Stadtstaaten, die von Metropolis zentral verwaltet wurden und heute noch werden. Es galt einen einzigen Feind zu besiegen – die Menschheit selbst. Das war nicht einfach, denn die Menschen verteidigten ihre Individualität und ihre nationalen Interessen aufs Schärfste.

Ohne Gewalt ging es nicht. Die Forschung war im Begriff, in eine Sackgasse zu geraten. Sie ging von einem falschen Ansatz aus. Diese wandelnden Ersatzteillager waren eine Schande und mussten von unserem Planeten verschwinden. Fortpflanzen sollte sich nur der, dessen Gene intakt und stark waren.

Die Delegierten aller Staaten waren sich einig, dass eine Auslese getroffen werden musste Das menschliche Genom war Jahre zuvor entschlüsselt worden, also konnte jeder Bürger unter einem Vorwand untersucht und seine genetische Struktur vom Computer erfasst werden. Nur wer in allen Bereichen der Norm entsprach, sollte die Chance bekommen, weiterzuleben.

Die Auswahl oblag dem Masterprogramm HERA.

Akribisch wurden unter Berücksichtigung von Alter, Geschlecht, Bildungsstand, physischer Konstitution, genetischer Robustheit und psychischer Belastbarkeit sechs von sieben Menschen mit einem tödlichen Virus beimpft. Das Virus war wirtsspezifisch. So wie es Kontakt mit seinem Wirt aufgenommen hatte, wurde es auf dessen DNA geprägt. Seine äußere Hülle zerstörte sich von selbst, wenn es an die Luft oder versehentlich in einen anderen Wirt gelangte, also auch, wenn sein Wirt starb. Es wirkte wie ein Giftstoff, der nicht ansteckend ist. Das auserwählte Siebtel bekam ein Placebo.

Die Impfungen begannen am 10. Dezember und zogen sich bis Ende März des Jahres 2057 hin.

Als die ersten Menschen erkrankten und starben, gaukelte die damalige Regierung der Bevölkerung einen Unfall vor. Es hieß, dass ein tödliches Virus aus staatlichen Laboratorien entwichen sei.
In wenigen Monaten hatte sich die Weltbevölkerung auf eine Milliarde gesundgeschrumpft.
Diese wenigen Überlebenden waren dem Staat dankbar für ihre scheinbare Rettung. Sie sind unsere Vorfahren. Nur durch das beherzte Eingreifen des Staates gelang es, die Menschheit zu retten.«

»Haben Sie verstanden?«, fragte M0111.
Als er die bestürzten Gesichter der beiden sah, löschte er den gefährlichen Inhalt der Botschaft von seinem Rechner. Marvin und Messira schauten sich an. Was bedeutete das? Hieß das, dass alle Menschen, die heute lebten, von denen abstammten, die vor dreihundert Jahren von HERA ausgewählt worden waren? Waren alle Menschen HERAs Kinder? Stimmte es, dass die Regierung vor dreihundert Jahren sechs Milliarden Menschen getötet hatte?
Selbst Marvin, der sonst um Worte nicht verlegen war, musste sich eingestehen, dass ihm angesichts dieser Tatsache die Worte fehlten. Was passierte hier unter ihrer aller Augen? Wie korrupt musste ein Staat sein, der seinen Bürgern das antat?
Messira begriff zuerst nicht, dann aber änderte sich schlagartig ihre Stimmung. Sie sagte kein Wort. Während Tränen ihre Wangen herunterliefen, stand sie steif und starr da und rührte sich keinen Millimeter. Marvin hatte sich zuerst wieder gefangen. Er erkannte, dass der Mann vor ihm einfach alles loswerden musste, was er nicht allein verarbeiten konnte.
»Ich bin kein Psychiater«, sagte er. »Ich kann Sie nicht von diesem Trauma, das Sie erlebt haben befreien.«
M0111 starrte ihn mit irrem Blick an. »Es reicht mir schon, dass Sie mir zugehört haben. Sie werden wissen, was zu tun ist.«
Messira fand, dass dies heute nicht sein erster vernünftiger Satz war, und er fügte sogar noch einige weitere hinzu.
»Ich war im Begriff, die Bewegung zu verraten. In meinem Leben habe ich schon viel getan, worauf ich nicht stolz sein kann, aber das, was ich heute gesehen habe, übertrifft an Boshaftigkeit und Menschenverachtung alles, was ich mir je ausmalen hätte können. Ich weiß, dass der Staat keine Mitwisser duldet. Über kurz oder lang würde ich mich selbst verraten. Mein Leben ist verwirkt, aber das ist mir egal. Ich kann mit diesem Wissen nicht weiterleben. Ich musste es Ihnen anvertrauen, denn ich weiß, Sie werden dafür sorgen, dass all das hier nicht ungehört bleibt. Ich schaffe das nicht, weil ich ein erbärmlicher Feigling bin.«

Noch ehe beide etwas sagen konnten, stand er auf, hetzte an ihnen vorbei und lief auf die Straße. Was hatte er vor? Er brauchte jetzt dringend psychologischen Beistand, also liefen sie ihm nach.
Vor dem Unigebäude wurde es laut. Bremsen quietschten, Reifen kamen zum Stillstand. Der Fahrer eines Schwerlasttransporters stieg aus seinem Fond und schrie aufgeregt: »Er ist mir direkt in den Wagen gelaufen!«
Die Front des Lasters war total verbeult. Unter den Vorderrädern lag eine blutüberströmte Gestalt. Der Mann lebte noch. Messira kniete sich zu ihm nieder. Seine Augen flackerten wild.
»Verzeihen Sie mir!«, sagte er, und sie wusste, was er damit meinte. Sie gab ihm ein Zeichen, nicht zu reden, hob seinen zertrümmerten Schädel vom Boden hoch und hielt in fest in ihren Händen. Noch einmal flog sein Blick zu ihr. Um ihren Kopf herum sah er ein Leuchten, und der Geruch von Vanille intensivierte sich.
»Du bist ein Engel«, flüsterte er mit ersterbender Stimme und versuchte seine Hand nach ihrem Haar auszustrecken, doch er schaffte es nur bis zur Hälfte, dann fiel die Hand herab. »Gib Acht, dass sie dich nicht fassen.«
Dann sackte sein Kopf zur Seite.
Er war tot.
Die Passanten um sie herum bildeten eine neugierige Kette. Keiner außer dem Fahrer aber zeigte Emotionen. Der brach völlig zusammen und rief immer wieder: »Ich konnte nicht mehr bremsen.«
Messira und Marvin wussten, dass M0111 nicht mehr klar bei Verstand gewesen war. Das gaben sie bei der Vernehmung durch die Polizei zu Protokoll. Niemand zweifelte ihre Aussage an.
Ein Arzt stellte den Tod von M0111 fest. Er entfernte das Armband und schnitt den Chip aus dem Oberarm des Mannes.
Die Unfallstelle wurde so schnell wie möglich geräumt.
Der Leichen-Entsorger vaporisierte mit seiner Strahlenpistole die sterblichen Überreste von M0111.
Alles musste sehr schnell gehen, denn der Körper behinderte den Straßenverkehr.
Von M0111 blieb nichts weiter übrig, als ein kleiner Haufen Asche.
Auf diesen stürzte sich gierig der Kehrroboter, der dem Geschehen am nächsten stand und saugte ihn in sich hinein.
Ein dunkler öliger Fleck auf dem Asphalt war alles, was an den Mann noch erinnerte. Bis der in der Sonne verdunstet war, würde es wohl noch einige Zeit dauern.
Danach würde nichts mehr an die Existenz von M0111 erinnern.

STAUSTUFEN

Eine bestandene Prüfung ist ein Ereignis, das gebührend gefeiert werden sollte. Doch sie ist kein Grund, sich darauf auszuruhen. Jetzt beginnt ein neuer Lebensabschnitt mit neuen Herausforderungen.
Ein Fluss kann auf zweierlei Art gestaut werden: 1. auf natürlichem Wege, wie zum Beispiel durch einen Erdrutsch. Ist das Flussufer steil genug, können Erde und Geröll der Schwerkraft folgend - durch zu starken Regen oder wenn der Schnee schmilzt - den Hang herunterrutschen. Wird durch diesen Erdrutsch der Abfluss behindert, kommt es an dieser Stelle zu einem Stau. 2. Eine Staustufe kann auch vom Menschen künstlich hervorgerufen werden, wenn ein Gewässer größere Höhenunterschiede aufweist. Die Staustufe dient in diesem Fall der Regelung des Wasserstandes. Sie besteht aus Wehr und Schleuse. Die Schleusen ermöglichen der Schifffahrt die Überwindung des Höhenunterschiedes. Bei geschlossenen Schleusentoren lässt sich der Wasserspiegel in der Schleusenkammer heben oder senken. Hierfür ist keine Pumpe nötig. Ist der jeweilige Wasserspiegel erreicht, wird das abgrenzende Schleusentor geöffnet und die Schiffe können aus der Schleusenkammer in den angrenzenden Gewässerabschnitt ausfahren oder aus diesem in die Schleuse einfahren.
Gestautes Wasser ist gefangenes Wasser. Es kann keine neuen Informationen mehr aufnehmen. Wird ein Fluss auf natürlichem Wege, zum Beispiel durch einen Erdrutsch gestaut, gelingt es einem gewissen Teil des Wassers, den Stau zu umfließen. Bei einem künstlich hervorgerufenen Stau in einer Schleuse, muss das Wasser warten, bis die Schleusentore geöffnet werden. Aber auch hier läuft eine kleine Menge an Wasser durch ein paralleles Wehr ab, wenn es nicht zum Stauen benötigt wird.

***

Die Staatssicherheit saß in einer Sackgasse. Ein Aufatmen ging durch die Reihen der Rebellen. Seit einigen Monaten ließ die Geheimpolizei sich weder hören noch sehen. Aber Vorsicht! Niemand konnte wissen, wann es zu neuen Untersuchungen kam.
Mit Roman hatte die Bewegung ein wertvolles Mitglied verloren. Der Arzt hinterließ eine große Lücke. Niemand wollte riskieren, weitere Männer und Frauen zu verlieren, also wurde jede Aktion noch sorgfältiger vorbereitet als sonst.
Nicht alle Entdeckungen von M0111 kamen überraschend. Man hatte schon lange vermutet, dass die Regierung mit dem Erbgut experimentierte,

wenn auch nicht in dieser Schärfe. Dass sie aber die Unverfrorenheit hatte, ihre »Kreationen« mitten im Herzen der Stadt, im größten Krankenhaus unterzubringen, passte genau in das Bild dieses menschenverachtenden Systems.
Die Erkenntnis aber, dass alle lebenden Menschen ihre Existenz einer großen Massentötung verdankten, wog so schwer, dass niemand vom Widerstand dies ohne Reaktion hinnehmen wollte. Es musste etwas geschehen. Nur allein mit friedlichem Protest und dem Anbringen von Plakaten war es nicht mehr getan. Der Widerstand trat in eine neue Phase ein. Man diskutierte offen darüber, Gewalt anzuwenden. Etwas zu ahnen ist eine Sache, aber definitiv zu wissen, dass es existiert, eine andere. Niemand konnte so tun, als würde das Problem sich von selbst lösen. Diese Regierung musste so schnell wie möglich gestürzt werden. Also rief man eine außerplanmäßige Versammlung in Metropolis ein.

Messira konnte an dem Treffen der Freunde nicht teilnehmen, weil sie von der Regierung angefordert wurde.
Am 20. März des Jahres 2361 erhielt sie eine Nachricht von der Universität. Diese musste sie dreimal lesen, bevor sie das Ungeheuerliche glauben konnte. »SIE HABEN SICH UNVERZÜGLICH NACH ARGENTINA ZU BEGEBEN UND IHR STUDIUM AN DER UNIVERSITÄT BUENOS AIRES ABZUSCHLIESSEN. ES IST IHNEN NICHT GESTATTET, FÜR DIE LETZTEN DREI MONATE IHRES STUDIUMS DIE STADT ZU VERLASSEN.«
Auch wenn es ihr nicht passte, hatte sie dem Ruf zu folgen. Wie aber sollte sie David erklären, dass sich beide ein Vierteljahr nicht sehen konnten und vielleicht nach dieser Zeit ebenfalls nicht? Wenn es dem Staat passte, so schickte er sie nach ihrem Studium ans andere Ende der Welt.
Es war wohl besser, die Beziehung mit David vorerst auf Eis zu legen. Aber warum missfiel ihr dieser Gedanke? Sie hatte bemerkt, dass David inzwischen ein Teil von ihr geworden war. Über all die Jahre hatte sich eine Vertrautheit zwischen ihnen aufgebaut, die den Stellenwert eines Lieblingskleides hatte, das man zwar nicht jeden Tag anzog, aber doch an Sonn- oder Feiertagen oder zu einem anderen festlichen Anlass. Was half es? Sie musste einen Schlussstrich ziehen, bevor beide an einer Fernbeziehung zerbrachen.
Am Sonntag kam sie wie immer verspätet. David saß mit einem Glas Wein und einer Blondine an der Bar.
»Ich muss mit dir reden – allein«, sagte sie.
David schenkte ihr scheinbar keine Beachtung, aber aus den Augenwinkeln heraus konnte sie beobachten, wie der Kopf der leicht bekleideten Frau an

seiner Seite in ihre Richtung schwenkte und die Wasserstoffmähne der stark Geschminkten ins Schleudern geriet. Tellerförmige wasserhelle Augen saugten sich an Messira fest. Mit katzenhaft fließenden Bewegungen umklammerten ihre Arme Davids Rücken fester, und ihr Körper presste sich näher an ihn heran. Aufdringlich flackerte sie mit ihren künstlich verlängerten Wimpern. Ihr Mund formte sich zu einem kleinen spitzen himbeerfarbenen Ring und suchte Davids Lippen. Der schob sie vorsichtig von sich weg, schenkte ihr sein schönstes Lächeln und sagte mit sanfter Stimme

»Würdest du uns bitte allein lassen, Süße?«

Messira zuckte bei diesen Worten zusammen, war aber bemüht, ihn das nicht merken zu lassen. Die Lippen der Blonden verzogen sich zu einem Schmollmund, aber auch der konnte nicht verhindern, dass David nun seine Aufmerksamkeit Messira zuwandte. Maulend erhob sich das blonde Gift. Schnell ihre Chance suchend, küsste sie David auffällig lange auf die Wange. Dann schickte sie sich betont langsam an, die Bar zu verlassen, nicht ohne der eben aufgetauchten Widersacherin noch einen vernichtenden Abschiedsblick zuzuwerfen, wobei sich ihr künstlich aufpoliertes Gesicht zu einer hässlichen Grimasse verzog.

Messira wurde von Eifersucht geplagt, obwohl sie fand, dass der Typ Frau so gar nicht zu David passte. Provokativ beugte sie sich zu ihm hinunter und sagte, wobei sie sich aus den Augenwinkeln vergewisserte, dass ihre Nebenbuhlerin es noch sehen und hören konnte: »Verzeih die Verspätung, Liebster.« Sie machte Anstalten, ihn zu küssen, denn die Blonde sollte sich keinen falschen Hoffnungen hingeben.

Sonst klappte das immer, aber heute schien David etwas beleidigt. Sie erschrak, als er sich von ihr abwandte. Die Blonde registrierte es bei ihrem Abgang mit heimlicher Freude.

»Du bist mir wegen der paar Minuten nicht etwa böse, oder?« Messira bediente sich eines betont lockeren Tons. Um das noch zu unterstreichen, knuffte sie ihn freundschaftlich in die linke Seite.

Er schien gänzlich ungerührt und ignorierte ihre Bemerkung. »Was wolltest du mir sagen?«, lenkte er stattdessen ab.

»Nicht hier. Lass uns in unser Zimmer gehen, falls das noch frei ist.«

In all den Jahren ihres Zusammenseins versuchten sie das Zimmer zu bekommen, in dem sie sich das erste Mal geliebt hatten. Nicht immer klappte das, aber die Chancen standen heute gut, denn es war nicht viel los im Liebeszentrum.

Ein endloser Flur kroch vor ihnen her, träge, wie ein vollgefressener Wurm. Messiras Gedanken kamen und gingen wie Blitzlichtgewitter. Was passierte nach ihrer Prüfung? Würde sie je wieder in Metropolis eingesetzt werden?

Würde sie von der Bewegung angefordert? Vielleicht als Bote? Oder würde man von ihr verlangen, dass sie ins Outback übersiedelte, was offiziell ihren Tod bedeutete? Wie sollte sie David das beibringen? Konnte sie ihm vertrauen?
»Was gibt es so Wichtiges? Ist es wegen der kleinen Blonden? Das war doch nur Show. Du weißt, dass ich keine andere Frau anschaue«, sagte David, der in ihrem Gesicht zu lesen versuchte.
Ein triumphierendes Lächeln erhellte ihr Gesicht. Also doch! Sie hatte richtig vermutet. Mit der Blonden wollte er sie nur eifersüchtig machen. Sie wusste, dass er einzig und allein nur sie liebte. Aber das machte die Sache umso schwieriger. Wäre da nicht ihre Eitelkeit gewesen, sie hätte ihn in die Arme der Blondine getrieben, um ihm ein leichteres Vergessen zu ermöglichen.
Warum nur störte es sie, dass sich eine andere Frau für ihn interessierte? Sie hatte doch keine Gefühle für ihn, oder? Sowie sie ihren Raum erreicht hatten, goss er sich als erstes ein Glas Champagner ein. Das brauchte er jetzt, denn er hatte keine guten Vorahnungen.
»Das blonde Gift interessiert mich nicht«, meinte Messira selbstbewusst. »Nein, es geht um etwas anderes.«
Ihr Blick saugte sich an den Einrichtungsgegenständen fest. David ließ sie keinen Augenblick aus den Augen. Es schien ihm so, als wollte sie alles in ihrem Gehirn abspeichern. Aber warum? Dachte sie an die vielen Nächte, die sie beide in diesem Bett verbracht hatten? Erinnerte sie sich an jede Träne, jeden Streit, aber auch an jede Versöhnung? Spürte sie die Liebe, das Verlangen, das sie beide verband? Oder war es etwas ganz anderes, das sie bewegte? Angst ergriff Besitz von ihm. Messira sah seine Augen und wusste auf einmal, dass es nicht leicht werden würde. Nicht einfach für sie und auch nicht für ihn.
»Ich weiß nicht, wie ich's sagen soll«, gestand sie.
Etwas in ihrer Stimme irritierte ihn. Konnte es sein? Nein, daran durfte und wollte er nicht denken. Er fasste sie hart am Arm.
»Was willst du mir sagen? Das hört sich ja fast so an wie ein, … wie ein …« Abschied wollte er sagen, aber das Wort blieb ihm im Halse stecken.
»Du kannst es ruhig aussprechen«, half sie ihm. »… Wie ein Abschied!«
»Nein!« Sein gequälter Blick traf sie mitten ins Herz. Diese Augen, die ihr so vertraut waren, schauten so fremd, so feindselig, dass sie glaubte, sie spielten mit dem Gedanken, sie zu vernichten, wenn sie nur in der Lage dazu gewesen wären. Sie spürte, dass David sie nicht loslassen wollte, nicht loslassen konnte.
»Ich stehe kurz vor meiner Prüfung, und die Regierung schickt mich nach Argentina.«

Nun war es heraus. Sie wartete auf seine Reaktion.
»Nach Argentina!«, wiederholte er, und sie erkannte seine Stimme nicht wieder.
»Ja, so ist es. Es liegt nicht in meiner Hand.«
Er brauchte ein wenig, dann gab er zu bedenken: »Argentina liegt doch nicht aus der Welt.« Ein Glück, dass ihm das eingefallen war. »Wieso können wir uns nicht weiter jede Woche treffen?«
»Ich darf mich nicht von dort entfernen«, stöhnte sie, und die Qual drückte ihr fast die Kehle zu. »Ich will dir keine Hoffnungen machen. Ich werde viel zu tun haben. Die Prüfung, du verstehst! Ich werde kaum Zeit für dich haben.«
Nein! Er verstand nicht. Zwölf Jahre kannte er sie nun schon und dennoch verstand er sie noch immer nicht.
»Quatsch!«, schrie er und meinte damit, sie umstimmen zu können. »Du brauchst mich, und ich brauche dich. Einer kann ohne den anderen nicht sein. Das weißt du.«
Ihre Augen wurden feucht. Wenn sie es bis vor wenigen Minuten noch nicht gewusst hatte, jetzt in diesem Augenblick aber wurde ihr schlagartig klar, dass er recht hatte. Sie brauchten einander. Und dennoch durfte es nicht sein. Sie nahm sein Gesicht in ihre Hände und zwang ihn, sie anzusehen. So als hätte sie ein kleines Kind vor sich, küsste sie ihn auf Stirn und Mund.
»Ich weiß«, hauchte sie. »Und gerade deshalb müssen wir uns trennen. Ich tu dir nicht gut.«
»Was gut für mich ist, bestimme noch immer ich allein«, schrie er. Es sollte selbstbewusst klingen, aber er spürte, wie sein Widerstand erlahmte. Fieberhaft suchte er nach einem Ausweg, denn er war noch nicht bereit, aufzugeben.
»David, mach es mir nicht so schwer!«, schluchzte sie gequält.
In einem Anfall von Verzweiflung riss er sie an sich, bedeckte ihr Gesicht mit Küssen, warf sie ungestüm aufs Bett, streichelte sie und schrie: »Kannst du das vergessen? Willst du das vergessen?«
»Nein, nicht vergessen, in meinem Herzen bewahren«, sagte sie, als er ihr die Gelegenheit dazu gab.
»Hör dir zuerst an, welchen Vorschlag ich habe«, versuchte er einen letzten verzweifelten Vorstoß. »Ich komme zu dir. Wir treffen uns in Argentina. Meine Arbeit nimmt mich im Moment nicht so in Anspruch. Ich mache mich auch ganz klein, damit du in Ruhe lernen kannst. Nur lass mich in deiner Nähe sein, … bitte!«
Es war fast schon grotesk, wie dieser gestandene Mann darum bettelte, von ihr geliebt zu werden.

Sein Vorschlag klang gar nicht so übel. Er setzte aber voraus, dass beide sich vertrauten und ihre Identitäten preisgaben. Bei diesem Gedanken bekam Messira Magenschmerzen. Sie hatte sich mit David auch deshalb so gut verstanden, weil jeder von ihnen seine Eigenständigkeit bewahrt hatte. Sie gingen ihren Weg, ohne dem anderen Rechenschaft schuldig zu sein. Was käme als nächstes?
Nach diesen drei Monaten könnte David auf die Idee kommen, mit ihr zusammenzuziehen. Wollte sie das? Das Heim musste sie sowieso verlassen, wenn sie ihre Ausbildung beendet hatte. Es war zwar ein reizvoller Gedanke, mit David zusammenzuleben, aber sie begab sich damit auch in eine Abhängigkeit zu ihm. Er war acht Jahre älter als sie, hatte also schon in seinem Beruf Fuß gefasst und war in allen Dingen weiter als sie. Sie strebte ihre Unabhängigkeit erst an und wollte diese, wenn es soweit war, auch genießen können, ehe sie sich in eine Beziehung stürzte, von der sie nicht wusste, was sie ihr brachte. Außerdem war sie nicht der Typ, der sich einem anderen freiwillig öffnete. Ihre Eigenständigkeit ging ihr über alles, und ihre Liebe zu David war nicht so groß, dass sie diese dafür opfern wollte.
»Ich weiß nicht«, bekannte sie deshalb. »Dein Vorschlag gefällt mir, aber ich habe Bedenken, dir zu erzählen, woher ich komme und was ich tue.«
Nach all den gemeinsamen Jahren vertraute sie ihm noch immer nicht. Das machte ihn wütend. Was war er für sie? Ein Spielzeug, das man in die Ecke legte, wenn einem danach war?
So schnell wie sein Grimm gekommen war, verflog er auch wieder, denn seine Angst, sie zu verlieren, war größer als seine Selbstachtung, also lenkte er ein: »Ich dachte, wir wären ein altes Ehepaar? Wenn wir uns nicht vertrauen, wer dann? Warum zögerst du?«
Sie musste ihm recht geben. Niemand kannte sie so gut wie er. Also fiel sie ins andere Extrem und erzählte ihm alles von sich. Nur den Teil mit der Bewegung, den ließ sie aus. Irgendetwas sagte ihr, dass es nicht gut war, sich zu weit aus dem Fenster zu lehnen.
Auch er legte seine Karten auf den Tisch. Sie erfuhr, dass er Elektroniker war und dachte, wie wertvoll er für den Widerstand sein könnte. Über seine Kindheit konnte er nur berichten, dass er durch eine lange Krankheit in einem Heim aufgewachsen war. An seine Familie konnte er sich kaum erinnern. Nur das liebevolle Gesicht seiner Mutter verfolgte ihn manchmal in seinen Träumen.
Wahrscheinlich ist er mir so nah, dachte Messira, weil unsere Schicksale sich gleichen.
»Ich möchte dich begleiten, wenn du das erste Mal nach Argentina fliegst«, sagte er, und es war keine Bitte.

Messira, die es eigentlich gewohnt war, alles allein zu regeln, sagte spontan zu, denn der Gedanke, ohne ihn für längere Zeit in eine andere Stadt gehen zu müssen, behagte ihr nicht. Sie war zwar in ihrem Leben schon viel gereist, aber immer nur für ein oder zwei Tage. Länger hatte sie sich nie von zu Hause entfernt.

Am nächsten Tag saßen beide im Container. David hatte sich drei Tage Urlaub genommen. Sein Chef hatte seinem Gesuch überraschend schnell zugestimmt. Er wollte sich vor Ort gemeinsam mit Messira um ein Zimmer bemühen, das nahe an der Uni lag. Sie hatten nicht viel Gepäck dabei.

Während des einstündigen Fluges sprachen sie kein einziges Wort miteinander. Beide gingen noch einmal die Möglichkeiten durch, die sich ihnen in der nächsten Zeit boten. Wochenendliebe? Aufsuchen eines neuen Wirkungsbereiches für David und Umsiedlung nach Argentina? Dann doch lieber die Wochenendliebe, denn nach diesen drei Monaten sah die Welt vielleicht schon wieder ganz anders aus.

Argentina war nur dünn besiedelt und bestand hauptsächlich aus Weideflächen und anderen landwirtschaftlich genutzten Gebieten. Größere Siedlungen gab es nur in Buenos Aires und Cordoba. Die Uni lag im Stadtteil Buenos Aires. Hier führte der Energiewall über hunderte von Kilometern direkt an der Atlantikküste entlang. Im Norden grenzte die Stadt an das Gebiet von Bolivia-Paraguay, im Westen an die Anden und im Süden ging es hinunter bis nach Feuerland. Das Gebiet westlich der Anden, im ehemaligen Chile, lag vollständig im Outback.

Hier sah es ganz anders aus, als Messira geglaubt hatte. Die Straßen waren im Gegensatz zu Metropolis belebter. Unterwegs trafen sie auf viele Menschen. Manchmal waren diese Menschen sogar miteinander im Gespräch vertieft. Konnte es sein, dass man im Süden noch nicht ganz das Gespür dafür verloren hatte, was Leben heißt? In Metropolis wäre es undenkbar gewesen, dass das öffentliche Leben sich auf den Straßen abspielte. Dort existierte es nur in den Innenbereichen oder auch in großen Freizeitparks. Die Straßen waren tot.

Da es drückend heiß war, mieden die Menschen die Mittagsstunden. Das Leben explodierte erst so richtig zum Abend hin. Messira und David mischten sich mitten hinein in das bunte Treiben. Sie entdeckte ihren Liebhaber, den sie über viele Jahre glaubte gekannt zu haben und von dem sie meinte, dass sie alles von ihm wusste, auf eine völlig neue Art und Weise.

Beide gingen Hand in Hand durch die Mals. Messira spürte dieses Glücksgefühl im Nacken, das sie sonst nur erlebte, wenn sie ein gutes Buch las. Sie genoss Davids Nähe, seine Wärme, seine Stimme, seinen Gang, sein

Lächeln, einfach alles an ihm, und sie ertappte sich dabei, dass sie meinte, es wäre schon immer so gewesen und würde in alle Ewigkeit so weitergehen.
Als sie sich an der Uni anmeldete, stellte sie wieder einmal fest, dass die Behörden auf der ganzen Welt sich ähnelten. Das Verfahren war umständlich, die Beamten humorlos, die Wege kompliziert. glücklicherweise stand David ihr zur Seite.
In diesen drei Tagen kamen sie sich so nahe wie in den gesamten zwölf Jahren zuvor nicht. Sie hatte zuerst Bedenken gehabt, was das enge Zusammenleben betraf. Nun aber genoss sie es in vollen Zügen. David hatte Urlaub, und sie musste erst in der nächsten Woche zur Uni.
Am Abend des ersten Tages ließen beide sich von der dunklen Intimität einer kleinen Bar einladen. Eine südamerikanische Combo mischte das Publikum auf. Sie tanzten fast die ganze Nacht ohne Unterbrechung eng miteinander. Im warmen Schein einer Kerze, die einen betörenden Duft verströmte, warfen ihre Konturen einen weichen Schatten. Wenn sie mal nicht tanzten, hielten sie sich an den Händen und hatten nur Augen für sich.
Weinbeseelt machten sie sich kurz nach Mitternacht auf den Heimweg. Das Zimmer lag fünf Gehminuten von der Uni entfernt. Messira nahm sich fest vor, diese paar Minuten jeden Tag zu laufen. Sie wollte in diesen drei Monaten so oft wie möglich ohne Gleiter auskommen.
An der Ostseite thronte ein großes Fenster, das viel Licht hineinließ, ohne den Raum zu überhitzen. Rechts und links an den Wänden hatten ehemalige Studenten ihre Menetekel hinterlassen. Der große Sessel am Fenster lud zum Lesen und Studieren ein. Neben ihm verströmte eine Stehleuchte ihr mattes gelbes Licht. Eine altertümliche Lampe breitete – einer Krake gleich – ihre Arme an der Decke aus. Das Bett auf der linken Seite der Wand verhüllte seine Blöße mit einer bunt geblümten Decke. Der Schrank auf der anderen Seite dagegen zeigte schamlos, was er zu bieten hatte. In den offenen Regalen fand sich viel Krimskrams. Wie Fremdkörper sah man darunter auch einige Bücher. Zwischen all dem Kitsch schien es Messira, als würden die Bücher ihr aus Protest den Rücken zuwenden.
Die Zeit dehnte sich in dem kleinen Raum wie ein straff gehaltenes Gummiband. Nur in Museen und ihren geliebten Bibliotheken hatte sie so was schon erlebt. Der verstaubte Eindruck setzte sich im Teppich fort. Er ähnelte stark den Persern, die vor Hunderten von Jahren noch in Mode waren, von denen die Menschen aber inzwischen abgekommen waren.
Messira war dankbar, dass David dieses Juwel für sie ausgesucht hatte. Trotz all des Kitsches und der Einfachheit – oder vielleicht gerade deshalb – wirkte es gemütlich. Sie konnte sich sehr gut vorstellen, hier drei Monate zu wohnen, zu lernen und … zu lieben.

Die erste Nacht mit David in diesen vier Wänden blieb ihr unvergesslich. In der Luft schwebte ein Duftcocktail aus alten Büchern, verstaubten Textilien und menschlichen Hormonen. Dieser legte sich einem Schleier gleich betäubend auf ihre Riechzentren. Sich immer mehr steigernd, sorgte Endorphin für einen Glücksrausch. Oxytocin stärkte ihre Bindung zu David. Prolaktin, Serotonin, Östrogen und Testosteron ließen ihre Haut rosig und frisch aussehen. Und nicht zuletzt steigerte Adrenalin ihre Aktivität. Ein Blick auf David ließ sie erkennen, dass es ihm genauso erging. Mit jedem Atemzug vertiefte sich die Wirkung. Der Duft wurde exotischer und schwerer, bis er sich schließlich auf ihre nackten Körper legte wie eine Decke.

Die Duftmoleküle, gefangen in dem sie umgebenden Raum, tanzten gemeinsam mit den Liebenden einen wilden Tanz bis sie – wie diese – erschöpft zu einer Einheit verschmolzen.

Messira und David tranken ausgiebig von diesem köstlichen Liebestrunk und konnten nicht genug davon bekommen – so lange, bis der Morgen graute. Die Sonne fand sie eng umschlungen. Ein feiner Film benetzte ihre heißen Körper, die nun endlich zur Ruhe kamen und völlig entspannt auf den Kissen ruhten.

Alles war neu oder musste wiederentdeckt werden. Konnte es sein, dass dieser Raum dafür sorgte, dass Messira ihre Bindung zu David in einem anderen Licht sah? Oder war es das südliche Flair, von dem sie umgeben waren? Oder vielleicht auch ihr enges ungezwungenes Zusammensein, das sie hier genießen durften. All die Jahre hatten die beiden Liebenden überwiegend in einem einzigen Raum verbracht. Immer lief die Befriedigung ihrer Triebe wie ein Uhrwerk nach demselben Schema ab. Jetzt aber erlebten sich beide anders. Es war ein erregendes und zugleich beängstigendes Gefühl.

Sie blieben für volle drei Tage in den vier Wänden des kleinen Zimmers und liebten sich. Dabei wetteiferte jeder Tag mit dem nächsten und jede Nacht übertraf die vorherige.

Als sie am Morgen des vierten Tages erwachten, holte die Realität sie wieder ein. Die Pflicht rief sie in entgegengesetzte Richtungen, und die Körper –zum Glück aufgefüllt bis zum Rand mit Liebe – mussten dem Ruf folgen.

Jede Woche sehnte sich nach dem Wochenende, jeder Kuss forderte weitere Küsse. Messira und David vergruben sich an ihren freien Tagen in ihrem Liebesnest. Keine Anonymität, kein grelles Licht, keine Menschenmassen, kein fremdes Gestöhne und Gerangel, keine fremden Gerüche – nur sie allein mit all ihrer Lust und dem, was sich in ihnen jahrelang aufgestaut hatte.

Die Freunde mussten in diesen drei Monaten zurückstecken. Messira tat das einmal, um sie nicht zu gefährden, zum anderen, weil die Zeit, die ihr zur Verfügung stand, mit ihren Prüfungen und David voll ausgefüllt war.

Sie kam gut voran mit dem Lehrstoff. Nach drei Monaten konnte sie wie vorgesehen das Studium der Agrarwissenschaften mit »Summa cum laude« abschließen. Eine Woche nach ihrem dreißigsten Geburtstag bekam sie feierlich ihre Urkunde überreicht.
Der Saal der Universität war brechend voll. Ina saß in der dritten Reihe und wischte sich ständig über die Augen. David stand links neben den Sitzreihen etwas abseits von den anderen Gästen.
Die Studenten zogen feierlich hinter dem Dekan ein und nahmen allesamt in den beiden ersten Reihen Platz. Aus den Lautsprechern ertönte feierliche Musik, leider keine Lifemusik, die gab es in der Republik schon lange nicht mehr. Jegliche Art von Musik wurde vom Computer synthetisiert. Aber die Computer bekamen das so gut hin, dass es fast so klang, als stünde ein Orchester life auf der Bühne.
Der Dekan, ein ältlicher leicht gebeugter Mann, lief zum Rednerpult und eröffnete die Veranstaltung. Sein halblanges, graumeliertes leicht gewelltes Haar erinnerte an das Fell eines Terriers. Es wurde von einem Gummi im Nacken gebändigt. Endlich mal ein Mann, der zu seinen Jahren stand und Würde und Größe ausstrahlte. Unter seinen buschigen grauen Augenbrauen versteckten sich zwei kleine schwarze Knöpfe, die von Zeit zu Zeit ihre Höhlen verließen, hin und her flitzten und jeden Winkel des Saales scharf beobachteten. Er hielt eine Laudatio von zehn Minuten, in der er die Verdienste aller Studenten würdigte, bevor er anschließend auf die einzelnen Fachgebiete einging.
In den Agrarwissenschaften hatten in diesem Jahr nur drei Kandidaten die Prüfung bestanden. Als Messira aufgerufen wurde, musste sie das Beben ihrer Knie mit aller Kraft unterdrücken. Unter Inas Blick aber straffte sich ihre Gestalt wieder. Der schwarze Talar flatterte beim Gehen hinter ihr her wie eine Schleppe. Sie suchte David und fand ihn in der Menge. Mit seinen Augen schickte er den Sonnenschein zu ihr. Der Hut drohte ihr vom Kopf zu rutschten. Mit ihrer Rechten hielt sie ihn fest. Dabei ging sie aufrecht und würdevoll wie eine Afrikanerin, die einen Krug auf dem Kopf balanciert.
Am Pult nahm sie ihr Zeugnis entgegen. Der Dekan lobte sie nicht nur als beste Studentin seiner Fakultät, sondern auch als beste Studentin des gesamten Jahrganges.
Im Anschluss an die Zeremonie lud er zu einem kleinen Sektempfang ein, zu dem auch die Angehörigen der Studenten herzlich geladen waren.

Aufgeregt kam Ina ihr entgegen. Die Freude stand ihr ins Gesicht geschrieben. Beide Frauen fielen sich in die Arme, wobei Ina ein paar Tränen vergoss.
»Ich bin so gerührt. Ich fühle mich wie eine Mutter, deren Tochter geehrt wird«, sagte sie. »Im gewissen Sinne bist du ja auch meine Tochter. Ich kenne dich nahezu dreißig Jahre. Ich bin sehr stolz auf dich.«
Messira drückte die Erzieherin fester: »Ich bin deine Tochter. Und deshalb will ich dir jemanden vorstellen, den ich mittlerweile schon seit zwölf Jahren kenne, und bei dem ich mir vorstellen könnte, dass er mein Gefährte auf Lebenszeit wird.«
Sie deutete auf David, der sich bis jetzt dezent im Hintergrund gehalten hatte. Ein prüfender Blick streifte den jungen Mann. Es war nicht nur der Blick einer Mutter, die sich um ihr Kind sorgt, nein, es war viel mehr als das. Ina prüfte den Fremden, ob er als Mensch bestand.
David spürte ihre Augen wie zwei glühende Kohlen auf sich ruhen, bereit, die Wahrheit aus ihm heraus zu brennen. Er machte einen Schritt auf die Frau zu, seine Hand gehorchte ihm nicht ganz. Unwillkürlich fühlte er sich in seine Kindertage zurückversetzt.
Ina aber kam ihm schon entgegen. Freundlich reichte sie ihm die Hand. Ein Lächeln huschte über ihr sonst so ernstes Gesicht. Offensichtlich hatte er der strengen Kontrolle standgehalten.
»Ich liebe Messira«, sagte er, als er die Hand der Frau in seiner spürte, »und möchte sie glücklich machen.«
»Das will ich schwer hoffen«, lachte Ina und David registrierte mit Freude, dass das Eis geschmolzen war.
Die drei Menschen setzten sich an einen etwas abseitsstehenden Tisch. Das Gespräch blieb an der Oberfläche. Themen, die heikel werden konnten, wurden nicht angesprochen. Jeder nahm so gut es ging Rücksicht auf den anderen. Ina verabschiedete sich zeitig, weil sie heute noch ins Kinderheim zurückmusste. Sie wusste, dass sie Messira nun für eine längere Zeit nicht sehen würde.
»Wo wirst du wohnen?«, fragte sie zum Abschied.
Wenn ein Student seine Ausbildung beendet hatte, war es ihm nicht mehr erlaubt, bei seinen Eltern oder im Heim zu wohnen. Jeder Mensch strebte mit dreißig Jahren seine Unabhängigkeit an. Das war nicht verwunderlich, denn lange mussten die Bürger darauf warten. Also war es nur natürlich, dass auch Messira sich darauf freute.
»Ich denke, ich bleibe vorerst hier in meinem Zimmer in Argentina wohnen. Mal sehen, wo die Regierung mich einsetzt. Vielleicht suchen David und ich uns dann eine Wohnung, die auf halbem Weg zwischen seinem und meinem Arbeitsplatz liegt.«

Ihre Augen suchten David und strahlten ihn an.
»Das dachte ich mir.« Inas Stimme schwankte ein wenig. »Dann heißt es wohl Abschied nehmen.«
Ihr war die Veränderung von Messira nicht entgangen. Sie freute sich für die junge Frau. Endlich hatte sie jemanden gefunden, der offensichtlich gut zu ihr passte. Das hatte sie mehr als verdient. Da fiel es ihr nicht schwer, sich hinten anzustellen.
»Auf keinen Fall!«, wehrte Messira ab. »Du bist immer bei uns willkommen.«
»Lass dich noch einmal in die Arme nehmen.«
Ina drückte die junge Frau, die sie nun schon dreißig Jahre lang kannte. »Auch wenn ich jedes Wort glaube, was du sagst, weiß ich, dass der Alltag anders aussieht. Bei deinen vielen Aufgaben bleibt für mich alte Frau keine Zeit mehr.«
Sie wehrte einen schwachen Protest von Messira ab. »Du musst dich nicht rechtfertigen. Es ist gut so, wie es ist. Geh du nur deinen Weg, so wie ich den meinen gegangen bin. Aber lass ab und zu mal was von dir hören, ja?«
Messira versprach es und nahm sie noch einmal in den Arm. Es sollte für lange Zeit das letzte Mal sein. Ina verabschiedete sich, wünschte den beiden Glück und nahm einen Gleiter, der sie zum Flugplatz flog.
David hatte zwei Tage Urlaub bekommen und Messira erfuhr erst morgen, wo ihr nächster Einsatzort lag.
»Hast du das vorhin ernst gemeint mit der Wohnung?«, wollte er wissen.
»Jedes Wort. Ich bin so glücklich, seit du bei mir bist.« Sie kuschelte sich in seine Arme. »Ein Egoist wie ich möchte das natürlich so lange wie möglich genießen. Am besten ein Leben lang.«
Und als sie seinen erstaunten Blick sah, fügte sie hinzu: »Nun tu nicht so, als ob du das nicht längst geahnt hast.«

Ganz so einfach sollte es aber doch nicht werden. Messira erfuhr am nächsten Morgen, dass sie für unbestimmte Zeit in Russia eingesetzt wurde. Ausgerechnet Russia! Sie war auf dem besten Wege gewesen, Nico und die Zeit mit ihm zu verdrängen und nun Russia. Sie wusste gar nicht, wie sie David das beibringen sollte.
»Wieso Russia?«, fragte er am Nachmittag. »Gibt es hier oder in Metropolis keine Einsatzmöglichkeit für dich?«
»Ich hab alles versucht. Angefleht habe ich die Kommission. Nichts! Das einzige, was sie mir noch anbieten wollten, war eine Forschungsstation in Indonesia.«
»Dann lieber Russia.« David ging im Zimmer auf und ab. »Und wenn ich um Versetzung bitte?«, fragte er. »Elektroniker werden überall auf der Welt gebraucht.«

»Du weißt, wie lange so was dauert«, gab Messira zu bedenken. »Und selbst dann könnte dein Antrag abgelehnt werden.«
»Lass es uns versuchen«, schlug er vor.
Sie gab nach. David machte eine Eingabe beim Staat und bat um Versetzung. Doch auch mit einem Eilantrag ging das nicht so schnell. Die Wartezeit betrug drei Monate.
»Wir bleiben in Kontakt, ja?«, fragte er in Panik.
Messira klammerte sich an ihn. Sie wusste noch nicht genau in welche Region sie geschickt werden sollte.
»Ich melde mich«, sagte sie, dann bestieg sie einen Tag später den Container nach Russia.
David stand am Terminal und winkte ihr zu. Mit feuchten Augen zeigte er auf das Tech-Wear an seinem Handgelenk und rief laut: »Melde dich!«
Das Letzte was er sah, waren Messiras Augen. Nie hatte er ihre Augen so gesehen – dunkel und voller Leid, dann schloss sich die Luke des Containers und Messira flog davon. David hatte keine Zeit für lange Überlegungen. Er suchte den nächsten Container nach Metropolis, denn schon morgen musste er wieder an seinem Arbeitsplatz erscheinen.
Das Zimmer wurde nach Messiras Auszug von der Regierung sofort an eine andere Studentin vergeben.

Messira wurde in den fernsten Teil von Russia verbannt. Irgendwo in Sibiria gab es eine kleine Siedlung, in der nur Menschen lebten, die an der Züchtung von genmanipuliertem winterhartem Mais arbeiteten.
Es war Sommer. Die Sonne brannte unbarmherzig vom Himmel. Sie taute die letzten Reste des gefrorenen Bodens auf. Es gab keine Straßen, nur matschige Wege, die zu den primitiven Unterkünften führten. Der Frost steckte noch tief im Erdboden, aus dem er wohl den ganzen Sommer über nicht entweichen würde, bis der neue Winter Ende September ihn wieder herauslockte. Die Erde ging hier neun Monate mit dem Winter schwanger.
Keine Chance für David an diesem ungastlichen Ort Arbeit zu bekommen. Elektroniker wurden dort nicht gebraucht. Sein Antrag auf Versetzung hatte keine Chance und wurde abgelehnt.
Das war die erste Niederlage, die beide nach Messiras Prüfung einstecken mussten.
Aber es kam noch härter.
In dieser Einöde ohne den Gefährten! Das konnte Messira sich nicht vorstellen. Er war der Einzige, der ihr hier Halt geben konnte.
Tag und Nacht arbeitete sie verbissen in den gläsernen Labors. Abends fiel sie in der barackenartigen Unterkunft erschöpft auf eine harte Pritsche und in einen von Albträumen geplagten Schlaf. Nur durch die harte Arbeit

konnte sie das Leben hier ertragen. Es gab keine Spur von Komfort. Es sollte ja nicht für lange sein, hieß es. Aber was bedeutete für die Regierung »nicht lange«?

Einmal im Monat gestattete der Staat ihr drei Urlaubstage, immer im Anschluss an den monatlichen Gesundheitscheck, der auch hier im fernsten Teil der Republik durchgeführt wurde. Der Staat wusste, was er seinen Bürgern schuldig war. Sie mussten sich nicht bemühen. Jeden Monat rückte ein Ärzteteam an, und die Baracke, die gleichzeitig als Mensa, Vergnügungscenter und Versammlungsort diente, wurde zur Behelfsklinik umgebaut.

Die Urlaubstage, die ihr nach der Untersuchung zustanden, verbrachte sie in Metropolis. Meist war David zu dieser Zeit nicht in der Stadt, sondern hielt sich irgendwo am anderen Ende der Welt auf, um ein Elektronikprojekt zu warten oder neu aufzubauen. Das ging ganze drei Monate so: arbeiten, essen, schlafen, einmal im Monat Gesundheitscheck, drei Tage frei, dann wieder das gleiche Spiel.

Messira kam weder mit ihrer Arbeit voran, noch erreichte sie die Freunde oder ihren Geliebten. Sie hatte das Gefühl, dass das Leben an ihr vorbeilief wie im Zeitraffer. Die Menschen, die gemeinsam mit ihr hier arbeiteten, blieben für sie Fremde. Es schien, als hätten sie jegliche Art von Gefühlen verloren. Wahrscheinlich war die Umgebung schuld daran. Sie fand heraus, dass einige schon über Jahre hier Dienst taten. Sie hoffte inständig, dass es bei ihr nicht dazu kommen würde und der Staat sie bald wieder zurückholte.

Nachts, wenn sie erschöpft in ihrem Bett lag, träumte sie immer wieder den gleichen Traum: Sie befand sich an einem unbekannten Ort mit unbekannten Menschen. Diese nahmen keine Notiz von ihr. Sie sah an sich herunter und merkte, dass sie eine Haut aus Stahl hatte. Ihre Stimme klang blechern. Ich bin ein Roboter, dachte sie voller Schrecken.

Plötzlich wechselte das Bild. Sie war wieder Kind. M7180 stellte ihr in der Schulklasse ein Bein. Sie fiel ihrer Lehrerin direkt vor die Füße.

»Geh sofort zur Rektorin«, keifte diese.

Der Gang war endlos lang. Sie wurde immer kleiner. Die Tür schien ins Unendliche zu wachsen. Eine altertümliche Klinke verwehrte ihr den Eintritt. Sie wusste nicht, wie sie an die herankommen sollte. Aber das musste sie auch nicht, denn plötzlich befand sie sich mitten im Zimmer der Rektorin, so als hätte jemand auf einen Knopf gedrückt und sie direkt hierher geschleudert.

»Setz dich! Der Stuhl weiß alles über dich!«, schrie diese mit seltsam verzerrtem Gesicht und befestigte Messiras Hände mit Riemen an der Lehne des Stuhles.

Die Riemen verwandelten sich plötzlich in braune Schlangen, die sich um ihre Handgelenke wanden. Messira wehrte sich heftig, schlug um sich. Eine der Schlangen rammte ihre Giftzähne in ihre Haut. Daraufhin bekam sie einen Stoß, der sie in den Hörsaal der Universität schleuderte. Sie schrie laut auf vor Schmerz und auch, weil sie bemerkte, dass sie plötzlich nackt war. Alle Studenten starrten sie an.

Der Professor schrie: »Unverschämtheit! Verlassen Sie den Saal!«

Er zeigte mit seinem dünnen Finger auf die Tür. Messira zitterte, denn der knochige Finger war der eines Gnoms, und sie befürchtete, dass er irgendeinen Zauber damit auf sie ausüben konnte.

Da machte sich Nico aus der Menge frei, grinste sie unverschämt an und warf seine Jacke über sie, die notdürftig ihre nackte Haut bedeckte. Mit der Jacke auf der Schulter lief sie, als ob es um ihr Leben ging. Nico immer hinter ihr her. Sie rannte bergauf, aber sie kam nicht von der Stelle. Bald hatte er sie eingeholt.

In dem Moment, als er sie packte, verwandelte er sich in David. »Lass mich los!«, schrie sie und entzog sich seinem Griff, dabei behielt er die Jacke in der Hand. Ganz außer Atem lief sie, nun wieder voll bekleidet, weiter. Sie wurde schneller und schneller und bemerkte die Schlucht nicht, die sich vor ihr auftat. Sie stolperte über einen Stein und fiel in diese tiefe Schlucht hinein.

Im Fallen wollte sie nach etwas greifen und bekam die Haare von Margrit zu fassen. Als sie noch dachte: Wieso schwebt Margrit in der Luft, landete sie – noch immer Margrits Haare umklammernd – auf festem Boden. Beide rappelten sich hoch und liefen weiter.

Doch schon drohte neues Unheil. Margrit trat auf eine versteckte Falltür. Der Boden öffnete sich und die Frauen fielen in eine tiefe Grube. Messira glaubte sich am tiefsten Ort der Welt, denn konnte es sein, dass es noch tiefer hinabging? Beide Frauen versuchten vergeblich, sich zu befreien.

Es regnete so lange, bis die Grube voll Wasser lief. Das Wasser stieg immer höher. Messira sah eine herunterhängende Wurzel und griff nach ihr. Als sie nach unten blickte, war Margrit verschwunden, und die Wurzel hatte sich in eine Schlingpflanze verwandelt, aus der sie sich nur mühsam befreien konnte. Wenigstens stand sie nun auf festem Boden. Sie befand sich in einem Tal, das rundum von hohen Bergen umgeben war, und sie dachte nur an das eine: Ich muss auf den höchsten Berg hinauf.

Da hörte sie ein Rascheln und plötzlich einen Schrei, der ihr durch Mark und Bein drang. Wieder lief sie davon, doch der schwere Boden ließ sie nicht los. Ein alter Mann mit dünnen Beinen und Armen lief ihr nach. Er hatte keine Chance, sie einzuholen, aber das Echo seiner brüchigen Stimme hallte vieltausendmal an den Bergen wider.

»Sie sind nur am Leben, weil ich für Ihre Implantation gesorgt habe. Wenn Sie für mein Kind und mich sorgen, will ich Sie ewig lieben, aber nehmen Sie sich in Acht vor der Regierung, die kann Sie in einen Zombie verwandeln.« …

Schweißgebadet erwachte sie.

Ich komme hier nie wieder weg, dachte sie.

Die nächsten Tage konnte sie nicht zur Arbeit gehen. Wie eine verdammte Made fraß die Depression sich durch ihre Nerven. Da half im Moment nur der Rückzug in die eigenen vier Wände. Bei den Kollegen schob sie eine Migräne vor und so was Ähnliches war es dann ja auch. Ein bohrender Schmerz, nicht körperlich, aber seelisch. Die Gesundheitsinspektion fand erst nächste Woche statt. Bis dahin musste sie wieder in Ordnung sein.

Die menschlichen Roboter arbeiteten weiter ohne auch nur einen Gedanken an sie zu verschwenden. Niemand wunderte sich. Niemand fragte nach ihr oder besuchte sie. Das Leben ging ohne sie weiter, einfach an ihr vorbei. Aber auf dieses Leben hätte sie gern verzichtet. Sie spürte, wie sie langsam von innen her verfaulte in dieser trostlosen Gegend.

Mehrmals rief David an. Sie war zu müde um die Anrufe entgegenzunehmen. Es war ihr egal, was mit ihr geschah. Auch Ina rief einmal an. Messira schwebte sozusagen über den Dingen des Alltags. Sie verließ das Bett selten, eigentlich nur um ihren Bedürfnissen nachzugehen. Ein wenig Nahrung, ein wenig Flüssigkeit, damit dieses trostlose Leben noch ein wenig länger dauerte, gestattete sie sich ab und an. Doch noch war ein Rest von eigenem Willen in ihr. Der sagte ihr: Ich muss die Sache allein in den Griff bekommen.

Die Tage schleppten sich wie müde Kulis. Sie musste was tun, sonst gefährdete sie alle Menschen, die sie liebte. Oh Gott, wenn es doch noch Kräuter gäbe! So was wie Johanniskraut, Lerchensporn, Baldrian oder Passionsblume. Vielleicht draußen, irgendwo im Outback, da wo sie nicht hinkam, aber hier, auf dem Boden der Republik? Oder sollte es doch in dieser Einöde noch das eine oder andere Kraut geben? Waren sie vielleicht hier vergessen worden? Weit weg von der Zivilisation?

Am nächsten Morgen machte sie sich auf den Weg in die Tundra. Der Entschluss an sich war ihr sehr schwer gefallen, auch das Verlassen ihres Bettes hatte sie große Anstrengung gekostet, aber mit jedem Schritt spürte sie, wie die Lebenskraft in ihren Körper zurückkam und schließlich fand sie das, was sie suchte.

Klein und unscheinbar, von aller Welt gemieden, stand auf der verbrauchten sonnendurchfluteten mit Staunässe getränkten Tundra in einer Senke … das Johanniskraut. Niemand außer Messira, die so viel in alten Büchern gestöbert hatte, wusste, wozu dieses Kraut in der Lage war.

Es wirkte antidepressiv, linderte nervöse Magen- und Darmbeschwerden, half gegen Angst- und Erschöpfungszustände, wirkte bei Sportverletzungen und milderte Konzentrations- und Schlafstörungen. Außerdem regten die Inhaltsstoffe die Drüsen der Verdauungsorgane an.
Die Blütezeit des Johanniskrautes war zwar längst vorbei. Sie lag zwischen Juni und Juli. So konnte sie die kleinen gelben Blüten nirgends entdecken, aber sie erkannte das Kraut an seinen schmalen länglichen Blättern. Gerade noch rechtzeitig vor dem einsetzenden Winter, der ja hier schon Ende September begann, konnte sie es ernten.
Eigentlich war sie verpflichtet, der Regierung davon Mitteilung zu machen. Sofort wäre ein Trupp angerückt, der die Kräuter vernichtet hätte. Aber Messira fürchtete sich nicht vor Kräutern. Sie wusste, was in ihnen steckte. Diesen Schatz galt es vor der Regierung zu verstecken. Er ließ hoffen. Er ließ sie glauben, dass die Welt noch nicht verloren war.
Drei Tage trank sie morgens, mittags und abends einen Tee aus zwei gehäuften Teelöffeln Johanniskraut und 250 Millilitern Wasser, den sie kurz aufkochte und wenige Minuten danach durch ein Sieb goss. Nach diesen drei Tagen fühlte sie sich schon viel besser. Sie spürte, wie das Leben in ihren Körper zurückkehrte und sich Schritt für Schritt sein Territorium zurückeroberte.
Bevor die anderen überhaupt richtig bemerkten, dass sie gefehlt hatte, ging sie wieder zur Arbeit. Die Gesundheitsprüfung war kein Problem mehr. Den Ort, an dem die Kräuter wuchsen, suchte sie danach noch einmal auf. Sie fand außer dem Johanniskraut noch andere Heilkräuter, die sie trocknete und gut versteckte.
Endlich hatte sie Erfolg mit ihren Versuchsreihen. Es gelang ihr, zwei Sorten Mais miteinander zu kreuzen, die winterresistent waren. Das Ergebnis war beeindruckend. Die neue Pflanze enthielt weniger Wasser und Zucker, dafür mehr Stärke. Die nächste Generation musste zeigen, ob ihre Bemühungen ausreichten und der Mais auch hier, im rauen Klima von Sibiria gedieh.
Die Regierung schickte eine Expertengruppe her, um Messiras Arbeiten zu begutachten. Sie erhielt eine Auszeichnung. Einige Frauen und Männer wurden aus dem Projekt abgezogen und dafür andere hergeschickt.
Messira hoffte, dass auch sie bald nach Hause durfte. Bis jetzt aber sah das nicht so aus. Sie hatte mit ihren Forschungen das Gegenteil erreicht. Nun verlangte die Regierung von ihr, dass sie weiter auf diesem Gebiet forschte.
Das bedeutete für sie, so lange auszuharren, bis die nächste Generation von Pflanzen herangewachsen war. Wenn es ihr auch besserging und sie die Depression überwunden hatte, so sehnte sie sich doch nach zu Hause.

Langsam wurden die Tage kürzer. Tageslicht gab es nur für einige Stunden. Der Winter hatte begonnen und schloss sie nicht nur nachts, sondern auch am Tage in die Trostlosigkeit der Baracken ein.
Wie ein gefangenes Tier in seinem Käfig lief sie in den Räumen hin und her. Der Blick aus den kleinen Fenstern zeigte eine endlose vereiste Welt, in der kein Leben existierte.
Messira träumte von einem Paradies. Sie wollte dieses öde Leben, das ihr von der Regierung aufgezwungen worden war, hinter sich lassen und selbst bestimmen, wo und was sie tun wollte. Die Bevormundung durch den Staat musste ein Ende haben. Immer mehr kam sie zu dem Schluss, dass die Menschen nur etwas ändern konnten, wenn sie zusammenhielten. Nur gemeinsam konnte es gelingen, diese Regierung zu stürzen.
Sie dachte an das kleine Dorf hinter dem Wall. Wie sah es jetzt wohl dort aus? Wie schön wäre es, weit ab vom Druck, der auf ihr lastete, in aller Abgeschiedenheit eine neue Welt aufzubauen. Ihre Gedanken drehten sich im Kreis.
Hier konnte sie gar nichts ausrichten. Sie musste abwarten, bis sie von der Regierung wieder nach Hause berufen wurde. Ihre Ohnmacht war es, die sie verzweifeln ließ. Seit sie ein Kind war, sehnte sie sich nach Selbstbestimmung.
Es musste wohl ein Wunder geschehen, bis sie hier wieder wegkam. Der Staat hatte sie anscheinend vergessen.

GROßER FLUSS

Der mühsame Abschnitt der Ausbildung ist beendet. Der Mensch kann aufatmen, sich zurücklehnen, neue Wege beschreiten, wenn er will oder die alten vertiefen.
Sind in einen Fluss schon mehrere kleine Flüsse eingemündet, spricht man von einem großen Fluss. Jedes Land hat nur wenige große Flüsse. Ein großer Fluss fließt mit einer Geschwindigkeit von 100 bis 5000 l/s, und hat eine Breite von etwa zehn Metern, sowie eine Tiefe von einem Meter. Durch seine Zuflüsse gewinnt der große Fluss an Breite, Tiefe und selbstverständlich auch an Eindrücken von überall her. Große Flüsse fließen über Landesgrenzen hinweg und enden schließlich als Strom.
Das Bestreben eines großen Flusses ist es, ins Meer zu münden. Normalerweise geschieht das auch, aber: Nicht alle Flüsse erreichen dieses Ziel. Schlimmstenfalls kann es passieren, dass ein Fluss in der Wüste versickert. Oder er gelangt nicht auf direktem Weg ins Meer, sondern nur, weil er in einen größeren Fluss mündet. Es kann auch sein, dass er seine Kraft in einem Delta verliert. Jeder einzelne dieser kleinen Flüsse sammelt dann auf der letzten Strecke seines Weges eigene Informationen. Das höchste ist immer die Mündung ins Meer, ob direkt oder indirekt.

***

Manchmal reicht ein kleiner Anlass, und das Leben bekommt eine andere Richtung. Das Projekt in Sibiria wurde viereinhalb Monate, nachdem Messira hierhergekommen war, erfolglos eingestellt. Es lag nicht daran, dass sie und ihre Kollegen schlechte Arbeit geleistet hatten, es lag vielmehr daran, dass es unmöglich war, in dieser abgeschiedenen Region so etwas wie genmanipulierten Mais zu züchten. Auch, wenn dies anfangs so ausgesehen hatte. Die wenigen Sommermonate reichten dafür nicht aus.
Im September kam der Frost zurück. Die Gewächshäuser fraßen in dieser weit entlegenen Gegend so viel Energie, dass der Nachschub nicht mehr gewährleistet war. Der Generator schwächelte und setzte eines Tages vollends aus. Der gesamte Strom der Anlage war davon betroffen. Alle Setzlinge erfroren.
Eine Untersuchungskommission machte sich vor Ort ein Bild von dem Chaos. Monate harter Arbeit waren mit einem Schlage zunichte gemacht. Es blieb der Regierung nichts anderes übrig, als das Projekt einzustellen.
Hektisch ging man daran, die Mitarbeiter entsprechend ihren Erfahrungen und Berufsfeldern, in andere Labore der Republik zu versetzen.
Messira hatte Glück. Sie verschlug es zwischenzeitlich in eine Versuchsanstalt in Metropolis.

Regen lag in der Luft, als sie den Boden von Metropolis betrat. Ein Gefühl von Heimat bemächtigte sich ihrer und war so stark, dass es fast schon wehtat.
Sie arbeitete vorübergehend in einem staatlichen Versuchslabor am östlichen Rande der Stadt. Die Arbeit war nicht sehr zeitaufwändig. Man versuchte wieder einmal den Chromosomensatz der Getreidearten zu erhöhen. Obwohl er derzeit schon beim 50-60fachen lag, reichte das der Regierung bei weitem nicht. Sie war sich sicher, dass man noch ein wenig mehr herausholen konnte.
Messira arbeitete mit einem Stab von routinierten Wissenschaftlern zusammen, war also nur eine von vielen und damit jederzeit entbehrlich. Sie befürchtete zu Recht, dass ihr jetziges Arbeitsgebiet wieder nur eine Durchgangsstation sein würde. Sicher hatte der Staat bald andere Aufgaben für sie. Vorerst konnte sie aber mit Einschränkungen ihr altes Leben wieder aufnehmen.
Während ihres Aufenthaltes in Sibiria hatte sie David nur zweimal getroffen. Sie stellte fest, dass die Zeit und die Umstände dafür gesorgt hatten, dass sie wieder ein Stück voneinander abgerückt waren. Gern hätte sie versucht, an die Tage von Argentina anzuknüpfen, aber es gelang weder ihr noch ihm. Ihre Treffen, die jetzt wieder allwöchentlich stattfanden, liefen nach dem alten Muster ab.
Man traf sich am Sonntag oder am Mittwoch im Zentrum, verbrachte eine Nacht miteinander und ging danach auseinander. Das lag auch daran, dass Messira von der Regierung ein Notquartier zugewiesen worden war, in dem sie keinen Besuch empfangen konnte. Sie teilte ihr Zimmer mit noch zwei Frauen. Auch David wohnte in einer Männer WG, was die Einrichtung eines Liebesnestes für beide sehr erschwerte. Dieser Rückschritt in ihrer Beziehung hatte weitreichende Folgen. Er führte dazu, dass sie sich entfremdeten.
Was war nur los mit ihnen, anstatt ernsthafte Gespräche zu führen, plapperten sie belangloses oberflächliches Zeug. Sie wussten wohl, dass ihr Traum in weite Ferne gerückt war, denn es stand noch nicht fest, wo und wann Messira ihren nächsten dauerhaften Einsatz bekam. Da war es das Beste, dieses Thema zu meiden.
An eine gemeinsame Zukunft zu denken, war in dieser Situation unmöglich. Solange der Staat Messiras berufliches Fortkommen blockierte, konnten sie keine ernsthafte Partnerschaft in Erwägung ziehen.

Gleich in den ersten Tagen nach ihrer Ankunft suchte sie Ina auf. Sie hatte die Erzieherin seit ihrer Prüfung nicht mehr gesehen. Ina war ihr Leben lang allein gewesen und hatte sich mit dieser Tatsache abgefunden. Die

Freundschaft zu Messira aber hatte ihr gezeigt, dass es im Leben noch etwas anderes gab als Arbeit. Wie eine zarte Blume, die von einer Trockenwiese auf fruchtbares Land umgesetzt wird, war sie in den letzten Jahren aufgeblüht. Ja, sie hatte sogar begonnen, Früchte zu tragen.
Mit Messiras Auszug verlor diese Blume nach und nach ihre Blätter und war nicht mehr in der Lage, dem guten Boden Nahrung zu entnehmen. Ihr fahles Gesicht mit den tiefen schwarzen Augenhöhlen wirkte wie ein Felsen, der seinen Grund verloren hat. Messira musste sich intensiver um sie kümmern, aber wie? Sie schaffte es ja nur mit Mühe, für sich selbst zu sorgen. Wie sollte sie einem anderen Menschen da Stütze sein.
Auch ihre Freunde aus der Bewegung erwarteten von ihr, dass sie sich mehr engagierte. Mittlerweile waren siebeneinhalb Monate vergangen. Es würde sich viel verändert haben.

Als sie den Gleiter verließ und auf dem Boden von Heidelbergensis stand, war sie versucht, zuerst ihre alte Bibliothek aufzusuchen, aber sie widerstand der Versuchung. Erst sollten die Freunde zu ihrem Recht kommen.
Wir hatten Anfang November. Die Bäume trugen nur noch wenig Laub, das in vielen Farben leuchtete. Manche hatten die Blätter gänzlich abgeworfen und sahen aus wie braune Skelette. Das Gras leuchtete in sattem Grün, und die Nadelbäume taten es ihm gleich, wenn auch in einer dunkleren Nuance. Es schien, als wären sie sich voll bewusst, dass sie jetzt ihre große Zeit erlebten. Die Luft war trotz der Jahreszeit, verglichen mit Sibiria, lau. Messira hatte ihren Besuch angekündigt und wurde herzlich empfangen. Ein erregendes Gefühl überkam sie, als sie die Freunde so alle versammelt sah.
»Wir müssen reden«, sagte Margrit.
Messira konnte sich denken, was sie von ihr wollte. Eine Ahnung überkam sie. So sehr sie sich vor dem, was jetzt kommen musste, gefürchtet hatte, so ruhig wirkte sie auf einmal.
»Okay«, sagte sie gespannt.
Sie fühlte sich sofort wieder heimisch und fiel in ihren alten flapsigen Ton zurück.
Margrit kramte in ihrer Tasche, bis sie ein Taschentuch gefunden hatte und schnäuzte sich lautstark die Nase. Sie stand mit dem Rücken zu Messira. Als sie sich umwandte, sah sie die Freundin mit verschränkten Armen gespannt vor sich stehen. Warum sagte sie nicht gerade heraus, was sie von Messira wollte? Sie brauchte wohl noch etwas Zeit, bevor sie begann. So abgebrüht, wie sie sich gab, war sie keineswegs. Das, was sie der Freundin jetzt beibringen musste, schmeckte ihr absolut nicht.

Endlich verließen die Worte ihren Mund. »Wir brauchen dich. Ich meine, die Leute im Outback brauchen dich.«
»Dachte ich mir.«
Messira schien wenig überrascht. Sie lachte sogar und gab sich den Anschein, völlig ruhig zu sein, so als hätte Margrit ihr das schönste Geschenk gemacht, dass sie sich vorstellen konnte.
»Eigentlich wollten sie dich schon kurz nach deiner Prüfung haben, aber du warst ja verschollen.«
Hörte Messira da einen leisen Vorwurf aus Margrits Worten heraus? War es ihre Schuld, dass sie am Ende der Welt gelandet war?
»Ich konnte nichts dafür.« Warum verteidigte sie sich?
Margrit spielte nervös an ihrem Armband. »Ich weiß, aber nun bist du ja zurück. Du weißt, was auf dich zukommt?«
Messira wusste, dass es kein Zurück gab, wenn sie diesen Schritt tat. Aber war es nicht das, was sie wollte? Sehnte sie sich nicht schon lange nach Freiheit. War sie nicht bereit, jeden Preis dafür zu zahlen?
»Im Moment hänge ich sowieso in der Luft.« Ihre Stimme klang gequält. »Kein fester Job! Meine Beziehung steckt in der Krise, und ich bin wohnungslos. Gibt es einen besseren Zeitpunkt zum ‚Sterben'?«
»Nimm das nicht auf die leichte Schulter. Es ist nicht ganz ungefährlich«, mahnte Margrit, und die Sorge stand ihr ins Gesicht geschrieben.
»Ich bin bereit, das Risiko einzugehen. Gib mir etwas Zeit, mich von euch zu verabschieden.«
Messira machte eine Drehung und wollte gleich mit dem Verabschieden bei Margrit anfangen.
»Nicht nötig!«, wehrte die ab. »Mich wirst du noch öfter zu Gesicht bekommen, denn ich bin der Kurier zwischen den Welten.«
Messira vermisste Marvin und fragte nach ihm.
»Wir bekämpfen die Regierung mittlerweile nicht nur mit Worten und Diebstählen, sondern auch mit Waffengewalt. Wir sprengen Brücken, Versorgungsstationen, Regierungsgebäude, immer darauf achtend, dass keine Menschen zu Schaden kommen. Marvin befindet sich im Moment auf einer Außenmission.«
Messira verstand. Nach den Entdeckungen von M0111 hatte der Widerstand eine härtere Gangart eingeschlagen. Alles hatte sich verändert, nachdem sie fortgegangen war. Die Gesichter blickten ernster, die Stimmung war gedrückter. Ihr Herz krampfte sich zusammen. Die Freunde hatten erlebt, wie bitter der Tod schmeckte. Viele Kameraden mussten ihr Leben lassen. Aber dieser Schicksalsschlag schweißte die Zurückgebliebenen noch mehr zusammen. Sie wünschte sich von Herzen, dass die Gewalt bald ein Ende hätte.

»Bitte grüßt ihn von mir. Es tut mir leid, mich nicht von ihm verabschieden zu können. Wir waren ein gutes Team.«
Margrit lachte. »Team Messvin, ich weiß!«
Messira dachte an ihre gemeinsame Zeit zurück. Was war ihr der alte Haudegen ans Herz gewachsen. Von ihm hatte sie alles gelernt, was sie später in der Bewegung gut gebrauchen konnte. Er war ihr ein guter Lehrmeister gewesen. Unter seiner Führung hatte sie nicht nur gelernt, wie man in Gebäude eindringt, Dinge klaut, ohne gesehen zu werden und seine Angst verliert. Von ihm hatte sie auch wieder lachen gelernt. Er hatte ihr gezeigt, dass man sich nicht zu wichtig nehmen darf. Mit ihm war der Himmel immer etwas blauer gewesen und die Bäume etwas grüner.
Plötzlich spürte sie, wie das Blut aus ihren Adern wich und sie weiß wurde wie die Wände im Krankenhaus. Ihr Part war gekommen. Jetzt war es an der Zeit, ihren Beitrag für die Freunde zu leisten und etwas zurückzugeben. Was die von ihr verlangten, war wenig, verglichen mit den Beiträgen, die sie selbst leisteten. Die meisten von ihnen kämpften an der Front. Messira aber konnte es sich zukünftig in der neuen Welt bequem machen. Außerdem hatte Margrit gesagt, sie ließ ihr Zeit zum Nachdenken und auch die Zeit, sich von ihren Freunden und Bekannten zu verabschieden.

Alle Zeit der Welt nutzte ihr nichts bei einem Menschen. Sie musste David erklären, dass sie ihn nie wiedersehen wollte. Es schien ihr das Beste, einen sauberen Schlussstrich unter ihre Beziehung zu ziehen. Sie wollte ihm weismachen, dass sie einen anderen hatte. Er sollte glauben, dass sie eine oberflächliche Person war, wenn das auch schwer werden würde, denn nach all diesen Jahren war es nicht mehr so einfach, ihm etwas vorzumachen. Wenn es ihr aber gelang, würde es ihm leichter fallen, sie gehen zu lassen. Für sie aber würde es der schwerste Gang ihres Lebens werden. Sie durfte gar nicht daran denken, dass sie David nie wiedersehen würde. Er war in der Zeit ihrer Prüfung ein Teil von ihr gewesen, auch wenn sie nun wieder ein Stück voneinander abgerückt waren. Sie wusste, dass sie da durch musste und je früher, desto besser. Am Sonntag wollte sie die letzte Nacht mit ihm verbringen.
Sie war ausnahmsweise pünktlich, aber nicht pünktlich genug, denn er war wie immer schon vor ihr dort. Als sie sich der Bar näherte, an der er lässig auf einem Hocker sitzend lehnte, verwandelten sich ihre Knie in lächerlichen Wackelpudding. Es kostete sie einige Mühe, gerade zu gehen und sich nichts anmerken zu lassen.
»Bist du bereit Liebster für die heißeste Nacht deines Lebens?«, hauchte sie mit leiser bebender Stimme. Ihre Lippen näherten sich seinem linken Ohr.
»Versprich nichts, was du nicht halten kannst«, konterte er.

Er nahm sein Glas in die Rechte und rutschte behände wie ein Eichhörnchen den Barhocker hinunter. Als er neben ihr stand, legte er seinen linken Arm um ihre Taille. Messira ließ sich von ihm führen. Wie in alten Zeiten, dachte sie und erinnerte sich an ihre erste gemeinsame Nacht. Es fühlte sich so vertraut an, als gehöre sein Arm zu ihrem Körper.
Sie hatte nicht zu viel versprochen. Sie verbrachten eine Nacht wie seit Langem nicht mehr. Dabei gelang es Messira nicht ganz, die tiefe Traurigkeit, die sie bei dem Gedanken überkam, ihn verlassen zu müssen, zu unterdrücken.
»Du bist heute so anders«, fiel ihm auf.
»Wie denn?«, fragte sie.
Er suchte nach Worten: »So weich, so anschmiegsam, so endgültig, so wunderschön, aber irgendwie auch wieder nachdenklich, ernst, fast möchte ich sagen tieftraurig.«
Wie gut er sie kannte. Nichts konnte sie ihm vormachen. Es war inzwischen hell geworden. Sie hatten die ganze Nacht nicht geschlafen. Der Augenblick der Wahrheit kam unaufhaltsam näher.
»Das liegt wohl daran, dass ich dir etwas sagen muss, aber nicht weiß wie«, antwortete sie und spielte nervös mit den Fransen der Decke.
Augenblicklich stellte er seine Fühler auf Empfang, und seine Stimmung wechselte.
»Wieder mal? Hatten wir das nicht schon kurz vor deiner Prüfung«, lachte er und gab sich den Anschein völlig kühl zu sein. Aber in ihm drinnen brannte ein glühender Ofen. Ein Kessel mit kochendem Wasser stand darauf, der durch den Überdruck jeden Augenblick zu platzen drohte.
»Dieses Mal ist es für immer«, quetschte sie zwischen den Zähnen hervor und gab ihrer Stimme einen sachlichen Ton. Wenn er von selbst das Thema anschnitt, hatte sie es leichter. »Du hast doch sicher auch bemerkt, dass wir uns in den Monaten, in denen ich in Sibiria war, fremd geworden sind.«
»Nein«, trotzte er. Und sie konnte spüren, wie alles in ihm sich auf Abwehr stellte. »Aber wenn *du* das so siehst. Ich für meinen Teil habe nichts bemerkt.«
»Ach, wirklich nicht? Vielleicht hast du recht. *Ich* bin diejenige, die sich verändert hat. Es lag wohl daran, dass ich mir über meine Gefühle nicht mehr im Klaren war.« … Sie unterbrach sich und suchte verzweifelt nach Worten.
Was sie ihm jetzt sagen wollte, widerstrebte ihr zutiefst. Sie kam sich wie eine Verräterin ihrer Liebe vor. Sein Schweigen löste endlich ihre Blockade. Um keinen Preis durfte er bemerken, dass alles nur eine Lüge war, was sie ihm jetzt auftischte. Ihre Gestalt straffte sich und beherzt ging sie in die letzte Runde.

»Ich habe in der Zwischenzeit jemanden kennengelernt. Anfangs wusste ich nicht, ob er der Richtige ist, aber ich hatte viel Zeit zum Überlegen«, fügte sie viel zu schnell hinzu, wie sie fand.
Endlich war es raus und schlagartig fühlte sie sich besser.
»Was?« Die Adern an seinem Hals schwollen dick an.
»Du verkaufst mir so ganz nebenbei, nach dieser unglaublichen Nacht, dass du schon lange einen anderen hast, dir aber erst jetzt klar darüber bist, dass er der Richtige für dich ist, nicht ich?«
»Ja, so ist es«, konnte sie nur noch matt erwidern.
Sollte er doch glauben, dass sie eine oberflächliche Person war. Sie wollte die Sache möglichst schnell hinter sich bringen. Wenn sie hier noch lange mit ihm diskutierte, schaffte sie es nie und nimmer, ihn zu verlassen.
Er griff hart nach ihrem Handgelenk.
»Dass ich das nur richtig verstehe, noch einmal langsam: Du willst, dass wir uns nicht mehr treffen, obwohl du mir vor knapp einem halben Jahr noch angeboten hast, mit mir zusammenzuziehen?«
»Au, du tust mir weh«, schrie sie.
Er löste seinen Griff sofort.
»Ich kann doch auch nichts dafür, dass es so gekommen ist«, jammerte sie. »Für seine Gefühle kann niemand.«
Was hätte sie darum gegeben, wenn das alles nur vorbei wäre. Sie war versucht, ihm in die Arme zu sinken und sich bei ihm auszuheulen, denn der Gang, den sie vorhatte, fiel ihr weiß Gott nicht leicht. Dafür hätte sie seinen Beistand bitter nötig gehabt. Stattdessen ließ sie sich nichts anmerken und spielte die Starke, die Verruchte, die Verräterin.
»Kann man sich in einem Menschen so täuschen?«, fragte er bitter. »Wozu dann heute noch dieses ganze Theater? Wolltest es mir besonders schwer machen, oder?«
Seine Augen glühten wie heiße Lava, die kurz vor dem Ausbruch stand.
Sie kam sich schäbig und gemein vor, aber ihn wütend zu machen, gehörte zu ihrem Plan. So würde er leichter über sie hinwegkommen. Es war müßig, weiter mit ihm zu diskutieren. Einem gekränkten Liebhaber konnte man erzählen, was man wollte, es war immer das Falsche.
Schnell zog sie sich an und wollte den Raum verlassen, denn sie hatte Angst davor, es sich anders zu überlegen. Er hatte gerade mal seine Shorts an, als sie schon an der Tür stand. Wild entschlossen verstellte er ihr den Weg.
»Nicht, David«, bat sie. »Lass mich gehen. Ich bin es nicht wert.«
Es tat weh, so etwas zu sagen, aber es musste sein.
»Du hast recht«, rief er wütend und enttäuscht.
»Du bist es wirklich nicht wert und trotzdem flehe ich dich an. Bleib bei mir.«

Sie hielt ihm die Hand vor den Mund.
»Sprich nicht weiter. Hast du denn keine Selbstachtung? Es ist vorbei. Du hast nichts falsch gemacht. Es ist einfach so, wie es ist. Niemand kann etwas daran ändern. Lass mich gehen!«
Mit einer Drehung machte sie sich frei und wollte den Raum verlassen.
»Nein!«, schrie er ihr mitten ins Gesicht. »Wir gehören zusammen. Seit über zwölf Jahren sind wir ein Paar. Du kannst nicht so einfach aus meinem Leben verschwinden. Und wenn ich dich mit ihm teilen muss, soll mir das auch recht sein.«
Sie appellierte an seinen Verstand.
»Du kannst nichts festhalten, was dir nicht gehört. Ich bereue keine Minute mit dir, aber unsere Zeit ist abgelaufen.«
Ihm fehlten die Argumente. Er wurde auf einmal sehr ruhig. Das ausnutzend, löste sie sich vorsichtig von ihm. Er ließ es ohne Widerstand zu. Sie machte ein paar Schritte – erst zaghaft, dann immer schneller werdend.
Auf dem Gang schlug ihr die übliche Luft entgegen: Desodorant, Parfüm, die verschiedensten Gerüche nackter Haut sowie deren Ausscheidungen. Sie lief nun hastig, so als laufe sie vor sich selbst davon.
Am Ende des Flurs drehte sie sich noch einmal zu ihm um und hauchte ein letztes Mal: »Vergib mir, mein David.«
Tränen standen in seinen Augen. Ein Schmerz griff nach ihrer Brust, dann war sie im Dunkel verschwunden.
Er musste seine Gedanken erst einmal sortieren. Fassungslos schaute er an sich herab. Die Tür stand noch offen. Sie war fort. Da sackte er in sich zusammen.
Auch wenn sie nicht mehr anwesend war, war ihre Essenz doch allgegenwärtig.
Die zierliche Gestalt, die sanfte Stimme, die süßen Worte, die sie in sein Ohr geflüstert hatte und die ihn von Anfang an verzaubert hatten, raubten ihm die Sinne. Ihre Augen lockten ihn wie ein tiefer grüner See. Die runden Lippen, die aussahen wie eine Mohnblüte, versprachen den höchsten Genuss. Er fühlte sich umfangen von ihrer kupferroten wallenden Haarflut und ihren weißen runden mädchenhaften Brüsten, während ihre weichen kühlen Hände seinen nackten Körper erkundeten. Er sehnte sich nach ihrer warmen dunklen Höhle, in die er sich verkrochen hatte. Der süße Duft ihrer Haut hing noch überall im Raum. Ja sogar das Bett, in dem sie bis jetzt gelegen hatte, war noch warm und duftete nach ihr. Als er sich mit der Zunge über den Mund fuhr, schmeckte er den salzigen Geschmack ihrer Haut. Alle seine Sinne waren in Alarmbereitschaft und signalisierten: *Halt sie fest!*

Schnell erhob er sich und schloss die Tür, so als gelte es, die letzten Reste, die ihm von ihr geblieben waren, zu konservieren. Eben erst hatten sich ihre Leiber voneinander gelöst und nun sollte es endgültig vorbeisein? Nie wieder sollte er sie lachen sehen und hören? Nie mehr mit ihr Hand in Hand spazieren gehen? Neben ihr einschlafen, wieder mit ihr aufwachen?
Ein Schrei, der seine tiefsten Seelenqualen offenbarte, die ganze Tragik seines Schmerzes ausdrückte, löste sich aus seiner Brust, dann rannte er so, wie er war, hinaus auf den Flur ihr nach. Aber es war schon zu spät! Sie war für immer aus seinem Leben verschwunden, so musste er wohl annehmen.

Der Abschied von Ina verlief leichter. Messira erzählte ihrer alten Erzieherin, dass sie nach Indonesia versetzt worden war. Es fiel ihr nicht leicht, die alte Frau zu belügen, aber es schien ihr das einzig Richtige. Irgendwann, so hatte sie es mit Margrit besprochen, würde Ina eine Mitteilung bekommen, dass sie dort verstorben war. Natürlich fiel es Ina schwer, sie gehenzulassen, aber sie hatte im Gegensatz zu David gelernt, nicht festzuhalten, was nicht festzuhalten war.

Gegen zweiundzwanzig Uhr betrat Messira gemeinsam mit Margrit den Vorraum der psychiatrischen Klinik des Lancen. Die Lampen erhellten den grauen Steinfußboden so stark, dass er aussah, wie ein riesiger Spiegel. Die Frauen setzten sich auf eine Bank im Flur, die unmittelbar vor dem Eingang zum OP stand.
Eben war der letzte Patient hinter den Glastüren verschwunden. Messira registrierte, dass niemand mehr nachkam. Sie hatte ihr Haar mit einem dunkelblauen Band im Nacken gebändigt und trug ein schwarzes Kostüm, das ihre filigrane Gestalt hervorhob. Der Abschied von David hatte sie reifer gemacht. Das Lächeln war aus ihrem Gesicht verschwunden. Ihr wurde bewusst, dass sie hier die letzten Minuten ihrer Vergangenheit verbrachte.
Vergangenheit! Zukunft! Gegenwart! Was heißt das? Ist nicht alles vergangen, schon in dem Augenblick, in dem es geschieht? Wir leben in einer linearen Welt. Die Gegenwart ist eine Illusion. Im Zeitstrahl gibt es nur Vergangenheit und Zukunft, nichts dazwischen. Die Gegenwart liegt außerhalb der messbaren Zeit. Jedes Ereignis ist , bevor es geschieht, Teil der Zukunft und geht schon während seines Geschehens fließend in die Vergangenheit über. Auch wenn es sich um den winzigen Bruchteil einer Sekunde handelt, ist dieses Ereignis doch an die Zeit gebunden und hat somit einen Anfang und ein Ende.
Die Gegenwart liegt zwischen den Zeiten, also zwischen Vergangenheit und Zukunft. Es handelt sich bei ihr um eine Dimension, die nicht von dieser

Welt ist. In der Gegenwart laufen Vergangenheit und Zukunft gleichzeitig ab, aber auch wieder nicht, denn es gibt keine Zeit, also weder Vergangenheit, noch Zukunft. In der Gegenwart steht die Zeit still. Gegenwart ist das, was der Mensch Ewigkeit nennt, eine Art Zeitlosigkeit.
Man stelle sich einen Zahlenstrahl vor. Die Gegenwart stünde dann bei der Zahl Null. Die Vergangenheit wären die negativen Zahlen und die Zukunft die positiven Zahlen. Da die Null keine Zahl im eigentlichen Sinne ist, gelingt es weder den negativen, noch den positiven Zahlen, an die Null heranzukommen. Immer lassen sich Zahlen, die kleiner als die Eins sind, in noch winzigere Einheiten unterteilen, die hinter dem Komma unendlich viele Dezimalstellen haben.
Ihre Vergangenheit kannte Messira. Eine Gegenwart existierte nicht. Aber wie würde sie mit ihrer Zukunft zurechtkommen?
Margrit langte hinüber und legte ihre Hand auf ihre Schulter: »Sei ganz ruhig, es wird alles gutgehen.«
»Es ist für mich der einzige Weg hier wegzukommen. Ich hab keine Angst.«
So ganz stimmte das nicht. Angst hatte sie schon. Zu gern hätte sie gewusst, wie viele Menschen nicht mehr rechtzeitig erwacht waren. Aber sie traute sich nicht, danach zu fragen. Was hätte das auch geändert? Die Kugel war ins Rollen gekommen. Nun konnte man sie nicht mehr stoppen. Das einzige, was sie wusste, war, dass das Gegenserum spätestens vier Stunden nach Verabreichung des Giftes gespritzt werden musste.
Der Patient kam wieder heraus. Eine Viertelstunde nach ihm verließen zwei Schwestern den OP.
»Es bleiben nur eine Schwester und der Doktor«, erklärte Margrit. »Wir müssen warten, bis man uns aufruft.«
Die Zeit dehnte sich ins Endlose. Es wurde schlagartig dunkler, weil plötzlich die Hälfte aller Lampen ausgeschaltet wurde. Das Krankenhaus hatte auf Nachtbetrieb umgestellt. Messira griff in die Seitentasche ihres Kostüms und fühlte die kleine Holzfigur darin. Der kleine Wolf ihres Vaters war immer bei schweren Gängen mit dabei – bei ihrer Prüfung genau wie heute bei ihrem ‚Tod'.
Die Schwester kam heraus und fragte: »Wer ist die Patientin?«
Messira gab sich zu erkennen. Die Schwester nickte, und mit einem Blick auf Margrit sagte sie: »Sie dürfen nicht mit hinein.«
Messira verabschiedete sich von Margrit, dann folgte sie der Schwester. Der Arzt, ein Mittfünfziger mit schlanken Fingern, gab ihr die Hand und lächelte ihr freundlich zu. Jedenfalls glaubte sie, dass er das tat, denn sie konnte nicht viel von ihm erkennen, weil sein Mundschutz den größten Teil seines Gesichts verdeckte. Er sprach kein Wort, nur seine Augen lächelten. Die Schwester aber redete dafür umso mehr.

»Ziehen Sie sich hinter dem Wandschirm aus und legen Sie sich hier auf die Liege.«
Messira gehorchte. Die kleine Holzfigur lag fest in ihrer rechten zusammen geballten Faust. Der Arzt erschien mit der Spritze. Sie wollte die Augen so lange wie möglich offenhalten. Aber schließlich dämmerte sie doch hinüber.
Der Chip war fest mit der Muskulatur des Oberarmes verwachsen. Es kostete den Arzt einige Mühe, diesen zu entfernen. Er musste aufpassen, dass keine Nerven beschädigt wurden und die Muskulatur die Möglichkeit hatte, sich wieder zu regenerieren. Vorsichtig schälte er die kleine Metallscheibe aus dem Gewebe heraus. Anschließend vernähte er die Wunde sorgfältig. Als er das Armband entfernt hatte, brachte die Schwester die Giftspritze. Von nun an musste alles sehr schnell gehen. Er setzte die Injektion und überprüfte anschließend die Vitalfunktionen der Patientin. Das Ergebnis war zufriedenstellend. Während die Schwester einen Pfleger rief, tippte der Arzt Messiras Daten in den Computer.
»Patientin ist eben bei einem Routineeingriff verstorben«, sagte die Schwester zu dem Mann, der eben eintrat. Der Arzt bestätigte durch ein Kopfnicken. »Bringen Sie sie in den Keller.«
Der Pfleger warf einen kurzen Blick auf Messira, deckte ihren Körper mit einem Laken ab und fuhr die Liege zum Fahrstuhl. Dieser hielt in einer großen kühlen Halle im Keller. Dort standen weitere drei Liegen mit abgedeckten Körpern. Nachdem er Messira dazugestellt hatte, entfernte er sich und ging in seinen wohlverdienten Feierabend.
Morgen früh, wenn der Bestatter kam, würden die Überreste der vier Menschen von einem großen extra für diesen Zweck konzipierten Laser zu Asche verbrannt werden.
Mittlerweile war es kurz nach Mitternacht geworden. Margrit hatte eine Keycard für die Kellerräume. Sie hielt sich schon in der Halle auf. Als der Pfleger gegangen war, kam sie aus ihrem Versteck hinter einer der drei anderen Liegen hervor.
Schnell schob sie Messiras Liege zum Hinterausgang, der auf dieser Seite des Krankenhauses auf Kellerniveau lag. Als sie sich davon überzeugt hatte, dass niemand sich auf der Straße befand, schob sie die Liege zu einem Krankentransporter, der vor der Tür parkte und lud Messiras Körper mit Hilfe des Fahrers auf die Ladefläche des Wagens. Hastig stiegen beide ein. Der Lastkraftwagen machte sich auf den Weg zum nächsten Lebensmittelcontainer Richtung Windhuk
Der Bestatter gehörte seit langem zum Widerstand. Er würde morgen die Berichte fälschen und angeben, dass er vier Leichen verbrannt hatte. Ohne ihn wäre die ganze Aktion nicht denkbar gewesen.

Krankentransporter fuhren nicht wie vor sechshundert Jahren mit Blaulicht durch die Straßen. Weil sich der gesamte Individualverkehr in der Luft abspielte, waren die Straßen die meiste Zeit frei.
Bis zum nächsten Flughafen dauerte es etwa eine halbe Stunde. Dort wartete man schon auf den Transport aus dem Krankenhaus. Messira wurde gemeinsam mit Nahrungsmitteln, Kleidung und Werkzeugen in einen Container verladen. Der Flug dauerte gut eine Stunde. Vom Windhuker Flugplatz aus wurden die Waren in vier Transportfahrzeuge geladen, die auf die Farm in die Gegend von Korixas gebracht werden sollten.

*

Messira erwachte in einer Holzhütte. Sie fühlte sich schwach. Ihr Kopf schmerzte – ein dumpfer Schmerz, der immer wiederkam, raubte ihr fast den Verstand. Im linken Oberarm verspürte sie ein Stechen. Als sie mit ihrer rechten Hand hinüberlangte, ertastete sie einen dicken Verband. Langsam kam die Erinnerung wieder. Der Chip, dachte sie, endlich bin ich ihn los und kann über mein Leben selbst bestimmen. Ich bin frei, jubelte alles in ihr. Ein Gesicht beugte sich über sie. Margrit! Da wusste sie, dass sie gerettet war. Sofort hellte ihre Miene sich auf.
»Hier, das hast du verloren«, sagte Margrit und reichte ihr den kleinen Wolf.
Messira griff nach der Schnitzerei. Zum Glück hatte Margrit sie gefunden.
»Ist alles gutgegangen?«, fragte sie mit einer Stimme, die ihr noch nicht ganz gehorchen wollte und erwartete eigentlich keine Antwort darauf, weil sie die ohnehin zu kennen glaubte.
Margrit machte ein ernstes Gesicht und zu Messiras Erstaunen sagte sie: »Es gab Komplikationen, aber zuletzt hatten wir alles im Griff.«
Die volle Bedeutung dieser Worte ging vorerst an Messira vorbei. Ihre unmittelbaren Bedürfnisse traten im Moment in den Vordergrund. Sie verspürte starken Durst, und sie wollte wissen, wo sie sich im Augenblick befand. Ihre Augen suchten die nähere Umgebung ab. Sie lag auf einem einfachen Bett aus Holz. Die Matratze, mit Stroh gefüllt, war mit einem hellen Leinentuch bezogen. Die Bettdecke – ebenfalls aus Leinen – musste mit Daunen gefüllt sein, denn sie war so weich, dass ihr Körper darin versank wie in einer Wattewolke. Als sie endlich begriff, was Margrit ihr eben versucht hatte zu erklären, zuckte sie zusammen.
»Was ist passiert?«
»Beim Rücktransport gab es eine Verzögerung von einer halben Stunde. Als du hier eintrafst, waren die vier Stunden schon abgelaufen. Wir dachten, wir hätten dich verloren«, flüsterte Margrit.

»Aber ich lebe!«, stellte Messira erleichtert fest.
»War ein hartes Stück Arbeit! Zuerst die Reanimation und danach hast du immer wieder das Bewusstsein verloren«, erklärte Margrit.
Messira ersparte sich die Einzelheiten. Manchmal war es gut, nicht alles zu wissen. Zum Glück war sie jetzt wieder bei klarem Verstand.
»Ich habe Durst«, fiel ihr ein.
Eine fremde Frau kam mit einem Becher Wasser an ihr Bett.
»Trink das. Heute darfst du das Bett nicht verlassen. Morgen sehe ich noch mal nach dir.«
Der blasse schmale Mund der Frau lächelte sie freundlich an. Ihr dunkelblondes halblanges, in der Mitte gescheiteltes Haar streifte Messiras Kinn, als sie ihr half, den Becher zum Mund zu führen. Es roch angenehm nach Jasmin. Rechts und links wurden die sanft fallenden Wellen von je einer Spange gehalten. Wasserhelle Augen schauten sie unter feinen Brauen und Wimpern besorgt an. Auf dem zierlichen Nasenrücken der Frau tummelten sich winzige Sommersprossen.
»Du hast Sara gehört. Sie ist unsere Ärztin und weiß am besten, was zu tun ist. Also richte dich genau nach ihren Anweisungen, sonst bekommst du's mit mir zu tun«, versuchte Margrit zu scherzen. Sie erhob sich von Messiras Bett.
»Ich muss wieder in die alte Welt zurück, sonst vermissen die Kollegen mich.«
Sie verabschiedete sich von Messira mit einem kräftigen Händedruck. Ein Seufzer der Erleichterung, dass sie noch am Leben war, entfloh Messiras Brust.
»Danke!«, hauchte sie nur.
Als die Freundin gegangen war, machte Messira sich an den zweiten Becher und trank auch diesen aus. Das Wasser erfrischte auf so eigentümliche Art und Weise, wie sie es nie zuvor wahrgenommen hatte.
Kristallklar stand es im Becher, lebendig umfloss es ihre Lippen. Es roch wie eine frische Meeresbrise und schmeckte wie kühles Brunnenwasser. Was brauchte sie mehr? Danach kuschelte sie sich ganz tief in die Kissen, die nach Heu dufteten. Noch andere Gerüche nahm sie wahr: Stroh, nassen Lehm und Ton, sowie harziges Holz. Durch das Fenster wehte eine leichte Brise Tiergeruch herein, der von den Schafen, Rindern und Hühnern kam und mischte sich mit den anderen Gerüchen. All das hatte sie noch nie in dieser Intensität verspürt. Wie schön! schoss es ihr durch den Kopf, aber sie war zu müde, um es in vollen Zügen genießen zu können. Ich habe alle Zeit der Welt, dachte sie noch, bevor ihr die Augen zufielen.

Am nächsten Tag weckte sie ein helles Licht. Durch den geschlossenen Fensterladen gegenüber der Tür hatte sich ein Sonnenstrahl verirrt. Sie

richtete sich auf und rief sich die Ereignisse des Vortages ins Gedächtnis. Es ist passiert, dachte sie. Für die Regierung bin ich tot. Aber tot war sie keinesfalls. Im Gegenteil, sie hatte sich nie so lebendig gefühlt. Ihr Leben jenseits der Barriere konnte beginnen. Welt ich komme, dachte sie.
Die Blockhütte, in der sie sich befand, bestand nur aus einem einzigen Raum. Rechts neben der Tür stand ihr Bett, links ein Kochherd, auf dem ein Wasserkessel blubberte. Holzscheite waren an der Wand daneben aufgestapelt. Der Rauch wurde durch ein langes metallenes Rohr senkrecht nach draußen geleitet. An der Wand über dem Herd beherbergten drei Regale allerlei Kochutensilien. Ein roher Tisch mit vier handgefertigten Stühlen stand vor dem Fenster. Der Raum war so klein, dass zwei der Stühle bis in seine Mitte hineinragten. Eine hölzerne Truhe stand an der Wand hinter dem Bett in unmittelbarer Nähe des Fensters. Die nackten Holzbohlen des Fußbodens waren blank gescheuert. Auf dem Stuhl links vom Tisch, direkt am Fenster, saß die Frau, die sie gestern gesehen hatte.
»Du bist wach«, sagte sie, legte ihr Strickzeug auf den Tisch und erhob sich. Sie beugte sich über Messira und kontrollierte den Verband an ihrem Arm.
»Ich bin Sara und zurzeit der einzige Arzt hier.« Sie reichte Messira freundlich die Hand. »Meine Kollegen pendeln noch zwischen beiden Welten hin und her.«
»Hast du mich wieder ins Leben zurückgeholt?«, wollte Messira wissen.
»Nicht ich allein. Du hast einen ganzen Stab von Ärzten beschäftigt«, sagte sie. »Ein Neurologe, ein Chirurg und ich haben sich um dich bemüht. Dazu noch drei ausgebildete Krankenschwestern.«
»So ein schwerer Fall war ich?«
»Das will ich wohl meinen.«
Was, wenn sie nie mehr erwacht wäre? »Ich möchte nach draußen.« Messira hatte das Bedürfnis, sich nützlich zu machen.
»Eigentlich solltest du dich noch schonen.«
Sara half ihr beim Aufstehen. Messira hatte nicht gewusst, dass ihr das noch so schwerfallen würde. Die Temperaturen waren zu dieser Jahreszeit noch moderat. Sie lagen mittags etwas über dreißig Grad Celsius. Das würde sich bald ändern, denn der Sommer hatte begonnen. Hier draußen in der Wüste konnte es bis zu sechzig Grad Celsius heiß werden. Nachts aber stürzten die Temperaturen bis zum Gefrierpunkt hinab.
Sara half ihr. Messira staunte, was sich in den knapp acht Monaten ihres letzten Aufenthalts alles verändert hatte. Das kleine Dörfchen protzte nur so mit seinen neuen Errungenschaften. Wohl an die zwanzig Hütten zählte sie. Die meisten waren größer als die ihre, ungefähr zehn Meter lang und sechs Meter breit. Sie hatten strohgedeckte Dächer, die tief herabgezogen

waren und auf Holzpfeilern ruhten. Die Menschen saßen unter diesen Dächern gut geschützt vor der Mittagssonne.
In der Mitte des Dorfes gab es einen Platz, an dem sich das öffentliche Leben abspielte. Dieser war von einem großen Segeltuch überspannt, das auf festen metallenen Stützen ruhte. So ergab sich ein luftiges Zelt, das vor der Sonne Schutz bot.
Drei Ställe beherbergten Schafe, Rinder und Hühner. Es war offensichtlich gelungen, einige Tiere lebend durch den Tunnel zu bringen. Die Ställe lagen dicht nebeneinander und waren von einem palisadenartigen Zaun umgeben. Dieser teilte sich in drei verschiedene Bereiche auf. Jede Tierart hatte ihr eigenes Gehege. Messira zählte fünf Hühner und einen Hahn, die im Freien scharrend umherliefen, außerdem vier Schafe und einen Widder, zwei Kühe und einen Stier.
Als Sara Messiras erstaunten Blick sah, meinte sie: »Nicht schlecht, was? Die Schafe konnten wir schon zweimal scheren und Wolle daraus spinnen, die wir zu Kleidung verarbeiten. Das Beste aber kommt noch! Die beiden Kühe und drei von den Schafen sind trächtig. Auch die Hühner sind gerade am Brüten. Es wird vermutlich hier bald von Viehzeug nur so wimmeln.«
Neben den Ställen stand ein größeres Gebäude, das wohl als Speicher diente. Es sollte die Ernte des ersten Jahres aufnehmen.
Natürlich spielte sich das Leben hier wie im frühen Mittelalter ab, aber was machte das schon? Wo sie hinschaute, sah sie zufriedene Gesichter. Die Menschen arbeiteten mit einer Hingabe, die sie nie zuvor gesehen hatte. Jeder, der an ihnen vorbeikam, grüßte freundlich. Allein das hätte es in der Republik nicht gegeben.
»Können wir auch einen Blick auf die Felder werfen?«, bat Messira.
Sara bejahte. Die Bewässerung der Felder erfolgte noch immer über die Pipeline vom Meer, die an einen Ionenaustauscher angeschlossen war. Sie liefen an vier Feldern mit Gerste, Mais und Hirse vorbei. In den Sommermonaten wurden diese Felder durch Segeltücher vor der sengenden Glut der Sonne geschützt. Diese Tücher wurden in bestimmten Abständen auf der Innenseite mit Wasser aus den Pipelines beregnet. Das gab etwas Kühle und Feuchtigkeit, war in Messiras Augen jedoch eine große Sünde und kam einer enormen Wasserverschwendung gleich.
»Wir hoffen, dass du uns helfen kannst, den Ertrag zu steigern«, sagte Sara.
Messira erfuhr, dass schon eine Ernte eingefahren werden konnte. Nun wollte man auch in den Sommermonaten ernten, weil im Sommer trotz der Hitze ein wenig Regen fiel. Jeder im Dorf packte mit an. Alle hatten mehrere Berufe. Sara war nicht nur Ärztin, sondern strickte und webte auch, außerdem machte sie sich als Tierärztin und Künstlerin nützlich.

So hatte Messira sich ihr Leben vorgestellt. Sie selbst interessierte sich neben ihrem Hauptberuf noch fürs Töpfern und Schneidern. Durch ihre vielen Studien in Bibliotheken kannte sie sich auch in der Literatur gut aus.
Sara gefiel die Neue sehr gut.
»Für heute Abend ist eine Versammlung vor dem Haus des Bürgermeisters angesetzt. Da kannst du uns kennenlernen und dich selbst vorstellen«, sagte sie.

Am Abend saßen knapp einhundert Menschen auf dem zentralen Dorfplatz vor Barutis Hütte. Der Bürgermeister war ein mittelgroßer Fünfzigjähriger von afrikanischer Herkunft. Seine Haare trug er in langen Dreadlocks, die er mit Perlen verziert hatte. Im linken Ohrläppchen hing ein Ohrring, den er selbst aus dem Zahn einer Viper hergestellt hatte. Seinen Hals zierte eine bunte Perlenkette. Die Perlen waren vorn zu einem Kreuz verarbeitet. Das sollte sein Bekenntnis zu einem schöpferischen Wesen andeuten. Seine Hände konnten hart arbeiten, wenn sie gebraucht wurden. Daneben besaß er das nötige theoretische Wissen für dieses Amt, denn im einzigen Staat hatte er den Beruf eines Staatsbeamten und Lehrers bekleidet.
Den Namen Baruti hatte er sich selbst gegeben. Er bedeutete so viel wie Lehrer. Baruti kannte sich gut aus mit Formularen, Diplomatie und Politik und brachte auch die erforderlichen Führungsqualitäten mit.
Freundlich begrüßte er die Neue im Namen aller anderen Mitbürger. Immer wieder betonte er, dass seine Vorfahren aus dieser Gegend kämen und man ihn nicht zuletzt auch aus diesem Grunde zum Bürgermeister gewählt hatte. Messira las in seinen Augen, dass er meinte, was er sagte.
Das Wort »gewählt« verursachte bei ihr ein nie gekanntes Glücksgefühl. Hier war ein Mensch mit Hilfe der Mehrheit der Bürger demokratisch in sein Amt gehoben worden. So was gab es seit dreihundert Jahren nicht mehr. Messira berichtete ein wenig von sich und ließ nicht unerwähnt, dass sie dem Dorf zu mehr wirtschaftlichem Ertrag verhelfen könne.
Nachdem sich auch einige andere vorgestellt hatten, wurde ein Lamm auf offenem Feuer gebraten. Es schmeckte köstlich. Die Menschen saßen noch bis tief in die Nacht hinein am Feuer, redeten, tanzten und lachten.
Sara gesellte sich zu Messira und sagte: »Gefällt es dir hier bei uns?«
»Welche Frage? Ich bin das erste Mal in meinem Leben glücklich«, antwortete diese, und man konnte in ihren Augen lesen, dass es die Wahrheit war. »Das letzte Mal, als ich euch besucht habe«, sagte Messira und trank ein wenig von dem entsalzten Meerwasser, »sind wir mit dem Gleiter über eine Bergkette geflogen.«

»Das war das zentrale Hochland mit den Karasbergen. Hier im Westen sind sie etwa 1500 Meter hoch. Sie liegen noch auf dem Gebiet der Republik«, erklärte Sara. »Aber sie sind größtenteils unbewohnt.«
Messira wusste aus ihren Büchern, dass sie sich hier auf dem ältesten Teil der Erdkruste befand. Diese Region hatte sich vor mehr als zwei Milliarden Jahren gebildet. Erst viel später, nämlich vor 550 Millionen Jahren, entstand dann die zusammenhängende Landmasse, die man den Superkontinent Gondwana nannte, der vor etwa 150 Millionen Jahren zerbrach. Viele geologische Strukturen blieben aber erhalten.
Auf diesem Boden, also in der ältesten Wüste der Welt, hatten die Freunde ihr Dorf erbaut. Vielleicht war das ein Fingerzeig des Schicksals.

Noch als sie abends im Bett lag, dachte Messira über Saras Worte nach. Es hat sich nichts verändert, dachte sie. Jahrmillionen Jahre sind vergangen und hier sieht es geologisch noch so aus wie damals. Das Land war quasi jungfräulich. Sie dachte an ihre Mutter. Für sie als Geologin wäre das hier eine Fundgrube gewesen.
Eine tiefe Sehnsucht nach ihren Wurzeln erfasste sie. Wie gern hätte sie Luise kennengelernt und auch ihre biologischen Eltern. Jeder Mensch hat irgendwann das Bedürfnis, seinen Ursprung kennenzulernen. Sie wollte etwas dafür tun, dass ihre Nachkommen sich ein Bild von ihr machen konnten. Deshalb nahm sie sich vor, über ihr Leben im Outback Tagebuch zu schreiben. Gleich morgen früh wollte sie sich geeignetes Schreibmaterial suchen. Vielleicht gelang es ihr, aus Fasern Papier herzustellen. Die Nachwelt sollte erfahren, was hier geschah. Wer weiß, vielleicht entstand auf diesem historisch alten Boden und in dieser trostlosen Gegend die Geburtsstätte einer neuen Zivilisation.

*

Auf dem Gebiet der Republik gingen die Kämpfe zwischen Rebellen und Regierung weiter. Immer mehr öffentliche Einrichtungen wurden zerstört. Die Übergriffe konnten nicht länger geheim gehalten werden. Hohe Kopfgeldprämien wurden ausgesetzt. Aber die Rebellen verstanden ihr Handwerk. Wie aus dem Nichts tauchten sie auf, um genauso schnell wieder zu verschwinden. Auf ihrem Weg hinterließen sie ein Chaos. Aber solange es ihnen nicht gelang, den zentralen Computer in Metropolis außer Kraft zu setzen, waren all ihre Bemühungen wie Wasser, das auf einer heißen Herdplatte verdampft.
Die Regierung sah nicht untätig zu. Immer öfter wurde die Geheimpolizei eingesetzt. Man bildete spezielle Schutztruppen aus, die in der Lage waren,

einen Rebellen nur durch seine bloße Anwesenheit zu wittern. Öffentliche Gebäude wurden von der Geheimpolizei gesichert, denn Militär gab es schon lange nicht mehr. Warum auch? Die Regierung hatte bis jetzt keinen Feind gehabt, vor dem sie sich hätte schützen müssen.

Jetzt, da dem Regime ein Bürgerkrieg drohte, wurde die Anzahl der Polizisten vorsorglich verdoppelt. Die Regierung war fest entschlossen, alles zu tun, um die Rebellen in die Knie zu zwingen. Aber es gelang ihr nicht, das Leben der Bürger noch mehr zu kontrollieren, als sie es ohnehin schon tat.

Die Kontrolle begann schon kurz nach der Geburt eines Menschen. Jeglicher Kontakt der Bürger zueinander war unerwünscht. Wer Kontakte pflegte, die dem Staat nicht passten, musste sich in psychologische Behandlung begeben, die bis hin zur Gehirnwäsche führen konnte. Den Eltern wurde die Erziehungsgewalt entzogen. Später bestimmte die Republik Aufenthalt, Ausbildung und Berufsfeld des Individuums. Angst vor Überwachung und Strafe sollte die Bürger in Schach halten. Sie waren Staatseigentum und als solche Mündel des Staates, so lange sie lebten. Das bedeutete, dass sie so funktionieren mussten, wie der Staat es von ihnen erwartete.

Das einzige, was der Staat noch ausbauen konnte, waren seine Massenorganisationen. Solche Veranstaltungen gaben dem Volk ein Gefühl der Mitgestaltung, Eingebundenheit und sorgten für euphorische Stimmung. Und das tat der Staat dann auch. In letzter Zeit häuften sich die öffentlichen Paraden, zu denen die Bürger nicht nur eingeladen, sondern auch verpflichtet wurden. Hinrichtungen wurden – wie im Mittelalter – öffentlich durchgeführt. Sie sollten abschreckend wirken, aber auch die Schaulustigen anziehen. Denunzianten hatten Hochkonjunktur. Keiner traute dem anderen und jeder war nur auf seinen Vorteil bedacht.

TAU

Vielleicht findet man etwas, was man schon verloren glaubte, wieder oder man erkennt in etwas Bekanntem etwas Neues.
Tau entsteht durch Abkühlung der Luft unter den Taupunkt. Der sich in der Luft befindliche Wasserdampf kondensiert besonders am frühen Morgen in Bodennähe. Hier schlägt er sich an Wiesen und anderen Pflanzen nieder. Dies geschieht, weil die Temperaturen am Morgen am tiefsten sind. Im Laufe des Tages verdunstet der Tau. Beim Beschlagen eines Fensters oder einer Brille handelt es sich im Prinzip um denselben Prozess, man bezeichnet ihn dann aber als Kondensation. Dadurch, dass der Tau sich bevorzugt an der Vegetationsoberfläche bildet, verbessert er die Wasserversorgung der Pflanzen.
Tau hat etwas Filigranes. Er ist vom Himmel gefallenes Wasser in reinster Form. Er spiegelt das Sonnenlicht. Einerseits wirkt er wie ein Brennglas, andererseits vergrößern die kleinen runden Wassertropfen durch ihre Krümmung Gegenstände. Wie Kristallkügelchen veredeln sie die Blätter. Weniger Sichtbares gerät dadurch ins Blickfeld. Neben den Tropfen aber bleibt die Realität in ihrer ursprünglichen Form erhalten - klein, wenig spektakulär, manchmal hässlich oder auch schön, auf jeden Fall aber nur mit Anstrengung erkennbar. Und der Tau selbst? Er verflüchtigt sich sowie die ersten Strahlen der Sonne ihn küssen.

***

In der Nacht zum 15. November 2361 bekam die Regierung einen anonymen Hinweis, dass eine Gruppe Terroristen vorhabe, das Regierungsgebäude zu stürmen und den zentralen Computer der Republik lahmzulegen, Normalerweise maß die Führung anonymen Hinweisen wenig Bedeutung bei. In diesem Falle aber ging es um das Masterprogramm HERA. Eine Deaktivierung desselben hätte den Zusammenbruch des öffentlichen Lebens weltweit zur Folge gehabt. Das Risiko eines Supergaus war zu groß. Sogleich rückten an die sechzig bewaffnete Polizisten aus und verschanzten sich im Gebäude.
Inzwischen war es drei Uhr nachts geworden, ohne dass etwas Verdächtiges passierte. Sollten sie einer Finte zum Opfer gefallen sein? Der Polizeipräsident, der den Einsatz persönlich leitete, wollte die Aktion gerade abbrechen, als er durch sein Nachtsichtgerät sah, wie von außerhalb des Gebäudes vier Gestalten sich näherten. Mit bloßem Auge waren sie kaum

zu erkennen. Das Gerät aber offenbarte selbst so kleine Tiere wie Ratten oder Mäuse. Wieder ein Beweis für die Qualitätsarbeit der Republik! Was nutzte es den Terroristen, dass sie in ihren Tarnanzügen förmlich mit dem Hintergrund verschmolzen, ihre Hände und Gesichter schwarz bemalt hatten und Deckung hinter Bäumen und Sträuchern suchten, die moderne Technik entdeckte sie doch.

Der Polizeipräsident spürte dieses erregende Gefühl von Überlegenheit und Macht in jeder einzelnen Zelle seines wuchtigen Körpers. Mit einem Wink gab er seinen Männern zu verstehen, dass sie sich ruhig verhalten sollten. Sein Jagdinstinkt war geweckt worden. Wie Raubkatzen duckten die Polizisten sich noch tiefer in ihre Verstecke, die sie unter Treppenstufen, hinter Mauervorsprüngen und Ecken gefunden hatten, und hielten den Atem an.

Die Zeit schien mit der Stille eine Allianz einzugehen. Langsam und leise schlichen die Verdächtigen auf das Gebäude zu. Erst als diese sich schon in der Vorhalle befanden, gab der Polizeipräsident den Befehl zum Angriff.

Wie aus dem Nichts stürmten von allen Seiten bewaffnete Truppen auf die kleine Gruppe – unter ihnen eine Frau – zu. Der Überraschungseffekt war so groß, dass die Rebellen anfangs wie gelähmt waren. Diese Schrecksekunden nutzten die Polizisten zu ihrem Vorteil. Sie hatten den Auftrag, die Eindringlinge möglichst lebend zu fassen, denn die Regierung erhoffte sich Informationen von ihnen.

Ganz so einfach sollte es allerdings doch nicht werden, denn die Rebellen schossen, nachdem sie die Situation erfasst hatten, wild um sich. Die Polizisten mussten also ebenfalls von der Waffe Gebrauch machen.

»Zielt auf die Beine!«, schrie der Polizeipräsident. »Achtet darauf, dass keiner lebensgefährlich verletzt wird.«

Die Strahlenpistolen der Polizisten tauchten das Gebäude hin und wieder für Bruchteile von Sekunden in grelles Licht. Wie ein Wetterleuchten flammten die Blitze auf und hielten die kleine Gruppe in Schach. Gegen die Waffen der Regierung konnten die von überall gestohlenen Waffen der Rebellen nichts ausrichten. Es war gerade so, als würden die Terroristen mit Spielzeugpistolen schießen. Und dennoch gelang es den Polizisten nicht, die Eindringlinge nur kampfunfähig zu machen, wollten sie nicht ihr eigenes Leben riskieren.

»Wir müssen wenigstens einen lebend in die Hände bekommen«, schrie der Polizeipräsident noch einmal. »Ihr wisst, was auf dem Spiel steht.«

Eigentlich dachte er nur daran, was das für ihn bedeutete, denn im Geiste sah er schon seine Beförderung und trieb die Männer zu mehr Härte an. Angesichts der haushohen Übermacht hatten die Terroristen sowieso keine Chance.

Die Frau fiel als erste. Nachdem sie vier Polizisten getötet hatte, ging sie getroffen von zwölf Laserschüssen zu Boden. Einer der Männer schaffte es bis in den Keller vorzudringen, es gelang ihm jedoch nicht, seinen Sprengsatz am Computer anzubringen. Ein gezielter Kopfschuss beendete sein Leben. Die anderen beiden Männer suchten hinter einem Mauervorsprung Deckung.

Nicht doch Jungs, dachte der Polizeipräsident. Ihr verlängert euer Leiden nur unnötig. Er wollte natürlich so wenig Männer wie möglich verlieren, damit er bei den Behörden punkten konnte, also schrie er wie ein Besessener durchs Megaphon: »Ergeben Sie sich, dann können wir in Verhandlungen eintreten.«

Er glaubte nicht daran, dass die Rebellen seinen Vorschlag annahmen, denn die wussten, was sie erwartete, aber er hoffte darauf, dass die Panik und der Selbsterhaltungstrieb sie blind machen würden.

Keine Spur von Aufgabe auf Seiten der Rebellen. Die schossen weiter. Und aus ihrer Deckung heraus schafften sie es, die Polizisten noch dreißig Minuten hinzuhalten. Immer wieder fielen Schüsse. Die Verluste auf Seiten der Polizei waren enorm hoch. Endlich gelang es einigen Polizisten, sich von hinten an die Terroristen heranzuschleichen. Beide Männer wurden lebend, jedoch schwer verletzt, gefangengenommen.

Mit stolz geschwellter Brust trieb die Polizei sie vor sich her. Das bedeutete mit Sicherheit die Wende im Bürgerkrieg. Eigentlich hätte nun nichts mehr schiefgehen dürfen und dennoch geschah das Unglaubliche. Auf dem Weg aus dem Gebäude heraus, gelang es einem der Männer trotz seiner Handfesseln, einem Polizisten die Waffe zu entwenden. Er richtete sie zuerst auf seinen Begleiter und dann auf sich selbst. Beide wurden tödlich getroffen.

Zu dumm, dachte der Polizeipräsident. Er war so nahe dran gewesen und hatte im Geiste schon die Lobrede des Gouverneurs gehört. Vielleicht hätte man ihm sogar einen Orden angeboten. Pech! Na immerhin war es ihm gelungen, das Vorhaben der Terroristen erfolgreich zu verhindern. Nicht auszudenken, wenn die den Computer gesprengt hätten. Das gesamte öffentliche Datennetz wäre zusammengebrochen. Der Staat wäre am Ende gewesen. Wieder einmal hatte es sich gezeigt, dass es sich nicht lohnte, gegen den Staat aufzubegehren

*

Messira stand zeitig auf. Die Morgensonne schickte sich an, den Tau der Nacht von den Blättern der wenigen Pflanzen, die hier wuchsen, zu lecken. Feine Dunstschleier hoben sich, Schlangen gleich, die nach der Flöte des

Fakirs tanzen, in die Lüfte. Bald würde es so heiß sein, dass die Pflanzen all ihre Kunst aufbieten mussten, um der sengenden Sonne das lebenspendende Wasser vorzuenthalten.

Heute wollte sie die nähere Umgebung erkunden. Sie füllte den alten Rucksack, der an der Wand hing, mit einer Wasserflasche, setzte den Tropenhelm auf den Kopf, zog Shorts und Stiefel an und wollte eben das Haus verlassen, als sie Sara kommen sah.

»Du willst doch wohl nicht allein in die Wüste?«, fragte diese besorgt.

»Warum nicht? Ich brenne darauf, mir die Umgebung anzusehen – welche Pflanzen hier wachsen und ob sie essbar sind.«

»Erste Regel! Geh niemals allein in die Wüste«, sagte Sara.

»Okay! Dann nehme ich dich mit.« Sara übertrieb für Messiras Geschmack ein wenig.

»Ich bin nicht die Richtige dafür. Wir haben einen Führer. Er hat viel über die Wüste gelesen. Dieses Jahr konnte er sein Wissen in die Praxis umsetzen.

Sara winkte Messira, ihr zu folgen. Sie liefen über den Dorfplatz zu einem Haus, das etwas abseits stand. Ein dunkelhäutiger kleiner alter Mann saß im Schneidersitz auf einer Decke vor seinem Hauseingang. Auf dem Boden lagen verschiedene getrocknete Kräuter, die er sorgfältig in einem Mörser zerrieb.

»Darf ich vorstellen«, sagte Sara und gab dem Mann die Hand. »Das ist Shakir, ein Meister der Überlebenskunst. Und das hier«, sie deutete auf Messira, »ist unsere Landwirtschaftsexpertin. Kannst du ihr die Umgebung zeigen?«

Zwei schwarze Augen hefteten sich prüfend auf Messira. Gestern hatte sie so viele lebendige Gesichter gesehen, dass sie sich nicht über dieses neue vitale Gesicht wunderte. Auch dieser Mann hier, den sie auf etwa siebzig Jahre schätzte, sprühte nur so vor Energie und Lebensfreude. Sein Gesicht war mit Furchen übersät. Es ähnelte ein wenig der afrikanischen Landschaft mit ihren vielen trockenen Flussbetten. Krauses volles Haar umrahmte sein Haupt wie eine Schneehaube. Wenn er lachte oder sprach, blitzten zwei Reihen makelloser Zähne aus seinem Mund hervor. In ihrer Vollkommenheit ähnelten sie einer weißen Perlenkette.

»Messira«, sagte sie und reichte ihm die Hand.

Über sein Gesicht huschte ein Sonnenstrahl.

»Ich freue mich.«

Er unterbrach seine Arbeit und war sofort bereit, sie zu begleiten. In der Hütte suchte er nach einigen Dingen, die er für die Kurzexpedition brauchte. Als er wieder herauskam, trug er einen alten Rucksack auf dem Rücken, in dem sich einige Kostbarkeiten befanden, die Messira noch

schätzen lernen sollte. Sie bedankte sich für seine Bereitschaft. Er ging, ohne viel Worte zu machen, mit ihr hinaus. Dabei schlug er ein Tempo an, das sie Mühe kostete, mit ihm Schritt zu halten.
Eine Weile liefen sie schweigend nebeneinander her. Dabei entdeckte sie, dass sie einen halben Kopf größer war als er. Nie hatte sie einen so kleinen Mann gesehen. Die Stille, die sie umgab war ihr nicht unangenehm, im Gegenteil, sie hatte das Gefühl, als kommuniziere er mit ihr auf eine non verbale Art. Sie fühlte sich gedanklich mit ihm verbunden und konnte sich nicht erinnern, je in ihrem Leben so etwas erlebt zu haben. In der Republik kommunizierten die Menschen weder verbal noch nonverbal. Das, was unbedingt gesagt werden musste, sagte man, ansonsten beschäftigte sich jeder nur mit seinem Tech-Wear, mit ihm kommunizierte man, nicht mit dem Menschen, der einem gegenüberstand.
Nach zwanzig Minuten war die Sonne schon so weit herausgekommen, dass es unangenehm heiß wurde. Messira spürte, wie ihr ganzer Organismus auf Hochtouren arbeitete, um den Körper zu kühlen. Das kostete viel Energie und machte sie schlapp. Sie wusste nicht, ob sie auf Dauer diesem rauen Klima gewachsen war. Sie fühlte sich, als würde ein Glutofen ihr das letzte bisschen Flüssigkeit aus dem Körper saugen und hatte Mühe, einen klaren Gedanken zu fassen.
Plötzlich blieb Shakir stehen und deutete auf ein merkwürdig aussehendes Gebilde, das entfernt einer Pflanze ähnelte.
»Hier siehst du eines der Naturwunder der Wüste Namib und gleichzeitig ein lebendes Fossil.«
Das sollte eine Pflanze sein? Sie besaß zwei riesige Laubblätter, die wiederum auf einem Stamm von ungefähr einem halben Meter Höhe saßen, der seinerseits einen Durchmesser von fast einem Meter hatte.
Wahrscheinlich wäre Messira achtlos an dem Gewächs vorbeigelaufen, hätte Shakir sie nicht darauf aufmerksam gemacht.
Das Gebilde sah aus wie ein betagter Staubfänger, nicht wie ein lebendes Gewächs. Die beiden lederartigen schmuddeligen dunkelgrünen Blätter mit den zahlreichen kleinen weißen Härchen auf ihrer Oberseite hätten jedem Gruselkabinett als Requisite gute Dienste geleistet.
Fast war sie versucht, ihm keinen Glauben zu schenken, als er ihr weismachen wollte, dass diese Pflanze ein Alter von bis zu 2000 Jahren erreichen konnte. Noch weniger glaubte sie, dass sie mit den Nadelbäumen verwandt sein sollte, denn sie hatte absolut keine Ähnlichkeit mit einer Kiefer oder Tanne. Dann behauptete er noch, dass es weibliche und männliche Exemplare davon gäbe – zweihäusig also, dachte Messira. Ob das hier in der Wüste so praktisch war?
»Wie schaffen es die Pflanzen, sich hier zu vermehren?«, wollte sie wissen.

»Wanzen und Wespen gibt es genug. Ob sie die Pflanzen bestäuben, ist noch nicht sicher«, meinte Shakir.
»Siehst du hier die Zapfen?« Er deutete auf zapfenartige Gebilde an der Pflanze. »Die Samen werden bald daraus entlassen und mit dem Wind fortgetragen.«
Der erste Hinweis, warum diese Pflanze mit den Nadelbäumen verwandt war, dachte Messira. Die Zapfen sahen aus wie riesige Kiefernzapfen.
Pflanzen in der Wüste wären immer ein Hinweis auf Wasservorräte im Boden, meinte Shakir. Man könne an der Vegetation erkennen, wie tief das Grundwasser im Boden lagere. In diesem Gebiet ungefähr zwanzig bis sechzig Meter.
Wieso aber noch die Seitenwurzeln an der Pflanze? Man konnte sie an der Wölbung der Bodenoberfläche erkennen. Wollte diese Pflanze sich doppelt absichern?
»Hier in der Wüste geht es um alles oder nichts. Selbst geringste Wassermengen werden aufgefangen. Wenn die Regenzeit kommt, saugen die Seitenwurzeln die Bodenfeuchtigkeit der obersten Erdschichten auf«, meinte Shakir.
Messira berührte die etwa zwei Meter langen Blätter der Pflanze. Sie waren hart und ledrig – auch ein Schutz vor Wasserverlust. Sie konnte ja nicht wissen, dass diese Pflanze einmal ihr Leben retten würde. Fasziniert lauschte sie der Stimme ihres Führers, der nun fortfuhr: »Entdeckt wurde sie von einem österreichischen Botaniker im 19. Jahrhundert. Nach ihm wurde sie Welwitschia genannt.«
Er schnitt mit seinem Messer ein kleines Dreieck aus dem Stamm heraus und reichte es Messira. Die entdeckte, dass der Stamm Jahresringe wie bei einem Baum aufwies.
Shakir freute sich über ihr Interesse. Endlich konnte er sein Wissen und seine Erfahrung an einen anderen Menschen weitergeben.
Plötzlich verspürte Messira Durst und griff nach ihrer Wasserflasche. Er aber hielt ihre Hand fest.
»Geh sorgfältig mit den Wasservorräten um. Verschwende sie nicht«, mahnte er. »Schau, was die Pflanzen der Wüste sich einfallen lassen, denn sie müssen mit dem wenigen Wasser, das es hier gibt, auskommen. Da sie nicht in der Lage sind, Wasser herzustellen, sieht man hier hauptsächlich schnell blühende Arten, die sich bei den wenigen Regenfällen entfalten und die Trockenzeit, als Same, Knolle, Wurzelstock oder Zwiebel überstehen.«
Er grub eine Knolle aus dem Boden, schnitt sie mit dem Messer an und gab Messira ein Stück davon ab.
Wieso wusste er, wo er graben musste?
»Du musst sie ausdrücken.«

Er hielt die Knolle direkt über seinen geöffneten Mund und drückte sie wie einen Schwamm zusammen. Klares Wasser kam heraus. Messira steckte die Wasserflasche wieder zurück und tat es ihm gleich. Das Wasser schmeckte köstlich, ein klein wenig süß mit einem bitteren Nachgeschmack aber sehr erfrischend.

Ein Stück weiter fiel ihr Blick auf kakteenähnliche Gebilde. Messira wusste aus ihren Büchern, dass diese Sukkulenten Wasser in ihrem Stamm speichern. Sie sah auch hin und wieder Bäume, wo eigentlich keine wachsen dürften.

Shakir hatte gesagt, dass all diese Pflanzen sich langer Pfahlwurzeln bedienten, die sie metertief in den Erdboden rammten, um an das lebenspendende Grundwasser zu gelangen. Die Grundwasservorräte in der Wüste waren wohl auch der Grund, warum die Pflanzen hier ganzjährig grün blieben. Als sie Shakir ihre Vermutungen mitteilte, gab er ihr Recht.

Schon wieder sahen sie merkwürdige Pflanzen.

»Das sind Köcherbäume«, erklärte er.

Manche dieser Bäume hatten Wurzeln, die den Boden in einem Radius von dreißig Metern nach Wasser absuchten. Diese Art duldete keinen anderen Baum neben sich, der im Bereich ihrer Wurzeln stand.

Messira sah auch Pflanzen, die den Tau mit ihren Blättern einfingen und ihn in winzigen Wassertropfen direkt am Stamm hinunter zu den Wurzeln leiteten. Faszinierend, was die Natur sich einfallen ließ. Nie hätte sie geglaubt, dass in der Wüste so vielfältiges Leben existierte.

Die meiste Zeit verbrachten beide damit, auf den Knien zu rutschen und Blätter umzudrehen. Shakir hatte eine kleine Lupe mitgenommen. Ein Luxus, den er sich hier erlaubte, um die Natur zu studieren. Messira blühte auf wie eine dieser Wüstenpflanzen. Er freute sich mit ihr und erklärte: »Die Pflanzen in der Wüste haben noch andere Probleme als nur den Wassermangel. Das Leben hier erfordert ein hohes Maß an Anpassung. Allein die Temperaturunterschiede sind eine Herausforderung. Manchmal beträgt die Differenz zwischen Tag und Nacht 60 Grad Celsius. Deshalb gibt es Pflanzen, die kerzengerade in den Himmel wachsen und sehr schlank sind. So trifft nur wenig Sonnenlicht auf sie.«

Schon seltsam, was die Pflanzen alles taten, um zu überleben. Shakir zeigte Messira merkwürdige weiße Härchen auf den Blättern eines Gewächses. Wahrscheinlich reflektierten diese das Sonnenlicht und warfen gleichzeitig etwas Schatten auf die Blattoberfläche. Welchen Spagat mussten diese Wüstenpflanzen leisten. Es galt einerseits, sich vor der Flut der Sonne zu schützen, andererseits war Sonnenlicht wegen der Fotosynthese unverzichtbar für sie.

Auch Spaltöffnungen durften nicht fehlen, denn das lebensnotwendige Kohlenstoffdioxid musste aus der Luft in die Blätter eindringen können.

Spaltöffnungen aber führten zu einem schnelleren Verdunsten von Wasser. Die Pflanze musste einen Kompromiss eingehen, der darauf hinauslief, dass sie ihre Spaltöffnungen versteckte oder es der Sonne mit einem Trick schwermachte, an sie heranzukommen. Ein Haarkleid leistete da gute Dienste, oder eine rosettenartige Wuchsform der Blätter oder tiefe Gruben, in denen dann ganz unten die Spaltöffnung zum Vorschein kam.

Im Schatten einer Düne machten sie eine Mittagspause. Shakir zauberte ein paar Streifen Dörrfleisch aus seinem Rucksack. Messira bekam hier draußen ordentlich Appetit. Es schmeckte ihr wie lange nicht mehr.
Eigentlich war das Mahl nichts Besonderes. In jedem einfachen Gästehaus der Republik hätte sie eine größere Vielfalt erwartet, ganz zu schweigen von den Sternerestaurants. Und dennoch war die Nahrung in der Republik tot, weil deren Erbgut völlig ausgereizt war. Es gab keine natürlichen Pflanzen mehr. Alle waren genetisch verändert.
Hier weckte jede Mahlzeit die Sinne. Der Geschmack wurde vom Geruch unterstützt. Die Augen verloren sich in der Weite und Einsamkeit der Umgebung. Das Ohr lauschte dem Singen des Windes sowie Shakirs Stimme und vernahm, wie die Zähne den Bissen zermalmten. Die Zunge tastete das trockene Fleisch Millimeter für Millimeter ab und prüfte es, während die Speicheldrüsen die Verdauung einleiteten. Um diesen Vorgang noch zu unterstützen, trank sie etwas von ihrem Wasservorrat.
Shakir schlug vor, die Mittagszeit hier abzuwarten und erst gegen Nachmittag den Rückweg anzutreten. Beide dösten ein wenig in der heißen Mittagssonne.
Messira konnte kaum ein Auge zubekommen, während Shakir anscheinend eingeschlafen war. Eine Sand-Rennnatter lief in einiger Entfernung an ihrem Rastplatz vorbei. Sie bemühte sich, so wenig Kontakt wie möglich mit dem heißen Boden aufzunehmen. Es sah aus, als wenn sie zeitweise über dem Boden schwebte. Auf einer Anhöhe sah Messira einige Erdmännchen die Köpfe aus ihren unterirdischen Höhlen herausstrecken. Alle Tiere waren in Form und Farbe der Wüstenlandschaft angepasst und konnten nur durch ihre Bewegung oder ein geschultes Auge erkannt werden.

Nach einer Stunde traten sie den Rückweg an. In der Ferne lief ein Strauß vorbei. Wenig später passierten sie ein ausgetrocknetes Flussbett. Die Hitze wurde immer unerträglicher. Viele seltene Steinformationen konnte sie erkennen und dachte wie so oft schon daran, was ihre Mutter wohl zu diesem geologischen Paradies gesagt hätte.
»Wir stehen auf dem ältesten Teil der Erdkruste«, wusste Shakir zu berichten. »Das Land hier ist sehr vielfältig. Weiter südlich gibt es Dünen,

die sind einige hundert Meter hoch. Im Norden breitet sich eine hüglige Landschaft aus Steinen und Geröll aus. Beides geht im Osten in das zentrale Hochland über und läuft im Westen in die Atlantikküste aus.«
Er zeigte auf die Gesteinsschichten. »Hier kannst du die Erdgeschichte wie in einem Bilderbuch lesen. Meist liegen die Steine direkt an der Erdoberfläche. Man muss keine tiefen Stollen graben.«
Messira wollte wissen, wie viele Kilometer das Meer entfernt war. Sara hatte von zwei bis drei Tagesmärschen gesprochen. Aber wie viele Kilometer konnte ein Mensch in der Wüste pro Tag zurücklegen?
Sie erfuhr, dass das Dorf ungefähr 70 Kilometer von der Küste entfernt lag.
Die Wüste bildete eine natürliche Barriere zwischen der Atlantik-Küste und dem Hochland. Sie befanden sich in der Mitte dieses Wüstenküstenstreifens, der etwa zweitausend Kilometer lang war und zum Norden hin immer schmaler wurde.
Nördlich von hier war der Wüstenstreifen nur noch fünfzig Kilometer breit, erstreckte sich schnurgerade am Atlantik entlang und ging im Osten, zum Landesinneren hin in felsiges Gestein und Berge über. Hier hieß er Skelettküste, denn viele Seefahrer waren vor Jahrhunderten an dieser Küste ums Leben gekommen, als sie versuchten, das Landesinnere zu erreichen. Der Morgennebel trieb vom Meer kilometerweit ins Landesinnere. Wasserstellen und Oasen gab es nicht, die meisten Flüsse waren ausgetrocknet und führten nur für kurze Zeit Wasser.
Dort, wo sie sich gerade befanden und weiter Richtung Süden nahm der Wüstenstreifen an Breite zu. Er streckte sich bis zu 150 Kilometer ins Landesinnere. Hohe Berge fehlten, dafür gab es riesige Sanddünen.
Jetzt wusste Messira, warum die Dorfbewohner unbedingt ans Meer wollten: Wasser bedeutete Leben. Dort gab es Pelzrobbenkolonien, Kormorane, Flamingos, Brillenpinguine Pelikane, und Seeschwalben, nicht zu vergessen der enorme Fischreichtum.
Wenn die Regierung gewusst hätte, was sie sich mit der Energiebarriere antat. All die Lebensräume jenseits der Barriere konnten sich in den letzten Jahrhunderten erholen. Ohne den Menschen gelang es den Pflanzen und Tieren, sich zu einer Artenvielfalt zu entwickeln, die es in den Jahren davor nie gegeben hatte.
Auf einer Anhöhe hielt Shakir sie plötzlich zurück. Diesen festen Griff hätte sie ihm nicht zugetraut.
»Vorsicht, nicht weitergehen!« Seine Stimme klang besorgt.
Augenblicklich blieb sie stehen.
»Sieh genau hin.« Er deutete auf den Sand. Der Schwanz einer Schlange schaute aus dem Erdreich hervor. »Das ist eine Sandviper«, erklärte er. »Sie

gräbt sich gern ein, und auf der Lauer nach Beutetieren ragen nur Schwanzspitze, Augen und Nasenöffnung hervor.«
»Was wäre passiert, wenn ich auf sie getreten wäre?«, wollte Messira wissen.
Er schaute genauer hin.
»Es scheint mir eine Zwergpuffotter zu sein. Ihr Gift ist nicht lebensgefährlich. Sie ist die kleinste Art aus der Gattung der Puffottern, gehört aber ebenfalls zur Familie der Vipern. Man sollte sie nicht unterschätzen. Dennoch kann diese höchstens dreißig Zentimeter lange Schlange dem Menschen nicht ernsthaft gefährlich werden.«
Er erklärte ihr, dass Weibchen wesentlich größer werden als Männchen.
Messiras Schritte verursachten eine leichte Bodenerosion, das schreckte die Schlange auf. Eilig verließ sie ihr Versteck und machte sich auf den Weg zu einem neuen.
Messira sah genauer hin und entdeckte, dass die Schlange graugelb gefärbt war. Shakir meinte, dass sie auch rötlich-braun hätte sein können. Auf der Oberseite besaß sie drei Streifen und deutliche Flecken und Punkte.
Die Art der Fortbewegung war die gleiche, die sie vorhin schon an der Schlange, die an dem schlafenden Shakir vorbeigehuscht war, beobachtet hatte. Elegant kroch sie seitlich mit hoher Geschwindigkeit und weit ausholenden Bewegungen über den lockeren Untergrund. Sie war bemüht, so wenig Kontakt wie möglich mit dem heißen Boden aufzunehmen. Ihr gesamter Körper schwebte zu neunzig Prozent über dem Sand.
Faszinierend!
»Was fressen diese Schlangen eigentlich?«, wollte Messira wissen.
Das Bedauern in ihrer Stimme veranlasste Shakir zu einer Erklärung.
»Du bist im Irrtum, wenn du glaubst, die Wüste ist ein toter Ort. Hier gibt es versteckt im Sand mehr Leben als du in all den Jahren in der Republik je gesehen haben dürftest. Zu den Beutetieren der Zwergpuffotter zählen Nagetiere und Sandgeckos, aber auch Düneneidechsen. Die Schlange verspeist ihr Opfer, nachdem sie es betäubt hat, im Ganzen und nimmt so auch die nötige Flüssigkeit auf.«
Sie war noch immer nicht überzeugt und fragte deshalb: »Aber was fressen die Beutetiere?«
Wo sollte all das Leben schon herkommen? Am Tag stiegen die Temperaturen bis auf fast sechzig Grad Celsius und fielen nachts unter den Gefrierpunkt. Die einzige Feuchtigkeitsquelle war der Nebel, der am frühen Morgen vom Atlantik über die Dünen der Wüste zog.
Shakir musste wohl ihre Gedanken erraten haben, denn er erzählte ihr, dass zahlreiche Tierarten Praktiken entwickelt hatten, die ihnen das Überleben in der Wüste ermöglichten. So auch der Nebeltrinkerkäfer. Dieser Käfer gehörte mit zu den Beutetieren dieser Schlange. Man konnte ihn nur hier

finden, sonst nirgendwo auf der Erde. Er war etwa zwei Zentimeter groß, schwarz gefärbt und erkennbar an seinen besonders langen Beinen. Die hielten ihn so weit wie möglich von der heißen Oberfläche des Bodens entfernt.
Einige Zentimeter unter dem Sand jedoch, wo es kühler war, hielt der Käfer sich sehr gern auf. Tags schützte der Sand ihn vor der Hitze, nachts bot ihm das Sandbett Schutz vor Kälte.
An die Oberfläche kam der Käfer meist nur am frühen Morgen. Dann positionierte er sich am höchsten Punkt einer Düne, hob sein Hinterteil und verharrte regungslos. Auf diese Weise kondensierte der Wasserdampf aus den dichten Nebelschwaden an seinem Chitinpanzer und lief über eine Rinne den Bauch entlang direkt in seinen Mund.

Nach seiner anfänglichen Zurückhaltung hätte Messira nie geglaubt, dass Shakir so viel auf einmal reden konnte. Sie war ihm dankbar, dass er sie in die Geheimnisse der Wüste einweihte und nahm sich vor, all das, was sie im Moment nicht sehen konnte, später nachzuholen, aber nicht allein. Sie musste sich eingestehen, dass Sara recht gehabt hatte mit ihrer Behauptung: Geh niemals allein in die Wüste. Nicht auszudenken, welche Gefahren hier lauerten. Sie machte einen weiten Bogen um die Schlange. Immer neue Fragen brannten ihr auf der Seele. Sie wollte diesem Paradies ganz tief auf den Grund gehen und möglichst viel darüber erfahren. Deshalb stand ihr Mund nicht still, und sie stellte eine Frage nach der anderen.
»Wieso sind die Dünen eigentlich rot?«
»Der Sand enthält Eisenoxid«, erklärte Shakir. »Der entsteht, weil durch die feuchte Luft das eisenhaltige Material in den Dünen oxidiert.«
Die Sonne näherte sich langsam dem Horizont und verwandelte die Landschaft in ein glühendes skurriles Szenario. Als die letzten Sonnenstrahlen hinter den Dünen verschwanden, kamen beide wieder im Dorf an. Messira verabschiedete sich, nicht ohne sich bei Shakir zu bedanken und ging zurück in ihre Hütte. Der erste Tag hatte sie müde gemacht. Sie wollte nur noch eine Kleinigkeit trinken und dann ins Bett.

Der nächste Morgen begrüßte sie schon recht früh. Sie hatte festgestellt, dass die meisten Menschen die Kühle des Vormittags sowie die Abendkühle nutzten. Es war kurz vor sechs, als sie erwachte. Die Eindrücke des Vortages liefen noch einmal an ihrem geistigen Auge vorbei. Sie setzte sich vor die Hütte und kritzelte mit einem Stock einige Begriffe in den Sand, die sie nicht vergessen wollte.
Im Laufe des Tages wollte sie zu den vertrockneten Bäumen gehen, die sie gestern unweit hier gesehen hatte. Mit Hilfe der Rinde dieser Bäume wollte

sie eine Art Papyrus herstellen, auf das sie ihre Notizen schreiben konnte. Mit der roten Tonerde, die es hier überall gab, gelang es sicher, einen Farbstoff herzustellen.
Ihre Wangen glühten, als sie daran dachte, wie viel es hier zu entdecken gab. Ihre Kreativität konnte sich in dieser einfachen natürlichen Umgebung voll entfalten.
Sie machte sich auf den Weg zum Dorfplatz, auf dem sie die anderen zu finden hoffte. Frauen und Männer saßen um ein Feuer und rösteten Brot, das sie aus Wasser und Mehl hergestellt hatten. Sie tunkten es in eine Art Pesto aus Kräutern und Öl. Es schmeckte köstlich. Dazu tranken sie Tee. Als sie Messira kommen sahen, winkten sie ihr zu. Sie gesellte sich zu ihnen. Es wurde geschwatzt und gelacht. Gegen acht Uhr verabschiedete Messira sich. Sie bat Sara, sie zu begleiten. Beide Frauen schälten die Rinde von einem der toten Bäume und sammelten die rote Erde in einem kleinen Stoffbeutel ein.

Zu Hause glättete Messira den Papyrus und rührte die Erde mit ein wenig Öl zu einem Brei an. Einen dünnen harten Zweig spitzte sie am Ende mit dem Messer zu und tauchte ihn in diesen Brei. Nach einigen gescheiterten Versuchen gelang es ihr schließlich, die Ereignisse des ersten Tages niederzuschreiben.
Sie war so in ihre Arbeit vertieft, dass sie den Mann nicht kommen hörte. Erst als er ihr die Sonne nahm, bemerkte sie ihn. Er stand im Gegenlicht, also fiel der Schatten auf sein Gesicht. Als sie aufschaute, mussten sich ihre Augen erst einmal an die Lichtverhältnisse gewöhnen. Das erste, was sie erkennen konnte, waren seine Augen, die von einem Kranz kleiner Fältchen umrahmt waren.
»Du hier?«, fragte sie ungläubig, und der Schreibgriffel fiel ihr zu Boden.
»Das hättest du nicht gedacht.«
Er bückte sich, gab ihr den Zweig zurück und lachte sein kleines immer ein wenig ironisch klingendes Lachen, das sie aus tausenden heraus erkennen konnte, das sie liebte und hasste zugleich und nach dem sie sich so gesehnt hatte.
Plötzlich war alles wieder präsent – ihre Liebe, ihre Sehnsucht. Es schien, als ob sie nie voneinander getrennt gewesen waren.
Das Lächeln verschwand, und sein Gesicht wurde ernst.
»Du hast mir ganz schön Sorgen gemacht. Ich dachte, du wachst nie mehr auf.«
»Woher weißt du?« Sie schaute ihn ungläubig an, ahnte aber, warum er das sagte.
Sara war hinzugetreten. Erst jetzt bemerkte Messira die Ärztin, die wohl zusammen mit Nico gekommen war.

»Er hat dich gerettet. Ohne seine Hilfe wäre uns das nicht gelungen«, sagte sie.
Und obwohl Messira so etwas vermutet hatte, denn warum sonst wäre er wohl hier, musste ihr Blick so ungläubig auf die beiden gewirkt haben, dass die laut anfingen zu lachen.
»Was schaust du so, als ob du das alles nicht glauben kannst? Nico ist schon jahrelang Mitglied in unserer Bewegung – viel länger als du«, meinte Sara. »Seit er seine Prüfung hinter sich hat, hat er vielen Menschen das Leben gerettet, indem er sie hierhergeschickt hat.«
»Beinahe wäre ich aufgeflogen, weil eine junge widerspenstige Dame mich beim Namen genannt hat«, musste er nun peinlicherweise loswerden.
Messira fühlte das Blut in ihren Kopf steigen.
»Es stimmt. Ich bin manchmal ziemlich spontan.«
Wie sie sich dafür hasste, dass sie so aus dem Konzept zu bringen war.
»Manchmal?«, fragte er. Man konnte ihm ansehen, dass er da anderer Meinung war.
»Ich weiß, ich bin unmöglich, aber ich verspreche, mich zu ändern«, sagte sie mit ehrlicher Reue in der Stimme.
Jetzt protestierte er: »Bitte ändere dich nicht. Wir brauchen dich so, wie du bist.«
Da war es wieder sein überlegenes Lachen, von dem sie nicht wusste, ob er sich über sie lustig machte, oder ob es zu seinem Naturell gehörte und er gar nicht anders konnte, als so zu lachen.
Unbewusst rückte sie etwas von ihm ab, denn sie spürte dieses Unbehagen, das sich manchmal ihrer bemächtigte, wenn sie verzweifelt versuchte, ihn einzuschätzen. In einem Augenblick fühlte sie sich von ihm angezogen, im nächsten stieß er sie ab. Das lag wohl auch daran, dass er ihr noch immer rhetorisch haushoch überlegen war und sie ein Gefühl von Hilflosigkeit in seiner Nähe verspürte, was sie nicht ertragen konnte.
Er bemerkte sofort ihren Stimmungswandel und bemühte sich, neutralere Themen anzuschneiden.
»Ich bin noch nicht ganz übergewechselt«, sagte er. »In zwei Stunden muss ich wieder an meinem Arbeitsplatz sein, sonst gefährde ich mich und andere. Zurzeit ist es ganz schlimm in der Republik. Jeder verdächtigt jeden. Es kommt mir vor wie eine mittelalterliche Hexenjagd. Passt jemandem deine Nase nicht, schwärzt er dich bei der Regierung an. Die Verhöre sind so grausam, dass manche etwas zugeben, was sie nie begangen haben.«
»Wie schrecklich«, sagte Messira.
Mehr brachte sie nicht heraus. Wieder war sie unzufrieden mit sich. Wieso brachte sie keine vernünftige Konversation mit ihm zustande? Mit anderen Leuten klappte es doch auch?

Sie sprachen noch eine Weile über Dinge, die wichtig für die Bewegung waren, vermieden aber Themen, die mit ihnen selbst zu tun hatten. Die meiste Zeit redete er, und sie hing wie immer an seinen Lippen. Er erzählte, dass er täglich versuche, Menschen hierher zu schicken, dass es aber immer schwieriger werde. Die Regierung vermute etwas, hätte aber noch keine genauen Hinweise. Er verschwieg, dass die Aktionen der Rebellen in eine Art Bürgerkrieg ausgeartet waren.
Sara meinte, dass heute noch eine Lieferung medizinischer Geräte eintreffen werde. Man brauche sie hier im Outback für das Krankenhaus.
»Wenn das Krankenhaus eingerichtet ist, werde auch ich mit ein paar anderen Ärzten zu euch überwechseln«, sagte Nico.
Messira errötete. Die Aussicht, mit ihm hier auf engstem Raum leben zu dürfen, wühlte sie emotional auf. Sie hatte schon bemerkt, dass im Dorf fleißig gebaut wurde und staunte, was die Rebellen in einem knappen dreiviertel Jahr alles bewegt hatten.
»Ihr legt euch ganz schön ins Zeug«, sagte sie.
Sara nahm das als Anerkennung und sagte: »Wir wollen noch viel mehr schaffen. Als nächstes richten wir eine Bibliothek ein. Einige Bücher haben wir schon hierher geschafft.«
»Eine Bibliothek?« fragte Messira und ihre Augen bekamen diesen Glanz, den sie immer hatten, wenn sie an Bücher dachte.
»Ja, wir wollen die wichtigsten Werke der Weltliteratur hierherbringen. Niemand liest mehr. Die meisten Bibliotheken sind heruntergekommen. Kein Mensch wird also den Verlust bemerken. Zum Glück sind die meisten Bibliothekare auf unserer Seite.«
»Ich melde mich schon heute als Hilfskraft an«, meinte Messira. »Ich katalogisiere und registriere die Bücher. Ihr sagt, ihr habt schon welche?«
»Ja, kannst sie dir beim Bürgermeister mal ansehen«, lachte Sara.
Nico war dem Gespräch bis jetzt still gefolgt. Nun sagte er: »Macht ihr das mal unter euch aus. Ich muss wieder zurück.«
Er verabschiedete sich, nicht ohne Messira einen Blick zuzuwerfen, der sie erstarren ließ. Als er ihr zum Abschied die Hand reichte, zuckte sie leicht zusammen, dann ging er, ohne sich umzuschauen.
»Ist irgendwas zwischen euch?«, wollte Sara wissen, der Nicos Blick und Messiras Reaktion nicht entgangen waren.
»Nein«, log Messira, aber ihre Augen sprachen eine andere Sprache.

Abends im Bett dachte sie nur das eine: Wenn er nur bald zurückkäme.
Sie konnte nicht einschlafen und legte sich ein wenig mit ihrem Schlafsack vor die Tür. Der südliche Himmel breitete sich über ihr wie ein samtenes Tuch aus. Die Nacht war wolkenlos, sie konnte bis weit hinaus über die

Milchstraße schauen. Nie hatte sie einen so klaren Himmel gesehen. In der Wüste werden Sternbilder wie das Kreuz des Südens oder der Steinbock sichtbar. Sie schaute entrückt in die Dunkelheit. Die Milchstraße schien ihr so klar, dass sie sie greifen wollte. Wie 100 Milliarden Diamanten überzogen die Sterne den nächtlichen Himmel.
Sie dachte nicht an Schlaf, konnte sich nicht sattsehen an der Pracht. Sie zählte bis zu zehn Tierkreiszeichen fast senkrecht zum Horizont. Es gab hier kaum eine Dämmerung. Die Sterne standen, nahe dem Äquator, sofort am Himmel, wenn die Sonne untergegangen war und bevölkerten so lange den Himmel, bis sie wieder aufging.
Alle Sternbilder schienen auf dem Kopf zu stehen, dieser Eindruck entstand, weil der Nachthimmel auf der Südhalbkugel um 180 Grad verschoben war. Als Messiras Augen sich an die Dunkelheit gewöhnt hatten, erkannte sie selbst die Planeten Saturn, Uranus, Mars und Venus mit bloßem Auge in der tintenschwarzen Weite. Auch Kugelsternhaufen, Nebel und Galaxien konnte sie mit einiger Anstrengung ausmachen.
Endlich begab sie sich nach drinnen. Bilder tauchten vor ihrem geistigen Auge auf. Wie wunderschön könnte es sein, mit Nico hier zu leben. Sie war dem Schicksal unendlich dankbar, dass es sie wieder zusammengeführt hatte. Dann kamen wieder die Zweifel, die sie meistens quälten, wenn sie etwas mit ganzer Seele wollte. Vielleicht war seine Liebe zu ihr erloschen. Ein Wunder wäre es nicht, nach der Abfuhr, die sie ihm damals erteilt hatte. Es gab einen einfachen Weg, dies herauszufinden, und sie musste diesen Weg gehen. Den Luxus des Stolzes konnte sie sich nicht mehr leisten. Jetzt musste sie die Initiative ergreifen. Und wenn es so sein sollte, dass Nico und sie füreinander bestimmt waren, dann würden sie das schon merken.

Nico ließ sich eine ganze Woche lang nicht sehen. Eigentlich war es gut so. So konnte sie in Ruhe nachdenken, ihre Gedanken ordnen und ihrer Arbeit nachgehen. Sie war dabei, an der Ostseite ihres Hauses ein Gewächshaus anzubauen, das die Pflanzen am Tage mit Segeltüchern vor der sengenden Sonne schützen konnte und ihnen nachts Schutz vor der Kälte bot.
Dort wollte sie einige Getreidesorten miteinander kreuzen. Ihre Erfahrungen, die sie in Sibiria gemacht hatte, würden ihr sicher helfen, ein Getreide zu züchten, das den extremen Temperaturschwankungen in der Wüste standhielt. Außerdem sichtete sie die Bücher, die sich schon hier befanden, katalogisierte und listete sie alphabetisch auf. Täglich schrieb sie in ihr Tagebuch, was sich Neues hier ereignete. Nicht zuletzt besuchte sie zusammen mit Shakir fast jeden Tag die Wüste. Sie ließ sich die seltensten Pflanzen und Tiere von ihm zeigen und sammelte prähistorische Steine.

Abends jedoch, wenn sie müde ins Bett fiel, konnte sie nicht einschlafen, weil sie an Nico dachte. Sie war wütend auf sich, konnte aber ihre Gefühle nicht beeinflussen, so gern sie das auch gewollt hätte. Ihr missfiel es noch immer, dass er so viel Macht über sie hatte.
Am Morgen erwachte sie mit seinem Namen auf den Lippen. Das Leben war ungerecht. Wieso verlangte es eine Entscheidung von ihr? Wieso musste sie den ersten Schritt tun? Sie fühlte sich in die Vergangenheit zurückversetzt und ertappte sich dabei, dass sie wünschte, David wäre hier, um ihr die Entscheidung abzunehmen oder nur, weil sie das Bedürfnis hatte, sich bei ihm auszuheulen. Schnell aber verwarf sie den Gedanken. Wieso dachte sie in diesem Augenblick an David? Ihre Gefühle ließen sich nicht eindeutig zuordnen. Sie war hin und her gerissen zwischen den beiden Männern.
Nico würde bald ins Dorf übersiedeln. Wie schön, dachte sie. Aber wo blieb er? Warum kam er sie nicht besuchen?
Endlich entdeckte sie ihn zufällig eineinhalb Wochen später bei Sara.
»Gehst du mir aus dem Weg?«, wollte sie wissen.
»Nicht, dass ich wüsste.«
Dieses Mal lachte er nicht. Er schien ihr seltsam befangen. So kannte sie ihn eigentlich nicht. Diese Gelegenheit wollte sie nutzen, um mit ihm zu sprechen.
»Wir müssen reden.«
Es klang wie ein Befehl aus ihrem Mund, war aber nur ein verzweifelter Versuch, ihn in ihrer Nähe zu haben.
Sara wollte sich entfernen, Messira wehrte ab.
»Bleib! Ich nehme Nico mit zu mir.«
Sara wunderte sich nicht übermäßig. Sie hatte längst bemerkt, dass etwas zwischen den beiden lief. Als Messira nicht aufwachen wollte und Nico um ihr Leben gekämpft hatte, war ihr aufgefallen, dass er sich anders verhalten hatte als sonst. Er schien aufgewühlter und persönlich betroffen zu sein. Klar, dass da was zwischen ihnen sein musste.
Nico sagte nichts. Er folgte Messira wortlos. Die Spannung erreichte ihren Höhepunkt. Messira lief anfangs forsch, dann wurde ihr Schritt langsamer. Wie immer hinterfragte sie ihren Entschluss. War es richtig? Durfte sie ihn so vehement auffordern, mit ihr zu reden?
Sie traten ins Haus. Die Sonne glühte durch die geschlossenen Gardinen und malte helle Streifen auf den Fußboden. Sie bot ihm einen Platz am Tisch an und setzte sich ihm gegenüber.
»Wie lange hast du Zeit?« fragte sie.
Er lächelte, aber nicht hintergründig.
»Bis morgen früh.«

»Umso besser«, sagte sie erleichtert und froh, dass er ihr dieses Mal nicht wieder davonlief.
Sie stand auf, damit er nicht sah, wie sie errötete, öffnete eine Falltür im Boden und kletterte eine etwa zwei Meter lange Leiter hinab in einen kleinen Vorratskeller, der jedem Haus als Kühlraum diente. Von dort brachte sie zwei Becher Wasser, stellte sie auf den Tisch und setzte sich wieder zu ihm. Die Zeit hatte sie dringend gebraucht, um sich wieder zu sammeln.
»Weißt du, dass ich sehr glücklich bin? Ich verdanke dir mein Leben. Du hast um mich gekämpft, als alle anderen mich aufgegeben hatten«, brachte sie mühsam hervor, ohne sich anmerken zu lassen, wie sie sich nach seinen Zärtlichkeiten sehnte.
Er sah ihr nicht direkt in die Augen. Irgendetwas war anders. Sie glaubte, eine jähe Verlegenheit bei ihm zu spüren? Sollte er es sein, der dieses Mal die Fassung verlor?
»Das hätte ich für jede andere auch getan«, schwächte er ab.
Bevor er das köstliche Nass trank, registrierte seine Nase den frischen Geruch. Es schmeckte herrlich. Schließlich gab er widerstrebend zu, dass er Höllenängste um sie ausgestanden hatte. Sie registrierte es mit Freude.
»Es tut mir leid, dass ich dich nach unserer gemeinsamen Nacht so abblitzen ließ«, sagte sie schnell, bevor sie es sich anders überlegen konnte.
»Du hast mein Herz gebrochen.«
Der bittere Unterton in seiner Stimme machte ihr klar, dass er damals ernsthaft verzweifelt gewesen sein musste.
»Meines ist in jener Nacht auch zerbrochen«, gestand sie und trank ebenfalls von dem Wasser.
Er spürte ihren Blick auf sich ruhen. Ihre Augen brannten sich in seine Seele wie ein belebendes Feuer. Er verzehrte sich nach diesem Feuer, das ihn damals gleich zu Anfang verbrannt hatte und Asche in seinem Herzen hinterlassen hatte, die noch Glut in sich trug. Jetzt spürte er, wie die Glut aufflackerte und sich allein von ihrer kleinen Aufforderung, ihn zu begleiten, ernährte. Wie schlimm, dachte er, wenn ich das nicht mehr hätte erleben dürfen.
Sie wusste, dass sie den Anfang machen musste, also sagte sie: »Ich liebe dich.«
Die Stille verursachte ihr einen körperlichen Schmerz.
»Kannst du mir verzeihen? Ich war dumm. Ich hatte Angst, mich selbst zu verlieren.«
Doch ihr Geständnis bewirkte nichts, keine Regung war in seinem Gesicht zu erkennen. Sie senkte den Blick. Wahrscheinlich war es zu spät für Entschuldigungen. Sie hatte ihn zu sehr verletzt.

»Du weißt, was du mir bedeutest«, sagte er schließlich nach einer sehr langen Pause, der ein Aufatmen von ihrer Seite folgte.
»Weiß ich das wirklich?«, fragte sie. »Es wäre schön, wenn du es mir sagtest.«
Er beugte sich über den Tisch, so weit, bis sein Gesicht dem ihren ganz nahe kam und sie seinen Atem spüren konnte.
»Du bist mein Leben«, sagte er. »Wenn dir etwas passieren würde, könnte ich mir das nie verzeihen.«
Darauf hatte sie nur gewartet. Nun tat sie etwas, was für sie gar nicht typisch war. Sie stand auf, schob ihre Hand zaghaft in die Seine und geleitete ihn zum Bett.
Ein wohliger Schauer lief seinen Rücken herab. Viel Zeit zum Wundern blieb ihm aber nicht, schon lag er, und sie ließ sich mit ihrem ganzen Gewicht auf ihn fallen.
»Vergiss, was ich damals gesagt habe«, flüsterte sie in sein Ohr. »Ja, ich will«, bekannte sie feierlich. »Ich will so lange ich lebe mit dir zusammen sein.«
Die Nacht war lau, der Morgen weit, die Herzen offen. Statt einer Antwort, küsste er sie in einem nicht enden wollenden Kuss.

Es war schon komisch. Eine einzige Nacht hatte er mit ihr verbracht und sofort war ihm klargewesen, die oder keine. Er konnte nicht sagen, was ihn so an dieser Frau faszinierte. War es ihr Temperament, ihre Wärme, die Ungeschicklichkeit, mit der sie versuchte, ihre Verlegenheit zu verbergen, oder etwas ganz anderes? Sie hatte etwas Naives und gleichzeitig Raffiniertes an sich. Eigentlich wusste man bei ihr nie so richtig, woran man war. Sie konnte in einem Moment lachen und im nächsten weinen. Und bei all dem war sie gefährlich. Sie hatte sich entwickelt. Nie hätte er geglaubt, dass sie einmal in den Widerstand gehen würde.
Damals, als er sie zum ersten Mal gesehen hatte, glaubte er, sie wäre der Regierung hörig. Sie machte einen solch aufgeräumten Eindruck auf ihn, dass er meinte, bei ihr hätte alles seinen Platz und wenn das mal nicht so wäre, bekäme sie Panik. Nun lag sie in seinen Armen, und er wunderte sich über ihr Temperament. Feuer und Wasser, konnte sich das vertragen?
Aber eines wusste er genau: Er würde sie nie wieder fortlassen.

KASKADE

Nicht immer ist das Leben spektakulär. Manchmal plätschert es nur vor sich hin wie ein Brunnen. Und dennoch schöpft der Mensch gerade dann neue Energie und sammelt sich. Eine Kaskade oder ein Katarakt ist ein kleiner Wasserfall, der in mehreren Stufen nach unten fällt. Eine Kaskade spricht alle Sinne des Betrachters an. Schaum aus winzigen kleinen Luftblasen, die von einer Wasserhaut umgeben sind, entsteht, wenn das Wasser beim Aufprallen auf den felsigen Untergrund trifft. Wird menschliche Haut von den unzähligen frei in der Luft schwebenden Wassertropfen benetzt, hinterlassen diese auf dem Gesicht ein angenehmes kühles, prickelndes Gefühl. Wenn die Sonne scheint, leuchten alle Farben des Regenbogens über der Kaskade. Der Sturz des Wassers erfolgt schnell und ist von einem donnernden Getöse begleitet. Die Luft riecht angenehm nach frischem Wasser.
In Kaskaden wird die Energie eines Wasserfalles nicht plötzlich abgegeben, sondern fein dosiert in einzelnen Stufen. Die freiwerdende Energie schafft schrittweise einen energieärmeren Zustand. Das System stabilisiert sich und kann neue Kraft tanken.

***

»Wie geht es Marvin?«, erkundigte sich Messira, als Margrit eine Woche später zu Besuch kam. »Besteht eine Chance, dass er in der nächsten Zeit zu uns übersiedelt?«
Margrits Augen verdunkelten sich. »Marvin ist bei einem Außeneinsatz ums Leben gekommen. Es hat sich viel verändert, seitdem du von uns weg bist.«
»Marvin tot?«, schluckte Messira.
»Ja«, bestätigte Margrit. »Nicht nur er, auch Gerard, Kay und Ann sind gefallen.«
»Gefallen? Was ist passiert?«
»Es gab Probleme, als sie den zentralen Computer in Metropolis in die Luft sprengen wollten.«
»Nein!«
»Die vier sind einem Spitzel zum Opfer gefallen. Wir vermuten, dass es jemand war, der ein Gespräch von ihnen belauscht hat, ohne dass sie es bemerkt haben. Niemand weiß, wo das geschah. Gerade sie waren immer sehr vorsichtig. Die Polizei hat mittlerweile überall ihre Spitzel. Sie tarnen sich, verstecken sich, sind fast unsichtbar. Sechzig Mann verschanzten sich im Gebäude und warteten schon auf die vier. Sie hatten nicht den Hauch einer Chance. Später ist dann auch Baldwin bei einem Einsatz gefallen und einige andere, die du nur flüchtig kennst, ebenfalls.

Messira empfand eine tiefe Traurigkeit. All die Menschen, die ihr lieb und teuer waren, die nur für ihr Recht gekämpft hatten, gefallen?
»Ich hoffe, der Tod kam schnell«, sagte sie.
»Über sichere Kanäle habe ich erfahren, dass Ann als erste starb. Sie konnte einige Polizisten mit in den Tod nehmen, dann wurde Marvin erschossen. Er hat sich wie wild gewehrt. Gerard und Kay hielten die Polizisten noch eine halbe Stunde in Schach, bevor auch sie umzingelt wurden. Es heißt, sie sollen sich selbst erschossen haben. Ich glaube, sie mussten nicht leiden.«
Margrit nahm Messira in den Arm. Sie wusste, dass sie und Marvin sich nahegestanden hatten.
»Niemand weiß, wie es weitergeht. Die Regierung schlägt zurück. Es wird gefährlich für uns.«
Messira bedauerte, dass sie den Freunden nicht hatte helfen können. Wie viele Menschenleben hatte dieser Kampf schon auf beiden Seiten gekostet? Sie schämte sich fast, dass es ihr hier so gutging. Noch nie hatte sie sich so wohl gefühlt wie in diesem Dorf hinter der Barriere.
Margrit nahm ihr das schlechte Gewissen.
»Du bist von großem Nutzen für uns«, sagte sie. »Niemand kennt sich so gut mit Agrarwissenschaften aus wie du. Du wirst dafür sorgen, dass unser Dorf keinen Hunger leidet.«
Und dennoch blieb ein schaler Geschmack bei Messira zurück. Sie wollte sich der Verantwortung würdig erweisen und ihre Sache so gut wie möglich machen. Ein Neuanfang hatte begonnen. Sie musste die Vergangenheit abstreifen. Zum Glück gab ihr hier niemand Gelegenheit, lange über das Gewesene nachzudenken. Es gab Arbeit zur Genüge.

Dieses Jahr kam die Regenzeit sehr spät – erst Ende November. Es fiel nicht viel vom Himmel, aber über Nacht verwandelte die Wüste sich in einen blühenden Garten. Überall schossen Gräser aus dem Boden. Ein bunter Teppich in den Farben grün, gelb und silberweiß breitete sich zu Messiras Füßen aus.
Schon lange glaubte sie nicht mehr daran, dass eine Wüste ein toter Ort ist. Ständig entdeckte sie neues Leben, weil sie gelernt hatte, genau hinzuschauen.
So ist das mit dem Leben, dachte sie. Ein ständiges Kommen und Gehen. Man darf sein Herz nicht zu lange an etwas hängen. Der Tod birgt neues Leben in sich. Die Wüste war das beste Beispiel hierfür.
Jede einzelne zarte Blüte des Lampenputzergrases sah so zerbrechlich aus wie ein feenhaftes Wesen. Strich der Wind jedoch über das gesamte Grasmeer, ähnelte der Wellengang einem mächtigen grünen Ozean.

Die Dinge waren nicht, was sie zu sein schienen. Schwaches war eigentlich stark und Starkes in Wirklichkeit schwach. Die Sterne standen nur scheinbar auf dem Kopf. Einige Tropfen Wasser konnten eine ganze Wüste für wenige Tage in ein Blütenmeer verwandeln.
Während sie sich noch darüber wunderte, wo all die Samen herkamen, erklärte Shakir ihr, dass manche fast zehn Jahre im Boden schliefen und nur auf den ersehnten Regen warteten. Fast ein Dornröschenschlaf, in dem das Wasser die Rolle des Prinzen übernahm.
Man konnte den Wüstensand mit einer riesigen Packung Samen vergleichen, die man im Supermarkt kaufen kann. Wie in einer verschlossenen Packung lagen die Samen hier trocken und im wahrsten Sinne des Wortes keimfrei. Aber fielen ein paar Tropfen Regen, wurden sie sofort zum Leben erweckt, ganz gleich, wie lange sie »wie tot« gewesen waren.

Der Bau des Krankenhauses schritt zügig voran. Mit Beginn der Regenzeit – Ende November – war es im Rohbau fertiggestellt.
Während des Aufbaus mussten die Einzelteile einer Fotovoltaik-Anlage von verschiedenen Orten der Republik beschafft werden. Dies nahm insgesamt einen Zeitraum von fast zehn Monaten in Anspruch und gestaltete sich angesichts der politischen Lage immer schwieriger. Zum Glück hatten die Kolonisten sofort nach der Umsiedlung ins Outback damit begonnen, heimlich elektronische Teile hierher zu transportieren. Inzwischen konnte die Anlage auf das Krankenhausdach montiert werden.
Elektrischen Strom herzustellen, gelang dank des enormen Energiepotentials der Sonne, sehr gut. Viel schwieriger erwies es sich, einen Mann zu finden, der Experte auf diesem Gebiet war.
Letzten Monat hatte man ihn in einem trostlosen Zustand gefunden. Siegbert stand kurz vor seiner dritten Rückführung. Schon mehrfach war er mit den Behörden in Konflikt gekommen. Ihm stand nun entweder eine erneute Rückführung oder eine Inhaftierung bevor. Da er jedoch dringend für die Instandhaltung des Energiewalls benötigt wurde, nutzte er dem Staat im Gefängnis wenig. Also lief das Ganze auf eine dritte Rückführung hinaus, die äußerst riskant für ihn werden konnte. Der Staat rechnete stark damit, dass Siegbert den Eingriff nicht überleben würde. Er wollte aber das Risiko eingehen, da dieser ihm inhaftiert wenig nutzte.
Das war die Gelegenheit für die Rebellen. Nico inszenierte Siegberts Tod und brachte ihn hierher ins Outback.
Siegbert, ein jung gebliebener Fünfziger von knorriger Gestalt, ähnelte den Bäumen, die hier in der Wüste mehr schlecht als recht vegetierten. Er war zäh und benötigte nicht viel zum Leben, konnte aber umso mehr ertragen. Seine Ausdauer hatte ihm den Spitznamen Leatherman eingebracht.

Seit einem Monat arbeitete er Tag und Nacht voller Hingabe an der Fertigstellung der Solaranlage. Nur zum Schlafen, Essen und für die Notdurft verließ er seinen Arbeitsplatz. Sein ganzes Leben hatte er eine Aufgabe gesucht, die ihn sowohl geistig, als auch körperlich und sozial herausforderte. Es schien, als habe er gefunden, was er suchte.

Menschen waren so einfach zufriedenzustellen, wenn man nach ihren Bedürfnissen forschte und sie ernst nahm. Dieser Staat würde das nie verstehen.
Der Unmut der Bevölkerung nahm zu. Die Zeit arbeitete für die Rebellen. Nicht mehr lange und dieser korrupte Staat musste untergehen. Menschen ließen sich nicht ewig bevormunden. Irgendwann würde sich auch der letzte Bürger gegen die Regierung auflehnen.

Die Solarmodule bestanden aus Silizium. Seit Hunderten von Jahren war bekannt, dass dieses Metall die Eigenschaft hatte, unter dem Einfluss von Licht positive und negative Ladungsträger freizusetzen. Die kristalline Struktur baute ein elektrisches Feld auf, das wiederum eine Spannung erzeugte, die über Metallkontakte in nutzbare elektrische Energie umgewandelt werden konnte.
Neu aber war, dass das Silizium in den letzten Jahren an Reinheit gewonnen hatte. Nie zuvor hatte man ein Silizium mit diesem Reinheitsgrad gewonnen.
Siegbert schaltete einzelne Solarzellen zu einer größeren Einheit zusammen. Die Kapazität reichte aus, um ein Krankenhaus von maximal zehn Betten mit der nötigen Energie zu versorgen und war noch erweiterbar. Zusätzlich installierte er sechs Sonnenkollektoren auf dem Dach.
Heißes Wasser wurde auch in diesen Breiten für die Desinfektion der Geräte und die Hygiene benötigt. Die Kollektoren absorbierten die solare Strahlung und wandelten sie in Wärme um. Diese wurde dann an eine Flüssigkeit abgegeben und über ein Rohrsystem zu einem Solarspeicher gepumpt. Dort erwärmte sie das Wasser und strömte gekühlt zu den Kollektoren zurück.
Nachdem Siegbert den Bau der Solaranlage beendet hatte, begann er mit Fotovoltaik-Anlagen für die Privathäuser. Besonders zum Kochen wurde der Strom benutzt, aber auch für den Betrieb von Computern. Für den Anfang reichten große Parabolspiegel, die die Sonne einfingen. Sein Erfindungsreichtum kannte keine Grenzen.

Noch vor dem Jahreswechsel ging man daran, die Räume des Krankenhauses einzurichten. Die Freunde hatten so viel medizinisches

Material in dem dreiviertel Jahr ins Outback gebracht, dass es fürs erste reichte.
Messira hatte ihr Gewächshaus endlich fertiggebaut und beschäftigte sich jetzt damit, die Trockentoleranz verschiedener Getreidearten mit Hilfe des Einsatzes von Pilzen zu untersuchen. Sie beimpfte Kulturen, untersuchte Genetik und Physiologie der Pflanzen und kreuzte die Samen untereinander. Dabei knüpfte sie an ihre Forschungen in Sibiria an.
Größe und Gewicht der Samen sowie den Zeitpunkt der Blüte, zeichnete sie akribisch auf und ergänzte ihre Beobachtungen durch genetische Analysen. Dank Siegbert konnte dies inzwischen mit Computern geschehen, die auf abenteuerlichen Wegen ins Outback geschmuggelt worden waren. Dies erleichterte ihr auch die Katalogisierung der Bücher für ihre Bibliothek.
Sie fand heraus, dass einige Pilze symbiotisch mit den Wurzeln der Pflanzen Kontakt aufnahmen und auf diese Weise die Wasseraufnahme begünstigten. Außerdem entwickelte sie in mühevoller Arbeit ein Biogel, das sie mit dem Wüstensand vermischte, um die geringe Wasserspeicherkapazität des Bodens zu erhöhen. Natürlich befanden sich ihre Forschungen noch im Versuchsstadium, aber es gab Anlass zur Hoffnung.
Nico und sie sahen sich nur, wenn er für einen Tag Urlaub bekam. Er musste sehr vorsichtig sein, durfte sich und das Projekt nicht im letzten Augenblick gefährden. Noch war er jenseits der Barriere unverzichtbar, konnte also nicht ins Dorf übersiedeln. Messira stand große Ängste aus, wenn er von ihr fortging. Sie wusste ja, dass sich die Situation hinter der Barriere verschärft hatte. Wenn er dann unversehrt wieder vor ihr stand, dankte sie Gott und freute sich über die wenigen Stunden, die sie miteinander verbringen durften.
In der letzten Zeit war sie ruhiger geworden. Sie versuchte nicht mehr, Dinge zu ändern, die sich nicht ändern ließen. Das Wichtigste für sie war und blieb ihre Freiheit, und es schien ihr wie ein Wunder, dass sie die erreicht hatte.

Manche Abende saß sie abends vor ihrem Haus und wartete auf die Dämmerung. Die Sonne ging manchmal erst um 19.30 Uhr unter. Dann bot sich ihr ein Schauspiel, das jeden Tag anders aussah und ihr die Größe der Schöpfung in aller Schönheit offenbarte.
Der Sommer hatte begonnen und mit ihm kam ein wenig Regen auf das ausgetrocknete Land. Die Regenzeit zog sich über die Monate November, Dezember, Januar und Februar hin. Die Regenmengen waren nicht der Rede wert, denn sie erreichten kaum die unteren Bodenschichten, aber es befanden sich jetzt immer einige Wolken an dem sonst wolkenlosen Himmel.

Einen der schönsten Sonnenuntergänge erlebte sie am 29. November. Die weiße Scheibe der Sonne berührte fast den Horizont. Honiggelbe Wolken tanzten einen spiralförmigen Reigen um den weißen Glutball. Der Himmel dahinter leuchtete in einem einheitlich feurigen Orange. In der Ferne konnte man die kupferfarbenen Sanddünen in der Abenddämmerung leuchten sehen.
Dieses Naturschauspiel vermittelte ihr den Einblick in ein gigantisches Werk, in dem der Mensch nur eine Statistenrolle innehat und besser daran tut, schweigend sein Haupt zu senken, als von seiner eigenen Größe zu prahlen.

Am 15. Dezember wurde das Krankenhaus gemeinsam mit einer Solarpumpe in einem feierlichen Akt eingeweiht. Die Pumpe holte Grundwasser aus einer Tiefe von fast sechzig Metern. Einige Wochen hatte ein Trupp den Boden mit Spezialbohrern bearbeitet, bis man endlich auf Grundwasser gestoßen war. Die Pumpe war bereit, das ganze Dorf zu versorgen.
Das entsalzte Meerwasser benutzte man weiterhin zur Bewässerung der Felder – ein genialer Schachzug, denn jeder Brunnen lässt bei Dauerbenutzung das Grundwasser absinken. Durch die Bewässerung der Felder gab man dem Boden einen Teil des entnommenen Wassers zurück und konnte so verhindern, dass der Grundwasserspiegel zu schnell sank, denn obwohl ein Teil des Wassers verdunstete, versickerte noch genügend im Boden, um die Vorräte wieder aufzufüllen.
Jeder brachte eine Kleinigkeit zum Essen mit. Besonders die Maisplätzchen einer Frau und ihr selbst vergorener Reiswein schmeckten köstlich.
Vorerst tat Sara mit zwei Schwestern und einem Pfleger allein Dienst im Krankenhaus, aber das sollte sich spätestens zum Jahresanfang ändern. Dann wollten Nico und zwei andere Ärzte für immer ins Outback übersiedeln.
Die Menschen des Dorfes, die inzwischen eine verschworene Gemeinschaft bildeten, gingen durch die liebevoll eingerichteten Räume. Messira freute sich, dass in diesem Krankenhaus offensichtlich nicht weiß die dominierende Farbe war.
Es gab einen OP, der über zwei Liegen verfügte, sodass zwei Menschen gleichzeitig behandelt werden konnten. Die OP-Lampen wurden – wie alles andere auch – mit Solarenergie betrieben. Die liebevoll gedrechselten Wandborde aus rohem Holz schufen Platz für Verbandmaterial und Werkzeuge. Ein abschließbarer Schrank sorgte dafür, dass Medikamente, die nicht in die Hand von jedermann gelangen sollten, gut geschützt waren.

Im Sanitärbereich sorgte eine Trockentoilette dafür, dass die Verbreitung von Krankheitserregern verhindert wurde. Die Sonneneinstrahlung erwärmte ein schwarzes Rohr am hinteren Teil der Toilette. Dadurch entstand eine Luftventilation, die die Fäkalien trocknete und Gerüche ableitete, also Bakterien abtötete. Nach einer Erprobungszeit wollte Siegbert in den Privathäusern ebenfalls solche Toiletten einbauen.
Fließend Wasser gab es noch nicht. Es musste jeden Morgen mit Eimern aus dem Brunnen geholt werden und wurde in einem Solarspeicher aufgeheizt. Später einmal wollte Siegbert Wasser aus dem Tiefbrunnen mit Hilfe einer Solarpumpe in das Krankenhaus leiten und das Abwasser wieder zurück auf die Felder.
Die Schreibtische der Ärzte, ebenfalls aus Rohholz getischlert, strahlten gemütliche Rustikalität aus. Die Liegen wirkten streng, aber waren zweckmäßig. Man hatte sie aus Krankenhäusern der Republik geholt.
Es gab insgesamt fünf Krankenzimmer: ein Einbettzimmer für schwere Fälle zur Überwachung nach einer OP, ein Einbettzimmer, das hinter einer Glastrennwand etwas abseits von den anderen lag und im Notfall auch Platz für ein zweites Bett bot und als Quarantänelager dienen konnte, zwei Dreibettzimmer und ein Zweibettzimmer. Ferner gab es ein Schwesternzimmer, einen Raum, in dem ein Arzt übernachten konnte und eine Kantine mit angeschlossener kleiner Küche.
An manchen Dingen mangelte es noch. Einem Bett fehlte die Matratze, Bettdecken, Bettwäsche und Handtücher waren nicht in genügender Anzahl vorhanden und auch nur ein einziges Blutdruckmessgerät. Aber die Mängel würden in absehbarer Zeit beseitigt werden. Die kleine Gesellschaft arbeitete fieberhaft daran. Man war froh, einen Ort geschaffen zu haben, an dem Männer und Frauen medizinisch betreut werden konnten.
Aber war man auch für einen echten Notfall gerüstet?

Die Feier war fast beendet, als Nico erschien. Er brachte zwei junge Ärzte mit. Einer von ihnen war Gynäkologe, der nächste Woche übersiedeln sollte, der zweite Chirurg. Mit Sara als Internistin und Anästhesistin und Nico als Psychiater, Neurologen und Psychologen hatte die kleine Gemeinschaft vorerst den Stab an Ärzten, der am nötigsten gebraucht wurde.
Nico suchte Messira in der Menge. Als er sie gefunden hatte, ging er auf sie zu und stellte ihr seine Kollegen vor.
»Das hier ist Adriano, unser zukünftiger Gynäkologe, und das hier ist Manfred, ein begnadeter Chirurg.«
Messira begrüßte die beiden Ärzte. Adriano war ein hochgewachsener Mann in ihrem Alter. Er hatte schmale weiche Hände und ein feminines

ausdrucksstarkes Gesicht. Sein kastanienbraunes Haar hatte er am Hinterkopf zu einem Pferdeschwanz zusammengebunden. Die braunen Augen standen weit auseinander. Eine schmale scharfkantige Nase, ein weiches Kinn, sowie volle sinnliche Lippen ließen ihn überirdisch schön aussehen. Seine Vorfahren mussten aus dem alten Rom stammen. Das glaubte auf jeden Fall Messira, für die er wie ein antiker Held aussah.

Manfred war in Nicos Alter. Sein Aussehen bildete einen reizvollen Kontrast zu dem seines Kollegen. Er wirkte stämmiger, hatte kräftige Arme und Hände, ein männliches Gesicht mit einem markanten Kinn und eine tiefe Falte an der Nasenwurzel, die ihm etwas Nachdenkliches, ja fast Melancholisches verlieh. Er war eher der athletisch germanische Typ.

Zwischen diesen beiden Männern herrschte eine Harmonie, die weit über eine normale Männerfreundschaft hinausging und Messira als aufmerksamer Beobachterin nicht verborgen blieb.

»Sehr erfreut«, begrüßte Manfred sie in seinem tiefen Bass. »Jetzt lerne ich endlich mal die Frau kennen, von der Nico ständig schwärmt. Ich muss sagen, er hat nicht übertrieben. Sie sind noch schöner, als er Sie uns beschrieben hat.«

Er reichte ihr die Hand und machte Anstalten, einen Kuss darauf zu hauchen.

Messira blieb zu ihrem eigenen Erstaunen trotz des Komplimentes völlig gelassen, entzog ihm aber hastig ihre Hand, sodass er sein Vorhaben nicht in die Tat umsetzen konnte.

»Nico hat sicher wie immer übertrieben.« Sie schickte ihrem Partner einen der Blicke, die diesem die Knie weich werden ließen. »Aber wenn man liebt, hebt man den Partner schon gerne einmal in den Himmel.«

Manfred wandte sich zu Adriano um und schickte nun seinerseits dem Freund einen bewundernden Blick.

»Wie recht Sie haben. Aber das sind sie uns doch wert, unsere Partner, oder?«

Adriano schob sich in den Vordergrund und drängte seinen Freund mit einer gewissen Lässigkeit zur Seite.

»Jetzt bin ich dran, Manni«, sagte er und reichte Messira die Hand. »Im Ernst! Sie sind in der Tat eine Schönheit.«

Seine Stimme klang weich, warm und ein wenig höher als die von Manfred. Messira spürte, wie sein südliches Temperament mit ihm durchging. Nun merkte sie doch, wie ihr das Blut in die Wangen stieg. Schnell entzog sie auch ihm ihre Hand, weil sie fürchtete, er könnte auf die gleiche Idee wie Manfred kommen und sagte: »Das kommt auf den Betrachter an.«

Insgeheim hoffte sie, dass das Gespräch in eine andere Richtung schwenken würde. Nico kam ihr zu Hilfe.

Er legte seinen Arm um sie und sagte: »Ich finde, ihr habt mit allem Recht, doch Messira hasst es, wenn sie im Mittelpunkt steht. Deshalb lasst uns nun wieder zum banalen Alltag zurückkehren.«
»Und außerdem möchte ich, dass wir uns duzen«, sagte Messira, die nun wieder ihre Fassung gefunden hatte.
»Kein Problem«, meinte Manfred.
Sie setzten sich in die Cafeteria und plauderten angeregt miteinander. Dabei entging Messira nicht der liebevolle Umgang der beiden Männer miteinander. Ein schönes Pärchen, dachte sie. Das hatte hier im Outback noch gefehlt.

Eine Woche später eröffnete Adriano seine Praxis im Krankenhaus. Zurzeit lebten 52 Frauen und 60 Männer im Dorf. Fünfunddreißig Frauen waren im Alter zwischen dreißig und vierzig, zwei Frauen unter dreißig Jahren. Die restlichen 15 Frauen waren zwischen vierzig und sechzig, eine sogar schon siebzig Jahre alt. All diese Frauen wurden von Adriano in den kommenden Wochen untersucht. Messira wunderte sich, welch zufriedenen Ausdruck sie in ihren Gesichtern hatten, wenn sie von den Untersuchungen zurückkamen. Als sie an die Reihe kam, sollte sie den Grund hierfür erfahren.
Gespannt saß sie in dem kleinen Untersuchungsraum und wurde von Adriano freundlich begrüßt. Eine Schwester legte für sie eine Datei an.
»Wie geht es dir?«, wollte Adriano wissen und reichte ihr freundlich die Hand.
»Eigentlich ganz gut«, entgegnete Messira. »Ich bin voll ausgelastet mit meiner Arbeit. Nico fehlt mir halt.«
»Das glaube ich dir gern. Ich sehne mich auch nach Manni. Na, bald wird er ja endgültig hierher übersiedeln.«
Sie merkte, wie sehr er sich nach dem Partner sehnte.
»Hast du schon ein Datum?«, fragte sie gespannt.
»Er kommt Anfang Januar«, freute sich Adriano. »Aber nun zu dir. Hast du irgendwelche Beschwerden?«
Messira verneinte, aber er merkte doch, dass ihr was auf der Seele brannte. Das war bei allen Frauen in Messiras Alter so. Er kannte das von vielen Untersuchungen in der Republik. Er untersuchte sie und stellte fest, dass alles bei ihr in Ordnung war.
Als sie sich wieder angezogen hatte und sich ihm gegenüber gesetzt hatte, meinte er: »Du bist eine kerngesunde junge Frau.«
»Ich weiß«, seufzte Messira. »Kerngesund! Doch werde ich nie Kinder haben, so wie alle Frauen hier im Dorf. Wir werden irgendwann alt werden und sterben. Niemals können wir unseren Kindern von unserem Kampf

erzählen und dieses unmenschliche System wird weiter existieren. Es ist ein schöner Traum, den wir da träumen, aber er hat keine Zukunft.«

Das wollte er hören. Triumphierend sagte er: »Das sehe ich nicht so.«

Er machte eine Pause und freute sich über ihr ungläubiges Gesicht, dann fuhr er fort: »Es gibt eine Möglichkeit!«

Noch einmal wartete er die Wirkung seiner Worte ab. Er freute sich jedes Mal wie ein Schuljunge, wenn er den Frauen diese Nachricht überbringen durfte.

»Jede von euch Frauen hat noch einen intakten Eierstock, und Manni ist ein guter Chirurg. Habe ich recht?«

Messira bejahte, sie wusste aber nicht, was beides miteinander zu tun haben sollte.

Er lächelte und fuhr fort: »Mit seiner Hilfe kann es gelingen, deinen durchtrennten Eileiter wieder zusammenzunähen. Ich werde ihm selbstverständlich assistieren.«

Stille!

Messiras Gehirn arbeitete fieberhaft.

»Was sagst du da? Das wäre ja ungeheuerlich. Hast du das all diesen anderen Frauen auch mitgeteilt?«

Da machte er ein Gesicht, als wäre heute sein Geburtstag und er hätte das schönste Geschenk in seinem Leben bekommen.

Messira verstand: »Dann wundert es mich gar nicht, dass ich nur fröhliche Gesichter gesehen habe, als die Frauen deine Praxis verließen.«

»Ja, nicht wahr! Das hat Eindruck auf sie gemacht.«

Er lachte ein feines mitfühlendes Lachen. »Das ist meine frohe Botschaft an euch Frauen hier, und das lasse ich mir nicht nehmen. Ich werde nicht ruhen, bis auch die letzte Frau im Dorf Bescheid weiß. Und wehe, du verrätst etwas.«

Er hob mahnend den rechten Zeigefinger und drohte freundschaftlich damit.

»Aber wir haben eine Siebzigjährige hier«, meinte Messira.

»Na und? Die hat es als erste erfahren«, sagte er. »Sie hat nicht mehr viel Zeit, aber es ist auch bei ihr noch möglich. Mit einer Hormonbehandlung sollte das kein Problem sein. Vermutlich dauert es bei ihr etwas länger. Wenn sie den Wunsch hat, werde ich nicht derjenige sein, der ihn ihr verwehrt. Ich weiß, was ihr Frauen in all diesen Jahren erdulden musstet. Wie ich weiß, lebt sie hier mit ihrem Mann zusammen, was die Sache einfacher macht. Wäre das nicht der Fall, könnte ich mir vorstellen, dass es für sie schwerer wäre, in ihrem Alter noch einen Partner zu finden, der bereit ist, mit ihr ein Kind zu zeugen. Was die Republik kann, können wir schon lange. Dort bekommen noch Hundertjährige gesunde Kinder.«

»Ich weiß«, Messira baute ihre Erregung ab, indem sie mit den Fingern spielte. »Aber hier haben wir doch eine ganz andere Situation.«
»Zweifelst du etwa an unseren medizinischen Fähigkeiten?« sagte er beleidigt.
»Nein, niemals!«, kam es schnell aus ihrem Munde. Sie überlegte kurz und sagte dann: »Unfassbar! Vielleicht kommt jede Frau bald in den Genuss einer Schwangerschaft. Unser ganzes Leben wird sich mit einem Schlag ändern. Wir müssen vorbereitet sein. Ein Leben mit Kindern ist ein ganz anderes als das, was wir jetzt führen.«
Er unterbrach sie: »Nicht so euphorisch. Warten wir mal ab.«
»Du meinst, mit einem Eierstock ist die Wahrscheinlichkeit, Kinder zu empfangen reduziert?«, fragte sie ängstlich.
»Schon ein wenig«, gab er zu. »Aber wenn du willst, bekommst auch du eine Hormonbehandlung von mir. Wenn Manni da ist, können wir mit den OPs beginnen. Nico hat mir schon grünes Licht gegeben. Die Männer müssen natürlich auch operiert werden«, versuchte er sie zu beruhigen.
»Nico weiß davon?«, fragte sie. »Dieser unmögliche Mensch!«
Sie tat empört, aber in Wirklichkeit kam ihr Nicos Schweigen nicht wie ein Verrat an ihr vor, sondern eher wie eine Rücksichtnahme auf Adriano, weil es doch dessen Wunsch war, jeder Frau diese Nachricht persönlich zu überbringen.
Aber etwas anderes machte ihr Sorgen.
»Und wenn es nicht klappt?«
Messira stellte mit Schrecken fest, dass jetzt, wo sie wusste, dass es möglich war, der Gedanke, dass es nicht klappen könnte, nicht zu ertragen war.
»Ich kann nichts versprechen. Solche OPs haben wir noch nie gemacht, aber aus meinen Büchern weiß ich, dass Menschen, die sich früher sterilisieren ließen, manchmal ihre Sterilisation mit Erfolg rückgängig machen ließen. Die Eileiter und Samenleiter haben nur einen Durchmesser von wenigen Millimetern. Man muss sehr vorsichtig operieren, damit die entstehenden Narben nicht die kleine Öffnung verschließen, oder die Wundränder verkleben. Aber ich glaube, dass Manni und ich das schaffen«, sagte er voller Zuversicht.
Messira musste sich an der Lehne des Stuhls festhalten, denn obwohl sie saß, überkam sie ein leichter Schwindel.
»Bitte behalte das Gesagte vorerst für dich«, bat Adriano. »Es wissen noch nicht alle Frauen davon. Ich betone noch einmal: *Ich* möchte der Glücksbote sein und es jeder Frau persönlich überbringen.«
Das verstand Messira. Er wollte es sich nicht nehmen lassen, in die glücklichen Augen zu schauen, wenn er die Freudenbotschaft überbrachte. Sie drückte den Mann ganz fest an sich und gab ihm einen dicken Kuss auf die Wange. Ein Segen, dachte sie, dass es solche Menschen gibt.

Als sie das Sprechzimmer verließ war sie so berauscht, dass sie nicht wusste, wie sie nach Hause gekommen war. Sie nahm sich für heute nichts weiter vor, setzte sich einfach nur vor die Tür ihres Hauses und genoss das Gefühl, dass sie vielleicht bald Mutter sein würde. In allen Farben malte sie sich aus, wie wohl ein Kind von Nico und ihr aussehen könnte. Vielleicht hätte es die Denkerstirn von Nico, oder die roten Haare von ihr. Vielleicht wäre es so klein wie sie oder hätte die braunen Augen von Nico, also eine irisch-russische Mischung, oder es wäre ganz anders, eben wie die Großeltern, die sie nicht kannte, oder aber auch eine Mischung von allem. Es gab so viele Möglichkeiten.
Die Genetik hatte endlich wieder eine Chance. Schluss mit dem Diktat der Domestikation. Über kurz oder lang würden die Gene sich wieder durchsetzen. Die Menschheit konnte sich endlich wieder weiterentwickeln. Wenn doch nur Nico bei ihr wäre. Sie platzte vor Glück und musste es deshalb unbedingt mit jemandem teilen.

So nach und nach waren alle Frauen untersucht worden, und die ersten bekamen schon ihre Hormonbehandlungen. Inzwischen wussten auch die Männer Bescheid. Das gesamte Dorf befand sich in einer euphorischen Stimmung.
Nicht alle Frauen hatten einen Partner, aber alle wollten ein Kind, komme was wolle, und der Zweck heiligt die Mittel. Zu lange hatten sie auf diesen Augenblick warten müssen.
Die Männer waren leicht in der Überzahl. Sie mussten sich mächtig anstrengen, um von den Frauen erwählt zu werden. Jeder sollte seine Chance haben. Zum Glück waren einige Männer nicht willens, Vater zu werden. Insgesamt hatten fünf Männer die Refertilisation verweigert. Es wurde niemand gezwungen. Diese neue Gesellschaft zeichnete sich dadurch aus, dass sie tolerant war gegen jedermann.
Seit dreihundert Jahren waren keine Kinder mehr auf natürlichem Wege gezeugt worden. Selbst wenn es nur bei der Hälfte der Frauen zu einer Schwangerschaft kommen sollte, so würde es hier bald von Kindern nur so wimmeln. Der Gedanke, dass sie in der Lage waren, eine normale Gesellschaft aufzubauen, in der richtige Familien existierten, war so ungeheuerlich, dass Messira Angst hatte, ihn auszusprechen. So viel konnte noch passieren. Es war wohl besser, nicht zu euphorisch an die Sache heranzugehen.

Im Januar siedelte Manfred zu ihnen über. Die ersten OPs wurden durchgeführt. Das Team operierte pro Tag eine Frau und einen Mann, obwohl die doppelte Anzahl auch möglich gewesen wäre. Da die frisch

Operierten aber noch ein bis zwei Tage in der Klinik beobachtet werden mussten und immer ein paar Notbetten freigehalten wurden, hielt man es für besser, so zu verfahren.
Mitte Januar waren Messira und Nico an der Reihe. Nico war am 15. Januar übergesiedelt Seine Wiederbelebung verlief ohne Komplikationen. Eine Nacht hatten die beiden in ihrem neuen Zuhause verbracht, am Morgen darauf gingen sie gemeinsam in die Klinik.
»Bist du bereit?«, fragte Messira.
Nico nahm sie in den Arm und sagte: »Von dir ein Kind zu bekommen ist das Schönste, was ich mir vorstellen kann.«
Zuerst begannen die Ärzte bei Messira, Nico konnte hierbei noch assistieren. Er strich über ihr Haar, bevor die Schwester es unter einer grünen Haube versteckte. »Es wird alles gut, vertrau' uns!«
Was blieb ihr übrig. Sie wollte um jeden Preis diese OP. Adriano klärte sie über die Risiken auf. Es konnte zu Wundheilungsstörungen, Infektionen und Nachblutungen kommen. Eine Operation im Bauchraum barg auch immer die Gefahr einer Bauchfellentzündung. Falls sie Nachblutungen bekommen sollte, müsste noch einmal operiert werden. Auch andere Komplikationen, wie Verwachsungen oder eine Eileiterschwangerschaft könnten entstehen!
»Jetzt, wo du die Risiken kennst, willst du diesen Eingriff wirklich?«, fragte Adriano.
Messira sagte laut und deutlich »Ja, ich wollte nichts in meinem Leben mehr als das.«
Sara übernahm die Anästhesie. Manni führte das Skalpell, Nico und Adriano assistierten. Messira warf noch einen letzten Blick auf Nico, dann setzte Sara ihr die Maske auf Nase und Mund. Sie dachte daran, dass sie als vollwertige Frau wieder erwachen würde, dann wurde es dunkel um sie.
Manni desinfizierte Messiras rechte Leistengegend und ihren Bauchbereich. Er setzte vorsichtig einen Schnitt. Es dauerte eine Weile, bis er die Enden des Eileiters gefunden hatte. Zuerst musste er die vernarbten Teilstücke entfernen, dann nähte er die intakten Enden schichtweise mit Hilfe einer Lupenbrille wieder zusammen. Dieses mikrochirurgische Verfahren erforderte sehr viel Erfahrung. Die gesamte OP dauerte bei Messira fast zwei Stunden.
Da sie eine gesunde junge Frau war, hatte sie nach dem Eingriff mit nur einem Eierstock eine etwa 50%ige Chance, schwanger zu werden, die man durch eine Hormonbehandlung noch steigern konnte. Nach dem Eingriff wurde Messira in den Aufwachraum für frisch Operierte geschoben.
Nun war Nico an der Reihe. Seine Sterilisation im Jugendalter war unter örtlicher Betäubung durchgeführt worden. Nun aber stand auch bei ihm

eine OP unter Vollnarkose an. Er wusste um die Risiken der Operation, wurde nur noch einmal von Manni daran erinnert.
Um die Durchgängigkeit der Samenleiter zu überprüfen sollte er nach drei, sechs und zwölf Monaten eine mikroskopische Untersuchung der Samenflüssigkeit durchführen lassen.
Manni legte zunächst den Samenleiter über einen Hautschnitt frei. Das narbige Gewebe des durchtrennten Samenleiters entfernte er vorsichtig, um frische Enden zu erhalten. Dann überprüfte er anschließend die Durchgängigkeit der Samenleiter, indem er die auslaufende Flüssigkeit aus dem frisch durchtrennten Samenleiter unter einem Mikroskop untersuchte.
Es zeigten sich Spermien, also konnte er die OP planmäßig weiterführen. In zehn- bis vierzigfacher Vergrößerung wurden die beiden Samenleiter-Enden mittels hauchdünner, mit dem Auge kaum erkennbarer Fäden wieder aneinandergenäht.
Nico hatte, da ihm beide Samenleiter geblieben waren, eine 70%ige Wahrscheinlichkeit, ein Kind zu zeugen.
Beide wachten in dem Zweibettzimmer fast zur selben Zeit auf. Eine Schwester kam in regelmäßigen Abständen, um ihren Blutdruck zu kontrollieren. Die Stimme gehorchte ihnen noch nicht ganz. Messira hatte ein trockenes taubes Gefühl im Hals.
»Das kommt vom Tubus«, erklärte Nico. »Aber das verliert sich.«
»Wie geht's dir?«, wollte sie wissen.
»Bestens! Und dir?«
»Wenn's nach mir ginge, könnten wir heute schon ein Kind machen«, lächelte sie müde.
»Keine gute Idee«, sagte er. »Ich schlaf mich erst mal aus.«
Und das tat er dann auch. Die letzten Wochen hatte er kaum mehr als vier Stunden Schlaf pro Nacht bekommen. Es war noch so viel zu regeln gewesen. Fast wäre ihr Betrug aufgeflogen und Nico gefasst worden. Das hatte er Messira natürlich nicht gesagt. Sie hatten ja nur noch wenige vertrauenswürdige Männer und Frauen in der Ärzteschaft. Nicht jeder, der auch im Widerstand tätig war, wusste über das Tunnelprojekt und die Neue Welt Bescheid. Auf die Dauer konnten sie nicht so weitermachen. Die Regierung musste auf irgendeine Weise gestürzt werden.
Je mehr Material und Menschen sie abzogen, umso größer war die Gefahr, dass die Spitzel sie entdeckten. Er wusste genau, dass die Regierung etwas vorhatte. Also war es das Beste, ihr zuvorzukommen. Über diesen Gedanken schlief er schließlich ein.

Den nächsten Tag mussten sie noch in der Klinik bleiben. Nico hätte den Freunden gern geholfen, denn es gab jede Menge zu tun. Eine Frau wurde

mit Blutungen eingewiesen und musste noch einmal operiert werden, aber die Kollegen schafften es auch ohne ihn.
Die Ärzte waren ständig im Einsatz. Die Krankenschwestern und der Pfleger hatten inzwischen Verstärkung aus der Bevölkerung bekommen. Zwei Frauen betätigten sich als Krankenpflegehelferinnen, zwei andere Frauen reinigten das Krankenhaus und zwei weitere kümmerten sich um alles, was die Ernährung betraf.
Als sie die Nachuntersuchung hinter sich gebracht hatten, trat Nico sofort wieder seinen Dienst im Krankenhaus an. Messira setzte ihre Studien fort. Sie bemühten sich, ihr Leben so normal weiterlaufen zu lassen, wie bisher. Keiner von beiden setzte sich unter Druck. Sie schliefen miteinander, wenn sie Lust dazu hatten, nicht, weil sie um jeden Preis jetzt in diesem Augenblick ein Kind wollten. Sie wussten, dass sie großes Glück haben würden, wenn es in den nächsten 12 Monaten klappte, deshalb genossen sie ihre Liebe und machten sich keine allzu großen Hoffnungen.

Es gab einen brütend heißen Sommer, noch dazu war er einer der trockensten seit langem. In den Hütten herrschten am Mittag an manchen Tagen mehr als fünfzig Grad. Messira hatte massive Umstellungsprobleme gehabt. Ohne die Bewässerung aus den Pipelines wäre die gesamte Ernte verdorrt. So aber bekamen die Pflänzchen genügend Wasser, und die aufgestellten Segeltücher lieferten ein wenig Schatten vor der sengenden Glut. Der Mais, die Gerste und die Hirse wuchsen – wenn auch nicht so schnell wie in gemäßigten Breiten. Die Bewohner des Dorfes waren mit der Ernte zufrieden.

Mittlerweile war im März die zweite Saat ausgesät worden. Die Temperaturen in den Wintermonaten waren zwar erträglicher, es fehlte aber das lebenspendende Wasser ganz. Messira ärgerte sich, dass das kleine Dörfchen noch immer vom Staat abhängig war. Zu gern hätte sie gesehen, dass die Menschen hier allein zurechtkamen. Aber man konnte keine Wunder erwarten. Sie arbeitete fieberhaft weiter an dem Biogel, mit dem es gelingen sollte, das Wasser länger im Boden festzuhalten.

Inzwischen lagen die letzten Operationen drei Monate zurück. Jeder Mensch im Dorf hatte wieder ein intaktes Genitalsystem. Das Leben normalisierte sich. Messira war auf dem besten Wege, eine neue Gerstensorte zu züchten. Die Anfänge waren schon gemacht. Nico arbeitete mit viel Freude im Krankenhaus. Er deckte als Arzt drei Fachgebiete ab, da blieb ihm kaum Zeit für andere Dinge und trotzdem räumte er gemeinsam mit dem Personal den OP auf, desinfizierte die

Geräte, half den Schwestern beim Betten beziehen, führte kleinere Reparaturen durch und machte sich nützlich, wo er nur konnte, wenn die Zeit es zuließ.
Für die Wäsche hatte sich auch eine Lösung gefunden. Im Dorf gab es ein Ehepaar, das sich darauf spezialisiert hatte. Auch viele Privathaushalte ließen dort ihre Wäsche waschen. Das Waschwasser kam über die Pipelines, mit denen auch die Felder bewässert wurden. Erhitzt wurde es mit speziellen Sonnenkollektoren auf über 70 Grad.
Baruti, der Bürgermeister, führte die standesamtlichen Bücher. Er legte eine Datei im Computer an und schrieb die Daten zusätzlich von Hand in ein von Messira eigens dafür hergestelltes dickes Buch. Dieses lag im Rathaus immer zur Einsicht für jeden Bürger bereit. Alle Bewohner des Dorfes waren dort mit ihren Vornamen und Familiennamen registriert.
Er nahm auf Wunsch auch Eheschließungen vor, die es schon seit Hunderten von Jahren nicht mehr gab. Es hatten sich hier einige Paare gefunden, die davon Gebrauch machten, wohl mit dem Hintergedanken, bald eine Familie zu gründen. Wenn es irgendwann einmal Geburten geben sollte, so waren auch Seiten hierfür vorgesehen.
Die Küken der Hühner waren inzwischen groß geworden und legten selbst Eier. Die Kühe hatten gekalbt, die Schafe Junge bekommen. Es gab zwei weibliche Kälbchen und insgesamt fünf kleine Schäfchen, davon waren vier weiblich. Das Futter für die Tiere verschlang fast die gesamte erste magere Ernte. Aber die kleine Farm wuchs. Man war in der Lebensmittelversorgung zwar noch nicht autark, aber immer weniger abhängig von den Lieferungen, die jenseits der Barriere eintrafen.
Shakir hatte mit drei weiteren Männern begonnen, die Wüste systematisch nach Essbarem zu durchstreifen. Es gelang, einige Rinder und Ziegen aus den Gebieten jenseits der Barriere einzufliegen und durch den Tunnel zu treiben. Der Mais- und Kürbisanbau wurde erweitert. Viele fleißige Hände waren mit Eifer dabei, aus dieser unwirtlichen Gegend, ein halbwegs bewohnbares Areal zu machen. Man erweiterte die Hütten, es wurde gejagt und gesammelt, gewebt und gestickt, getöpfert und gepflanzt. Alle waren mit solchem Eifer und mit einer Freude dabei, die ansteckend wirkte. So vergingen die Monate und der Winter mit seinen erträglichen Temperaturen hielt Einzug.

Am 10. Juni 2362 passierte etwas, das die kleine Gemeinschaft in solche Euphorie versetzte, dass sie drei Tage lang feierte.
Silvia, eine kleine Mittvierzigerin wurde in der Sprechstunde von Adriano vorstellig.
»Ich glaube, ich bin schwanger«, platzte sie heraus, als sie noch nicht einmal ganz im Raum war und ihre schönen blauengrauen Augen weiteten sich.

Adriano blieb gelassen. »Wann war deine letzte Regel?«, fragte er.
»Genau auf den Tag vor sechs Wochen. Ich bin also schon vierzehn Tage überfällig«, sagte sie freudig kichernd wie ein Teenager und setzte sich auf den Stuhl ihm gegenüber.
Weizenblondes schulterlanges Haar folgte geschmeidig jeder Bewegung ihres Kopfes, und ihr blasses Gesicht überzog sich von den Wangenknochen bis hin zur Nasenmuschel mit einem Hauch von samtiger lachsfarbener Patina. Sie bemerkte wohl, dass Adrianos Hand ein wenig zitterte, als er die Daten in den Computer eingab. Nur ein kurzes Leuchten ihrer Augen verriet ihren Triumph.
Adriano untersuchte die Frau und konnte nur bestätigen, was sie schon geahnt hatte.
»Du bist die erste Schwangere, in unserem Dorf.«
Sie fiel ihm um den Hals.
»Danke, danke, dass du mir das möglich gemacht hast.«
Er wehrte ab.
»Meine Kollegen waren genauso beteiligt wie ich. Besonders Manni. Der hat mit seinen geschickten Händen den Grundstein für eine neue Zivilisation gelegt. Du musst jetzt sehr vorsichtig sein. Wir wollen doch nicht, dass du das Baby verlierst. Ein neuer Erdenbürger! Wie wunderbar!«
Sie setzte sich wieder ihm gegenüber auf den freien Stuhl. Mit einer Handbewegung fasste sie ihr Haar am Hinterkopf zu einem Pferdeschwanz zusammen, drehte es ein paar Mal um die eigene Achse und befestigte es danach mit einem Gummi glatt und straff am Hinterkopf, konnte aber nicht verhindern, dass sich einige Strähnchen selbständig machten und vorwitzig an den Seiten und hinten hervorschauten.
»Wann wird es denn kommen?«, fragte sie neugierig, wobei sie sich echt bemühte, ruhig zu bleiben.
Adriano rechnete nach, dann meinte er: »Nach meinen Berechnungen müsste es nächstes Jahr am 6. März soweit sein. Aber man kann ja nie wissen, vielleicht kommt es schon einige Wochen früher.«
Silvia torkelte mehr, als sie ging. Sie konnte keinen klaren Gedanken fassen, als sie draußen vor dem Krankenhaus stand. Tief sog sie die Luft in ihre Nase.
Hier wirst du also aufwachsen, mein Kind, dachte sie. Fern ab von deiner ursprünglichen Heimat. Und es schien ihr ein Zeichen des Himmels zu sein, dass die neue Zivilisation, die bald entstehen würde, ausgerechnet hier, auf einem der ältesten Teile der Erde ihren Ursprung haben sollte. Es begann alles wieder von vorn. Die Menschheit hatte eine neue Chance bekommen.
Die freudige Nachricht verbreitete sich in Windeseile. Das erste Kind, das seit dreihundert Jahren nicht im Reagenzglas gezeugt worden war, würde bald geboren werden.

Die Dorfbewohner feierten dieses Ereignis ausgelassen und fröhlich.

*

Auf dem Gebiet der Republik entwickelten sich die Dinge sehr rasant in eine bestimmte Richtung. Spezialisten veränderten HERAs Subroutinen so, dass sie selbstständig Untersuchungen mit der Wahrheitsdroge durchführen konnte. Man hatte schon begonnen, die ersten Ärzte zu verhören, jedoch ohne Erfolg. Es war den Beamten bis jetzt nicht gelungen, auch nur einen einzigen Beweis zu finden, der ihren Verdacht bestätigte.
Kein Arzt gab unter der Wirkung der Droge zu, dass er illegal Menschen verschwinden ließ. Wahrscheinlich, weil es für jede Droge auch ein Gegenmittel gab und die Ärzte hier die besseren Karten besaßen. Es war also ein Leichtes, HERA zu überlisten.
Natürlich sprach sich schnell herum, dass der Staat seinen Ärzten misstraute. Die Regierung erreichte nichts, wie sie bald feststellen musste. Wieder einmal war sie in einer Sackgasse gelandet. Nicht einem einzigen Arzt konnte sie einen Verrat nachweisen. Alle Inhaftierten mussten wieder entlassen werden. Die Rebellen feierten dies als ersten Triumph über das System.
Die Regierung aber musste feststellen, wer die eigentliche Macht im Staate besaß, was dazu führte, dass die Ärzteschaft nun rund um die Uhr bewacht wurde.
Es erwies sich als immer schwieriger, Menschen herauszuschmuggeln. Wenn überhaupt, so gelang es nur noch vereinzelt. Die ständige Angst davor, entdeckt zu werden, ließ die Ärzte noch vorsichtiger sein als sonst.
Der Staat stand unter großem Druck. Er musste versuchen, seine Bürger bei Laune zu halten. Das konnte nur gelingen, wenn er ihnen etwas bot, denn das Gift, das die Terroristen verspritzten, führte dazu, dass der Unmut in der Bevölkerung stieg. Da konnte nur eine Massenkundgebung helfen.
Für Mitte Juni waren Großaufmärsche und Massenvorführungen in der gesamten Republik angekündigt. Wochenlang hatten die Werktätigen aller Städte ein straffes Programm mit ihren Vorgesetzten eingeübt, das die Massen begeistern sollte.
Am 15. Juni fand die Veranstaltung in den wichtigsten Stadien der dreißig Weltstaaten statt. Auf allen Kanälen konnten die Menschen die Show verfolgen. Das Stadion in Metropolis fasste insgesamt zweihunderttausend Besucher und war bis auf den letzten Platz gefüllt. Über den Lautsprecher und eine Großbildleinwand konnte man Life in alle Stadtstaaten der Welt umschalten und das Spektakel rund um den Globus verfolgen.
Es war schon beeindruckend, wie die Massen unter den Klängen der Nationalhymne voran mit der Fahne der Republik in das Stadion

einmarschierten. Während der Darbietung wechselten die Protagonisten mehrfach ihre Kleidung. Sie stellten sich so zusammen, dass ihre Körper durch Legen, Drehen und Wenden und nur mit Hilfe der Kleidung ein lebendes Bild ergaben.

Zuerst entstand die Fahne der Republik, danach hintereinander die Zunftzeichen verschiedener Berufe. Zwischendurch wurde das Programm mit Tänzen und Sportdarbietungen aufgelockert.

Die Großbildleinwand teilte sich ab und zu in dreißig Quadrate auf, die von jedem Stadtstaat das größte Stadion zeigten, und alle Menschen, die sich in diesen Stadien befanden, legten wie aus einem Munde den Eid auf die Republik ab.

Damit noch nicht genug. Für die, die in den Stadien keinen Platz mehr bekommen hatten, weil sie arbeiten mussten oder weil der Weg für sie zu weit war, oder weil sie anderweitig verhindert waren, wurde die Veranstaltung Life auf ihr Tech-Wear übertragen. Das Armband konnte während dieser Zeit nicht abgeschaltet werden. Transaktionen jeglicher Art liefen zwar weiter, aber immer mit dem Übertragungsbild im Hintergrund.

Die Massen rasten vor Begeisterung. Nach dieser Vorstellung gelang es dem Staat, einen guten Teil seiner Bevölkerung wieder zurückzugewinnen. Da aber solche Massenveranstaltungen schnell in Vergessenheit gerieten, nahm man sich vor, in Zukunft regelmäßig zu solchen Hilfsmitteln zu greifen. Ein verzweifeltes Bemühen, die Massen bei Stimmung zu halten.

ZWEITE FLUSSSCHLEIFE

Wieder nimmt das Leben zwangsläufig oder gewollt eine ganz andere Richtung ein.
Ein Fluss fließt immer dem Gefälle des Untergrundes folgend direkt ins Meer oder in einen größeren Fluss. Sein Weg verläuft aber nicht schnurgerade. Es bilden sich viele Schleifen, weil das Gelände, durch das er fließt, sich ständig verändert. Große Felsen oder Erhöhungen in der Landschaft, muss das Wasser umfließen. Ein Fluss sieht aus der Luft gesehen aus wie eine riesige Schlange, die durch die Landschaft kriecht. Manchmal scheint es, als wenn diese Schlange sich wieder dorthin zurückbewegt, woher sie gekommen ist, doch im Großen und Ganzen findet sie mit einigen Umwegen oder Rückschritten doch den Weg zu ihrer Mündung.
Es dauert eine lange Zeit, bis ein Fluss von seiner Quelle die Mündung erreicht. Fließt dieser Fluss durch unebenes Gelände, wird er immer wieder aufgehalten, muss Umwege machen, fließt teilweise eine kurze Strecke in die Richtung, von der er gekommen ist und macht sich dann, so als erinnere er sich, dass er eine Aufgabe hat, wieder auf den Weg zu seiner Mündung. Doch wie viele Umwege ein Fluss auch beschreitet, er kann seinem Schicksal nicht entgehen. Irgendwann wird er dort ankommen, wohin seine Bestimmung ihn trägt.

***

Messira war nun schon seit einigen Monaten fort, aber David konnte und wollte sich nicht mit ihrem Verlust abfinden. Ein Stein in seinem Herzen, der mit jedem Tag schwerer auf ihm lastete, drohte all seine Hoffnungen zu begraben. Er aber war nicht bereit dazu. Auch wenn dieser Stein noch so sehr drückte, auch wenn sein Verstand ihm sagte, dass es keine Hoffnung mehr gab, loderte in seinem Herzen ein kleiner Funke, der nicht verglühen wollte.
Trug er die Schuld daran, dass Messira fortgegangen war? Er schaffte es weder seiner Arbeit in Ruhe nachzugehen, noch fand er nachts den ersehnten Schlaf. Ein Albtraum jagte den nächsten, und am Morgen wachte er schweißgebadet auf. Er meinte, ihre Nähe suchen zu müssen und hielt sich jeden Tag im Liebeszentrum auf. Dort hoffte er sie zu sehen. Er glaubte nicht an die Liebe, die angeblich so plötzlich aufgetaucht sein sollte. Doch immer musste er frustriert in sein Zimmer zurückkehren, das er mit zwei weiteren Männern bewohnte. Dort dachte er darüber nach, wieso Messira so plötzlich aus seinem Leben verschwunden war. Aber je mehr er darüber sein Hirn zermarterte, desto sicherer war er, dass irgendetwas nicht stimmen konnte.

Wieso hatte sie ihm den Abschied so schwergemacht? Warum diese Nacht, wenn da ein anderer Mann im Spiel war? Mehrmals hatte er versucht, sie über ihr Tech-Wear zu kontaktieren, aber nie einen Anschluss bekommen. Es hieß immer Empfänger unbekannt. Allein das erschien ihm merkwürdig.

Im Mai hielt er sich auf einer Außenmission in Australia auf. Dort arbeitete er mit einem Kollegen zusammen, den er lange Zeit nicht gesehen hatte. Dieser Mensch hatte schon oft mit seinen Kontakten geprahlt und ihm vermittelt, dass er alles in Erfahrung bringen konnte, was er wollte. Er hoffte, dass der ihm weiterhelfen konnte. Er mochte den Mann zwar nicht, der immer etwas schmierig und unehrlich wirkte, aber wenn er ihm helfen konnte, war er bereit, mit ihm zusammenzuarbeiten.
David ging die Sache langsam an. Anfangs unterhielt er sich über belanglose Dinge mit dem Kollegen, dann, als sie etwas warm geworden waren, wechselte er zum eigentlichen Thema über, das ihn belastete.
»Dennis, du hast doch Kontakte zur Regierung. Kannst du mir in einer Sache weiterhelfen?«, tastete er sich heran, nachdem sie drei Tage miteinander gearbeitet hatten und jeden Abend in der Bar zusammengesessen hatten.
»Kommt drauf an, was für mich dabei rausspringt«, grinste Dennis und schob seinen Kaugummi von einer Backe zur anderen. »Du weißt, ich bin immer klamm bei Kasse.« Es sollte witzig klingen, zeigte aber die Einstellung des Mannes, die David schon befürchtet hatte. Erst komme ich, dann eine Weile gar nichts und dann wieder ich.
David bereute, dass er Dennis' Hilfe in Anspruch nehmen wollte. Er wusste noch von früheren Arbeitseinsätzen, dass der nur auf seinen Vorteil bedacht war. Eine innere Stimme riet ihm, vorsichtig zu sein. Aber dieser Mann hatte gute Beziehungen zu Leuten, die für die Regierung arbeiteten. Das war eine Chance, die sich David auf keinen Fall entgehen lassen durfte. In seiner Situation konnte er sich moralische Bedenken nicht leisten, sonst ging er an seiner Sehnsucht kaputt. Natürlich wollte Dennis sein Wissen nur gegen entsprechende Bezahlung herausrücken. Das konnte man ihm nicht zum Vorwurf machen. Hier, im Staat, tat niemand etwas nur um der Nächstenliebe willen. Aber das ganze Gehabe von diesem Menschen ging David gegen den Strich.
»Ich weiß nicht, ob du der Richtige für mich bist.« Vorsichtig versuchte er die Sache zu beenden, die er so vorschnell in Gang gesetzt hatte.
»Wieso nicht, lass hören.« Dennis sprach auf einmal sehr hastig, wobei er sich eine Strähne seines fettigen Haares aus der Stirn strich.
Ein Wunder, dass die ihn störte.
Dennis spürte, dass, wenn er nicht aufpasste, seine Felle davonschwammen und der Auftrag ihm durch die Lappen ging. Er lechzte geradezu danach, sich ein paar Wertcoupons zusätzlich zu verdienen.

Der Mann widerte David an. Er sah schmuddelig aus, roch nach Bier und Schweiß und auf seiner Schulter parkten jede Menge Schuppen und ausgefallene Haare, aber weil er ihm unter diesen Umständen von Nutzen sein konnte, musste David wohl oder übel über einiges hinwegsehen.
»Na was ist?«, bohrte Dennis ungeduldig. Er hatte eine Begabung, nicht locker zu lassen, wenn er mal an einem Auftrag dran war. »Ich verlange nur, was mir zusteht. Und das ist absolut erschwinglich für dich, oder?«
David wusste, dass der Mann recht hatte, also legte er seinen falschen Stolz ab.
»Ich suche eine Frau, die ich sehr liebe. Sie ist untergetaucht. Als Begründung hat sie angegeben, dass sie mich nicht mehr liebt und stattdessen einen anderen hat.«
»Kein Problem für mich. Untergetauchte Geliebte sind mein Spezialgebiet.« Er lachte triumphierend, weil er es wieder einmal geschafft hatte. »Auch wenn ich finde, du solltest der Schnalle nicht nachweinen. Wie lautet ihre Identitäts-Nummer?«
David hatte nicht vor, Messira zu gefährden, andererseits wollte er um jeden Preis wissen, was mit ihr geschehen war. Was, wenn er das Falsche tat? Dieser Mensch war unberechenbar. Vielleicht hatte Messira etwas Verbotenes getan? Wer wusste schon, was Dennis ihr dann antun konnte. Er könnte die Information an die Regierung weitergeben oder doppelt kassieren, einmal von ihm und ein zweites Mal von der Regierung. Es konnte auch sein, dass er sie beide, Messira und ihn, an die Regierung auslieferte.
David malte sich das Schlimmste aus, aber er sah ein, dass er nicht mehr aus der Geschichte aussteigen konnte, da er schon zu viel preisgegeben hatte, also überwand er seine Zweifel und den Ekel vor diesem Menschen, zumal Dennis ihn erneut drängte.
»Ohne Ident-Nummer keine Nachforschungen, das weißt du so gut wie ich, also komm schon!«
»Ihre Nummer ist: F6103.20.06.2331«, quetschte David zwischen den Zähnen hervor. Die Reaktion des Mannes aber ließ ihn bezweifeln, dass er das Richtige getan hatte.
»Sag das noch mal!«, schrie Dennis. »Das kann nicht sein. Ihr Geburtsjahr ist 2331?«
»Ja«, versicherte David befremdet.
»Die Schnecke kenn‘ ich«, lachte sein Gegenüber. »Die teilte sich in der Schule eine Bank mit mir. Sag bloß, du bist mit der befreundet? Wie geht es der Kleinen denn?«
»Ich versteh’ nicht«, sagte David und dachte zum wiederholten Mal, dass es wohl besser gewesen wäre, diesem Menschen nichts von Messira zu erzählen.

Dennis schlug ihm mit seiner flachen Rechten auf den Rücken.
»Eh, Alter. Du bist bei der gelandet? War nicht einfach, oder?« Er zwinkerte ihm vielsagend zu. »Jetzt kann ich's ja zugeben: Ich war auch tierisch verknallt in die. Schon als wir noch Kinder waren. Aber ich hatte null Chancen bei ihr. Madame hielt sich für was Besseres, behandelte mich von oben herab. Da hab' ich's ihr gezeigt. Wo ich konnte, hab' ich sie schikaniert und bei der Heimleitung verpetzt. Ich hab' ihr Sachen geklaut, in ihrem Zimmer herumgeschnüffelt und ihr auch sonst, wo ich konnte, das Leben zur Hölle gemacht. Einmal musste sie meinetwegen zur Rektorin und auf den Stuhl.«
Er sonnte sich so richtig in seiner Selbstgefälligkeit.
»Du hast was getan?«, schrie David.
Dieser Mensch war nicht nur dumm, sondern auch hinterhältig, verschlagen und falsch. Der würde alles tun, was in seiner Macht lag, um Messira zu schaden.
»Na, gegeben hab ich's ihr. Niemand lässt mich abblitzen. Madame tat immer so vornehm, war aber genau wie ich ein verdammtes Waisenkind, das von seinen Alten verlassen wurde. Ich hab' mich nur für das gerächt, was sie mir angetan hat.«
»Das glaube ich jetzt nicht! Weil eine dich abblitzen lässt, erklärst du ihr gleich den Krieg? Ich frage mich, was du erst tust, wenn dich jemand wirklich mal verletzt.«
David wurde es siedend heiß, als er daran dachte, was dieser Mensch seiner geliebten Delia antun konnte.
Dennis kam ihm plötzlich sehr nahe. David roch seinen schlechten Atem und spürte die Ausdünstung seiner Haut, die aus all seinen Poren entwich und Gefahr signalisierte.
Mit hartem Griff zog er David an seiner Jacke näher zu sich heran, so nahe, dass seine hässliche Fratze mit den weit aufgerissenen Augen fast Davids Gesicht rammte und brüllte wie ein hungriger Bär in Davids Ohr: »Dann töte ich denjenigen«, wobei sich einige Speicheltropfen aus seinem Mund verirrten und direkt in Davids Gesicht landeten.
Als der versuchte, auszuweichen, was kaum möglich war, griff Dennis mit seinen fettigen Händen nach seinem Hals. Nur die Abscheu in Davids Augen konnte ihn davon abhalten, noch weiterzugehen.
Ruckartig, so als hätte er eine plötzliche Eingebung, ließ er diesen los. David taumelte zurück und wäre fast gestolpert. Augenblicklich besann sich Dennis und rief in gezähmtem Ton: »War nur ein Scherz!«
»Solche Scherze solltest du in Zukunft lassen.«
David ordnete seine Kleidung und wischte sich den Speichel mit dem Ärmel seiner Jacke aus dem Gesicht. Dennis verzog sein Gesicht zu einer

hässlichen Grimasse und versuchte mit einem hintergründigen Grinsen seine Aggression zu unterdrücken.
»Nun sei nicht so empfindlich! Dich hat die Kleine mit ihrem Engelsgesicht ganz schön eingewickelt, oder? Und anschließend hat sie dich sitzengelassen. Geschieht dir recht. Warum bist du auch auf ihr Getue reingefallen? Mir könnte so was nicht mehr passieren. Ich bin immun gegen die Weiber.«
Er schlug sich wie ein Affe, der mit seiner Stärke einen Nebenbuhler beeindrucken will, mit den Fäusten auf die Brust.
David schämte sich. Wie hatte er nur glauben können, dass dieser Mensch ihm helfen könnte.
»Vergiss, was ich gesagt habe«, wagte er einen letzten verzweifelten Rückzug.
»Nun halt aber die Luft an! Der Deal steht. Was ist dir die Sache wert?«, fragte Dennis und rückte etwas näher.
»Ich kann dir nichts geben«, wollte David das Ganze noch einmal beenden.
Aber Dennis ließ nicht locker. Er glaubte fest daran, dass David dem Handel nicht widerstehen konnte, wenn er herausgefunden hatte, wo die Kleine sich zurzeit aufhielt.
»Ich sag' Bescheid, wenn ich was habe. Versprochen!«, rief er, dann war er verschwunden.
Hoffentlich sehe ich dich sobald nicht wieder, dachte David. Worin er sich gründlich täuschen sollte.

Zwei Wochen später – David hatte den Vorfall schon verdrängt – kam ein Anruf von Dennis.
»Ich weiß, was mit deiner Schnecke passiert ist. Können wir uns treffen?«, hörte er den Mann durch das Mikro seines Tech-Wears.
David wischte seine Bedenken zur Seite. Begierig, zu erfahren, was passiert war, ging er nun doch auf den Handel ein und versprach Dennis 300 Wertcoupons. Klar, dass der damit einverstanden war.
Sie trafen sich in der düstersten Bar von Metropolis. So schien es David jedenfalls. Dennis saß auf einem Barhocker, bemüht, sein Gleichgewicht zu halten. Sein Oberkörper hing halb über dem Tresen. Mit der Rechten hielt er sich an einem Glas Bier fest. Der Alkohol, den er im Laufe des Abends konsumiert hatte, führte dazu, dass er wie eine Fahne im Wind hin und her schwankte.
»Bringen wir es hinter uns«, sagte David.
»Nicht so schnell, erst den Transfer«, erinnerte Dennis.
David überwies die Coupons auf das Konto von Dennis.
»Die Info war nicht leicht zu bekommen«, lallte der. »Nur in einem einzigen Computer sind ihre Daten noch für ein Jahr gespeichert. In allen anderen wurden sie gelöscht.«

»Quatsch nicht«, wies David ihn zurecht. »Ich will Fakten.«
»Dann halt dich fest, oder noch besser, setz dich gut hin. Deine Schnecke weilt nicht mehr unter uns. Der Teufel hat sie geholt.«
»Was sagst du da?«, David glaubte, sich verhört zu haben.
»Es ist wahr. Ich hab' über meinen Freund erfahren, dass sie am 5. November letzten Jahres gestorben ist. Sie hat sich einem ganz leichten Eingriff unterzogen und dabei ist sie nicht wieder aus der Narkose erwacht. Puff … und aus!«
Er spitzte den Mund und tat so, als wollte er eine Kerze ausblasen.
»Das glaube ich nicht«, sagte David. »Noch einen Tag zuvor hat sie mit mir gesprochen.«
»Glaub es oder glaub es nicht. Ich habe es Schwarz auf Weiß von meinem Freund. Ihr Licht ist am 5. November 2361 ausgegangen. Die arme Schnecke! Gerademal dreißig ist sie geworden.«
David war versucht, seine ganze Wut und Trauer herauszuschreien, stattdessen verpasste er dem Überbringer dieser traurigen Nachricht einen Faustschlag, der den ohnehin schon Schwankenden endgültig vom Stuhl fegte.
»Was tust du?«, fragte Dennis benommen, als er sich wieder aufgerappelt hatte. »Kann ich vielleicht was dafür, dass deine Schlampe tot ist?«
»Sieh dich vor«, riet David. »Überleg gut, was du sagst. Du hast deine Bezahlung bekommen, also halt den Mund!« David war wie besessen. Es schien ihm nur gerechtfertigt, in dem einzigen Jargon mit diesem Menschen zu sprechen, den der verstand, und er sah ihn so wütend und entschlossen dabei an, dass Dennis ohne ein weiteres Wort zu sagen, aufstand und sich zum Gehen anschickte.
Dabei murmelte er: »Wohl verrückt geworden, was? Soll *ich* dafür büßen, dass die Zicke tot ist?«
David blieb noch einige Zeit wie angeschweißt an seinem Platz stehen, dann wandte auch er sich zum Gehen. Sein Schritt schwankte. Mit jedem weiteren zurückgelegten Meter glaubte er, er stürbe ein klein wenig mehr als zuvor. Stundenlang irrte er in der Stadt umher. Hätte ihn jemand gefragt, wo er sich aufhielt, er hätte es nicht gewusst. Er konnte nicht einmal nachvollziehen, wie er an diesem Abend nach Hause gefunden hatte. Seine Gedanken schwammen durcheinander wie Fleischklößchen in einer Brühe, wenn ein Kind lustlos darin herumstochert. Delia tot? Das konnte nicht sein. Und einen Tag nach ihrer gemeinsamen Nacht? Unwahrscheinlich! Dahinter musste etwas anderes stecken.
Einen Monat lang versuchte er es auf den verschiedensten Behörden. Immer wieder erfuhr er das Gleiche: Eine F6103.20.06.2331 kannte niemand. Sie hatte angeblich nie existiert.

»Kannst … du dir … vorstellen, … dass ein Mensch … so einfach verschwindet?«, lallte David an die kleine Bar gelehnt.
Neben ihm saß eine üppige Blondine, die ihre besten Tage schon hinter sich hatte. Es war sehr spät, und sie waren die letzten Gäste im Lokal. Sie nippte ein wenig an ihrem giftgrünen Drink. Eigentlich war auch sie schon bis zum Rand abgefüllt, aber es ging noch immer ein wenig hinein. Dann rollte sie die Augen und brachte mühsam heraus: »Und ob … ich das … kann. Mein Verflossener … war Meister darin.«
Dabei gestikulierte sie mit ihrem Zeigefinger in seine Richtung und schürzte ihre Lippen, als wolle sie ihm einen Kuss aufdrücken.
David wehrte mit seiner Hand in ihre Richtung ab, aber seine Muskeln gehorchten ihm nicht mehr. Die Hand landete ungebremst auf dem Tresen.
»Aua!«, entfuhr es ihm und sein Kopf bewegte sich im Zeitlupentempo, um die Ursache des Schmerzes zu lokalisieren.
Aber bevor seine Augen noch den heruntergefallenen Arm im Blickfeld hatten, sagte der Barkeeper: »Sie haben genug!« und nahm ihm das volle Glas weg.
Davids Protest ging in dem Song, der jetzt laut dröhnend aus den Lautsprechern schallte, unter.
»Es ist besser, Sie gehen nach Hause, Meister«, sagte der Barkeeper vertraulich.
»Hast du gehört, Süßer!« Der Zungenschlag der Blonden war schwer.»Wenn … du willst, leiste … ich dir Gesellschaft.«
Schlagartig wurde David nüchtern. Er schaute an der Frau herunter.
»Du kannst … meine Messira nicht … ersetzen«, sagte er abwertend, und obwohl er Mühe hatte, das Gleichgewicht zu halten, stand er auf und ging.
»Hey!«, schrie der Barkeeper ihm hinterher. »Das mag schon stimmen Meister, aber die Rechnung müssen Sie trotzdem bezahlen.«
Müde drehte David sich noch einmal zu ihm um und reichte ihm sein linkes Handgelenk.
»Alles … was Sie … wollen«, sagte er.
Es war ja so einfach in diesem Staat. Der linke Arm war an manchen Tagen mehr im Einsatz als der rechte.
Nachdem der Barkeeper den Betrag von Davids Konto abgebucht hatte, wollte dieser nur noch weg. Vorerst musste er aber die Blondine loswerden, die ihm ein ganzes Stück folgte.
»Hör mal«, sagte er zu ihr gewandt. »Du bist … eine wunderbare Frau, … aber ich bin heute … ein schlechter Gesellschafter, also schlage ich vor, … du rufst den nächsten Gleiter, … setzt dich hinein, … fliegst nach Hause und schläfst deinen … Rausch aus.«
Sie wollte protestieren, aber David schaute sie so entschlossen an, dass sie maulend nachgab. Er wartete, bis sie im Gleiter saß.

Er selbst aber wusste nichts mit sich anzufangen, also lief er ziel- und planlos durch die Straßen, so wie er es in den letzten Wochen des Öfteren getan hatte. Als er auf das Display seines Tech-Wears schaute, stellte er verwirrt fest, dass er eine Stunde kreuz und quer durch Metropolis geirrt war.
Seit gut drei Wochen saß er nun jeden Abend in dieser Kneipe, war meist der letzte, der ging und trank mehr als ihm guttat. Er spürte, dass er so nicht weitermachen durfte. Mit Mühe fand er zu so später Stunde noch einen Gleiter. Er riss sich zusammen, als er seine Adresse nannte, damit die Maschine ihn verstehen konnte.
So wie er war, ließ er sich aufs Bett fallen. Seine Zimmerkollegen schnarchten schon laut.

Am nächsten Tag erschien er zu spät zur Arbeit. Das war in diesem Monat schon das dritte Mal. Sein Chef rief ihn zu sich.
»Was ist los mit Ihnen, Mann?« Er bot ihm einen Stuhl an. »Seit ein paar Wochen sind Sie wie umgekrempelt. Ihnen gelingt nichts mehr. Sie kommen ständig zu spät, sind mit Ihren Gedanken woanders und …« Er schnüffelte in Davids Richtung. »Sie stinken, Mann!«
David versuchte sich herauszureden, aber der Chef unterbrach ihn: »Versuchen Sie nicht, es zu leugnen. Sie waren mal mein bester Mitarbeiter. Wollen Sie, dass ich Sie der Behörde melde? Ich kann Sie ja nirgendwo mehr hinschicken.«
Das rüttelte David wach. Mit den Behörden wollte er nichts zu tun haben. Er versprach dem Chef, dass er sich zusammennehmen werde.
»Dann gehen Sie jetzt nach Hause, nehmen sich einen Tag frei, duschen Sie um Gottes Willen, und morgen will ich Sie frisch und ausgeruht hier wiedersehen«, sagte der Chef.

David genoss es, einmal allein in seinem Zimmer zu sein. Die Kollegen gingen ihrer Arbeit nach. Er duschte wohl eine Viertelstunde lang und legte sich anschließend für zwei Stunden hin. Als er erwachte, überlegte er, wie er das Geheimnis um Messiras Verschwinden endlich lüften konnte. Der Schlüssel zu all dem lag wahrscheinlich im Memorial. Irgendwie mussten die dort was drehen, daran glaubte er fest.
Gegen dreiundzwanzig Uhr verließ er das Haus und begab sich zum Hintereingang des Memorials. Dort, hinter einem Busch, der unweit des Einganges stand, legte er sich auf die Lauer. Er wusste selbst nicht, was er da finden wollte, aber eine Ahnung ließ ihn nicht mehr los. Seit gestern glaubte er fest, dass er die Antwort auf seine Fragen nur hier finden konnte.

Er zwang sich, nicht zu intensiv an Messira zu denken, denn der Schmerz drohte, seine Brust zu sprengen, aber die Einsamkeit und Stille der Nacht lockten ohne sein Zutun längst Vergangenes an die Oberfläche. Er hörte sein Herz laut klopfen, während er volle drei Stunden diesen Wechsel zwischen gespannter Aufmerksamkeit und sensibler Erregung ertrug. Und all seine Mühe und Geduld waren umsonst. Nichts geschah. Aber David wäre nicht David gewesen, wenn er so schnell aufgegeben hätte. Am nächsten Tag nach Arbeitsschluss fand er sich wieder dort ein und am übernächsten auch. Er hielt es volle drei Wochen lang durch. Nur gut, dass er im Moment nicht außerhalb der Stadt eingesetzt war.

Endlich, am Samstag der dritten Woche tat sich was. Plötzlich stand dort ein Transporter. Das war an sich nichts Besonderes, aber die Uhrzeit gab ihm zu denken. Es war inzwischen Mitternacht geworden. Was machte ein Krankentransporter zu so später Stunde am Hintereingang des Krankenhauses? Das musste er sich genauer ansehen.

Es verging eine weitere Stunde. Wie aus dem Nichts erschien plötzlich eine Frau und schob eine Liege auf die Straße. Im matten Schein der Straßenlaterne konnte David sehen, dass eine verhüllte Gestalt darauf lag. Die Frau drehte sich nach allen Seiten suchend um, so als hätte sie Angst, dass man sie entdecken könnte.

Erst jetzt bemerkte er, dass in dem Transporter ein Fahrer gesessen hatte, denn dieser stieg nun aus und half der Frau, die Gestalt auf der Liege in den Wagen zu verladen. Dabei löste sich ein Arm der reglosen Person und fiel mit voller Wucht nach unten.

David konnte nicht erkennen, ob der Arm zu einem Mann oder zu einer Frau gehörte, aber dass die Person tot oder zumindest bewusstlos war, das konnte er mit Sicherheit sagen. Nachdem der Fahrer sich wieder in den Führerstand gesetzt und die Frau die Ladeklappe geschlossen hatte, machte sie sich daran, die Liege zurück ins Krankenhaus zu schieben.

David blieb nicht viel Zeit. Ihm gingen viele Fragen durch den Kopf. Wo brachten sie die Leiche hin und warum wurde sie überhaupt weggebracht? Leichname wurden aus Gründen der Hygiene mit einem Laser neutralisiert, wie der Staat es nannte, was nichts anderes bedeutete, als zu Asche verbrannt. Das lernte jedes Kind in der Schule. Und das geschah immer dort, wo eine Person gestorben war. Dadurch ersparte die Regierung sich teure Transportkosten. Verdammt, was passierte hier? Er musste handeln.

Er war der festen Meinung, dass diese Frau, die hier mitten in der Nacht menschliche Körper aus dem Krankenhaus stahl, auch etwas mit dem Verschwinden von Messira zu tun hatte, also ergriff er seine Chance.

Vorsichtig kam er hinter dem Busch hervor und lief geduckt, so dass der Fahrer ihn im Dunkeln nicht ausmachen konnte, zum Transporter. Den

Mechanismus der Ladeklappe durchschaute er erst nach zwei Anläufen. Behände wie eine Katze schmuggelte er sich in den geöffneten Laderaum. Leider ließ die Klappe sich nicht von innen schließen, so lehnte er sie nur an und hoffte, dass die Frau wohl denken würde, sie hätte sie vergessen zu schließen.
Im Innern des Laderaums herrschte vollkommene Dunkelheit, weshalb er versuchte, sich tastend zu orientieren. Seine Hände glitten über den Metallboden, bis sie an eine offene Holzkiste stießen. Er zuckte zusammen, als er im Innern der Kiste den leblosen Körper spürte, den er eben noch auf der Trage gesehen hatte. So wollten sie wohl ein Wegrollen der Leiche verhindern. Der Körper war mit einem Tuch bedeckt. Schnell glitten seine Hände weiter. Das Wageninnere war fast leer. Außer der Kiste befanden sich nur noch einige medizinische Geräte und jede Menge Decken darin. Eine davon griff er sich, hüllte sich darin ein und ging hinter der Kiste in Deckung.
Gerade noch rechtzeitig, wie er feststellte, denn eben kam die junge Frau zurück, sah, dass die Ladefläche offenstand, stutzte kurz und verschloss diese erneut. David hörte, wie sie nach vorn ging und sich neben den Fahrer setzte. Der Wagen fuhr an.
Er wurde ordentlich durcheinandergeschüttelt. Die Leiche aber lag in ihrer Kiste wie ein Felsen auf festem Grund.
Die Frau unterhielt sich laut mit dem Fahrer. David versuchte angestrengt zuzuhören, verstand aber wegen des Geräuschs, das der Wagen verursachte, kein einziges Wort. Die unbequeme Fahrt dauerte gut eine halbe Stunde. Das letzte Stück fuhr der Transporter mit überhöhter Geschwindigkeit. David wurde von einer Seite des Wagens auf die andere geschleudert. Auch die Kiste fing an zu rutschen. Wie ein Geschoss bewegte sie sich bei jeder Bremsung von einem Ende der Ladefläche bis zum anderen. In Metropolis gab es an großen Kreuzungen Ampelanlagen, die den Verkehr regelten, wenn auch die meisten zu dieser Zeit abgeschaltet waren.
Endlich stoppte der Wagen. Es wurde merkwürdig still.
David horchte.
Schritte näherten sich.
Die Ladeklappe wurde geöffnet.
Er duckte sich enger hinter die Kiste, immer noch die Decke über sich ausgebreitet, ließ aber eine kleine Öffnung, durch die er schauen konnte.
Zwei Männer hoben die Leiche aus der Kiste und trugen sie fort. Einer der Männer musste der Fahrer des Transporters sein. Der andere war wahrscheinlich eben dazugestoßen. Neben den Männern lief die Frau von vorhin. In unmittelbarer Nähe sah er einen Container. Er vermutete, dass sie sich auf dem Flughafen befanden.

Wieder Stille.
David wartete noch einen Moment, dann kam er aus seinem Versteck hervor. Schnell ging er hinter dem Transporter in Deckung und sah gerade noch, wie die drei die Leiche in den Container schoben. Einer der beiden Männer, offensichtlich ein Beamter, der für die Kontrolle des Containers verantwortlich war, verplombte diesen anschließend und drückte ein Siegel darauf.
Fein ausgeklügelt, dachte David. So schmuggeln sie also die Leichen aus der Stadt. Und niemand konnte ihnen was nachweisen, weil der Kontrolleur auf ihrer Seite stand. Aber wozu das Ganze? David nahm sich vor, die Augen weiter offen zu halten. Irgendetwas stimmte hier nicht, das sagte ihm seine Nase.
Für heute aber hatte er genug gesehen. In den letzten Wochen war er nicht ein einziges Mal betrunken zum Dienst erschienen. Im Gegenteil, er hatte seine Arbeit immer pünktlich begonnen und so sorgfältig gearbeitet wie in all den Jahren zuvor. Das sollte auch in Zukunft so bleiben. Die einzige Chance, die ihm noch blieb, etwas über den Verbleib von Messira zu erfahren, war Ina. David wusste, wo Messira gewohnt hatte und hoffte auch, Ina dort zu finden. Leise löste sich seine Gestalt von dem Fahrzeug und verschwand ungesehen im Dunkel der Nacht.

Am nächsten Abend stattete er dem Waisenhaus einen Besuch ab. Es war das erste Mal, dass er sich hier aufhielt. Messira hatte ihn in all den Jahren nie zu sich gebeten. Ihre Treffen fanden immer in der Anonymität des Liebeszentrums statt. Er war überrascht, wie vernachlässigt das Haus aussah. Er selbst hatte seine Kindheit in einem moderneren Heim verbracht. Hier hätte er sich niemals wohlfühlen können.
Ina konnte sich noch sehr gut an ihn erinnern.
»Bringst du eine Nachricht von Messira?«
In ihren Augen glomm ein winziger Hoffnungsschimmer.
Er war überrascht.
»Ich dachte, du könntest mir sagen, wo Messira sich aufhält. Ich habe seit sieben Monaten nichts mehr von ihr gehört.«
»Solange habe auch ich sie nicht mehr gesehen.«
Ein Verdacht kam ihr. Sie wollte aber den Gedanken nicht zulassen.
»Ist sie etwa …?«
Sie unterbrach sich und wartete auf seine Antwort.
»So wird es jedenfalls gesagt. Aber ich kann das nicht glauben. Hat sie sich dir anvertraut?« David ahnte, dass ihm der letzte Hoffnungsschimmer nun auch genommen war.
»Da muss ich dich enttäuschen.« Ina hatte sich gesetzt.

Die Nachricht ging ihr tief unter die Haut. Sie horchte in sich hinein und bemerkte, dass sie eigentlich schon so was geahnt hatte? Es war nicht Messiras Art, so einfach aus ihrem Leben zu verschwinden. Da musste etwas passiert sein. Sie machte sich Vorwürfe. Warum hatte sie nicht nachgehakt?
Wie zur Entschuldigung bemerkte sie: »Ich wollte mich nicht aufdrängen.«
»Gib dir nicht die Schuld«, sagte David und ergriff ihre Hand.
Es kam so über ihn. Er musste sich ordentlich bücken, denn die alte Frau saß völlig zusammengekauert auf dem Stuhl und zitterte wie ein Blatt im Wind.
»Ich habe Angst«, bekannte sie. Warum war sie nur so arglos gewesen?
»Ich denke auch, dass Messira sich längst hätte bei dir melden müssen.«
»Du meinst, sie ist doch ...« Sie brach ab und schluchzte laut.
»Ich weiß nicht, das Ganze ist recht merkwürdig. Mir hat sie gesagt, dass sie einen Anderen hat, verbringt aber eine Nacht mit mir, die mich vom Gegenteil überzeugt, und am nächsten Tag soll sie gestorben sein, einfach so, weil sie sich einem kleinen medizinischen Eingriff unterzogen hat? Aber es war nie die Rede davon. Nicht mit einer Silbe hat sie mir gegenüber erwähnt, dass sie ins Krankenhaus muss.«
David setzte sich nun auch. Er sah, wie nahe es Ina ging. Diese sympathische Erzieherin hatte es nicht verdient, so im Unklaren gelassen zu werden. Ihr Gesicht deutete darauf hin, dass sie in ihrem Leben schon eine Menge hatte durchmachen müssen.
»Kannst du dich an eine Freundin oder einen Freund von ihr erinnern?«, wollte er wissen. »Vielleicht gelingt es uns, über ihre Bekannten etwas herauszubekommen.
»Messira war nie mit vielen Menschen zusammen.«
Ina suchte ein Taschentuch, um die Tränen, die ihr in die Augen gestiegen waren, zu trocknen.
»Irgendjemanden muss es aber geben. Ist dir wirklich kein Name untergekommen?«
Ina überlegte. Sie putzte sich umständlich die Nase. David legte seinen rechten Arm auf ihre Schulter. Daraufhin beruhigte sie sich kurzfristig.
»Ich kann es nicht erklären, aber ich habe das Gefühl, dass sie noch lebt.«
Die Berührung des jungen Mannes war angenehm und tat ihr gut. Ina holte tief Luft. Sie wusste, dass sie sich nicht gehenlassen durfte.
Plötzlich fiel ihr etwas ein ... »Irgendwann hat sie von einer Margrit gesprochen.«
»Kennst du die Ident-Nummer von dieser Margrit?«, fragte David.
Aber damit konnte sie nicht dienen. Na immerhin. Nun hatte David einen Anhaltspunkt. Er nahm sich fest vor, weiterhin Kontakt mit Ina zu halten

und sie über alle Fortschritte, die er machte, zu informieren. Seinen nächtlichen Ausflug zum Krankenhaus und seine Beobachtungen dort, behielt er lieber für sich. Er wollte die alte Dame nicht unnötig beunruhigen.

Die nächsten Wochen verbrachte er öfter in Lokalen, von denen er wusste, dass auch Schwarzmarkthändler dort verkehrten. Die verkauften nicht nur Waren, sondern auch Informationen. Er musste versuchen, so lange im Untergrund zu wühlen, bis er eine Spur hatte, ohne dabei zu viel Staub aufzuwirbeln. Nur so konnte es ihm gelingen, etwas über den Verbleib von Messira zu erfahren. Das war gar nicht so einfach, wie er bald feststellen sollte, denn hinter jedem Schwarzmarkthändler konnte ein Regierungsspitzel stecken.

Es war der Abend des 26. Juni 2362, Messiras 31. Geburtstag. Die Nacht war lau und Erinnerungen kamen in David hoch. Voller Wehmut dachte er daran, dass er in den vergangenen Jahren keinen Geburtstag mit ihr gefeiert hatte. Vielleicht sah er sie nie wieder, konnte das also nicht nachholen. Dieser Gedanke drängte sich immer wieder in den Vordergrund, obwohl er mit aller Kraft versuchte, ihn zu unterdrücken. Gegen zweiundzwanzig Uhr hielt ihn nichts mehr im Haus. Er musste raus, um sich abzulenken.

In einer kleinen Bar kam er am Tresen mit einem merkwürdigen Menschen ins Gespräch. Wie immer tastete er sich mit harmlosen Fragen voran und wenn er merkte, dass der andere anbiss, wurde er deutlicher.

»In letzter Zeit macht die Regierung einen ganz schönen Wirbel. Für jede Kleinigkeit, die ich für den Job brauche, muss ich genau nachweisen, wo ich sie erworben habe.«

Eine ganz unverfängliche Feststellung.

Der Mann auf dem Barhocker neben ihm wurde hellhörig. »Ist doch klar, bei dem Materialschwund, den die zurzeit in der Republik haben.«

»Wieso Materialschwund? Wissen Sie mehr?«

Auch das war noch eine Frage, die ein ganz normal neugieriger Mensch stellen würde. Wenn der Mann jetzt aus seiner Deckung kam, konnte man davon ausgehen, dass zumindest eine Chance bestand, auf einen Händler gestoßen zu sein.

»Was lassen Sie sich denn diese Info kosten?«

Der Mann grinste David an, dabei reichte sein Mund fast von einer Seite des Gesichts bis zur anderen. Rechts oben fehlte ihm ein Schneidezahn und auch die anderen Zähne waren in keiner guten Verfassung. Sie waren gelb und wiesen Spuren von Karies auf. David wunderte sich, wie der Mann die monatlichen Gesundheitschecks überstand oder sollte es eine Möglichkeit geben, diese zu umgehen?

»Kommt drauf an, was Sie zu bieten haben«, meinte David und machte sich auch mit diesem Satz noch nicht strafbar.
Der andere musste nun endlich die Hosen runterlassen. Er machte eine Bewegung mit dem Kopf, dass David ihm folgen sollte, ergriff sein Glas und rutschte vom Barhocker herunter. David tat es ihm gleich. Beide verzogen sich in eine dunkle Ecke der Bar.
»Ich kann dir sagen, warum das Material verschwindet. Wohin es geht, weiß ich leider auch nicht.«
Ist doch schon was, dachte David und sagte: »100 Wertcoupons?«
Auch das konnte man ihm nicht zum Vorwurf machen. Neugier ist eine natürliche menschliche Eigenschaft. Die hatten sie dem menschlichen Geschlecht trotz vieler Versuche noch nicht wegzüchten können.
Gierig transferierte der Fremde die Wertcoupons von Davids Konto auf das seine, dann sagte er: »Es gibt hier einen Widerstand gegen die Regierung. Hast du noch nie die Plakate gesehen, die überall aushängen?«
Nein, hatte David nicht. Das war bisher an ihm vorübergegangen.
»Und hast du noch nie gesehen, wie sie Leute vom Widerstand verhaftet haben?«
Auch das war David nicht bekannt. Er wollte aber wissen: »Was machen die mit all dem Material, das sie verschwinden lassen?«
»Das weiß niemand so genau, man munkelt, dass die nicht nur Material verschwinden lassen, sondern auch Menschen«, flüsterte der Mann nun ganz dicht an Davids Ohr.
Aha! Der wusste also mehr. Vielleicht half es, wenn er noch was drauflegte. Aber zuerst versuchte er es so.
»Was wollen die mit all den Menschen?«
»Das kostet aber noch 'ne Kleinigkeit«, sagte der Mann und rieb den rechten Daumen und den Zeigefinger aneinander.
David überwies ihm weitere fünfzig Wertcoupons.
»Mehr sind nun aber wirklich nicht drin«, sagte er.
»Ich habe gehört, dass Illegale unter uns leben.«
»Illegale? Wie soll das gehen? Mit Hilfe des Chips kann jeder Mensch geortet werden.«
»Und wenn der Chip entfernt wird …?« Der Mann machte eine Pause und wartete die Wirkung seiner Worte ab. »Kann man einen Toten orten?«
»Du meinst! Die inszenieren den Tod von Menschen und entfernen ihnen die Chips? Aber warum?«, rätselte David.
»Das musst du allein herausfinden. Weiter gehen meine Nachforschungen nicht. Das ist mir zu riskant.«
Er hob abwehrend beide Hände und streckte David die Handflächen entgegen.

»Ich wünsche viel Spaß bei der weiteren Suche.«
Schon war er im Dunkeln verschwunden.
Die Bar war gut gefüllt. Es lohnte sich also nicht, ihm nachzulaufen. Wahrscheinlich war er durch den Notausgang entwischt. David hatte gehört, was er hören wollte.
Es gab also noch Hoffnung. Es konnte sein, dass Messira Mitglied einer Widerstandszelle war. Das erklärte zumindest ihr plötzliches Verschwinden. Warum hatte sie nie davon erzählt?
Schmerzlich wurde ihm wieder einmal bewusst, wie wenig sie ihm vertraut hatte und wie sie ihn aus ihrem Leben ausgeschlossen hatte. Er konnte sich noch nicht vorstellen, was es mit den angeblich Toten auf sich hatte, aber auch dahinter würde er bald kommen.
Der nächste Schritt für ihn war, sich in eine Widerstandszelle einschleusen zu lassen und nach und nach, wenn er das Vertrauen der Gruppe gewonnen hatte, sich als Freund von Messira zu erkennen zu geben.
Ich bin dir auf der Spur, Messira, dachte er.
Ich werde dich finden.

*

In der Nacht zum 30. Juni wachte David plötzlich schweißgebadet auf. Er hatte im Traum Messira gesehen. Sie winkte ihm zu. Er aber konnte sich keinen Millimeter bewegen. Wie festgenagelt stand er auf dem sterilen Boden vor dem Heim, in dem sie wohnte. Als er an sich herunterschaute, um die Ursache zu erkunden, warum er nicht vorankam, sah er, dass er gefesselt war. Er zog und zerrte an den Riemen, die fraßen sich jedoch immer fester in sein Fleisch hinein. Dabei wollte er nur eins, so schnell wie möglich zu ihr.
Aber es half nichts. Er musste ohnmächtig zusehen, wie Messira von einem anderen Mann entführt wurde. Sie sträubte sich heftig und rief seinen Namen. Er wollte ihr antworten, brachte aber kein Wort heraus. Seine Lippen bewegten sich zwar, aber nicht ein Wort entfloh ihnen.
Als er Messira nicht mehr sehen konnte, gelang es ihm endlich, sich von den Fesseln zu befreien. Nun war es natürlich zu spät, um der Geliebten noch zu helfen. Er wankte die Straße entlang, immer ihrem Geruch folgend.
Als er um eine Ecke bog, lag sie wie tot vor ihm auf dem Asphalt. Von dem Mann, der sie entführt hatte, war nichts mehr zu sehen. David beugte sich zu ihr hinunter und hauchte einen Kuss auf ihren blassen Mund. Kälte durchströmte ihn. Ihre Augen blickten starr an ihm vorbei. Er rüttelte sie kräftig, doch sie blieb stumm.

Da erschien ein Staatsbeamter mit einem Laser und richtete diesen auf die am Boden Liegende. David holte aus und schlug den Mann mit der Faust zu Boden, dann warf er sich die leblose Gestalt über seine Schulter und rannte in Panik davon. Der Staatsbeamte folgte ihm und richtete den Laser nun auf sie beide Er schoss ein paarmal. Dabei traf er David an der Schulter und Messira mitten ins Herz.
Schreiend erwachte David und musste sich erst mal orientieren.
Im Raum war es dunkel. Ein vielstimmiges lautes anhaltendes Geräusch war zu hören. Seine Zunge klebte am Gaumen, und sein Herz raste wie ein Metronom. Es ging klack, klock, … klack, klock. Er spürte es schmerzhaft gegen seinen Brustkorb hämmern.
Als er die Orientierung wieder gefunden hatte, registrierte er, dass das vielstimmige Geräusch, das er eben gehört hatte und noch hörte, von seinen Mitbewohnern kam, die in verschiedenen Tonhöhen und -lagen schnarchten.
Er stand auf, um im Bad einen Schluck Wasser zu trinken. Beim Zurückgehen kam er an dem einzigen Fenster des winzigen Raumes vorbei. Soeben schob der Wind eine Wolke zur Seite, und die volle runde Scheibe des Mondes schaute ihm direkt ins Gesicht. Geblendet schloss er für einen kurzen Augenblick die Augen, um sie gleich darauf wieder zu öffnen. Ein Mondstrahl fiel ins Zimmer und versilberte Tisch und Stühle. In seinem fahlen Licht erblickte er auf dem Tisch das einzige Andenken, das er von Messira besaß: eine kleine Haarspange, die sie ihm einmal geschenkt hatte.
Als er wissen wollte, warum sie so an der Spange hing, hatte sie ihm anvertraut, dass ihr Vater sie ihr geschenkt hatte, als sie ein kleines Kind gewesen war. Nun sollte er sie behalten, damit er sich immer daran erinnerte, dass sie beide zusammengehörten.
Noch immer hatte er ihre Worte im Ohr. Wild entschlossen griff er nach dem kleinen Ding. Die blauen Flügel des Schmetterlings symbolisierten Freiheit und Leichtigkeit, die Eigenschaften, die auch Messira auszeichneten. Sie leuchteten mattblau im Mondlicht.
»Du bist nicht tot«, sagte er. »Du darfst nicht tot sein. Ich werde dich finden. Wir gehören doch zusammen. Für immer!«

REIF

Manchmal schenkt uns das Leben statt der erhofften Wärme nur Kälte oder: Wenn wir uns Kühle wünschen, ernten wir Hitze. Das Leben lässt sich nicht in Regeln pressen. Es macht mit uns, was es will.
Wasser hat die Eigenschaft zu resublimieren. Es geht vom gasförmigen Zustand, dem Wasserdampf, unter besonderen äußeren Bedingungen direkt in den kristallinen - also festen Zustand - über. Das passiert besonders häufig in frostklaren Nächten. Die Eiskristalle der Luft schlagen sich dann an Bäumen und Sträuchern nieder und bilden einen weißen schneeähnlichen Überzug. Dies geschieht, da Pflanzen Wärme abstrahlen, wenn der Taupunkt auf diesen Flächen unter dem Gefrierpunkt des Wassers liegt. Reif gibt einer Landschaft etwas Märchenhaftes. Die Kristalle des Wassers sind so groß, dass sie mit bloßem Auge gut sichtbar sind. Den gleichen Effekt erzielt man mit Salzkristallen, wenn man einen Wollfaden in eine gesättigte Salzlösung taucht und den Behälter an einen kühlen Ort stellt. Nach einigen Tagen bilden sich an dem Faden Salzkristalle, die von unten nach oben wachsen.
Reif löst sich im Laufe des Tages auf. Die Landschaft verliert ihren Märchencharakter. Nur im Winter, wenn der Tag neblig ist, kann sich der Reif bis in die Mittagsstunden halten. In den gemäßigten Breiten legt er sich gnädig auf die nackten Äste der Bäume und bedeckt ihre Blöße. In der Sonne glitzern diese Wasserkristalle wie kleine Diamanten und reflektieren das Licht tausendfach.

***

Mittlerweile waren seit der freudigen Nachricht, dass es bald Nachwuchs geben sollte, zwei volle Monate vergangen. Wir schrieben Mitte August. Messiras einunddreißigster Geburtstag lag hinter ihr. Der Frühling kündigte sich an und mit ihm stiegen die Temperaturen. Oft ging sie hinaus in die Wüste. Jedes Mal war Shakir dabei.
Heute wollten sie die grünen Wüstenmelonen sammeln, die ihre Früchte gern hinter den stachligen struppigen Armen ihrer Stauden versteckten. Einige waren schon reif. Ihr Gewicht drückte die dünnen Zweige zu Boden. Eigentlich musste die Pflanze ihnen dankbar sein, wenn sie von deren Last befreit war.
Shakir und Messira suchten die Dünen ab. Es hieß, schneller zu sein als die Antilopen und Springböcke, die diese Früchte ebenfalls als Leckerbissen schätzten. Auch in ausgetrockneten Flussbetten fand man sie. Dort fraßen sich ihre Wurzeln bis zu 40 Meter tief in den Boden hinein.
Auf ihrem Weg kamen sie an blattlosen, gut einen Meter hohen Sträuchern vorbei, die mit ihren dornigen grünen Zweigen das Licht einfingen. Der

auf dem Wind reitende Sand konnte der Pflanze gefährlich werden. Sein Kuss ließ die Schöne in den unteren Bereichen verdorren – eine Liebkosung die ihren Preis hatte. Doch da, wo es ihr gelang, sich aus der Umarmung des Sandes zu befreien und ihr Haupt der Sonne entgegenzurecken, leuchtete sie jadegrün in ihrer stolzen einsamen Pracht und wetteiferte triumphierend mit dem azurblauen Himmel.
Dieses Spektakel wiederholte sich im Laufe ihres Lebens mehrere Male. Dort, wo der Sand sich auf ihre Zweige legte, wuchs sie keck über ihn hinweg und das immer und immer wieder. Wer weiß, wie viele Zentimeter oder gar Meter ihrer Gestalt schon vom Erdboden verschluckt worden waren. Sie konnte nur am Leben bleiben, wenn sie schneller wuchs als der Sand sie verschüttete. Aber nicht nur dem Sand hielt sie stand. Mit ihren fest im Boden verankerten Wurzeln trotzte sie auch jedem Sturm.
Orangerot, jadegrün und azurblau waren die kontrastierenden Farben in diesem Teil der Wüste, und ihre Intensität veränderte sich mit dem Spiel von Licht und Schatten je nach Tageszeit und Sonneneinstrahlung. Messira liebte die Farbkontraste, die sie erst hier in der Wüste richtig schätzen gelernt hatte.
In der Republik war die Umwelt mehr oder weniger grau gewesen. Hier lebte die Natur. Orangeroter Sand breitete sich vor ihr aus, soweit das Auge reichte. Mittendrin dieses grüne Wirrwarr von Ästen, das anscheinend ziellos in alle Richtungen strebte und doch einem höheren Plan folgte und über allem dieser makellos blaue Himmel.
Aber die Farbe des Sandes war nicht immer gleich.
Jetzt führte ihr Weg sie an toten Kameldornbäumen vorbei, diese standen in blendend weißem Sand. Einzelne Sandkörnchen glitzerten wie Diamanten, wenn das Sonnenlicht von ihnen reflektiert wurde. Die Bäume hatten schon viele Jahrhunderte kommen und gehen sehen. Mit ihrer braunen Farbe und dem skelettartigen Aussehen wirkten sie wie mumifizierte Gerippe. Die trockene Luft ermöglichte es ihnen nicht, nach dem Tode den Erdboden zu düngen. Selbst ein Umfallen war wegen der tiefen Wurzeln nicht möglich. Verdammt dazu, niemals zu verrotten, standen sie wie Denkmäler in der Landschaft und wiesen mit mahnenden Fingern daraufhin, dass eben nicht alles Irdische dem Verfall preisgegeben ist – lebende Tote sozusagen, deren Existenz genauso nutzlos schien, wie das Bemühen der Regierung, ihren Bürgern ein ewiges Leben zu bescheren.
Die Natur geht manchmal seltsame Wege. Eigentlich war so etwas nicht vorgesehen. Alles befand sich in einem ewigen kreisenden Rad. Der Tod spendete Leben, während das Leben dem Tode geweiht war. Hier zeigte sich die Natur nun von einer ganz anderen Seite.

Ein merkwürdiger Ort war das. Im Hintergrund leuchteten wie eine Theaterkulisse rote Dünen vor einem makellos blauen Himmel. Unweit dieser toten Bäume – in einer Senke – sahen Shakir und Messira die gesuchten Melonen. Schnell fanden sie den Weg in Shakirs Rucksack.

Ein wunderbares Leben! Dieses gemeinsame Ziel, das alle Menschen hier verband, hatte auch von Messira Besitz ergriffen. Kräfte, von denen sie nicht einmal ahnte, dass sie sie hatte, wurden freigesetzt und neue Energien mobilisiert, die ihr halfen, sich für diese gewaltfreie Gesellschaft zu engagieren.
Freilich war der Beitrag, den sie leistete, im Vergleich zu ihren Freunden gering. Sie stahl dem autoritären Staat kein Material. Sie baute keine neuen Geräte und Maschinen. Sie suchte keine vergessenen Schätze in alten Bibliotheken. Sie kämpfte nicht an vorderster Front. Sie hielt also nicht ihren Kopf hin, aber sie half mit, das Leben ein klein wenig komfortabler zu machen. Mit Ausdauer und Geschick versuchte sie die Landwirtschaft zu optimieren und von der Republik autark zu machen und nicht zuletzt sorgte sie mit allen anderen dafür, dass diese Gesellschaft sich hoffentlich bald auf natürlichem Wege vermehrte.
Vielleicht verhielt es sich ja so, dass ein Mensch nur das zu schätzen weiß, was er hart erkämpfen muss. Trotz der schweren Arbeit wirkte das Leben im Dorf so leicht. In der Republik dehnten Minuten und Stunden sich zu Ewigkeiten.
Jeden Morgen konnte sie nur die Pflicht auf die Beine bringen und zur Arbeit rufen. Endlos lang war ihr ein Menschenleben vorgekommen. Zukunftsängste plagten sie, obwohl die Regierung für den täglichen Bedarf sorgte. Depressionen konnten nur durch die Nächte mit David verhindert werden.
Hier freute sie sich auf jeden neuen Tag und jeden neuen Morgen, auf kleine Fortschritte, auf eine Geste von netten Menschen und aufmunternde Worte. Hier lebte sie ihren Traum, dort hatte sie von diesem Leben oft geträumt.
Das Schönste aber war die Lebensfreude, die sie mit allen hier lebenden Menschen teilte. Sie äußerte sich in dem, was die Menschen taten und wie sie es taten. Ideen wurden geboren und ihre Umsetzung in die Praxis explodierte förmlich.

Ein Team von Männern war im Moment dabei, ein einfaches Fischerboot zu bauen. Die Anleitung dafür fanden sie in einem der Bücher, die hierher gebracht worden waren. Ein gewagtes Abenteuer, denn seit Jahrhunderten hatte niemand mehr ein Schiff gesehen, geschweige denn eins gebaut. Die

Abbildungen aus diesem Buch und eine vergilbte Bauanleitung waren die einzigen Hinweise darauf, wie die Einzelteile miteinander zu verbinden waren und gaben den Männern eine ungefähre Vorstellung von den Proportionen des Schiffes.
Sie hatten Fichtenholz hierhergebracht. Der frische harzige Geruch erinnerte an Wald und Freiheit. Aus den stabilen Balken fertigten sie den Kiel des Schiffes. Die Bretter wurden zu Spanten verarbeitet. Sie bildeten das Gerippe des Bootes und lagen quer zum Schiffsrumpf. Damit ein Schiffskörper entstehen konnte, mussten diese auf der Innenseite untereinander mit den Längsbalken verbunden werden. Erst jetzt wurde die Form des zukünftigen Schiffes erkennbar.
Spanten hielten den Bootskörper wie Rippen den Brustkorb zusammen. Sie verliefen in einem Winkel von 90° zum Kiel, dem Rückgrat des Schiffes. Auf der Innenseite der Spanten befestigten die Männer – ebenfalls um 90° versetzt – Holzplanken.
Die Außenseite bespannten sie mit Leinwand. Das Tuch imprägnierten sie anschließend mehrmals mit Öl und danach mit einem wasserabstoßenden Harzlack. Der Mastbaum trug ein Segel. Zusätzlich gab es noch sechs Ruder.
Das Schiff wirkte majestätisch in seiner jungfräulichen Pracht. Es schien recht solide und der Abbildung entsprechend maßstabsgetreu gelungen zu sein. Die große Frage, die trotzdem alle beschäftigte, lautete: Würde es auch seetüchtig sein?
Der Bürgermeister lud zu einer Versammlung ein. Er würdigte die Arbeit jedes einzelnen und bat Shakir, die Männer für die Außenmission zu benennen. Shakir gab Messira zu verstehen, dass sie nun einige Wochen ohne ihn zurechtkommen müsse, denn er wollte die Mission selbst leiten. Danach schaute er in die Runde und sah überall bereitwillige Gesichter. Er musste seine Wahl gut treffen, denn von ihr hing unter Umständen das Leben der Crew ab. Nach einigem Überlegen stand für ihn fest, dass er die Teilnehmer, die – gemeinsam mit ihm zu Fuß – schon einmal mehrere Tage einen Marsch in die Wüste unternommen hatten aber nicht bis zum Atlantik vordringen konnten, berücksichtigen wollte.
»Ich wähle als ersten Matt«, sagte er.
Matt, ein baumlanger Mittdreißiger, war Tischler und Zimmermann. Sein Gang wirkte schlaksig und unbeholfen. Im Gegenlicht verschmolz sein feuerrotes strubbeliges Haupthaar mit den Dünen des Hintergrunds. Ein rotblonder Vollbart umrahmte sein hageres freundliches Gesicht, das, genau wie seine Arme und Beine, ja teilweise auch sein Rücken, über und über mit Sommersprossen bedeckt war. Aus den kleinen wässrigen Augen blickte die pure Lebensfreude. Mit einem Ruck setzte sich dieser starke Mastbaum

neben Shakir. Dabei brachte er einen Schwall von frischem harzigem Holzgeruch mit sich.
»Danke für dein Vertrauen«, grinste er. »Du wirst es nicht bereuen.«
Schon immer war es sein Wunsch gewesen, mal auf See zu fahren. Seine Liebe galt dem Wasser. Nur hatte er nie Gelegenheit gehabt, seine Leidenschaft zu leben. Nicht einmal die Flüsse durften in der Republik befahren werden. Es gab zahlreiche Brücken, die diese Wasseradern überquerten, mehr nicht. Seine Augen strahlten wie zwei Sterne, so glücklich hatte die Wahl von Shakir ihn gemacht.
Dieser suchte weiter die Reihen ab.
Eigentlich war jeder der Anwesenden geeignet für diese Mission. Aber einige mussten im Dorf ihren Mann stehen. Der Nächste, den er wählte, war Ben. Ben war Schmied. Die Crew brauchte seine Kraft und Ausdauer. Ben war kleiner als Matt und von muskulösem Körperbau. Besonders seine Arme waren durch den jahrelangen Umgang mit dem Hammer gestählt. Vor einem Monat war er 65 Jahre alt geworden. Jeder schätzte ihn aber auf höchstens fünfzig. Sein stoppelkurzes schwarzes Haar glänzte in der Sonne wie ein poliertes spiegelblankes metallenes Blech. Der würfelförmige Schädel ähnelte fatal einem Amboss. Völlig unvermittelt zog er die linke buschige Augenbraue bis hinauf zum Haaransatz, so als überraschte ihn Shakirs Wahl. Hatte er richtig verstanden? Bei seiner Wortkargheit war das nicht ganz klar. Er schien immer anderswo mit seinen Gedanken zu sein und wirkte zuweilen fahrig und zerstreut. So auch jetzt, als er zu den anderen trat.
»Danke!«, war das einzige, was er herausbrachte.
Na wenigstens war Shakirs Botschaft angekommen. Ben glaubte in seiner Bescheidenheit, die anderen wären immer einen Tick besser als er. Nie fiel es diesem ruhigen, soliden, zuverlässigen Arbeiter ein, sich in den Vordergrund zu drängen. Wahrscheinlich glaubte er selbst jetzt nicht an sein Glück. Als er in die Nähe von Shakir und Matt kam, konnten beide einen leichten Metallgeruch an ihm spüren. Die Arbeit mit diesem Werkstoff hatte Spuren in seiner Kleidung hinterlassen.
Noch einmal suchten Shakirs Augen einen geeigneten Kandidaten. Ganz hinten, in der letzten Reihe wurde er fündig. Dort stand Malik. Malik war ein schöner Mann. Dem Namen nach ein König. Dunkle Haut und krauses Haar verrieten, dass er auf diesem Kontinent zu Hause war. Seine fast schwarzen Augen suchten ständig die Umgebung ab. Nicht die kleinste Veränderung entging ihnen. Sein Alter war schlecht zu schätzen, aber die Fünfzig hatte er sicher schon überschritten. Er könnte der ideale Nachfolger für Shakir sein, falls dem einmal etwas zustoßen sollte. Genau wie der, verströmte er einen Geruch nach Erde und frischen Kräutern.

Malik drängte sich an der Menge vorbei. Jeder Muskel seines Körpers schimmerte im Licht der Sonne, als er sich mit eleganten katzenhaften Bewegungen zu Shakir gesellte. Er sagte nichts, nickte nur zustimmend mit dem Kopf und gab Shakir die Hand. Wo Malik auftauchte, zog seine Person die Aufmerksamkeit auf sich. Immer wirkte er präsent und gab vollen Einsatz. Mit Worten konnte er nicht sehr gut umgehen, war eher der schweigsame Typ, dafür sprachen seine Taten umso deutlicher. Seine Kraft und Erfahrung konnte der Crew zum Vorteil gereichen.

»Dann wähle ich Cheng«, sagte Shakir.

Cheng hatte die Ausdauer und Zähigkeit, die eine solche Mission erforderte. Er machte ebenfalls wenig Worte. Er war der Kleinste und musste wohl Ende Fünfzig sein. Sein schwarzes Haar trug er straff zu einem Pferdeschwanz gebunden auf dem Hinterkopf. Rechts und links seiner Stirn ließen die Haare schon etwas von seiner Haut durchblitzen. Mit seinem rundlichen Gesicht, den schmalen Augen und dem kräftigen Körper sah er aus wie ein kampfbereiter Samurai.

Man sah ihn nie lächeln. Sein Gesicht schien überhaupt keine Emotionen auszudrücken. Seine Haut roch immer etwas ranzig. In einem für seinen Körper verhältnismäßig tiefen Bass sagte er nur: »Okay!« und gesellte sich zu den anderen.

Cheng war ein zäher Bursche, der viel ertragen konnte. Seine asiatische Gelassenheit ließ ihn nie etwas Unüberlegtes tun. Er konnte sich aber, wenn es sein musste, ohne zu überlegen, auch für das Wohl der anderen opfern.

Shakir zögerte bei der Wahl des letzten Mannes, dann aber sagte er fest: »William, wir brauchen dich. Ich weiß, du wirst in einigen Monaten Vater, deshalb hätte ich dich gern zu Hause bei deiner Frau gelassen, aber du bist Fischer. Da ist wohl klar, warum du mit dabei sein musst.«

Er winkte ihm, nach vorn zu kommen.

William warf, bevor er ging einen fragenden Blick auf Silvia, seine Frau. Die schickte ihn mit den Worten fort: »Nun geh schon! Dort kannst du uns allen nützlicher sein, als hier. Und wie könnte ich dieses miesepetrige Gesicht ertragen, wenn ich dich nicht gehen ließe. Aber wehe, du bist zur Geburt des Babys nicht zu Hause, dann lernst du mich kennen«, drohte sie scherzhaft.

Willi drückte seiner Frau einen dankbaren Kuss auf die Wange und flog förmlich nach vorn. Sein strohblondes leicht gewelltes Haar streifte seine Schultern und wippte beim Laufen auf und nieder. Die blauen Augen blitzten unternehmungslustig wie zwei Sterne. Sie bildeten einen reizvollen Kontrast zu seiner leicht gebräunten Haut, die glatt war wie die eines Babys.

»Da bin ich«, rief er frohgelaunt. »Hättest du mich nicht gewählt, hätte ich an deinem Verstand gezweifelt.«

Er hatte nur auf diesen Augenblick gewartet. Genau wie Matt war er ein Spaßvogel, der nie den Mund halten konnte. Niemand hätte geglaubt, dass er schon Mitte vierzig war. Im Sprücheklopfen war er Meister. Shakir hoffte, dass es ihm gelang, die Männer in düsteren Stunden aufzuheitern. Seine Hände und Füße machten den Eindruck, als wären sie vertauscht worden und gehörten zu einem viel größeren Kerl. Matt hatte einmal scherzhaft gesagt: »Mit den Dingern an deinen Armen kannst du uns glatt aushelfen, sollten unsere Ruder verlorengehen, und mit deinen Füßen sinkst du sicher keinen Zentimeter im Wüstensand ein.«
Willis Passion war zwar das Fischen, er hatte sie aber nie in seinem Leben ausüben können. In der Republik hatte er den Beruf eines Steuereintreibers ausgeübt. Erst hier im Outback hatte er sich mit Hilfe von Büchern in diesen Job eingearbeitet und schnell bemerkt, dass es seine Leidenschaft war. Schon an den ersten beiden Expeditionen hatte er teilgenommen. Weit waren sie allerdings nicht gekommen. Sie beschränkten sich darauf, die nähere Umgebung zu erkunden. Das Meer hatte er leider nicht gerochen.
Die Crew war komplett. Die Sechs wurden umarmt und gedrückt. Alle gaben ihnen gute Wünsche sowie Proviant und Wasser mit auf den Weg.
Erstmals konnten die Männer auch Kontakt mit dem Dorf halten, denn mit Hilfe von ein paar Drähten, Kondensatoren, Spulen, einem UKW-Sender und Empfänger, sowie zwei Lautsprechern, hatte Siegbert zwei Funkgeräte gebastelt, die eine Reichweite von mehr als 100 Kilometern aufwiesen. Eine Solarbatterie lieferte die nötige Energie.
Er begann mit einer einfachen Spule, die er mit Kupferdraht umwickelte. Diese Spule baute er mit einigen Transistoren und Kondensatoren in eine Lochplatte ein. Dann lötete er alle Teile, nach einer Schaltskizze, die er selbst entworfen hatte, sorgfältig auf Polarität achtend, zusammen. Am Eingang eines Kondensators brachte er ein Mikrophon, am Ausgang eines anderen einen Draht an, der als Antenne diente. Ein weiterer Kondensator wurde sorgfältig auf die Frequenz des Empfängers eingestellt. Das Funkgerät funktionierte einwandfrei.

Am 15. September machte die Crew sich auf den Weg zum Meer. Schwer sank das Boot in den Wüstenboden ein, obwohl es dank der Spanten und des Segeltuches verhältnismäßig leicht war.
Es stand auf zwei Kufen. Diese ließen sich im Sand leichter bewegen als Räder. Die sechs Männer zogen es allein mit Hilfe von Seilen und ihrer Muskelkraft. Freilich würde der Marsch durch die Wüste wegen des Gewichtes um mindestens einen Tag verlängert werden, aber in drei bis vier Tagen konnten sie es bequem schaffen. Den Proviant für die Reise verstaute Shakir im Schiffsrumpf.

Das Funkgerät wartete im Hause des Bürgermeisters auf eine Nachricht der Männer, die sich jeden Abend gegen 18 Uhr im Lager melden wollten. Baruti versprach, um diese Zeit möglichst das ganze Dorf bei sich zu versammeln.
Silvia wischte ein paar Tränen fort und hatte Mühe, sich von Willi zu lösen. Messira versprach Shakir, ihn so gut wie möglich zu vertreten. Baruti wünschte den Männern Glück und segnete sie zum Abschied.
Strohhüte und weite weiße Gewänder sollten sie vor der Glut der Sonne schützen, dennoch erforderte es die letzten Kräfte von ihnen, den Schiffskörper durch den tiefen Sand zu ziehen. Hier auf der Südhalbkugel war der Frühling so richtig im Gange, und es konnte schon ziemlich heiß werden.
Es war noch sehr früh am Morgen, als sie sich freudig und zuversichtlich auf die große Tour begaben. Mit dem Kompass fanden sie sich gut zurecht. Die Weite der Landschaft erschreckte sie allerdings. Im Westen und Süden konnte man nichts als Sanddünen erkennen. Im Norden sah man steinerne tiefe Schluchten. Und im Osten, also quasi in ihrem Rücken ahnte man hinter der Barriere die großen Karasberge, die sich viele hundert Meter in den Himmel reckten. Hier und da breitete sich am Boden karge Vegetation aus. Der Sand leuchtete in allen Farben von weiß über gelb bis tiefrot.
Die Männer kamen in diesen endlosen Weiten nur langsam voran. Auf den ersten Blick glaubten sie, genau wie Messira, dass in einer solch lebensfeindlichen Umgebung weder irgendwas noch irgendjemand existieren, geschweige denn überleben könnte. Diese Wüste, die vor etwa 55 Millionen Jahren aus einem tiefen Sandbecken entstanden war, machte ihnen Angst. Keiner aber wollte sich das eingestehen.
Gegen Mittag rief Shakir sie zusammen. Er hatte die Vorzeichen gedeutet.
»Es wird gleich ein Sandsturm aufkommen. Wir suchen in dieser Senke hier Schutz.« Er zeigte auf den Fuß einer Düne, die mit einigen trockenen Pflanzen bewachsen war.
Die Männer legten sich auf sein Geheiß flach mit dem Gesicht auf den Boden. Im Schutz der Düne warteten sie den Sandsturm ab. Der fegte mit einigen hundert Stundenkilometern über sie hinweg. Münder und Nasen- sowie Ohrlöcher hatten sie mit Tüchern geschützt. Der Wind heulte, als wäre der letzte Tag angebrochen.
Shakir wagte es, einmal die Augen zu öffnen. Er konnte nichts erkennen, als Sand um sich herum.
Der Spuk dauerte nicht länger als einige Minuten.
Dann wurde es schlagartig still.
Als sie merkten, dass nichts mehr nachkam, erhoben sie sich mühsam und schüttelten den Sand wie lästige Insekten von ihren Körpern ab. Er war

inzwischen überall, in ihren Kleidern, Nasenlöchern, Ohren, Mündern und natürlich auch auf dem Schiff. In mühevoller Arbeit mussten sie ihn wieder daraus entfernen. Ein halber Tag ging ihnen dadurch verloren.
Über der harten Arbeit ging der Tag zu Ende. Die Männer sammelten trockene Äste und entfachten ein Lagerfeuer, denn die Temperaturen fielen plötzlich rapide ab. Sie aßen etwas Dörrfleisch und tranken nur ein wenig von dem mitgebrachten Wasser. Nachdem sie sich zu Hause gemeldet hatten, wickelten sie sich in ihre Schlafsäcke und schliefen – sich gegenseitig wärmend und eng aneinandergedrängt – ein, denn sie waren rechtschaffen müde.
Die Dämmerung ging sofort in tiefe Nacht über. Die Dunkelheit hielt sie vorerst davon ab, in der Nacht zu marschieren. Vielleicht wäre das eine Überlegung für die nächste Expedition, dann könnten sie die Hitze des Tages verschlafen.

Gegen Morgen kam der Nebel. Er ermöglichte den Tieren und Pflanzen ein Überleben. Sonne und Wind bestimmten zwar hauptsächlich das Wetter, manchmal war es allerdings ganz anders. Dann lag ein dicker Nebelschleier über der Landschaft. Dies geschah, wenn die kühle Meeresluft des Atlantiks von den Passatwinden aufgewirbelt und über die Wüste getragen wurde, wo sie auf die bis zu 60°C heiße Luft traf. Das kalte Wasser verdunstete und kondensierte anschließend in der Luft.
Es entstand ein Nebel der sich wie ein kühles Tuch über die flammende Landschaft legte. Dieser Nebel hielt das ganze Ökosystem in Gang, denn nur durch diese Luftfeuchtigkeit hatten Tiere und Pflanzen hier überhaupt eine Chance zum Überleben.
Shakir war schon vor den anderen aufgestanden. Auf einem Dünenkamm sah er einen Nebeltrinkerkäfer sein Hinterteil in die vom Atlantik wehende feuchte Luft hinausrecken, um die winzigen Tröpfchen Feuchtigkeit des Nebels aufzufangen. Er wünschte, Messira wäre hier, damit er ihr dieses Schauspiel zeigen könnte.
Der Käfer ließ sich auch nicht stören, als Shakir näher heranschlich, um ihn gezielter zu betrachten. Shakirs Füße sanken tief in den Sand ein, während die feuchten Dünen das Licht heute in besonders kräftigen Farben reflektierten.
Nach einem kurzen Frühstück setzten die Männer ihren Weg fort. Man wollte die Morgenkühle ausnutzen.
Eine halbe Stunde später stand die Sonne schon so hoch, dass sie die Nebelwand zerriss. Wie ein Brautschleier, der von grober Hand gepackt und zerstört wird, flatterten die Nebelschwaden wild in der Luft umher, zerstreuten sich dann und schwebten schwerelos als winzige Fetzen im warmen Wüstenwind, bis sie sich in den Weiten des Firmaments verloren.

Das Laufen wurde nun wieder mühsamer. Die Schuhe scheuerten und Matt bekam eine blutige Blase.
Er fluchte: »Ist ja fast so, als ob ich eine Mädchenhaut habe«, dabei verzog er sein Gesicht, als wäre sein Leben bedroht.
Shakir tat das einzig Richtige. Er schnitt Matts Schuhe an der Ferse auf, damit er weitergehen konnte. Schuhe waren hier ein absolutes Muss. Der Sand wurde gegen Mittag so heiß, dass die Füße darauf verbrennen konnten, wenn sie Kontakt mit ihm aufnahmen.
Die Männer machten eine Pause und setzten sich in den Schatten einer großen Düne. Der ständig wehende Süd-West-Wind, der den Nebel in die Wüste gebracht hatte, war auch verantwortlich für die Entstehung der großen Sanddünen, deren dunkles Orange anzeigte, wie alt sie waren. Die Eisen-Ionen im Sand wurden, wie Messira von Shakir erfahren hatte, durch die feuchte, vom Atlantik kommende Luft, zu Eisenoxid umgewandelt. Je länger dieser Vorgang dauerte, desto dunkler wurden die Dünen. Rote Dünen mussten also schon sehr alt sein.
Die Männer teilten das Wasser und ruhten sich ein wenig aus. Nach einer halben Stunde trieb Shakir sie wieder zur Eile an, denn in zwei Stunden würde es sowieso zu heiß sein, und sie mussten eine längere Pause einlegen.
Ein Gecko huschte an ihnen vorbei. Die Kleidung und die Hüte boten kaum mehr Schutz vor der Sonne. Die Last des Bootes trieb den Blutdruck zusätzlich in die Höhe. Shakir aber verstand es, die Männer immer wieder aufs Neue zu motivieren. Schließlich schafften sie noch zwei weitere Stunden Fußmarsch, hatten aber das Gefühl, keinen einzigen Meter weitergekommen zu sein.
In der Ferne sahen sie einige Pferde. Es handelte sich um verwilderte Tiere, die sich an das raue Leben in der Wüste angepasst hatten. Kaum zu glauben, dass die bei 45 Grad und mehr überleben konnten. Im Laufe der Zeit hatten sie wohl gelernt, den extrem heißen Bedingungen standzuhalten und waren in der Lage, auch ohne menschliches Eingreifen zu überleben.
Shakir war begeistert von den wilden Tieren, die sich langsam und gemächlich bewegten, um bei den heißen Temperaturen nicht zu viel Energie zu verlieren. Sie sahen eindrucksvoll und kräftig aus, besonders wenn die Muskeln der starken Hengste silbern in der Sonne glänzten.
Er meinte, dass es hier in der Nähe einen Brunnen aus alter Zeit oder irgendeine andere Wasserstelle geben müsse und die Tiere sich deshalb hier aufhielten. Die Männer malten sich aus, wie es wäre, wenn man diese Pferde zähmen könnte und sie für Arbeiten, wie das Ziehen des Bootes oder andere anstrengende Tätigkeiten gewinnen könnte.
Shakir aber wehrte ab: »Daran können wir vorerst nicht denken. Die Pferde sind total verwildert. Später vielleicht einmal. Wir wissen ja jetzt, wo man

sie finden kann. Eine Zähmung dieser Tiere dürfte nicht ganz einfach sein, aber dennoch ist sie eine Überlegung wert.«
Die Männer hatten mit solcher Antwort gerechnet. Aber man wird ja mal träumen dürfen.
In der glasklaren Luft konnten sie wohl an die hundert Kilometer weit sehen, doch nicht Richtung Meer, denn die endlosen Dünenkämme versperrten die Sicht. Die Sonne stand mittlerweile senkrecht über ihnen. Mit schmerzverzerrten schweißgebadeten Gesichtern liefen sie unter der gnadenlosen Hitze weiter. Endlich tauchten ein Paar Bäume auf, in deren Schatten man sich für die Mittagszeit niederließ.
Will hatte Blasen an den Händen. Eine davon war aufgeplatzt. Es brannte höllisch. Shakir gab ihm eine Salbe, die er aus Kräutern und Öl hergestellt hatte. Sie brachte etwas Linderung. Eine Binde sollte die Hand zusätzlich schützen. Shakir verteilte auch an die anderen solche Binden.
»Schützt eure Hände damit vorbeugend«, sagte er.
Die Männer waren zu müde, um zu reden. Und das war auch gut so. Verbrauchte doch jede Art von Gespräch Energie und trocknete den Körper aus. Als sie sich ausruhten, konnten sie endlich die Stille genießen, die hier herrschte. Einige dösten ein wenig vor sich hin. Alle waren mit ihren Kräften am Ende. Ein schwacher Wind brachte etwas Erleichterung.
Nach zwei Stunden mobilisierten sie die letzten Kräfte, liefen weiter und kamen gegen Nachmittag in ein ausgetrocknetes Flussbett, in dem sie ihren Fußmarsch fortsetzten. Gegen Abend fanden sie ein Wasserloch, an dem sie Rast machten. Hier schlugen sie ihr Lager für die zweite Nacht auf.

Am nächsten Morgen folgten sie dem kilometerlangen Verlauf des Flusses. Im trockenen Flussbett standen jahrhundertealte Kameldornbäume. Shakir erklärte, dass der Fluss nur in guten Regenzeiten Wasser führte. Dann könnte man auch Antilopen und Flamingos an diesem Gewässer finden. Wochen später aber würde alles wieder austrocknen und der Fluss sähe so aus wie jetzt.
Plötzlich tauchten vor ihnen einige Elefanten auf. Shakir bedeutete ihnen, sich ruhig zu verhalten. Man konnte nie wissen, wie die Tiere reagierten. Die Männer beobachteten die Herde aus gebührender Entfernung. Noch nie in ihrem Leben hatten sie so große Tiere gesehen. Sie jagten ihnen Schauer über den Rücken.
»Die Elefanten haben sicher das Wasserloch gerochen«, meinte Shakir, »denn sonst würden sie hier nicht auftauchen. Sie sind zäh und überstehen auch schon mal eine Dürrezeit, dann bekommen sie in diesen Jahren keinen Nachwuchs.«
Die Männer hofften, dass die Tiere ohne einen Zwischenfall an ihnen vorbeizogen.

»Manchmal findet man auch einen Schakal oder eine Hyäne in den trockenen Flusstälern«, erklärte Shakir stolz. »Auch leben Strauße und Springböcke von der spärlichen Vegetation.«
Sie verließen das Flussbett. Rechts von ihnen wuchs ein monumentaler Felsen aus dunkelrotem Gestein aus der Ebene. Der Weg war steil und das Geröll lose. Sie liefen am Fuße des Berges entlang und entdeckten eine Höhle, in der sie Tierzeichnungen fanden, die die Menschen vor Jahrtausenden in den Fels geritzt hatten. Hier war ein idealer Platz, um das Nachtlager aufzuschlagen.
Die Männer waren trotz der Strapazen recht zuversichtlich, ihr Ziel zu erreichen. Sie stellten erleichtert fest, dass die Wüste voller Abwechslung war. Mal bedeckte das Beige der trockenen Gräser die Erde, mal türmten sich riesige Dünen orangefarben auf, dann wieder wuchsen bizarre Steine und Geröll in die Höhe, oder eine Traumlandschaft von roten Dünen, blauem Himmel und grünen Bäumen breitete sich vor ihnen aus. Das schöne Morgenlicht sorgte für skurrile Schattenspiele an den Dünen, die Abenddämmerung mit ihrer Stille wirkte fast meditativ, und der Sternenhimmel über der Wüste war die Krönung.
Die Wüste war kein öder toter Garten. Sie barg in sich viel Leben, das oft nicht leicht zu finden war. Tiere und Pflanzen mussten sich ständig der Herausforderung des Überlebens stellen und diese immer im Blick haben. Die Männer hatten sich damit arrangiert. Ja, man konnte fast sagen, sie liebten diese Art des Lebens. Jeder Tag barg ein neues Abenteuer.
Am Abend, wenn dann das heiße Wasser für den Tee schon auf dem Feuer brodelte und sie ihre müden Glieder ausstreckten, belohnte sie die überwältigende Stille und Einsamkeit. Eindrücke, die unbeschreiblich sind, brannten sich in ihre Seelen: der Sternenhimmel, die Farbschattierungen der Felsabstürze am frühen Morgen und die goldenen Köcherbäume in der Ebene.
Unvergesslich blieb ihnen auch, wie sie bei der Besteigung einer etwa 60 Meter hohen Düne ins Schwitzen gerieten. Der Anstieg auf die Düne war hart, lang und anstrengend. Oben konnten sie den faszinierenden Ausblick und die Einsamkeit genießen. Der Abstieg blieb ihnen unvergesslich. Shakir hatte diesen kleinen Umweg über die Düne gewagt, um ihnen die Größe und Weite des Landes zu demonstrieren. Er erzählte ihnen, dass diese Düne ein Baby sei, die höchsten, weiter im Süden, maßen etwa 300 Meter. Die Männer waren froh, dass sich keine Düne dieser Größe in ihrer Reichweite befand. Wer weiß, vielleicht wäre Shakir dann auf die Idee gekommen, sie darauf zu scheuchen.
Shakir war so begeistert von der Wüste, dass er alle mitriss. Wenn der Sand auf ihrer Hand lag und sie diese öffneten, kam es ihnen vor, als würden

mehrere Millionen Jahre Erdgeschichte in rasantem Tempo durch ihre Finger rieseln.
Die Nächte unter den Sternen waren kalt und einsam. Und doch war es ein erhabenes Schauspiel, nachts zum Himmel hinaufzuschauen. Niemand konnte sich dem entziehen. Wenn sie auch nicht wussten, welche Sterne sie da sahen, so war deren Anblick dennoch faszinierend. Wie 100 Milliarden Diamanten auf dunkelblauem Samt lagen die glitzernden Punkte am nächtlichen Firmament. Da jegliche störende Lichtquelle fehlte, konnte man weit über die Milchstraße hinaussehen.
Wäre da nicht die Hitze des Tages gewesen und die Kühle der Nacht, man hätte diese Wüste für ein Paradies halten können. Nach der tagsüber herrschenden Gluthitze, kühlte es sich nach Einbruch der Dunkelheit so schnell ab, dass die Temperaturen um den Gefrierpunkt lagen. »Wüste« bedeutete Stress für den Organismus. Alles war in Alarmbereitschaft. Extremste Bedingungen galt es auszugleichen. Waren eben noch die Schweißdrüsen in Aktion, musste der Körper blitzschnell auf Kälte umschalten und die Härchen aufstellen, oder durch Zittern die Muskulatur warmhalten.

Der vierte Tag ihrer Expedition begann wieder mit Nebel. Er weckte sie zeitig und trieb sie aus ihrer Höhle. Shakir schätzte, dass es noch mindestens einen Tag dauern würde, bis sie die Küste erreichten. Also mussten sie sofort nach dem kärglichen Frühstück erneut aufbrechen.
Die Füße schmerzten, die Hände taten weh. Ja, es gab eigentlich keinen einzigen Muskel, den sie nicht spürten, aber die Tatsache, dass sie bereits mehr als die Hälfte der Strecke zurückgelegt hatten und die Aussicht, bald das Meer zu erreichen, hielten sie bei guter Stimmung.
Das Geröll ging wieder in Sand über. Der Felsen war wohl eine Ausnahme gewesen. Die großen steinernen Berge begannen weiter oben im Norden.
Plötzlich schoss eine Viper aus ihrem Sandversteck und biss Malik in die nackte Wade.
»Verdammt!«, schrie er.
Die Schlange zog sich sofort in ihr Versteck zurück. Shakir grub sie mit bloßen Händen aus und gab Entwarnung: »Es handelt sich nur um eine Zwergpuffotter. Du hast Glück gehabt. Vielleicht ist die Stelle noch einige Stunden taub, aber die Schlange ist für uns Menschen ungefährlich.« Er machte eine Bewegung mit der Hand, die andeutete, dass die anderen still sein sollten, dann legte er die Schlange wieder zurück in den Sand, die grub sich sofort so tief hinein, dass man nur noch ein Stück ihres Kopfes und die Schwanzspitze sah.
»Ich bitte euch aber, in Zukunft etwas vorsichtiger zu sein. Jeder Schritt hier kann gefährlich sein«, mahnte er.

Gegen Mittag meinten sie schon, das Meer riechen zu können, aber es war nur der kalte Wind, der jetzt immer häufiger über die Wüste fegte. Im Wüstensand konnte man Tierspuren erkennen. Es sah aus, als wären ein bis zwei Strauße hier vorbeigelaufen. Wer weiß, wann das gewesen war, denn obwohl ständig ein leichter Wind wehte, konnten sich Spuren manchmal jahrzehntelang halten.
Glitt der Sand bei einer bestimmten Stärke und Richtung des Windes den Dünenhang hinab, konnte es sein, dass er auf der Düne ein Reibungsgeräusch erzeugte, das einem Luftgleiter glich und über viele Kilometer zu hören war. Nach einer Rast am Fuße einer solch röhrenden Düne, ging es am Nachmittag weiter. Der Sand wurde immer tiefer. Die Männer mussten all ihre Kraft aufbieten, um das Schiff zu bewegen.
»Wir sind nahe der Küste«, sagte Shakir. »Morgen gegen Mittag werden wir sie erreichen.«
Seine Worte spornten die Männer noch einmal an, ihr Bestes zu geben. Leider hatten inzwischen alle trotz der Binden Blasen an den Händen bekommen. Auch Ben, der eine Haut wie Leder hatte, war davon nicht verschont geblieben. Die Salbe von Shakir half nur wenig. Matts Blase am Fuß war inzwischen abgetrocknet und machte kaum noch Beschwerden.
Die Männer litten außerdem unter Salzverlust, der durch das starke Schwitzen entstanden war und Müdigkeit ergriff Besitz von ihnen. Shakir hatte vorsorglich etwas Salz mitgenommen, das er nun verteilte. Im Dorf aber gingen die Salzreserven langsam zu Ende. Bald würde man das Meer erreichen und eine Aufgabe neben der Jagd auf Fische, Säuger und Vögel, würde die Gewinnung von Meersalz sein. Heute kamen sie nur noch einige Kilometer weiter. Zur Nacht lagerten sie in einer Sandmulde, in der sie vor Stürmen geschützt waren.

Am Morgen des fünften Tages kam der Nebel zurück. Er hing über der gesamten Landschaft bis hinauf zu den Dünen, die mit bloßem Auge nicht mehr zu sehen waren. Gegen Mittag, also später als sonst, löste der Nebel sich auf. Die Dünen liefen langsam aus und gingen in flaches Land über, das eine Stunde später direkt in die Lagunen und das Marschland der Atlantikküste überging. … Und dann sahen sie es – das Meer.
Unzählige Vögel verschiedenster Arten tummelten sich an der Küste. Gruppen von Möwen, Kormoranen und Pelikanen hatten sich am Wasser zur Rast niedergelassen. An einigen Stellen reichten die großen Sanddünen direkt bis an den Ozean heran. Der Weg zwischen Dünenkante und Meer wurde dann sehr eng.
Diese Küste hatte ein Alter von ungefähr 1,5 Milliarden Jahren. Sie kamen an einem Schiffswrack vorbei, das wohl schon mehrere hundert Jahre hier

lag. Shakir erklärte ihnen, dass der Nebel, die heftige Brandung und die unberechenbare Strömung das Befahren der Küste gefährlich für die Seefahrt vergangener Tage und für vorbeiziehende Wale machte.
»Auch wir dürfen mit unserem Boot nicht allzu weit hinausfahren, müssen den Küstenstreifen immer im Blick haben«, mahnte er. »Der Fischreichtum hier darf uns nicht sorglos machen.«
In der Tat lockte dieser Reichtum noch andere Gäste an. Seebären und Ohrenrobben tummelten sich am Strand. Sie hatten sich in den letzten Jahrhunderten massenhaft vermehren können. Die Männer schätzten die Anzahl der Tiere auf einige tausend. Schon lange hatten sie nicht mehr so viel Fleisch gesehen.
Ihre Augen bekamen einen gierigen Glanz. In den nächsten Tagen würden sie einige der Tiere jagen und das Fleisch trocknen. Sie würden fischen und die Fische ebenfalls gut getrocknet und gepökelt mit nach Hause nehmen. Mit diesen Vorräten könnte sich das Dorf dann einige Monate ernähren. Dieses Paradies konnte man immer und immer wieder aufsuchen. Hinter ihnen lagen Sanddünen, Canyons und Gebirgsketten, vor ihnen lag der raue Atlantik. Das Klima war urplötzlich mild, ja fast kühl geworden.
»Ein Paradies!«, sagte Malik begeistert und ließ sich in den Sand fallen, der nicht mehr heiß, sondern angenehm kühl und ein wenig feucht war.
Shakir erstattete den Daheimgebliebenen über Funk Meldung, dass die Crew eingetroffen war.
Als erstes vertäuten sie das Boot an Land, dann gingen sie daran, das mitgebrachte Fischernetz aus dem Schiffsrumpf zu bergen und auf dem Sandboden auszubreiten. Sie suchten Treibholz für eine Feuerstelle und bauten sich mit Hilfe von Planen und mitgebrachten Holzstangen ein einfaches Zelt. Morgen früh, wenn der Nebel sich gelegt haben würde, wollten sie die erste Fahrt wagen.

Die Jungfernfahrt des Bootes ging ohne Probleme vonstatten. Jeder der sechs hatte seinen Platz am Ruder gefunden. Da es heute sehr windig war, wurde das Segel nicht benötigt. Shakir gab, den Kompass im Auge, die Kommandos. Matt und Willi saßen an den ersten beiden Rudern. Sie hatten während ihres Marsches durch die Wüste engen Kontakt zueinander gehalten und neckten sich auch jetzt, wo es nur ging.
»Sieh dich vor, dass du deine Hände nicht mit den Ruderblättern verwechselst«, meinte Matt. »Hier gibt es nämlich riesige Haie, hab' ich gehört.«
»Und du pass auf, dass die Vögel dir nicht auf dein Gesicht scheißen, denn bei den vielen Sommersprossen wird es dir schwerfallen, den Vogelmist zu finden«, lachte Willi.

Sie ernteten einen strengen Blick von Shakir: »Hört auf zu quatschen, rudert lieber.«
Die beiden maulten zwar noch ein wenig, ruderten dann aber umso kräftiger. Malik und Ben saßen nebeneinander in der zweiten Reihe und schwiegen sich aus. Zwischen ihnen fielen nie viele Worte, aber sie verstanden sich auch so, oder gerade deswegen. Shakir und Cheng bildeten die Nachhut.
Als sie die Lagune hinter sich gelassen hatten und in tieferes Wasser gelangten, warfen sie das Netz aus und zogen es hinter sich her. Bald hatten sie so viele Fische gefangen, dass sie Mühe hatten, das schwere Netz einzuziehen.
Zurück am Ufer vertäuten sie das Boot fest an Land. In der Brandung sahen sie so viele Fische, dass Matt meinte: »Ich denke, das nächste Mal können wir die Fische entweder vom Boot aus angeln oder direkt vom Ufer aus.«
Dieses Mal gab Shakir ihm Recht: »Vielleicht probieren wir das mit dem Brandungsangeln morgen mal aus.«
»Aber wir haben keine Köder und auch keine Angeln«, warf Malik ein.
»Kein Problem! Die Angeln bau ich euch zusammen. Für den Köder müsst ihr selbst sorgen.« Matt hatte gesehen, dass es an Land viele Krebse und Insekten gab. Er baute aus biegsamem Holz, Seilen und Haken sechs Angelruten.
Ben wühlte den ganzen Tag im Watt herum und suchte Würmer, Krebse und Insekten, die er in einen Eimer tat. Malik und Willi waren damit beschäftigt, Fische zu trocknen. Dafür spannten sie Leinen aus, die sie mit Hilfe von Pflöcken im Boden verankerten.
Cheng sammelte Treibholz für das Lagerfeuer. Shakir hatte eine neue Methode entdeckt, wie er Trinkwasser gewinnen konnte. Er ließ Meerwasser in einem großen Topf, in den er einen kleinen leeren Topf gegeben hatte, über dem Feuer kochen. Über beide Töpfe spannte er eine Kunststofffolie, die er straff mit einer Kordel am äußeren Rand des großen Topfes befestigte. Auf diese Folie legte er einen Stein. Das Gewicht des Steines wölbte die Folie nach unten. Beim Kochen verdampfte das Meerwasser, kondensierte an der kühleren Folie und tropfte durch die Wölbung in den kleinen Topf hinein. Im großen Topf blieb Salz übrig, das man mit ins Dorf nehmen konnte.
So verging der Tag wie im Fluge.
Gegen 18 Uhr meldeten sie sich wie üblich über Funk. Viele der Daheimgebliebenen hielten sich heute im Haus des Bürgermeisters auf. Willi hatte die Gelegenheit, mit Silvia zu sprechen.
»Wie geht's dir, meine Süße?«, fragte er. »Was macht das Baby?«

»Gut geht's mir. Unser Baby hat sich das erste Mal bewegt«, sagte sie.
Der Jubelschrei der Sechs machte es Silvia schwer, ein Wort zu verstehen. Endlich wurden die Männer ruhiger.
»Super, Silvia«, sagte Matt und riss Willi das Mikro aus der Hand. »Willi weiß gar nicht, was er für ein Glück mit dir hat. Ich hoffe nur, euer Baby sieht so aus wie du, sonst täte es mir für den armen Wurm sehr leid.«
Am Abend saßen die Männer um das Lagerfeuer, brieten sich frischen Kabeljau und erzählten sich spannende Geschichten. Als das Feuer heruntergebrannt war, gingen sie in ihr Zelt, krochen in ihre Schlafsäcke und schliefen erschöpft aber glücklich ohne ein weiteres Wort ein.

Sie blieben noch fast zwei Wochen an diesem paradiesischen Ort. In dieser Zeit fingen sie eine Robbe und diverse Vögel, sowie Steinbrassen und Kabeljaus. Die Fische, sowie all die anderen Tiere verdankten sie dem kalten Benguela-Strom, der hier vorbeizog.
Obwohl sie jeden Tag etwas Salz und Süßwasser aus dem Meer gewannen, reichte es kaum für den täglichen Bedarf. Ihre Trinkwasserreserven konnten sie damit nicht auffüllen. Die verringerten sich zwar langsamer als ohne das gewonnene Wasser, gingen aber doch allmählich zur Neige. Also mussten sie den Rückweg antreten, damit die Wassermenge für den langen Marsch durch die Wüste ausreichte.
Sie nahmen sich fest vor, so bald wie möglich wiederzukommen, denn die beste Angelsaison dauerte von November bis Ende März, und die Unterwasserwelt des Atlantiks barg noch viel mehr Schätze, die es zu erschließen galt. Zahlreiche Haifischarten sowie Rochen, Kabeljaus, verschiedene Brassen und Hummerarten lockten die Angler.
Das Wetter war angenehm kühl, und es wehte ständig ein feuchter Wind. Eigentlich wollten die Männer diesen Ort gar nicht wieder verlassen und dachten darüber nach, wie man Trinkwasser in größerer Menge aus dem Meer gewinnen könnte. Das wäre eine Aufgabe für Siegbert. Wenn sie zu Hause ankämen, wollten sie ihm den Vorschlag machen, für die nächste Expedition ein Solardestilliergerät zu bauen, das in der Lage war, größere Wassermengen zu destillieren.
Shakir drängelte und riss sie aus ihren Träumen. Die Vernunft siegte schließlich. Während sie sich hier die Bäuche mit Fisch und Fleisch füllen konnten, wurde Eiweiß und Salz zu Hause dringend gebraucht. Auch wenn es hier noch so schön war. Sie mussten das Fleisch und den Fisch zu ihren Lieben nach Hause bringen.

In der ersten Oktoberwoche machte die Crew sich wieder auf den Rückweg. Das Schiff war gut vertäut und würde bis zu ihrem

Wiederkommen auf sie warten. Jeder von ihnen hatte einen ansehnlichen Vorrat an Fischen und Fleisch, schon halb getrocknet in seinem Gepäck, der hoffentlich auf dem Wege durch die Wüste noch an Wasser verlieren würde. Mit Steinen markierten sie den Weg. So konnten sie ihn bei einer späteren Expedition bequem wiederfinden.
Sie hatten zwar hier das Paradies gefunden, aber die Küste war kein Ort, an dem sich eine Gesellschaft aufbauen ließ. Der Küstenstreifen war zu schmal. Es gab kaum Vegetation und so lange es keine Möglichkeit gab, Trinkwasser in großen Mengen zu gewinnen, war dieses Vorhaben sowieso nicht umsetzbar. Als sie sich gedanklich von diesem Ort gelöst hatten, fiel ihnen der Aufbruch nicht mehr schwer. Jeder sehnte sich nach dem Kontakt mit seinen Lieben.
Willi fieberte dem Augenblick entgegen, seine Silvia in die Arme zu schließen. Er wollte wissen, ob er noch mit seinen Armen um ihren Bauch kam.
Shakir war gespannt, wie gut Messira ihn vertreten hatte und freute sich darauf, wieder allein durch die Wüste zu streifen.
Ben sehnte sich nach weiter nichts als nach seinem Hammer und seinem Amboss.
Cheng brauchte Lisa. Sie war seine bessere Hälfte, ohne die er sich unvollkommen fühlte.
Matt war frisch verliebt, was er den Freunden jedoch noch verschwiegen hatte, denn er fürchtete sich vor ihren dummen Sprüchen. Außerdem musste er selbst erst mal herausbekommen, ob seine Liebe erwidert wurde.
Malik wollte endlich mal wieder allein sein, um meditieren zu können. Der enge Kontakt mit den Männern hatte ihm zu schaffen gemacht.
Alle waren also mit ihren Gedanken schon zu Hause. Einzig und allein der Weg durch die Wüste schreckte sie ab. Aber sie trösteten sich damit, dass sie nicht mehr das schwere Boot ziehen mussten.

HAGEL

Wenn wir denken: Es kann nicht schlimmer kommen, setzt das Schicksal noch einen drauf. Oft verlieren wir alles, was wir uns in vielen Jahren erarbeitet haben.
Hagel ist eine Form von Niederschlag, der aus Eisklumpen besteht und überwiegend in warmen Jahreszeiten und warmen Gegenden auftritt. Zur Abgrenzung spricht man erst bei einem Durchmesser von über 0,5 Zentimetern von Hagel bzw. Eishagel, darunter von Graupel. Hagelkörner entstehen in den niedrigeren Schichten von Gewitterwolken beziehungsweise innerhalb einer Gewitterzelle durch unterkühltes Wasser, das an Kristallisationskernen zu Eis gefriert.
Hagel hinterlässt Verwüstung. Er bringt nicht wie Regen Leben, sondern Tod. So manche Ernte fiel ihm schon zum Opfer. Will man überhaupt einen Sinn in seiner Existenz sehen, so müsste man wohl sagen: Hagel ermahnt uns, dass alles vergänglich ist und dass es gut ist, jeden Tag zu nutzen, als wäre es der Letzte.

***

Am 5. Oktober traf die Crew im Dorf ein. Schon sehnsüchtig von den Daheimgebliebenen erwartet, riss man ihnen das Fleisch und den Fisch buchstäblich aus den Händen, denn die Ernte war nicht so gut ausgefallen, wie erhofft.
Silvia fiel Willi in die Arme. »Ein Glück, dass du wieder da bist.«
»Nicht weinen!«, lachte William. »Mich wirst du so schnell nicht los. Ich will doch mein Kind noch sehen.«
Er hielt sie ein wenig von sich weg. »Ganz schön rund bist du geworden«, flachste er.
»Kunststück«, konterte sie. »Wer ist wohl für meinen dicken Bauch verantwortlich?«
»Sag du's mir«, meinte er und tat so, als wäre er gespannt, was sie jetzt antworten würde.
»Welche Frage, du Dimpel«, lachte sie und gab ihm einen dicken Kuss.
Es war ein so schönes Gefühl, den Vater des leiblichen Kindes zu kennen, zu lieben und zu necken. Sie fühlte sich wie ein Kind, obwohl sie nicht wusste, wie sich das anfühlt, Kind zu sein.
Ihre Kindheit in der Republik war ein einziges Desaster und alles andere als glücklich gewesen. Ihre Mutter, eine strenge Frau, bekleidete den Rang einer Regierungsbeamtin. Sie hatte ihr keine Nestwärme geben können.
Einen Vater sowie ein Familienleben kannte sie nicht. An den Wochenenden schleppte die Mutter sie zu irgendwelchen Regierungsveranstaltungen und

Sitzungen. Sie fühlte sich wertlos. Das einzig Erstrebenswerte schien ihr, so schnell wie möglich erwachsen zu werden. Ihre Kindheit konnte sie nicht zurückholen, aber ihrem Kind sollte erspart bleiben, was sie erlebt hatte. Es sollte seine Kindheit in guter Erinnerung behalten, das schwor sie sich. Ehrfürchtig ergriff sie Willis Hand und legte diese vorsichtig auf ihren Bauch.

»Da, da .... spürst du's? Es freut sich noch einer, dass du wieder zu Hause bist.«

»Er kann auch eine Sie sein«, berichtigte Willi.

Dieser baumlange schlaksige Kerl zitterte vor freudiger Erwartung, während er seine große Pranke so sanft wie es ihm möglich war auf Silvias Bauch legte, der darunter verschwand wie ein Laib Käse unter einer Glocke. Nur die Wölbung seiner Hand erinnerte daran, dass darunter etwas lag, was er mit seinem Leben verteidigen würde, wenn es sein musste.

»Na, so wie der da rumtrampelt, muss es ein kleiner Willi sein. Hat deine Füße geerbt.«

Sie lachte ihr helles Lachen, das er so an ihr liebte.

Es tat gut, sie wiederzuhaben. Er drückte sie so fest, dass ihr die Luft wegblieb. Die Schwangerschaft seiner Frau empfand er als ein Wunder. Ein Wunder war es auch, dass sie beide hier so miteinander scherzen konnten.

Er dachte an die armen Kreaturen jenseits des Walls. Bedauernswerte Roboter, die nur das taten, was die Regierung und HERA ihnen diktierten. Sie konnten noch so viel ihr Eigen nennen, sie blieben Gefangene.

Nie hatte er in seinem Leben dort drüben mal gesehen, dass Menschen von Herzen lachten. Manchmal hatte er geglaubt, dass den Menschen das Lachen weggezüchtet worden war. Er hatte sich immer gefühlt wie in einem Käfig.

Die Armut machte ihm nichts aus, im Gegenteil, er war erst hier so richtig aufgeblüht, schien erst jetzt zu leben. Wenn er es sich so richtig überlegte, war er nicht arm. Er war der reichste Mann unter der Sonne. Niemand schrieb ihm vor, wie er zu sein hatte. Er war nur sich selbst und seiner Familie Rechenschaft schuldig.

»Familie!« Wie schön dieses Wort klang und wie selbstverständlich es ihm über seine Zunge ging. Solch ein Wort gab es in der Republik nicht mehr. Er lebte hier nach dem Motto: Tue recht und scheue niemand.

»Was sagtest du, Liebling?«, fragte Silvia, die sein Gemurmel nicht verstanden hatte.

»Ich dachte nur: Wie schön, dass es dich gibt und wir bald eine Familie sind«, antwortete er.

Wie so oft, musste er an eine Begebenheit denken, die ihm vor Jahren in der Republik widerfahren war, und die sein ganzes Leben verändert hatte.

Seine Mutter gehörte zu den wenigen Frauen, der es vergönnt gewesen war, Zwillinge auszutragen. Sein Bruder und er waren zwar keine eineiigen Zwillinge gewesen, aber dennoch leibliche Brüder, da sie von denselben biologischen Eltern abstammten. Er konnte sich noch genau daran erinnern, wie es sich angefühlt hatte, jemanden zu haben, der genetisch mit einem verwandt war. Sie hatten alles gemeinsam gemacht.

Das erste Jahr bei ihren Eltern war der Himmel auf Erden gewesen, aber dann mussten sie, wie alle Kinder auch, ins Heim übersiedeln und durften nur an den Wochenenden ihre Eltern besuchen. Das Leben im Heim dagegen war die Hölle gewesen. Die Heimleitung trennte die Geschwister. Sie durften nicht in einem Raum miteinander schlafen, saßen nicht am selben Tisch, besuchten nicht gemeinsam eine Klasse, ja, es wurde ihnen sogar verboten, miteinander zu reden. Nichts sollte sie vom Lernen ablenken, hieß es. Die Regierung ging sogar soweit, dass immer nur einer der Brüder an den Wochenenden die Eltern besuchen durfte und der andere im Heim bleiben musste. Am darauffolgenden Wochenende wurde dann getauscht.

Wäre ein anderes Kinderheim in der Nähe gewesen, so hätte die Republik die Kinder in getrennten Heimen untergebracht. Es hätte sich ja zwischen ihnen eine Bindung entwickeln können, die schädlich für den Staat gewesen wäre. Also versuchte der Staat von Anfang an, so wie er es bei allen anderen Menschen auch tat, zwischenmenschliche Beziehungen im Keim zu ersticken, indem er einen Keil zwischen die Brüder trieb. Die Bürger sollten einzig eine Beziehung zu ihrem Staat aufbauen, nicht zueinander oder zu ihren Mitmenschen.

Sam, sein Bruder, war der sensiblere gewesen. Er hielt diesem Druck nicht stand und wurde immer depressiver. Es nutzte auch nichts, dass er deshalb mehrfach im Krankenhaus zur Behandlung war. An einem regnerischen Novembertag sprang er im Alter von sechs Jahren aus einem Fenster des dritten Stockwerks des Kinderheimes. Willi war Zeuge, wie sie den kleinen Körper wegbrachten. Er wusste nicht mal, ob der Bruder tot war, oder noch lebte.

Dieses Trauma verfolgte ihn bis heute und ließ ihn so manche Nacht von Albträumen hochschrecken. Was seine Eltern versuchten, an den Wochenenden liebevoll bei ihm aufzubauen, machte das Heim in der Woche wieder kaputt. Nur durch eine einfühlsame Erzieherin gelang es ihm, damit einigermaßen zurechtzukommen. Sie war es auch, die ihn vor einer Rückführung bewahrte.

Wenn einer verdient hatte, sein leibliches Kind im Arm zu halten, so war es Willi. Und dennoch glaubte er, er hätte kein Recht darauf, weil er am Leben war und sein Bruder sterben musste.

In Silvia hatte er die Frau gefunden, die ihn behutsam mit der Vergangenheit abschließen ließ. Sie kannte ihn genau und wusste, dass ihr Willi der gutmütigste Mensch auf der Welt war. Dieses Kind, das sie von ihm erwartete, würde den Himmel auf Erden haben. Und es war etwas ganz Besonderes. Wenn dieses Kind zur Welt kam, und sie hoffte mit Leib und Seele, dass das eintreten würde, dann wäre ihr Willi so etwas Ähnliches wie der neue Adam und sie wäre seine Eva.

In den nächsten Tagen normalisierte sich das Leben und doch wieder nicht. Jeder Tag brachte neue Herausforderungen und Schwierigkeiten, die überwunden werden mussten. So verging der Oktober mit harter Arbeit, aber auch mit Feiern und Tanzen, denn die Nahrung, die die Männer mitgebracht hatten, reichte noch lange.

Im November sorgten die Frauen für eine Überraschung nach der anderen. Adriano hatte vor drei Tagen einer weiteren Frau die freudige Nachricht geben können, dass sie schwanger war. Heute saß schon wieder eine in seiner Sprechstunde, deren Regel ausgeblieben war. Eben war er dabei, sie zu untersuchen.

»Alles in Ordnung«, sagte er, und seine Augen strahlten, denn es war auch für ihn und Manni ein voller Erfolg, dass die OPs so gut gelungen waren.

»Glückwunsch, Nummer drei. Du bist in der vierten Woche. Ich schätze mal, ich werde in der nächsten Zeit viel zu tun haben.«

Plötzlich wurde es laut auf dem Flur.

»Was ist geschehen?«, fragte er eine der Schwestern.

Die ging nach draußen, um nachzusehen. Beim Zurückkommen stolperte sie fast über die Schwelle und rief schon von weitem: »Wir haben einen Notfall. Bitte komm schnell.«

Der erste Notfall im Krankenhaus diesseits des Walls! Nun war er eingetreten! Adriano verabschiedete sich hastig von seiner Patientin und bedeutete ihr, dass er bei der nächsten Untersuchung die weiteren Details mit ihr besprechen werde.

Immer zwei Schritte auf einmal nehmend, wobei sein Kittel hinter ihm her flatterte wie ein zu kräftig gestärkter Schleier, lief er in den OP. Manni hatte heute Nachmittag dienstfrei.

Auf dem OP-Tisch lag Fred, einer der Bauern hier. Er war Anfang dreißig. Sein gutmütiges Gesicht mit den runden geröteten Wangen und der Nase, die aussah, als hätte er dem Alkohol gefrönt, verkrampfte sich schmerzhaft. Das schüttere helle Haar klebte schweißnass, dem Fell einer aus dem Wasser gezogenen Katze ähnlich, an seinem Hinterkopf. Die Ohren blähten sich wie zwei Segel im Wind, ängstlich lauschend, ob der Arzt ihm helfen konnte. Das Zittern seines teigigen Körpers übertrug sich auf die Liege, die bedenklich hin und her schwankte wie ein Wackelpudding, den man ungeschickt auf einem Tablett serviert. Sein Mund bewegte sich pausenlos, gab jedoch nur wirres Zeug von sich, das niemand verstand. Angstschweiß lag in der Luft.

Neben ihm stand Michael, sein Kollege, ebenfalls Bauer und Freds Freund. Er war gut zehn Jahre älter. Seine groben Hände lagen auf Freds Schultern, während sein massiger Körper sich schützend über den Freund beugte. Adriano schob den Mann energisch zur Seite, um an seinen Patienten heranzukommen. Durch die abrupte Berührung fiel das braune halblange Haar, das über Michaels länglichem Schädel hing, zur Seite und die Hemdsärmel des Mannes rutschten über beide Hände. Adriano registrierte Michaels beleidigten Blick nur nebenbei. Er konzentrierte sich ganz auf seinen Patienten.

Wild plapperte der drauflos: »… und dann kam das Biest plötzlich aus dem Sand und biss mich in den Knöchel.«

»Ein Schlangenbiss?«, folgerte Adriano, holte seine Schere aus der Kitteltasche und schnitt das rechte Hosenbein des Mannes bis zum Knie auf, denn er hatte bemerkt, dass etwas Blut den Knöchel herunterlief.

»Nicht bewegen, damit das Gift nicht so schnell in den Kreislauf gelangt«, sagte er. »Wie ist das passiert?«

Der Begleiter von Fred hatte sich ein wenig gefasst und sagte: »Wir wollten ein paar Kräuter für die Rinder suchen, da muss Fred wohl auf das Biest getreten sein.«

Nico kam angehetzt. Kurz nach ihm traf Sara ein. Sie übernahm sofort die Gesprächsführung. Als Internistin hatte sie die größere Erfahrung mit Vergiftungsfällen. Sie beugte sich über die Liege, besah sich das Bein von Fred und schüttelte den Kopf.

»Wie oft habe ich euch gesagt, dass ihr in dieser Jahreszeit stark auftreten sollt, wenn ihr durch die Wüste geht. Schlafende Schlangen müssen eine Möglichkeit haben zu fliehen.«

Ihre Ermahnung brachte nur den Effekt, dass die Männer noch unsicherer wurden. Michael sah sie verwirrt an. Er schien überfordert. Es war wohl das Beste, ihn nicht weiter aufzuregen.

»Beruhige dich.« Sie streichelte über seinen Arm, der bedenklich zuckte. Zu Fred gewandt sagte sie: »Ich sehe mir jetzt die Bissstelle an.«

Sie entdeckte Eindrücke von zwei Schlangenzähnen, konnte aber nicht sagen, um welche Schlange es sich handelte.

»Wie sah das Tier aus?«

Beide Männer sahen sich an, ihre Beschreibungen aber waren zu vage, als dass Sara hätte daraus etwas ableiten können.

»Was meint ihr?« Sara wartete gespannt auf die Meinung ihrer Kollegen.

Nico und Adriano studierten die Bissspuren, dann sagte Nico: »Ich tippe auf eine Puffotter.«
»Das ist auch meine Vermutung.« Sara zeigte auf die Wunde. »Die Abdrücke deuten darauf hin.«
»Sie sind aber sehr weit auseinander, so dass es keine Zwergpuffotter sein kann.«
Adriano hielt Daumen und Zeigefinger etwa drei Zentimeter in der Luft auseinander, um in etwa die Breite des Schlangenbisses anzudeuten.
»Beschreib' mal deine Schmerzen«, forderte Sara den Mann auf.
»Ich spüre überhaupt nichts«, sagte er.
Sara bekam ein ernstes Gesicht. Sie merkte, dass sie schnell handeln musste. Leider hatten die Männer die Schlange nicht erwischt, so dass nicht eindeutig geklärt war, ob es sich tatsächlich um eine Puffotter handelte.
»Wieviel Zeit ist seit dem Biss vergangen?«, fragte sie vorsichtig. Sie rechnete damit, dass mindestens eine Stunde verstrichen sein musste, denn die Männer hatten weit draußen gearbeitet. Wenn sie Recht behielt, so würden bald Sehstörungen und eine Schwäche des Augenlidhebers auftreten, dann käme es zu Atemnot, Schluckbeschwerden, Krampfanfällen, Bewusstseinsstörrungen und schließlich zum Koma, der zum Tod durch Atemlähmung führen konnte. Es musste eine Schlange gewesen sein, deren Serum das Blut vergiftet hatte, oder die Blutgerinnung störte.
Die Männer sahen sich erneut an. Michael vermutete: »Etwas mehr als eine Stunde schätzen wir. Fred konnte nicht richtig laufen, stützte sich auf mich, zog das kranke Bein nach und humpelte neben mir her.«
Saras Gesicht wurde noch ernster. Zu dumm, das Gift dürfte sich schon im ganzen Bein verteilt haben. Sie bat um einen Druckverband und legte diesen am Fuß des Mannes beginnend bis hinauf zum Oberschenkel an. Sie hatten kein Gegengift im Krankenhaus. Auch etwas, was sich dringend in der nächsten Zeit ändern musste. So blieb ihnen nur ein Abwarten.
»Bewege dich nicht unnötig. Jede Bewegung führt zu einem Anstieg der Blutzirkulation. So kann das Gift sich schneller verteilen«, sagte sie und wickelte den Druckverband so hoch wie möglich. Er umgab das ganze Bein und zusätzlich schiente sie es, damit Fred es wirklich keinen Millimeter mehr bewegen konnte.
Die Zehen ließ sie frei und überprüfte mit einem kurzen Druck ihrer Fingerkuppe, ob sie noch durchblutet wurden. Die weiße Druckstelle färbte sich sofort nach dem Loslassen rosig. Der Verband saß also tadellos. Unter der Bandage sollte der Körper das Gift langsam abbauen, das hoffte sie wenigstens.
»Du bist ein gesunder starker Mann. Dein Körper wird mit dem Gift fertig«, sagte sie, ihm Mut machend.

Zusätzlich gab sie dem Patienten eine hohe Dosis Cortison, dies sollte die Giftwirkung auf den Körper vermindern. Auch ein Antihistaminikum hatte sie glücklicherweise zur Hand, um eine eventuell eintretende allergische Reaktion sofort im Keim zu ersticken. Sie brachten Fred in den Aufwachraum für frisch Operierte. Eine Schwester kontrollierte in gewissen Zeitabständen seine Vitalfunktionen. Weiter konnten sie vorerst nichts für ihn tun.
Nach einer Stunde bekam Fred Nasenbluten. Ein Zeichen, dass die Blutgerinnung gestört war.
Sara beruhigte ihn: »Du bist ein zäher Bursche. Dein Körper kann, wenn du dich ruhig verhältst, die eingedrungenen Giftstoffe bekämpfen.«
Atmung und Blutkreislauf waren nach drei Stunden noch normal. Also gab es keinen Anlass zur Panik. Nun bekam Fred aber Fieber. Der Körper war schon in den Kampf mit dem Gift eingestiegen. Das Fieber wurde von Übelkeit, Kopfschmerzen und Erbrechen begleitet.

Drei Tage musste Fred im Krankenhaus bleiben. In dieser Zeit verlor er für eine halbe Stunde das Bewusstsein. Die Ärzte kämpften um sein Leben. Sie hofften inständig, dass die Nieren nicht angegriffen wurden. Aber es ging alles noch einmal gut. Am dritten Tag sank das Fieber. Die Krisis war überstanden. Ihr erster Notfall überlebte den Biss der Giftschlange zwar nur knapp, aber ohne bleibende Schäden.
»Wir müssen dringend eine Warnung an die Bevölkerung herausgeben«, sagte Sara. Im Sommer gibt es wieder mehr Schlangen als ich befürchtet habe.«
»Du hast Recht«, meinte Nico. »Wenn man eine Schlange sieht, sollte man sofort langsam zurückgehen und das Tier nicht durch hastige Bewegungen ängstigen. Schlangen haben ein sehr empfindliches Tastsystem. Sie spüren schon sehr leichte Bodenerschütterungen und fliehen in ihrer menschenscheuen Art sofort. Viele Unfälle könnten auch vermieden werden, wenn die Leute festes Schuhwerk tragen würden, das bis über die Knöchel reicht.«
»Wir sollten auch vor den Skorpionen warnen, die es zur Regenzeit ab und an gibt«, meinte Adriano.
»Bei den Skorpionen sind die kleinen weißen gefährlicher als die großen schwarzen. Die sind giftiger«, sagte Sara.
»Skorpione kommen meist erst nachts aus ihren Verstecken«, meinte Nico. »Die Sonne ist für sie tödlich. Wenn die Leute keine Steine umdrehen, dürften die kein Problem sein. Um Mücken müssen wir uns auch keine Gedanken machen. In diesen Breiten ist die Luft zu trocken. Kein gutes Klima für Mücken. Die findet man weiter nördlich.«

Die drei atmeten befreit auf, froh, den ersten schweren Fall so gut gemeistert zu haben. Gleich morgen wollten sie eine Versammlung einberufen, in der sie ausführlich über die Gefahren aufklären wollten. So viel gab es noch zu bedenken. Die Freiheit, die sie hier hatten, musste mit Gefahren erkauft werden.

Messira und Nico genossen ihre Zweisamkeit. Beide arbeiteten hart, fanden aber immer einen Weg, sich zwischendurch zu sehen. Im Dorf lag alles nahe beieinander, also bot es sich an, die Mittagszeit gemeinsam miteinander zu verbringen, oder gegen Abend einige Stunden, wenn Nico dienstfrei hatte. Ihre Beziehung war zwar intensiv, aber sie vergaßen nie darüber ihren Job. Das Wohl der vielen Menschen wog weit mehr als jede Zweierbeziehung.
Messira dachte manchmal, dass sie nur träumte. Hier im Dorf hatte sie den Sinn und die Bestimmung ihres Lebens gefunden. Wie konnte es sein, dass auf dieser Seite des Walls die Menschheit sich neu orientierte, während auf der anderen Seite die Dinge so weiterliefen wie bisher? Je mehr Menschen ins Outback kamen, desto mehr musste doch dieses Regime ausgehöhlt werden. Sie dachte oft an David und Ina. Es tat ihr Leid um die beiden lieben Menschen, die ihr Dasein weiterhin in dieser trostlosen Welt fristen mussten. Vielleicht ergab sich bald eine Möglichkeit, sie nachzuholen.
Sie freute sich für die drei schwangeren Frauen, dachte aber selbst nicht daran, dass es bei ihr in nächster Zeit klappen könnte. Der einzige Gedanke, der Messira Angst machte, war der, dass sie eines Tages aufwachen könnte und dieser schöne Traum zu Ende ging. Sie hatte Angst davor, die neu gefundenen Freunde wieder zu verlieren. Alles, wofür sie in all den Jahren gekämpft hatte, musste um jeden Preis erhalten bleiben, durfte nicht gefährdet werden. Sie war sich sicher, dass sie die Neue Welt mit all ihrer Kraft verteidigen würde, sollte diese einmal in Gefahr sein. Sie wollte sich für dieses Stückchen Freiheit einsetzen und notfalls darum kämpfen, auch wenn es ihr Leben kosten würde.

Am Morgen des achten Dezembers kam ohne Vorwarnung ein mächtiger Sturm auf, gefolgt von Hagelkörnern so groß wie Murmeln. Die fielen so dicht, dass der Boden binnen weniger Minuten schneeweiß aussah. Riesigen Schrotkörnern gleich prasselten die Hagelkörner von allen Seiten auf die frischen grünen Blätter der jungen Pflänzchen herab. Zahlreiche Dellen waren die Folge.
Das Ganze dauerte nur drei Minuten, dann gab es einen heftigen Regen, der die Felder überflutete. Wie von Geisterhand gelenkt, dauerte auch der Regen nur wenige Minuten, und der ganze Spuk war mit einem Schlage

beendet. Eigentlich kam so was wie Hagel hier fast nie vor. Eine Laune der Natur also? Aber diese Laune hatte mit einem Schlag alles, was die Menschen angebaut hatten, vernichtet.
Wie groß die Schäden waren, konnte man erst in den nächsten Tagen abschätzen. Fred und Micha wateten gemeinsam mit Messira über die verschlammten Felder. Teilweise verschwanden sie knöcheltief im klebrigen Matsch, ohne die Pflänzchen zu sehen, die völlig davon begraben waren.
Nach dem Unwetter sah der Himmel augenblicklich wieder so aus wie zuvor. Die Sonne schaute hinter den Wolkenbergen hervor, brannte vom Himmel hernieder und leckte die Feuchtigkeit von der Erde, wie ein Kind seinen Teller ableckt, wenn der Nachtisch geschmeckt hat. Der Himmel war blitzblank, als hätte es nie einen Hagel oder Regen gegeben. Innerhalb von zwanzig Minuten war der Boden wieder trocken.
Dieses Unwetter warf die Freunde weit zurück. Die Hälfte der Ernte war unbrauchbar geworden. Das Dorf sah aus wie nach einem Bombeneinschlag. Messiras Labor hatte einen großen Teil abgekommen. Ein Balken hatte sich von der Decke gelöst und war herabgestürzt.
Es bot sich ein Bild der Verwüstung. Inmitten der Trümmer ihrer Reagenzgläser und Petrischalen saß Messira und kämpfte verzweifelt, um das Nötigste zu retten. Immer wieder dachte sie daran, dass sie hätte tot sein können, wenn sie sich gerade zu der Zeit im Labor aufgehalten hätte.
Überall im Dorf fanden Aufräumaktionen statt. Kleinere Reparaturen wurden sofort erledigt. Matt, in seiner Eigenschaft als Zimmermann, hatte von früh bis spät zu tun. Das Krankenhaus war zum Glück so solide gebaut, dass Sturm und Hagel ihm nichts anhaben konnten. Es blieb unbeschädigt.
Die Arbeiten dauerten den ganzen Dezember hindurch.
Erst Anfang Januar war ein normales Leben wieder möglich.

Inzwischen war das Außenteam zu seinem zweiten Einsatz aufgebrochen. Die Männer hatten zwar allesamt nur Rucksäcke mit Wasser und Proviant dabei, mussten also nicht schwer tragen, aber im Sommer die Wüste zu durchqueren war eine Herausforderung besonderer Art. Aus diesem Grunde gingen sie nur nach Einbruch der Dunkelheit und bis zum frühen Morgen. Jetzt, da sie den Weg schon einmal gegangen waren, konnten sie das unbeschadet wagen.
Nachts bot sich ihnen ein ganz anderes Bild. Es schien, als würde die Wüste erst jetzt so richtig zum Leben erwachen. Tiere, die sie am Tage nie gesehen hatten, kreuzten ihren Weg.
Die »White-Lady«, eine weiße handtellergroße Spinne, die, wie fast alle anderen Wüstenbewohner, den Tag in ihrer Röhre im Sand versteckt

verbrachte, rollte mit 44 Umdrehungen pro Sekunde die Dünen hinunter, tanzte am Fußende der Düne und sprang nach oben, um sich größer zu machen, als sie war. Das machte auch auf die Männer großen Eindruck. Auf Wanderschaft gehen meist nur die Männchen, die sich auf Nahrungs- und Brautsuche befinden. Silberfischchen sind eine Delikatesse für sie.
An einer anderen Stelle hinterließen schwarze Laufkäfer imposante Spuren im Sand, während sie von einem Wüstenchamäleon verfolgt wurden. Auch eine Wüsteneidechse sahen sie im matten Licht ihrer Lampen, sich gemächlich durch den tiefen Sand bewegen.
Einer der Geckos war fast durchsichtig. Als die Crew den Lichtstrahl einer der von Siegbert gebauten Lampen auf ihn lenkte, erblickte sie unter der hellen Haut seine Wirbelsäule und sah die Blutgefäße durchschimmern. Er hatte riesige Augen und große platte Füße. Matt meinte, irgendwie erinnere er ihn an Willi.
Des Nachts warnten die Lampen sie rechtzeitig vor Skorpionen und anderen Wüstenbewohnern. Tagsüber, wenn die Männer schliefen, luden ihre Solarbatterien sich wieder auf. Bei Tagesbeginn zeigten die Sanddünen ihre ganze Pracht. Ehrfürchtig hingen die Blicke der Männer an diesem Schauspiel. Mit Beginn der Hitze suchten sie sich einen Unterschlupf, der etwas Schatten bot – entweder unter einem Baum oder am Fuße einer Düne und verschliefen, geschützt vor der heißen Sonne, den Tag.

Drei Tage nachdem die Männer fortgegangen waren, schlief Silvia sehr schlecht. Ständig wachte sie von Albträumen geplagt nachts auf. Sie hatte eine Vorahnung, dass es ein Unglück geben würde und nicht alle Männer gesund wiederkehren würden. Am vierten Tag nach dem Abzug der Männer, vertraute sie sich Sara an.
Sara glaubte nicht an solche Prophezeiungen. Sie gab ihr ein leichtes Beruhigungsmittel.
»Du wirst sehen, es wird alles gut. In deinem Zustand ist es nicht verwunderlich, dass du Angst hast.«
Silvia protestierte: »Ich hab' keine Angst. Schon als Kind hatte ich manchmal diese Vorahnungen.«
Ihre Träume hatten sich stets bewahrheitet. Niemand hatte ihr jemals geglaubt. Sara gelang es schließlich, sie zu beruhigen. Wenn sie ehrlich war, hatte auch sie ein ungutes Gefühl, das sich nicht zum Schweigen bringen ließ.
In letzter Zeit waren sie und Matt sich näher gekommen. Dieser sensible Mann ging ihr nicht mehr aus dem Kopf. Sie konnte sich vorstellen, mit ihm zusammen eine Familie zu gründen. Zwar waren sie bisher nicht über Gespräche hinausgekommen, aber jedes Mal, wenn sie sich in seiner Nähe

aufhielt, hatte sie ein Gefühl im Bauch, als würden tausend kleine Ameisen in ihr drinnen krabbeln. Ihm musste es wohl genauso gehen, denn er, der sonst nicht auf den Mund gefallen war, verstummte in ihrer Nähe wie ein Fisch.
Sie wischte ihre Bedenken weg. Was sollte schon passieren? Die Männer waren Profis. Sie machten diese Expedition nicht zum ersten Mal. Silvias Ängste mussten wohl auf sie selbst abgefärbt haben. Sie tröstete sich damit, dass das alles nur Aberglaube war. Niemand konnte mit Hilfe von Träumen die Zukunft vorhersagen.
Oder doch?

Das letzte Stück gingen die Männer tagsüber. Kurz bevor sie den Atlantik erreichten, gab es ein Gewitter. Es begann ganz plötzlich. Eben war der Himmel noch blau gewesen und kleine unscheinbare weiße Wölkchen hatten sich auf ihm getummelt, als diese sich in rasender Geschwindigkeit in dunkle Monster verwandelten.
Nicht lange danach gab es einen Platzregen mit Windstärken von bis zu 65 Kilometern pro Stunde. Die Männer waren völlig durchnässt, noch bevor sie einen Unterschlupf finden konnten. Doch Minuten später war alles vorbei und ihre Kleidung wieder trocken. Mit solch einem Schauer mussten sie im Sommer immer rechnen.
Gegen Nachmittag erreichten sie die Küste. Die Temperaturen waren erträglich, ja sogar kühl. Sie lagen knapp über zwanzig Grad. Eine Bö strich über ihre Köpfe und ließ die Haare flattern. Ihr Boot stand noch genau an der Stelle, an der sie es vor ein paar Monaten zurückgelassen hatten.
In der Lagune roch es nach Salz, Fisch und nassen Vogelfedern. Hunderte von Flamingos, Pelikanen, Kormoranen und anderen Wasservögeln tummelten sich im Wasser. Robbenkolonien entdeckten sie mit bloßem Auge in den geschützten Buchten entlang der Küste und auf den vorgelagerten kleinen Inseln. Die Luft war lau und brachte Feuchtigkeit vom Atlantik mit. Die Sonne leuchtete angenehm warm vom blauen Himmel.
Sie schlugen ihr altes Lager wieder auf, das in Ansätzen noch existierte und mit ein paar Handgriffen wieder hergerichtet werden konnte. Sogleich gingen sie ihren alten Tätigkeiten nach. Willi flickte die Netze. Shakir und Matt besserten das Lager aus. Malik und Willi spannten Leinen, auf denen sie die frisch gefangenen Fische trocknen wollten. Cheng und Ben sammelten Treibholz für ein Lagerfeuer.
Den restlichen Tag gönnten sie sich ein wenig Ruhe. Sie saßen um das Feuer herum und unterhielten sich. Der Abend wurde recht kühl. Sie freuten sich, ihre Decken dabei zu haben und hüllten sich in diese ein. Der Himmel war klar. Morgen würde sie ein schöner Tag begrüßen. Das ideale Wetter, um zu fischen.

Matt und Willi brachten die anderen mit ihren Sprüchen zum Lachen. Die Stimmung war aufgelockert. Sogar Malik und Cheng gingen ein wenig aus sich heraus. Ben aber saß wie immer in sich gekehrt ein wenig abseits von den anderen. An ihn war schwer heranzukommen.
Die Flammen des Feuers streckten ihre roten Zungen in den nachtschwarzen Himmel. Es knackte und knisterte, wenn Shakir trockene Scheite hineinwarf. Funken tanzten wie kleine Kobolde und verloren sich in der Weite. Es roch nach Harz, nach Rauch, nach Wärme und Lagerfeuerromantik.
Cheng erzählte von Lisa, seiner Frau. Sie hatte ein ähnlich lockeres Wesen wie Willi.
Cheng, der ein schwermütiger Mensch war, brauchte das als Ausgleich, wie er sagte. Sie hatte ihm schon öfter über schwere Stunden hinweggeholfen.
Malik war Junggeselle. Er war zwar der Typ Mann, mit dem sich jede Frau gern geschmückt hätte, er selbst aber machte sich weder was aus der Gesellschaft von Frauen noch aus der von Männern. Er war der typische Einzelgänger. Willi zog ihn ständig damit auf.
»Wann leistest du deinen Beitrag zum Fortbestand der Menschheit?«, fragte er und freute sich, ein Opfer für seine Sticheleien gefunden zu haben. »Ich habe den Anfang gemacht. Jetzt seid ihr dran.«
Triumphierend schaute er in die Runde.
Malik schienen Willis Worte kalt zu lassen. Er warf ihm nur einen verständnislosen Blick zu.
Gegen Willis Schnauze hatte er sowieso nichts, um dagegenzuhalten. Aber im Grunde seines Herzens machte ihn die ewige Stichelei mürbe. Er sehnte sich nach seinem Zuhause und nach der Einsamkeit.
Matt versuchte ihm beizustehen. Er sah eine günstige Gelegenheit, mit dem Freund ein Streitgespräch zu beginnen.
»Gib nicht so an, weil du durch Zufall mal einen Treffer gelandet hast.«
Malik, unversehens aus der Schusslinie geraten, atmete erleichtert auf.
»Du finde erst mal eine Frau, die dich haben will, dann reden wir weiter«, lachte Willi.
»Das ist vielleicht schon der Fall«, tat Matt sehr geheimnisvoll.
Willi stutzte. Er hatte eine Vermutung. »Wenn du die kleine Ärztin meinst, mit der du dich jetzt öfter so angeregt unterhältst, vermute ich mal, dass die blind ist.«
»Wieso?«
»Na, schau dich mal an, eine Schönheit bist du gerade nicht.«
Matt zeigte beleidigt auf Willi. »Wenn du noch eine abbekommen hast, dann schaffe ich das schon lange, und außerdem kommt es auf die inneren Werte an.«

»Könnt ihr eure Streitigkeiten nicht anderswo austragen?«, fragte Shakir. »Wir müssen morgen zeitig raus. Es liegt ein anstrengender Tag vor uns.«
Maulend gaben die Freunde nach. Sie wussten, dass Shakir recht hatte. Wer konnte wissen, was sie erwartete? Aber sie wussten auch, dass sie die einzigen waren, die miteinander so reden durften. Niemand konnte ihnen auf diesem Gebiet das Wasser reichen. Und sie meinten es nie böse. Sie waren halt kleine Kobolde, die nur zufrieden waren, wenn sie andere aufziehen konnten. Beide schlugen ihre Handflächen mit solcher Kraft aufeinander, dass aufgrund des Knalls einige Vögel aus ihrem Schlummer erwachten und ängstlich in den Himmel flatterten. Das störte sie aber nicht. Am Abendhimmel konnte man die Leiber der Vögel als tiefschwarze Wolke erkennen, die nach oben huschte und sich geräuschvoll wieder sinken ließ. Grinsend vergewisserten Matt und Willi sich, dass Shakir, der eben damit beschäftig war, sich in seinen Schlafsack zu rollen, nicht sie mit diesem Phänomen in Verbindung brachte.

Gleich in den frühen Morgenstunden des nächsten Tages machte sich die Crew startbereit. Dieses Mal wollten sie sich weiter mit dem Boot hinauswagen. Ein Hochdruckgebiet lag über der Festlandmasse, das ideale Wetter also, um auf die See zu fahren.
Sie kamen gut voran und waren bester Stimmung. Matt und Willi grölten ein Seemannslied, und die anderen fielen mit ein. Im Verlauf des Tages aber machte sich ein Wolkenband am Himmel breit, das sich nicht wieder auflöste. Kleine Wolkenfetzen lösten sich wie Federn aus ihm heraus. Dieses Wolkengebilde am Himmel machte den Männern noch keine Angst. War doch der Himmel drum herum von einer Bläue, wie man sie nur selten sah.
Die Stimmung befand sich auf dem Höhepunkt. Die Oberkörper der Männer bewegten sich beim Rudern im Rhythmus der Musik. Das Segel hing schlaff am Mast. Das Boot kam nur vorwärts, weil die Männer kräftig ruderten.
Etwas später kam Wind auf und zwar so plötzlich, dass er eine mäßig hohe Welle an das Boot schwappen ließ.
»Verdammt!«, schrie Willi.
Die Welle verschwand so schnell, sie gekommen war, und die See lag wieder ruhig da, als hätte es nie eine Welle gegeben. Die Männer machten sich vorerst keine weiteren Gedanken. Alles schien normal zu sein.
Plötzlich drehte der Wind. Er wehte nun aus südlichen Richtungen, und der Himmel veränderte sich zusehends. Er war nun dunstig verhangen.
Die Höhe der Wellen nahm allmählich zu.
Regen setzte ein und glättete vorübergehend die Wellen.

Weiße Schaumkronen zeigten sich auf dem Wasser.
Der Wind nahm zu.
Allmählich, kaum dass sie es bemerkten, hatte sich das Wetter verändert. Panik ergriff die Crew. Die Situation spitzte sich zu. Schon längst hatten sie das Segel gerafft.
Die Küste war weit entfernt und bei dem Sturm nicht mehr zu sehen. Immer heftiger wüteten die Elemente. Das Schiff tanzte allein auf dem tosenden Ozean. Wie in einem Hexenkessel brodelte und schäumte die See.
Der Wind schlug ihnen frontal entgegen und nahm ihnen die Luft zum Atmen. Bei acht Meter hohen Wogen hob und senkte der Schiffskörper sich beängstigend. Mal sah man übers Heck nur den Himmel, Sekunden später lief fast das Wasser übers Deck, und eine weitere Welle rollte auf das Schiff zu.
Wie von einer unsichtbaren Hand gelenkt, hob sich das Schiff erneut, um Sekunden später wieder in die Tiefe zu fallen. Und der nächste Wellenberg rollte heran. Der war so stark, dass er über den Bug schlug. Das Wasser füllte die Spitze des Schiffes, und eine unsichtbare Kraft peitschte die Gischt wie einen Regenschauer bis auf das Deck.
Das salzige Wasser klebte in ihren Haaren und ihrer Kleidung.
Die Elemente bewegten das Schiff wie ein Spielzeugboot hin und her. Und der Sturm heulte dazu wie ein alter hungriger Wolf.
Während sie noch überlegten, wie das Wetter so schnell hatte umschlagen können, lief das Boot voll Wasser. Mit Eimern versuchten sie das Wasser aus dem Schiff zu befördern. Aber die Situation wurde immer aussichtsloser.
Cheng erhob sich. Matt schrie ihm zu, er solle um Gottes Willen sitzenbleiben, doch seine Stimme drang kaum durch das Dröhnen des Windes und das Brausen der Wellen. Cheng ließ nicht von seinem Vorhaben ab. Er wollte die Takellage befestigen, die sich plötzlich vom Sturm gelöst hatte und am Mast hin und her peitschte.
Die Warnung von Matt ignorierend, machte er sich bereit, auf den Mast zu klettern. Doch er kam nicht mehr dazu. Kaum hatte er einige Schritte auf den glitschigen Bohlen in Richtung Mast getan, fegte eine Bö ihn über Bord. Halt suchend streckte er seine Arme weit aus, um an der Bootswand das Tau, das den Anker hielt, mit den Händen zu greifen, aber die Bö war so stark, dass er keine Chance hatte. Mit einem klatschenden Geräusch schlug er auf den Wellen auf und wurde augenblicklich von der See verschluckt.
»Cheng!«, schrie Matt, sich mit aller Kraft am Ruder festhaltend. Er hatte Angst, dass es auch ihn gleich erwischen würde.
Geistesgegenwärtig robbte Shakir ein Stück vorwärts, griff nach dem Rettungsring und warf ihn in die tobende Flut. Dabei wurde er vom Sturm

mitgerissen und schlidderte, auf dem Bauch liegend über die nassen Holzplanken mit dem Kopf voran direkt an den Mast. Wie ein gefällter Baum blieb er auf Deck liegen, mit den Händen den Mast fest umklammernd.
Da tauchte etwas im Wasser auf, das wie Cheng aussah, gleich darauf aber war es wieder verschwunden, und es bewegten sich nur noch die Schaumkronen wie wilde Reiter auf den Wellen.
Sekunden vergingen. Eben hatten sie Cheng noch gesehen, doch nun war da nichts mehr als eine wütende Wasserwand, in der der Rettungsring auf und nieder tanzte.
Die Männer saßen wie angeschweißt auf den Bänken und klammerten sich an ihre Ruder. Keiner sagte ein Wort.
Nach gefühlten Ewigkeiten legte der Sturm sich ein wenig. Matt stand auf, um nach Shakir zu sehen. Der hatte eine blutende Wunde am Kopf. Während Matt sich um ihn bemühte, versuchten die anderen, das Boot wenigstens ein bisschen in ihre Gewalt zu bekommen.
»Wir müssen Cheng suchen!«, schrie Shakir gegen das Dröhnen des Sturms an.
Matt schüttelte den Kopf. »Keine Chance!« Mehr sagte er nicht.
Die anderen wussten eh, was er meinte. Der Wind und die tobende See hatten Cheng längst verschluckt. Noch immer tanzte der Rettungsring auf den Wellen, die sich allmählich legten.

Eine Stunde blieb die Crew noch in der Nähe der Stelle, an der sie Cheng das letzte Mal gesehen hatte, dann kehrten die Männer müde und verzweifelt ans Ufer zurück. Inzwischen hatten die Wolken sich verzogen, der Sturm sich gelegt, und die Sonne kam hervor.
Nichts deutete auf den Verlust hin, den sie eben erlitten hatten. Erschöpft lagen die Männer im nassen Ufersand. Schweigend versuchten sie das Geschehene zu verarbeiten, jeder für sich in seinem eigenen Tempo. Wohl eine halbe Stunde lagen sie so und mussten sich wieder und wieder vergegenwärtigen, was eben passiert war.
»Sag, dass das nicht wahr ist«, meinte Ben. Und alle wunderten sich, dass ausgerechnet er das Wort als erster ergriff. »Wir haben eben Cheng verloren.«
»Wir dürfen uns nicht aufgeben«, mahnte Shakir. Das angetrocknete Blut an seinem Kopf gab ihm das Aussehen eines Kämpfers, der nicht gewillt ist, sich geschlagen zu geben. »Cheng hätte das von uns erwartet. Wir müssen jetzt stark sein.«
Doch das war leichter gesagt als getan. Das erste Todesopfer war zu beklagen. An Tod hatte bisher keiner gedacht. Das war für sie kein Thema

gewesen. Die meisten von ihnen befanden sich in einem Alter, in dem man anderes zu tun hat, als über den Tod nachzudenken, zumal sie hier eine neue Gesellschaft aufbauten. Und doch mussten sie sich klar darüber werden, dass der Tod ein ständiger Begleiter auf all ihren Wegen war. Auch hier war er allgegenwärtig. Sie konnten ihn nicht aus ihrem Leben ausklammern.
Kein Leben ohne den Tod!
»Wir müssen Lisa benachrichtigen«, sagte Willi.
»Lasst uns damit warten, bis wir daheim sind.«, gab Malik zu bedenken. »Ich würde das jetzt nicht tun. Ist es nicht besser, die traurige Botschaft den Daheimgebliebenen Auge in Auge zu sagen?«
»Du hast recht«, meinte Shakir. »Wir warten. Wir melden uns wie üblich um achtzehn Uhr, aber keiner erwähnt den Sturm und den Unfall.«
Es klang wie ein Befehl.
Und so taten sie es dann auch. Shakirs Stirnverletzung war zum Glück nicht sehr tief und heilte ohne Probleme innerhalb einiger Tage von selbst. Auch hatte er keine Gehirnerschütterung oder andere Verletzungen davongetragen.
Mit stoischer Ruhe brachten die Männer ihre Arbeiten hinter sich. Matt machte das Boot wieder seetüchtig. Willi, Ben und Malik angelten Fische vom Ufer aus und trockneten sie anschließend, nachdem sie sie ausgeweidet hatten. Shakir jagte eine Robbe und sorgte damit für frisches Fleisch und destillierte jeden Tag frisches Wasser.
An den Abenden, wenn alle um das Lagerfeuer versammelt waren, vermissten sie den Kameraden schmerzlich. Die kleine Gruppe drohte von Trauer und Schwermut übermannt zu werden. Willi und Matt hatten es nicht leicht, die Freunde aufzuheitern. Mit Geschichten von Cheng gelang ihnen das endlich. Jeder trug etwas dazu bei und hielt so die Erinnerung an den Freund wach.
Je näher aber der Tag des Aufbruchs rückte, umso schmerzlicher wurde ihnen bewusst, dass es nur noch einige Tage dauern würde bis sie Lisa und den anderen gegenüberstanden. Dann hieß es Farbe bekennen, und sie mussten den Angehörigen mitteilen, was passiert war.
»Cheng würde nicht wollen, dass wir hier seinetwegen wie traurige Mumien rumsitzen«, sagte Matt, und die anderen mussten ihm Recht geben. Wenn *sie* an Chengs Stelle gewesen wären, hätten sie das auch nicht gewollt. Er hatte sich immer so für die Gruppe engagiert. Das Leben hier hatte ihm alles bedeutet. Tief in ihren Herzen wussten sie, was er von ihnen erwartet hätte, nämlich, dass sie ihr Leben weiter so lebten wie bisher, sonst wäre sein Opfer umsonst gewesen.

Im Januar traf der Außentrupp zu Hause ein. Behutsam brachten sie den Daheimgebliebenen Chengs Tod bei. Lisa wurde von Sara und Messira in

die Mitte genommen, aber das half ihr im Moment nur wenig, denn sie hatte genug damit zu tun, richtig zu erfassen, was geschehen war.
Malik mahnte: »Wir müssen daran denken, dass es jeden von uns hätte treffen können und dass es in Zukunft jeden treffen kann. Ich bin dafür, dass wir einen Platz am Rande des Dorfes auswählen, der uns als Begräbnisstätte dient. Dort könnten wir eine kleine Kapelle bauen, die wir auch zum Meditieren nutzen könnten oder für den Gottesdienst oder wenn wir mal ganz allein für uns sein wollen oder um unsere Sorgen vor Gott zu tragen.«
Den anderen gefiel diese Idee sehr gut. Maliks Vorschlag wurde einstimmig angenommen. Cheng sollte einen Gedenkplatz bekommen, auch, oder gerade, weil sein Körper nicht gefunden worden war.
Das ganze Dorf war bei der Trauerfeier anwesend.
Malik verlas den 23. Psalm aus der Bibel, einem der ersten Bücher, die hierher gebracht wurden. Er sprach auch die Abschiedsworte.
Lisa stand mit Sara und Messira in der ersten Reihe. Sie brach völlig zusammen und musste von beiden Freundinnen gestützt werden.
Schon am nächsten Tag begann Matt mit dem Bau der Kapelle. Er wollte sich ablenken und Arbeit war immer die beste Medizin dafür. Einige Männer aus dem Dorf halfen ihm.
Baruti weihte Malik mit Einverständnis aller zum Priester, da der von diesen geistlichen Dingen am meisten verstand. Alle Dorfbewohner erkannten ihn als ihren Oberhirten an, denn sie wussten, ihm konnte man sich bei seelischen Problemen getrost anvertrauen.
Messira erfasste ein eigentümliches Gefühl von tiefer Traurigkeit, das sie so nur einmal erlebt hatte, als ihr Vater gestorben war. Aber um keinen Preis hätte sie es missen wollen. Auch dieses Gefühl gehörte zum Menschsein dazu, genau wie die Freude und der Stolz.
Cheng ist nicht wirklich tot, dachte sie. Das wird er erst sein, wenn keiner mehr an ihn denkt.

Dieses Ereignis wühlte sie sehr auf. Sie ging daran, ihre Bücher in der Bibliothek zu sortieren, eine Tätigkeit, die sie in den letzten Monaten vernachlässigt hatte. Wieder las sie viel und erkannte, dass es auch Opfer kostete, sich eine neue Existenz aufzubauen.
Sie hatte Cheng nicht gut gekannt, wusste nur, dass er ein stiller, in sich ruhender Mensch gewesen war. Lisa hatte ihr aber einmal erzählt, dass er, wenn er mit ihr allein gewesen war, sehr temperamentvoll sein konnte.
All seine Träume und Hoffnungen, die er auf die neue Welt gesetzt hatte, konnten sich nun nicht mehr erfüllen. Wie schwer musste sein Tod für Lisa sein?

Sie konnte sich nicht vorstellen, Nico zu verlieren. Loslassen können muss gelernt sein. Auch wenn sie in ihrem Leben schon viel hatte loslassen müssen, so hatte sie es doch noch immer nicht gelernt. Nein, sie wollte nicht, dass Nico vor ihr starb, wenn, dann wollte sie vor ihm gehen.

STROM

Wie ein Strom unweigerlich ins Meer mündet, so endet auch irgendwann die Reise des Menschen.
Das Wort »Strom« bezeichnet umgangssprachlich einen großen Fluss, der ins offene Meer mündet. Ein Strom muss mindestens eine Länge von 500 Kilometern und ein Einzugsgebiet von 100.000 km² haben. Die Landschaft an einem Strom ist heute meist industriell geprägt. Der Strom mündet in ein befestigtes Hafenbecken. Vom ursprünglichen natürlichen Gewässer ist nichts mehr vorhanden geblieben. Ein Strom legt die letzte Strecke seines Flusslebens zurück. Manchmal spaltet sich der große Fluss in mehrere kleine Flüsse. Dann spricht man von einem Delta. Die Kraft des Stromes verliert sich dann in vielen kleinen Mündungsflüssen und wird auf ein größeres Gebiet verteilt.
Ein Strom hat das meiste seines Weges schon zurückgelegt. Er hat sich weit entfernt von der Quelle, aus der er einmal entsprungen ist. Er hat auf seinem Wege viel gesehen und viel in sich aufnehmen müssen. Er wurde mit Ballast beschwert, den er ein Stück seines Weges mitgeschleppt hat, um ihn dann an geeigneter Stelle wieder abzuwerfen. Er war Giften ausgesetzt und musste sich davon befreien, aber er hat auch viel Schönes gesehen und erlebt. Tiere und Pflanzen wurden in und an ihm sesshaft, Menschen rasteten an seinen Ufern, befuhren sein Bett oder badeten an seinen Gestaden. So ein Strom kann viel erzählen.

***

Alles lief rund im Dorf! Die Landwirtschaft feierte ihren ersten Triumph. Die Ernte fiel reichlich aus. Scheunen und Speicher waren voll mit Getreide für die nächste Zeit. Die Kühe, Schafe und Hühner hatten wieder Nachwuchs bekommen. Das hieß Milch, Eier und Käse im Überfluss. Einige Ziegen, sowie drei Schweine waren ins Outback gebracht worden, erste Versuche, in bescheidenem Maße Gemüse anzubauen, waren gelungen. Das Leben im Dorf wurde immer komfortabler.
Nur Wasser blieb knapp. Der einzige Brunnen war immer stark frequentiert. In der Republik verschwendeten die Menschen dieses köstliche Nass, auch Messira war gedankenlos damit umgegangen. Hier vermisste sie es schmerzlich. Erst die Einsamkeit der Wüste mit ihrem vielfältigen Leben und ihrem Kampf um das tägliche Wasser hatte ihr bewusst gemacht, wie wichtig dieser lebenspendende Saft ist. Ohne Wasser kein Leben! Wasser ist Leben!
Plötzlich bekam dieser Ausspruch mehr Tiefe. Verstand sie die Zusammenhänge.

Unsere Erde hatte sich vier Milliarden Jahre Zeit gelassen, bevor sie Leben entwickelte. Während dieser langen Zeit gab es nur riesige Urmeere, die von der Sonne geküsst wurden.
Das Wasser war unser Wegbereiter, der Pionier, der es ermöglichte, dass das Leben entstehen konnte und für eine sehr lange Zeit der einzige Herrscher auf Erden. Verglichen mit ihm existierte das Leben erst seit einer jämmerlich kurzen Zeit.
Zusammenstöße mit Asteroiden brachten Wasser auf die Urerde. Es regnete so lange, bis die Ozeane gefüllt waren.
Heute bedeckt Wasser drei Viertel unseres Planeten. Eigentlich ist der Name Erde nicht gerechtfertigt für unseren Wasserplaneten. Jegliches Leben entwickelt sich im Wasser, auch das der Landtiere und des Menschen. Sie nahmen das Wasser in ihrer Fruchtblase mit sich, können aber nicht verhindern, dass es im Laufe des Lebens den Organismus wieder verlässt. Der Körper eines Neugeborenen besteht noch zu 90 % aus Wasser, der eines Kindes zu 70 %, ein Erwachsener besitzt nur noch 60-65% und ein Greis gar nur noch 50-60 % Wasser.
Mit dem Zurückgehen des Wassergehaltes nimmt die Vitalität des Menschen ab, setzt der Alterungsprozess ein, verschwindet das Leben aus dem Individuum. Wenn das Wasser unsern Körper schließlich ganz verlässt, verlässt uns das LEBEN.
Während Messira am Brunnen stand, die klare Flüssigkeit durch ihre Hand gleiten ließ und die kühle Liebkosung spürte, dachte sie, wie schön es wäre, jetzt den ganzen Körper einzutauchen. Sie versuchte das Gefühl ausgiebiger Duschorgien zurückzuholen, bei denen das Wasser in winzigen Tröpfchen an ihrem Körper abgeprallt war. Sie schloss die Augen und genoss: Warm! Prickelnd! Reinigend!
Wasser konnte aber viel mehr: Beim Schwimmen fühlte es sich kühl an. Seine Frische weckte die Lebensgeister. Es umschmeichelte sie wie ein Liebhaber.
Die Wassermoleküle umflossen ihren Körper, ohne in ihn einzudringen. Es kam ihr so vor, als würde sie von einer fremden Haut gestreichelt, eine Haut, die zwar zu einem anderen Organismus gehört, die aber versucht, Kontakt aufzunehmen. Aber da befand sich eine Grenzlinie zwischen ihrem Körper und dem Wasserkörper, die weder von ihr, noch vom Wasser überschritten werden konnte. Auch sehr kleine Wassertropfen respektierten diese Grenze. Millionen kleiner Nebeltröpfchen zwickten sie wie feine Nadeln in die Wangen und belebten ihr Gesicht, aber der feuchte Schleier blieb außerhalb.
Die Wassermoleküle holten sich Informationen aus ihrem Körper und gaben ihr im Austausch Lebenskraft zurück. Das Wasser lebte in Symbiose

mit ihrem Körper. Mehr noch: Es sorgte dafür, dass ein Gedankenaustausch zwischen allen Organismen stattfand. Wasser war sozusagen die Trägerwelle, die dieses kollektive Bewusstsein wie ein Räderwerk in Gang hielt.
Ihr Körper hielt sein eigenes Wasser wie in einem Tresor gefangen. Eifersüchtig versuchte er es zu bewahren. Dafür hatte die Natur sich verschiedene Konservierungsmethoden ausgedacht. Der Organismus konnte aber einen gewissen Austausch nicht verhindern. Jeder Körper verliert Wasser durch die Ausscheidungsorgane und die Haut und muss aus diesem Grunde wieder Wasser aufnehmen. Dieser Kreislauf hält das Wasser im Fluss und sorgt dafür, dass die Informationskette niemals abreißt.
Wasser ist das kostbarste Gut, das man sich denken kann.
Während die Menschen drüben sorglos und unachtsam mit ihm umgingen, sorgte man sich hier um jeden Tropfen.
Messira wollte ihren Beitrag dazu leisten, dass der Kampf nicht umsonst war. Sie musste es schaffen, dass das Wasser länger im Boden gehalten wurde.
Dafür setzte sie ihre ganze Kraft ein.

Am 15. März 2363 bekam Silvia mitten in der Nacht Wehen. Na endlich, dachte sie. Sie war schon neun Tage über dem Termin. Da wurde es wirklich Zeit. Die ersten Wehen wollte sie noch verschlafen. Sie drehte sich auf die andere Seite und schloss die Augen. Aber durch ihre Unruhe, die sie während der Wehen nicht verbergen konnte, wurde Willi geweckt.
»Was ist los mit dir?«, fragte er. »Du tobst hier rum wie 'ne Herde wild gewordener Elefanten.«
»Ich glaube, es ist soweit«, musste sie ihm gestehen.
Willi, noch ganz benommen, verstand anfangs nicht, dann aber schleuderte er förmlich aus dem Bett. »Wir müssen ins Krankenhaus!«, schrie er.
»Keine Eile. Beim ersten Kind dauert es naturgemäß länger«, beruhigte sie ihn und drehte sich unwirsch auf die andere Seite, um noch etwas Schlaf zu bekommen. Sie hatte aber nicht mit Willi gerechnet. Der gab keine Ruhe.
»Ist es nicht besser, wenn du dich untersuchen lässt? Wir wollen doch nicht, dass dem Baby was passiert.«
Die Angst war ihm anzumerken.
»Jetzt? Mitten in der Nacht? Zu dieser Zeit ist nur eine Schwester im Krankenhaus. Die holt den Arzt nur bei einem Notfall aus dem Bett.«
»Und? Bist du kein Notfall?«
»Ich hoffe nicht«, sagte Silvia trotzig. »Komm, lass mich noch etwas schlafen. Ich brauche die Ruhe für heute Nachmittag.«
»Nachmittag? …«

Er spürte wie Panik von ihm Besitz ergriff. So lange sollte es dauern? Das hielt er nicht durch.
Immer wieder machte Silvia ihm klar, dass sie alles im Griff hatte. Er aber wollte sich nicht überzeugen lassen und drängelte ununterbrochen, so dass sie keine Ruhe mehr fand.
Drei Stunden musste er sich noch gedulden. Silvia war absolut nicht dazu zu bewegen, mitten in der Nacht ins Krankenhaus zu gehen, zumal eine Geburt etwas ganz Natürliches sei, wie sie andauernd beteuerte und jede Frau das auch alleine bewerkstelligen könne, wenn sie müsse.
Genau um sechs Uhr hatte Willi sie endlich soweit, dass sie nachgab. Beide saßen gegen halb Sieben im Krankenhaus, wobei eher Willi aussah wie der Patient. Silvia blieb noch immer ganz ruhig.
»Wie dicht hintereinander kommen deine Wehen?«, fragte Adriano.
»Jede Minute eine, manchmal zwei.«
»Ich glaube, dann müssen wir uns beeilen.« Adriano schien es auf einmal sehr eilig zu haben.
Nach der Untersuchung meinte er: »Dein Muttermund ist schon elf Zentimeter geöffnet. Du stehst kurz vor der Austreibungsphase.«
»Was? So schnell schon?«, staunte Silvia. »Ich dachte, ich hätte noch mehrere Stunden Zeit.«
Und obwohl es anscheinend jetzt drängte, blieb sie weiterhin ganz cool.
»Manchmal geht es eben schneller.«
Er schob sie auf den Flur, wo die Schwester mit einer Liege bereitstand.
»Das ist nicht dein Ernst«, protestierte sie. »Ich soll mich auf dieses Ding da legen?« Voller Verachtung zeigte sie auf die bereitgestellte Liege. »Mit meinen Beinen stimmt alles.«
Gleich darauf verkrampfte sich ihr Gesicht, weil eine neue Wehe sie erfasste. Mit ihrer Rechten griff sie nach Adriano und bekam seinen Kittel zu fassen. Aber noch immer widersetzte sie sich seinen Anordnungen.
»Bitte, wenn du dein Kind hier auf dem Flur bekommen möchtest!« Er schüttelte ihre Hand von seinem Kittel ab.
Das zog. »Meinst du wirklich?«
Nur unter Protest legte sie sich auf die Liege, die Adriano sofort in den OP schob. Kaum waren sie dort angekommen, war der Kopf des Kindes schon sichtbar, und nach einer weiteren Wehe wurde er geboren. Der Rest war ein Kinderspiel. Eine Presswehe, und der kleine Kerl lag – mit Silvia noch durch die Nabelschnur verbunden – zwischen ihren Beinen.
In der Eile hatten sie den Vater vergessen. Die Schwester öffnete die Tür. Da stand er ganz verloren auf dem Flur. Hoffentlich geht es ihm gut, dachte Adriano und rief ganz laut: »Willi, wo bleibst du? Du musst die Nabelschnur durchtrennen.«

Willi riss sich zusammen und trat aus dem Schatten der Schwester hervor.
»Hier bin ich«, sagte er, seinen ganzen Mut zusammennehmend und stolperte nach vorn.
Adriano band die Nabelschnur an zwei Stellen ab und reichte Willi eine Schere.
Der schaute ihn fragend an. »Warum die Schere?«
Adriano lächelte milde. »Du musst die Nabelschnur durchtrennen.«
Willis Hand zitterte. Er wollte Silvia nicht wehtun. Die Schere verschwand in seiner Pranke wie ein Spielzeug.
Adriano nickte ihm aufmunternd zu. Da fasste er sich ein Herz und durchtrennte diese Lebensader genau in der Mitte.
»Wie einfach!«, meinte er daraufhin. »Ist ja wie bei der Eröffnung einer neuen Straße, wenn das Band zerschnitten wird.«
»Schäm dich, unser Kind mit einer Straße zu vergleichen!«, neckte Silvia nicht ohne Stolz, dass Willi die Geburt so gut gemeistert hatte, ohne dass ihm schlecht geworden war.
An sich selbst verschwendete sie keinen einzigen Gedanken. Adriano konnte sie gerade noch daran hindern, von der Liege zu springen.
Wie konnte die Frau nach dieser Anstrengung nur so munter sein? Sie hatte zwar die Arbeit gehabt, aber Willi hatte mitgelitten. Nun lag die Geburt hinter ihnen. Das neue Leben schrie aus Leibeskräften.
Die Schwester notierte den Zeitpunkt der Geburt.
»Genau sechs Uhr und vierzig Minuten«, sagte sie.
Adriano legte den strammen Burschen, einen Jungen von mehr als 3000 Gramm, auf Silvias Bauch.
»Ach Süße!«, flüsterte Willi gerührt, denn nun hatte er endlich begriffen, dass er eben Vater geworden war und fuhr mit der Hand über das nasse Haar des Kindes.
»Unser Sohn!«
Wie das klang! Unser Sohn!
»Ja«, lächelte die glückliche Mutter. »Und er hat deine Augen.«
»Zum Glück hat er nicht meine Hände und Füße geerbt«, lachte Willi erleichtert.
»Das kann ja noch kommen«, scherzte Silvia.
»Jetzt wieder pressen!« Adrianos Stimme klang streng. »Die Nachgeburt kommt.«
Das erste Baby der Neuen Welt war gesund geboren worden. Mutter und Kind waren wohlauf. Wahrlich ein Grund zum Feiern! Der stolze Vater lud alle ein. Auf dem Dorfplatz wurde bis in die Nacht hinein getanzt, geredet und gesungen. Jeder brachte etwas zum Essen und Trinken mit. Der Kleine wurde von allen Seiten bestaunt.

»Wie soll er denn heißen, euer Sohn«, fragte Baruti und strich liebevoll über die noch leere Seite im Geburtenregister.
Beide Eltern schauten sich an und sagten dann einstimmig: »Cheng!«

Nicht nur Willi blühte als frisch gebackener Vater auf. Das Kind sorgte in der neu gegründeten Gemeinschaft für so viel Euphorie, dass es fast schon an Hysterie grenzte. Der Kleine wurde von allen im Dorf verwöhnt. Er ging von Hand zu Hand. So etwas hatte es Jahrhunderte lang nicht mehr gegeben: eine Gruppe Menschen, die sich beschützend und wohlwollend um ein Neugeborenes versammelte.
Und obwohl niemand von den Anwesenden so richtig wusste, wie man ein Baby behandelt, sparten sie nicht mit guten Ratschlägen, sodass den jungen Eltern nach diesem Tag der Kopf brummte, als hätten sie zu viel Alkohol durcheinandergetrunken. Silvia wurde müde und der Kleine auch, also brachte Willi beide zeitig zurück ins Krankenhaus.
»Dass du aber nicht denkst, du bist entlassen«, gaben die Dorfbewohner ihm mit auf den Weg. Willi hatte so was schon geahnt und kam gern darauf zurück. In dieser Nacht bekamen nur zwei Bürger genügend Schlaf: Silvia und Cheng, die sich von der anstrengenden Geburt erholten. Das Gefühl, den Grundstein für eine normale Gesellschaft gelegt zu haben, war einzigartig.

Es war inzwischen Anfang Mai geworden. Der kleine Cheng gedieh prächtig und war der Sonnenschein der Dorfbewohner. Auch die neue Saat zeigte schon feine grüne Blättchen. Die Temperaturen fielen ein wenig. Messira kam gut mit ihren Forschungen voran. Sie war gerade dabei, Maispflanzen für ihre Versuche umzutopfen, als sie sich festhalten musste. Für einige Sekunden schwankte der Boden unter ihr, und ihre Beine fühlten sich an wie Pudding. Das war noch nie vorgekommen. Der Anfall ging so schnell vorüber, wie er gekommen war, und sie setzte ihre Arbeit fort.
Am Nachmittag, als sie mit Nico zum Essen verabredet war, hatte sie den Vorfall schon wieder vergessen. Lange hatten sie das nicht mehr gemacht, sich in der Kantine des Krankenhauses zu treffen.
Jedes Gebäude hatte hier mindestens zwei Funktionen: Die Krankenhauskantine war gleichzeitig Restaurant. Das war rationell und praktisch zugleich – optimale Nutzung sozusagen.
Nico saß schon am Tisch als Messira kam.
»Wie in alten Zeiten«, lachte sie. »Weißt du noch unser erstes Treffen in der Mensa der Uni?«
»Und ob! Du warst so störrisch wie ein Maulesel.« Er beugte sich nach vorn und begrüßte sie mit einem Kuss.

Er war dem Schicksal dankbar, dass es ihm damals ausgerechnet diese kleine widerspenstige Studentin in die Arme getrieben hatte. Eine schöne selbstbewusste junge Frau war aus dem schüchternen immer auf Abwehr gepolten kleinen Ding geworden.
»Ich hatte mich vom ersten Augenblick in dich verliebt. Um nichts in der Welt aber wollte ich mir das eingestehen. Ich war fasziniert von deiner Ausstrahlung und reagierte nur aus Trotz so abweisend«, gestand sie. »Heute weiß ich erst, wie dumm ich gewesen bin.«
»Wir hätten uns viel Zeit ersparen können. Dein Geständnis, dass du mich nur ab und zu, wenn es dir gerade in den Kram passt, lieben willst, hat mich vertrieben.«
Sie dachte an die Jahre, die sie ohne ihn hatte verbringen müssen, weil ihr Stolz ihr verboten hatte, Kontakt mit ihm aufzunehmen. Sie dachte auch – weiß Gott warum – ausgerechnet in diesem Augenblick an David.
Ein Seufzer löste sich aus ihrer Brust. Ist es möglich, zwei Männer zu lieben? Freilich jeden auf eine andere Art, sich dabei aber gegenseitig ergänzend? Was der eine ihr nicht geben konnte, suchte sie beim anderen. Erst jetzt merkte sie, welche Sehnsucht sie nach David hatte, obwohl sie mit Nico so glücklich war, dass es fast schon wehtat. Es widerstrebte ihr, das eine lassen zu müssen, um das andere zu bekommen.
»Was ist mit dir?«, fragte Nico, der bemerkt hatte, dass Messira in Gedanken versunken war.
»Nostalgie!«, seufzte sie. »Du hast Recht, wir hätten uns viel Zeit ersparen können, aber vielleicht brauchte ich diese Zeit, um mir darüber klarzuwerden, dass du der Mann bist, den ich will.«
Das Essen kam. Es gab heute grüne Bohnen mit Rindfleisch. Schon als der Teller in ihre Nähe kam, widerte der Geruch sie an.
»Was hast du?«, fragte Nico. »Gemüse ist doch sonst immer dein Favorit.«
»Ich weiß nicht, heute ist mir nicht danach«, sagte sie und schob den Teller weg.
»Iss! … Bitte!«, drängte er. »Wir alle brauchen dringend Vitamine.«
Sie zwang sich und schob einen Löffel in sich hinein. Schon als sie den Löffel zum Munde führte, spürte sie einen Brechreiz. Ignorierte diesen aber und löffelte brav die Suppe aus.
»Gutes Mädchen«, lobte Nico und strich mit einem jungenhaften Lächeln anerkennend über ihr Haar.
Diese Berührung brachte den Stein ins Rollen. Es ging ganz schnell. Sie konnte nichts dagegen tun. Eine Art Vernichtungsgefühl machte sich in ihr drinnen breit. Kalter Schweiß trat auf ihre Stirn. Sie würgte lautstark und Nico bekam die Ladung auf seinen Kittel.
»Was ist das?«, schrie er. Und als er sich vom ersten Schreck erholt hatte, wusste er, warum das eben passiert war. »Du bist schwanger!«

Die Worte blieben im Raum stehen. Messira war blass wie die Schale eines Straußen-Eies und brachte kein einziges Wort heraus. Er fasste sie am Arm und zog sie vom Stuhl hoch.
»Wir müssen zu Adriano«, sagte er noch immer sehr aufgeregt.
»Nein«, fand sie ihre Worte wieder und merkte wie schwer ihr das Sprechen fiel, denn sie spürte den Brechreiz noch immer. »Ich habe meine Regel bekommen.«
Er aber bestand darauf. Und wenn Männer sich was in ihren Dickschädel setzen, sind sie genauso wie Frauen, die etwas unbedingt haben wollen. Nico gab also erst Ruhe, als sie bei Adriano im Sprechzimmer saßen.
»Das kann schon mal vorkommen, dass die Regel nicht ausbleibt«, sagte Adriano. »Aber sie war schwächer als sonst, stimmt's?«
Messira überlegte. Er hatte Recht. Oh Gott! Er hatte Recht. Was bedeutete das?
»Du bist schon im dritten Monat«, erklärte Adriano der völlig verdutzten Messira. »Hast du keine Veränderungen gespürt? Müdigkeit, Spannen in den Brüsten, Gewichtszunahme?«
»Nein«, sagte sie, noch immer nicht ganz begreifend.
Nico aber hatte sehr wohl verstanden und riss sie in seine Arme: »Wir bekommen ein Kind, Messira. Wir werden Eltern.«
»Jetzt weiß ich auch, warum mir heute Morgen schwindlig war«, sagte sie.
»Dein Blutdruck ist ein wenig niedrig. Geh die Dinge langsamer an«, riet Adriano.

Messira konnte ihre Freude nicht sofort mit Nico teilen, denn der hatte noch Dienst, aber tief in ihr drinnen war sie froh darüber. Diese Neuigkeit musste sie erst einmal ganz allein verdauen. Ihre Hand tastete auf ihren Bauch. Schon drei Monate wuchs unbemerkt von ihr ein neues Leben heran. Ein Kind! Das veränderte alles.
Noch sah man es ihr nicht an, dass sie schwanger war, aber bald schon würde die Schwangerschaft alles in ihrem Körper verändern. Gefühle wie Glück, Aufregung, Unsicherheit, Angst, Reizbarkeit, Ruhe, Stolz, Liebe, Sorge und Ungeduld würden auf sie einstürmen. Zwar konnte sie sich das jetzt noch nicht vorstellen, denn eine übermächtige unbeschreibliche Freude unterdrückte alle anderen Gefühle, aber schon auf dem Nachhauseweg meldeten sich leise Zweifel. Was ist, wenn ich das Baby verliere, die Geburt nicht meistern kann oder mit der Situation als Mutter nicht zurechtkomme?
Als sie sich am Abend Nico anvertraute, meinte er, dass das ganz normal sei. Sie solle sich in der Zeit der Schwangerschaft gesund ernähren, auf ausreichende Bewegung achten, sich nicht aufregen und genügend schlafen.

Und nicht zuletzt solle sie alles, was sie bewege, ihrem Partner, also ihm mitteilen. Wenn es überhaupt einen Schuldigen für all das gäbe, meinte er, so wären es wohl die Hormone, die das alles auslösen würden.
»Vom fünften Monat an wirst du deinen Zustand richtig genießen können«, ergänzte er noch. »Dein Körper wird sich dann an alle Umstellungen gewöhnt haben.«
Das half ihr im Moment wenig. *Jetzt* zweifelte sie daran, alles richtig zu machen. Nico war kein guter Zuhörer, was dieses Thema betraf, aber in ärztlicher Hinsicht fühlte sie sich von ihm gut betreut.
Um sich mit Jemandem auszutauschen, besuchte sie die beiden anderen schwangeren Frauen. Die waren bereits im sechsten Monat. Eines der Kinder sollte Anfang August geboren werden, das andere Ende August. Ihr Baby würde, wenn alles gutging, Mitte November das Licht der Welt erblicken.
An ihrem täglichen Pensum änderte sie nichts, noch nicht! Nach wie vor ging sie täglich mit Shakir in die Wüste. Sie wollte, solange die Schwangerschaft keine Beschwerden machte, möglichst viel von ihm lernen.

Einmal beobachteten sie die Webervögel beim Bau ihrer Nester. Messira schätzte das Gebilde auf ungefähr vier Meter in der Breite und drei Meter in der Höhe. Es bot ein Heim für ungefähr 1000 Vögel. Die Familien lebten fein säuberlich getrennt voneinander, jede in ihrer eigenen Wohnung mit separatem Eingang, der immer nach unten zeigte.
»Das tun sie, damit keine Schlangen in das Nest eindringen können«, erklärte Shakir.
Die kleinen Vögel waren Meister im Balancieren. Die Männchen wippten beim Versuch, Grashalme in ihr Nest einzuarbeiten, in der Luft auf und nieder wie eine im Wind flatternde Fahne. Aber nie verloren sie den Halt, denn ihre kleinen Krallen umschlossen die Halme so perfekt, dass die Vögel in jeder Position das Gleichgewicht behielten. Und obwohl sie nur ihre Schnäbel als Werkzeuge benutzten, wirkten die Bauwerke so perfekt und solide, dass man ihnen nicht ansah, dass sie schon mehrere tausend Jahre alt waren. Das hatte auch seinen Grund. Die Vögel waren ständig bei der Arbeit. Immer gab es etwas daran auszubessern oder zu verändern.

Einmal sahen sie Kameldornbäume. Messira berührte die über einen halben Meter langen Dornen. Sie schützten die jungen Blätter vor Tierfraß. Shakir schlug mit einem Stein auf das trockene Holz bis Funken heraussprühten. Faszinierend!
Die Früchte eines merkwürdigen Baumes, des sogenannten Blutfruchtbaumes, erntete er und gewann einen bitteren Kaffee daraus. Als Messira das erste

Mal davon probierte, schüttelte sie sich, aber als sie sich an ihn gewöhnt hatte, schmeckte er gar nicht so übel.
Die Schirmakazien spendeten ihren Schatten nur an wenigen Plätzen. Es war zu heiß für sie. Es gab jede Menge Termitenhügel, die an lebenden oder toten Bäumen standen. Die Termiten waren in der Lage, diese großen, oft mannshohen Gebilde, nur aus Erde, Holz und Kot zu bauen. Für ihre Nahrung züchteten sie Pilze, die auf dem Holz der Bäume gediehen.
Dann gab es einen Baum, dessen Früchte aussahen wie Leberwürste. Die 50 Zentimeter langen Würste waren jedoch ungenießbar. Bestäubt wurden sie von Fledermäusen. Zu gern hätte sie diese Geschöpfe der Nacht einmal gesehen, aber es bot sich nicht die Gelegenheit.
Den Schwarzdornsilberbusch erkannte sie kaum wieder, erinnerte sich aber an seine Blüten. Er würde im November blühen, wenn sie ihr Kind bekam. Sie hatte die Blüten schon im letzten Jahr gesehen – weiße, fast pergamentartige Blüten mit einem gelben Stempel und gelben Staubblättern im Zentrum.
Es gab totes Holz, das wie Skulpturen im Sand lag. Auch Shakir konnte nicht sagen, wie lange das hier schon lag. Es diente auf wunderbare Weise allem möglichen Getier als Unterschlupf.
Es gab keinen Tag, an dem sie nicht etwas Neues sah. Die Wüste war so unglaublich vielseitig, dass es nie langweilig wurde. Ihr Staunen nahm kein Ende.

Am 14. Juli kam eine der beiden schwangeren Frauen mit Wehen ins Krankenhaus. Das Kind war drei Wochen zu früh dran. Während der Geburt kam es zu starken Blutungen bei der Frau, weil die Plazenta sich vorzeitig abgelöst hatte. Adriano wollte einen Notkaiserschnitt einleiten, kam jedoch nicht mehr dazu. Das Kind, ein Junge, wurde zu schnell geboren. Er wog glücklicherweise knapp 2500 Gramm und atmete spontan.
Der Mutter ging es nach der Geburt sehr schlecht. Sie hatte durch den hohen Blutverlust das Bewusstsein verloren. Auch eine Operation konnte die Blutung nicht stoppen. Die Frau starb noch auf dem OP-Tisch.
Dieser Vorfall schockte Messira so sehr, dass sie Albträume bekam. Es half ihr wenig, dass Nico ihr ständig versicherte, dass es unwahrscheinlich sei, dass ihr so etwas passieren würde. Das traumatische Erlebnis, dass man bei einer Geburt auch sterben kann, hinterließ tiefe Spuren in ihr.
Das ganze Dorf war über diesen Vorfall bestürzt. Die Frau wurde neben Chengs Gedenkstätte begraben. Sie hinterließ den kleinen Jungen, der nun bei seinem Vater aufwuchs. Der Tod dieser Frau brannte sich wie ein unschönes Geschwür, das nicht heilen wollte, in Messiras Psyche. Nach der Trauerfeier konnte sie für drei Tage nicht arbeiten.

Aber das Leben ging weiter. Das machte ihr auch Nico klar. Sie musste stark bleiben. Das war sie ihrem Kind schuldig. Also ging sie langsam wieder ihren Aufgaben nach, und das war gut so. Man sah ihr ihre Schwangerschaft nun schon deutlich an. Körperlich ging es ihr gut und Nico hoffte, dass Messira auch ihre Seele in den Griff bekam.

Ein neues Gefühl beanspruchte seinen Platz in ihrem Leben: Stolz. Mit Wohlwollen registrierte sie ihren runder werdenden Bauch, bewertete die Aufmerksamkeit von ihren Freunden und Bekannten viel höher als vor der Schwangerschaft. Ihre Unternehmungslust wuchs, da die Schwangerschaft noch keine große Belastung für ihren Körper bedeutete. Sie machte sich intensiv mit der Vorbereitung auf die Geburt vertraut und suchte den Austausch mit Silvia so oft wie ihre Zeit es zuließ.

*

Den ganzen Herbst und Winter über verkehrte David in dubiosen Kneipen. Doch Informationen über die Rebellen zu bekommen, stellte sich schwieriger heraus als gedacht. Alle Leute, mit denen er sprach, machten dicht, sowie er das Thema anschnitt. Er bewunderte seine Geduld. Nie hätte er gedacht, dass er über so lange Zeit in der Lage sein würde, dieses tiefe innige Gefühl für Messira zu empfinden.

Ende Mai besuchte er Ina. Er war erschreckt über ihr Aussehen. Der Verlust der geliebten Tochter hatte sie stark mitgenommen. Sie baute sichtlich ab. Die Gespräche, die er mit ihr führte, gaben ihr etwas Kraft zurück. Immer ging es in diesen Gesprächen um Messira. Sie war das bindende Glied zwischen ihnen. David nahm sich fest vor, die alte Dame jetzt regelmäßiger zu besuchen.

Sein vorrangiges Ziel aber war noch immer, Messira zu finden. Nachdem er ohne Erfolg versucht hatte, etwas über ihren Verbleib im Milieu der zahlreichen Bars der Stadt zu erfahren, versuchte er es Ende Juni noch einmal im Krankenhaus. Es hatte ja schon einmal geklappt, warum denn nicht ein zweites Mal. Wieder lag er wochenlang auf der Lauer, ohne dass etwas geschah.

Eines Nachts aber, am 16. Juli 2363, als er schon aufgeben wollte, entdeckte er wieder diesen Transporter vor dem Hintereingang und sah die junge Frau von damals im Krankenhaus verschwinden. Dieses Mal wollte er sich zu erkennen geben. Er glaubte fest daran, dass diese Frau etwas mit den sogenannten Rebellen zu tun hatte.

Als er noch überlegte, wie er den Kontakt zu ihr herstellen sollte, ohne Verdacht zu erregen, kam ihm der Zufall zu Hilfe. Ein Gleiter landete ganz

in der Nähe und spuckte einen Betrunkenen aus. Torkelnd machte der sich daran, die Straße zu überqueren. Wahrscheinlich wohnte er hier irgendwo in der Nähe der Klinik. Er stutzte, als er den Transporter vor dem Krankenhaus stehen sah.
»Was ist denn hier los?«, lallte er. »Verkehr mitten in der Nacht?«
David sah seine Chance.
Er kam aus seinem Versteck hervor und verwickelte den Betrunkenen in ein Gespräch. Er sprach mit Absicht sehr laut und überdeutlich, damit der Fahrer des Wagens ihn verstehen konnte. Der beobachtete sie vermutlich im Rückspiegel. Anschließend konnte David es so hinstellen, als hatte er verhindern wollen, dass der Betrunkene die nächtliche Aktion gefährdet.
»Na, Mann, was machen Sie denn zu so später Stunde hier draußen?«
Die Uhr zeigte halb zwei.
Der Fremde schwankte leicht, dann sagte er: »Das frag ich Sie. Sind Sie etwa mit diesem Wagen gekommen?«
Er zeigte mit dem Finger auf die andere Straßenseite, wo der Transporter parkte. »*Ich* wohne hier. Aber was haben *Sie* hier zu schaffen?«
»Wir sind im Auftrag der Regierung hier. Anwohner haben sich über nächtlichen Lärm beschwert. Gehören Sie etwa auch zu den Verursachern?«
David baute sich vor dem Mann auf und drohte mit seiner Präsenz.
»Ich bin ein friedlicher Bürger«, protestierte der scharf.
»Dann würde ich vorschlagen, dass Sie so schnell wie möglich diesen Ort hier verlassen und nach Hause gehen, damit wir die Ruhestörer fassen können, die sollen drei Straßen weiter von hier gesichtet worden sein und befinden sich jetzt auf dem Weg hierher. Wenn sie eintreffen, schnappt unsere Falle zu. Etwas ungewöhnlich, wenn Sie mich fragen. Ein Haufen Betrunkener auf den Straßen. Wer weiß, was noch dahintersteckt. Sind sie sicher, dass Sie nicht dazugehören?«, drohte er.
»Auf keinen Fall«, sagte der Mann und machte Anstalten, sich davonzustehlen. Dabei stolperte er über Davids Füße.
David hatte sich schon oft gewundert, wie leicht die Bürger einzuschüchtern waren, wenn man ihnen gegenüber selbstsicher auftrat. Er spähte hinüber zum Transporter und war überzeugt davon, dass der Fahrer jedes Wort verstanden hatte.
Eben öffnete sich die Hintertür des Krankenhauses und Margrit schob eine Liege nach draußen. David platzierte den Betrunkenen so, dass er mit dem Rücken zur Tür stand und schob dann vertraulich seinen Arm unter dessen Ellenbogen.
»Ich begleite Sie ein Stück«, sagte er fest. »Sie können nicht mehr gerade stehen. Wir wollen doch nicht, dass Ihnen was passiert. Sonst wachen Sie morgen in einer Zelle auf.«

»Gott bewahre«, sagte der Mann und ließ sich bereitwillig von David führen.
Damit hatte dieser gerechnet. Er begleitete den Betrunkenen ein paar Schritte.
Als sie um eine Ecke bogen, sagte er: »Ich halte mich hier noch bis zum frühen Morgen auf. Sie können unbesorgt schlafen gehen. Diese Subjekte werden wir bald in Gewahrsam haben.«
Dann machte er sich schleunigst auf den Rückweg und sah gerade noch, wie Margrit die leere Liege ins Krankenhaus zurückschieben wollte. Der Fahrer war schon in den Wagen gestiegen.
Schnell lief David der Frau hinterher, wobei er nicht verhindern konnte, dass seine Schuhe in der Stille der Nacht ein klackendes Geräusch auf dem Pflaster erzeugten.
»Bitte nehmen Sie mich mit«, rief er ihr nach.
Margrit stutzte. »Was wollen Sie von uns?«
David setzte alles auf eine Karte und sagte: »Ich bin ein Freund von Messira. Über sie habe ich vor einigen Monaten etwas vom Widerstand erfahren. Sie wollte mich in die Bewegung einschleusen, aber seit mehr als einem dreiviertel Jahr ist sie verschollen. Ich kann sie nirgends finden. Über einen Freund erfuhr ich, dass sie tot ist.«
Margrit hatte nun ein Problem. Sie wusste nicht, ob der Fremde die Wahrheit sagte und tatsächlich ein Freund von Messira war, oder ein Regierungsspitzel. Deshalb entschloss sie sich, ihn mitzunehmen, um herauszufinden, was er tatsächlich vorhatte.
Vorsichtig sagte sie: »Ich kenne keine Messira, auch weiß ich nichts von einem Widerstand. Gott behüte uns davor. Wir betreuen ein Regierungsprojekt. Uns wurden einige Leichen für medizinische Versuche zur Verfügung gestellt. Da das Ganze für die Bevölkerung wenig Aufsehen erregen soll, arbeiten wir nur nachts. Aber wenn Sie wollen, können Sie gern mit uns fahren und sich davon überzeugen.«
Wie schlau, dachte David. Er musste das Risiko eingehen und sie begleiten. Seine Augen leuchteten. Bald würde er mehr über Messiras Verschwinden erfahren.
Der Fahrer hatte Davids Gespräch mit dem Betrunkenen natürlich mitbekommen. Er hatte sich gefragt, was dieser Mann von ihnen wollte und wieso er sie so offensichtlich unterstützte. Auch die Unterhaltung mit Margrit und dem Fremden blieb ihm nicht verborgen.
Er war ein Skeptiker und aktivierte sofort sein Selbstverteidigungsprogramm: Als David in den Wagen stieg, griff er in einem unbeobachteten Moment hinter sich und schlug ihm ein Stück Holz über den Schädel. Lautlos sackte David zusammen.

»Gut, dass du so schnell reagiert hast«, sagte Margrit.
»Glaubst du, dass dieser Mensch ein Freund von Messira ist? Wir müssen vorsichtig sein. Es könnte sich auch um einen Spitzel der Regierung handeln.«
»Das müssen wir herausbekommen«, meinte Margrit.
Der Fahrer legte dem Bewusstlosen Hand- und Fußfesseln an, stopfte ihm einen Knebel in den Mund und band dem Wehrlosen ein Tuch über die Augen. So verpackt, trug er ihn gemeinsam mit Margrit nach hinten auf die Ladefläche des Transporters. Der Terminplan musste eingehalten werden. Der Container wartete nicht und die vermeintlich Tote musste rechtzeitig ihr Gegengift erhalten.

David erwachte in einem Raum, der nur spärlich beleuchtet war. Er lag auf einer harten Pritsche. Sein Schädel brummte. Ein dumpfer Schmerz machte sich, von seinem Kopf ausgehend, in seinem ganzen Körper breit, der nur allmählich schwächer wurde.
Er wollte nach oben tasten, merkte aber, dass seine Hände und Füße gefesselt waren. So konnte er den dicken Verband an seinem Kopf nur erahnen. Er erinnerte sich dunkel an den Vorfall. Sie waren also auf sein Täuschungsmanöver hereingefallen und hatten angebissen. Immerhin hatten sie ihn nicht auf der Straße liegengelassen. Das hätten sie ohne weiteres tun können. Er hatte nichts gegen sie in der Hand. Also wollten sie im Gegenzug auch was von ihm. Sonst hätten sie sich bestimmt nicht die Mühe gemacht, auch noch seinen Kopf zu verbinden.
Es stimmte also! Messira war Mitglied einer Widerstandszelle. Nie hätte er das auch nur ansatzweise geglaubt. Sie schien ihm immer so regierungskonform zu sein. Aber vielleicht war das ja nur Tarnung von ihr gewesen. Wahrscheinlich hatte sie sich im Stillen über seine Naivität lustig gemacht.
Sicher, ihm passte auch nicht alles, was von der Regierung kam, aber deshalb sein Leben zu riskieren, war ihm nie in den Sinn gekommen und außerdem wusste er ja gar nichts von einem Widerstand. Wenn er es sich jetzt so richtig überlegte, passte das zu Messira. Mehr sein als scheinen, war schon immer ihre Devise gewesen.
Was hatte die Frau für ein Wissen in all den Jahren angehäuft, und wie bescheiden war sie dabei geblieben. Auch aus diesem Grunde liebte er sie.
Eine geheimnisvolle Frau war sie, immer für eine Überraschung gut, und er wusste glasklar, dass, wenn er sie wirklich fand, sie noch mehr Asse im Ärmel hatte. Ihre Begeisterungsfähigkeit kannte keine Grenzen. Wer weiß, mit welcher Aufgabe der Widerstand sie im Moment betraute. Aber er würde das nie erfahren, wenn er nicht mit denen da – er dachte an die Rebellen – kooperierte.

Mit den Augen versuchte er das Dunkel zu durchdringen. Das einzige winzige Fenster lag in einer Höhe von ungefähr 1,50 Metern. Er ging davon aus, dass er sich in einem Kellerraum befand. Von draußen drang mattes Licht herein. Es musste also Tag sein. Er wusste nicht, wie lange er bewusstlos gewesen war, aber einige Stunden waren es mit Sicherheit gewesen, denn es war gegen zwei Uhr nachts gewesen, als er mit der fremden Frau gesprochen hatte. Jetzt aber schien es frühmorgens zu sein.
Vergeblich versuchte er sich von den Fesseln zu befreien. Es gelang ihm nicht einmal, seinen Oberkörper zu heben.
Außer der Liege, auf der er lag, befanden sich noch ein Tisch und zwei Stühle im Raum. Das Ganze erinnerte fatal an eine Verhörzelle der Regierung. Konnte es sein, dass die Frau ihn an die Regierung ausgeliefert hatte? Aber nein! Er verwarf den Gedanken sogleich. Er glaubte nicht daran, was sie ihm versucht hatte, unterzuschieben: geheime Versuche mit Leichen. Wenn das wirklich wahr wäre, hätte sie ihn sofort an die Geheimpolizei verraten.
Er wusste nicht, wie lange er so vor sich hinsinniert hatte. Plötzlich wurde die Tür lautstark geöffnet. Die Frau von gestern trat in den Raum. Wieder dachte er, dass das geschickt ausgeklügelt war. Der Mann, der ihm eins auf den Schädel gegeben hatte, den hatte er nicht richtig erkennen können. Sie war die einzige, die er beschreiben konnte, und dabei wollten die Rebellen es wohl auch belassen, wie es schien. Nur kein Risiko eingehen. Die waren ganz schön raffiniert.
»Geht es Ihnen besser?«, fragte Margrit und trat an die Liege, um seinen Verband zu kontrollieren.
Er sah sie befremdet an.
»Eine komische Frage. Nachdem Sie dafür gesorgt haben, dass ich mich in dieser Lage befinde.« Er sah ihr fest in die Augen. »Wie lange bin ich schon hier und …?«
»Die Fragen stellen wir«, schnitt Margrit ihm das Wort ab.
Er sollte gleich zu Anfang begreifen, dass er sich in einer Position befand, die ihn von ihr abhängig machte.
David nahm es zähneknirschend zur Kenntnis.
»Sie behaupten, ein Freund von einer gewissen, wie war noch gleich der Name … «
»Messira!«, fiel er ihr ins Wort. »Sie heißt Messira, und das wissen Sie so gut wie ich.«
Margrit bedauerte: »Ich kenne keine Messira. Aber vielleicht können Sie mir mit einem anderen Namen weiterhelfen.«
Er überlegte, dann sagte er: »Wenn Sie sich weigern, Messira zu kennen, so kennen Sie vielleicht ihre Freundin Margrit.«

Bei diesem Namen zuckte die Frau ein wenig, oder bildete er sich das nur ein.
»Hören Sie«, sagte er. »Es hat keinen Zweck, weiter zu leugnen. Wenn Sie von der Regierung wären, hätten Sie mich denen längst ausgeliefert.«
»Woher weiß ich, dass *Sie* kein Regierungsspitzel sind?«, brachte sie berechtigte Zweifel an.
»Also noch einmal«, meinte David jetzt schon ein wenig ungeduldiger, wobei er die einzelnen Wörter dehnte … »Ich … bin … ein … Freund … von … Messira und möchte wissen, was mit ihr passiert ist. Auch ihre Mutter Ina möchte das wissen. Ich habe vor kurzem mit ihr gesprochen.«
»Dann würde ich gern wissen, wie Sie heißen?«, fragte Margrit.
»Ich bin David. Messira und ich wollten vor einiger Zeit zusammenziehen. Ich kenne sie inzwischen schon fast vierzehn Jahre.«
Margrit ging im Zimmer auf und ab. Sie wusste nicht genau, was sie von diesem Mann halten sollte. Messira hatte nie etwas von einem David erzählt. Andererseits schien alles, was er sagte plausibel. Woher wusste er die vielen Einzelheiten, ja er kannte sogar ihren Namen und wusste, wer Ina war.
Auf ihre Menschenkenntnis hatte sie sich stets verlassen können. Und die sagte ihr, dass dieser Mann kein Lügner war. Sie kam nicht umhin, ihm vorerst zu glauben, wollte aber kein Risiko eingehen.
»Wenn ich Ihnen sagte, dass ich Messira kannte und Ihnen bestätigen würde, dass sie tatsächlich verstorben ist, was würden Sie dann sagen?«
David machte ein böses Gesicht.
»Ich würde darauf bestehen, dass Sie mich erst mal von diesen Fesseln befreien. Glauben Sie mir, nichts liegt mir ferner, als Sie zu verraten. Außerdem weiß ich nicht, wo ich bin. Ich kenne nicht Ihre Identität. Sie müssten mich nur irgendwo in einer unbewohnten Gegend aussetzen und Ihnen könnte gar nichts passieren.«
Er hatte recht. Er konnte ihnen nichts.
»Okay«, sagte sie. »Keine falsche Bewegung. Meine Freunde warten vor der Tür. Wenn ich schreie, kommen sie sofort herein. Es würde Ihnen schlecht bekommen.« Sie beugte sich zu ihm herab, holte ein Taschenmesser aus der Hosentasche und durchschnitt seine Hand- und Fußfesseln.
David rieb sich die schmerzenden Gelenke, dann sagte er: »Geht doch!«
Ganz schön selbstsicher, dachte Margrit.
Beide belauerten sich eine Weile.
Dann meinte David: »Ich möchte in die Bewegung eintreten. Egal ob Messira nun tot ist oder noch lebt. Ist sie tot, will ich mich an der Regierung rächen. Lebt sie noch, hoffe ich, dass Sie eines Tages so viel Vertrauen zu mir haben, dass Sie mir ihren Aufenthaltsort nennen. Ich kann verstehen,

dass Sie alle, die in ihrer Bewegung sind, schützen wollen. Aber geben Sie auch mir eine Chance.«
Margrit überlegte. Auf keinen Fall würde sie diesem Fremden etwas von Messira erzählen, aber das, was er sagte war stimmig. Warum sollte sie das Risiko, wenn sie ihn näher kannte, nicht eingehen.
»Rache ist immer ein schlechter Ratgeber, glauben Sie mir«, tastete sie sich langsam vor. Dann dachte sie, dass es gut wäre, ihn nach seinem Beruf zu fragen, vielleicht konnte er ihnen von Nutzen sein.
»Ich bin Elektroniker«, antwortete David nicht ohne Stolz. »Und … Rache mag zwar ein schlechter Ratgeber sein, sie befreit aber ungemein.«
Margrit sah ihn von der Seite an. Sein Gesicht wirkte vertrauenswürdig. Sie wollte auf jeden Fall noch mit Messira sprechen, bevor sie etwas Unüberlegtes tat.
»Also gut. Ich will es mit Ihnen versuchen. Bevor Sie unser Vertrauen genießen können, werden wir uns immer an einem neutralen Ort treffen. Sie müssen sich damit einverstanden erklären, dass wir Sie beobachten. Sie werden unsere Identität erst kennenlernen, wenn wir uns ganz sicher sein können, dass Sie kein Regierungsspitzel sind. Sie müssen sich damit einverstanden erklären, dass Ihnen anfangs immer die Augen verbunden werden, wenn Sie in eines unserer Zentren gebracht werden. Und«, fügte sie hinzu, »Sie werden ausschließlich mit mir zusammenarbeiten. Darf ich mich vorstellen? Ich heiße Margrit.«
»Ich wusste es!«, triumphierte David. Nun war er sich sicher, dass er bald mehr über den Aufenthalt von Messira erfahren würde, denn dass sie nicht tot war, das wusste er definitiv.

*

Der Tag war recht ruhig gewesen. Die Winter hier ließen sich ertragen und Messira schaffte es, etwas durchzuatmen. Sie hatte sich bis jetzt noch immer nicht an das raue Klima gewöhnt. Die Sonne schickte sich an, eben am Horizont zu verschwinden, als Messira von der Feldarbeit nach Hause kam und sich auf den Nachhauseweg begab.
Nico hatte heute Nachtdienst und war sicher schon im Krankenhaus. Sie überlegte, ob sie ihm einen kurzen Besuch abstatten sollte, verwarf den Gedanken aber sofort wieder. Sie war in letzter Zeit etwas müde. Zwar machte die Schwangerschaft noch keine Probleme, aber die Feldarbeit strengte sie an, was sie natürlich nur sich selbst gegenüber eingestand.
Da kam Margrit ihr entgegen.
»Du hier?«, fragte Messira und umarmte die Freundin, die sie lange nicht mehr gesehen hatte. Die Freude über den Besuch der Freundin gab Messira neue Kraft, und die Müdigkeit floh aus ihrem Körper.

»Es gibt etwas zu besprechen«. sagte Margrit. »Kennst du einen gewissen David? Er ist etwa fünf bis acht Jahre älter als du, blond, schlank, von angenehmem Äußeren …«
»Halt!«, unterbrach Messira sie. »Das ist David, mein David. Genau das ist er.«
Margrit erhoffte sich Aufklärung von Messira. Sie suchte auf ihrem Armband ein Foto, das sie heimlich von David gemacht hatte, als er in ihrer Gewalt gewesen war und zeigte es der Freundin. Die bestätigte seine Identität und erzählte, wie sie David kennengelernt hatte und wie sie beide über die Jahre eine Beziehung aufgebaut hatten.
»Aber was will er noch von dir? Hast du ihm nicht unmissverständlich klargemacht, dass es aus ist zwischen euch?«, fragte Margrit im Anschluss an Messiras Geständnis.
Messira lief auf und ab. Dabei biss sie nervös auf ihre Unterlippe. »Er glaubt wohl nicht daran. Unsere letzte Nacht war so leidenschaftlich, dass er Zweifel hat.«
»Du warst wohl nicht sehr überzeugend? Er jedenfalls ist fest davon überzeugt, dass du noch lebst und ist entschlossen, dich zu finden. Er sucht dich schon mehrere Monate. Gestern hat er mich vor dem Krankenhaus abgepasst. Ich frage mich, wie er dahintergekommen ist, dass wir Menschen aus der Republik schleusen? Er will unbedingt mit uns zusammenarbeiten«, sagte Margrit.
»Ich hatte gehofft, dass ich ihn wiedersehe. Umso besser, jetzt hat *er* den Weg zu uns gefunden.«
Margrit stutzte. Sie konnte mit dem, was Messira ihr sagte, nicht viel anfangen. War die nicht schwanger von Nico? Sie liebte ihn doch, oder? Was sollte das Geständnis, dass sie sich auf David freute?
»Ich will ihn erst noch beobachten. Er soll einige Einsätze gemeinsam mit mir unternehmen, bevor ich ihn über dich aufkläre. Dann kann er immer noch entscheiden, ob er hierher möchte oder nicht«, meinte sie.
Damit war Messira mehr als einverstanden.
Margrit wunderte sich über den verträumten Gesichtsausdruck der Freundin, während diese über David sprach.
Zu guter Letzt bat sie sie noch: »Bitte erzähle ihm nichts von meiner Beziehung zu Nico. Das will ich ihm selbst sagen und behalte auch meine Schwangerschaft für dich.«
Wieso diese Reaktion von Messira? Margrit verstand nicht, aber hatte sie ein Recht sich einzumischen? Nein, natürlich nicht. Durfte sie nachfragen? Auch das stand ihr nicht zu, wie sie meinte. Wenn Messira das so wünschte, dann sollte ihr das recht sein.

Als Margrit gegangen war, öffnete sich ein Fenster, und die gemeinsame Zeit mit David kam wieder zurück. Ein eigenartig erregendes Gefühl überkam Messira bei dem Gedanken, David vielleicht schon bald wiederzusehen. Könnte sie seinem Werben standhalten? Was würde Nico sagen, wenn er erfuhr, dass es noch einen anderen Mann in ihrem Leben gegeben hatte, der ihr noch immer wichtig war und der vielleicht schon bald zu ihnen übersiedeln würde? Und sie, was war mit ihr? Sie gestand sich ein, dass sie der Gedanke reizte, David wieder in ihrer Nähe zu wissen. Und nicht zuletzt David. Was würde passieren, wenn er erkannte, dass seine Delia schwanger war von einem anderen Mann?

Fast schien es ihr so, als müsse sie ihre Schwangerschaft vor David verbergen und ihre Beziehung zu Nico ebenfalls. Für einen Moment träumte sie davon, beiden Männern zu gehören. Erregend der Gedanke, aber sehr unrealistisch. Und dennoch fieberte sie dem Augenblick entgegen, an dem sie David gegenüberstehen würde.

Sie dachte an die letzte Nacht mit ihm und ihr Gesicht überzog sich mit einer zartroten Tönung. Sie ertappte sich dabei, wie sie versuchte, sich an ähnliche Nächte mit Nico zu erinnern. Oh Gott, dachte sie. Was ist los mit mir? War nicht alles in meinem Leben bis jetzt klar strukturiert gewesen? Bin ich nicht zu beneiden? Ich habe einen Mann, den ich liebe, bekomme ein Kind von ihm. Was soll dieses Verlangen nach einem anderen?

Sie machte sich auf den Heimweg. Nico war schon zum Dienst gegangen.

Sie wusste nicht, ob es gut war, jetzt allein zu sein.

Wie eine Tigerin lief sie im Haus auf und ab. Auf dem Wandbord stand der kleine Wolf, den ihr Vater damals geschnitzt hatte. Er war das einzige Andenken an ihn, das sie noch hatte. Selbst im Krankenhaus, als man ihr den Chip entfernt hatte, war er ihr ein treuer Begleiter gewesen.

Sie griff nach ihm und fühlte das angenehm warme Holz in ihrer Hand. Wie oft hatte ihr dieses kleine Ding schon Trost gespendet. Der Vater hatte es geschnitzt, als er noch ein Junge gewesen war. Liebevoll betrachtete sie die etwas abgegriffene Figur.

»Was würdest du in meiner Situation tun, Vater?«, fragte sie und lauschte in die Stille hinein, so als könnte die ihr die Entscheidung abnehmen.

Aber es geschah nichts. Keine Antwort!

Wenn ihr in diesen Minuten etwas bewusst geworden war, dann das, dass sie zwei Männer gleichzeitig liebte. Das durfte aber nicht sein. Eigentlich war das unmöglich. Sie musste sich für einen entscheiden. Und hatte sie das nicht schon? Trug sie nicht das Kind des Mannes, den sie liebte, unter ihrem Herzen?

Niemand konnte ihr helfen, aus diesem Dilemma wieder herauszufinden, es sei denn, sie selbst.

Sie ließ sich aufs Bett fallen, den kleinen Wolf noch immer in ihrer Hand haltend.

Das Zimmer roch nach Leder und Zedernholz und eine Spur auch nach Desinfektionsmitteln. Nicos Geruch schwebte überall im Raum. Sie grub ihr Gesicht tief in die Decke hinein und zog den vertrauten Duft in ihre Nase. Das war der Geruch ihres Geliebten. Sie schloss die Augen und ließ sich treiben.

Aus den Tiefen ihres Unterbewusstseins drängte sich plötzlich ein anderer Geruch in den Vordergrund. Ein Geruch, der entfernt an Sandelholz und Thymian erinnerte.

Sie schreckte hoch. David!

Sie spürte, wie beide Gerüche sich miteinander mischten. Den einen roch sie intensiv in den Kissen, weil der Mann, der ihn verströmt hatte, noch heute Nacht das Bett mit ihr geteilt hatte. Der andere Duft existierte nur in ihrem Kopf, war Erinnerung, die aber so lebendig schien, als stünde David persönlich neben ihr.

Diese Mixtur war so wunderbar, so vollkommen, dass sie ihr alle Sinne raubte.

Sie spürte, wie eine Welle der Lust sie überkam, so als stünden beide Männer in diesem Augenblick neben ihr und bemühten sich um ihre Gunst. So real war das Ganze. Ein elektrischer Strom erfasste sie und floss wie ein Quell der Lust durch ihren ganzen Körper. Es geschah ohne ihr Zutun. Sie konnte sich nicht dagegen wehren, sie war machtlos.

Das Blut strömte in ihre Zentren der Lust. Die Körpersäfte flossen reichlich. Ihr Leib bäumte sich mehrmals unter lautem Stöhnen auf und nieder.

Und während sie noch dachte: *Oh Gott, was passiert hier*, begann ihr Unterleib wie wild zu zucken. Immer wieder und wieder, bis er schließlich still wurde und sie nur noch ein sanftes Pulsieren in ihrem Innern spürte. Erschöpft griff sie nach der Decke und wickelte sich ein wie ein verstörtes Kind, das die Orientierung verloren hat und nun den Kontakt zu etwas Weichem sucht.

Gesättigt und voll zufrieden schlief sie ein.

SCHNEE

Es gibt Dinge, die wir nicht wahrhaben oder vergessen wollen. Unser Unterbewusstsein verbirgt sie manchmal unter einer Decke in unserm Innern.
Kühlt sich das Wasser in den Wolken sehr stark ab und befinden sich in der Luft Staubteilchen, können sich Eiskristalle bilden. Diese Kristalle gehen als Niederschlag in Form von Schnee auf die Erde nieder. Alle Schneekristalle sind hexagonal. Schneekristalle können je nach Temperatur in ihrer Form variieren, ihre Grundform aber ist immer sechsstrahlig oder sechseckig. Es gibt keine zwei Schneekristalle, die sich exakt gleichen. Dies liegt an der ungeheuer großen Zahl von Kombinationsmöglichkeiten, wie sie kristallisieren können. Diese ist weit größer als die Zahl an Atomen im Weltall. Schneekristalle sind ästhetisch schön und sehr symmetrisch. Schneeflocken sind am größten und schönsten, wenn die Temperaturen knapp unter dem Gefrierpunkt liegen. Bei tieferen Temperaturen sind sie wesentlich kleiner und einfacher gebaut. Schnee erscheint für unsere Augen weiß, weil er das Licht in seiner Gesamtheit reflektiert. Das kommt daher, dass zwischen den Kristallen Luftmoleküle eingeschlossen sind. Jeder einzelne Kristall für sich genommen ist aber durchsichtig.
Schnee ist der einzige Niederschlag, der beim Fallen kein Geräusch verursacht. Selbst bei einem Schneesturm kann man nur die Geräusche des Windes, nicht aber den fallenden Schnee hören. Schnee deckt die Vegetation wie eine wärmende Decke zu und schützt sie vor dem Erfrieren. Schneedecken in Städten lassen alle Geräusche dumpfer wirken, außerdem wird das Restlicht in der Nacht durch Reflektion verstärkt, sodass die Nacht weniger dunkel erscheint. All dies ist ebenfalls durch die Lufteinschlüsse im Schnee zu erklären.
Schnee verhindert, dass die Saat erfriert. Er bedeckt die Erde mit einem weißen Leichentuch, doch unter der Schneedecke wächst schon das neue Leben heran. Gäbe es im Winter keinen Schnee, würde der Boden noch tiefer gefrieren und im Frühjahr länger brauchen, um aufzutauen. Schnee schützt auch die ersten Frühlingsblüher, die zeitig hervorbrechen. Durch seine kristalline Struktur kann er viel Luft in sich aufnehmen. Dadurch werden die strengen Außentemperaturen gemildert.

***

Am achtundzwanzigsten August 2363 wurde im Dorf das dritte Kind – ein Mädchen – geboren. Die Geburt dauerte insgesamt sechs Stunden und verlief ohne Komplikationen.
Messira war inzwischen im sechsten Monat. Das letzte Drittel ihrer Schwangerschaft hatte begonnen und das Kind in ihr begann langsam die Herrschaft zu übernehmen. Der Platz in der Gebärmutter wurde knapp.

Der kindliche Körper benötigte mehr Nahrung, aber auch der mütterliche Organismus musste versorgt werden. Es gab einen erbitterten Kampf um die Ressourcen. Hin und wieder trat das Kind so heftig gegen Messiras Bauch oder die Rippen, dass es schmerzte. Es konnte auch passieren, dass sie durch die Tritte mitten in der Nacht erwachte, aber sie fühlte sich bestens.

Manchmal sprach sie mit dem Ungeborenen oder streichelte über ihren Bauch, wenn sie allein war und hatte jedes Mal das Gefühl, dass das Kind mit ihr kommunizierte. Sie war regelrecht vernarrt in das kleine Lebewesen und konnte es kaum erwarten, es in ihren Armen zu halten.

Je mehr sie sich wünschte, Nico würde mehr Anteil an ihrer Schwangerschaft nehmen und ihre Gefühle besser verstehen, desto enttäuschter war sie, wenn sie immer wieder feststellen musste, dass er das Ganze viel distanzierter sah.

»Ich freue mich auf das Baby, aber die Euphorie, die du aufbringst, der kann ich nicht folgen«, hatte er einmal zu ihr gesagt.

Das war vermutlich das Los aller Frauen, die verzweifelt bemüht sind, ihrem Partner ein wenig von dem zu vermitteln, was sich unbemerkt von aller Welt, still und im Verborgenen in ihnen abspielte. Nie würde Nico verstehen können, wie eine Mutter fühlte. Die Natur hatte es so eingerichtet, dass die Frauen die Nachkommenschaft ausbrüteten.

Da konnte der Staat noch so intensiv an einer künstlichen Gebärmutter arbeiten, es würde ihm nie gelingen, eine Mutter zu ersetzen, hoffte sie jedenfalls.

Aber auch wenn sie Nico bedauerte, dass ihm so einiges entging, musste sie doch anerkennen, dass er nicht unglücklich wirkte, im Gegenteil, ihm schien es zu genügen, der begleitende Elternteil zu sein. Er wusste es eben nicht besser, er war halt ein Mann. Er begnügte sich mit dem, was die Natur ihm zugedacht hatte. Und das war gut so, wie sie für sich beschloss.

Bei Messira aber tat sich viel mehr.

Zwischen ihr und dem ungeborenen Kind entstand eine Hotline. Die Nabelschnur diente nicht nur als Versorgungsleitung, weil der Stoffwechsel über diese Pipeline lief, sondern meldete dem Embryo auch Erregungen, die von ihrer Seite kamen. Das Kind war also immer bestens über den Gemütszustand seiner Mutter informiert.

Als sie vorgestern in der Wüste einige Kräuter gesammelt hatte, lief ein Gecko hastig an ihr vorbei und grub sich in den Sand hinein. Ihr Schreck gab das Hormon Adrenalin frei. Und während sie wie angewurzelt stehenblieb, weil in ihr ein Vulkan tobte, beschleunigte sich nicht nur ihr Herzschlag, sondern verdoppelte sich auch der ihres Kindes, bahnte sich das Hormon Adrenalin seinen Weg nicht nur durch ihren Kreislauf, sondern auch durch den des Kindes.

Aber nicht nur das Kleine wusste über seine Mutter Bescheid, auch Messira kannte die Verfassung ihres Kindes. Einmal, als ihr ein fester Gegenstand aus der Hand fiel, verhärtete sich ihr Bauch schlagartig. Von da an wusste sie: Mein Baby kann hören.

Messira war fest davon überzeugt, dass sie auch empathisch mit dem Kind verbunden war. Es nahm Anteil an den Gefühlen, die sie bewegten, denn diese wurden ja auch durch Hormone gesteuert. Es spürte ihre Gelassenheit genauso wie ihre Liebe oder ihre Erregung. Ja sogar die unterschwelligen Gefühle, die sie selbst manchmal nicht in der Lage war, zu erkennen, wurden durch seine feinen Antennen besser und lange vor ihr erkannt.

Manchmal wurde sie abrupt aus ihren Träumen geweckt, dann spürte sie, dass das Kind ihr etwas mitteilen wollte. Wenn sie Nico davon erzählte, schüttelte der den Kopf und sagte: »Du musst dich entspannen.«

Als Arzt hätte er eigentlich wissen müssen, dass ihr Kind sehen, hören, erleben, schmecken und sogar lernen konnte. Am wichtigsten aber war, dass es schon zu fühlen vermochte und ein Erinnerungsvermögen hatte. Ab dem Augenblick seiner Zeugung wurden alle positiven aber auch traumatischen Ereignisse von diesem System gespeichert.

Messira bedauerte, dass sie ihr Kind erst so spät wahrgenommen hatte. Aber vielleicht verhielt es sich ja so, dass das Kind nicht gewollt hatte, dass sie seine Existenz so früh bemerkte. Wer konnte das schon wissen? Mit absoluter Sicherheit aber wusste sie, dass sie ihr Kind positiv beeinflussen konnte. Streng genommen waren sie ja noch ein Wesen, so lange sie mit der Nabelschnur verbunden waren.

Ein Wunder war diese Schwangerschaft und ein Geheimnis, das Außenstehenden den Einblick verwehrte. Selbst ihr, die sie ja unmittelbar beteiligt war, wurde nur ein Bruchteil von dem offenbart, was in ihrem Körper vor sich ging. Das Geheimnis um die Menschwerdung und Entwicklung des Lebens aber, war sie nicht in der Lage, zu entschlüsseln. Das fand quasi hinter der »verschlossenen Tür« ihres Bauches statt.

Ein Triumph der Schöpfung! Da konnten sich die Genetiker noch so sehr abstrampeln, nie würden sie dieses Rätsel entschlüsseln.

Anfang Oktober startete eine weitere Expedition zur Küste. Die Männer nahmen ein neues Mitglied in die Crew auf. Malcolm sollte Cheng ersetzen.

Malcolm war Mitte Fünfzig und von hagerer Gestalt. Sein strähniges langes Haar erinnerte entfernt an eine Garbe Stroh. Seine Augen standen etwas aus den Höhlen hervor und gaben ihm einen immer überraschten Gesichtsausdruck. Viele kleine Fältchen breiteten sich in dem knochigen Gesicht aus, um die herum die Haut gebräunt war. Das machte den

Eindruck, als wenn Sonnenstrahlen durch ein Gitter brachen. Er trug einen alten von der Sonne ausgeblichenen Strohhut. Wer ihn von Ferne sah, konnte ihn mit einer Vogelscheuche verwechseln. Diesen Eindruck vermittelte auch sein Gang. Beim Laufen schlenkerte er mit seinen langen dünnen Beinen linkisch hin und her, während seine Arme im Takt auf und nieder wippten. Seine viel zu kurzen Hosen, die an Hosenträgern über einem karierten Hemd festgenagelt waren, unterstrichen diesen Eindruck noch zusätzlich. Er war eine Seele von einem Menschen und konnte keiner Fliege etwas zuleide tun.
Die Crew hatte ihn ausgewählt, weil er wie Willi Fischer war.
»Hättet ihr das nur früher getan«, freute er sich. »Mir wäre es nie eingefallen, bei diesem Sturm auf den Mast zu klettern. So wäre dem armen Cheng der Tod erspart geblieben.«
»Er hat es ja nicht mal bis zum Mast geschafft«, widersprach Willi. »Der Sturm hat ihn gleich nach dem Aufstehen von Bord gefegt.«
Aber so sehr sie den tragischen Tod von Cheng auch bedauerten, es ließ sich nichts mehr daran ändern. Sie konnten sich nur vornehmen, in Zukunft noch vorsichtiger zu sein. Shakir hatte sie sonst, was das Wetter anbetraf, immer gut beraten. Er wusste selbst nicht, warum er an diesem Tage versagt hatte. Aber die Natur war eben unberechenbar.
Natürlich hatte Chengs Tod auch Ängste bei den Hinterbliebenen ausgelöst. Die Frauen trennten sich dieses Mal nicht so leicht von ihren Männern.
»Ich verspreche hoch und heilig, dass ich wiederkomme«, sagte Willi und hob zum Zeichen, dass es ihm ernst war seine Hand zum Schwur.
Silvia wusste, dass sie ihn gehenlassen musste. Wieder einmal hieß es eins zu null für den Kopf und das Herz musste sich dem unterordnen.

Messira nutzte die Zeit, die ihr bis zur Geburt noch verblieb, um ihre Bücherei weiter auszubauen. In den letzten Wochen waren einige neue Bücher dazugekommen. Sie las im Moment sehr viel über Schwangerschaft und Geburt.
Heute besuchte sie Silvia. Der kleine Cheng war nun schon ein halbes Jahr alt.
»Wie kommst du zurecht?«, fragte Messira.
Silvia blickte auf den Kleinen herab, der auf dem Fußboden lag. »Gut«, sagte sie. »Cheng ist unser Sonnenschein.«
Cheng lag auf dem Bauch, hielt ein Stück Holz in seiner Hand. Willi hatte es blank gehobelt, dass der Kleine sich keinen Splitter einreißen konnte. Er betrachtete das Spielzeug von allen Seiten, dann steckte er es in den Mund. Dabei sabberte er ein wenig. Silvia streichelte über seinen Kopf. Bei der Berührung strampelte er freudig mit den Beinchen und gluckste vor Vergnügen.

»Er schläft nachts durch und ist auch sonst ein freundliches Kind.« Als sie dies gesagt hatte, drehte Cheng sich auf den Rücken.
»Er kann sich schon drehen?«, wunderte sich Messira.
»Na klar, er ist sogar schon fleißig am Robben. Bald kann er krabbeln, dann ist nichts mehr vor ihm sicher«, lachte Silvia und nahm den Kleinen hoch.
»Darf ich ihn mal halten?«, fragte Messira und streckte verlangend ihre Arme nach Cheng aus.
Silvia gab ihr den Kleinen. Der hatte ein ganz schönes Gewicht. Auch machte sich schon seine Individualität bemerkbar. Da er sich bei der fremden Frau nicht so wohl fühlte, wie bei seiner Mama, streckte er seine kleinen Ärmchen bettelnd in Silvias Richtung aus und zappelte so lange, bis Messira ihn wieder zurückgab.
»Komisch!«, sagte sie. »Er hat überhaupt nicht geweint.«
»Glaub mir, er kann weinen. Aber er hat gelernt, sich auch anders bemerkbar zu machen, wenn er seinen Willen durchdrücken will. Warum so viel Energie vergeuden? Es hat doch auch so geklappt«, lachte Silvia und ließ den Kleinen auf ihrem Schoß schaukeln. Das gefiel ihm so gut, dass er sogleich wieder anfing zu glucksen. In Messiras Richtung warf er einen Blick, der wohl so viel bedeuten sollte wie: Pech gehabt!
»Ein schlaues Kerlchen«, brachte Messira über die Lippen.
Unwillkürlich wanderte ihre Rechte auf ihren Bauch. Ob ihr Kind mal genauso klug werden würde?
»Mach dir keine Gedanken«, sagte Silvia. »Ich habe mich während meiner Schwangerschaft viel mit Büchern beschäftigt. Wusstest du, dass ein Embryo schon mit acht Wochen auf Reize reagiert und dass er zwischen der zwanzigsten und vierundzwanzigsten Woche hören kann? Er trinkt auch schon etwas von deinem Fruchtwasser und kann Süß von Bitter unterscheiden. Hell und Dunkel kann er aber erst ab der achtundzwanzigsten Woche unterscheiden.«
»Ich weiß«, sagte Messira. »Und er ist schon ein richtiger Mensch mit Fingern und Zehen. Alles ist an ihm dran, nur das Fett fehlt noch.«
»Und die Lungen sind noch unreif«, ergänzte Silvia.

Als Messira heute nach Hause ging, war ihre Angst verflogen. Sie würde ein gesundes Kind zur Welt bringen, dessen war sie sich sicher. Immer wieder streichelte sie ihren Bauch und sagte zu dem Ungeborenen: »Tim oder Luise, bleib so lange wie möglich in Mamas Bauch und komm erst heraus, wenn du ganz fertig bist, das musst du Mama versprechen, ja!«
Sie wollte ihr Neugeborenes, wenn es ein Junge war, Tim – im Angedenken an Inas toten Sohn – nennen. Sollte es ein Mädchen werden, so hatte sie

den Namen ihrer verstorbenen Mutter – Luise – ausgesucht. Auf diese Weise konnte sie das Andenken an diese Menschen wahren.

*

David traf sich heute Nacht mit Margrit. In den letzten Wochen hatte die Bewegung Vertrauen zu ihm gefasst. Er nahm inzwischen an gemeinsamen Treffen teil und wusste mit Sicherheit, dass die Rebellen ihn brauchten. Als Elektroniker war er von großem Nutzen für sie. Nach einer kurzen Prüfung und einem Gespräch hatten sie ihn in die Organisation aufgenommen. Er war ganz sicher, dass das nur eine Formsache gewesen war. Sie konnten es sich nicht leisten, ihn gehenzulassen. Erstens wusste er schon zu viel und zweitens war seine Arbeitskraft zu wertvoll für sie.
Heute wartete ein Einsatz auf ihn, der sein ganzes Feingefühl als Elektroniker erforderte. Das Operationsgebiet war eine Fabrik für Energie-, Gebäude-, Kommunikations-, Informations- und Automatisierungstechnik, die am Stadtrand von Metropolis lag. Es handelte sich um ein alleinstehendes düsteres Gebäude aus den letzten Jahrhunderten.
Rote Backsteine gaben der Fassade ein solides Aussehen. So etwas sah man in der heutigen Zeit kaum mehr. Die Fabrik stand wahrscheinlich nur noch, weil sie so unverwüstlich war.
Auf der Mauer, die als Brüstung für die große Freitreppe diente, entdeckte er Spuren von Moos. Man stelle sich vor: Moos!
Die Treppenstufen hatten schon viele unterschiedliche Füße in ihrem Leben gesehen. Hier und da war der Stein etwas abgenutzt, an einigen Stellen zeigten sich sogar Risse, und die Kanten waren abgescheuert. Trotz dieser kleinen Schönheitsfehler schien die Treppe absolut sicher zu sein.
Ein großes hölzernes mit eisernen Beschlägen bewaffnetes Tor, verwehrte am Ende der Treppe dem Besucher den unbefugten Eintritt.
Das Gebäude war einstöckig. Es bestand nur aus einer riesigen Halle mit einem hoch heraus gebauten Keller, deshalb die zehnstufige Treppe, die bis zum Eingang an der Giebelseite führte. Es hatte ein Dach mit einem Neigungswinkel von zweiunddreißig Grad, das mit dunkelroten Dachpfannen gedeckt war, die ebenfalls Moos angesetzt hatten.
David zählte an der Längsseite des Gebäudes auf jeder Seite zehn hohe Rundbogenfenster, die aufgereiht wie schlanke Soldaten, dem Gemäuer einen ganz besonderen Reiz verliehen. Die Fenster standen sich auf beiden Seiten parallel gegenüber. Sie waren mit altertümlichen schmiedeeisernen Ziergittern versehen. Gesichert wurde das Gebäude zusätzlich durch eine moderne Alarmanlage, die David als erstes außer Betrieb setzen musste. Er benötigte dafür nur wenige Minuten, denn auf diesem Gebiet war er unschlagbar.

Margrit und er verschwanden in der großen langgestreckten Fabrikhalle. Sie diente heute hauptsächlich als Lagerstätte für elektronische Bauteile. Hier gab es alles, was das Herz eines Elektronikers höherschlagen ließ: Technik für Computer, Beleuchtung und Solaranlagen. Alles in hohen Regalen verstaut, die mitten im Raum standen. David wählte nur die besten Materialien aus, die er in den mitgebrachten Rucksäcken verstaute.
»Wozu braucht ihr das alles?«, fragte er neugierig.
Margrit bat ihn, sich zu gedulden. Er würde den Grund in absehbarer Zeit erfahren, meinte sie. Damit gab er sich vorerst zufrieden. Er wollte nicht das Vertrauen, das er bei Margrit genoss, durch seine Neugier auf die Probe stellen.
Beide verließen das düstere Gebäude auf demselben Weg, auf dem sie gekommen waren. Sie versuchten die Spuren ihres Einbruchs so gut wie möglich zu vertuschen. Wahrscheinlich merkte der Hausmeister nicht einmal, dass etwas fehlte. Am Ausgang setzte David das Überwachungssystem wieder in Gang. Ohne dass jemand sie sah, verließen sie mit voll bepackten Rucksäcken das Fabrikgelände.
»Deine Feuertaufe hast du bestanden«, lobte Margrit. Sie hatte Mühe, die vielen Kleinteile in ihrem Rucksack zu tragen, denn das Metall hatte ein ganz schönes Gewicht. David hingegen tat sich leicht. Er trug zu seinem Rucksack noch eine gefüllte Schultertasche. Sie trennten sich, um nicht mitten in der Nacht mit dem großen Gepäck aufzufallen. Auf Umwegen wollten sie sich schließlich wieder in der Zentrale treffen.
Das Stehlen der Geräte und elektronischen Teile hatten die Rebellen mittlerweile gut im Griff. Schwierigkeiten bereitete jedes Mal der Transport ins Hauptquartier und das Verteilen in die Container, die es dann nach Afrika brachten. Das konnte nur in kleinen Mengen geschehen, denn niemand wusste, ob die Regierung nicht auf die Idee kam, auch das Gepäck ihrer Bürger zu kontrollieren. Wenn sie dann endlich den Container, der von einem ihrer Mitarbeiter mit Material für die Farm in Africa-australis beladen wurde, erreicht hatten, atmeten sie erleichtert auf. Das Schlimmste war dann schon überstanden.

Am frühen Morgen traf David im Hauptquartier der Rebellen ein. Margrit war schon dort. Wie die das so schnell geschafft hatte? Man nahm ihm die Geräte ab und wollte ihn freundlich verabschieden. Doch David dachte nicht daran, zu gehen.
»Ich sitze mit euch in einem Boot«, wagte er zu sagen. »Da kann ich wohl verlangen, dass ihr mich über die Aktion aufklärt.«
Margrit wechselte einen Blick mit den anderen, dann sagte sie: »Es geht nicht gegen dich, David. Wir wollen uns und dich schützen. Je weniger Menschen von unserer Aktion wissen, desto sicherer sind alle.«

»Quatsch!«, schrie er ungehalten und sein Blick drückte aus, was er von Margrits Worten hielt. »Etwas Großes passiert hier. Ich habe euch beobachtet, wie ihr Leichen verschwinden lasst, von denen ich glaube, dass sie nicht tot sind. Wo bringt ihr die hin? Gibt es einen Zufluchtsort? Kann man diesem unmenschlichen System entfliehen?«
Margrit fasste ihn vertraulich am Arm und führte ihn in den Nebenraum, wo sie sich leise weiter mit ihm unterhielt.
»Ich weiß, du bist ungeduldig, aber solange wir nicht die Motive kennen, die dich bewogen haben, bei uns einzutreten, so lange kannst du nicht von uns erwarten, dass wir dir Auskunft über Dinge geben, die unsere Existenz kosten könnten, wenn sie in falsche Hände geraten.«
Er schüttelte sie ab. Auch wenn sie jetzt so vertraulich tat, wusste er genau, dass er ihr egal war.
»Mein Motiv ist Messira«, sagte er und sein Gesichtsausdruck verriet Wut und Trauer. »Sie ist nicht tot. Das fühle ich.« Er griff an sein Herz, um seine Worte zu unterstreichen. »Sie lebt irgendwo hier im Untergrund. Ich muss zu ihr.«
Aber als er das gesagt hatte, wusste er im selben Augenblick, dass es klüger gewesen wäre, den Mund zu halten. Er musste sich das Vertrauen der Rebellen Stück für Stück erkämpfen, sonst würde er Messira wohl nie wiedersehen.
Margrit sah ihn enttäuscht an. »Was würdest du an meiner Stelle tun?«, fragte sie. »Ich verspreche dir, dass ich darüber nachdenke, okay?«
Er gab sich vorerst damit zufrieden. Um einen guten Eindruck zu hinterlassen und die Rebellen – speziell Margrit – doch noch weichzukochen, beteiligte er sich in den nächsten Wochen immer wieder an waghalsigen Aktionen, nur um sich Achtung bei ihnen zu verschaffen.

Seine Rechnung ging auf. Anfang Oktober bat Margrit ihn zu sich.
»Was verbindet dich mit Messira?«, wollte sie wissen.
»Sie ist mein Leben«, antwortete er hastig. »Seit fast vierzehn Jahren ist sie meine Geliebte.«
Margrit glaubte es besser zu wissen, aber sie sagte stattdessen: »Wenn ich dir erzählte, dass es einen Weg gäbe, sie wiederzusehen, was würdest du tun?«
»Alles!« Seine Finger zitterten vor Erregung bei dem Gedanken, die Geliebte bald wiederzusehen.
»Wie stehst du zu unserer Bewegung«, lautete Margrits nächste Frage.
»Ich bewundere das, was ihr tut«, gestand er ehrlich. »Aber wäre Messira nicht bei euch, wie ich vermute, würde ich niemals zu euch wollen.«
»Ich schätze deine Ehrlichkeit und deshalb glaube ich dir«, sagte Margrit »Ich hätte mich gewundert, wenn du was anderes gesagt hättest.«

Er merkte, dass sie noch mit sich kämpfte. Die Wahrheit kam ihr nicht leicht über die Lippen, deshalb war er bemüht, ihr Brücken zu bauen, bis sie schließlich nachgab und ihm offenbarte, was es mit den vermeintlichen Leichen auf sich hatte.
»Genial!«, lobte er. Das war also der Weg in die Freiheit und sein Weg zu Messira. »Wenn das der Preis ist, bin ich bereit, ihn zu bezahlen«, fügte er hinzu.

Am 14. Oktober ging David in die Klinik, um sich den Chip entfernen zu lassen und ins Outback überzusiedeln. Er fieberte dem Eingriff förmlich entgegen und begab sich euphorisch in die Hand des Chirurgen. Nicht wissend, wie sein Schicksal weiter verlaufen würde, wagte er nicht, daran zu denken, dass etwas schiefgehen könnte. Er vertraute fest auf die Kunst der Ärzte und hoffte, dass er bald wieder seine Delia im Arm halten durfte, denn dass er die OP überlebte, stand für ihn außer Frage.
Immer öfter tauchte seit ihrem Verschwinden ihr Bild vor ihm auf – die tiefgründigen Augen, die leuchteten wie Smaragde oder auch wie ein tiefer Bergsee, in dem sich die grüne Ufervegetation spiegelte, das engelsgleiche bleiche Gesicht mit den kupferroten vollen Locken, die zarte Gestalt, die süße Stimme, der feine Geruch nach Vanille, der sie immer umgab.
Er spürte, dass er süchtig war nach ihr. Nie hätte er geglaubt, dass eine Frau sein ganzes Leben so steuern konnte. Manchmal glaubte er, dass er nur lebte, um sie zu lieben. Er war fest davon überzeugt, dass er sie wiedersehen musste, weil es eben seine Bestimmung war. Er hatte eine Vorahnung, dass sie beide etwas Großes vollbringen mussten und dass er deshalb die verdammte Pflicht hatte, sie zu suchen und zu finden.
An all das dachte er in dem Moment, als der Arzt die Nadel ansetzte. Er sah Messira so real vor sich, als stünde sie leibhaftig neben ihm. Mehr noch: Als die Nadel in seine Vene fuhr, intensivierte sich seine Vorstellung noch. Er spürte ihre warme weiche Haut, in die er eintauchte, ihre Arme, die ihn innig umschlangen, ihre festen kleinen Brüste, die sich beim Atmen hoben und senkten, hörte ihr lustvolles Stöhnen und das erleichterte Aufatmen, wenn es vorbei war, und er spürte eine Welle der Ekstase durch seinen Körper gleiten. Während das Gift in ihn hineinfuhr, empfing er diese Chemikalie mit der Bereitschaft eines Liebenden, der die Geliebte mit jeder Faser seines Körpers spürt und als es sich in all seinen Zellen verteilte, schloss er die Augen in banger Vorfreude auf das, was kommen würde. Den blauen Schmetterling hatte er sich mit einem Band an seinem Handgelenk festgebunden und hielt ihn zusätzlich fest in seiner geballten rechten Faust.

*

Er erwachte in einem dämmerigen Raum. Es roch nach Alkohol und Verbandmaterial. Er lag auf einer Liege, die hart und weich zugleich war. Die Matratze gab an einigen Stellen etwas nach, an anderen schien sie fester zu sein. Es raschelte ein wenig, als er sich bewegte. Unter dem weißen Laken spürte er feste Fasern. Wahrscheinlich war sie mit Stroh gefüllt. Es roch nach Holz, nach frischen Laken und Desinfektionsmitteln.
Er wollte aufstehen, spürte aber, dass sein rechter Arm an einen Tropf angeschlossen war, der unablässig seinen Inhalt in eine seiner Venen pumpte. Er fühlte sich matt, aber nicht krank. Als er an seinen linken Oberarm tastete, bemerkte er den festen Verband. Sie hatten es also getan. Er war nun ein Niemand und nicht länger mehr Marionette dieses Staates. Seine Wiedergeburt konnte beginnen.
Im Hintergrund hörte er leise Stimmen. Aber so sehr er sich auch anstrengte, seine Augen schafften es nicht, die Dunkelheit zu durchdringen. Seine Zunge war noch etwas pelzig und sein Mund trocken. Das Sprechen fiel ihm schwer, aber irgendwie gelang es ihm, sich bemerkbar zu machen.
Es klang wie ein heiseres Flüstern, als er sagte: »Ich habe Durst.«
Sogleich kam eine Frau in einer Schwesterntracht an sein Bett.
»Du bist wach?«, fragte sie freundlich. »Wie geht es dir?«
David wunderte sich nicht über ihren familiären Ton. Schon als er bei den Rebellen eingestiegen war, hatte er bemerkt, dass alle untereinander sich duzten wie Brüder und Schwestern.
»Ich habe Durst«, wiederholte er noch einmal, nicht lauter, aber eindringlicher.
Die Schwester zuckte bedauernd die Achseln.
»Tut mir leid. Erst muss ich Sara fragen. Vorerst darf ich dir nichts geben.«
Sie verschwand im Hintergrund aus einer Tür. Es dauerte eine Weile, bis er wieder Schritte vernahm. Die Schritte gehörten zu einer zierlichen Person, wie er an dem leisen rhythmischen Auftreten unschwer erkennen konnte. Eine junge Frau beugte sich über ihn. Dunkelblondes gewelltes Haar fiel ihr bis zum Kinn herab. Es war in der Mitte gescheitelt und wurde von zwei Spangen gehalten.
Die Spangen erinnerten David an Messira. Die Frau verströmte einen Geruch, der entfernt an Rosen erinnerte. David atmete diesen süßen Duft ein. Auch er erinnerte ihn an Messira. Wasserblaue Augen schauten ihn freundlich an. Die Haut der Frau war fast so hell wie die von Messira. Auf dem Nasenrücken tummelten sich winzige Sommersprossen.
Es kostete David einige Mühe, seine rechte Hand zu öffnen, die er während des gesamten Eingriffs krampfhaft geschlossen gehalten hatte. Da lag sie – geschützt wie in einem Nest – Messiras Haarspange. Der blaue Schmetterling mit den glänzenden Strasssteinen war nicht nur eine

Erinnerung an seine Geliebte, sondern gleichzeitig ein Symbol für Freiheit und Leichtigkeit.
Er freute sich, dass niemand ihm die Spange abgenommen hatte. Auch wenn Messira im Laufe ihres Lebens schon viele Haarspangen benutzt hatte, um ihr widerspenstiges Haar im Zaum zu halten, so war das die einzige, die ihr etwas bedeutet hatte, da sie ein Geschenk ihres verstorbenen Vaters gewesen war.
Während ihrer Zeit in Argentina, die wohl die glücklichste in seinem Leben gewesen war, hatte sie ihm diese Spange als Pfand für ihre Liebe geschenkt.
»Damit du weißt, dass wir zusammengehören«, hatte sie gesagt und ihm den kleinen Wolf gezeigt, den sie ebenfalls von ihrem Vater erhalten hatte. »Du bist der Wolf, ich der Schmetterling. Einer kann ohne den anderen nicht sein. Solange wir diese beiden Andenken haben, lebt unsere Liebe.«
»Was hast du da?«, fragte die junge Frau interessiert. »Ein Andenken?«
»Ja«, flüsterte er. »Ein Andenken an meine Geliebte.«
»Dann gib gut Acht darauf.«
Die Frau befestigte eine Manschette an seinem linken Oberarm, pumpte diese mit Luft auf und hörte erst damit auf, als der Druck unangenehm wurde. Danach steckte sie sich beide Stöpsel ihres Stethoskops in die Ohren, drückte die Membran in seine Armbeuge und drehte an einem kleinen Rädchen, bis die Luft entwich.
David – fasziniert von dem Schauspiel – gab keinen Laut von sich. Die Stöpsel im Ohr und die Membran in seiner Armbeuge, lauschte die Ärztin. Als die Luft ganz aus der Manschette gewichen war, zog sie die zierlichen hellen Augenbrauen hoch, nahm das Stethoskop aus den Ohren, entfernte die Manschette von Davids Oberarm und sagte: »Dein Blutdruck ist sehr niedrig. Du solltest auf jeden Fall noch liegen bleiben. Trinken darfst du.«
»Ich will Messira sehen«, sagte David aufgebracht und drückte die Spange in der Hand so fest, dass sie in sein Fleisch schnitt.
»Vorerst darf niemand zu dir. Du hast einen Eingriff hinter dir, der deine ganze Kraft aufgebraucht hat. Du musst dich richtig ausschlafen. Morgen früh sehen wir weiter«, sagte Sara sehr bestimmt, sodass David nicht wagte, zu widersprechen, dann verließ sie den Raum.
Die Schwester kam mit einem Glas Wasser, das er ihr gierig aus der Hand riss, danach verlangte er noch ein weiteres.
»Sara kommt in drei Stunden und schaut noch mal nach dir«, sagte die Schwester. Mit Sara meinte sie wohl die hübsche Ärztin, die ihn vorhin untersucht hatte. Davids Blick wanderte zu seinem Tropf, die Flasche war zur Hälfte durchgelaufen.
Er verspürte Langeweile. Ein Gefühl, das er nicht kannte. Einerseits war er zu matt, um aufzustehen, andererseits war die Neugier, Messira zu sehen so

groß, dass er Mühe hatte, den Anweisungen der Ärztin zu folgen. Also gut, wenn sie meinte, würde er ihr den Gefallen tun und hier noch drei Stunden ausharren.
Sein Blick wanderte erneut im Zimmer umher, dieses Mal aber gründlicher. Es schien, als wäre er in einem primitiven Buschkrankenhaus gelandet. Jede Menge Regale und Schränke an den Wänden – alles aus rohem Holz. In der Liege erkannte David das Modell, das auch in den Krankenhäusern der Republik benutzt wurde. Wahrscheinlich hatten sie die in Einzelteilen hierher transportiert, vermutete er. Er konnte auch, wenn er sich ganz zur Seite drehte, ein Stück des Fußbodens sehen. Der bestand ebenfalls aus rohen Holzbohlen. Vermutlich war das Krankenhaus eine bessere Blockhütte. Noch immer konnte er wegen des Dämmerlichts die Tür nur schemenhaft erkennen.
Vor den Fenstern waren, wohl aus Temperaturgründen, die Fensterläden geschlossen. Deshalb empfand er das Klima hier im Raum, wenn auch nicht voll klimatisiert, so doch erträglich. Er wurde schläfrig. Ein wenig die Augen schließen und sich ausruhen, wie ihm die Ärztin geraten hatte, konnte nicht von Schaden sein. Über diesen Gedanken schlief er ein.
Im Traum sah er sich gemeinsam mit Messira einen Weg entlanglaufen. Sie hielten sich an den Händen. Vor ihnen tat sich ein riesiger Abgrund auf. Ängstlich schaute Messira zu ihm auf und klammerte sich noch fester an ihn. Ein erregendes Gefühl der Überlegenheit machte sich in ihm breit. Messira suchte Schutz bei ihm. Sonst kapitulierte sie so gut wie nie vor etwas. Vielleicht ganz am Anfang ihrer Beziehung! Aber diese Hilflosigkeit hatte sie lange abgelegt.
Plötzlich riss sie sich von ihm los und lief davon. Er wollte hinter ihr herlaufen, aber seine Füße klebten am Boden als wären sie angeschweißt. Daraufhin rief er ein paar Male ihren Namen. Keine Antwort. Dann verschwamm das Bild, und er dämmerte in eine zweite noch unruhigere Schlafphase hinein.

Am nächsten Morgen gegen sechs Uhr wachte er auf. Er fühlte sich ausgeruht. Sara stand an seinem Bett und kontrollierte wie gestern seinen Blutdruck.
»Schon besser«, nickte sie zufrieden.
»Wie lange habe ich geschlafen?«, wollte er wissen.
»Sechzehn Stunden«, meinte sie und fühlte seinen Puls.
Das tat sie auf eine ganz altmodische Art, nämlich mit einer winzigen Sanduhr, die auf dem Nachttisch stand. Es gab zwar Solaruhren an den Wänden des Krankenhauses, Sara aber verließ sich lieber auf ihre Erfahrung.

»Du darfst am Nachmittag das Bett verlassen. Baruti, unser Bürgermeister wird dich im Dorf herumführen. Vorher möchte ich dich nicht draußen sehen.«
Sie entfernte die Nadel des Tropfes aus seiner Vene und legte einen Verband an. Diesen Augenblick nutzte David. Er packte sie hart am Arm und zwang sie, ihn anzusehen.
»Wo … ist … Messira?«, dehnte er die Worte und seine Augen blitzten gefährlich auf. »Ich will sie jetzt sehen. Sofort!«
»Ist gut, ich geh‘ sie holen«, sagte Sara, »aber lass meinen Arm los. Du tust mir weh.«
Augenblicklich ließ er von ihr ab. Sie entfernte sich. Die Minuten dehnten sich wie ein Gummiband, das auseinander gezogen wird. Er hatte das Gefühl, als warte er schon ewig.
Endlich ging die Tür auf und zwei Personen betraten den Raum.
Sie standen im Gegenlicht, sodass er ihre Gesichter nicht erkennen konnte. Eine von ihnen musste aber Messira sein. Er erkannte sie an ihrem Gang und an dem Geruch nach Vanille, der urplötzlich den gesamten Raum ausfüllte.
Seine Nase hatte ihn nicht getäuscht. Es war Messira.
Beide Frauen näherten sich ihm. Sara ging voran und verdeckte Messiras Gestalt. Sie blieben stehen und Messira setzte sich hinter Sara auf einen bereitgestellten Stuhl. Sie hatte ein Geschenk vor sich auf dem Schoß liegen, eine Decke oder so was ähnliches.
Diese Decke nahm ihm die Sicht auf ihre Gestalt.
»Messira!«, brach es aus ihm heraus. »Ich wusste, dass du noch lebst. Ich habe es gefühlt.«
Seine Augen saugten sich förmlich an ihrem ebenmäßigen Gesicht fest. Auch sie hatten Messira erkannt. Sie leuchteten hell wie zwei Sterne.
Messira rührte sich nicht von der Stelle. Sie schien ihm so fern. Hörte sie ihn nicht?
»Ich bin's«, rief er noch einmal in banger Sorge. »Was hast du, Geliebte?«
Da endlich fand sie ihre Sprache wieder.
»Ich weiß«, sagte sie und ein Schauer lief ihm den Rücken hinunter. Diese Stimme! So lange hatte er sich nach dieser sanften Stimme gesehnt, und seine Ohren lauschten dem süßen Klang.
»Was ist los?«, fragte er. »Du bist so unnahbar, so fremd.«
»Ich muss dir was sagen«, lächelte sie gequält und ihr Gesicht drückte die ganze Tragik aus, in der sie sich befand.
Das war das dritte Mal, dass sie ein Gespräch mit ihm so begann: Ich muss dir was sagen! Wir müssen reden!
»Was ist los mit dir?«, fragte er und fürchtete sich mehr vor ihrer Antwort, als er sich eingestehen wollte. Aber er schob die Bedenken zur Seite. »Fang

nicht wieder mit dem anderen Mann an.« Es sollte locker klingen. Die Worte aber blieben ihm fast im Halse stecken. Nicht ahnend, was sie ihm offenbaren wollte, fügte er etwas gefestigter hinzu: »Das glaube ich dir sowieso nicht.«

Er machte Anstalten, die Liege zu verlassen.

Sara hielt ihn im letzten Augenblick zurück.

Warum saß Messira so weit von ihm entfernt? Warum fiel sie ihm nicht um den Hals?

Nach einer viel zu langen Pause sagte sie: »Ja, es stimmt, damals gab es noch niemanden, nur eine unerreichbare Liebe. Ich hatte das nur gesagt, damit dir der Abschied leichter fiel.«

Schon wollte er sie unterbrechen, da fuhr sie hastig fort: »Es ist etwas anderes passiert. Hier im Outback habe ich meine alte Liebe wiedergefunden, mit der ich vor Jahren eine einzige Nacht verbrachte.«

Sie dachte an den 17. Juli, den Tag, an dem ihr Margrit eröffnet hatte, dass David ins Outback wollte, und die Hitze stieg in ihren Kopf. Sie durfte nie wieder zulassen, dass ihre Gefühle oder ihre Lust so mächtig wurden, dass sie von ihnen völlig beherrscht wurde. Sie musste sich von David distanzieren, besonders jetzt, wo er hier mit ihr auf engstem Raum zusammenlebte.

Ein Ruck ging durch ihre Gestalt.

Sie schaute ihm fest in die Augen. Auch als er mit einem Blick zurückschaute, der ihr das Blut in den Adern gefrieren ließ, wich sie seinem Blick nicht aus. Es gab nichts mehr zu verschweigen, deshalb stand sie auf, um ihm das Geschenk zu überreichen, an dem sie seit dem 17. Juli gearbeitet hatte, um sich abzulenken von Erinnerungen, die nicht sein durften, die endgültig zu ihrer Vergangenheit gehörten.

Es war eine von ihr handgewebte Decke. Die Decke leuchtete in allen Farben des Regenbogens. Sie wusste, dass er die hier in den kalten Nächten gut gebrauchen konnte. Es war ein kleines Dankeschön dafür, dass es ihn gab, mehr nicht.

David verstand nicht. Erst starrte er die Decke an, dann Messira und suchte verzweifelt nach Worten.

Als sie ihn so fragend und enttäuscht vor sich sah, so hilflos und nach Worten suchend, fiel ihr die Decke auf den Boden. Sie hob sie auf, und da sah er ihren Bauch.

»Was … was ist das? Du bist schwanger?«, hörte sie ihn ungläubig stammeln.

GEWITTER

Wie oft müssen wir erleben, dass nur die Konfrontation mit dem Schmerzlichen, dem Unausweichlichen dazu führt, dass unsere Seele gereinigt wird.
Zu einem Gewitter kann es nur kommen, wenn warme und feuchte Luftmassen sehr schnell in hohe und kalte Bereiche der Luft gerissen werden. Dann türmen sich riesige Wolkenberge auf, die bis zu zehn Kilometern hoch werden können. Als typische Gewitterwolken gelten die so genannten Haufenwolken. In einer Gewitterwolke werden die Partikel durch starke Auf- und Abwinde durcheinander gewirbelt und prallen zusammen. Durch den Zusammenprall werden sie elektrisch aufgeladen. Die kleinen und leichteren sind überwiegend positiv geladene Teilchen, die sich am oberen Ende der Wolke sammeln. Umgekehrt verhält es sich mit den schweren, negativ geladenen Partikeln, die sich im unteren Teil sammeln. So baut sich innerhalb der Wolke und der Erde ein Spannungsfeld von einigen Millionen Volt auf, dieses entlädt sich dann durch einen »Kurzschluss«, den wir als Blitz wahrnehmen. Die Luft erhitzt sich dabei sehr stark und verdrängt schlagartig die kühlere Luft neben sich. Durch diese heftige Bewegung entsteht der Donner. Blitz und Donner erfolgen gleichzeitig, da das Licht aber schneller ist als der Schall, hören wir den Donner erst viel später. In drei Sekunden legt der Schall etwa einen Kilometer zurück. Die Entfernung eines Gewitters lässt sich also berechnen, indem man die Sekunden zwischen Blitz und Donner durch die Zahl drei teilt. Diese Zahl gibt in Kilometern die Entfernung des Gewitters an.
Ein Gewitter zerstört. Ein Gewitter folgt immer auf einen aussichtslosen Zustand. Die geballte Energie entlädt sich in Sekundenschnelle. Nach einem Gewitter riecht die feuchte Luft nach Stickoxiden. Es ist fast so wie nach einem Waschtag. Die Atmosphäre hat sich gereinigt. Der Grund für die Zusammenballung der Wolken ist verflogen. Ein Neuanfang kann gewagt werden.

***

In seinem Kopf ging alles durcheinander.
Schwangerschaft?
Unmöglich!
Messira war sterilisiert!
Ein anderer Mann?
Wieso?
Er gehörte doch zu ihr.
Niemals!
»Ja, ich bekomme ein Kind von Nico, meinem Mann.«
Hörte er sie wie aus einem Paralleluniversum sagen.

Er hatte den Eindruck, dass sie nur aufgestanden war, um ihren Bauch zu zeigen, denn kaum hatte sie das gesagt, setzte sie sich wieder.
»Ich habe Nico während meines Studiums kennengelernt und mich sofort in ihn verliebt.«
Es klang wie eine Entschuldigung. »Du erinnerst dich? Wir hatten uns geschworen, dass wir uns gegenseitig respektieren, aber keinen Anspruch aufeinander haben wollten.«
In Davids Augen stand blanke Wut, die er nicht verbergen konnte, so sehr er sich auch anstrengte.
Messira erschrak. Also traf es ihn mehr, als sie gedacht hatte.
Verzweifelt suchte er nach Worten, begab sich in eine Verteidigungsposition. Das war ganz schlecht, denn so konnte er nur verlieren.
»Ich dachte, das hätte sich mit den Jahren geändert?«, brachte er schließlich mühsam hervor.
Seine Stimme vibrierte leicht, was aber nur sie bemerkte.
»Wieso hast du mir vorgespielt, dass ich der einzige in deinem Leben bin?«
War er das, der das eben gesagt hatte? Er zweifelte daran. Als ob sie das nach ihrem Geständnis jetzt noch interessierte. Hatte sie je mehr für ihn empfunden als Lust? Wahrscheinlich nicht. Brachte er sie nicht in Verlegenheit mit seiner Bettelei um Aufmerksamkeit? Und obwohl ihm klar war, dass er verloren hatte, wartete er wie ein Ertrinkender auf den Rettungsring, den sie ihm zuwarf.
»Das warst du auch. Es gab nur dich.« Sie hätte sich das gern erspart? Schuldbewusst wich sie seinem Blick aus. »Ich hatte mit Nico nur eine einzige Nacht. Du kennst mich und weißt, dass ich bindungsunfähig war. All die Jahre habe ich nichts mehr von ihm gehört. Ausgerechnet hier im Outback lief er mir wieder über den Weg. Da hat es zum zweiten Mal zwischen uns gefunkt.«
Gefunkt? Aber richtig, wie man sah.
Davids Blick saugte sich an ihrem Bauch fest. Wie gern wäre er der Vater ihres Kindes gewesen.
»Und das soll ich glauben?«
Sein Mund verzog sich zu einer hässlichen Grimasse.
Was verlangte sie von ihm? Er war hierhergekommen, hatte sein altes Leben für sie weggeworfen und musste feststellen, dass er in all den Jahren nur ein Spielzeug für sie gewesen war, das gerade mal dazu taugte, ihre Triebe zu befriedigen.
Ein Ersatzmann! Ein Lückenfüller, weil sie den nicht haben konnte, den sie in Wirklichkeit liebte.
»Wie lange geht das schon zwischen euch? Wie lange macht ihr euch heimlich lustig über den einfältigen David?«

Er war verbittert. Das machte ihn ungerecht.
Kannte er sie nicht? Wie konnte er ihr so etwas unterstellen? War seine Liebe zu ihr nur gespielt? Oder war sie so schwach, dass sie nicht einmal ein ehrliches Geständnis von ihr verkraften konnte? Wollte er ihr die Schuld dafür geben, dass sie immer mit offenen Karten gespielt hatte?
»Das glaubst du von mir?« Sie griff nach seiner Hand, die er vehement zurückzog. »Ich liebte dich, und in gewissem Sinne liebe ich dich noch heute, nur anders als Nico.«
»Worte, nichts als Worte«, schrie er mitten in das Gesicht, das er jede Nacht in seinen Träumen gesehen hatte. Es war ihm plötzlich fremd geworden. Tränen der Wut und Verzweiflung standen in seinen Augen. »Endlich gehen mir die Augen auf, und ich sehe, wie du wirklich bist.«
Er hob seine Hand, als ob er ihr ins Gesicht schlagen wollte, besann sich aber und ließ sie wieder sinken.
»Du bist hässlich, hässlich, hässlich! Geh!«, schrie er seinen ganzen Zorn heraus. »Ich will dich nicht mehr sehen.« Sein Stolz war verletzt. Ohne ein weiteres Wort drehte er sich um und starrte die Wand an.
Was sollte sie tun?
Was war das Beste für ihn?
Sie dachte im Moment nur an ihn, nicht an sich. Sie wollte ihm Gelegenheit geben, alles in Ruhe noch einmal zu überdenken. Also tat sie, was er von ihr verlangte.
»Wenn du reden willst! Jederzeit!«, sagte sie noch, bevor sie den Raum verließ.
Warum gab sie ihn so schnell auf? Rachegedanken vernebelten seinen Sinn. Einerseits wollte er, dass sie ging, aber im Stillen hatte er gehofft, dass sie es nicht tun würde.
Wahrscheinlich hatte sie kein Interesse mehr an ihm und sein Wert war bei ihr auf null gesunken. Wie sonst war es zu erklären, dass sie nicht versuchte, ihn vom Gegenteil zu überzeugen?
Sara blieb erschüttert zurück.
»Ich denke, es ist noch nicht alles gesagt zwischen euch, aber für heute reicht es. Ich gebe dir ein leichtes Beruhigungsmittel, dann kannst du noch ein bis zwei Stunden schlafen, bevor du aufstehst.«
Sie ging zum Regal, um eine Spritze zu holen, doch als sie ihm die in die Vene injizieren wollte, griff er nach ihrem Arm und hielt ihn so fest, als hätte er ihn in einen Schraubstock gespannt.
»Ich brauche das Zeug nicht. Ich bin nicht krank, nur wütend. Und meine Wut will ich behalten. Ich hab' ein verdammtes Recht darauf. Und geschlafen habe ich lange genug«, sagte er verbittert und meinte damit nicht nur die gestrige Nacht.

Sara musste ihm zustimmen. Es war besser, die Wut herauszulassen. Es schadete ja niemandem. Im Gegenteil, es befreite ihn sicher von einem großen Druck. Sie mochte nicht in seiner Haut stecken. Die Geliebte, die er vergötterte, erwartete ein Kind von einem anderen. Er musste sich doch vorkommen wie jemand, mit dem man nur aus reinem Vergnügen seine Spielchen getrieben hatte. Was hatte er alles für diese Frau aufgegeben?
Sara ließ die Spritze sinken, woraufhin er ihren Arm freigab.
»Wenn du meinst. Aber ich kann dir nur raten, das Gespräch mit Messira fortzusetzen. So könnt ihr nicht auseinandergehen. Ich sehe in zwei Stunden noch einmal nach dir.«
Sie ließ ihn allein mit seinen Gedanken, die an ihm nagten wie Ratten an einem Kadaver: Messira die Frau eines anderen? Sie bekam ein Kind von ihm. Was für ein Idiot war er gewesen? Wie hatte er glauben können, dass diese Frau ihn liebt? Sollte alles nur eine einzige große Lüge gewesen sein?
Wut wucherte in ihm wie eine Krebsgeschwulst. Wut auf sich selbst. Wut auf Messira. Wut auf den verhassten Nebenbuhler. Was hatte der, was er nicht hatte? Wofür hatte er gekämpft und diese Strapazen auf sich genommen, um zu erfahren, dass er abgeblitzt war? Und er hatte Messira auf ein Podest gestellt wie eine Heilige. Wäre er doch nur nicht hierhergekommen, dann stünde sie noch immer dort oben und er könnte sie vergöttern.
Die Wut gab ihm Kraft. Er wusste jetzt, was er tun musste. Langsam erhob er sich von seiner Liege. Der Raum schien sich zu drehen.
Saß er in einer Zentrifuge?
Nimm dich zusammen, dachte er und zwang sich, ein paar Schritte zu gehen. Sein Kreislauf schien sich zu stabilisieren. Er tastete sich vor bis zur Tür, immer weiter Ausschau haltend, ob jemand unverhofft hereinkam. Doch es blieb alles ruhig.
Er öffnete die Tür einen spaltbreit und spähte nach draußen. Der Flur vor seinem Zimmer war gespenstisch leer. Er schaffte es mit einiger Mühe bis hinaus zum Eingang. Keiner hatte ihn gesehen.
Das Dorf lag im frühmorgendlichen Sonnenschein. Er konnte mehrere Hütten erkennen, kleiner als das Krankenhaus. Es dürfte nicht schwer sein, Messiras Haus zu finden. Immer an den Holzwänden klebend, tastete er sich vorwärts.
Er kam nur langsam voran, weil er noch immer benommen war. Niemand war zu sehen. Die Hitze schlug ihm entgegen wie eine Glutwand und raubte ihm den Atem. Sie schwächte seinen ohnehin angegriffenen Kreislauf noch zusätzlich. Er schnappte nach Luft wie ein Fisch auf dem Trockenen, während er von Haus zu Haus lief. Das Dorf schien wie ausgestorben. Endlich, als er im neunten Haus angekommen war, wusste er, dass er richtig war.

Gleich als er den Raum betrat, sagte ihm sein Geruchssinn: Das ist er. Messiras feiner Duft schwebte überall, aber es mischte sich ein neuer, ihm unbekannter und sogleich verhasster Geruch mit dem ihren. Ein Geruch nach Holz, Leder und einem Hauch von Desinfektionsmitteln. So musste der andere Mann riechen, den sie Nico genannt hatte.
Davids Stirn legte sich in Falten. Seine Augen verengten sich zu schmalen Schlitzen. Dieser Mann hatte kein Recht, seine Marke hier zu verteilen. Eigentlich gebührte ihm selbst dieses Privileg. Er konnte noch immer nicht verstehen, was Messira an diesem Widerling fand.
Schritte wurden hörbar. Davids Augen suchten ein Versteck.
Das Bett? Nein, ungeeignet.
Der Schrank? Zu offensichtlich.
In der rechten Ecke des Raumes stand eine alte Truhe. Vielleicht da? Er hob den Deckel. Sie war leer. Was für ein Zufall! Er kroch hinein. Ein Versteck, das seiner unwürdig war, aber ihm in dieser Situation doch angemessen erschien.
Die Truhe hatte ein Astloch an der vorderen Wand, durch das er fast den gesamten Raum überschauen konnte. Warum, dachte er. Muss ich mir jetzt auch noch ansehen, wie sie meinen Nebenbuhler umgarnt?
Messira trat ein. Er erkannte sie sofort an ihrem geschmeidigen leichten Gang. Hinter ihr ging ein Mann – größer als er selbst und etwas jünger. Neidisch bemerkte David die lässig in die Stirn fallende Locke seines braunen Haares. Der typische Aufreißer! In seinem weißen Kittel sah er aus wie der liebe Gott persönlich. Wahrscheinlich musste er nur auf der Bildfläche erscheinen und alle Frauenherzen flogen ihm zu.
Das Blut schoss in Davids Kopf, als er sah, wie der Fremde besitzergreifend seinen Arm um Messiras Taille legte. Oh Gott, dachte er. Eigentlich hatte er die älteren Rechte auf sie, nicht dieser widerliche Kerl. Was wollte der hier? Es war noch nicht mal Mittag, musste der nicht arbeiten?
David wagte kaum zu atmen.
Beide näherten sich dem Tisch der an der Fensterwand lehnte. Messira ergriff das Wort: »Du wunderst dich sicher, dass ich dich hierhergebeten habe.« Sie setzte sich auf den Stuhl, der der Truhe am nächsten stand.
Der Fremde ging auf den anderen Stuhl zu, nahm ebenfalls Platz und meinte: »Ein wenig. Aber du wirst deine Gründe haben, mich von meiner verdienten Pause abzuhalten.«
Er sah Messira mit einer lässigen Arroganz an, die David an einen Dandy erinnerte. Unsympathisch, dieser Typ!
Messira spielte nervös mit ihren Händen. Das tat sie immer, wenn sie aufgeregt war. Jetzt würde sie gleich in ihre Unterlippe beißen. Mein Gott, wie gut er sie kannte!

»Ich muss dir was sagen«, setzte sie an.
Die Worte wollten wie immer, wenn sie etwas Ernstes zu sagen hatte, nicht leicht über ihre Lippen kommen, aber er wusste, dass sie es schließlich doch ausspucken würde. Niemand kannte sie besser als er. Ihre zarte Gestalt, ihr sanftes Wesen, ihre leise Stimme, das waren alles nur Äußerlichkeiten. Innerlich war sie eine starke selbstbewusste junge Frau, die ihn oftmals an die Grenze seiner Kraft gebracht hatte mit ihren eigenen Vorstellungen, und die keinen Deut von ihrem Ziel abwich, wenn sie sich einmal in etwas verbissen hatte. Schließlich war meistens er es gewesen, der nachgegeben hatte. Aber nicht ungern, wie er feststellen musste. Sie besaß eine große Überzeugungskraft. Das würde dieser Mensch ebenfalls bald feststellen.
»Ich habe heute meinen Jugendfreund David im Dorf wiedergefunden«, fuhr sie nach einer gefühlten Ewigkeit fort.
Jungendfreund, das klang nach Sandkastenfreundschaft. Wenigstens bekannte sie sich zu ihm. Das war immerhin schon etwas.
»Ja und?«, hörte er den andern Mann sagen. David bemerkte, dass der ein Dauergrinsen im Gesicht hatte, so als ob er Messira nicht ernst nahm.
»Ich war länger mit ihm zusammen als mit dir. Ist das ein Problem für dich?«, fragte Messira und ihr Körper spannte sich wie eine aufgezogene Feder, die bereit war, in die entgegen gesetzte Richtung zu springen, falls die Reaktion des Fremden es nötig machte. Auch das tat sie immer, wenn sie Protest erwartete.
»Nicht, wenn es keines für dich ist«, antwortete der andere.
Schlau! Er macht seine Antwort von ihrer Entscheidung abhängig. Was würde sie sagen? Würde sie ehrlich sein?
»Ich weiß nicht, ob es ein Problem ist.« Konnte er ein leises Beben in ihrer Stimme hören? »Ich dachte, ich wäre über ihn hinweg, muss aber feststellen, dass ich ihn noch immer liebe, wenn auch auf eine andere Art als dich.«
Es gab Hoffnung. Sie liebte ihn! Es hätte ihn auch gewundert, wenn es anders gewesen wäre, und sie liebte ihn anders als diesen Aufreißer. Sein Selbstbewusstsein hatte einen Ausweg aus dieser Sackgasse gefunden.
»Ich schätze deine Ehrlichkeit«, sagte der Fremde nun und griff über den Tisch nach ihrer Hand. David durchzuckte ein Schmerz. »Muss ich mir Sorgen machen?«
Messira entzog ihm die Hand.
»Du bist der Mann, mit dem ich leben will, der Vater meines Kindes. Meine Liebe zu dir ist wie ein Regen, der auf dürres Land fällt. David hat mich getröstet und aufgefangen, als ich ganz unten war. Wir haben Hochs und Tiefs miteinander erlebt. Meine Liebe zu ihm ist wie ein breiter reißender Strom.«

»Du musst dich entscheiden«, sagte der andere. »Reißender Strom oder fruchtbarer Regen!«
»Ein reißender Strom kann ins Verderben führen«, hörte er sie wieder sagen. »Ich wähle den Regen.«
Sie stand auf, ging um den Tisch herum und küsste diesen Fremden, und er – David – musste zuschauen.
»Bist du sicher?« fragte der andere. »Es ist nicht gerade schmeichelhaft für mich, dass du mich mit einem warmen Regen vergleichst und David mit einem reißenden Strom. Bin ich so wenig leidenschaftlich?«
David triumphierte. Dieser Mensch hatte genau den Nagel auf den Kopf getroffen. Wahrscheinlich war der im Bett eine Schlaftablette. Er jedenfalls hatte keine Probleme mit seiner Leidenschaft, deshalb verglich Messira ihn wohl auch mit einem reißenden Strom und den anderen mit einem lästigen Regen.
»Ich habe nicht gesagt, dass du ein warmer Regen bist«, verteidigte sie sich und küsste ihn wie einen Bruder auf die Wange. David registrierte es mit heimlicher Freude. »Du bist eher wie ein Schauer, der plötzlich über das Land herfällt. Man ist machtlos dagegen.«
Aha, jetzt wollte sie ihre Aussage wieder relativieren. Sie schmeichelte dem Fremden. Er aber hielt sich lieber an ihre erste Aussage. Die schien ihm die ehrlichere.
»Ich bin also ein Schauer, der schnell kommt und genauso schnell wieder geht. Ist es so, dass du mich herbeisehnst, wie die Wüste den Regen?«
Oh Gott, was bildete dieser Kerl sich ein? Musste er sich das anhören?
»Ja! Ich sehne mich nach dir und möchte dich festhalten, aber du lässt dich nicht einsperren und bist immer überraschend«, lachte sie. »Wenn der Regen vorbei ist, erblüht die Wüste in den allerschönsten Farben. Sie nimmt es ihm also nicht übel, dass er über sie herfiel, im Gegenteil.«
David würgte. Es wurde ihm übel. Wie kitschig! Mit ihm hatte Messira nie so gesprochen … Du bist wie ein Regen und wenn du fort bist, erblüht die Wüste in den allerschönsten Farben. Dann wäre es besser für Messira, wenn dieser Kerl sich für immer von ihr fernhielt, denn dann könnte ihre Wüste noch üppiger blühen. Vielleicht ja wie ein Botanischer Garten?
»Das hast du schön gesagt«, lachte der Fremde.
David entging nicht, dass Messiras Augen wie zwei Smaragde glänzten. Er konnte sich nicht erinnern, diese Augen jemals so gesehen zu haben. Wie zwei Täubchen turtelten die beiden. Sicher würden sie sich nicht so benehmen, wenn sie wüssten, dass sie belauscht wurden.
Er schämte sich fast. Also stimmte es doch. Messira liebte diesen Nico. War es, weil er ihr unfruchtbares Tal in eine fruchtbare Wiese verwandelt hatte?

Bitter hefteten seine Augen sich auf ihren Bauch, der sich unter dem baumwollenen Kleid wölbte als hätte sie einen Fußball darunter versteckt und ihm mahnend zu verstehen gab: Das ist nicht deine Weide.
»Ich würde dir gern zeigen, wie überraschend ich sein kann, aber meine Pause ist gleich zu Ende. Ich fürchte, wir müssen es auf den Abend verschieben«, lachte Nico.
Das übertraf jetzt alles. Beide küssten sich flüchtig, wie er fand und gingen nach draußen. David atmete erleichtert auf. Dass seine Delia Sex mit einem anderen hatte und dass er um ein Haar Zeuge dabei geworden wäre, hätte er jetzt wirklich nicht ertragen können.
Er dankte der Frühstückspause.
Die Beziehung zwischen Messira und dem anderen Mann war wohl doch nicht so gefestigt, wie David angenommen hatte. Sie schien ihm eher an der Oberfläche zu kratzen als in die Tiefe zu gehen. Wahrscheinlich war Messiras Schwangerschaft das einzig Bindende zwischen ihnen. Dieses Geturtel eben konnte er nicht ernst nehmen. Es schien ihm ziemlich aufgesetzt. Ein leicht ironisches Wortgeplänkel war das gewesen, das sich beide mit scharfer Klinge geliefert hatten.
Aber in einer Sache gab er ihr Recht. Messira verglich ihn mit einem reißenden Strom, also hatte er noch Chancen bei ihr. Was konnte ein mickriger Regen schon gegen einen reißenden Strom ausrichten? Er musste nur seine Vorteile nutzen. Sie hatte selbst gesagt, dass sie ihn noch liebte.
Aber als er an das dachte, was heute Abend zwischen den beiden passieren würde, krampfte sein Herz sich schmerzhaft zusammen. Er musste den lästigen Nebenbuhler loswerden. Vielleicht würde Messira sich dann wieder ihm zuwenden.
Er konnte nicht denken, sein Kopf war schwer wie eine Bleikugel. Er spürte, wie er von einem Extrem ins andere fiel. Liebte sie ihn nun, oder nicht? Liebte sie diesen Nico oder fühlte sie sich ihm nur verpflichtet? Es konnte auch sein, dass sie nicht nur mit ihm, sondern auch mit Nico ihr Spielchen trieb. Er wusste gar nichts mehr.
Eilig verließ er sein Versteck und folgte ihnen. Nach ein paar Schritten trennten sich deren Wege. Er überlegte kurz, wem er folgen sollte und entschied sich dann für Nico. Der ging Richtung Krankenhaus. Gut, dachte David. Da muss ich ja auch hin. Kurz vor dem Eingang fing er ihn ab und stellte sich ihm in den Weg.
»Was kann ich für dich tun?«, fragte Nico den fremden Mann freundlich, obwohl er in dessen Augen blanke Wut erkannte.
»Du Mistkerl!«, schrie David und kam gleich zur Sache. Er holte aus und verpasste Nico einen Kinnhaken.

Der Schlag kam so unerwartet, dass Nico zu Boden gestreckt wurde. Kaum dass er sich aufgerappelt hatte, schlug David erneut zu. Nicos Lippe blutete. Sein Auge schmerzte. Als er sich mit der Hand über die Augenbraue fuhr, färbte die sich rot von Blut. Verdammt! Der Fremde hatte ihn zweimal erwischt. Einem dritten Schlag entging er nur knapp.
»Was willst du von mir?«
Er wollte eine Erklärung für dieses unverschämte Verhalten.
»Du weißt ganz genau, was ich von dir will«, schrie David. »Ich lasse mir meine Frau nicht ausspannen.«
Wieder spürte Nico einen Haken, diesmal in der Magengegend. Es half nichts, mit Worten war dem Fremden nicht beizukommen. Dessen Testosteron hatte den Höchststand erreicht und das Adrenalin signalisierte: Dort steht der Feind, du musst ihn unschädlich machen. Der Kerl war durch den Rausch seiner Hormone in der Steinzeit gefangen. Der wollte sich prügeln. Auch gut, dann sollte er haben, was er wollte.
Auch bei Nico mobilisierte sich nun eine Armee von Hormonen und machte sich für den Kampf bereit. Der nächste Schlag würde ihn nicht unvorbereitet treffen. Er war in der Lage, ihn abzuwehren. Mehr noch: Nun bekam David seine Faust zu spüren. Nico traf ihn direkt an der linken Augenbraue. Blut lief über Davids Wange. Mit einer flüchtigen Bewegung der Hand wischte er es ab.
Längst hatten die Hormone die Macht über beide Männer an sich gerissen. Es ging nicht mehr um Messira, es ging nur noch darum, wer der Stärkere von beiden war. Sie gingen wie kämpfende Hähne aufeinander los.
David packte Nico und riss ihn zu Boden, dann stürzte er sich wutentbrannt auf den am Boden Liegenden. Beide wälzten sich im Staub vor dem Eingang des Krankenhauses. Schließlich rappelte Nico sich auf und stand wieder. Aber nicht lange, denn auch David war aufgestanden. Und wieder musste Nico einen Treffer von ihm einstecken. Obwohl auch David einige Schläge abbekam, traf er Nico insgesamt öfter. Davids Wut und Enttäuschung befähigten ihn, jeden Schlag mit der optimalen Kraft und Präzision auszuüben.
Kein Mensch war in der Nähe. Im Krankenhaus herrschte rege Betriebsamkeit, was draußen passierte, bemerkte niemand, also konnte auch niemand helfen. Vielleicht war es gut, dass sie ihren Überdruck erst einmal loswerden konnten.
Endlich gelang es Nico, David zu Fall zu bringen. Der wollte aufstehen, aber Nico stieß ihn erneut mit voller Wucht zu Boden. Jetzt war er am Zuge. Er wartete, bis David sich wieder erhoben hatte. Das hätte er aber lieber nicht tun sollen, denn David kämpfte mit allen Mitteln, und Fairness gehörte im Moment nicht dazu. Kochend vor Wut bäumte der sich auf und

rammte Nico hart mit der Schulter. Sein nächster Schlag fällte ihn wie einen Baum. Nico fiel auf den Hinterkopf, aber David packte ihn am Hemd und riss ihn wieder hoch – nur, um ihn erneut zu Fall zu bringen. Nicos Kopf schlug ein zweites Mal auf dem Boden auf, dann blieb sein Körper reglos liegen. David blickte benommen auf ihn hinunter, strauchelte und ging danach ebenfalls zu Boden.

Mittlerweile war man im Krankenhaus durch den Tumult aufmerksam geworden. Eine Schwester kam nach draußen gelaufen. Sie fand die Männer auf dem Boden liegend.

David hatte eine Platzwunde über der linken Augenbraue und sein Knie blutete.

Nico hatte es schlimmer erwischt. Seine Lippe war aufgerissen, das linke Auge blutunterlaufen. Er hatte eine blutende Kopfwunde und wahrscheinlich auch innere Verletzungen davongetragen.

Die Schwester alarmierte sofort einen Pfleger. Auch Adriano, der gerade Dienst hatte, kam angelaufen.

Einige Minuten später lagen beide Männer im OP.

David hatte nur leichte Verletzungen. Er kämpfte jedoch noch mit den Nachwirkungen der Droge und war außerdem durch seinen Ausflug völlig dehydriert. Nico hatte neben seinen äußeren Verletzungen einen Milzriss, der sofort operiert werden musste. Um eine Gehirnerschütterung war er noch einmal herumgekommen.

Manni wurde geholt. Er hatte eigentlich heute dienstfrei.

Messira erfuhr über Sara von dem Kampf der Männer. Als sie im Krankenhaus ankam, befand sich Nico gerade im OP. David lag in seinem Bett im Krankenzimmer. Die Ärzte hatten seine Verletzungen schon versorgt. Flüssigkeit bekam er über einen Tropf. Er dämmerte im Halbschlaf vor sich hin. Messira machte sich Vorwürfe. Es wäre vielleicht besser gewesen, bei ihm zu bleiben, anstatt zu gehen, wie er es von ihr verlangt hatte. Vielleicht hätte der Kampf vermieden werden können.

Eigentlich brauchte er jetzt ihre Hilfe. Für Nico konnte sie im Augenblick sowieso nichts tun. Aber es fiel ihr schwer, zu ihm zu gehen. Was er getan hatte, war in ihren Augen erbärmlich. Ihr Zorn musste erst einmal verrauchen, bevor sie den Kontakt zu ihm wieder aufnehmen konnte.

Baruti betrat die Vorhalle des Krankenhauses.

Sein Amt als Bürgermeister hatte ihn hergeführt. David musste in irgendeiner Form für seine Tat zur Rechenschaft gezogen werden. Er war der erste Mensch, der in diesem kleinen unschuldigen Paradies kriminell geworden war. Bevor Baruti etwas unternahm, wollte er mit Messira sprechen. Er hoffte, dass sie ihm Auskunft über Davids Charakter geben konnte.

»Ich kenne ihn vierzehn Jahre«, sagte sie. »Nie ist er in der ganzen Zeit gewalttätig gewesen. Ich kann mir nur vorstellen, dass er in diesem Moment nicht wusste, was er tat. Eifersucht ist ein starkes Gefühl.«
Die ganzen Begleitumstände dieser Tat wühlten sie nicht nur auf, weil Nico schwer verletzt war, sondern auch, weil David darin verstrickt war. Beide Männer liebten sie aufrichtig, und sie erwiderte deren Liebe. Sie wollte nicht, dass die Menschen hier glaubten, David sei ein Schläger, denn das stimmte so nicht.
Selbstverständlich musste er für seine Tat geradestehen, aber sie wusste im Moment nicht, wie das geschehen sollte. Viel wichtiger erschien ihr vorerst, dass Nicos OP gut verlief. Alles Weitere würde sich finden. David stellte im Moment keine akute Gefahr dar. Er konnte nicht mal das Bett verlassen, geschweige denn war er zu irgendeiner kriminellen Handlung fähig.
»Es ist schön, dass du ihn verteidigst, obwohl er Nico so übel mitgespielt hat, aber wir müssen uns grundsätzlich überlegen, was wir mit Menschen tun, die gegen unsere Gesetze verstoßen«, sagte Baruti ernst.
»Haben wir denn Gesetze?«, fragte Messira.
Sie stimmte Baruti zu, nur wollte sie es vorsichtig angehen.
»Wenn wir uns an die Gebote der Bibel halten, wie zum Beispiel: Du sollst nicht töten, du sollst nicht stehlen, du sollst deine Mitmenschen lieben wie dich selbst und die Grundrechte wie Freiheit, Gleichheit und Würde aller Menschen beachten, müssen wir nur noch festlegen, welche Konsequenzen es hat, wenn diese Gesetze missachtet werden.«
Baruti hatte es mit einfachen Worten auf den Punkt gebracht. Messira erklärte sich mit allem einverstanden, was er sagte. Sie war im Moment emotional zu sehr aufgewühlt, als dass sie kontrovers diskutieren konnte.
Sie empfahl aber zusätzlich: »Wir sollten die Gesetze schriftlich festhalten und im Rathaus niederlegen.«
»Und wir sollten gemeinsam darüber abstimmen«, ergänzte Baruti. »Was David angeht, möchte ich, dass er eine Weile unter unserer Kontrolle bleibt. Er sollte ein Ausgehverbot bekommen und eine faire Verhandlung, in der er sich verteidigen kann.«
»So eine Art Gerichtsverhandlung?«, wollte Messira wissen.
»Wenn du es so nennen willst«, meinte Baruti. »Wir können hier niemanden für lange Zeit einsperren, aber eine soziale Wiedergutmachung und eine Entschuldigung sollten von seiner Seite das Mindeste sein. Es war immerhin Körperverletzung. Nico dagegen hat nur in Notwehr gehandelt.«
Wie hatte es soweit kommen können? War sie nicht schuld daran?
»Würdest du als Entlastungszeugin für David auftreten?«, riss Baruti sie aus ihren Gedanken. Er wusste, dass es keine einfache Entscheidung für sie sein würde, denn sie musste Partei gegen Nico ergreifen. Aber wer sonst konnte

David entlasten? »Du bist die einzige, die ihn kennt. Niemand sonst wird für ihn sprechen.«
Messira überlegte eine Weile, dann sagte sie zu.
David mochte noch so wütend gewesen sein. Sie war überzeugt davon, dass sein Zorn spätestens jetzt verraucht war. Vielleicht würden er und Nico noch Freunde werden. Das hoffte sie zumindest.
Sara kam aus dem OP und berichtete, dass alles gut verlaufen war. Messira durfte jetzt zu Nico.
Er lag mit einem Kopfverband im Bett. Seine Oberlippe war mit zwei Stichen genäht worden, die Platzwunde über seiner Augenbraue hielt ein Wundschnellverband zusammen. Sein Bauchbereich war mit einem dicken Verband umwickelt. Eine Drainage leitete das Wundsekret nach draußen, und ein Tropf versorgte ihn mit Schmerzmitteln. Trotz allem schien er bei guter Laune zu sein, denn sein Humor brach schon wieder aus ihm heraus.
»Sie haben mich zusammengeflickt«, sagte er matt, dabei bekam er kaum die Zähne auseinander, weil seine Lippe dick angeschwollen und blutunterlaufen war. »Nimmst du mich auch als Frankenstein?«
Sie eilte zu ihm und drückte ihn statt einer Antwort fest an sich.
»Aua«, schrie er. »Nicht so wild. Meine Körperteile sind vorerst nur lose zusammengenäht.«
»Du großer Junge«, sagte sie mit Tränen in den Augen. »Schön, dich wieder zu haben und dank Manni wieder in einem Stück.«

Davids Genesung zog sich hin. Eigentlich war er körperlich nach einigen Tagen schon wieder recht fit, aber die Psyche hinkte hinterher. Er starrte den ganzen Tag an die Decke ohne ein Wort zu sagen. Sara hatte schon oft versucht, ihn zum Sprechen zu bewegen, aber es war kein Wort aus ihm herauszubekommen. In ihrer Not wandte sie sich an Messira.
»Ich glaube, du bist die einzige, die uns jetzt noch helfen kann. Geh zu David. Sag ihm, dass du ihm nicht übelnimmst, was er getan hat.«
»Aber ich nehme es ihm übel«, trotzte Messira.
»Ich will ja nur, dass du ihm das Gefühl gibst, dich nicht gänzlich von ihm abgewandt zu haben.«
Saras Augen baten eindringlich.
Dem konnte Messira sich nicht entziehen. Aber eigentlich war sie noch wütend auf David. Das Beste würde sein, ihm das einfach ehrlich zu sagen.

Finsternis empfing sie, als sie das Krankenzimmer betrat. Nur ein matter Lichtstrahl fiel durch die geschlossenen Fensterläden. Die stickige Luft griff wie eine Zange nach ihrer Brust. Messira hielt inne. Die vergiftete Stimmung war überall zu spüren.

David lag in seinem Bett und blickte mit starren, weit aufgerissenen Augen an die Decke. Er schien in einer anderen Welt gefangen zu sein. Manchmal zuckten seine Augenlider ein wenig.
Sie tastete sich nach vorn. Die Augen hatten Mühe, sich an die Dunkelheit zu gewöhnen. Sie stolperte, fing sich wieder und setzte sich unbeholfen auf die Bettkante.
»Hast du mir nichts zu sagen?«, wollte sie wissen.
Keine Antwort!
Nach einer Weile ein neuer Versuch: »Was hast du dir nur dabei gedacht? Nico hätte sterben können, und auch du hättest ernsthaft verletzt werden können.«
David starrte weiterhin an die Decke, er bewegte kaum seine Wimpern. Da redete sie einfach weiter. Den Schmerz, den sie bei seinem Anblick empfand, schluckte sie hinunter.
»Du bist mir wichtig. Ich will dich nicht verlieren.«
David bewegte seine Zehen unter der Decke, sonst kam nichts von seiner Seite.
»Gut, du willst nicht mit mir reden, dann sage ich dir, wie ich darüber denke.«
Sie wartete einen Augenblick, bevor sie fortfuhr.
»Es war nicht richtig von mir, dir zu sagen, dass ich einen anderen habe und dann einfach zu verschwinden. Aber was sollte ich denn tun? Ich wusste nicht, wie du politisch eingestellt warst. Ich konnte doch die Bewegung nicht gefährden.«
David wendete seinen Kopf in ihre Richtung. Für einen Moment hielt er Augenkontakt mit ihr.
»Wenn Blicke töten könnten, wäre ich längst tot«, sagte sie, und ihre Stimme kippte um vor Trauer.
Da kam die erste Regung von seiner Seite: »Nie könnte ich dir etwas antun!«
»Aber meinem Mann!«, konterte sie.
»Er ist mir egal«, kam es bitter. Immerhin, zum Sprechen hatte sie ihn gebracht.
»Mir aber nicht. Und wenn du mich wirklich liebtest, so wie du behauptest, dann kann dir nicht egal sein, wen ich liebe.«
Sie nahm seine Hand in die ihre. Dieses Mal ließ er sie gewähren. Als sie in sein Gesicht blickte, sah sie seine feuchten Augen. Er tat ihr leid. Aber das war wohl das einzige, was sie ihm jetzt nicht sagen durfte. Stattdessen sagte sie: »Du kommst über mich hinweg.«
Er riss sich von ihr los.
»Bin schon drüber weg«, sagte er verletzt.

Wenn sie ihm alles glaubte, das aber nicht. Sie konnte sich in seine verwundete Seele hineinversetzen. Sie verstand ihn besser als er sich selbst. Um ein Haar hätte sie ihn an sich gerissen und geküsst.
Es erschreckte sie, dass sie sich noch immer so stark zu ihm hingezogen fühlte.
Nico gab ihr alles, was sie brauchte. Aber hier in diesem Bett lag ihre wahre Leidenschaft. Das ließ sich nicht so einfach wegwischen.
Sie dachte an ihre letzte gemeinsame Nacht. Keine der Nächte mit Nico reichte auch nur annähernd an diese heran. Auch wenn sie es mit Worten nicht ausdrücken konnte, was sie damals empfunden hatte, wusste sie doch, warum sie so empfunden hatte. Die Gewissheit, ihn nie wieder sehen zu können, hatte alle Dämme in ihr brechen lassen.
Ob er wohl auch so oft an diese Nacht dachte? Sie musste sich eingestehen, dass es die allerschönste in ihrem Leben gewesen war. Und wenn sie damals nicht steril gewesen wäre, sie hätte sich gewünscht, mit ihm ein Kind zu zeugen. Der Rausch war unbeschreiblich gewesen. Freilich würde sie ihm das vorenthalten, aber manchmal glaubte sie, er wusste es sowieso.
Sie griff wieder nach seiner Hand. Er stöhnte leise. Was er wohl in diesem Augenblick dachte?
»Du willst wissen, was ich denke?«, fragte er zu ihrer Überraschung. »Ich dachte an unsere letzte Nacht, genau wie du eben.«
Sie zuckte zusammen wie ein kleines Kind, das man bei einer Lüge ertappt hat. Wie konnte er ihre Gedanken lesen? Es war gerade so, als wären sie durch ein unsichtbares Band miteinander verbunden.
Leugnen half nichts, also hauchte sie: »Ja.«
»Messira …«
Sie unterbrach ihn: »Bitte nicht weiterreden. Es ist vorbei. Du musst nach vorn schauen.« Sie rückte ein Stück von ihm weg. Es entstand eine längere Pause.
»Wie geht es Nico?«, erkundigte er sich, um die peinliche Stille zu unterbrechen.
Sie freute sich, dass er wieder mit ihr sprach. »Besser«, sagte sie. Er ist operiert worden und macht schon wieder seine Scherze.«
»Ich wünschte, ich wäre nie hergekommen«, sagte David und fiel wieder in sich zusammen.
»Ich auch!« Sie wusste, dass es auch für sie nicht leicht werden würde. »Ich möchte, dass wir alle gute Freunde werden«, schickte sie schnell hinterher, um ihn aus dem Tief herausholen.
»Möchtest du das wirklich?«, fragte er und blickte ihr forschend in die Augen.
Natürlich wollte sie das, aber sie wollte noch viel mehr. Wenn es nach ihr ginge, dann hätte sie gern beide Männer gehabt. Sie konnte sich nicht

vorstellen, mit Nico zu leben, während sie wusste, dass David einige Häuser weiter lebte.
Wieso hatte er sie so durcheinandergebracht? Wann war der Moment gekommen, an dem ihre Leidenschaft zu ihm in heiße Liebe übergegangen war? Bei Nico war dies in der ersten Nacht passiert. Bei David hatte sie insgesamt mehr als zwölf Jahre gebraucht, um zu begreifen, dass er mehr war als nur ein guter Freund.
Wenn sie ehrlich zu sich war, liebte sie David heute leidenschaftlicher als Nico. Bei Nico hatte sie ihre Mitte gefunden, war endlich in ihrem Hafen angekommen. David aber war der Mann ihrer wilden Jahre und ihrer Leidenschaft. Mit ihm würde sie nie irgendwo ankommen. Es gab immer noch eine Steigerung. Eins wusste sie aber mit absoluter Sicherheit: In einer normalen Partnerschaft leben, konnte sie nie mit ihm. Dieses Dilemma machte ihr zu schaffen. Wenn sie nicht Acht gab, würde es sie noch in große Schwierigkeiten bringen.
Sie spürte, dass David nicht mehr reden wollte, denn er drehte sich zur Seite und gab ihr zu verstehen, dass das Gespräch für ihn damit beendet war.
Bevor sie ging sagte sie noch: »Verzeih mir, wenn du kannst.« Dann verließ sie den Raum.
David aber schlief nicht. Er hatte noch lange nicht mit dem Thema abgeschlossen. Er würde nicht aufgeben, um Messira zu kämpfen.

Vierzehn Tage später waren beide Männer so gesund, dass sie entlassen werden konnten. David wurde von Baruti und zwei Männern, die Hilfsdienste für ihn leisteten, abgeholt.
»Ich setze eine öffentliche Verhandlung im Rathaus an«, sagte Baruti. »Da kannst du dich verteidigen, und wir werden überlegen, welche Wiedergutmachung wir von dir wünschen.«
»Ich brauche keine Verteidigung«, sagte David und ließ sich ohne Protest von den Männern abführen. »Ich bekenne mich in allen Punkten der Anklage schuldig.«
»Aber es hat dich niemand angeklagt«, wunderte sich Baruti. »Wenn du meinst, dann können wir gleich über die sozialen Arbeiten sprechen, die du übernehmen sollst.«
David bemerkte mit Schrecken, dass er ein Niemand war. Sein Chip war entfernt worden, zurück konnte er nicht mehr. Weder in der Republik noch hier fühlte er sich zu Hause. Er kam sich wertlos und nicht willkommen vor. Was hatte er zu verlieren? Nichts mehr. Alles, was er glaubte, besessen zu haben, war ihm genommen worden.
Im Dorf gab es keinen einzigen Raum, den man abschließen konnte, wieso auch? Baruti wies David ein Zimmer im Rathaus zu, stellte ein Bett hinein

und bat ihn bei seiner Ehre, diesen Raum so lange nicht zu verlassen, bevor nicht über ihn abgestimmt worden war. David versprach es.
Einen Tag später berief Baruti eine Versammlung der Ältesten ein. Die Sitzung dauerte insgesamt zwei Stunden, weil man sich auch darüber einig werden musste, wie man bei einem weiteren Fall vorgehen sollte. David wurde zu dreißig Tagen Hausarrest verurteilt. Während dieser Zeit war es ihm verboten, Kontakt mit Messira oder Nico aufzunehmen.
»Nimmst du die Strafe an?«, fragte Baruti ihn.
David versprach auf Ehre und Gewissen, sich daran zu halten.
Nun hatte er viel Zeit zum Nachdenken.
Seine Gedanken aber waren nicht immer die lautersten. Er wusste, dass er keine Chancen hatte, Messira zurückzugewinnen, schob ihr Verhalten ihm gegenüber aber auf ihr Pflichtbewusstsein, dass sie Nico und dem ungeborenen Kind schuldig war. Er glaubte fest daran, dass sie sich opferte und in Wahrheit nur ihn liebte. Seine Eitelkeit ließ keinen anderen Gedanken zu.
Dass Messira in der Lage war, sie beide zu lieben, kam ihm nicht in den Sinn.

Die Stunden und Tage schlichen träge dahin. Er hätte so gern etwas getan, anstatt hier untätig herumzusitzen. Seine Stimmung änderte sich von Minute zu Minute. Einmal wollte er Messira und ihrem Mann vergeben, im nächsten Augenblick sann er auf Rache. Er fühlte sich unverstanden, verlassen und einsam.
Dass es ihm so ging, war einzig und allein Messiras Schuld.
Warum stand sie nicht zu ihren Gefühlen?
Er hatte viele Strapazen auf sich genommen, nur um bei ihr zu sein. Sie aber wandte sich von ihm ab. Er hasste sie! Er hasste ihr ungeborenes Kind von diesem Nico und natürlich hasste er den auch. Am meisten aber hasste er sich selbst.
Wie hatte er nur so dumm sein können, zu glauben, dass alles gut werde, wenn er ihr nachlief wie ein Hund. Sein ganzes Leben schon lief er ihr nach.
Sie hatte ihm oftmals zu verstehen gegeben, dass ihre Liebe zu ihm nur oberflächlich war und einzig und allein der Sex das Band war, was sie beide zusammenhielt.
Er aber wollte mehr von ihr, eigentlich schon immer. Vom ersten Augenblick an, als er in ihre Augen geblickt hatte, war er verloren gewesen. Sie hatte ihn verhext. Ja, so konnte man es ausdrücken. Sie hatte ihn verhext, und er war außerstande, ihr zu widerstehen. Er musste sich loslösen von ihr, erst dann konnte er frei sein.

Eine Woche saß er hier schon fest. Wenn seine Haft vorüber war, musste er etwas unternehmen. Er konnte nicht neben Messira, diesem Nico und dem Kind leben und so tun, als ginge ihn das alles nichts an.
Messira hatte recht. Gewalttätig war er nicht. Aber wenn er wieder frei war, konnte er von hier fliehen und die Rebellen an die Regierung verraten. Das würde ihm eine Unmenge Wertcoupons einbringen und dieser Spuk hätte ein Ende. Wenn die jenseits des Walls wüssten, was sich hier unter ihren Augen zusammenbraute, welche Schmarotzer unerkannt mitten unter ihnen lebten.
Vielleicht liefe es auf eine Beförderung hinaus. Man stelle sich vor: er als Inspektor der Regierung.
Wollte er das überhaupt? Eigentlich nicht. Er war immer froh gewesen, wenn er nichts mit denen da zu tun hatte.
Und Messira und die anderen Menschen hier, was würde man denen antun? Er wagte nicht daran zu denken, welche Grausamkeiten auf sie warteten. Da war die Rückführung noch eine der harmlosesten.
Es widerte ihn an, wenn er daran dachte, Handlanger dieses Staates zu sein und doch …! Arrangierten sich nicht alle? Jeder sah doch zu, wo er blieb, schlug seinen Vorteil heraus, wo er nur konnte.
Andererseits waren hier viele Menschen, die niemandem etwas getan hatten. Warum sollten die leiden? Es war einzig eine Sache zwischen ihm, Messira und Nico. Durfte er die anderen mit hineinziehen?
Je mehr Zeit verging, desto verwirrter wurde er. Was er gebraucht hätte, wäre ein Psychologe gewesen, aber der stand nicht zur Verfügung. Nico hing mit drinnen, war also nicht neutral. Auf einmal wusste er, was er zu tun hatte. In ihm reifte ein furchtbarer Plan.

REGENBOGEN

Wie gut zu wissen, dass nach einem Streit oder Kampf, ob mit uns selbst oder mit anderen, Hoffnung auf Versöhnung, eintritt.
Jedes Kind freut sich an dem mehrfarbigen Halbkreis am Himmel nach oder während eines Regens, wenn gleichzeitig die Sonne scheint. Die kugelförmigen Wassertropfen einer Regenwand brechen das sichtbare Licht, spalten es in seine Spektralfarben auf und reflektieren es. Ein Regenbogen entsteht nur, wenn die Sonne sich hinter dem Betrachter und die Regenwand sich vor dem Betrachter befindet. Kurzwellige Frequenzbereiche wie Violett und Blau findet man im unteren Bereich des Regenbogens, die längeren Frequenzen wie Orange und Rot im oberen Bereich. Ein Regenbogen ist ein Symbol für Hoffnung, für einen Neubeginn. Er verkörpert Kreativität und Fantasie. Er kann eine Brücke zwischen Verstand und Gefühl versinnbildlichen, die zur inneren Harmonie führt. Im Traum gilt er als Zeichen für die Vereinigung von Gegensätzen, vor allem von Gefühl und Willen und für die seelische Ausgeglichenheit. In der Liebe verheißt er die höchste Erfüllung.
Erscheint ein Regenbogen, ist das Schlimmste überstanden. Das Gewitter, oder Unwetter hat sich gelegt, die Sonne blitzt hervor und Millionen Wassertröpfchen tanzen in der Luft. Der Regenbogen erinnert Gott an den Bund, den er mit Noah geschlossen hat, und der ihm sagt: nie wieder eine Sintflut. Ein Regenbogen ist schon allein durch seine Farbenpracht schön anzusehen und erfreut das Gemüt. Er weckt Hoffnung auf bessere Zeiten.

***

Am vierten November passierte etwas, das die kleine Dorfgemeinschaft von Grund auf erschütterte. Ein Mann kam mit Bauchkrämpfen ins Krankenhaus. Er gab an, dass er schon seit zwei Tagen an Erbrechen und Durchfall litt, hinzu kamen Kopfschmerzen und Fieber. Sara dachte zuerst an Cholera. Bisher war sie davon ausgegangen, dass das trockene Wüstenklima, es Krankheitserregern wie Cholerabakterien schwer machte, sich zu vermehren, aber sie wollte sicher gehen.
Der Mann wurde isoliert. Er bekam eine Salzlösung als Infusion, um die verloren gegangene Flüssigkeit zu ersetzen. Kreislauf und Blutdruck wurden ständig überwacht. Ein Antibiotikum sollte die Infektion eindämmen und Bettruhe, sowie strenge Quarantäne mussten unbedingt eingehalten werden. Cholerabakterien kann man im Stuhl oder im Erbrochenen nachweisen, da es jedoch kein Labor gab, musste Sara improvisieren.

Wo hatte der Mann sich angesteckt? Am Wasser des Tiefbrunnens? An der Pipeline? Hatte er etwas Ungenießbares gegessen?
Fragen, die in den nächsten Tagen beantwortet werden mussten.
Sara informierte die Menschen im Dorf über den Krankheitsfall und nahm das zum Anlass, um noch einmal ausführlich über die Hygiene zu sprechen. Vorsichtshalber sollte Wasser in den nächsten Tagen nur abgekocht getrunken werden. Nahrungsmittel mussten geschält werden, Fäkalien sollten vergraben werden und die Hände trotz des Wassermangels öfter gewaschen und an der Luft getrocknet werden.
Das galt für alle Bereiche, auch für das Krankenhaus. Selbstverständlich legte man dort einen erhöhten Wert auf Sauberkeit, Desinfektionsmittel gehörten zum Alltag und dennoch war Wachsamkeit auch hier angesagt. In den nächsten Tagen musste geklärt werden, was die Infektion ausgelöst hatte. Der Patient hatte in den beiden Tagen, die er zu Hause verbracht hatte, schon viel Wasser verloren. Durch den Mineralsalzverlust war er so geschwächt, dass er nur noch liegen konnte. Sara gab zu der Elektrolytlösung und dem Antibiotikum noch ein kreislaufstabilisierendes Mittel. Die Nieren mussten gut durchgespült werden, damit sie ihre Arbeit verrichten konnten. Eine weitere Dehydrierung musste unbedingt verhindert werden. Nun konnte man nur noch hoffen und beten. Alles Weitere würde sich in einigen Tagen ergeben.
Am 8. November 2363 kam Margrit zu Besuch. Messira fragte nach, wie es Ina ging.
»Ich habe sie letzte Woche besucht. Es sieht nicht gut aus.«
»Wie meinst du das?« Messira spürte ein ungutes Gefühl in der Magengegend.
»Na, wenn jemand nicht mehr leben will, dann stirbt er«, zog Margrit Resümee und zuckte bedauernd mit den Schultern. »Deinen vermeintlichen Tod hat sie nie überwunden.«
Messira fühlte ihre Augen feucht werden. Unwirsch wischte sie mit der Hand darüber. Sie hatte das Gefühl, die Erzieherin im Stich gelassen zu haben.
»Hast du nicht!«, wehrte Margrit ab. »Du musstest so handeln.«
»Ich möchte etwas für Ina tun«, sagte Messira, die das Bedürfnis hatte, der alten Frau zu helfen. »Das Beste wäre, sie hierherzubringen. Sie sollte nicht sterben, ohne zu wissen, dass es mir gutgeht.«
Margrit legte ihre Stirn in Falten und senkte den Blick. So konnte sie besser in sich gehen.
»Warum nicht?«, äußerte sie schließlich. »Ich kann das verstehen! Du willst, dass sie, wenn möglich, noch dein Kind erlebt.«
»Es würde mir viel bedeuten.«

»Dann werde ich das arrangieren«, versprach Margrit und traf alle Vorbereitungen hierfür.

*

Margrit wäre selbst gern ins Outback übergewechselt. In dieser diktatorischen Welt hielt sie nichts mehr. Tagtäglich sah sie, wie Menschen abgeführt wurden, oder spurlos verschwanden. Die Stimmung wurde immer bedrückender. Einmal war sie Zeuge gewesen, wie zwei Sicherheitsbeamte einen Menschen auf offener Straße mit ihren Strahlenpistolen vaporisierten, nur weil der nicht sofort stehengeblieben war, als die ihn dazu aufgefordert hatten.

Im Krankenhaus arbeiteten seit einiger Zeit Menschen, die sie nicht kannte und denen sie nicht vertraute. Wahrscheinlich Geheimagenten der Regierung. Die Menschen befanden sich mittendrin in einem Bürgerkrieg. Weil es der Regierung nicht gelang, die Rebellen dingfest zu machen, wusste sie noch immer nichts von dem Tunnelprojekt. Das konnte sich aber jeden Tag ändern.

Die Bewegung musste schnell noch das, was sie kriegen konnte, in Sicherheit bringen und dann den Stollen verschließen, sonst lief sie Gefahr, entdeckt zu werden. Längst hatten die Rebellen den Kampf verloren. Sie konnten nichts mehr ausrichten gegen die Übermacht der Geheimpolizisten, die von Tag zu Tag anwuchs.

Der offene Kampf hatte vielen Brüdern und Schwestern das Leben gekostet. Bis jetzt war es den Rebellen gelungen, sich nicht lebend in die Gewalt ihrer Henker zu begeben, aber es war nur eine Frage der Zeit, wann sich das ändern konnte.

Die Regierung arbeitete mit allen Tricks. Sie setzte neuerdings Giftgas ein, das nur betäubend wirkte. Auf diese Weise konnten sie die Opfer lebend bergen. Gott sei Dank war ihnen das noch nicht gelungen, weil die Brüder und Schwestern sich entweder rechtzeitig zurückziehen konnten, oder Selbstmord begingen.

Die Reihen lichteten sich immer mehr. Täglich riskierte Margrit ihr Leben, aber sie war die einzige, die ohne aufzufallen, den Kontakt zu den Mitschwestern und -brüdern halten konnte.

Der Gang, den sie heute vorhatte, fiel ihr schwerer als alle bisherigen. Sie musste Ina erklären, dass Messira nicht tot war, sondern untergetaucht, und sie fragen, ob sie diesen Schritt auch gehen wollte.

Die Information, dass Messira nicht tot war, traf Ina mit solcher Wucht, dass Margrit dachte, ihr ohnehin schon schwaches Herz setze vollends aus. Nachdem sie erfahren hatte, dass ihr geliebtes Mädchen tot war, wäre sie

fast vor Kummer gestorben, und jetzt hieß es auf einmal, dass Messira noch am Leben war.
Margrit erzählte ihr, dass es nicht Messiras Schuld gewesen war. Die Bewegung hätte von ihr verlangt, Stillschweigen zu bewahren.
»Sie haben dir nicht vertraut.«
Ina musste ihre Aufregung abbauen und lief im Zimmer auf und ab.
»Ich würde nie etwas tun, was Messira schadet. Eher würde ich mir selbst das Leben nehmen.«
Margrit glaubte der alten Frau. Es tat ihr leid. Sie entschuldigte sich stellvertretend für alle anderen in der Bewegung und fragte, ob sie bereit wäre, wie Messira, ins Outback zu wechseln. Es sei Messiras sehnlichster Wunsch und sie wäre nur die Überbringerin. Das war keine Frage für Ina. Natürlich wollte sie die letzten Monate oder Jahre, die sie noch zu leben hatte, mit Messira verbringen. Das war mehr, als sie sich vom Schicksal erhoffte.

*

So erwachte sie am 10. November in den Armen ihrer geliebten Tochter. Messira beugte sich über das verknitterte Gesicht.
Inas Augen lagen in den Höhlen, so als wollten sie der Welt entfliehen. Die Vertiefung der Wangen erinnerte an eine zerdrückte Blechdose, die auf dem Müll gelandet war. Und so hatte Ina sich bis jetzt gefühlt, wie auf den Müll geworfen.
»Du bist zu Hause«, sagte Messira bewegt in das vom Kummer und Alter gezeichnete Gesicht.
Immer wieder küsste und drückte sie die knochige Gestalt vorsichtig. Ina hatte so viel Gewicht verloren, dass Messira Angst hatte, sie könnte ihr einen Knochen brechen. Der Strom der Tränen von beiden Seiten wollte und wollte nicht enden.
»Verzeih, dass ich dich im Stich gelassen habe«, flüsterte Messira.
Ina reagierte kaum. Ihr Kopf schmerzte. All das, was sie in den letzten Monaten durchgemacht hatte, kam mit aller Macht hervor.
»Mir ist schlecht«, sagte sie plötzlich.
Messira reichte ihr die Spuckschale gerade noch rechtzeitig.
»Tut mir leid«, entschuldigte sich Ina.
»Nein«, widersprach Messira. »Mir tut es leid.«
Ina hatte es schwerer erwischt, als Sara glaubte. Sie würde wohl nicht so bald entlassen werden.
Messiras schlechtes Gewissen nagte an ihr wie ein gefangenes Tier, das versucht, seine Käfigtür zu öffnen.

»Du wohnst selbstverständlich bei mir, wenn du wieder gesund bist«, war alles, was sie Ina im Moment anbieten konnte. Aber Ina hatte ihr längst vergeben.

Messira stand jetzt kurz vor ihrer Niederkunft. In den letzten Wochen wurden Alltagsaufgaben für sie oft mühsam. Der Bauch machte ihr das Laufen schwer. Sie musste sich häufig setzen, Pausen einlegen und war oft müde. Ihre innere Unruhe und Ungeduld machten ihr das Warten auf das Kind zur Qual. Und in diesem Zustand, sprach sie Ina Mut zu und wollte sich intensiv um sie kümmern.
Sara hatte das Gespräch zufällig mitgehört.
»Ina bleibt hier im Krankenhaus, bis du entbunden hast und dich von der Geburt erholt hast. Wenn es dir wieder gutgeht, kannst du dich gern um sie kümmern«, bestimmte sie.

*

Einen Tag später, am 11. November ging Messira schon sehr früh aus dem Haus. Es würde ein schöner Frühsommertag werden. Kein Wölkchen stand am Himmel. Sie wollte die Morgenkühle nutzen, um noch einige Kräuter in der Wüste zu sammeln, so wie Shakir es ihr gezeigt hatte. Sie kannte sich mittlerweile genauso gut in der Wüste aus wie er.
Sie ging am Haus von Shakir vorbei, um ihn zu bitten, sie zu begleiten, aber seine Hütte war leer. Sie konnte ja nicht wissen, dass er sich schon eine gute halbe Stunde vor ihr auf den Weg gemacht hatte. Sie überlegte. Saras Worte fielen ihr wieder ein: Geh nie allein in die Wüste. In ihrem Zustand konnte das lebensgefährlich werden, auch wenn sie inzwischen jeden Zentimeter kannte.
Aber diese Kräuter waren wichtig für sie. In aller Eile wog sie das Für und Wider ab. Sie hatte bis zur Geburt noch gut eine Woche. Sie fühlte sich wohl. Sie wollte nicht sehr weit gehen. Etwa eine halbe Stunde von hier wuchsen die herrlichsten Kräuter. Wenn sie sich beeilte, konnte sie bald wieder im Dorf sein. So würde sie nicht in die große Hitze kommen. Konnte ein Kind sich so schnell auf den Weg in die Welt machen? Nein!
Also entschied sie, allein zu gehen. Vielleicht konnte sie Shakir noch einholen. Sie benutzten fast immer dieselben Wege.
Von seinem Zimmer aus sah David sie vorbeigehen. Es war kurz vor sechs Uhr früh. Die Sonne streifte eben den Horizont. Er wunderte sich ein wenig, warum sie so früh schon auf den Beinen war. Eine gute Gelegenheit für ihn, um noch einmal allein mit ihr zu sprechen. Er hatte die Hoffnung noch nicht ganz aufgegeben, sie zurückzuerobern. Seine Strafe hatte er

zwar lange noch nicht abgesessen, aber er sah keinen Sinn mehr darin, hier in diesem Loch zu versauern. Also schlich er hinter ihr her.
Er hielt sich vorerst in einiger Entfernung und suchte Deckung hinter Büschen und Hügeln. Das Geräusch ihrer Schritte wurde vom Wüstensand verschluckt. Sie ging recht flott. Er hätte gedacht, dass sie mehr Mühe haben würde und wollte einen günstigen Augenblick abpassen, um sich ihr zu nähern. Hier im Dorf war das nicht ratsam. Wer wusste, wie sie auf seine Annäherung reagierte.
Aber es war noch etwas anderes, das ihn veranlasste, Messira zu folgen. Er hatte angenommen, dass sie in der Nähe des Dorfes bleiben würde. Bald musste er allerdings feststellen, dass sie vorhatte, sich weiter zu entfernen, als es in ihrem Zustand gut für sie war. Eine Ahnung bemächtigte sich seiner. Wenn *sie* schon nicht auf sich Acht gab, musste er es tun. Vielleicht würde ihn der Mut verlassen, und ein Gespräch zwischen ihnen kam nicht zustande, dann aber wollte er ihr Schatten sein, der bei Gefahr jederzeit zur Stelle war.

Messira ging in Gedanken versunken. Sie wollte so schnell wie möglich wieder zurück sein. So bemerkte sie nicht, dass er ihr folgte. Sie hatte in ihrem Rucksack eine große Wasserflasche dabei. Vor ihr breitete sich die endlose Wüste aus. Sie wusste genau, wo sie entlanglaufen musste. Was machte es, dass sie wegen ihres Zustandes nur langsam vorankam. Der Ort, an dem die Heilkräuter wuchsen, war nicht weit vom Dorf entfernt. Sie war oft mit Shakir hier gewesen. Normalerweise hätte sie die Strecke in einer halben Stunde geschafft. In ihrem Zustand rechnete sie mit der doppelten Zeit.
Nach dreißig Minuten verspürte sie ein Ziehen in der Hüfte. Sie machte sich jedoch keine weiteren Gedanken darüber. Das war mit Sicherheit nur eine Senkwehe. Sie wusste ja, dass der Geburtstermin noch auf sich warten ließ. Auch Adriano hatte ihr das vorgestern bestätigt, als sie zur Untersuchung bei ihm gewesen war.
»Deine Gebärmutter hat sich noch nicht gesenkt. Ich vermute, dass das Kind zum errechneten Termin, wenn nicht später kommt«, hatte er ihr mitgeteilt.
Sie trank ein wenig aus ihrer Wasserflasche. Die Sonne stand knapp über dem Horizont. Es war Sommer. Bald würde es hier wie im Backofen brennen. Schon jetzt konnte sie die Sonne fühlen, aber die große Hitze kam erst gegen neun Uhr. Sie hatte sich ausgerechnet, dass sie ungefähr gegen sieben Uhr an dem Platz ankommen musste, wo sie die Kräuter vermutete. Wenn sie sich mit dem Pflücken beeilte, konnte sie gegen acht Uhr dreißig wieder im Dorf sein, also der Hitze entgehen.

Das dachte sie, aber die Schmerzen verschwanden nicht, im Gegenteil, sie wurden heftiger. Sollten es doch Wehen sein? Sie glaubte noch immer nicht daran. Mehrmals musste sie anhalten und sich ausruhen. Was erst so forsch begonnen hatte, stellte sich jetzt als mühsam heraus. Ihr Rücken tat weh. Das Gehen machte Beschwerden und dann diese Schmerzen. Schon hatte sie den Platz erreicht, an dem die Kräuter wuchsen. Umständlich bückte sie sich und pflückte so viele wie sie nur konnte. Plötzlich durchzuckte sie wieder ein Schmerz, der so heftig war, dass sie sich setzen musste. Sie atmete in den Schmerz hinein, so wie sie es in der Geburtsvorbereitung bei Sara gelernt hatte.
Für eine Weile – sie wusste nicht wie lange – hatte sie Ruhe. Aber als sie die Hälfte der Kräuter gepflückt hatte, erfasste sie wieder eine Schmerzwelle. Das waren definitiv Wehen, kein Zweifel. Sie verwünschte sich, dass sie so leichtsinnig gewesen war. Sollte sie ihr Kind etwa hier gebären? Es war mittlerweile schon acht Uhr geworden. Hastig machte sie sich auf den Rückweg. Sie musste ständig anhalten, weil die Wehen wie Wellen ihren Körper durchliefen.
Als sie an einer Gruppe kleinerer Sträucher vorbeikam, sah sie ihn. David kauerte hinter einem Busch, erhob sich, als sie auf ihn zukam und blickte ihr frontal in die Augen. Sein Gesicht drückte Sorge um sie aus. In ihrem aber breitete sich Freude aus. Ein Mensch in ihrer Nähe gab Sicherheit und dass es David war, beflügelte sie. Der Himmel musste ihn geschickt haben.
»David!«, brachte sie mühsam hervor. Da erfasste sie wieder eine Wehe. Sie stolperte und wäre fast vor seine Füße gefallen, wenn er sie nicht aufgefangen hätte. Nur nicht ohnmächtig werden, dachte sie und machte sich frei von ihm.
»Was, … was machst du denn hier?«
»Das müsste ich *dich* eigentlich fragen. Was hast du allein und hochschwanger in der Wüste zu suchen? Und wie ich sehe, kann das Kind jeden Augenblick kommen.«
Sie versuchte abzuschwächen und machte eine Geste mit der Hand, die andeuten sollte: Ich schaffe das allein. Aber sie sollte sich täuschen.
Wieder erfasste sie der Schmerz. Sie stöhnte leise. Während sich ihr Bauch verkrampfte, griff sie nach Davids Hand wie nach einem Rettungsring.
»Du hast recht. Willst du mir helfen?« Ihr wurde endlich bewusst, in welcher Lage sie sich befand. Und wieder waren zehn Minuten vergangen, ohne dass sie der Siedlung ein Stück näher gekommen wäre.
»Bist du sicher, dass du es nicht mehr nach Hause schaffst? Ich könnte dich tragen«, schlug er vor.
Im selben Augenblick aber, als das letzte Wort verklungen war, wurde ihm schlagartig klar, dass sie es nicht mehr schaffen konnte. Er sah in ihr

schmerzverzerrtes Gesicht und wusste, dass das Kind sich auf den Weg nach draußen gemacht hatte. Niemand außer ihm konnte ihr jetzt noch helfen. Was für eine Ironie. Er, der verschmähte Liebhaber, dem verboten worden war, Kontakt mit ihr aufzunehmen, ausgerechnet er würde derjenige sein, der Geburtshilfe bei ihr leistete.
Wieder stöhnte sie. Die Wehen kamen immer schneller hintereinander.
»Du musst mir sagen, was ich tun soll«, sagte er, blieb aber merkwürdig ruhig.
Das ließ auch sie etwas ruhiger werden. »Ich weiß es doch auch nicht. Es ist mein erstes Kind«, bat sie um Verständnis.
»Und meines auch«, konnte er nur sagen.
Die Zeit verging.
Aber dann straffte sich sein Körper. Es half nichts. Er musste da durch. Und als ob ihm eine höhere Macht die Mittel und Wege gezeigt hatte, wie es funktionierte, fuhr er souverän fort: »Entspann' dich.«
Sie versuchte zu laufen, aber es ging nicht. Oh Gott, dachte sie. Was soll nun werden?
David behielt die Ruhe. Er suchte nach einem Platz, auf den er sie betten konnte. Am Fuße einer Düne fand er eine schattige Stelle, die ihm geeignet erschien!
Wie gut! Das war das Wichtigste, was sie jetzt brauchte: Schatten!
Es war inzwischen halb neun geworden. Mit den Händen glättete er den Sand. Er wusste, dass dies hier im Moment der sterilste Ort war, den sie finden konnten.
»Zieh dein Kleid aus«, sagte er hastig.
Messira tat, was David ihr riet und zog ihren weiten Kaftan über ihren Kopf. Sie war ohnehin nur noch in der Lage, zu reagieren. Sofort spürte sie, wie die heißen Zungen der Sonne ihre Haut ableckten. Sie duckte sich tiefer in den Schatten der Düne, um sich ein wenig Kühlung zu verschaffen. Was hatte David mit dem Gewand aus schwerem Leinen vor? Es bot Schutz vor UV-Strahlung. Wollte er das Kind darin einwickeln? Das dachte sie, denn er legte es auf die Seite, riss sein Hemd vom Leib und breitete es zu ihren Füßen auf dem Sandboden aus.
»Leg dich darauf.« Seine Stimme klang besorgt, denn er spürte, dass die Zeit knapp wurde. Und obwohl er noch nie Geburtshilfe geleistet hatte, machte er alles richtig.
Wer gab ihm diese Kompetenz?
Messira, deren Kraft langsam nachließ, vertraute ihm blind.
»Atme ganz tief in die Wehe hinein, wenn sie kommt«, sagte er. »Wenn du das Gefühl hast, du musst pressen, halte die Luft an. Wir brauchen keinen Arzt. Wir schaffen das allein. Hab keine Angst, es geht alles gut.«

Er legte Vertrauen schenkend seine Hand auf die ihre. Ihr Herzschlag verlangsamte sich. Sie wurde ruhiger. Wenn sie gewusst hätte, wie viel Angst er selbst hatte, hätte sie sich sicherlich nicht so bereitwillig in seine Hände begeben.
Die Wehen kamen jetzt schon sehr schnell hintereinander. Messira hatte keine Erholungspause dazwischen. Sie zog ihre Beine an ihr Becken und spreizte die Oberschenkel auseinander, ihr Oberkörper lag auf Davids Hemd. Der kniete vor ihr, beugte sich zu ihr herab und legte seine linke Hand auf ihren Bauch, so als wolle er das Kind herausdrücken und sie damit entlasten. Mit der rechten Hand versuchte er den Beckenboden zu stützen.
»Ich kann das Köpfchen schon sehen.« Eine Welle des Glücks durchströmte ihn warm und wohlig. »Es dauert nicht mehr lange. Spürst du schon einen Drang zu pressen?«
»Ja«, kam es gequält aus ihr heraus.
Sie hob den Oberkörper, zog ihre Beine noch näher an den Körper und hielt ihre angewinkelten Knie fest umklammert, um dem Kopf des Kindes den Durchtritt zu erleichtern.
»Tief Luft holen! Die Luft anhalten und jetzt pressen!«, kommandierte er und drückte mit der rechten Hand kräftig gegen ihren Damm, um ein Einreißen desselben zu verhindern und damit das Kind nicht zu schnell kam.
Messira schrie laut und presste so fest sie konnte.
»Jetzt ausruhen, nicht mehr pressen«, wies David sie hastig an. »Wenn du eine neue Wehe spürst, dann gib noch mal Gas.«
Ihr Haar klebte am Kopf, der wie Feuer glühte. Schweißperlen saßen Tautropfen gleich auf Wangen, Nase und Stirn. Die unbarmherzige Sonne stieg immer höher. Aber über den Dünenkamm konnte sie noch lange nicht schauen, der lag weiterhin im Schatten. Mittlerweile war es kurz vor neun.
Messira machte eine ungestüme Bewegung. Die Wasserflasche fiel aus dem Rucksack. Zum Glück war sie fest verschlossen. Das kostbare Nass wurde erfolgreich daran gehindert, zu entweichen.
David erinnerte sich, dass Messira trinken musste. Er löste sich kurz von ihr, schaffte es aber nicht ihr das kühle Nass einzuflößen, denn sofort kam die nächste Wehe, und das hieß für ihn, wieder seine Position einnehmen.
Messira suchte Halt an seinem Arm. Ihre ganze Kraft zusammennehmend, presste sie noch einmal, so stark sie konnte. Dabei löste sich ein Schrei aus ihrer Kehle, der sich vielfach an den Wänden der Düne brach. Ihre Nägel gruben sich tief in Davids Fleisch und hinterließen blutige Spuren.
Er spürte es kaum, so beschäftigt war er. »Der Kopf, der Kopf ist draußen«, schrie er, während sich ein Schwall Fruchtwasser im Wüstensand verlor.

Vorsichtig drehte und senkte David den geborenen Kopf. Die vordere Schulter trat aus. Der Rest des Kindes folgte problemlos. Sanft zog er den kleinen Körper hinterher.
»Du hast es geschafft! Du hast es geschafft«, jubelte er.
Messira lächelte matt aber glücklich.
Das Kind schrie laut.
David legte es auf ihren Bauch, da beruhigte es sich augenblicklich.
»Es ist ein Mädchen«, sagte er. »Und alles ist dran.«
Dankbar sah sie ihn an. Und er meinte, sie noch nie so glücklich gesehen zu haben.
»Du musst die Nabelschnur durchtrennen.« Messiras Lächeln war überirdisch und obwohl verschwitzt und von der Anstrengung gezeichnet, sah sie schöner aus als je zuvor. Ein Leuchten umgab sie und verlieh ihr etwas Heiliges.
David zögerte. Er sah das Pulsieren der Lebensader, die dem Kind neun Monate gedient hatte. Die Kleine atmete zwar schon selbständig, er wollte das Band zwischen Mutter und Tochter dennoch sanft lösen und wartete noch einen Augenblick ab.
Seinem Blick folgte ein kurzes »Entschuldige!« und er riss ihr ein Büschel Haare aus. Das teilte er, wickelte einen Teil mehrmals um die Nabelschnur und zog fest an. Das gleiche tat er einige Zentimeter daneben mit dem zweiten Teil. Als er sicher war, dass der Blutstrom auf Seiten des Kindes und auf Seiten der Mutter unterbrochen war, biss er dieses verschlungene Gebilde aus einer Arterie und zwei Venen mitten hindurch.
Für einen kurzen Augenblick roch und schmeckte er Messiras Blut. Es kam ihm vor wie lebendiges Eisen mit ein wenig Salz gewürzt. Der Geschmack berauschte ihn. Dann wanderte sein Blick auf Mutter und Tochter. Noch vor Minuten miteinander verbunden wie siamesische Zwillinge, war nun jede für sich ein eigenständiges Wesen. Er griff nach dem Kleid und deckte Beide damit ab, ließ aber das Köpfchen des Kindes noch herausschauen.

Der kleine Körper nahm selbständig seine Funktionen auf. Er war nicht länger von der Nabelschnur und der Plazenta der Mutter abhängig. Diesen Moment, dieses Wunder hatte er miterleben dürfen – ein erhabenes Gefühl, schön und unbeschreiblich.
Niemals zuvor hatte er Ähnliches erlebt. Das perfekte Zusammenspiel von Hormonen, die die Geburt von Seiten des Kindes und der Mutter eingeleitet hatten, nötigte ihm Hochachtung ab. Und wieder einmal, wie schon so oft in seinem Leben, erkannte er, dass keine Diktatur es jemals schaffen konnte, auch nur annähernd so etwas Vollkommenes zu kreieren.

»Mein Mädchen heißt Luise, wie meine Mutter«, sagte Messira und legte die Kleine an ihre Brust. Luise war hellwach. Messira sah, wie die Kleine hinaus in die Welt blinzelte.
Ihre Seele hatte den Weg durch den dunklen engen Tunnel gewagt und sich in das Abenteuer Leben hineinbegeben. Was für eine Leistung!
Eben war sie dabei, ihre Mutter über Augen, Nase, Ohren, Haut und Zunge zu erfahren, und die ersten Berührungen zwischen Mutter und Kind knüpften ein lebenslanges enges Band zwischen ihnen.
»Und welchen Namen hättest du einem Jungen gegeben?«, fragte David neugierig in die ehrfürchtige Stille hinein, die er wahrnahm, als er Mutter und Kind während ihrer Umarmung betrachtete.
Messira zögerte einen Augenblick, dann antwortete sie: »Tim, hätte er geheißen, so wie Inas verstorbener Sohn. Sie war in all den Jahren wie eine Mutter für mich gewesen.«
Ihm fehlten die Worte, also strich er stattdessen mit einer verlegenen Geste über ihr nasses Haar. Dabei bemerkte er ihre spröden Lippen.
»Du musst trinken.« Er suchte die Flasche im Sand und reichte sie ihr.
»Du aber auch! Du hast gute Arbeit geleistet.«
Ihr Blick streifte ihn. Es lag so viel Dankbarkeit und Wärme darin, dass er wiederum nicht wusste, wie er damit umgehen sollte, also hielt er sich an die Praxis und sagte: »Meine Arbeit ist noch nicht beendet.«
Messira trank einen Schluck Wasser und meinte, nie etwas Köstlicheres getrunken zu haben.
Dann spürte sie eine neue Wehe, wenn auch nicht so heftig wie die Vorhergehenden. Die Nachgeburt kündigte sich an, wohl durch das Saugen des Kindes an ihrer Brust beschleunigt.
»Noch einmal kräftig pressen, dann hast du's geschafft«, forderte David sie auf.
Die Ausstoßung der Plazenta ging viel leichter als das Herauspressen des Kindes. David zog dieses wunderbare Organ vorsichtig an der Nabelschnur heraus.
Baruti hatte ihm erzählt, dass in einigen älteren afrikanischen Kulturen die Nachgeburt als heilig galt. Sie wurde als eigenständiges Lebewesen betrachtet, weil sie nach dem Glauben dieser Menschen eine Brücke von der diesseitigen zur jenseitigen Welt darstellte. Ein Kind wird geboren, kommt auf diese Welt, die Plazenta mit der Nabelschnur stirbt – ein Austausch also. Sie musste nach der Geburt eines Kindes wieder der Erde übergeben werden, also in allen Ehren begraben werden.
David hatte in der Woche seines Arrestes viel von Baruti gelernt. Er war fasziniert von den Geschichten, die der Bürgermeister erzählt hatte, also knüpfte er an die alten Traditionen an.

Er grub mit seinen Händen ein Loch im Sand, recht tief, sodass die Nachgeburt nicht von wilden Tieren gefunden werden konnte und legte sie hinein. Danach füllte er das Loch wieder mit Sand auf. Säugetiere taten das instinktiv, damit keine Raubtiere durch den Geruch angelockt wurden und ihnen gefährlich werden konnten.
Messira war kurz nach der Geburt so klar wie nie in ihrem Leben zuvor.
Sie redete mit ihrer Tochter, als könnte die alles, was sie sagte verstehen. Und sie legte so viel Seele in ihre Worte, dass es wie Poesie klang.
David hörte zu. Auch er war erschöpft und hatte eine Pause verdient.
Er sah, mit welcher Liebe sie das kleine Bündel bedachte. Ihre Augen bekamen einen eigenartigen feenhaften Glanz. Die Worte aus ihrem Mund klangen sehr leise, doch er konnte sie trotzdem gut verstehen.

»Du bist ein Wunder. 280 Tage lebtest du versteckt in meinem Bauch. Davor trugen dich ganze Generationen. Du bist eine Einheit aus 100 Billionen Zellen, die nicht zufällig aneinander haften, sondern genau wissen, wo sie hingehören, so, als folgten sie einem geheimen Masterplan, den der Mensch nicht in der Lage ist, zu durchschauen.
Dein Körper ist vollkommen. Es fehlt nicht das kleinste Bisschen. Ein richtiger Mensch bist du … in Miniaturausgabe. Du bist noch voller Unschuld und Freude, und deine Welt ist überschaubar. Ich bin dein Universum.
Dein kleines Skelett besteht aus über 300 noch nicht fertigen Knochen. Wenn du erwachsen bist, sind es etwa 100 weniger. Ich wünsche dir, dass du niemals dein Rückgrat vor Gewalt und Terror beugen musst, sondern aufrecht und stolz und eines Menschen würdig durchs Leben gehen kannst.
Deine Ohren waren die ersten, die Kontakt mit der Außenwelt aufnahmen. Lange vor deiner Geburt konntest du mit ihrer Hilfe meine Stimme aus anderen Geräuschen herausfiltern. Ich wünsche dir, dass diese Ohren nicht nur das laut Gesagte hören, sondern auch die feinen Schwingungen dazwischen erspüren können.
Aus deinen Augen leuchtet dein eben erwachtes Leben. Ich wünsche dir, dass diese Augen voller Vertrauen in die Welt blicken, sich aber nicht verschließen vor dem Elend deiner Mitmenschen. Dein Mund formt noch keine Worte, kann sich aber auf andere Weise mitteilen und verschafft sich Gehör. Ich wünsche dir entspannte Gespräche mit deinen Mitmenschen und dass du immer den richtigen Ton triffst. Mit deiner Nase kannst du tausende von Gerüchen unterscheiden. Ich wünsche dir, dass sie dich immer gut leitet im Leben und dich auch im übertragenen Sinne nicht verlässt. Deine kleinen Hände beginnen gerade, die Welt zu begreifen. Ich wünsche dir, dass du sie richtig einsetzt– zum Helfen, Heilen, Trösten und

Lieben. Zwei kleine Füße hast du, die du bald entdecken wirst. Ich wünsche dir, dass sie dich später überall hintragen, wo du gern sein möchtest. Dein Herz schlägt 150 Mal pro Minute, also doppelt so oft wie bei einem Erwachsenen. Ich wünsche dir, dass es seine Arbeit immer zufriedenstellend ausübt und darüber hinaus noch Liebe und Mitgefühl verströmt. Ich wünsche dir, dass du von allem, was dir wichtig ist, im Überfluss hast und dass du deinen Überfluss mit anderen Menschen teilst. Ich wünsche dir, dass du niemals so verzweifelt bist, dass du keinen Ausweg mehr weißt, sondern dass Gott dich Menschen finden lässt, die an deiner Seite stehen, die dich in deinem Leid trösten und dich auffangen. Ich kann nicht den Glitzersternenstaub, die wärmenden Sonnenstrahlen, den silbernen Mondschein und den sanften Wind für dich einfangen und festhalten. Lass mich stattdessen dein Anker in der Vergangenheit, dein Hafen in der Gegenwart und dein Fenster in die Zukunft sein.
Dieses Kribbeln in meinem Bauch hat nun einen Namen: Sei mir willkommen, Luise.«

Nachdem er das gehört hatte, wusste David, dass er diesen beiden Menschen verpflichtet war. Er gab sich das Versprechen, immer für sie da zu sein und sie zu beschützen. Die Geburt von Luise hatte ihm die Faust geöffnet. Er wollte seine Hände künftig nicht mehr einsetzen, um jemandem wehzutun.
Nie hatte er etwas Schöneres gesehen und gehört. Tief bewegt wagte er nicht, die Stille, die nun folgte, durch sein Geplapper zu entweihen. Was hätte er dem auch hinzufügen sollen?
Er wünschte, jemand hätte zu ihm so gesprochen, als er auf die Welt kam. Aber vielleicht hatte es seine Mutter ja getan, und er erinnerte sich nur nicht mehr daran. Er wischte sich über die Augen. Und als einige Minuten vergangen waren, sagte er: »Du hast mich berührt.«
Messira küsste die Kleine auf die Stirn. »Es ist die Liebe, die mich inspiriert hat.«

Alles war bis hierhin gutgegangen, aber es war noch nicht zu Ende. Die Schwierigkeiten begannen erst. Messira war noch zu schwach, um zu laufen. Sie hatte zwar einen großen Wasserbehälter mitgenommen, aber würde das Wasser für David, sie selbst und das Kind reichen? Die Sonne stand nun schon recht hoch.
David entschied, dass Messira sich ausruhen sollte. Mutter und Kind dämmerten vor sich hin, während er sich umsah. In der Nähe fand er einige trockene Äste. Einen davon brach er ab und benutzte ihn, um einem großen kakteenähnlichen Gewächs den ‚Kopf' abzuschlagen. Dann

stampfte er im Innern des Gewächses so lange, bis eine wässrige Brühe entstand. In diesen Brei tauchte er die halbleere Wasserflasche und füllte sie wieder auf. Es würde nicht gut schmecken, reichte aber, um den Wasserverlust auszugleichen. Er selbst nahm ebenfalls einen kräftigen Schluck. Die Sonne brannte währenddessen auf seinen nackten Oberkörper. Besonders am Kopf und an den Schultern spürte er einen brennenden Schmerz, der mit der Zeit zunahm.

Es war inzwischen elf Uhr geworden. Messira fühlte sich ein wenig gestärkt. David band ihr mit Hilfe seines Hemdes das Kind auf die Brust, dann zog sie ihr Kleid darüber, so dass die Kleine nicht mit den Sonnenstrahlen in Kontakt kam. An einen Sonnenhut hatte Messira zum Glück gedacht, bevor sie das Haus verlassen hatte.

David schützte seine Haut mit den Blättern einer Welwitschia, die auf dem Wege stand. Das größere Blatt legte er sich um die Schultern, das kleinere auf den Kopf. Er konnte es nicht ganz verhindern, dass die Sonne doch einige Stellen an seinem Körper erwischte, aber die Pflanze tat gute Dienste, ohne sie hätte er es sicher keine zehn Meter weit geschafft.

Messira versuchte ein paar Schritte zu gehen. Sie fühlte sich matt. Ihre Gebärmutter war gerade dabei, sich zusammenzuziehen. Die Wunde blutete noch, aber in der heißen Luft trocknete das Blut sofort an ihren Beinen.

Es ging sehr langsam voran. Sie mussten sehr oft anhalten und aus der Feldflasche trinken. Auf halber Strecke gab es noch einige Kakteen. Dort würde David ihren Wasservorrat wieder auffüllen. Es war wichtig, dass sie regelmäßig Wasser zu sich nahmen.

Das Baby lag an Messiras Brust. Sie hoffte, dass die Vormilch den Feuchtigkeitsverlust vorerst ausglich.

Eine halbe Stunde war vergangen und sie waren kaum weitergekommen. Messira schwitzte stark und wurde immer schwächer. Da erblickten sie eine weitere Düne und rasteten an deren Südhang.

Hier auf der Südhalbkugel lagen die Südhänge im Schatten und die Nordhänge waren die Sonnenhänge. Aber auch hier war es noch brütend heiß.

David schätzte, dass es nicht mehr weit bis zum Dorf war, allerhöchstens noch zwanzig Minuten, wenn er schnell ging. Mit Messira würde es aber dreimal so lange dauern, wenn sie es in der Hitze überhaupt schaffen konnte.

»Ich lasse dir die Wasserflasche hier«, entschied er, »und hole Hilfe im Dorf. Ich habe mir den Weg genau eingeprägt. Sie müssen inzwischen festgestellt haben, dass wir fehlen. Du legst dich mit dem Kind in den Schatten der Düne und rührst dich nicht von der Stelle.«

»Nein, bitte nicht«, protestierte sie. »Ohne Wasser bist du verloren. Da schaffst du es nicht mal fünf Minuten.«

»Die Kakteen müssen ganz in der Nähe sein. Ich werde sie anzapfen. Mach dir keine Sorgen um mich.«
Er küsste Messira so sanft auf die Stirn, dass sie unter seinem Kuss erschauerte. Es ging ihr wirklich von Minute zu Minute schlechter. Sie spürte schon den Wasserverlust, der sich in ihrem Körper bemerkbar machte. Ihre Gedanken verloren an Klarheit. Das einzige, was sie noch aufrechthielt, war das Kind. Hoffentlich überlebte es die Hitze.
»Wenn du meinst.« Ihre halbherzige Zustimmung klang matt.
Er duldete keinen Widerspruch. Ihm war klar, dass die Zeit drängte. Normalerweise konnte ein Mensch keinen Tag in dieser Hitze überleben.
»Bitte geh sparsam mit dem Wasser um«, riet er ihr zum Abschied. »Achte darauf, dass du nicht zu viel auf einmal trinkst, nippe stattdessen nur Schluckweise daran. So hast du lange etwas davon. Wenn deine Lippen trocken werden, reicht es meist, wenn du sie befeuchtest. Atme nur durch die Nase, nicht durch den Mund. Zum Glück haben wir nichts gegessen. Die Verdauung bindet viel Wasser in Magen und Darm, das jetzt dringender im Gehirn gebraucht wird.«
Woher wusste er das alles?
»Ich bewege mich keinen Millimeter von hier fort«, versprach sie. »Ich vertraue dir. Bitte komm und hole uns so schnell wie möglich.«
Er ahnte, dass er ohne Kleidung kaum Chancen hatte. Kleidung verlangsamte die Verdunstung von Schweiß und verhinderte gleichzeitig ein übermäßiges Schwitzen. Außerdem kühlte jede Kleidung, die sich mit Schweiß vollgesaugt hatte, hervorragend den Körper. Mit den Blättern der Welwitschia, die fast zwei Meter lang waren, wollte er diesen Mangel wieder ausgleichen. Sie speicherten Feuchtigkeit und isolierten somit gut. Leider waren sie nicht sehr flexibel. Er verknotete die Blätter auf Kopf und Schulter und lief los.
Ein letztes Mal wandte er sich um und warf einen Blick auf die reglos im heißen Sand liegende Geliebte. Leb wohl, Messira. Ich werde zurückkommen, schwor er sich.
Erbarmungslos heizte die Glut ihm ein. Er lief so schnell er konnte. Seine Lippen platzten auf und erste Verbrennungen zeigten sich an den Stellen seines Körpers, die nicht bedeckt waren. Die Zunge klebte am Gaumen fest. Das Öffnen und Schließen der Augen war nur noch unter größter Anstrengung möglich. Da ihnen die Tränenflüssigkeit knapp wurde, schmerzten sie, als steckten tausend Nadeln in ihnen. Er schien keinen Tropfen Wasser mehr in sich zu haben.
Die Minuten schleppten sich endlos. Als er schließlich die kakteenähnlichen Stauden in der Ferne sah, dachte er erst, es wäre eine Halluzination. Doch sie waren – Gott sei Dank – real. Bald standen sie in ihrer imposanten

Größe vor ihm, aber er merkte, dass er kaum noch in der Lage war, sie zu öffnen.
Immer wieder trieb er sich zur Eile an. *Du musst es schaffen*, dachte er. Das Leben von Messira und dem Kind stand auf dem Spiel. Also strengte er sich an. Er fand einen spitzen Stein, mit dem er die Opuntie anschnitt. Mit seinem Stiefel trat er wie ein Besessener dagegen. Es gelang ihm, die äußere Hülle zum Platzen zu bringen. Er löste das Fruchtfleisch mit den Händen heraus, drückte es wie einen Schwamm zusammen und beförderte so die austretende Flüssigkeit direkt in seinen Mund.
Er trank so viel er konnte, dabei merkte er, dass sein Magen sich schon etwas zusammengezogen hatte und nicht mehr viel hineinpasste. Mit unmenschlicher Kraft schleppte er sich weiter.
Am Stand der Sonne konnte er erkennen, dass es auf die heiße Mittagszeit zuging, da sah er in der Ferne die ersten Hütten. Die Hitze flirrte vor seinen Augen. Das Schließen der Augen verursachte erneut Schmerzen. Die Tränenflüssigkeit schien nun ganz abhandengekommen zu sein. Mühsam schleppte er sich weiter.
Er hatte wenig Hoffnung, dass man ihn von weitem sah. In der heißen Mittagszeit befanden sich alle in ihren Hütten. Die Rettung war greifbar nah, aber er würde noch mindestens fünf Minuten brauchen, um die erste Hütte zu erreichen. Er verspürte eine bleierne Müdigkeit, seine Haut wirkte eingefallen und fahl. Der Körper war überhitzt.
Er wollte nur noch ausruhen, schlafen, sich hinlegen. Sein Gehirn gaukelte ihm vor, dass er sich zu Hause in seinem Bett befände. Nur nicht schlapp machen, waren seine letzten Gedanken, dann brach er zusammen, kurz bevor er die erste Hütte erreichte.

Er erwachte im Krankenhaus. Als er seine Augen öffnete, sah er Saras Gesicht, die sich besorgt über ihn gebeugt hatte.
»Wie lange war ich ohne Bewusstsein?«, wollte er wissen. Er sah an sich herunter und bemerkte, dass eine Salzlösung in seiner Vene verschwand. Diese Infusion hatte ihm wahrscheinlich das Leben gerettet. Seine Brandwunden waren verbunden.
»Du hast unverschämtes Glück gehabt«, sagte Sara anstelle einer Antwort.
»Wir müssen sofort zurück«, schrie er. »Messira und das Kind retten.«
»Was sagst du?«, fragte Sara erschreckt. »Messira hat ihr Kind in der Wüste bekommen?«
»Ich muss euch führen.« In Davids Stimme lag Panik. »Nur ich weiß, wo sie sich versteckt hat.« Gleich darauf riss er sich den Tropf aus der Vene.
»Moment!«, protestierte Sara. »Du bist überhaupt nicht in der Lage dazu. Einige Minuten später und wir hätten dich tot geborgen.«

»Ich muss aber!«, beharrte er und stand auf. Alles drehte sich um ihn, sodass er sich am Bett festhalten musste.
Sara sah ein, dass es keinen Sinn hatte, ihm zu widersprechen. Er hatte sich so darauf versteift, Messira zu retten. Wenn es stimmte, was er sagte, dann hatte er auch einen guten Job als Geburtshelfer geleistet.
»Aber nur, wenn du dich an meine Anweisungen hältst«, gab sie nach.
Ein dankbares Augenpaar blickte sie an. Zum Beweis, dass er verstanden hatte, nickte er. Sie forderte ihn auf, sich wieder niederzulegen. Er tat es unter Protest.
Sollte er ruhig schimpfen. Das war ihr egal. Sie befestigte den Tropf erneut an dem Zugang, den er glücklicherweise nicht beschädigt hatte und schickte eine Schwester, um Shakir zu holen. Sie selbst packte ein medizinisches Notfallkitt und einige Flaschen Wasser in ihren Koffer.
Shakir kam wenige Minuten später mit vier Männern und zwei Tragen. Beide Tragen hatten einen Sonnenbaldachin aus schwerem Stoff, der auf vier senkrechten Stützen ruhte und die Liege komplett wie ein Segel bedeckte.
David, der sich bis jetzt nicht gerührt hatte, wurde von den Männern auf eine Liege gehoben. Den Tropf brachte Sara an einem Stützbalken an. Davids Protest ignorierte sie.
Ein strenger Blick von ihr, ließ ihn wieder zurück auf sein Lager sinken. Im Grunde war er froh darüber, denn es ging ihm wirklich nicht besonders.
Als er sich gelegt hatte, packte sie ihn in Tücher ein. Für Messira präparierte sie die andere Trage entsprechend. Mit Hilfe von Davids Wegbeschreibung machte sich die kleine Gruppe auf den Weg in die Wüste. Nico, der heute Nacht einen schweren Fall gehabt hatte, schlief noch. Sara entschied, ihn nicht zu wecken.

STROMSCHNELLEN

Gegen Ende fließt der Strom des Lebens sehr schnell dem Meer entgegen.
Nimmt das Gefälle eines großen Flusses zu oder verengt sich die Passage durch Felsbrocken oder anderes Material, kann es zu einer Stromschnelle kommen. Dann fließt das Wasser sehr reißend und schnell. Stromschnellen sind sehr gefährlich.
Befindet man sich in einer Stromschnelle, diktiert der Fluss die Richtung. Es ist nicht mehr möglich, in die entgegengesetzte Richtung zu schwimmen auch wenn man sich noch so sehr anstrengt. Man kann von Glück sagen, wenn man mit dem Leben davonkommt und nicht mit dem Strom in die Tiefe gerissen wird.

***

Davids schlanke Gestalt verlor sich zusehends am Horizont bis sie schließlich nicht mehr zu sehen war. Messira kauerte sich enger in den Schatten der Düne. Luise schlummerte an ihrem Herzen. Ängstlich lauschte sie auf die Atemgeräusche der Kleinen. Sie waren kräftig und gleichmäßig. Der kleine Brustkorb hob und senkte sich wie ein Blasebalg, wenn Luft hindurchströmt. Die Haut fühlte sich warm aber nicht überhitzt an. Mit einiger Anstrengung gelang es der Kleinen schon mal für wenige Sekunden, die Augen zu öffnen. Messira hatte den Eindruck, dass sie ihre unmittelbare Umgebung genau verfolgte. War so etwas denn möglich?
Das Gefühl, die warme Haut ihrer Tochter direkt auf der ihren zu spüren war unbeschreiblich schön. Vor kurzem hatte sie Luise nur von innen wahrgenommen, vergleichbar einem Schluckauf in ihrem Bauch. Nun aber spürte sie deutlich die Trennung. Auf ihr lag ein kleines Wesen, das sich in seinem eigenen Rhythmus bewegte.
»Hab keine Angst, Luise«, sagte sie mehr zu sich selbst als zu dem Kind, denn sie war es, die es glauben wollte. »David kommt zurück.«
Sie schloss die Augen.
Ein wenig ausruhen! Es fehlte ihr eine Menge Blut. Wie viel Flüssigkeit das wohl sein mochte? Durfte sie noch mehr Wasser durch Schwitzen verlieren? Von Shakir wusste sie, dass ein Mensch in der Wüste bis zu zwanzig Liter an einem Tag verlieren konnte. Wie sollte sie die wieder ersetzen? Ihre Hand tastete zur Feldflasche. Sie schätzte, dass sich darin noch ein Liter befand. Wenn sie weiter so sparsam war wie bisher und sich wenig bewegte, konnte der einige Stunden reichen. Das hoffte sie wenigstens.
David brauchte, wenn er schnell war, eine halbe Stunde bis nach Hause. Sie glaubte nicht daran, dass er es in der Hälfte der Zeit schaffen konnte.

Bis man ihn entdeckte, mochte noch einmal eine halbe Stunde vergehen. Frühestens in einer Stunde konnten die Freunde sich also auf den Weg machen, sie zu suchen. Sie rechnete damit, dass sie ungefähr in zwei Stunden hier eintrafen. Sie konnte ja nicht wissen, dass David eine Stunde lang ohne Bewusstsein gewesen war, bevor man ihn gefunden hatte.
Luise bewegte sich heftig auf ihrer Brust. Ihre kleinen Finger tasteten zum Mund.
Oh Gott, dachte Messira, lass die Rettung rechtzeitig kommen.
Sie musste wohl etwas eingeschlafen sein, denn sie erwachte durch ein Geräusch in ihrer unmittelbaren Nähe. Eine Eidechse huschte vorbei. Die Hitze flirrte wie eine Dunstwolke über der Wüste. Es sah aus, als ob sich hier ein großer See befände. Die Fata Morgana wirkte so echt, dass sie fast losgelaufen wäre, um das Wasser zu trinken, aber sie war noch klar bei Verstand und wusste genau, dass das, was sie sah, nur eine Spiegelung des Lichts an unterschiedlich warmen Luftschichten war.
Luise fing an zu wimmern. Sie legte sie an die Brust. Man sagt, dass ein Kind mit der Vormilch auskommt, bis die Drüsen Milch produzieren, also keine Zusatznahrung braucht. Ob das auch für diese extreme Hitze zutraf, wusste sie nicht, hoffte es aber inständig. Luise beruhigte sich wieder. Durch das Saugen an der Brust wurde der Milchfluss angeregt.
Am Stand der Sonne konnte sie erkennen, dass mindestens eine Stunde vergangen war.
Sie trank ein wenig aus der Flasche und benetzte die Lippen von Luise mit ihrem Finger.
Wieder schlief sie ein.
Sie träumte von David. Es war ein erotischer Traum. Der Sex mit ihm fühlte sich sehr real an. Nico stand plötzlich vor ihnen und riss sie auseinander. Die Männer kämpften miteinander. Schuldgefühle plagten Messira, weil sie der Grund dafür war. Sie wusste nicht, welchem der beiden Männer ihre größere Sympathie galt. Mal ergriff sie Partei für den einen, mal für den anderen. Sie konnte sich nicht entscheiden.
‚Ich will euch beide', rief sie immer wieder sehr laut und von dem, was sie sagte, fest überzeugt.
Da verschwand das Bild vor ihren Augen und die Männer mit ihm.
Luise lag auf ihrer Brust und rührte sich nicht.
»Nein!«, schrie sie entsetzt und in Schweiß gebadet.
Sie erwachte, weil jemand an ihrer Schulter rüttelte. Nein, nicht, dachte sie. Ich bin so müde. Lasst mich schlafen. Sofort schlossen sich ihre Augen wieder. Sie war außerstande, diese offenzuhalten.
Wie aus einer anderen Welt hörte sie Saras Stimme sagen: »Sie ist völlig dehydriert und überhitzt. Sie braucht unbedingt Flüssigkeit.«

Hände griffen nach der Kleinen, entrissen sie ihr und wickelten sie in irgendetwas ein. Messira war zu schwach, um zu protestieren. Sie hob nur flehend die Hand, die jedoch gleich wieder zurücksank auf den Boden.
Wieder schlossen sich ihre Augen, ohne dass sie etwas dagegen tun konnte.
Was war das?
Etwas Warmes Weiches griff nach ihr. Zwei Hände hoben sie hoch. Ihren Widerstand hatte sie längst aufgegeben. Schwerelos glitt sie durch die Luft. Es fühlte sich gut an. Die Hände betteten sie auf etwas Weiches und lösten sich dann von ihr. Ein Stich mit einer Nadel oder irgendeinem anderen spitzen Ding riss sie aus ihrem Dämmerschlaf heraus. Wieder diese Hände. Sie machten sich an ihrem linken Arm zu schaffen. Der Boden unter ihr gab nach.
Von weit her hörte sie Sara sagen: »Auch die Kleine braucht dringend Flüssigkeit.«
Was passierte mit Luise? Die fing plötzlich an zu weinen. Warum war sie nicht bei ihr?
Nach einer gefühlten Ewigkeit legte man die Kleine wieder auf ihre Brust. Als das Kind den vertrauten Geruch der Mutter in die Nase bekam, tauchte es ein in die warme Haut, suchte nach der Brustwarze und beruhigte sich erst wieder, als es die gefunden hatte. Das Schluchzen verebbte. Der kleine Mund saugte sich an dem Leben und Trost spendenden Quell der Mutter fest und wurde ganz still. Als Messira die Kleine auf ihrer Haut spürte, fühlte sie sich wieder vollständig.
Hatte sie da eben Davids Stimme gehört? Ganz deutlich kristallisierte sich seine Stimme aus einigen unbekannten Stimmen heraus. Es wird alles gut, schoss es ihr durch den Kopf. Wir sind gerettet. Er hat Wort gehalten. Erschöpft ließ sie sich fallen in die dunkle samtige Schwere, die ihren Körper sowie schon fest im Griff hatte.

Sie erwachte am nächsten Morgen im Krankenhaus. Die Sonne blinzelte durch die geschlossenen Vorhänge und malte goldene Streifenmuster auf den Boden. Der strenge Alkoholgeruch des Desinfektionsmittels drängte sich in den Vordergrund. Bescheiden mischten sich zwei andere Gerüche darunter. Links von ihr ein Geruch nach Thymian und Sandelholz, rechts ein Geruch nach frischem warmem Brot. Der Brotduft kam von Luise, die friedlich in einem Weidenkorb an Messiras Kopfende schlummerte. Der Geruch nach Sandelholz und Thymian kam aus dem linken Bett neben ihr und gehörte zu David. Sie schaute erst zu Luise hinüber, die während des Schlafs Grimassen schnitt, dann wanderte ihr Blick auf die linke Seite zu David. Sie sah, dass er an Schläuchen hing. Als sie an sich hinabblickte, bemerkte sie, dass es ihr nicht anders erging.

Sie spürte Davids forschenden Blick auf sich ruhen. Abtastend! Abwartend! Sie erwiderte seinen Blick mit einem Lächeln, der ihm sagen sollte: Gut, dass es dich gibt. Da lächelte auch David durch das Gewirr der Schläuche hindurch.
Nico betrat das Zimmer. David schlüpfte tiefer unter seine Decke und wandte das Gesicht zum Fenster. Messira setzte sich auf und blickte ihrem Mann direkt ins Gesicht.
»Schatz«, sagte er gerührt. »Wir haben eine gesunde Tochter. Ich danke dir.«
»Du musst David danken«, verbesserte sie ihn und machte sich noch größer. »Ohne ihn stünden hier zwei leere Betten.«
Er schaute zum Nachbarbett, in dem David noch immer schmollte. Er musste Messira Recht geben. David hatte seinen Fehler wiedergutgemacht. Er seufzte. Es widerstrebte ihm, dem Nebenbuhler zu danken und doch brachte er es über die Lippen. David trotzte noch immer und hielt es mit der Wahrheit.
»Danke mir nicht«, wehrte er ab. »Ich hatte vor, euch den Behörden zu verraten.«
»Aber du hast es nicht getan.«
»Nur weil es mir an Gelegenheit fehlte«, bekannte David. »Ich stand unter Beobachtung.«
»Die hat ja zum Glück versagt, sonst hättest du Messira nicht retten können.«
»Ich hätte mir nie verziehen, wenn den beiden was passiert wäre«, sagte David. »Das Wunder von Luises Geburt hat mir die Aggression genommen. Dafür bin ich Gott dankbar. So etwas Schönes ist mir in meinem ganzen Leben nicht passiert.«
Er warf einen liebevollen Blick in das Bett neben ihm, zu Messira und Luise. Alles was er begehrte, lag in diesen Betten. Er hätte sein Leben für die beiden Menschen gegeben.
»Tausend Dank noch mal«, beteuerte Nico. »Leider ist es mir verwehrt geblieben, meiner Tochter auf die Welt zu helfen. Du weißt nicht, wie ich dich darum beneide.«
Er sah die Blicke, die sich David und Messira zuwarfen und stutzte. Irgendetwas warnte ihn, nicht zu sorglos zu sein. Sollte Messira noch in David verliebt sein oder vielleicht schon wieder?
»So hat eben jeder das Seine«, sagte David ohne Hintergedanken mit einem zufriedenen Lächeln. »Du die Frau und ich dieses wunderbare Erlebnis.«
Wieder hatte Nico ein komisches Gefühl. Er verabschiedete sich, weil er noch Dienst hatte. Als er gegangen war, streckte Messira ihre Hand in Richtung David aus. Der tat das gleiche. Beide Hände trafen sich in der Mitte.
»Auch ich danke dir«, flüsterte sie.

»Ich liebe dich«, raunte er.
Sie ließ es dieses Mal so stehen und widersprach ihm nicht.
Es war Saras Werk, dass sie gemeinsam in einem Zimmer lagen. Sie hatte gefühlt, dass sie das brauchten, ein paar Tage für sich allein. Messira dankte ihr im Stillen dafür.

Fünf Tage blieben beide in enger Nachbarschaft im Krankenhaus. Sie sahen und rochen sich, sprachen miteinander, streichelten sich zärtlich und hörten einander zu. Und Luise teilte sich den Raum mit ihnen. Ein Außenstehender musste denken, dass hier eine Familie lag.
Zum Glück konnte Sara während dieser Zeit auch die Quarantäne für den an Durchfall Erkrankten beenden. Es hatte keine weiteren Krankheitsfälle gegeben, und der Zustand des Patienten hatte sich merklich gebessert. Nun war Sara sich absolut sicher, dass es keine Cholera gewesen war. Wahrscheinlich hatte sich der Mann eine normale Magen-Darm-Infektion eingehandelt, die durch sein angegriffenes Immunsystem etwas massiver verlaufen war als der Durchschnitt. Alle atmeten auf. Am 13. November konnte der Patient als geheilt entlassen werden.

Am 16. November wurden auch Messira und David entlassen. Der Himmel war blau. Fluffige weiße Wölkchen schipperten langsam über das Firmament und waren gerade im Begriff, sich aufzulösen, als David und sie aus der Tür traten. Sie standen nebeneinander vor dem Krankenhaus und fanden keine Worte. Messira hatte Luise ihm Arm.
Die knappe Woche, die sie sich gestohlen hatten, war so schnell vergangen. Ihre Wege mussten sich hier trennen. Sie ging mit dem Kind zurück zu Nico, denn sie wusste, wo sie hingehörte.
Im Dorf wimmerte eine Säge wie ein verzweifelt weinendes Kind, gefolgt vom dumpfen Schlag einer Axt. Die Zimmerleute nutzten die kühlen Morgenstunden. Der Dachstuhl eines neuen Hauses war fast fertiggestellt.
David nahm Messira ein letztes Mal in den Arm. Zwischen ihnen spürte er Luises kleinen Körper. Eine Spur zu lange hielt er sie fest, sog noch einmal ihren Duft in seine Nase, glitt über ihr Haar, spürte die Wärme ihrer Haut, dann stieß er sie abrupt von sich. Er hatte das Gefühl, sie sonst nie wieder loslassen zu können.
Messira sagte nichts, vermied es, ihm direkt ins Gesicht zu schauen. Beide wussten, dass es gut war, so wie es war. Lange schaute er ihr hinterher. Auch noch, als sie den Dorfplatz schon weit hinter sich gelassen hatte und hinter einem Haus verschwunden war. Eine Weile stand er noch vor der Tür und fing die letzten Reste ihres Duftes ein, dann machte auch er sich

auf den Weg zum Bürgermeister, nicht wissend, was mit ihm geschehen würde.
Baruti entließ ihm die letzten Wochen der Haft. David hegte keinen Groll mehr gegen die Menschen hier. Er hatte die Feindschaft, die er anfangs gespürt hatte, tief in seinem Herzen begraben. Er liebte Messira zwar nach wie vor abgöttisch, akzeptierte aber, dass er nicht ihr Auserwählter war.
Baruti bot ihm an, bei sich zu wohnen, bis er sich entweder ein eigenes Haus gebaut hatte, oder sich anders entscheiden würde.
David dachte darüber nach, was er diesen aufrichtigen Menschen in seinem Zorn fast angetan hätte. Er war froh, dass das Schicksal anders entschieden hatte.

Es begann eine schöne Zeit für die Menschen im Dorf. Messira hielt sich zwar ängstlich fern von David, soweit das möglich war, brachte ihm die Kleine aber, so oft er wollte. Die Versuchung war stark. Sie konnte ihr nur dadurch widerstehen, dass sie die Nähe von David so oft es ging vermied. Nico war ihr dankbar dafür, denn längst hatte er bemerkt, dass David nicht nur irgendein Liebhaber für Messira war, sondern der Mann, den sie noch immer liebte, auch wenn sie sich das nicht eingestand.

Ina wurde eine Woche nach Messira entlassen. Wie Sara es vorausgesagt hatte, konnte diese es jetzt wagen, die Erzieherin bei sich aufzunehmen, denn ihre Kräfte wuchsen von Tag zu Tag. Ina war glücklich mit der Kleinen. In bescheidenem Maße nahm Messira wieder ihre Arbeit auf. Während dieser Zeit betreute Ina die Kleine und kam auch gut zurecht mit ihr. Jeder schonte sie so gut es ging. In der Republik hätte sie noch immer vollen Dienst tun müssen.
David stellte seine Arbeitskraft zur Verfügung, wo immer sie gebraucht wurde. Manchmal arbeitete er auf der Farm jenseits des Walls. Dort gab es jede Menge elektronischer Geräte, die gewartet und repariert werden mussten.
Als er das erste Mal durch den Tunnel ging, überkam ihn ein unangenehmes Gefühl der Angst. Mittlerweile hatte er sich daran gewöhnt. Die Siedler dort drüben waren allesamt zwar noch Bürger des Staates, sympathisierten aber mit den Rebellen.

Jenseits des Walls blieb es überraschend ruhig. Entweder sparte die Regierung ihre Kräfte für den großen Schlag auf, oder sie hatte aufgegeben. Die Rebellen verhielten sich in letzter Zeit ebenfalls ruhig. Es schien so, als ob beide Seiten sich gegenseitig beschnupperten wie Hunde, die austesten, wer der Stärkere von beiden ist.

David wohnte noch immer in Barutis Haus.
Eines Tages holte Ina die Kleine von dort ab. David bat sie – da Luise schlief – auf eine Tasse Kaffee herein. Ihm schmeckte der bittere Kaffee, den Shakir aus dem Blutfruchtbaum gewann, sehr gut. Ina fand keinen Gefallen daran, was sie ihm auch unmissverständlich klarmachte.
»Man kann über die Republik sagen, was man will. Der Kaffee dort ist mit diesem hier«, sie deutete auf die schwarze Brühe, die vor ihr stand, »nicht zu vergleichen. Kaffee ist das Einzige, das mich veranlassen könnte, wieder zurückzugehen.« Sie lachte.
»Mir schmeckt er.«
Ina schaute den Mann von der Seite an. Sein feines Gesicht wirkte müde und fahl.
»Ich hätte eigentlich dich an der Seite meiner Messira erwartet, nicht Nico. Wart ihr nicht mal ein Paar?«
Sah sie da ein Aufblitzen in seinen Augen? Also hatte sie doch richtig vermutet.
»Das Schicksal hat es anders bestimmt.« Er schaute wehmütig an ihr vorbei.
»Wer kennt schon die Wege des Schicksals?« Wieso sagte sie das jetzt?
David verstand nicht, also fügte sie hinzu: »Du spielst noch immer eine große Rolle im Leben meiner Tochter. Ihre Augen verraten sie.«
David fiel auf, dass sie meine Tochter gesagt hatte.
»Ich glaube, da täuschst du dich.« David hätte das gar zu gern geglaubt.
»Ich sehe das anders. Das Schicksal führt euch ständig zusammen. Und immer bist du ein Segen für Messira.«
»Ja, so ist es wohl vom Schicksal für mich vorgesehen«, sagte David bescheiden.
»Ich habe da so eine Theorie, was die Sternzeichen betrifft«, meinte Ina. »Messira ist Zwilling. Darf ich dich fragen, wann du Geburtstag hast?«
David wunderte sich ein wenig, aber er konnte der sympathischen älteren Dame den Wunsch nicht abschlagen.
»Ich bin Wassermann.«
»Ein Wassermann! Ein Luftzeichen, wie Messira. Wie schön! Mein Sohn war auch Wassermann. Das sind großzügige Menschen und freiheitsliebend, wenn ich mir die Bemerkung erlauben darf.«
David freute sich über ihren Eifer. »Na ja, ich bin am 26. Januar geboren, bin also gerade so am Steinbock vorbeigeschrammt.«
Ina lachte. Das machte ihr Gesicht weich und jung.
»Messira wäre auch fast ein Krebs geworden. Ein Wassermann also! Deshalb warst du mir gleich von Anfang an sympathisch. Du erinnerst mich an meinen Sohn. Er hatte auch am 26. Januar Geburtstag.«
»Was ist mit ihm geschehen?«, wollte David wissen.

»Ich habe ihn verloren, als er fünf Jahre alt war. Sie haben ihn mir weggenommen. Angeblich war er schwerkrank. Ich habe ihn nie wiedergesehen. Irgendwann hieß es, er sei gestorben.« Sie ballte ihre Fäuste. Auch heute noch tat die Erinnerung an Tim weh. »Das Schlimmste war, dass sie mir verboten, ihn zu besuchen«, fuhr sie fort. »Was muss wohl in der kleinen Kinderseele vorgegangen sein? Wie sollte er das verstehen können?«
»Merkwürdig!«, wunderte David sich. »Auch ich habe meine Mutter das letzte Mal gesehen, als ich fünf Jahre alt war. Kann mich nur noch vage an sie erinnern. Ihre gütigen Augen, ihre liebevollen Hände.« Er verlor sich fast bei dem Gedanken. »Eine Familie habe ich nie gekannt.«
Er sah sie an. Plötzlich keimte ein Verdacht in ihm auf.
»Wann genau ist denn dein Sohn geboren worden?«
Inas Gestalt straffte sich.
»Ich habe die Erinnerung an ihn tief in mir drinnen verschlossen. Niemand wusste davon. Ich habe allen Tests widerstanden. Sie haben nie bemerkt, wie ich um ihn getrauert habe. Hätten sie meine Gefühle entdeckt, hätten sie mir alle Erinnerungen an ihn genommen, aber hier«, sie zeigte auf ihr Herz. »Hier drinnen lebt er weiter, mein kleiner Tim. Er war das achthunderteinundachtzigste Kind im Jahre 2323.«
David fiel die Tasse aus der Hand. Das war exakt seine Ident-Nummer. Wie konnte das sein?
»Wie nanntest du ihn?«, fragte er.
»Tim.«
»Mama!«, rief er und schoss in ihre Arme.
Sie verstand nicht.
Er musste ihr wieder und wieder erklären, wann er geboren worden war. Ganz dunkel erinnerte er sich jetzt auch an den Namen Tim, den sie ihm damals gegeben hatte. Es war, als hätte jemand einen Schleier von der Vergangenheit gezogen. Er war dem Staat fast dankbar, dass der ihm eine Ident-Nummer verpasst hatte. Das erste Mal liebte er diese, denn ohne sie hätte er seine Mutter nie gefunden.
»Aber sie haben mir gesagt, du bist tot«, stammelte Ina immer wieder.
»Seit wann glaubst du, was die Regierung sagt?«, fragte er.
Er hob die kleine Frau hoch, drückte sie ganz fest an sich und drehte sie im Kreis herum, bis ihr ganz schwindlig wurde. Das war also die Frau, die ihn unter dem Herzen getragen hatte und die ihn geboren hatte.
»Du bist es«, sagte er immer wieder. »Du bist meine Mama.«
Als Ina sich ein wenig gefangen hatte, erzählte sie ihm einige Begebenheiten aus seiner frühen Kindheit. Stück für Stück fand er seine Erinnerungen wieder. Beide lachten. Er hätte stundenlang hier mit ihr so sitzen und reden können, aber Luise erwachte und forderte ihr Recht.

»Jetzt wo wir uns gefunden haben, lass ich dich nicht mehr los«, sagte er. »Ich bau ein Haus für uns. Endlich weiß ich, wo ich hingehöre. Und ich dachte schon, dass es besser gewesen wäre, nicht hierher zu kommen.«
»Ach, Junge«, sagte sie. Ihre Stimme klang zittrig, denn sie hatte sich noch immer nicht von dem Schreck erholt, den diese wunderbare Nachricht bei ihr ausgelöst hatte. »Auch wenn du mich nicht gefunden hättest, so hat dein Kommen hierher doch einen Sinn gehabt. Zwei Menschen verdanken dir ihr Leben. Ich bin müde. Wer weiß, wie lange ich noch lebe. Aber Gott hat mir ermöglicht, noch bevor ich sterbe, meinen Sohn zu sehen. Ich bin so froh, dass es dich gibt.«
Sie küsste ihn auf die Wange und hielt sein Gesicht in ihren Händen wie damals, als er ein kleiner Junge gewesen war. Es war schon komisch, plötzlich einen so erwachsenen Sohn zu haben. Zuletzt, als sie ihn gesehen hatte, konnte er kaum über den Tisch schauen.
Das Leben geht oft seltsame Wege.
David gewann sein Selbstvertrauen wieder und freute sich, endlich eine Aufgabe zu haben. »Wir werden all die Jahre nachholen, das verspreche ich dir«, lachte er jungenhaft.

Aber es kam anders. Es schien, als hätte Ina nur auf diesen Augenblick gewartet, um dann in Frieden sterben zu können. David war so übervoll des Glückes, dass er nicht bemerkte, wie es langsam mit ihr bergab ging.
Er hatte einen schönen Platz am Rande des Dorfes ausgesucht, wo er sein Haus bauen wollte. Er half dem Tischler, wo er konnte, damit das Haus für sich und seine Mutter schnell fertig wurde. Es sollte mit allem erdenklichen Komfort ausgestattet sein. Er selbst übernahm gemeinsam mit Siegbert die Installation der Elektrik.
Der Mann hatte es ihm angetan. Beide wurden gute Freunde. Auch Siegbert war Junggeselle und bedauerte wie David eine verlorene Liebe. Sie trafen sich oft in der Cafeteria des Krankenhauses und saßen dort so manche Nacht zusammen, nur um zu reden.

Ina wohnte bis zur Fertigstellung des Hauses bei Messira, David bei Baruti.
Darüber verging der Sommer.
Die Ernte kam.
Eine weitere Expedition machte sich auf den Weg zum Meer.
Messira hatte endlich eine Getreidesorte gezüchtet, die den extremen Temperaturschwankungen in der Wüste standhielt.

Am Ende des Sommers zog David mit Ina in das neue Haus ein. Es fehlten nur noch Kleinigkeiten. Die Möbel waren noch nicht alle getischlert, aber

zwei Betten und eine Kochstelle gab es schon. Obwohl Ina sehr schwach war, freute sie sich, dass sie für sich und ihren Sohn kochen durfte. Und auch ihr Recht, Großmutter zu sein, ließ sie sich nicht nehmen. Wann immer sie konnte, nahm sie Messira die kleine Luise ab. Es war ihr eine Freude mit ihrer Enkelin zu spielen und sie zu umsorgen.
Großmütter und Großväter kannte niemand mehr im Staat. Sie mussten neu entdeckt werden. Dieser korrupte Staat unterband alle familiären Bindungen. Auch der Kontakt von Mutter und Kind wurde, wenn das Kind dreißig Jahre alt geworden war, nicht mehr gern gesehen. Die Menschen sollten funktionieren und dazu gehörte, dass sie arbeiteten, bis sie starben. Familiäre Bindungen waren da nur lästig, weil sie vom eigentlichen Tun, das die Regierung von den Menschen erwartete, ablenkten.

Mitte Februar, als der Herbst vor der Tür stand, konnten David und Ina es sich endlich in ihrem neuen Haus gemütlich machen. Die letzten Möbel waren aufgestellt. Ina gab dem Haus eine persönliche Note, und sie kamen ein wenig zur Ruhe.
Die Tage wurden – wenn auch nicht so auffallend wie in den gemäßigten Breiten aber doch merklich– kürzer. Die Sonne ging kurz vor sieben Uhr auf und schien bis kurz nach neunzehn Uhr. Von nun an würde die Tageslänge von dreizehneinhalb Stunden in den Sommermonaten bis auf fast zehn Stunden im Juni fallen. Das Leben von Ina und David normalisierte sich wieder.

Am 15. März feierte die Dorfgemeinschaft Chengs ersten Geburtstag. Der kleine Kerl wagte schon einige Schritte ohne seine Eltern.
Luise war gerade mal vier Monate alt. Sie konnte die Menschen, die sich um sie bemühten schon sehr gut voneinander unterscheiden.
Auch die andern beiden Kinder tollten draußen herum.
Zwei schwangere Frauen saßen mit an der Tafel.
Alles schien perfekt. Sorglos lebte David in den Tag hinein. Aber der Schein trog.
Einen Tag später rief Sara ihn zu sich in die Praxis.
»Du weißt, dass es um das Herz deiner Mutter schlecht bestellt ist?«, fragte sie.
Nein, das wusste er nicht. Ina hatte nie erzählt, wie oft sie sich von Sara hatte aufpäppeln lassen. Sie war eine Meisterin im Verdrängen.
»Mein Junge soll nicht merken, wie es um mich steht«, hatte sie einmal gesagt, und Sara musste versprechen, dass sie David nichts davon erzählte. Aber nun war ihre Krankheit in ein Stadium getreten, in dem sie dringend die Hilfe ihres Sohnes brauchte.

»Deine Mutter hat sich mit ihrem Schicksal abgefunden. Bitte akzeptiere auch du es. Sie will in Frieden aus dieser Welt scheiden«, erklärte Sara.
Als David Sara verließ, hatte er Tränen in seinen Augen. Wie konnte das sein? Alle Menschen, die ihm lieb waren, gingen ihm verloren. Noch schlimmer, er fand sie wieder, um sie dann ein zweites Mal zu verlieren, jetzt aber endgültig.
Was hatte er für Schuld auf sich geladen?
Und anstatt froh zu sein, dass er seine Mutter nach so vielen Jahren wiedergefunden hatte, haderte er mit dem Schicksal, das sie ihm wieder nehmen wollte. Auch an Messira dachte er, denn er konnte seinen Groll noch immer nicht ganz ablegen. Wieso war er verdammt dazu, die ewige Nummer Zwei zu sein?

Der Winter, die Trockenzeit der Wüste, lud mit seinen erträglicheren Temperaturen zu abendlichen Spaziergängen ein. Es wurde früher dunkel, aber der Himmel war klar und weit. Erst der Blick in die Sterne machte David bewusst, wie klein und unbedeutend seine Sorgen waren.

Der 14. Juni war ein wunderschöner Tag. Am Abend saß David mit seiner Mutter auf der Veranda vor ihrem Haus und beide schauten in den nächtlichen Himmel.
»Dieser Stern hier.« Ina zeigte auf den Polarstern, der am Ende des großen Wagens stand »Der soll dich an mich erinnern, wenn ich zu unseren Ahnen gegangen bin«, sagte sie ohne Bitterkeit.
David zuckte zusammen. Wie konnte sie so etwas sagen.
»Du bleibst noch lange hier auf der Erde«, versuchte er die dummen Gedanken seiner Mutter zu verscheuchen.
Die aber beharrte: »Noch heute Nacht schlägt meine Stunde.«
David nahm sie in seine Arme und voller Panik in seiner Stimme bat er: »Du darfst noch nicht gehen, Mama. Wir haben uns doch eben erst gefunden.«
Er tat ihr Leid in seinem Kummer, und sie versuchte ihn zu trösten, aber sie wollte ihm auch vermitteln, dass der Tod zum Leben gehörte.
»Ich weiß, was ich sage, mein Sohn.«
Sie legte ihre alte weise Hand auf die Seine. »Ich habe mein Leben gelebt. Ich habe alles erreicht, was ich mir träumen ließ. Mein schönstes Geschenk bist du. Nie hätte ich geglaubt, dich noch einmal lebend in meinen Armen zu halten. Kannst du dir vorstellen, was das für mich bedeutet? Ich bin gesegnet, denn ich habe auch eine liebe Tochter und ein Enkelkind dazubekommen. Seit langem merke ich nun, dass ich müde werde. Ich will mich ausruhen. Ich bin glücklich, dass mich Menschen lieben und mich in

Erinnerung behalten. Menschen, die geliebt werden, sterben nie. Sie leben in der Erinnerung ihrer Nachkommen weiter.«
Sie schwankte leicht, so als hätte sie Alkohol getrunken.
»Ich bringe dich zu Sara.« Die Angst ergriff Besitz von ihm wie der Herr von seinem Sklaven.
Sie hielt ihn zurück: »Nein, mein Sohn, vergeuden wir nicht die kostbaren Minuten, die uns noch bleiben.«
»Mama!«, schrie er, und seine Stimme drückte die ganze Qual aus, die seine Seele jetzt belastete.
»Ich bin ganz ruhig«, sagte Ina. »Ich wünschte, du könntest das auch. Glaub mir, ich bin immer bei dir.«
Sie legte ihre Hand auf seine Brust. »Hier drinnen wirst du mich finden, wenn du nach mir suchst.«
Er wollte sie ins Haus bringen. Sie wehrte ab.
»Ich will hier draußen sterben, unter dem Sternenhimmel. Wenn du mir einen Gefallen tun willst, dann hole Messira.«
Er wollte sie nicht allein lassen. Sie aber bestand darauf.
»Ich habe noch Zeit, mich von euch zu verabschieden. Also, beeile dich. Ich will sonst niemanden sehen, nur Messira.«
David hetzte durchs Dorf, während tausend Gedanken durch seinen Kopf schwirrten. Seine Mutter starb. Ein Gefühl der Ohnmacht bemächtigte sich seiner. Er wurde gewahr, wie klein der Mensch doch ist und wie verletzlich. Sein Schicksal ist von Anfang an für ihn bestimmt. Er fragte sich, ob es Vorbestimmung gewesen war, dass er seine Mutter hatte finden müssen. Sie hatte ihren totgeglaubten Sohn so sehr geliebt, dass sie über all die Jahre die Erinnerung an ihn bewahrt hatte. Sollte das belohnt werden?
Er stellte sich vor, wie es gewesen wäre, wenn sie eine Rückführung gehabt hätte? Er hätte ihr tausendmal seine Ident-Nummer nennen können, sie hätte ihn nicht verstanden, weil alle Erinnerungen an ihn in ihrem Gehirn ausgelöscht gewesen wären. Sie hätten nebeneinander gesessen, ohne sich zu erkennen.
Auf einmal verstand auch er. Sie hatte so lange warten müssen, bis sie ihn gefunden hatte. Nun konnte sie in Frieden sterben. So leid es ihm auch tat. Er wusste, dass er sie gehenlassen musste.
Es war schon dreiundzwanzig Uhr, als er an Messiras Tür klopfte.
»Komm schnell«, rief er. »Ina stirbt und möchte dich noch einmal sehen.«
Messira beeilte sich. Sie schaute kurz nach der Kleinen Die schlief neben Nico weiter, und sie war froh, dass sie allein gehen durfte.
Ina saß draußen vor der Tür, in eine Decke gehüllt, so wie David sie verlassen hatte. Ihr Kopf lehnte an der Hauswand und ihre Augen waren gen Himmel gerichtet. Sie griff nach Messiras Hand.

»Mein David und du«, sie nannte ihn David, nicht Tim. Tim war damals gestorben. David war von den Toten auferstanden. »Ihr habt euch einmal geliebt. Ich wollte, es wäre noch so. Solch eine Schwiegertochter wie dich habe ich mir immer gewünscht.«
Messira ergriff die ausgestreckte Hand und sagte: »Du brauchst keine Schwiegertochter, du hast eine Tochter in mir.«
»Ich weiß mein Kind«, stimmte Ina zu, »und aus diesem Grunde kenne ich dich sehr genau. Ich habe schärfere Augen als du. Aus deinen Blicken lese ich, dass es noch nicht vorüber ist zwischen dir und David.«
Messira spürte wie das Feuer ihre Wangen erhitzte. Ina registrierte es sehr wohl und fuhr fort: »Ich glaube, ihr beide habt eine große Aufgabe zu meistern. Ich sehe, dass eure Schicksale eng miteinander verknüpft sind.«
Messira versuchte abzuwehren. »Aber ich liebe Nico, und wir haben eine gemeinsame Tochter.«
»Das ist richtig«, half Ina ihr. »Dir wurde die Gnade erwiesen, zwei Männer zu lieben. Das ist etwas ganz Besonderes. Da du jedoch nur einen haben kannst, befindest du dich in einem Konflikt. Du meinst, dich für Nico entschieden zu haben, aber glaube mir, auf deinem letzten Weg wird David dich begleiten.«
»Was sagst du da, Mama?«, fragte Messira ungläubig und schrieb es dem Umstand zu, dass Ina bald sterben würde.
Wahrscheinlich war sie mit ihrem Geist schon in der anderen Welt.
David saß die ganze Zeit daneben und wagte kaum zu atmen. Er spürte einen eiskalten Hauch seinen Rücken hinunterlaufen. Auch er hatte solche Gedanken schon einmal gehabt. War es denn möglich, dass die Mutter im Augenblick ihres Todes in die Zukunft sehen konnte?
Ina ergriff seine Hand und legte diese in Messiras. David spürte die warme weiche vertraute Haut seiner Geliebten. Es war ein Gefühl, als würde ein Energiestrom in beiden Händen pulsieren, der ihnen Kraft gab. Auch Messira musste dies spüren, denn David bemerkte, wie ihre Hand leicht zitterte, aber sie riss sie nicht von ihm fort.
»Ich segne euch«, sagte Ina mit ersterbender Stimme. »Ich weiß, dass ihr für den Fortbestand der Menschheit wichtig seid.«
David küsste seine Mutter auf den Mund. Messira nahm die alte Frau in ihre Arme und überhäufte deren Augen, die Stirn und den Mund mit so vielen Küssen, dass sie gar nicht merkte, wie ihre Tränen sie überholten.
David fühlte sich hilflos. Er konnte nichts mehr sehen, vor seinen Augen verschwamm die Realität.
Allein Ina behielt ihren klaren Verstand.
»Wir werden uns wiedersehen«, hauchte sie. »Habt keine Angst. Alles wird gut. Der Tod ist nur eine Tür in eine neue Realität.«

Während die drei Menschen so auf dem Boden kauerten, berührte der schwarze Vogel des Todes Ina mit seinen Flügeln. Sie gab nach. Ihr Kopf wurde schwer und fiel auf Davids Brust, der sich hinter sie gesetzt hatte, um sie zu stützen. Die Hand entglitt Messiras Hand und fiel nach unten.
»Sie ist von uns gegangen«, hauchte Messira und David schluchzte. Er fuhr mit der Hand über die Augen seiner Mutter und schloss die Lider. Noch lange hielt er sie so in seinen Armen und Messira legte eine Hand in Inas, die zweite in Davids Hand. Die drei Menschen waren durch die Liebe miteinander verbunden – über den Tod hinaus.

Ina war der erste Mensch, der auf natürlichem Wege gestorben war. Sie wurde neben Cheng beigesetzt. Messira und David sorgten dafür, dass sie ein schönes Grab bekam.
Der Tischler schnitzte ein Kreuz mit ihrem Namen, dem Geburts- und Sterbedatum. Erstmals stand auf dem Holzkreuz nicht nur der Vorname, sondern auch der Familienname. Ina hatte David gesagt, dass ihre Familie sich selbst den Namen »Kellermann« gegeben hatte. Auch David übernahm diesen Namen.
Auf Inas Grab stand also: HIER RUHT INA KELLERMANN.
Messira pflanzte Gräser auf den Hügel, die sich sanft im Wind hin und her bewegten und ein feines zartes Geräusch ertönen ließen. Sie rief alle Menschen zusammen, auch die, die Ina nicht gekannt hatten, und man feierte bis spät in die Nacht hinein.
Messira und David erzählten Geschichten, die sie mit Ina verbunden hatten. So wurde sie auch den anderen bekannt gemacht.
Am Ende gingen alle zufrieden auseinander. Sie hatten das Gefühl, dass hier die Überreste eines Menschen ruhten, der viel in seinem Leben erdulden hatte müssen, der aber zuletzt seinen Frieden gefunden hatte.

David war auf dem Wege, sich mit seinen Verlusten auszusöhnen. Er verlor nicht den Boden unter den Füßen, wie er befürchtet hatte, im Gegenteil: Das Zusammenleben mit Messira, Nico und der Kleinen entwickelte sich besser, als er gedacht hatte. Sicher wurden er und Nico keine Freunde, aber sie gaben sich Mühe, den jeweils anderen zu respektieren.
Die Nähe zu Messira tat David gut. Auch das hätte er nicht gedacht. Es entwickelte sich nach und nach zwischen ihnen eine Freundschaft, in der zwar nicht alles ausgesprochen wurde, weil David noch immer verletzt war und Messira sich immer wieder zur Ordnung rufen musste, um ihm nicht um den Hals zu fallen, die aber tief und innig war. Die Kleine betrachtete er inzwischen als sein eigenes Kind, und irgendwie war sie das ja auch. Er war ihr zweiter Vater.

Die Monate gingen ins Land.
Inzwischen war auch Margrit ins Dorf gezogen. Es hatte sich für sie eine geeignete Nachfolgerin gefunden. Messira war froh, die Freundin an ihrer Seite zu wissen.
Luise krabbelte schon fleißig und spielte mit den beiden Jungen und dem Mädchen.
Die schwangeren Frauen waren im fünften und siebten Monat. Es ging ihnen blendend.
Um die Expeditionen zum Meer zu verkürzen, bauten Siegbert und David ein Solarfahrzeug. Dieses Fahrzeug war mit einem Allradantrieb ausgerüstet. Es fehlten nur noch einige Kleinigkeiten, dann konnte es zu seiner Jungfernfahrt aufbrechen.
Messiras ausgesäte resistente Getreidearten gediehen prächtig. Sie hatte eine Weizensorte gezüchtet, die den extremen Bedingungen in der Wüste standhielt und diese auch ausgesät. Nun mussten die Pflanzen sich in der Praxis bewähren.
Alles lief also rund im Dorf.

Fast ein Jahr lang hatten die Rebellen sich zurückgezogen. Es gab nichts mehr zu holen.
Der Staat bot alle seine Kräfte auf, um die Bevölkerung mit Brot und Spielen bei Laune zu halten. Er war der Meinung, er hätte gesiegt. Dabei war es nur Taktik von der Bewegung. Man wollte nicht unnötig auf sich aufmerksam machen, um die wenigen Menschen in der Republik, die noch auf Seiten der Rebellen standen, nicht zu gefährden.
Alle wussten aber, dass es nur die Ruhe vor dem Sturm war. Jeden Augenblick konnte ihr Paradies entdeckt werden. Es war ein Wunder, dass das nicht schon längst geschehen war.
Am Ende des Jahres wollten die Rebellen versuchen, die restlichen Menschen, die noch mit ihnen sympathisierten, hierher zu holen und den Tunnel verschließen. Sie hofften, dass sie dann in Ruhe hier leben konnten, ohne dass die Regierung etwas von ihrer Existenz erfuhr. Sie nahmen sich vor, über die Meere die Küsten, die außerhalb der Barriere lagen, zu besiedeln. Wenn sie immer in Sichtweite des Festlandes blieben, sollte ihnen das auch gelingen.
Vorerst aber mussten sie ein Schiff bauen, dass so seetüchtig war, dass es diese Fahrt wagen konnte.

Kurz vor Luises erstem Geburtstag, am 6. November, waren David und Messira jenseits des Tunnels eingesetzt. Man brauchte David, um diverse elektronische Bauteile auf dem Farmgelände auszuwechseln.

Die Menschen, die dort arbeiteten, sollten wie alle anderen erst am Jahresende übersiedeln. Vorerst brauchten sie also noch intakte Geräte und Maschinen, die gewartet und instandgesetzt werden mussten.
Messira sollte sich um den Mais kümmern, der hier angepflanzt worden war. Die Blätter hatten braune Stellen bekommen, obwohl sie durch die Pipelines gut bewässert wurden. Sie vermutete einen Pilz.
Es war nicht ungewöhnlich, dass Menschen aus dem Dorf auf dem Gebiet der Republik eingesetzt wurden, die Rebellen achteten aber immer darauf, dass dies nur in unmittelbarer Nähe des Energiewalls, also auf der Farm selbst geschah.
David und Messira hatten schon vor einer Woche von ihrem Einsatz erfahren und machten sich am Morgen gemeinsam auf den Weg. Messira freute sich, den ganzen Tag mit David verbringen zu dürfen und ihm ging es genauso.
Seit ihrer Übersiedlung war Messira nicht mehr hier gewesen. Andere Bürger pendelten zwischen beiden Welten ständig hin und her.
Der Weg durch den Tunnel war wie immer etwas unheimlich. Die Angst kroch an ihr hoch wie ein giftiges Insekt, das eine Stelle sucht, um zuzubeißen. Als sie auf dem Boden der Republik stand, beschlich sie wieder dieses merkwürdige Gefühl von Ohnmacht, Gefangenschaft und Willkür, das immer von ihr Besitz ergriffen hatte, sobald sie einen Einsatz für die Rebellen bekommen hatte. Aber sie hatte für den Fall vorgesorgt. Wenn sie auf Außenmission ging, wusste sie, was zu tun war. Seit sie im Widerstand war, hatte Margrit ihr das immer und immer wieder eingeschärft und nun war es ihr in Fleisch und Blut übergegangen.
David teilte ihre Ängste nicht. Die Arbeit jenseits des Walls schien ihm nichts auszumachen. Er plauderte angeregt, während Messira eher einsilbig wirkte.
Diejenigen, die noch den Chip hatten, durften sich nicht zu lange im Outback aufhalten, weil sie dort eventuell geortet werden konnten. Es gab keine Erfahrungen, ob der Energiewall die Ortung verhinderte, was jeder zwar hoffte, aber nicht mit Sicherheit wusste.
Wenn sich ein Bürger aber nicht auffällig verhielt, kam der Staat nicht auf die Idee, ihn zu orten. Aus diesem Grunde waren Menschen, die wie Margrit einen Beruf ausübten, der mit vielem Reisen verbunden war, für die Rebellen unverzichtbar.
Die Farm wirkte wie ausgestorben. Die Bewohner halfen heute alle auf den Feldern. Messira ging mit ihnen, um sich den Schaden anzusehen, den der vermeintliche Pilz verursacht hatte.
Der Schlachthof war geschlossen. Die Rinder grasten auf den Weiden. Einmal im Jahr musste der Schlachthof mit Hilfe einer elektronischen

Anlage gereinigt werden, und das war heute der Fall. Die Anlage lief automatisch und erforderte kein Personal. Erst am Tag darauf, also morgen, konnte er wieder in Betrieb genommen werden.
Niemand außer David befand sich also auf der Farm. Er fühlte sich ein wenig einsam, als er von Haus zu Haus ging, um die Solaranlagen zu überprüfen und instand zu setzen.

Gegen Mittag trafen sich alle auf der Farm zum gemeinsamen Mahl und hielten eine zweistündige Pause ein, um erst am Nachmittag wieder hinauszugehen.
Kurz nach vierzehn Uhr ging Messira mit den anderen wieder auf die Felder zurück. Sie hatte ein Pilzmittel im Gepäck, das wollte sie vor Ort versprühen und hoffte, den Schaden damit in Grenzen zu halten. David trennte sich nur schwer von ihr. Es kostete ihn einige Mühe, sich wieder auf seine Arbeit zu konzentrieren. Er hatte sich von diesem Tag erhofft, mehr Kontakt mit Messira zu haben.
Inzwischen war es unangenehm heiß in den Baracken geworden.

Gegen fünfzehn Uhr dreißig sah er einen Gleiter auf dem Dorfplatz landen. Das kam ihm merkwürdig vor. Die Rebellen erwarteten niemanden. Was wollte also dieser Gleiter hier in der Einöde der Wüste?
Er ging nach draußen, um nachzusehen.
Ein Mann stieg aus. Er hatte nur leichtes Gepäck dabei. Während er über den staubigen Platz stolperte, vernahm David, wie er leise fluchte. Er machte ein paar Schritte hin zur Dorfmitte, blieb dann stehen und drehte sich im Kreis. Gegen die Sonne sich schützend, legte er die rechte Hand wie einen Schirm auf seine Stirn. David fühlte ein unangenehmes Gefühl in seiner Magengegend und sein ohnehin schon überhitzter Körper legte noch ein paar Zehntelgrade zu. Die Art, wie der Fremde ging, erinnerte ihn an jemanden.
Fluchend kam der jetzt näher.
Plötzlich löste sich ein Laut aus seiner Kehle, der entfernt an das Grunzen eines Schweins erinnerte.
»Du hier? Was suchst du hier am Ende der Welt?«
David kannte dieses selbstgefällige Lächeln, das immer ein wenig von oben herab kam und andeutete: »Ich bin besser als du.« Er kannte auch den lässig herablassenden Ton und die flapsige Erscheinung des Fremden.
Oh nein, dachte er! Nicht der! Und er konnte die Schwierigkeiten förmlich riechen, die sich daraus ergeben würden. Davids langes weites Hemd bedeckte zum Glück seine Oberarme und reichte bis weit hinab auf seine Handgelenke. Unbewusst zog er den linken Ärmel noch ein wenig tiefer, dann gab er seinem Gesicht einen frechen überraschten Ausdruck.

»Das könnte ich dich fragen, Dennis. Ich bin hier zum Arbeiten abkommandiert. Die Elektronik spinnt mal wieder.«

WASSERHOSE

Ein Strudel kann uns ins Unterbewusste reißen oder regelrecht in einen Abgrund schleudern, aus dem es kein Entweichen gibt.
Eine Wasserhose ist ein Minitornado. Sie entsteht auf dem Meer oder auf großen Flüssen. Wasserhosen können sich nur bilden, wenn das Wasser wärmer ist als die umgebende Luft. Dies ist von den Sommermonaten bis hinein in den November so. Kalte Polarluft streicht über das Wasser, wobei sie sich erwärmt, aufsteigt und Feuchtigkeit mit nach oben reißt. Diese Feuchtigkeit verdunstet und wird als Wasserröhre in der Luft sichtbar. Eine Wasserhose kann eine Geschwindigkeit von bis zu 100 km in der Stunde erreichen.
Eine Wasserhose hinterlässt eine Spur des Grauens auf ihrem Weg. Das Wasser des großen Stroms aber fließt immer weiter. Bald wird es sich in seinem Bestimmungsort, dem großen Ozean, verlieren und in ihm sterbend aufgehen.

***

»Ich?«, Dennis' Gesicht verzog sich zu dem hintergründigen Grinsen, das David an ihm so hasste. »Ich mach grad Urlaub. Komme von einem Einsatz aus Nordafrika. Der Gleiter sollte mich zum nächstgelegenen Flughafen nach Guatemala fliegen. Kann mich nicht erinnern, in einem Container gesessen zu haben, oder bin ich schon so blau? Das hier sieht nicht aus wie das Hochland von Guatemala, habe ich Recht?«
Er grinste wieder unverschämt und platzierte seinen Arm vertraulich auf Davids Schulter.
»Nein«, sagte David. »Das hier ist Südwestafrika.«
Dennis schnalzte mit der Zunge, um zum Ausdruck zu bringen, wie abartig er diese Vorstellung fand.
»Das ist jetzt nicht wahr, oder? Da lädt mich diese dämliche Kiste mitten in der Wüste Afrikas ab. Die Regierung sollte dich lieber einsetzen, um diese stupiden Maschinen zu reparieren. In der letzten Zeit kommt es häufiger vor, dass die spinnen.«
David überlegte fieberhaft, wie er den unliebsamen Gast so schnell wie möglich loswerden konnte. Auf keinen Fall durfte der mit Messira zusammentreffen, also sagte er: »Wenn du willst, schaue ich mal nach, was bei deinem Gleiter nicht stimmt.«
»Nee, lass mal! Ich schick den in die Wüste zurück.« Er lachte mit weit aufgerissenem Mund in einem eklig schneidenden Ton über den vermeintlich gemachten Witz, dass David die Ohren schmerzten. »Ich will

vielmehr die Gelegenheit ergreifen, wenn mich das Schicksal schon hierhergeführt hat und ein wenig mit dir quatschen. Einen neuen Gleiter kann ich ja jederzeit rufen. Ich hab Urlaub mein Lieber! Schon vergessen? Also keine Eile!«

Dennis schickte sich an, den Gleiter über sein Armband zurückzuschicken. David aber hinderte ihn daran. In festem Ton sagte er: »Tu das nicht. Ich schau nachher nach ihm.«

Er wollte verhindern, dass die Regierung rückverfolgen konnte, wo sich der Gleiter im Moment aufhielt. Nun musste alles schnell gehen. Er brauchte einen Plan. Das Beste wäre, wenn er Dennis erst einmal in eines der Häuser lockte, so konnte er Messira besser abfangen oder einem der Bewohner ein Zeichen geben, wenn die zurückkämen, dass sie dafür sorgten, dass Messira gewarnt war.

»Lass uns auf unser Wiedersehen anstoßen«, schlug er vor.

»Sag bloß, in der Pampa hier gibt es anständigen Alkohol?« Dennis sah David erwartungsvoll an, wobei seine Augen leuchteten wie bei einem Kind, dem man sein Lieblingsspielzeug schenkt.

»Nun sagen mir mal so«, meinte David geheimnisvoll und zwinkerte dem ehemaligen Kollegen zu. »Wir haben hier eine Schwarzbrennerei.«

Dennis schlug ihm mit der flachen Hand auf den Rücken. »Der war gut, Alter! Aber im Ernst. Gibt's hier wirklich was?«

»Alles, was du willst! Whiskey, Cognac, oder Gin. Es stimmt, was ich sagte. Was sollen die Arbeiter hier in den einsamen Nächten sonst tun, als einen guten Tropfen trinken.«

»Habt ihr kein Bordell hier?«, fragte Dennis und grinste so widerlich, dass David übel wurde. »Aber Alk ist auch nicht zu verachten. Manchmal sogar besser als Sex. Das müsstest du doch am eigenen Leibe erfahren haben, oder?« Er rempelte David in die Seite. »Jetzt, wo du Solo bist, hast du sicher des Öfteren von dem Seelentröster Gebrauch gemacht, denke ich. Oder gibt es etwa eine Neue in deinem Leben?«

Er forschte in Davids Gesicht. »Bestimmt nicht«, stellte er fachmännisch fest. »Du siehst nicht so aus, als hättest du in der letzten Zeit Sex gehabt. Mein Lieber! Aber glaub mir, der Alk rettet dich über diese Zeit. Ich jedenfalls würde es ohne Alkohol nicht einen Abend aushalten. Der betrügt mich wenigstens nicht. Wenn ich meinen Rausch ausgeschlafen habe, bin ich immer noch allein.« Sein Lachen war so ekelhaft, dass Davids Härchen sich an den Armen kerzengerade aufstellten.

Beide Männer gingen in eine der Baracken. David kannte sich gut aus auf der Farm. Er war ja oft hier gewesen. Er steuerte zielsicher das Regal mit den alkoholischen Getränken an. Zwei Gläser fand er im Schrank daneben. Er selbst nahm sich vor, nichts zu trinken und stattdessen Dennis vollzufüllen, bis nichts mehr in ihn hineinging. Während der seinen Rausch ausschlief, wollte er den Gleiter reparieren, den Aufenthalt hier aus dem Bordcomputer löschen und Dennis hineinsetzen. Wenn der am Flughafen ankam, hatte er sicher alles vergessen oder glaubte an einen Traum.

Also schenkte er sofort, wenn Dennis sein Glas leergetrunken hatte, ein neues ein. So stellte David sich das vor. Er selbst gab sich nur den Anschein, zu trinken, goss den Alkohol stattdessen, wenn Dennis nicht hinsah in den Blumentopf auf der Fensterbank, an die der Tisch sich anlehnte.

Dennis redete belangloses dummes Zeug. Mehrmals dachte David, warum *er* derjenige war, der sich das anhören musste. Leute wie Dennis machten den Mangel an funktionierenden Gehirnzellen dadurch wett, dass sie ihren Mund zu weit aufrissen. Nachdem er den vierten Gin intus hatte, begann er über Messira zu plaudern.

»Ich hoffe, du hast dich davon erholt, dass deine Schnecke tot ist«, sagte er und forschte in Davids Augen.

Anscheinend sah er darin einen Funken glimmen, denn er fuhr fort: »Oh je, ich glaube nicht, wie ich dir ansehe. Mensch! Ich kenne da viele Lokale, die ich gern mal mit dir besuchen würde. Es gibt die schönsten Mädchen in der Republik. Stattdessen vergräbst du dich in dieser Einöde.«

»Können wir alles machen, wenn ich wieder mal in Metropolis bin, versprochen!« David schwitzte. Messira musste bald mit ihrer Arbeit fertig sein.

Wie lange konnte es dauern, ein Maisfeld zu besprühen? Von Hand vielleicht zwei Stunden, nicht länger. Und dieser Mensch hier, wollte nicht betrunken werden. David hatte aufgehört, die Gläser zu zählen. Schon ging es auf siebzehn Uhr zu, Dennis aber wirkte noch immer frisch und munter und Herr seiner fünf Sinne. David musste sich einen anderen Plan zurechtlegen, aber welchen? Er war in Gedanken schon alle Alternativen durchgegangen. Nur noch von weitem hörte er die Stimme des verhassten Mannes an sein Ohr dringen, den Inhalt der Worte vernahm er nicht mehr, weil er fieberhaft am Überlegen war.

Da passierte das, was er ängstlich vorausgesehen hatte und mit aller Macht hatte verhindern wollen. Eine feine Frauenstimme wurde auf dem Platz, der von den Hütten eingesäumt wurde, hörbar. Oh Gott! Messira rief nach ihm. Vielleicht gab es ja doch noch einen Ausweg. Er musste sie abfangen.

»Ich geh mal kurz nach draußen«, sagte er und gab seiner Stimme einen genervten Ton. »Eine der Arbeiterinnen muss Probleme haben. Ich sehe mal nach ihr. Warte du hier inzwischen auf mich. Du kannst dich gern weiter bedienen.«

»Probleme?« Dennis zwinkerte David mit dem linken Auge zu. »Kann mir schon denken, was das für Probleme sind. Hast also deine Fühler doch schon ein wenig in Richtung anderes Geschlecht ausgestreckt, was Alter?«
»Ertappt«, bekannte David und hob seinen Zeigefinger in Dennis' Richtung. Es war besser, dieser Trottel hielt ihn für verliebt, als dass er Messira hier frisch und munter und gar nicht tot entdeckte. »Du wirst verstehen, dass ich das erst mal allein klären will.«
»Verstehe«, säuselte Dennis und goss sich den siebten Gin ein. »Aber mach nicht zu lange. Wenn ich dieses Glas gekippt habe, will ich deine neue Flamme kennenlernen. Das kannst du mir nicht abschlagen. Ich gebe dir etwas Vorsprung. Na los, mach, dass du wegkommst.«
Mit einer ungestümen Bewegung seiner Rechten deutete er an, dass David schleunigst den Raum verlassen sollte, dann wandte er sich wieder seinem Getränk zu.
David bemerkte erleichtert, dass der Alkohol bei Dennis offensichtlich doch Wirkung zeigte, denn der konnte seine Muskeln nicht mehr richtig koordinieren. Er hoffte, dass es nicht mehr lange dauerte, bis er unter dem Tisch lag. Vielleicht schaffte er es ja, Messira irgendwie von dem Menschen fernzuhalten. Schnell eilte er nach draußen, bevor sie noch auf die Idee kam, ihn zu suchen. Mit seinem Körper deckte er die Geliebte ab, damit Dennis sie nicht gleich erkennen konnte, falls er zur Tür herauskam.
»Was macht der Gleiter hier?«, fragte Messira besorgt.
Das musste bedeuten, dass sie entdeckt worden waren. Keiner von den Rebellen würde einen Gleiter außerhalb der normalen Zeiten hierher bestellen. Die Güter wurden bei Ankunft auf dem Flughafen Windhuk direkt von den Luftcontainern auf große Lastkraftzüge geladen und über die einzige Straße hierher geliefert. Gleiter konnten nur hier landen, wenn Arbeiter Urlaub machten, oder neue Arbeiter hierherkamen. Manchmal kam auch eine Delegation von Ärzten hierher und untersuchte die Menschen direkt vor Ort. Niemals würden die Rebellen einen Gleiter direkt hier zur Farm bestellen. Und jeder Gleiter wäre schon wenige Minuten nach seiner Landung, wenn er keine weitere Instruktion bekommen hätte, wieder gestartet.
Davids aufgeregtes Verhalten warnte sie. Er packte sie unsanft am Arm und zog sie in eines der Häuser.
»Wir haben ein Problem«, sagte er. »Ein ehemaliger Kollege von mir, ein unangenehmer Kerl, den du aus der Zeit deines Heimaufenthaltes kennst, ist hier aus Versehen gelandet. Sein Gleiter hat einen Defekt. Er hält dich für tot und darf dich auf keinen Fall zu Gesicht bekommen. Wir haben nicht viel Zeit. Wenn er seinen Drink ausgetrunken hat, will er dich kennenlernen.«

»Wer ist es?«, fragte Messira und hatte schon eine vage Vermutung.
»Du kennst ihn als M7180.«
Messira lief es eiskalt den Rücken hinunter. Dieser Mensch war hier? »Da haben wir wirklich ein Problem«, gab sie ihren Gedanken Stimme.
Kaum hatte sie das ausgesprochen, als eine Gestalt auf dem Platz erschien. Sie hatte ein Glas in der rechten Hand. Mit der linken gestikulierte sie heftig und schrie laut: »David! Wo hast du dich versteckt. Du glaubst wohl, ich will dir deine neue Flamme ausspannen, was? Keine Angst, mein Lieber. Will sie nur mal ansehen. Das musst du mir erlauben. Also komm schon raus, oder soll ich dich suchen?«
Es herrschte Totenstille. Messira und David hielten den Atem an.
»Was tun wir?«, fragte Messira.
»Ich versuche ihn abzulenken«, sagte David. Das erschien ihm im Moment das Beste.
Noch ehe Messira etwas erwidern konnte, war er nach draußen gelaufen. Auf halber Höhe fing er Dennis ab. Messira sah durchs Fenster, wie beide Männer miteinander sprachen und wild gestikulierten. Sie erkannte in dem Gesicht von M7180 ihren alten Widersacher und Peiniger aus der Schulzeit wieder. Natürlich waren sie sich auch im Erwachsenenalter noch einige Male über den Weg gelaufen, hatten aber zum Glück weiter nichts mehr miteinander zu tun gehabt. Sie hatte den Kerl und die Demütigungen, die sie durch ihn erdulden hatte müssen, schon fast vergessen. Nun aber kam alles wieder in ihr hoch. Noch heute spürte sie die Schmerzen, die er ihr zugefügt hatte, als sie auf dem Stuhl gesessen hatte. Wie ein unschönes Geschwür hatten die sich in ihr Gehirn eingebrannt und Narben hinterlassen, die nicht heilen wollten. Sie sah sich als Kind, wie sie versuchte, diesem Menschen so gut es ging auszuweichen, was angesichts der Enge, die sie miteinander teilten, nicht möglich gewesen war. Ihr Herz verkrampfte sich bei dem Gedanken, dass er vielleicht auch Schuld an der Verhaftung ihres Vaters war.
Die Unterhaltung der beiden Männer wurde auf einmal heftiger und riss sie abrupt aus ihren Gedanken. Dennis warf sein Glas zu Boden und stieß mit vollem Körpereinsatz gegen David. Der verlor das Gleichgewicht, wich nach hinten aus, stolperte und fiel hin.
Was geschah da?
Messira hielt es in ihrer Deckung nicht länger aus und lief nach draußen.
»Du widerlicher Kerl!«, schrie sie und schlug Dennis mit der Faust auf den Rücken. Ein kläglicher Versuch, ihn von David abzubringen. »Fahr zur Hölle, du Ausgeburt des Bösen«, schickte sie hinterher, als sie bemerkte, dass ihre Kräfte nicht einmal ausreichten, Dennis auf sie aufmerksam zu machen und schlug gleich ein zweites Mal auf ihn ein.

Erst jetzt wandte Dennis sich sehr langsam und bedächtig zu der Angreiferin um. Sein alkoholgetränktes Gehirn versuchte mühsam die Situation zu analysieren. Er zählte eins und eins zusammen: Vor ihm stand … Das konnte nicht sein. … »Du bist tot, … tot, …tot!«
Inzwischen hatte David sich aufgerappelt. »Messira!«, schrie er. »Ins Haus, schnell ins Haus. Ich werde allein mit ihm fertig.«
Aber Messira dachte nicht daran. Sie wollte sich nicht mehr verstecken. Schlagartig war ihr bewusst geworden, dass sie sich zu dem bekennen musste, was sie war. Sie lebte und zwar bewusster als je zuvor. Alle Welt sollte das wissen, besonders dieser unverschämte Kerl, der ihr jahrelang das Leben zur Hölle gemacht hatte. Die Zeiten, wo er sie in der Hand gehabt hatte, waren endgültig vorbei.
So sagte sie denn selbstbewusst und überlegen mitten in seine dumme Visage hinein: »Falsch, mein Lieber. Ich lebe, während du längst tot bist, du widerliche Ratte.«
Dennis wurde schlagartig nüchtern. Das war es nicht, was David gewollt hatte. Er versuchte noch zu retten, was zu retten war, aber Messira war so in Fahrt, dass sie nicht aufhörte, den Mann zu beschimpfen. Endlich war die Gelegenheit gekommen, diesem fiesen Menschen alles heimzuzahlen, was er ihr angetan hatte.
»Da fehlen dir die Worte, wie ich sehe. Aber mit Worten hast du es ja nie groß gehabt. Deine einzige Stärke war schon immer dein brutales Vorgehen gegenüber Schwächeren gewesen. Dir habe ich es doch zu verdanken, dass ich auf diesem Stuhl gelandet bin und eine Teilrückführung durchmachen musste, oder? Du widerst mich an!« Sie spuckte vor ihm auf den Boden.
Dennis brauchte einige Zeit, dann hatte er sich wieder im Griff.
»Ich weiß, was hier gespielt wird«, schrie er wütend. »Ihr habt ein Widerstandsnest aufgebaut. Was meint ihr, was diese Information dem Staat wert ist?«
Er machte ein paar Schritte auf Messira zu und drohte mit der Faust.
Sie wich zurück. »Du glaubst doch nicht, dass wir dich hier wieder weglassen!«, schrie sie aufs höchste erregt.
David erkannte sofort das Problem und versuchte es zu entschärfen.
»Dennis, sei vernünftig«, sagte er. »Messira meint es nicht so. Du willst nicht im Ernst einen Kollegen verpfeifen?«
»Doch, Messira meint, was sie sagt«, mischte Messira sich erneut ein. »Wir zeigen dir gern, wie das Leben hier bei uns abläuft. Du wirst eine ganz neue Dimension kennenlernen.«
Dennis raste vor Wut.
»Du Hexe!«, schrie er und schlug ihr mit der Faust mitten ins Gesicht. Mit einem Schmerzensschrei ging sie zu Boden.

Ihr blutverschmiertes Gesicht war für David der Motor zu weiteren Aktionen. Das half ihm wieder auf die Beine. Dieser Mensch durfte nicht noch einmal Macht über seine geliebte Delia bekommen. Wutentbrannt stürzte er sich auf den verhassten Mann und brachte ihn zu Fall. Beide wälzten sich auf dem Boden. Augen, Nasen und Münder verkorkte der Staub. Ihre Haare wurden mit gelbbraunen Erdklumpen zugekleistert.
Dennis war der Kräftigere von ihnen. Er rappelte sich auf und riss David mit hoch. Wie eine Puppe schleuderte er ihn durch die Luft. Krachend landete dessen Körper auf dem Sandboden, der glücklicherweise den Fall abfing.
Inzwischen hatte Messira sich mühsam aufgerichtet. Sie sah, wie das rechte Bein von David blutete, außerdem blutete er aus Nase und Mund. Sie selbst hatte eine offene Wunde an der Lippe, aber das schien ihr nichts zu bedeuten.
Jetzt setzte Dennis erneut an, um sich auf David zu stürzen. Das musste sie verhindern. Mutig stellte sie sich dem Manne in den Weg.
»Hast du noch nicht genug, du Katze? Wie viele Leben hast du eigentlich?«, wetterte Dennis und schob sie mit seinen Pranken so heftig zur Seite, dass sie strauchelte und erneut zu Boden ging.
Danach stürzte er sich ein zweites Mal auf David und riss ihn vom Boden hoch.
Messira merkte, wie sie die Kräfte verließen. Aus den Augenwinkeln registrierte sie, wie David noch einmal hochgeschleudert wurde und danach wie leblos am Boden liegenblieb.
Dennis kam wie ein Löwe auf sie zu. Er beugte sich über sie, riss ihr die Bluse vom Leib und sah die Narbe auf ihrem linken Oberarm.
»Ha«, brüllte er wie ein Stier. »Das dachte ich mir! Die haben deinen Chip entfernt und das elektronische Armband auch. So gelingt es ihnen also, die Menschen aus dem Staat zu schmuggeln.«
Hass loderte in seinen Augen auf, unendlicher Hass und noch etwas anderes. Ein Glühen verriet seine Gier. Seit Jahren war er nach dieser Frau verrückt, und nun hatte das Schicksal sie ihm geradezu auf einem Tablett serviert. Was konnte sie noch tun? Ihr Liebhaber lag am Boden, weit und breit kein Mensch in Sicht. Er dankte der Fügung. Endlich konnte er ihr das heimzahlen, was sie ihm in all den Jahren angetan hatte. Ihre Wangen glühten. Als er sich ihrem Mund näherte, sah er das rote Blut an ihrem Mundwinkel und roch förmlich ihr wildes Verlangen nach ihm. Konnte das sein? War das ganze Getue von ihr in all den Jahren nur ein Spiel gewesen? Wollte sie, dass er um sie kämpfte? Die Weiber sind alle Huren, sie werfen sich dem Sieger an den Hals wie läufige Hündinnen.

»Baby!«, schrie er und hob ihren willenlosen Oberkörper hoch wie ein Kind, das man aus der Wiege nimmt. »Du hast nicht vergebens auf mich gewartet. Ich werde dir gleich zeigen, wie gut ich bin.«
Er verschwendete keine Zeit mit Küssen oder Streicheln, im Gegenteil, er wollte gleich zur Sache kommen. Das war es, was sie von ihm erwartete. Sie sollte gut bedient werden. Wenn du es so willst, dachte er, dann eben auf die harte Tour.
Messira war zu schwach, um Widerstand zu leisten. Einer Ohnmacht nahe, spürte sie nur seine groben Hände, die ihr die Kleider vom Leib rissen, dann löste er den Gürtel seiner Jeans.
David mobilisierte seine letzten Kräfte und warf sich noch einmal auf den verhassten Kollegen. »Lass sie los!«
Wieder wälzten beide Männer sich auf dem Boden. Endlich kam der Alkohol David zu Hilfe. Dennis hatte nun doch ernste Probleme bekommen, sein Gleichgewicht zu halten. Nach einem Faustschlag von David ging er zu Boden. Sein Hinterkopf schlug auf einem Stein auf, danach rührte er sich nicht mehr. War er ohnmächtig?
David nutzte die Gelegenheit, um Luft zu schöpfen und nach Messira zu sehen. »Wie geht es dir?«, fragte er fürsorglich und bedeckte ihren Körper mit seinem Hemd, das er sich rasch ausgezogen hatte. Es roch nach seinem Blut, seinem Schweiß und dem Wüstensand.
Messira kam zu sich. »Es geht mir gut. Und dir?«
David tastete seinen Körper ab. »Ich glaube, ich habe mir nichts gebrochen, nur Fleischwunden und du?«
»Außer einer Platzwunde an der Lippe bin ich okay.«
Beide erinnerten sich an Dennis. Wahrscheinlich schlief er gerade seinen Rausch am Boden aus, was bei dem Alkoholpegel nicht verwunderlich gewesen wäre.
»Ich schau mal nach ihm«, bot David an.
Er ging zu der Stelle, an der Dennis lag. Der rührte sich noch immer nicht. David beschlich ein mulmiges Gefühl. Er tastete an die Halsschlagader des Mannes und spürte … nichts. Am Hinterkopf hatte Dennis eine blutende Wunde, die von seinem Aufschlag auf den Stein herrührte.
»Er ist tot!« David zuckte bei seiner Feststellung zusammen.
»Nein!« Auch Messira stand jetzt auf, um sich zu überzeugen. Es änderte aber nichts an der Tatsache: In dem Manne war kein Leben mehr zu finden.
Während Davids ratlose Frage lautete: »Was soll jetzt geschehen?«, war Messira bei so klarem Verstand, wie seit Langem nicht mehr. »Wir müssen die Leiche vergraben, aber zuvor müssen wir ihm das Tech-Wear und den Chip abnehmen«, antwortete sie mit einer Bestimmtheit, die keine Gegenargumente zuließ.

Dass es so enden musste, hatte David nicht gewollt. »Ein Mensch ist durch mich zu Tode gekommen«, sagte er niedergeschlagen und weigerte sich, das Offensichtliche zu glauben.
»Es ist nicht deine Schuld«, tröstete Messira. »Er ist bei euerm Streit auf den Stein gefallen. Es hätte genauso gut dich treffen können.«
Sie hatte recht. Das Wichtigste war, erst einmal den Chip zu entfernen. David nahm all seine Kraft und seinen Mut zusammen. Es kostete ihn einige Überwindung, mit seinem Messer dem toten Mann den Chip aus dem Oberarm zu schneiden. Aber es musste sein.
»Nimm ihm auch sein Tech-Wear ab. Beides kann uns noch nützlich sein. Die Regierung wird nach ihm suchen. Wir müssen einen kühlen Kopf behalten.« War sie das, die das eben gesagt hatte?
Sie versteckten die Leiche vorerst unter einem Busch. David machte sich daran, den Gleiter zu reparieren. Der konnte ihnen ebenfalls gefährlich werden, denn die Regierung war in der Lage, mit Hilfe des Flugschreibers herauszufinden, wo er gelandet war. David löschte die Eintragungen, die sich auf dem Flugschreiber befanden und brachte den Flieger notdürftig in Ordnung. Er wusste es so einzurichten, dass die letzten Stunden des Fluges und der Halt hier völlig aus dem Speicher gelöscht wurden. Dann schickte er den Gleiter mit Hilfe des Armbandes von Dennis wieder zurück zu seinem Ausgangspunkt. Wenn der nächste Bürger diesen Gleiter nähme, würde es so aussehen, als wäre dieser nie hier gewesen.

»Wir müssen uns unterhalten«, David wandte sich zu Messira. »Gleich werden die Arbeiter zurückkommen, dann haben wir keine Gelegenheit mehr dazu. Du weißt, was es bedeutet, wenn die Regierung den Chip von Dennis hier ortet. Sie werden herkommen, den Tunnel finden und uns alle vernichten.«
Messira hatte auch schon daran gedacht. Sie wusste aber nicht, wie man das verhindern sollte.
David aber wusste es. Er nahm sie in den Arm und sagte: »Ich muss die Spur von Dennis verwischen.«
Beide wussten, was er damit meinte, aber keiner von ihnen sprach es aus.
»Okay«, kam es knapp von Messira.
»Existiert der Sprengsatz noch, den ihr im Tunnel für Notfälle installiert habt?«, fragte David.
Messira bejahte.
»Gut so«, klang David erleichtert. »Dann wirst du die Arbeiter mit Hilfe eines Tricks in den Tunnel locken und ich sprenge den Tunnel von dieser Seite, wenn ihr außer Gefahr seid. Anschließend werde ich noch einige Sprengladungen in den Häusern platzieren und die ganze Farm in die Luft

jagen. Es soll so aussehen, als ob hier eine Katastrophe passiert ist und keiner wird den Tunnel je finden.«
»Das kannst du nicht tun«, protestierte Messira.
»Wer sonst?«, gab David zurück. »Auf mich wartet dort drüben niemand mehr, und du weißt sehr genau, dass einer von uns beiden die Spur verwischen muss, um die Regierung von diesem Ort wegzulocken.«
Das sah sie ein, nicht aber, dass er sein Leben riskieren musste.
»Gibt es keine Alternative?«
»Sag du's mir!«
Aber sie wusste es auch nicht.
»Ich warte!«, meldete David sich wieder. »Hast du eine Alternative?«
»Nein!«, schrie sie unter Tränen. »Die hab ich nicht.«
»Dann bleibt es dabei«, beharrte er.

In diesem Augenblick wusste sie, dass sie ihn mehr liebte als jeden anderen Menschen auf der Welt. Warum wurde ihr das jetzt erst klar? Das Opfer, das er für sie alle bringen wollte, berührte ihre Seele wie ein Hammerschlag und brachte ihre wohlgeordnete Welt dermaßen aus dem Gleichgewicht, dass sie die Schmerzen überall spürte.
Ihr Blick suchte diesen Augenblick für die Ewigkeit zu konservieren. Konnte jemand ihr eine größere Liebeserklärung machen als er? Nachdem er ihr Leben heute zum zweiten Mal gerettet hatte und das ihrer Tochter zuvor auch, war er bereit, für sie alle zu sterben.
Ihr Blick musste ihn wohl abgrundtief getroffen haben, denn er versuchte verzweifelt, ihm auszuweichen. Sie aber suchte immer wieder seine Augen, um ihm zu signalisieren: Danke! Und: Ich liebe dich! Und: Verzeih mir! Und, … und, … und …
Diese Augen drückten alles aus, was sie im Moment fühlte, nur eines konnte er darin nicht lesen, weil der Gedanke ihr gerade eben erst durch den Kopf schoss und noch Gestalt annehmen musste.

Es war genau achtzehn Uhr, als die Arbeiter zurückkamen.
Inzwischen hatten David und Messira alle Spuren des unangemeldeten Besuchs verwischt. Messira hatte in einer der Hütten ein Kleid für sich gefunden. So konnte sie David das Hemd zurückgeben und die Arbeiter merkten nicht, was hier passiert war. Seine Verletzungen erklärte David damit, dass ihm bei der Reparatur einer Hochdruckpumpe ein Bauteil auf den Kopf gefallen war. Messiras Wunde hatte aufgehört zu bluten. Den kleinen Riss an der Lippe sah man kaum noch. Auch die Schwellung fiel nicht mehr groß auf. Sie lief den Frauen und Männern aufgeregt entgegen.

»Ihr müsst sofort das Nötigste zusammensuchen und durch den Tunnel auf die andere Seite wechseln«, rief sie aufgeregt. »Ich habe den Pilz analysiert. Er kann auch für Menschen gefährlich werden. Ihr solltet sofort eure Lungen untersuchen lassen. Wahrscheinlich seid ihr schon mit Sporen in Berührung gekommen.«

Sie wollten wissen, warum sie ihre persönlichen Sachen und Nahrung mitnehmen mussten. Messira ließ sie wissen, dass sie wohl einige Tage im Krankenhaus verbringen mussten, bis sie wieder hier arbeiten durften.

»David und ich werden als Letzte gehen«, ergänzte sie. »So kann ich noch etwas Pilzmittel im Tunnel versprühen, damit die Sporen nicht auf die andere Seite wandern können.«

Es war inzwischen dunkel geworden. Nun ging alles sehr schnell. Die Evakuierung der Menschen dauerte insgesamt zwei Stunden. Messira schaffte es, einer Person heimlich eine Botschaft zuzustecken, ohne dass David es bemerkte.

David und sie standen in der Hütte vor der geöffneten Luke und sorgten dafür, dass die Menschen geordnet im Tunnel verschwanden.

Als der Letzte nicht mehr zu sehen war, meinte David: »Nun bist du an der Reihe, Messira. Leb wohl.« Er küsste sie zum Abschied. »Wenn du gegangen bist, warte ich eine halbe Stunde, dann weiß ich, dass du sicher drüben angekommen bist. Danach zünde ich die Sprengladung von außerhalb der Hütte. Sie wird sich in einer Kettenreaktion durch den ganzen Tunnel fressen.«

Messira sah ihn auf eine Art an, die ihm nicht gefiel. »Mein David«, hauchte sie. »Du willst dich für uns alle opfern?«

»Für die Neue Welt«, verbesserte David. »Ich erwarte nichts mehr vom Leben. Die Höhepunkte waren deine Liebe und dass ich meine Mutter wiedergefunden habe.«

Sie erklärte sich, wenn auch widerstrebend damit einverstanden, was ihn eigentlich stutzig hätte machen sollen. Eine einzige Bedingung knüpfte sie an ihr Einverständnis.

»Bitte versprich mir, wenn ich hineingehe, mir nicht nachzuschauen«, verlangte sie. »Ich könnte das nicht ertragen. Und gib mir noch ein wenig Zeit, mich von dir zu verabschieden.«

Beide verließen die Baracke und liefen etwa zwanzig Meter, bis sie das Ende der Lunte erreichten.

Sie küssten sich leidenschaftlich. Messira wollte David gar nicht mehr loslassen. Darüber verging eine gewisse Zeit, was sie beabsichtigt hatte. Er aber machte ihr Druck.

»Es muss sein, Messira. Wir haben es besprochen. Du musst jetzt stark sein.«

Dann endlich sagte sie: »Ich gehe jetzt zum letzten Mal durch den Tunnel. Schließe deine Augen und zähle bis sechzig. Dreißig Minuten später kannst du die Sprengung vornehmen. Und keine Tricks, das musst du mir versprechen.«
David versprach es, auch wenn es ihm schwerfiel. Er sah ihr ein letztes Mal tief in die Augen. Trotz der Dunkelheit konnte er das Feuer darinnen entdecken. Er kannte jeden Quadratmillimeter von ihr. Und es schien ihm so, als ob sie ihn nie so angesehen hatte wie heute.
Er schloss die Augen. Ihr Duft verflog in der Luft. Ihre leichten Füße glitten über den Sandboden. Ihr Gewand rauschte im Wind, der mit ihrem Haar spielte. Dann klangen ihre Schritte heller und verloren sich, als sie im Haus verschwand.
Erleichtert atmete er auf. Erst jetzt begann er mit dem Zählen. Er war gerade bei der Zahl zweiundvierzig angekommen, als ihn etwas zu Boden riss. Gleich darauf hörte er eine Explosion. Siedend heiß überkam ihn eine Ahnung. Erschreckt öffnete er seine Augen. Da lag Messira neben ihm und hielt ihn fest umschlungen.
Sie sahen sich beide in die Augen, und es bedurfte keines weiteren Wortes. Sie wussten alles.
Nach einem Moment der Stille schrie David: »Du bist verrückt! Auf dich warten drüben dein Kind und dein Mann.«
»Ich weiß«, antwortete sie. »Sie wird es ihrer Mutter verzeihen. Sie hat Nico, ihren Vater, und Sara, Margrit, Silvia und all die anderen lieben Frauen als Mütter. Sie hat Shakir, Baruti, Siegbert, Adriano, Manfred, Matt, Ben, Willi und all die anderen Männer als Onkel. Sie hat mehr als ich in meinem ganzen Leben je gehabt habe. Es wäre egoistisch von mir, wenn ich glaubte, dass ich, nur ich allein, für sie wichtig bin, wo sie doch neben mir so viele andere hat, die sich Sorgen um sie machen und sie behüten.«
»Aber du bist das wichtigste für sie. Du bist ihre Mutter.«
»Das werde ich auch immer bleiben. Glaub mir, Nico wird ihr von mir erzählen, davon bin ich fest überzeugt. Und nun Schluss mit dem Gerede. Du kannst sowieso nichts mehr daran ändern. Du musst dich damit abfinden. Ich habe dich ausgetrickst.« Sie zeigte ihm ihr schönstes Lächeln hinter dem nur er die Angst erkannte, die sie nicht vor ihm verbergen konnte.
Beide hörten, wie die Explosion sich weiter durch den Tunnel fraß und eine Kettenreaktion verursachte. Aneinandergeschmiegt lagen sie so lange auf dem Boden, bis die Stille sie überzeugte.
»Nun kannst du die anderen Häuser sprengen«, meinte Messira.
»Das machen wir morgen früh.« David betrachtete die Frau an seiner Seite mit liebevollem Blick. »Lass uns noch eine Nacht hier in der schützenden Umgebung bleiben, in dem Bewusstsein, dass drüben auf der anderen Seite des Walls Menschen sind, die wir lieben.«

Das taten sie auch. Beide gingen Hand in Hand in eine der Hütten, legten sich gemeinsam in eines der Betten und schliefen eng umschlungen ein.

Früh mit dem Sonnenaufgang trafen sie die Vorbereitungen für ihre letzte Reise. In einem der Häuser fanden sie Spaten und Hacken. Mit Hilfe dieser Werkzeuge verscharrten sie Dennis' Leichnam im Wüstensand. Nachdem sie sich gesäubert, Kopfbedeckungen gefunden und ihre Kleidung ausgetauscht hatten, sorgten sie für Verpflegung und Wasser. Anschließend legte David in jedes Haus eine Sprengladung.
»Haben wir an alles gedacht?«, vergewisserte er sich.
Messira schaute noch einmal in die Rucksäcke. »Alles da«, sagte sie. »Wir haben sogar an Sonnencreme gedacht.«
»Dann lass uns das beenden«, meinte David, als sie hinter einem Hügel in Deckung gegangen waren. »Nach der Sprengung wird die Regierung, falls sie hier auftaucht, nur noch Trümmer finden. Sie werden glauben, dass alle Menschen mit in die Luft geflogen sind. Kein Chip und kein Armband kann sie mehr verraten. Sie werden annehmen, dass die Explosion nichts mehr davon übriggelassen hat. Sara und die anderen Ärzte werden in der Zwischenzeit die Menschen von ihren Chips und Armbändern befreien und Siegbert wird die Elektronik zerstören.«
»So wird es sein«, bestätigte Messira, dann schmiegte sie sich fest an David.
Er drückte auf den Auslöser. Es gab einen ohrenbetäubenden Knall, und eine riesige Staubwolke verschluckte die Hütten. Als der Staub sich einigermaßen gelegt hatte, kamen sie aus ihrer Deckung hervor. Die Splitter der Explosion verteilten sich meterweit auf dem Wüstenboden. Es sah aus, als wäre der Hochdruckkessel geplatzt, den die Farmarbeiter hier benutzten, um Schnaps zu destillieren. Von dem Tunnel in die Freiheit war nicht der kleinste Hinweis mehr zu sehen. Das Haus, in dem die Rebellen sich durch den Fußboden gegraben hatten, war völlig zerstört, nur ein Schutthaufen erinnerte daran, dass hier einmal ein Gebäude gestanden hatte. Genauso verhielt es sich mit den anderen Häusern. David hatte ganze Arbeit geleistet.
Beide warfen einen wehmütigen Blick auf die ehemalige Farm, dann schulterten sie die Rucksäcke mit den Wasserflaschen und dem Proviant und setzten sich in Bewegung. Sie marschierten die Landstraße entlang, die schnurgerade nach Osten führte. Zwei Stunden mussten sie laufen, bevor die Hitze kam. Dann würden sie weit genug von dem Ort entfernt sein, sodass David gefahrlos einen Gleiter mit Hilfe des Tech-Wears von Dennis rufen konnte. Dass hier zufällig einer vorbeiflog, war eher unwahrscheinlich.
Sie hatten auch besprochen, wo die Reise hingehen sollte – nach Guatemala.

VERDUNSTUNG

Schließlich haben wir es geschafft und gehen, wie der Buddhist es nennt, ins Nirwana ein.
Bei der Verdunstung geht ein Stoff vom flüssigen in den gasförmigen Zustand über, ohne dabei zu sieden. In einer Flüssigkeit befinden sich immer schnellere und langsamere Teilchen. Mit dem Anstieg der Temperatur gelingt es den schnelleren Teilchen, die Anziehungskräfte der benachbarten Teilchen zu überwinden. Sie gehen in die gasförmige Phase über. In der gasförmigen Phase befinden sich ebenfalls langsamere und schnellere Teilchen. Die langsamen kondensieren und gehen in die flüssige Phase zurück. Ohne Beeinflussung von außen stellt sich ein dynamisches Gleichgewicht zwischen der flüssigen und der gasförmigen Phase ein. Wird dieses Gleichgewicht gestört, so verschiebt es sich entweder zur einen oder zur anderen Seite. Treten durch Wärme mehr Teilchen in die gasförmige Phase über als Teilchen kondensieren, so kommt es zum Verdunsten. Durch die Verdunstung kühlt sich die flüssige Phase ab. Die abgeführte Wärme entweicht in die Umgebung.
Jeder Aggregatzustand des Wassers hat nur eine begrenzte Lebensdauer. Das Erdklima begünstigt zwar den flüssigen Zustand, aber dieser wandelt sich bei Wärme in den gasförmigen oder bei Kälte in den festen Zustand um. Mit steigender Temperatur und Sonneneinstrahlung, mit der Strömungsgeschwindigkeit des Windes verdunstet mehr oder weniger Flüssigkeit in die Atmosphäre. Alles Wasser muss irgendwann wieder zurück in den Himmel. Es verteilt sich, nimmt Informationen auf und gruppiert sich um. Dabei ist die Bewegung der einzelnen Wassermoleküle sehr groß und ihr Abstand zueinander nimmt den größten möglichen Raum ein. Die kleinen gasförmigen Teilchen prallen aufeinander, trennen sich aber genauso schnell wieder. Ihre Dynamik ist auf dem höchsten Punkt. Welche Informationen die einzelnen Moleküle bei ihrem Zusammenprall austauschen ist noch ungewiss. Tatsache ist, dass sie sich nicht zu Gruppen zusammenschließen. Erst, wenn sich sichtbare Wolken bilden, kondensieren die Gasteilchen zu kleinen Wassertröpfchen. Interessant dabei ist, dass genauso viel Wasser verdunstet, wie kondensiert, oder anders gesagt, dass nichts verdunsten kann, wenn die Luft mit Wasserdampf gesättigt ist. Der Luftstrom treibt die Wassermoleküle oft Millionen Kilometer weit in die Atmosphäre, wo sie zu Wolken kondensieren und irgendwo – meist auf dem Meer – abregnen.

***

Sie liefen wie Roboter, ohne nach rechts oder links zu schauen. Auch vermieden sie es, Blicke miteinander auszutauschen. So kamen sie schnell ein gutes Stück voran.

Nach einer Stunde fragte David: »Hast du an die Pillen gedacht?«
Da war sie, die Frage, vor der sie sich gefürchtet hatte. Natürlich hatte sie daran gedacht, aber jetzt, wo er es aussprach, wurde die Situation real: Sie traten eine Reise ohne Wiederkehr an.
»Ich dachte, es ist besser, ich nehme eine Spritze mit«, sagte sie schnell. »Eine für mich und eine für dich. Das geht schneller. Die habe ich vor Jahren von Margrit bekommen, als ich neu in der Bewegung war. Sie haben mich bis hierher ins Outback begleitet. Ich bat Margrit, sie mir als Andenken an meine dunkelsten Tage zu lassen. Seitdem lagen sie gut versteckt bei mir zu Hause im Schrank. Selbst Nico weiß nichts davon. Als wir den Einsatz bekamen, war mein erster Gedanke – die Spritzen. Ich dachte: Wer weiß … Wie du siehst, habe ich gut vorgesorgt, für den Fall, dass …«
Sie konnte nicht weiterreden. Wie gut, dachte er, dass sie alles durchdacht hatte. Er spürte ihre Angst und blieb stehen. Sie ging einige Schritte weiter. Er fasste nach ihrem Arm und hielt sie zurück. Sanft drehte er ihren Körper so, dass sie ihn ansehen musste.
»Lass uns darüber reden«, sagte er. »Auch über unsere Ängste.«
Was waren sie für diese Welt? Niemand! Sie existierten quasi nicht mehr. Sie waren tot, mehr noch, nie geboren worden, weil ihre Daten aus den Computern gelöscht worden waren. Sie waren Fremdkörper. Niemand kannte sie. Kein Mensch vermisste sie. Sie konnten keiner Arbeit nachgehen, nichts käuflich erwerben, hatten nichts zum Essen und kein Konto mehr. Für all das brauchte man eine Identität, also den Chip und das Armband. Ihnen gehörte nichts mehr. In dieser Welt konnten sie nicht leben. Niemand durfte sie sehen. Wenn das passierte, war die Neue Welt in Gefahr. Die Droge würde ihnen alles entlocken.
Der Blick, den sie ihm schenkte, war ihm wohlbekannt. Er sagte so viel wie: »Mein Kopf versteht, aber trotzdem habe ich Angst.«
»Vergib mir«, bat er. »Ich hätte dich da nicht mit hineinziehen dürfen.«
Langsam fand sie ihre Sprache wieder. »Es ist gut so. Lass uns weitergehen.«
Nach zwei Stunden kamen sie an einer Art Naturdenkmal vorbei. Das Gelände stieg auf fast achthundert Meter an und wurde langsam bergig. Die Felsen zeigten bizarre Formen. Sie erinnerten an Tiere oder an Personen, teilweise auch an Fahrzeuge. Ihre Fantasie erfand immer neue Erklärungen für die verrückten Formen. Das Laufen strengte an. Würden sie immer so weitergehen, kämen sie irgendwann ins zentrale Hochland mit Bergen über zweitausend Metern Höhe. Aber das würde Tage dauern.
Hier in der Nähe vermuteten sie eine menschliche Siedlung, die gern von Urlaubern besucht wurde. Dennis könnte hier für einen Zwischenstopp gelandet sein. Falls man nach ihm forschen sollte, würde man nicht

feststellen können, wann er gekommen war, aber dass er von hier nach Guatemala geflogen war, konnte man anhand des Fluges überprüfen. Es passierte manchmal, dass ein Gleiter defekt war und seine Route nicht vollständig aufgezeichnet wurde.
Das war es, was sie wollten. Sie wollten den Staat glauben machen, dass Dennis nach Guatemala gereist war. Wie David ihn kannte, hatte er sicher auf seiner Arbeitsstelle von seinem Urlaub erzählt. Er war jemand gewesen, der seinen Mund nicht halten konnte. Sie mussten den Chip und das Armband nach Guatemala bringen, damit niemand auf die Idee kam, dass er hier in der Nähe geblieben war.
Sie gingen noch ein Stückchen näher an die Siedlung heran. Nicht lange mehr und sie sahen von weitem die Dächer der einfachen Bauernhäuser. Alles schien ruhig. Niemand bemerkte sie. David band sich das E-Armband um sein Handgelenk. Es saß ein wenig lose. Dennis war ein starker Typ gewesen. Er sah Messira an. Die nickte.
»Einen Gleiter bitte«, rief er in das kleine Mikro, als er das Gerät aktiviert hatte. »Meine Position: südliches Afrika zwischen dem 16. Grad östlicher Länge und dem 22. Grad südlicher Breite.«
»Position … geortet … Habe … einen … flugbereiten … Gleiter … gefunden … Er … kommt … in … etwa … fünf … Minuten«, ratterte eine elektronische Stimme.
Während sie warteten, setzten sie sich auf einen Felsen. David hielt Messiras Hand fest in der seinen, so als wollte er verhindern, dass sie ihm in letzter Sekunde davonlief.
Messira sagte kein Wort. Wehmütig saugte sich ihr Blick an der herben Landschaft fest. Hier, zu Füßen des Hochlandes gab es nur spärliche Vegetation. Zeitweise konnte man vergessen, dass man sich auf der Erde befand. Wenn sie hier mit David blieb? Irgendwo versteckt in den Bergen. Wer sollte sie hier finden? Aber nein! Wovon sollten sie leben? Wenn sie unsichtbar wären, dann hätten sie ihre Spuren verwischen können.
Sie dachte wieder an die Zeit ihrer Kindheit zurück. Zwei Wünsche hatte sie damals gehabt – unsichtbar zu sein und fliegen zu können. Aber die Kindheit war längst vorbei. Selbst wenn sie in den fernsten Ort der Republik flüchteten, sie würden immer entdeckt werden. Kein Mensch konnte allein existieren. Er war von anderen abhängig.
Menschen brauchten Menschen.
Ein Geräusch ließ sie aus ihren Gedanken aufschrecken. Der Gleiter landete sogar schon ein wenig früher. Der Augenblick des Abschieds war gekommen. Die Angst wollte, dass sie hier sitzenblieben, aber die Vernunft sagte ihnen, dass sie fortmussten. Müde erhoben sie sich, wobei sie sich immer noch an den Händen hielten. Langsam, sehr langsam setzten sie

einen Schritt vor den anderen und gingen auf den Gleiter zu. Schwerfällig stiegen sie ein.

»Nach Panamerikana, Region Guatemala, Province San Marcos, auf den Gipfel des Tajumulco«, nannte David das Ziel.

Und obwohl das vermutlich zu viele Informationen auf einmal waren, setzte der Gleiter sich in Bewegung, was bedeutete, dass er den Zielort gespeichert hatte. Von nun an war ihre Reise nicht mehr zu stoppen. Messira schmiegte sich ganz eng an David, immer darauf achtend, dass ihr linkes Handgelenk verdeckt war. Der Gleiter landete in Windhuk, wo der entsprechende Luftcontainer schon auf sie wartete.

Jetzt mussten sie sich besonders vorsehen. Die Personencontainer waren zwar im Vergleich zu denen, die Güter transportierten, winzig klein, konnten aber, wenn es sein musste, eine Reisegruppe von maximal zehn Personen aufnehmen. Sie hatten Glück.

Mit ihnen flogen nur noch drei weitere Personen. Ein älterer Mann, der pausenlos an seinem Tech-Wear hantierte. Nicht einmal während des einstündigen Fluges schaute er auf. An seiner Kleidung erkannte man den typischen Bürohocker. Die Ärmel des mausgrauen Jacketts waren an den Ellenbogen durchgescheuert. Er trug dazu eine ebenso unauffällige Hose und ein Paar Schuhe, das wohl aus dem letzten Jahrhundert stammte. Seine Finger waren schlank und beweglich, die Nägel manikürt und mit klarem Lack überzogen. Offensichtlich fühlte er sich durch die anderen Passagiere gestört, denn er saß in der hintersten Ecke des Containers, am weitesten entfernt vom Eingang und hatte seinen Hut tief ins Gesicht gezogen.

Zwei junge afrikanische Mädchen saßen ihnen direkt gegenüber. Sie hatten sich untergehakt und verbrachten fast die gesamte Reise in dieser Position. Sie mochten an die zwanzig sein. Ab und zu gackerten sie wie Hühner, dann huschte ein flüchtiges Lächeln über Messiras Gesicht. Lachende Mädchen gab es in der Republik so selten wie Edelsteine.

Der Container brachte sie unbarmherzig schnell ihrem Zielort näher. Wie viele Stunden würden sie sich noch gönnen? Messira kannte das Hochland von Guatemala. Sie hatte einmal dort zu tun gehabt – ein Paradies. Sie war David fast dankbar, dass er dieses Reiseziel gewählt hatte und ihr letzter Weg sie dorthin führen sollte. Dieses Land mit seiner Vielfalt, seinen tropischen Regenwäldern und den erloschenen Vulkanen war wunderschön. Auf dem Tajamulco war sie zwar noch nie gewesen, stellte es sich aber schön vor, dort zu sterben.

In Guatemala verwitterten die Berge – bedingt durch das Klima – sehr leicht, sodass die Natur an einigen Stellen einen Querschnitt durch die gesamte Erdzeit freigelegt hatte. Auch wenn der Gleiter sie wahrscheinlich nicht auf dem höchsten Punkt des über viertausend Meter hohen Berges

absetzte, hoffte sie doch, wenigstens in die Nähe des siebzig Meter breiten Kraters zu gelangen. Der Vulkan war zwar erloschen, aber man konnte noch weit hinab in den Schlund der Hölle sehen.
Sie landeten in Guatemala Stadt. Als die Luke geöffnet wurde, atmete Messira erleichtert auf. Zwar war sie in ihrem Leben sehr oft in einem Container geflogen, hatte sich aber bis heute nicht daran gewöhnen können. Diese Container hatten den Charme von fliegenden Särgen. Man bewegte sich mit Hypergeschwindigkeit durch die Luftkorridore, ohne auch nur das Geringste sehen zu können.
Der Anschlussgleiter stand schon bereit. Messira freute sich auf diesen Flug. Eng umschlungen saß sie mit David im Gleiter und konnte sich nicht sattsehen an der grünen Oase des Regenwaldes.
»Das Grün fehlt ein bisschen in unserm Dorf«, seufzte sie leise.
Es war mehr, um die Stille zu unterbrechen.
»Das wird nicht immer so sein. In einigen Jahren holt die Natur sich zurück, was ihr genommen wurde.«
David sprach in Bildern, aber sie hatte verstanden.
»Wenn dem nicht so wäre, könnte ich das hier nicht durchstehen«, sagte sie.
Sie glaubte fest an ein Ende dieser Republik.
Er stoppte den Gleiter an einer Stelle, von der aus sie gut den Krater des erloschenen Vulkans zu Fuß erreichen konnten. Der Zeitunterschied betrug minus sieben Stunden. Als sie den Gleiter verließen, war es kurz nach zwei Uhr nachts. Sie konnten also noch einmal einen wunderschönen Sonnenaufgang erleben. Zeit, die ihnen geschenkt wurde.
David schickte den Gleiter zurück. Sie waren allein.
Es war dunkel und neblig. Die Wolken hingen so tief, dass sie sich unter ihnen wie ein riesiger Teppich ausbreiteten. Es war so kalt, dass ihr Atem gefror.
Die Sonne würde erst in einigen Stunden aufgehen, dann konnten sie auf etwas Wärme hoffen. Im November brach die Trockenzeit in Guatemala an. Die Wolken würden sich schnell auflösen. David und sie hatten gute Chancen, mit einem Blick ins Tal von dieser Welt Abschied zu nehmen. Als ihre Augen sich an die Dunkelheit gewöhnt hatten, erkannte Messira in der näheren Umgebung ein paar Felsen.
Unter ihnen befanden sich Geröll- und Schutthalden. Die Höhenluft machte das Atmen schwer. Nase, Ohren und Augen waren einem eisigen Wind ausgesetzt. Die Finger erstarrten, und das Haar peitschte im Wind wie ein Wetterhahn hin und her.
Messira zitterte. David zauberte eine Decke aus seinem Rucksack. Ein dankbarer Blick von ihr war ihm Lohn genug. Beide dämmerten ein wenig ein.

Zwei Stunden später erwachten sie, weil die Kälte durch die Decke hindurch einen Weg in ihre Körper gefunden hatte.
Bis die Sonne am Firmament zu sehen war, dauerte es noch gut zwei Stunden. Sie konnten vorerst nichts weiter tun, als sich erneut in die Decke kauern und sich gegenseitig Wärme spenden. Als Messira an Davids Brust lag, spürte sie, wie ihr Herz schneller schlug, aber auch das seine konnte sie unter der Decke spüren, und das war ebenfalls alles andere als ruhig. Es war ein erregendes Gefühl, dem Geliebten so nahe zu sein. Sie wollte nicht denken, aber die Gedanken suchten und fanden sie immer wieder.
»Ich habe Angst«, sagte sie sehr leise, in der Hoffnung, dass er es nicht gehört hatte. Aber David war aufmerksam.
»Ich auch«, murmelte er und seine Umarmung wurde fester.
Die Kommunikation zwischen ihnen schlief wieder ein. Der Wind heulte wie ein alter Wolf, der nicht mehr die Kraft hat, sein Wild zu jagen. Sie schlang die Decke fester um ihre Taille und richtete ihren Blick nach innen. Ihre Gedanken reisten in die Zukunft.
Das Dorf tauchte aus dem Nebel auf. Nico stand mit Luise vor ihrem Haus. Die Kleine quiekte vor Vergnügen. Nico lächelte sie stolz an. Messira entdeckte bei genauerem Hinsehen einige Fältchen mehr um seine Augen herum. Sara winkte Luise zu sich. Ihre glockenhelle Stimme lockte die Kleine aus der schützenden Umarmung des Vaters heraus. Zaghaft wagte sie einige Schritte, dann aber verließ sie der Mut, und sie ließ sich lautstark zu Boden fallen.
Margrit hob Luise hoch. Einige Tränchen liefen die Wangen herab. Margrit tröstete sie und ermunterte sie, es erneut zu versuchen.
Manni und Adriano standen dicht aneinandergeschmiegt in unmittelbarer Nähe. In einiger Entfernung erkannte Messira Baruti, der wie immer ernsthaft damit beschäftig war, seine Bücher zu führen. Siegbert lehnte lässig an einer Hauswand und Shakir, ihr Mentor und Lehrer, begutachtete eine Pflanze.
Die Zeit verging und zeigte ihr Luise als etwa Dreijährige.
Sara war wieder in ihrer Nähe. Sie lachte. Erst jetzt entdeckte Messira ihren vorgewölbten Bauch. Aus dem Dunkel einer Hütte löste sich eine Gestalt, trat von hinten an Sara heran und legte die Arme schützend um sie herum. Jetzt konnte Messira das Gesicht der Gestalt erkennen. Es war Matt. Er schmiegte seinen Kopf in Saras Halsgrube. Dafür musste der baumlange Kerl sich mächtig ducken. Er schaute verschmitzt auf die am Boden spielende Luise. Ein Lächeln umspielte Messiras Mund. Hatten die beiden endlich zueinander gefunden?
Weitere Gesichter tauchten auf und verschwanden vor ihren Augen. Jedes von ihnen kannte sie persönlich. Es waren Menschen mit Charisma,

Ausdauer, Zähigkeit und Pioniersinn. Wie sehr sie diese Menschen liebte! Jeder einzelne war es wert, weiterzuleben.
Als letztes sah sie Luise als junge Frau mit Nico. Nico hatte nichts von seinem Charme eingebüßt. *Ich wusste, dass du es schaffst, unsere Tochter allein großzuziehen,* dachte Messira. Sie bereute nichts. *Verzeih mir, Nico, dachte sie, dass ich dich alleingelassen habe.*
Jäh wurde ihr Tagtraum unterbrochen.
Der Wind erstarb mit einem leisen Seufzen.
Plötzliche Stille auf dem Gipfel und im Tal!
Noch immer herrschte Dunkelheit um sie herum. Unendlichkeit – nein – Zeitlosigkeit!
Es war als befände die Welt sich in der Warteschleife auf den neuen Tag. Zartes Grau löste die samtene Dunkelheit ab, gefolgt von edlem Violett am östlichen Horizont. Zum letzten Mal sahen Messira und David den Mond und die Sterne. Im Osten zeichneten sich schon die Umrisse der Nebenberge ab. Langsam ging das Violett in ein zartes dunkles Rot über. Die schwarzen Silhouetten der felsigen Gipfel türmten sich vor ihnen auf wie Riesen aus einem Märchenreich.
Messira und David erhoben sich ehrfurchtsvoll, um den jungen Morgen zu begrüßen. Majestätisch spähte die rote Scheibe über den Horizont. Explosionsartig riss sie einige wenige Wolken mit sich, in deren Blutbad sie eintauchte. Suchte sich aber dann von ihnen zu lösen, um weiter nach oben zu streben.
Die Natur, die eben noch den Atem angehalten hatte, setzte an zu einem neuen Atemzug.
Vögel sangen weiter unten im Tal.
Nach einigen Minuten hatte der rote Ball sich vollends aus dem Wolkenbad gelöst und wechselte die Farbe von Rot zu Orange. Das Violett verlor sich unmerklich und machte einem tiefen Blau Platz, das jedoch nur wenige Minuten Bestand hatte, um nach und nach in ein milchiges Blau überzugehen, immer noch durchzogen von den orangefarbenen Strahlen der aufgehenden Sonne wie von zarten Adern.
… Das Leben erwachte.
Die Sonne brachte etwas Wärme mit.
Der Untergrund, auf dem sie den Rest der Nacht verbracht hatten, war hart und steinig. Moosbewachsen glänzte der Pfad, der nach unten ins Tal führte in der aufgehenden Sonne. Noch war der Blick ins Tal ihnen verwehrt. Die Wolkendecke hatte sich noch nicht gelüftet.
Sie liefen einige Schritte, immer noch eng umschlungen und in die Decke gehüllt. Das Echo ihrer Schritte brach sich viele hundertmal an der Bergwand. Als sie kurz stehen blieben, erstarb das Geräusch.

Gespenstisch …
Schnell setzten sie sich wieder in Bewegung, getrieben von dem Wissen, dass sie heute ihren letzten Gang antraten. Die Zeit drängte sie immer weiter. Der Tod lief neben ihnen her. Beide spürten seine Anwesenheit. Schon jetzt war er ihr treuer Begleiter. Er würde sie nicht aus seinen Fängen lassen.
Messiras Haar leuchtete wie ein flammender Teppich im Sonnenlicht. Die Angst gab ihrem Gesicht und ihrer filigranen Schönheit ein skurriles Aussehen. Ihre fast durchsichtige Haut erinnerte an das klare Wasser eines Bergsees, an dessen Grund zwei smaragdgrüne glutheiße Edelsteine funkelten.
Mit einer Entschlossenheit, die im Widerspruch zu ihrer zarten Gestalt stand, straffte sich ihr Körper, und sie sagte fest: »Menschen sind keine Nummern. Jeder Mensch hat einen Namen. Ich heiße Messira Wittstog.«
Energisch zog sie die Kordel fester um ihre Taille. Das selbst gewebte grobe Baumwollkleid schmiegte sich eng an ihren Körper. Die Luft war noch immer kühl und doch schien es ihr der wärmste Ort auf Erden.
Der Sonnenaufgang hatte sie an die Bedeutung des Wortes Freiheit erinnert. Menschen, keine Nummern, waren zu Gefährten geworden. Liebe wurde gegeben und empfangen und aus dieser Liebe heraus wurden Kinder gezeugt. Kranke Menschen wurden liebevoll und ehrfurchtsvoll von ihren Angehörigen gepflegt und zwar so lange, bis sie wieder gesund wurden. Das Sterben gehörte genauso zum Alltag wie die Geburt von Kindern. Wenn es ein Paradies gab, dann konnte es nur das kleine Dorf hinter der Barriere sein.
Und jetzt, oh Gott! Hier, an diesem Ort, lag der süßliche Geruch des Todes drohend wie ein schweres Leichentuch über ihnen. Das Paradies blieb unerreichbar für sie. Es war verloren. Tief inhalierte sie die Luft, die hier oben so rein war wie ein frischer Quell, unberührt von jeder Menschenseele.
Der Tod an sich ist nicht schmerzlich, er gehört zum Leben. Nur, wenn jemand einfach so von dieser Erde verschwindet und niemand nimmt Notiz davon, das ist schlimm.
Messira atmete noch einmal, so tief sie konnte. Sie fühlte sich plötzlich so leicht, als würde ihr Körper nach oben gehoben. Sie wusste, keiner von den Menschen, die sie liebte und von denen sie geliebt wurde, würde sie vergessen. Kein einziger!
David riss sie aus ihren Gedanken: »Wir haben noch Zeit. Lass uns den letzten Tag begehen wie ein Fest.«
»Ja«, sagte sie und vertraute sich ihm an wie damals, als sie ihn das erste Mal in der Menge erblickt hatte.

»Komisch, du bist der erste und der letzte Mann in meinem Leben«, sagte sie. »Ich bin so froh, dass wir diesen Weg gemeinsam gehen.«
Er war gerührt und führte sie mit festem Griff über den steinigen Pfad. Als sie ein paar Schritte gegangen waren, fanden sie eine Höhle im Fels. Wie geschaffen, dachten sie und breiteten ihre Decke am Boden aus.
»Frierst du?«, fragte David.
»Nein, mir ist ganz warm«, sagte sie.
Sie ließen sich auf der Decke nieder. David konnte ihr Herz schlagen hören, so wie damals, nur war der Rhythmus ein anderer. Nicht Angst vor ihm, sondern Angst vor dem Unbekannten gab den Takt an.
Sanft streichelte er sie und drückte den kleinen Körper wie einen aus dem Nest gefallenen Vogel an sich, um ihn zu wärmen.
»Ich hatte fast vergessen, wie du schmeckst«, sagte er, nachdem er sie geküsst hatte.
»Bittersüß, wie der Tod«, hauchte sie.
Sie ließen sich Zeit. Es war so schön, sich zu haben und das für einen ganzen vollen Tag, da wollten sie nichts überstürzen.
Es war genauso wie in ihrer schönsten Zeit. Sie liebten sich so, wie Messira es immer und immer wieder in ihren Träumen durchlebt hatte. Nie hatte sie David vergessen können, auch nicht, als sie mit Nico zusammen gewesen war. Manchmal hatte sie deswegen ein schlechtes Gewissen gehabt, aber sie konnte nichts dagegen tun, ihre Sehnsucht und ihr Verlangen nach ihm waren größer gewesen als die Liebe zu Nico. Es war wie eine Sucht, wie eine ungestillte Sehnsucht, der sie verfallen war. Schließlich hatte sie sich eine Fantasiewelt erschaffen, in die sie flüchtete, wenn sie meinte, dass ihr bei Nico etwas fehlte. Und als David dann im Dorf aufgetaucht war, ließ sich ihre Leidenschaft nicht mehr zügeln. Er kannte sie besser als Nico, wusste sie zu nehmen, entfachte den feurigen Vulkan in ihr, der schon fast erloschen gewesen war. Bei ihm konnte sie sich gehenlassen, fiel in tiefe dunkle Abgründe, vor denen sie sich manchmal fürchtete, um dann wie Phoenix aus der Asche wieder emporzusteigen ans Licht.

Gegen Mittag fanden sie etwas Ruhe. Sie liefen ein Stück gemeinsam. Die Wolken waren verschwunden und gaben den Blick ins Tal frei. Ein Kondor kreiste einsam um die kleineren Berggipfel. Aus einem Felsen entsprang eine muntere Quelle. Unter sich sahen sie den großen Trichter des Vulkans. Fruchtbare Erde, wohin man auch schaute, nur hier oben nicht. Die Baumgrenze lag weit unter ihnen.
Messiras Leben lief an ihr vorbei wie ein Film. Ihre ersten Jahre im Heim waren trostlos, bis sie Edgar, ihren Vater kennengelernt hatte. Er war der erste Mensch gewesen, der sie geliebt hatte. An ihre Mutter hatte sie

keinerlei Erinnerung. Edgar selbst konnte sich ja nicht mal mehr an sie erinnern. Ein wenig hatte ihr M011 erzählt, aber ob das stimmte konnte sie nicht sagen. Und obwohl weder Edgar noch Luise genetisch mit ihr verwandt gewesen waren, empfand sie eine solche emotionale Nähe zu ihnen, wie es bei leiblichen Eltern nicht anders hätte sein können.
Sie dachte an die Schikane der Lehrer und Erzieher. Besonderes Augenmerk richtete sie dabei auf die Rektorin. In ihrem ganzen Leben hatte sie niemanden kennengelernt, der menschlichem Leid gegenüber so abgestumpft gewesen war, wie diese Frau.
Vor ihrem geistigen Auge sah sie auch Dennis noch einmal, wie er ihr als Kind das Leben zur Hölle gemacht hatte. Nie hätte sie geglaubt, dass er das nur aus gekränkter Eitelkeit getan hatte. Aufrichtig bedauerte sie seinen Tod. Er war ein kranker Mensch gewesen. Ein Mensch, der sich selbst nicht lieben konnte und daher auch nicht von anderen geliebt worden war.
Sie dachte an ihre erste Zusammenkunft mit David und dankte dem Schicksal dafür. Zum Glück hatte er nicht aufgegeben, sondern war hartnäckig geblieben und hatte ihr gezeigt, dass man Liebe auch lernen kann. Eigentlich war er in allem ihr Lehrmeister gewesen. Manches hatte länger gedauert, aber niemand kann seinem Schicksal entfliehen.
Sie dachte an ihre erste Begegnung mit Nico. Er hatte sie an ihren Vater erinnert. Wie dumm und unreif war sie gewesen. Dieser Mann war ihr in allem haushoch überlegen gewesen. Nur ihren starken Willen hatte er nicht, der war einzigartig. Es war gut, dass sie ihn erst so spät wiedergetroffen hatte. So konnte ihre Liebe zu David in der Zwischenzeit wachsen und sie selbst an Reife gewinnen. Sie war dankbar dafür, dass er für ihre gemeinsame Tochter da sein würde.
Sie dachte an Margrit, die sie in die Bewegung gebracht hatte. Das erste Mal war sie auf Menschen gestoßen, keine Roboter. Eigentlich hatte ihr soziales Leben erst an dem Tage begonnen, da sie Margrit getroffen hatte.
Sie dachte an Edgars Tod und wie sein Tod ihr Ina näher gebracht hatte. An die Verstümmelung, die ihr der Staat zugefügt hatte, verschwendete sie nur einen Moment.
Sie dachte daran, wie sie fast vor Sehnsucht nach Nico vergangen war und er sie damals vor einer Rückführung bewahrt hatte, als sie wieder mal ihren Kopf durchsetzen wollte und nicht auf den erfahrenen Marvin hören wollte und somit auch prompt von der Geheimpolizei gefasst worden war.
Sie dachte an ihre Nachmittage und Abende in den Bibliotheken der Welt und auch daran, wie Bücher schon immer ihre zweite Liebe gewesen waren.
Sie dachte mit Freude an ihre letzte Studienzeit und konnte sich noch genau an den Tag erinnern, als ihre Liebe zu David entflammte. Sie errötete leicht, als sie an das kleine Appartement in Argentina dachte.

Sie dachte an ihre einsame Zeit in Sibiria, die ihr aber viel Wissen über seltene Kräuter eingebracht hatte.
Und sie dachte daran, wie sie das erste Mal hinter der Barriere erwacht war und Nico gesehen hatte.
Sie dachte an die vielen neuen Freunde, die sie gefunden hatte, an ihre Arbeit im Dorf, an die Versöhnung mit Nico und daran, wie ihr Adriano und Manni zu ihrem Kind verholfen hatten.
Sie dachte an David. Wie enttäuscht er gewesen war, als er ihre Schwangerschaft entdeckt hatte und trotzdem weiter um sie kämpfte, mit ganz altertümlichen Mitteln und gegen Nico. Sie dachte daran, dass sie nicht gewusst hatte, wieso er Nacht für Nacht ihren Schlaf geraubt hatte. Sie dachte daran, wie er ihrem Kind auf die Welt geholfen und damit ihr Leben und das ihres Kindes gerettet hatte. Von diesem Augenblick an hatte sie definitiv gewusst, der, oder keiner.
Sie dachte an Luise. Sie dankte Gott, dass sie ihre Tochter fast ein Jahr lang mit ihrer Liebe begleiten durfte. Man sagt ja, dass das erste Jahr im Leben eines Kindes das wichtigste ist. Sie war fest davon überzeugt, dass ihre Liebe bis über den Tod hinaus reichen würde. Luise würde sie nicht vergessen, und was sie nicht wusste, würde Nico ihr erzählen.
Sie dachte mit Schrecken an den gestrigen Tag, der alles in ihrem Leben verändert hatte. Selbst wenn sie gewollt hätte, der Tod von Dennis hätte nicht verhindert werden können. Nicht auszudenken, wären sie beide in seine Finger geraten. Das gesamte Dorf hätte er an die Regierung denunziert.
Sie dachte aber auch daran, wie Dennis' Tod ihr David wieder nähergebracht hatte. Wäre dieses Unglück nicht passiert, dann hätte sie die Nähe zu David irgendwann nicht mehr ausgehalten und hätte entweder Nico verlassen, oder neben Nico eine Beziehung zu David aufgebaut, ohne diesem davon zu erzählen.
Zuletzt dachte sie an heute. Sie fürchtete sich vor dem, was kommen würde, sehnte es aber gleichzeitig herbei. Sie fühlte sich mit David so verbunden wie nie. Es schien ihr, als wären sie beide eins. Alles war gut so, wie es war.
Auch David dachte an sein Leben zurück. Bei ihm aber war die Sache einfacher. Niemand hatte ihn so geprägt wie Messira. Und obwohl er acht Jahre älter war als sie, meinte er, sein Leben hätte erst mit dem Tag begonnen, da er sie das erste Mal gesehen hatte. Alles andere verblasste neben ihr wie ein Kleid, das zu lange an der Sonne gehangen hat.

»Sie werden uns nicht finden, Liebste«, sagte er und küsste sie zärtlich. »Und wenn doch, dann vielleicht erst in Jahrzehnten, wenn unsere Körper zerfallen sind. Niemand wird wissen, wer wir waren und woher wir kamen.

Niemand kann unseren Weg zurückverfolgen. Unsere Freunde sind sicher. Glaub mir, es ist kein Opfer, sondern ein Neuanfang.«
Messira sagte nichts mehr. Sie verstand. Sie war nie klarer gewesen als jetzt.
»Es wird Zeit, Liebste«, bettelte er. »Lass uns zurückgehen zu unserer Höhle.«
Der Rückweg verlief wortlos. Sie entledigten sie sich des Chips und des Armbandes. David warf beides hinunter in den Höllenschlund. Niemand sollte Dennis mehr orten und sie dadurch finden können.
Messiras Gang war schleppend. Nie war ihr ein Weg so schwer vorgekommen. Das Herz schien ihr aus dem Hals herauszufallen. Ihre Sinne waren geschärft wie nie, und sie sah alles mit glasklaren Augen. Nichts entging ihr, alles wollte sie noch mitnehmen, bevor sie in das Unbekannte gezogen wurde. Auch Davids Schritte wurden langsamer, aber er wusste, dass er das Unvermeidliche nicht länger hinauszögern durfte. Als sie angekommen waren, breitete er die Decke auf dem Boden der Höhle aus wie auf einem Altar. Seine Hand fuhr in seine Hosentasche und holte einen kleinen metallenen Gegenstand heraus.
»Was hast du da?«, fragte Messira.
Er öffnete wortlos die rechte Hand und im Licht des schwindenden Tages glitzerte Messiras kleine Haarspange.
»Die hast du noch?«
»Sie war nie weiter von mir entfernt als drei Meter«, bekannte er.
Wortlos holte sie den kleinen Gegenstand aus der Tasche, den sie mitgebracht hatte.
»Der Wolf von deinem Vater. Du hast ihn überall mit hingeschleppt, selbst zu deiner Prüfung«, wusste David.
Nur sie kannten den Wert dieser beiden Dinge.
»Lass es uns beenden, Liebste«, meinte David und küsste sie.
Messira holte die Giftspritzen aus ihrem Rucksack. Noch zitterte ihre Hand, aber so wie sie die beiden kleinen Kunststoffzylinder umschloss, war ihre Angst mit einem Schlage verflogen. Er war ja bei ihr. Was sorgte sie sich?
Sie überprüfte routinemäßig den Inhalt. Hielt beide Spritzen in die Luft und drückte ein wenig von der Flüssigkeit heraus, dann schickte sie einen letzten Abschied nehmenden Blick zu ihrem Gefährten, nahm ihr Halstuch und band es – mit ihren Zähnen nachhelfend – fest um ihren linken Oberarm. David tat genau das gleiche wie sie mit seinem Gürtel. Den Druck empfanden beide als Erleichterung, weil er sie zum Höhepunkt ihrer Reise führte. Sie hätten die Spannung auch keine Minute länger ausgehalten.
Die prall mit Blut gefüllte Vene am Unterarm trat deutlich hervor. Sie glich einer Frau, die, lasziv sich räkelnd, erwartet, dass ihr Liebhaber in sie eindringt. Doch dieser Liebhaber würde ihr den Tod bringen.

Plötzlich ging eisige Kälte von der Spritze aus. Eine Kälte, die erahnen ließ, was gleich geschehen würde und die keiner Liebkosung glich.
Für einen Moment zögerten beide.
Noch einmal flog ihr gemeinsames Leben an ihnen vorüber. Und sie wussten: Die meiste Zeit davon hatte ihnen gemeinsam gehört.
Sie sahen einander tief in die Augen und während sie dies taten, stachen sie fast zur selben Zeit zu. Sie drückten den Inhalt der Spritzen bis zum Anschlag in ihre Venen. Der Liebhaber entledigte sich seiner tödlichen Fracht.
David lehnte sich an die Wand, spreizte die Beine und zog Messira ganz nah an sich heran. Ihr Kopf ruhte an seiner Schulter. Sie hörte sein Herz in dem ihr vertrauten Rhythmus schlagen. Seine Arme umfassten ihre Brust von hinten. Noch waren ihre Köper warm. Das Blut pulsierte in den Adern wie eine Herde junger Pferde, die aus der Koppel ausgebrochen ist und sträubte sich gegen den Tod. Beide genossen den engen Kontakt miteinander, die Umarmung, die Liebe und warteten auf das, was jetzt kommen musste - ihren gemeinsamen Tod.

Sowie die Flüssigkeit Kontakt mit ihren Körpern hatte, passierten verschiedene Dinge fast zur selben Zeit:
Aufnahme!
Das Gift schoss, sich egoistisch seinen Weg bahnend, in ihre Gefäße und war nicht mehr zu stoppen.
Klarheit!
Gedanken der Freude, des Stolzes und der Zufriedenheit explodierten aus ihrem Hirn in den Äther.
Veränderung!
Etwas Fremdes ergriff von ihnen Besitz. Die Umgestaltung hatte begonnen.
Geborgenheit!
Wärme und Zufriedenheit erfüllten sie. Während sie sich noch immer innig aneinanderschmiegten, verschmolzen ihre Energien miteinander.
Implosion!
Die unmittelbare Umgebung schien sich zu verengen, bis sie dimensionslos in einem einzigen Punkt zusammenfloss. Die Flucht nach innen bereitete sich auf das große Finale vor.
Explosion!
Nun strebte alles auseinander, schien sich in der Unendlichkeit zu verlieren. Das irdische Gefängnis wurde gesprengt.

Messiras Blick flatterte. Sie griff nach dem kleinen Wolf und schloss ihre Rechte um den geliebten Gegenstand. Sie schaute über ihre Schulter zu

David hinauf. Erleichtert registrierte sie, dass er bis zur letzten Minute bei ihr sein würde und hoffte, dass sie zuerst gehen würde.
Er nahm die Haarspange und versuchte ein letztes Mal liebevoll ihr wallendes Haar damit zu bändigen. Messira griff mit ihrer Linken nach Davids Hemd. Ihr Kopf sank auf seine Brust. Beide hielten sich fest umklammert.
Messiras schöne Augen wurden matt. Sie fühlte sich leicht. Im Fallen spürte sie, wie etwas sie nach oben zog. Bis zuletzt sog ihr Blick sich an David fest. Irgendwann löste sie sich, gab nach, sackte zurück. Leblos hing ihr Körper in Davids Armen, die Linke fiel herab, ihre rechte Hand aber hielt noch immer den kleinen Wolf fest umklammert.
Bei David dauerte es etwas länger. Fest heftete er den Blick auf seine unendliche Liebe. Er vergrub seine Nase in ihrem Haar. Es roch nach Jugend, nach Freiheit und nach Tod.
Gemeinsam mit ihr zu sterben war mehr, als er zu hoffen gewagt hatte. Noch hatte er Kraft genug. Enger zog er sie an sich, so als wollte er aus ihrer beider Körper einen einzigen machen, dann spürte auch er die Erlösung.
Und obwohl beide im physischen Sinne tot waren, empfanden ihre Sinne noch eine ganze Weile mit einer Schärfe wie nie zuvor. Für einen kurzen Augenblick spürten sie sich intensiver als je zuvor, erkannten sich am Geruch, sahen und hörten, ja schmeckten sich sogar.
Schon im Augenblick ihres Todes bahnten sich Billionen von Wassermolekülen ihren Weg in die Luft und befreiten sich aus dem irdischen Gefängnis ihrer leblosen Hüllen.
Die göttliche Kraft verließ sie. Die Moleküle gingen ineinander über. Bald war die gesamte Höhle in einen feinen Schleier gehüllt. Dieser Molekülschleier folgte dem Luftstrom nach draußen.
Am Höhleneingang angekommen, verteilten die Moleküle sich in alle Himmelsrichtungen weit über das Land. Sie hüpften umeinander wie übermütige Kinder, vereinigten sich, um dann wieder auseinanderzustreben. Der Wasserdampf aus Messiras und Davids Körper mischte sich mit dem Wasserdampf aller lebenden und toten Materie hier in der Umgebung.
Die Moleküle tanzten, wurden vom Wind nach oben gerissen, fielen wieder nieder, um mit der nächsten Bö schwerelos hinauf zu schweben, weit, weit fort, so weit, dass sie dem Auge entschwanden. Ihre Informationen aber nahmen sie mit.
Irgendwo über dem festen Land oder dem Ozean würden sie als Regen herniederfallen und der Kreislauf begann von neuem. Was zurückblieb, waren die leeren verlassenen Hüllen der beiden Liebenden – seelenlose Gefäße ohne Inhalt. Die Essenz aber, das Wasser, das in ihren Körpern gewohnt hatte, verließ sie nach und nach. Es nahm die gespeicherten Informationen von ihnen mit sich und suchte sich ein neues Zuhause.

REGEN

Nichts geht im Leben wie im Tod verloren. Alles findet in den natürlichen Kreislauf zurück.
Regen ist die am häufigsten auftretende Form des Niederschlages. Er besteht aus flüssigem Wasser, das nach Kondensation von Wasserdampf infolge der Schwerkraft aus den Wolken auf die Erde fällt. Für jeden Regen sind also Wolken nötig, die entstehen, wenn sich Luftmassen abkühlen. Luftmassen enthalten immer Wasserdampf. Ist die Luft warm, steigt sie in die Atmosphäre, dabei kühlt sie sich ab. Ist der Taupunkt unterschritten, bildet sich eine Wolke. Diese bindet weiteren Wasserdampf und kann zu beträchtlicher Größe anwachsen. Wird das Gewicht der Tropfen in der Wolke so groß, dass es das Wasser durch Aufwinde oder Luftströmungen nicht mehr in der Schwebe halten kann, regnet die Wolke ab.
Regen ist meist befreiend. Er bedeutet Leben für Pflanze, Mensch und Tier. Regen wäscht den Staub aus der Atmosphäre, macht den Himmel wieder klar. Regenwasser spült Schmutz in die Kanalisation. Regen kühlt die Natur ab. In einigen Fällen kann Regen aber auch verheerend sein und das immer dann, wenn er plötzlich und sintflutartig über das Land hereinbricht. Dann können in wenigen Minuten Regenmengen fallen, die sonst das ganze Jahr über nicht fallen. So schnell, wie er gekommen ist, ist der Regen wieder zu Ende. Er hinterlässt aber oft eine Spur der Verwüstung: vollgelaufene Keller, übertretende Flüsse, Hochwasser. Regnet es in der Wüste, so verwandelt diese sich in kurzer Zeit in einen blühenden Garten. Das Paradies währt aber nicht lange. Sowie der Regen versickert ist, ist alles wieder vorbei. In manchen Gegenden bilden sich Regenwolken, aber der Regen erreicht nie den Boden, denn er verdunstet schon in der Luft.

***

Eine kleine Gruppe von Menschen in festlicher Kleidung löste sich aus der riesigen Menschenmenge von etwa viertausend Besuchern und ging auf die Gedenkstätte zu. Die junge Frau suchte Halt bei dem älteren Herrn, der sie um fast einen Kopf überragte. Ihr rechter Arm ruhte vertrauensvoll in dem linken angewinkelten Arm des Mannes. Sie trug ihr rotes halblanges Haar hochgesteckt. Ein paar Locken blitzten an den Seiten, der Stirn und am Hals hervor. In ihrer linken Hand hielt sie einen bunten Blumenstrauß.
Dicht neben ihr auf der linken Seite ging ein schlanker blonder Mann, der ein kleines Mädchen von etwa fünf Jahren an der Hand führte. Die Kleine hatte blonde Ringellöckchen und merkwürdig leuchtende grüne Augen. Sie

war mit einem dunkelblauen Mantel bekleidet und trug ein ebenso farbiges Hütchen auf dem Kopf, dazu weiße Strumpfhosen und schwarze Lackschuhe. In der Hand hielt sie eine Stoffpuppe mit rotem Strubbelhaar und schwarzen Knopfaugen. Der ältere Herr und der junge Mann trugen schwarze Anzüge mit wollenen Mänteln darüber und Hüte auf ihren Köpfen.

Ruhig schritten diese vier Menschen auf das gigantische Mahnmal im Herzen von Metropolis zu. Ein etwa zwei Meter hohes Einkaufsnetz aus Bronze mit einer Grundfläche von etwa drei Quadratmetern hing in einem Abstand von einem Meter über dem Boden. Eine bronzene Kordel hielt das Netz am oberen Ende zusammen.

Im Innern dieses Bronzenetzes befanden sich Steine, seltsam geformte Holzstücke, Verpackungsmaterial und Kunststoffteile Alles war zur besseren Haltbarkeit in durchsichtigem Kunststoff eingebettet. Die Lücken in dem Bronzenetz waren so groß, dass man ohne Mühe von einer Seite zur anderen hindurchsehen konnte. An manchen Stellen ging die netzartige Struktur in kompakte Tafeln über. Diese Bronzetafeln enthielten sorgfältig ausgewählte Inschriften.

Meinungsfreiheit,
Freiheit der Person,
Mitbestimmungsrecht,
freie Berufswahl,
freie Wahlen,
Recht auf Fortpflanzung,
freie Arztwahl,
würdevolles Sterben,
Recht auf Familie,
Unantastbarkeit der Person.

Menschliche Köpfe bohrten sich durch die Lücken des Netzes. Hände umfassten krampfhaft die Streben des Netzes. Körper gab es nicht. Der Betrachter musste annehmen, dass sie unter dem Schutt begraben lagen. Obwohl in Bronze gegossen, hielten diese Gesichter den Betrachter durch einen merkwürdig gequälten Gesichtsausdruck in ihrem Bann.

Die Kordel des Netzes wurde von einer monströsen Hand festgehalten. Sie gehörte zu einem nackten Bronzearm mit dem Schriftzug »H E R A«. Dieser Arm ragte aus einer fünf Meter hohen bronzenen Nachbildung eines Computers heraus wie ein mahnender Zeiger. Ein Kabelsalat verließ den Computer im unteren Bereich. Jedes dieser Kabel war mit der Stirn eines Menschenkopfes verbunden.

Ehrfürchtig blieb die Familie zu Füßen des Mahnmals stehen. Die Frau legte ihre Blumen neben eine steinerne Gedenktafel, auf der in goldenen Lettern stand:

DEN NAMENLOSEN REBELLEN GEWIDMET,
DIE IHR LEBEN FÜR DEN WIDERSTAND OPFERTEN.
UNSER DANK GEBÜHRT BESONDERS
MESSIRA WITTSTOG UND DAVID KELLERMANN,
DIE AM 6. NOVEMBER 2364 DEN TUNNEL
ZUR ERSTEN FREIEN KOLONIE UNSERER ERDE SPRENGTEN
UND IHR LEBEN FÜR UNSERE FREIHEIT EINTAUSCHTEN.
DURCH IHR OPFER BLIEBEN WIR UNENTDECKT.
IHNEN IST ES ZU VERDANKEN,
DASS ES UNS SCHLIESSLICH GELANG,
DAS UNMENSCHLICHE REGIME,
DAS 300 JAHRE LANG UNSEREN PLANETEN VERGIFTET HATTE,
ZUR STRECKE ZU BRINGEN.

Die junge Frau wischte sich ein paar Tränen aus den Augen, während eine Musikkapelle die Hymne der jungen Republik spielte.
Die Fahne wurde gehisst.
Es handelte sich exakt um die gleiche, die schon seit über dreihundert Jahren in der Republik ihren Dienst tat. Die Bevölkerung hatte darüber abgestimmt, dass man sie beibehalten wollte, nur war die Symbolik jetzt eine andere und der Hintergrund leuchtete in Hellblau.
Der Löwenkopf symbolisierte die Kraft und die Stärke der jungen Republik.
Die vier roten Dreiecke um den Kopf herum symbolisierten das Blut der Märtyrer, das reichlich geflossen war, um die alte Republik zu stürzen.
Jede der sechs halben Ellipsen symbolisierte fünf der dreißig Stadtstaaten.
Die blauen Elektronen symbolisierten jedes einzelne Individuum, das mit allen anderen auf vielfältige Weise verbunden war.
Die Zahl Drei verkörperte Körper, Geist und Seele.
Die Zahl Vier stand für die göttliche Ebene.
Die gelbe Farbe symbolisierte den Himmel.
Die grüne Farbe symbolisierte das Land.
Die blaue Farbe, von der alles umgeben war, symbolisierte das Wasser.

Die Bürger der jungen Republik identifizierten sich mit ihrer Fahne. Sie vereinte alles, wofür die Menschen jahrelang gekämpft hatten. Sie zeigte, dass nicht das Symbol an sich schlecht ist, sondern nur das, was wir darin sehen. Obwohl die Flagge in einem totalitären System entwickelt worden war, bekam sie jetzt durch ihre neue Symbolik eine völlig andere Bedeutung.
Der Bürgermeister schritt zum Rednerpult und hielt eine Ansprache. Er erinnerte an den Tod der beiden Märtyrer, der sich heute auf den Tag zum dreißigsten Mal jährte. Ehrfürchtige Stille begleitete seine Worte.
Luise hätte sich diese Laudatio gern erspart. Sie kannte zwar ihre Mutter nur aus den Erzählungen des Vaters, wusste aber mit Sicherheit, dass die nicht gewollt hätte, dass man um ihre Person so viel Wirbel machte.
Sie verstand jedoch, dass die junge Demokratie ein Symbol brauchte. Daher diese Statue inmitten des Regierungsviertels von Metropolis. Sie wusste auch, dass sie und ihre Familie verpflichtet waren, an diesem Schauspiel teilzunehmen. Wie auch im letzten Jahr stand sie die Pflicht tapfer durch.
Luise, die jenseits der Barriere groß geworden war, hatte vor zwei Jahren das erste Mal gesehen, wie groß und fremd die Welt eigentlich war und wie schön sie bis jetzt in ihrem Elfenbeinturm gelebt hatte. Es würde noch

Jahre dauern, bis die Narben, die dieser Staat hinterlassen hatte, verblasst waren.

Vor genau zwei Jahren brach aus irgendeinem Grunde die Energie der Barriere an einigen Stellen zusammen. Natürliche Pflanzen und harmlose Keime wurden eingeschleppt, und die Menschen diesseits der Barriere, deren Immunsystem nicht mehr an diese Art Keime gewöhnt war, erkrankten. Viele starben, einige wenige schlossen sich den Rebellen an, als diese das Land zurückeroberten. Die Regierung konnte überwältigt werden und musste abdanken.
All das geschah friedlich, ohne Menschenopfer. Der zentrale Computer wurde abgeschaltet, HERA vernichtet, die tiefgefrorenen Samen- und Eizellen feierlich beerdigt. Die Kreationen, die der Staat im Lancen hinterlassen hatte, bekamen einen Platz im besten Pflegeheim der Stadt. Dort konnten sie den Garten hinter dem Haus betreten und erblickten zum ersten Mal in ihrem Leben die Sonne.
Die dreißig Stadtstaaten blieben zwar erhalten, ein jeder aber von ihnen hatte seit dieser Zeit eine frei vom Volk gewählte Regierung. Diese Regierungen arbeiteten eng miteinander zusammen. Die Menschen konnten sich, da es keinen Energiewall mehr gab überall frei auf der Erde bewegen und auch die Weltmeere befahren. Der Handel blühte. Neue Berufe entstanden. Ehen wurden wieder geschlossen. Die Menschen fanden zum Glauben an Gott zurück und nicht zuletzt hielt man seine Toten und ihr Andenken in Ehren. Einmal im Jahr kamen die Delegierten aller Staaten in Metropolis zusammen und trafen sich zu einem friedlichen Gedankenaustausch.

Heute wollte Luise nach diesen zwei Jahren mit ihrem Vater, ihrem Kind und ihrem Mann Cheng wieder zurück in ihre Heimat fliegen.
»Erzähl mir von Mama«, bat sie ihren Vater.
Der noch immer gut aussehende ältere Herr mit den grauen Schläfen drehte sich zu ihr um. Er lächelte die Frau milde an. Er konnte nicht mehr sagen, wie oft er ihr diese Geschichte schon erzählt hatte, aber er wusste, was er seiner Tochter schuldig war.
»Deine Mutter war eine außergewöhnliche Frau«, begann er. »Sie hat immer für ihre Ideale gekämpft. Ich kenne keine Frau, die so von einer Sache überzeugt sein konnte, wie sie.«
Und er erzählte die Lebensgeschichte von Messira während des einstündigen Fluges nach Windhuk.
Luise lauschte wie immer voller Inbrunst und presste das handgeschriebene Tagebuch, sowie die letzte Nachricht der Mutter, die sie kurz vor der Sprengung des Tunnels geschrieben hatte, an ihr Herz. Diese beiden Stücke

waren die einzigen persönlichen Andenken, die ihr von der Mutter geblieben waren.
»Ist das von Großmutter?«, fragte das kleine Mädchen mit silberheller Stimme.
»Ja, mein Herz, das hat deine Großmutter geschrieben«, sagte Luise stolz und küsste die Kleine auf die Stirn.

Zwei Gleiter standen in Windhuk für sie bereit. In einem nahm der Großvater mit seiner Enkelin Platz, in dem anderen saßen Luise und ihr Mann. Voller Sehnsucht schaute Luise auf das geliebte Land unter sich, in dem sie fast neunundzwanzig Jahre zu Hause gewesen war und von dem sie sich wünschte, dass es auch ihrem Kinde Heimat sein möge.
Das Gras wirkte heute doppelt so hoch wie sonst, und unglaublich dicht. Von oben sahen die Täler zwischen den rostroten Dünen so grün aus, als befände man sich nicht in der Wüste. Wie Unkraut wucherte der gelbe Morgenstern, ein paar Meter weiter sah sie in dunklem Violett den wilden Sesam. Bienen summten um Wüstenbohnen, Käfer saßen auf Butterblumen, und mit kleinen roten Blüten sorgte wilder Hibiskus für einen weiteren Farbtupfer im Meer der tausend Gräser.
Sie sah hunderte von Vögeln durch die Lüfte gleiten, und Antilopenherden tummelten sich am Rand der großen Wüste. Auch Springböcke konnte sie erkennen. Die scheuen Leoparden und Geparden konnte sie zwar nicht erspähen, wusste aber, dass sie dieses Jahr reichlich Nachwuchs haben würden, denn der Sommer würde feucht werden, das ahnte sie. Die roten Dünen reichten bis ans Meer heran. Dort wo Termiten lebten, sah sie unbewachsene Feenkreise, die rot zu leuchten schienen.

Als sie auf der Farm anlangten, konnten sie die Reste der Barriere silbern in der Sonne glänzen sehen. Die Menschen in dem kleinen afrikanischen Dorf, das als die Keimzelle der Demokratie galt, hatten sich in den achtundzwanzig Jahren eine feste Straße bis zum Meer gebaut. Ein kleiner Hafen war dem Dorf vorgelagert.
Das Meer lieferte den Bewohnern alles, was sie zum Leben brauchten. Luises Mann war Fischer, wie ihr Schwiegervater und so viele Männer, die im Dorf groß geworden waren. Sie selbst war in die Fußstapfen ihres Vaters getreten und Ärztin geworden.
Für zwei Jahre hatte ihre Familie sie nach Metropolis begleitet, wo sie die chirurgische Abteilung des ehemaligen Lancen-Memorial, das in »Klinikum der Märtyrer« umbenannt worden war, leitete.
Vielen Menschen hatte sie in den zwei Jahren ihre Fruchtbarkeit wiedergegeben. Die Ärzte schafften das nun auch ohne sie.

Ihren einunddreißigsten Geburtstag wollte sie zu Hause in dem kleinen Dorf mit ihrer Familie und den Schwiegereltern feiern. In ein paar Tagen, am 11. November, war es soweit. Dann musste sie hoffentlich nicht mehr fort von hier, denn nur dort, wo alles angefangen hatte, konnte und wollte sie leben.
Es gab keine Barriere mehr. Die Familie konnte direkt in das Dorf der ersten Siedler laufen. Kaum ein Mensch hatte es in den letzten beiden Jahren verlassen. Sie alle lebten hier genauso gern wie Luise. Die weinte, als sie den Ort ihrer Kindheit und Jugend wiedersah.

Da öffnete unerwartet der Himmel seine Schleusen, und es regnete. Luise blickte nach oben und ließ das köstliche Nass über Augen, Stirn und Lippen gleiten. Die Wüste verwandelte sich für kurze Zeit in einen blühenden Garten.
»Lass uns gehen«, sagte ihr Mann. »Meine Eltern werden schon warten.«
Da kam auch schon der Gleiter mit ihrem Vater und ihrer Tochter Messira. Die Kleine freute sich sehr auf Großvater Willi und Großmutter Silvia, die sie lange nicht mehr gesehen hatte.
Luise sog tief die Luft ein, die sie so lange hatte entbehren müssen. Wie wunderschön es hier war. Der beste Platz auf der ganzen Welt, fand sie. Der feine warme Regen liebkoste ihr Haar. Es war fast wie ein Streicheln. Luise verstand.
»Mama«, sagte sie. »Ich danke dir«, und etwas leiser fügte sie hinzu: »Dir auch, David.«
Denn sie wusste von ihrem Vater, dass ihre Mutter eine Frau gewesen war, die zwei Männer geliebt hatte. Mit dem einen hatte sie gelebt, mit dem anderen war sie gestorben.

*

Fünfzig Jahre später bestiegen zwei Urlauber den Tajamulcu. Sie war eine zarte rothaarige Schönheit, er ein blonder schlanker junger Mann. Sie wurden von einem Gewitter überrascht und suchten Schutz in einer Höhle. Dort fanden sie zwei verblichene Rucksäcke auf dem Boden stehen und zwei Skelette, die an der Höhlenwand lehnten und merkwürdig miteinander verkeilt waren. Man konnte nicht mehr genau ausmachen, welche Knochen zu welchem Skelett gehörten.
In der zusammengekrallten Faust der Frau lag ein kleiner Gegenstand. Ihr Schädel wies noch einige wenige Haare auf, in denen ein Schmetterling steckte.
Die Urlauberin öffnete die Faust des Frauenskeletts. Doch noch ehe sie den Gegenstand ergreifen konnte, zerfielen die beiden Skelette zu Staub, der

sich auf dem Boden anhäufte. Eine kleine Holzfigur, die wohl ein Tier darstellen sollte, hatte sich aus der Hand des Frauenskeletts gelöst und schwebte sanft herab, gefolgt von dem Schmetterling, der trotz seines Alters bläulich schimmerte, als ein Lichtstrahl ihn streifte. Schützend legte der sich über die Holzfigur.

Die Frau sagte: »Das waren zwei Liebende, die hier gemeinsam gestorben sind. Die Holzfigur und der blaue Schmetterling waren ihre liebsten Gegenstände, die sie auch im Augenblick des Todes nicht loslassen wollten.«

»Was du für Fantasien hast«, lachte der Mann und küsste sie.

DER MENSCH

»Und er zeigte mir den Fluss mit dem Lebenswasser, der klar ist wie Kristall, und er entspringt dem Thron Gottes und des Lammes...«
Off. 22,1- 3

Ein Menschenleben durchläuft verschiedene Reifestadien, genau wie ein Fließgewässer, das von der Quelle bis zur Mündung in ständiger Bewegung ist.
Aber nicht nur das Leben eines Menschen gleicht einem Fließgewässer, auch innerhalb des menschlichen Körpers und in jeder anderen belebten Kreatur, fließt ein Lebensstrom. Alle Gefäße eines Menschen ergäben, hintereinander aufgereiht, eine Länge von 100 000 bis 150 000 km, was etwa dem dreifachen Erdumfang entspräche.
Lebende Systeme sind ständig im Fluss. Ohne ein Fließen ist kein Leben möglich. Lebewesen sind also dynamische Systeme. Sie verändern sich ständig. Davon wissen Menschen zu berichten, die versuchen, ihr Gewicht zu halten. Das ist schlicht und einfach nicht möglich. Das Gewicht eines Lebewesens ist keine konstante Größe. Auch noch so große Anstrengungen, es zu halten, müssen scheitern.
Genau wie ein Fluss niemals zurück zur Quelle kann, gelingt es einem Leben nicht wieder an seinen Ursprung zu gelangen. Auch wenn das Menschenleben verschiedene Schleifen durchläuft und man den Eindruck hat, der Mensch träte auf der Stelle oder mache einen Rückschritt, führen diese Schleifen nicht exakt wieder zurück zu einer schon mal durchlaufenen Stufe, sondern suchen sich einen anderen Weg zurück, kommen ihrem Ziel also auf einem Umweg näher.
Manche Menschen durchlaufen in ihrem Leben mehrere Schleifen, bis sie wieder den geraden Weg einschlagen, der sie weiter nach vorn bringt. Andere wählen den direkten Weg.
Es gibt schnell fließende Gewässer, oder auch die, die an manchen Stellen verweilen. Ein Fluss kann sich auch in zwei kleinere Arme teilen, die entweder getrennt jeder für sich weiterfließen oder wieder zusammenmünden.
Früher oder später verliert ein Fluss sich in einem Strom oder im Meer. Manchmal versickert er auch im Sande, was aber nicht seine Bestimmung ist. Ein Menschenleben hingegen geht in der Unendlichkeit auf.
Wasser ist scheinbar so einfach und doch so kompliziert. Wir werden seine Struktur nie richtig begreifen. Es spendet und zerstört Leben. Es ist in allem, was wir auf der Erde kennen, enthalten. Es kommuniziert mit seiner

Umwelt auf eine Weise, die die Wissenschaftler gerade erst im Begriffe sind zu entschlüsseln.
Fehlt Wasser auf einem Planeten, so gibt es auf diesem kein Leben und auch sonst nichts, was unsere Fantasie beflügelt.
Im Wasser befindet sich der göttliche Funke, der Leben schafft. Man könnte sagen: »Im Wasser ist Gott oder auch: Messira Wittstog«

MARIA HERTTING

… arbeitete viele Jahre als Lehrerin für Biologie und Chemie an einer Sekundarschule mit gymnasialer Oberstufe, zog zwei leibliche Kinder groß und adoptierte nach dem Tode ihres Mannes ein weiteres Kind.
Ihre Liebe gehörte immer schon der Schriftstellerei. Seit ihrer Kindheit verfasst sie Gedichte und Erzählungen. Es sind zwei Romane und zwei Kinderbücher entstanden, außerdem zahlreiche Kurzgeschichten in verschiedenen Anthologien. Die Autorin sucht, wie sie selbst sagt, das Fantastische im realen Leben. Aus diesem Grunde liegen ihren Geschichten immer Begebenheiten zugrunde, die real beginnen und im Laufe der Geschichte ins Fantastische abgleiten, um am Ende dann wieder in die Realität zu münden.
Veröffentlichungen:
November 2013 »F6103« im United PC Verlag
Ende 2013 Gedichte und Kurzgeschichten in diversen Anthologien.
März 2014 »Kleine feste Schneebälle treffen besser« in der Anthologie »Nichts als Lügen« im Schweitzerhaus Verlag
Mai 2014 »Mein Freund vom Stern Iso'Oktarus« im Schweitzerhaus Verlag
2014 »Kleine Maus, was bist du wert?« in der Anthologie »Tiermärchen« vom Sperling Verlag
Oktober 2014 »Dein Typ ist hier nicht gefragt« im Schweitzerhaus Verlag.
Dezember 2014 »Wie der Elefant zu seinem Rüssel kam« in der Anthologie »Märchen unterm Regenbogen, 24 Geschichten aus dem Tierreich« im Sarturia Verlag.
2015 »Wie die Tiere den Wald retteten« in der Anthologie »Märchen unterm Regenbogen, über kluge und törichte Tiere«, ebenfalls erschienen im Sarturia Verlag.
2015 »Die Aussteigerin« in der Anthologie »Alles anders« vom Schweitzerhaus Verlag. Diese Geschichte gewann den ersten Preis.
Juni 2015 »Arianes Faden« im Schweitzerhaus Verlag.
Juli 2015 »Ein Pakt mit dem Teufel« in der Anthologie »Gruselmärchen« vom Sperling Verlag.
Februar 2017 - Mitautorin der Fantasy-Saga »MAGIC-Roter Mond« (Karina-Verlag, Wien)

www.mariahertting.de

LITERATUR

Die Zeichnungen im Buch wurden von mir erstellt. Die Rechte liegen bei mir. Mein Wissen in den Bereichen Biologie und Chemie, das ich in all den Jahren als Lehrerin erworben habe, kam mir beim Verfassen dieses Buches zugute. Ferner machte ich mich schlau bei:

- Bayerisches Landesamt für Umwelt, Internetangebote: Wasserforscher.de, »Vom Bach zum Strom«, Ökosystem Fließgewässer, Hier bekam ich Einblicke in die Flora und Fauna von Fließgewässern und deren unterschiedliche Größen, Tiefen, Fließgeschwindigkeiten und Wassermengen.
- Burke, Antje: »Pflanzenführer für die zentrale Namib« (2006) und »Pflanzenführer für die südliche Namib« (2008), Wissenschaftliche Gesellschaft Namibia, Namibia hat mich immer fasziniert, dass die Flora und Fauna jedoch so reich ist, habe ich vorher nicht gewusst.
- Emoto, Masaru: »Wasserkristalle«, KOHA-Verlag, 2010, Wasser ist für mich das Medium überhaupt. Ohne Wasser geht gar nichts. Dass Wasser nicht nur geheimnisvoll, sondern auch mystisch sein kann, erfuhr ich hier
- Herberts Kurt: »Ich suche den Menschen« Aurum Verlag 1980
- NABU-Bundesverband (Hrsg.), 2010: »Lebensraum Fließgewässer« Onlinebroschüre (siehe Text Bayer. Landesamt)
- www.ratinho-arts.com, powered by GOD: Die Weltkarte - Umriss durfte ich mit freundlicher Genehmigung des Verlags verwenden, um die 30 Stadtstaaten einzuarbeiten.
- Sönning/Keidel: »Wolkenbilder - Wettervorhersage«, blv München 2012, Wetter wird hauptsächlich von der Sonne bestimmt. Auch hier spielt das Wasser eine große Rolle, da es die Sonnenenergie nur langsam aufnimmt und nur dosiert wieder abgibt. Zusammen mit der Erddrehung entsteht dadurch unser Wetter.
- Wikipedia: Online-Enzyklopädie: Eine nicht enden wollende Quelle, aus der ich viel über die Geographie Afrikas und Südamerikas geschöpft habe, aber auch so manches andere.